IAN RANKIN

Verborgene Muster
Das zweite Zeichen

»Verborgene Muster«

Eine Mordserie versetzt Edinburgh in Angst und Schrecken. Zwei Mädchen wurden bereits getötet, und ein drittes ist verschwunden. Detective Sergeant John Rebus tappt im Dunkeln. Denn auf den ersten Blick gibt es keine direkte Verbindung zwischen den beiden Morden: Sie geschahen an unterschiedlichen Orten und scheinen auch sonst keinerlei Gemeinsamkeiten aufzuweisen …

»Das zweite Zeichen«

John Rebus, soeben zum Inspector befördert, wird an einen trostlosen Tatort gerufen: In einem heruntergekommenen Haus in einem ärmlichen Stadtteil von Edinburgh hat man die Leiche eines jungen Mannes gefunden. Eines der vielen Drogenopfer, so sieht es zunächst aus. Doch dann findet man Gift in der Spritze, die den Junkie getötet hat, und aus einem simplen Fall für die Statistik ist eine mysteriöse Mordsache geworden …

Autor

Ian Rankin gilt als »Großbritanniens führender Krimiautor« (*Times Literary Supplement*). Er wurde 1960 im schottischen Fife geboren, lebte in London und Südfrankreich und kehrte schließlich nach Edinburgh zurück, wo er heute mit seiner Familie wohnt. Der internationale Durchbruch gelang Ian Rankin mit seinem melancholischen Serienhelden John Rebus, der mittlerweile aus den britischen Bestsellerlisten nicht mehr wegzudenken ist. Für »Puppenspiel«, »Verschlüsselte Wahrheit« und »Die Kinder des Todes« erhielt er den Deutschen Krimipreis.

Von Ian Rankin außerdem lieferbar:

Verborgene Muster. Roman (44607) · Das zweite Zeichen. Roman (44608) · Wolfsmale. Roman (44609) · Ehrensache. Roman (45014) Verschlüsselte Wahrheit. Roman (45015) · Blutschuld. Roman (45016) Der kalte Hauch der Nacht. Roman (45387) · Puppenspiel. Roman (45636) · Ein eisiger Tod. Roman (45428) · Die Tore der Finsternis. Roman (45833) · Die Kinder des Todes. Roman (Manhattan, gebunden, 54550) · Das Souvenir des Mörders. Roman (44604)

Ian Rankin

Verborgene Muster
Das zweite Zeichen

Zwei Romane in einem Band

Aus dem Englischen
von Ellen Schlootz

GOLDMANN

Die Originalausgabe von »Verborgene Muster« erschien unter dem Titel »Knots and Crosses« bei The Bodley Head, London, die von »Das zweite Zeichen« unter dem Titel »Hide and Seek« bei Barrie & Jenkins, London.

Verlagsgruppe Random House FSC-DEU-0100
Das FSC-zertifizierte Papier *München Super* für Taschenbücher aus dem Goldmann Verlag liefert Mochenwangen Papier.

2. Auflage
Genehmigte Taschenbuchausgabe August 2005
»Verborgene Muster«

»Das zweite Zeichen«

Umschlaggestaltung: Design Team München
Umschlagfoto: Zefa/Edelsten
Druck und Bindung: GGP Media GmbH, Pößneck
BH · Herstellung: sc
Made in Germany
ISBN 3 442 13375 0

www.goldmann-verlag.de

Verborgene Muster

Aus dem Englischen von
Ellen Schlootz

Für Miranda,

ohne die sich nichts
zu beenden lohnt

Danksagung

Beim Schreiben dieses Romans erhielt ich viel Hilfe vom C.I.D. Leith in Edinburgh, das große Geduld mit meinen vielen Fragen und meiner Ahnungslosigkeit über Polizeiarbeit hatte. Und obwohl die Geschichte erfunden ist, mit all den Fehlern, die sich daraus ergeben, hatte ich bei meinen Recherchen über das Special Air Service in dem hervorragenden Buch »Wer wagt, gewinnt« von Tony Geraghty eine unschätzbare Hilfe.

Prolog

I

Das Mädchen schrie ein Mal, nur ein Mal.

Und selbst das geschah nur wegen einer Unachtsamkeit seinerseits. Doch es hätte das Ende von allem bedeuten können, noch bevor es richtig begonnen hatte. Neugierige Nachbarn, die die Polizei riefen. Nein, so ging das nicht. Beim nächsten Mal würde er den Knebel etwas strammer ziehen, nur dieses kleine bisschen strammer, das die Sache ein bisschen sicherer machte.

Hinterher ging er an die Schublade und nahm ein Knäuel Schnur heraus. Mit einer dieser scharfen Nagelscheren, wie sie Mädchen anscheinend immer benutzen, schnitt er ein Stück von etwa fünfzehn Zentimeter ab, dann legte er Schnur und Schere zurück in die Schublade. Draußen heulte ein Automotor auf. Er trat ans Fenster. Dabei stieß er einen Stapel Bücher auf dem Fußboden um. Das Auto war jedoch bereits verschwunden, und er lächelte in sich hinein. Dann machte er einen Knoten in die Schnur, keinen speziellen Knoten, einfach einen Knoten. Auf dem Sideboard lag ein Briefumschlag bereit.

II

Es war der 28. April. Natürlich regnete es, und das Gras triefte vor Nässe unter seinen Füßen, als John Rebus zum Grab seines Vaters ging, der auf den Tag genau fünf Jahre tot war. Er legte einen Kranz in Rot und Gelb, den Farben des Gedenkens, auf den immer noch glänzenden Marmor. Dann verharrte er einen Augenblick und überlegte, was er sagen könnte, doch es gab nichts zu sagen, nichts zu denken. Er war ein ganz guter Vater gewesen, und das war's. Der alte Herr hätte sowieso nicht gewollt, dass er irgendwelche Worte verschwendete. Also stand er da, die Hände ehrerbietig hinter dem Rücken, während auf den Mauern um ihn herum die Krähen fröhlich krächzten, bis ihm das Wasser in die Schuhe sickerte und ihn daran erinnerte, dass vor dem Friedhofstor ein warmes Auto auf ihn wartete.

Er fuhr gemächlich. Er hasste es, wieder in Fife zu sein, wo die alte Zeit nie eine »gute alte Zeit gewesen« war, wo Geister in verlassenen, leeren Häusern rumorten und wo Abend für Abend an einer Hand voll trübsinniger Geschäfte die Rollläden heruntergelassen wurden, die den Vandalen eine Fläche boten, auf die sie ihre Namen schreiben konnten. Wie Rebus das alles hasste, diese absolut trostlose Gegend. Hier stank es, wie es schon immer gestunken hatte, nach Missbrauch, nach Stillstand, nach absoluter Vergeudung von Leben.

Er fuhr die acht Meilen Richtung Meer, dorthin, wo sein Bruder Michael immer noch wohnte. Der Regen ließ nach, als er sich der schiefergrauen Küste näherte. Aus Tausenden von Rissen in der Straße spritzte während der Fahrt Wasser auf. Wie kam es, fragte er sich, dass man hier die Straßen offenbar nie reparierte, während in Edinburgh so oft daran gearbeitet wurde, dass alles nur noch schlimmer wurde? Und warum vor allen Dingen war er bloß auf die wahnwitzige Idee verfallen, extra nach Fife zu fahren, nur weil heute der Todestag des alten Herrn war? Er versuchte, sich auf etwas anderes zu konzentrieren, doch das endete damit, dass er nur noch an die nächste Zigarette denken konnte.

In dem Regen, der jetzt deutlich schwächer geworden war, sah Rebus ein Mädchen ungefähr im Alter seiner Tochter. Es ging über den Grasstreifen am Straßenrand. Er drosselte das Tempo und betrachtete sie im Spiegel, während er an ihr vorbeifuhr. Dann hielt er an und winkte sie zum Fenster. Ihre kurzen Atemzüge waren in der kalten, ruhigen Luft zu sehen. Das dunkle Haar fiel ihr zottelig in die Stirn. Sie betrachtete ihn ängstlich.

»Wo willst du hin, mein Kind?«

»Nach Kirkcaldy.«

»Soll ich dich mitnehmen?«

Sie schüttelte den Kopf. Wassertropfen flogen aus ihren welligen Haaren.

»Meine Mutter hat gesagt, ich soll nicht mit Fremden mitfahren.«

»Nun ja«, sagte Rebus lächelnd, »da hat deine Mutter ganz Recht. Ich hab auch eine Tochter in deinem Alter, und der sage ich genau dasselbe. Aber es regnet, und ich bin Polizist, deshalb kannst du mir vertrauen. Außerdem ist es noch ein ganz schönes Stück zu laufen.«

Sie blickte die menschenleere Straße auf und ab, dann schüttelte sie noch einmal den Kopf.

»Okay«, sagte Rebus, »aber sei vorsichtig. Deine Mutter hat wirklich Recht.«

Er kurbelte das Fenster wieder hoch und fuhr weiter. Dabei beobachtete er im Spiegel, wie sie hinter ihm her sah. Kluges Kind. Es war gut zu wissen, dass es immer noch Eltern mit ein bisschen Verantwortungsbewusstsein gab. Wenn man das nur von seiner Exfrau behaupten könnte. Wie sie ihre gemeinsame Tochter erzogen hatte, war eine Schande. Michael hatte seiner Tochter ebenfalls zu viele Freiheiten gelassen. Doch wem sollte man dafür die Schuld geben?

Rebus' Bruder besaß ein ansehnliches Haus. Er war in die Fußstapfen des alten Herrn getreten und Bühnenhypnotiseur geworden. Nach allem, was man so hörte, schien er recht gut darin zu sein. Rebus hatte Michael nie gefragt, wie es funktionierte, so wie er auch nie Interesse oder Neugier an der Show des alten Herrn gezeigt hatte. Michael schien das immer noch zu irritieren, denn ab und zu ließ er Hinweise oder Andeutungen hinsichtlich der Authentizität seiner Bühnenschau fallen, denen er hätte nachgehen können, wenn er gewollt hätte.

Aber John Rebus hatte genug am Hals, dem er nachgehen musste, und das schon seit fünfzehn Jahren, seit er bei der Polizei war. Fünfzehn Jahre, und alles, was er vorzuweisen hatte, waren eine gehörige Portion Selbstmitleid und eine kaputte Ehe, dazu eine unschuldige Tochter, die irgendwo dazwischen hing. Es war eher abscheulich als traurig. Michael hingegen war glücklich verheiratet, hatte zwei Kinder und ein größeres Haus, als Rebus es sich jemals würde leisten können. Er trat als Hauptattraktion in Hotels, Clubs und sogar Theatern zwischen Newcastle und Wick auf. Manchmal verdiente er bis zu sechshundert Pfund mit einer einzigen Show. Ungeheuerlich. Er fuhr ein teures Auto, war gut angezogen und würde mit Sicherheit nicht am trübsten Apriltag seit Jahren bei strömendem Regen auf einem Friedhof in Fife dumm herumstehen. Nein, dazu war Michael viel zu clever. Oder zu blöde.

»John! Um Himmels willen, was ist los? Ich meine, ich freu mich, dich zu sehen. Aber warum hast du denn nicht angerufen, um mich vorzuwarnen? Komm rein.«

Der Empfang war so, wie Rebus ihn erwartet hatte: peinlich berührte Überraschung, als ob es weh täte, daran erinnert zu werden, dass man noch irgendwo Familie hatte. Und Rebus war aufgefallen, dass von »vorwarnen« die Rede war, wo doch »Bescheid sagen« gereicht hätte. Er war Polizist. Er bemerkte solche Dinge.

Michael Rebus hastete durch das Wohnzimmer und stellte die plärrende Stereoanlage leiser.

»Komm doch rein, John«, rief er. »Möchtest du was zu trinken? Vielleicht einen Kaffee? Oder was Stärkeres? Was führt dich hierher?«

Rebus setzte sich hin, als wäre er im Haus eines Fremden, den Rücken gerade und mit professioneller Miene. Er betrachtete die holzgetäfelten Wände – eine neue Errungenschaft – und die gerahmten Fotos von seinem Neffen und seiner Nichte.

»Ich war gerade in der Gegend«, sagte er.

Michael, der sich mit den gefüllten Gläsern in der Hand vom Barschrank wegdrehte, erinnerte sich plötzlich – oder lieferte zumindest eine überzeugende Show ab.

»Oh, John, das hab ich völlig vergessen. Warum hast du mir nichts gesagt? Find ich echt Scheiße, dass ich Dads Todestag vergessen habe.«

»Jedenfalls gut, dass du Hypnotiseur und nicht Mickey, der Gedächtniskünstler, bist. Jetzt gib mir endlich das Glas, oder kannst du dich nicht davon trennen?«

Michael lächelte deutlich erleichtert und gab ihm den Whisky.

»Ist das dein Auto da draußen?«, fragte Rebus, während er das Glas entgegennahm. »Ich meine den großen BMW?«

Michael nickte immer noch lächelnd.

»Mein Gott«, sagte Rebus. »Du lebst ja nicht schlecht.«

»Chrissie und die Kinder können aber auch nicht klagen. Wir bauen gerade hinten am Haus an. Um einen Whirlpool oder eine Sauna unterzubringen. Das ist zurzeit der Hit, und Chrissie will unbedingt immer allen anderen einen Schritt voraus sein.«

Rebus trank einen Schluck Whisky. Es war ein Malt. Nichts in diesem Raum war billig, aber auch nichts war besonders erstrebenswert. Zierrat aus Glas, eine Kristallkaraffe auf einem silbernen Tablett, Fernseher und Video, die unvorstellbar winzige Hi-Fi-Anlage und die Onyxlampe. Rebus hatte ein leicht schlechtes Gewissen wegen dieser Lampe. Rhona und er hatten sie Michael und Chrissie zur Hochzeit geschenkt. Chrissie redete nicht mehr mit ihm. Wer konnte es ihr verdenken?

»Wo ist eigentlich Chrissie?«

»Oh, sie ist unterwegs, irgendwas einkaufen. Sie hat jetzt ein eigenes Auto. Die Kinder sind noch in der Schule. Sie holt sie auf dem Heimweg ab. Bleibst du zum Essen?«

Rebus zuckte die Achseln.

»Du kannst gerne bleiben«, sagte Michael wohl in der Annahme, dass Rebus es ja doch nicht tun würde. »Wie läuft's denn im Revier? Wurstelt ihr immer noch so vor euch hin?«

»Mal gehen uns ein paar durch die Lappen, doch das wird nicht so publik gemacht. Und mal erwischen wir ein paar, und das steht dann groß in der Zeitung. Es ist wohl mehr oder weniger so wie immer.«

In dem Zimmer roch es, wie Rebus plötzlich auffiel, nach kandierten Äpfeln, fast wie in einer Spielhalle.

»Das ist ja eine furchtbare Geschichte mit diesen entführten Mädchen«, sagte Michael gerade.

Rebus nickte.

»Ja«, sagte er, »ja, das ist es. Obwohl wir streng genommen noch nicht von Entführung sprechen können. Bisher hat es noch keine Lösegeldforderung oder sonst was gegeben. Es scheint sich also eher um einen banalen Fall von sexuellem Missbrauch zu handeln.«

Michael schoss von seinem Sessel hoch.

»Banal? Was ist denn daran banal?«

»So reden wir halt, Mickey. Das hat nichts zu bedeuten.« Rebus zuckte erneut die Achseln und trank sein Glas leer.

»Na ja, John«, sagte Michael und setzte sich wieder hin. »Ich meine, wir beide haben doch auch Töchter. Wie kannst du so locker darüber reden? Ich meine, schon allein die Vorstellung ist doch beängstigend.« Er schüttelte bedächtig den

Kopf mit dem typischen Ausdruck von Solidarität mit den Betroffenen, aber auch aus Erleichterung darüber, dass ihn der ganze Horror nichts anging, zumindest diesmal nicht. »Es ist beängstigend«, wiederholte er. »Und das ausgerechnet in Edinburgh. Ich meine, man würde doch nie auf die Idee kommen, dass so etwas in Edinburgh passiert, oder?«

»In Edinburgh passiert mehr, als man normalerweise annimmt.«

»Ach ja.« Michael zögerte. »Ich bin erst letzte Woche dort in einem Hotel aufgetreten.«

»Davon hast du mir ja gar nichts gesagt.«

Nun war es an Michael, die Achseln zu zucken.

»Hätte es dich denn interessiert?«, fragte er.

»Vermutlich nicht«, sagte Rebus, »aber ich wäre trotzdem gekommen.«

Michael lachte. Es war dieses typische Geburtstagslachen – oder das Lachen, wenn man zufällig Geld in einer alten Jacke gefunden hatte.

»Noch einen Whisky, Sir?«, sagte er.

»Ich hab schon gedacht, du würdest nie fragen.«

Rebus setzte seine Betrachtung des Zimmers fort, während Michael ans Barfach ging.

»Und wie läuft die Kunst?«, fragte er. »Es interessiert mich wirklich.«

»Alles prima«, sagte Michael. »Eigentlich sogar ausgezeichnet. Es ist die Rede von einem kleinen Spot im Fernsehen, aber das glaube ich erst, wenn 's soweit ist.«

»Super.«

Ein weiterer Drink landete in Rebus' bereitwilliger Hand.

»Ja, und ich arbeite an einem neuen Programmteil. Es ist allerdings eine etwas unheimliche Sache.« Ein schmaler Streifen Gold blitzte an Michaels Hand auf, als er das Glas an seine Lippen setzte. Es musste eine teure Uhr sein, sie hatte nämlich keine Zahlen auf dem Zifferblatt. Rebus hatte den Eindruck, je teurer etwas war, desto weniger schien es herzumachen – winzige Hi-Fi-Anlagen, Uhren ohne Ziffern, die durchsichtigen Dior-Socken an Michaels Füßen.

Er biss auf den Köder seines Bruders an und fragte: »Um was geht es denn?«

»Nun ja«, sagte Michael und beugte sich vor. »Ich versetze Leute aus dem Publikum zurück in frühere Leben.«

»Frühere Leben?«

Rebus starrte auf den Fußboden, als ob er den hell- und dunkelgrün gemusterten Teppich bewunderte.

»Ja«, fuhr Michael fort. »Reinkarnation, Wiedergeburt, solche Sachen. Das muss ich dir doch nicht groß und breit erklären, John. Schließlich bist *du* doch der Christ in unserer Familie.«

»Christen glauben nicht an frühere Leben, Mickey. Nur an zukünftige.«

Michael starrte Rebus an, als ob er ihn zum Schweigen bringen wollte.

»Entschuldige«, sagte Rebus.

»Was ich gerade sagen wollte, ich hab diese Nummer erst letzte Woche zum ersten Mal öffentlich ausprobiert. Allerdings experimentiere ich schon eine Weile bei meinen Privatpatienten damit herum.«

»Privatpatienten?«

»Ja. Sie zahlen mir Geld für eine private Hypnotherapie. Ich bringe sie dazu, dass sie das Rauchen aufgeben, mehr Selbstbewusstsein entwickeln oder nicht mehr ins Bett machen. Einige sind davon überzeugt, dass sie schon mal gelebt haben, und wollen von mir hypnotisiert werden, um den Beweis dafür zu bekommen. Mach dir keine Sorgen. Finanziell ist das alles korrekt. Das Finanzamt kriegt seinen Anteil.«

»Und kannst du es beweisen? Haben sie schon mal gelebt?«

Michael rieb mit einem Finger über den Rand seines Glases, das mittlerweile leer war.

»Du würdest dich wundern«, sagte er.

»Nenn mir ein Beispiel.«

Rebus folgte mit den Augen den Linien des Teppichs. Frühere Leben, sinnierte er, das war ja was. In *seiner* Vergangenheit gab es reichlich Leben.

»Na schön«, sagte Michael. »Ich hab dir doch erzählt, dass ich letzte Woche in Edinburgh aufgetreten bin. Also«, er beugte sich noch weiter vor, »ich hab mir da so eine Frau aus dem Publikum geholt, eine kleine Frau mittleren Alters. Sie war mit Kollegen aus dem Büro unterwegs. Sie ließ sich ziemlich leicht hypnotisieren, vermutlich weil sie nicht so viel getrunken hatte wie ihre Freunde. Als sie dann in Trance war, erklärte ich ihr, wir würden jetzt eine Reise in ihre Vergangenheit machen, in eine Zeit lange, lange, bevor sie geboren wurde. Ich bat sie, an ihre früheste Erinnerung zurückzudenken ...«

Michaels Stimme hatte einen professionellen, aber sehr einschmeichelnden Ton angenommen. Er breitete die Hände aus, als ob er vor Publikum spielte. Rebus, der sich an seinem Glas festhielt, merkte, wie er sich ein wenig entspannte. Er dachte an eine Episode aus ihrer Kindheit zurück, ein Fußballspiel, ein Bruder gegen den anderen. Der warme Matsch nach einem Regenschauer im Juli, und wie ihre Mutter mit hochgekrempelten Ärmeln diesen kichernden Knäuel aus Armen und Beinen in die Badewanne gepackt hatte ...

»... nun ja«, sagte Michael gerade, »sie fing an zu sprechen, und das in einer Stimme, die nicht ganz die ihre war. Es war unheimlich, John. Ich wünschte, du *wärst* dabei gewesen. Das Publikum war ganz still, und mir wurde kalt, dann heiß und dann wieder kalt, und das hatte nichts mit der Heizungsanlage des Hotels zu tun. Es war mir gelungen, verstehst du. Ich hatte die Frau in ein früheres Leben zurückversetzt. Sie war eine Nonne gewesen. Kannst du dir das vorstellen? Eine *Nonne*. Und sie sagte, sie säße allein in ihrer Zelle. Sie beschrieb das Kloster und alles, und dann fing sie an, irgendwas auf Latein zu rezitieren, und einige Leute im Publikum *bekreuzigten* sich sogar. Ich war wie versteinert. Vermutlich standen mir die Haare zu Berge. Ich holte sie so schnell ich konnte aus der Trance zurück. Es dauerte eine ganze Weile, bis die Menge anfing zu applaudieren. Und dann, wahrscheinlich aus purer Erleichterung, fingen ihre Freunde an zu lachen und ihr zuzujubeln, und damit war das Eis gebrochen. Am Ende der Veranstaltung erfuhr ich, dass die Frau eine überzeugte Protestantin war, noch dazu eine eingefleischte Anhängerin der Rangers, und sie schwor Stein und Bein, dass sie kein Wort Latein kann. Aber *irgendwer* in ihr konnte es offensichtlich. Das war vielleicht ein Ding.«

Rebus lächelte.

»Eine hübsche Geschichte, Mickey«, sagte er.

»Aber sie ist wahr.« Michael breitete flehend die Arme aus. »Glaubst du mir nicht?«

»Weiß nicht.«

Michael schüttelte den Kopf.

»Du musst ein ziemlich schlechter Polizist sein, John. Ich hatte etwa hundertfünfzig Zeugen um mich. Unanfechtbar.«

Rebus konnte sich nicht von dem Muster im Teppich losreißen.

»Eine Menge Leute glauben an frühere Leben, John.«

Frühere Leben ... Ja, er glaubte schon an einige Dinge ... An Gott ganz gewiss ... Aber frühere Leben ... Ohne Vorwarnung schrie ihn ein Gesicht aus dem Teppich an, eingesperrt in einer Zelle.

Er ließ sein Glas fallen.

»John? Was ist los? O Gott, du siehst aus, als hättest du einen ...«

»Nein, nein, es ist nichts.« Rebus hob sein Glas auf und stand auf. »Es ist nur ... Mir fehlt nichts. Es ist nur«, er sah auf seine Uhr, eine Uhr mit Ziffern, »ich sollte jetzt wohl besser gehen. Ich hab heute Abend Dienst.«

Michael lächelte schwach. Er war froh, dass sein Bruder nicht bleiben würde, aber gleichzeitig schämte er sich für seine Erleichterung.

»Wir sollten uns bald mal wieder treffen«, sagte er, »auf neutralem Terrain.«

»Ja«, sagte Rebus und sog noch einmal den starken Geruch nach kandierten Äpfeln ein. Er fühlte sich ein bisschen schlapp, ein bisschen zittrig, als hätte er sich zu weit von seinem Terrain entfernt. »Das machen wir.«

Ein- bis dreimal im Jahr, bei Hochzeiten, Beerdigungen oder zu Weihnachten, am Telefon, versprachen sie sich dieses Treffen. Das Versprechen an sich war mittlerweile zu einem Ritual geworden; man konnte es gefahrlos geben und genauso gefahrlos ignorieren.

»Das machen wir.«

Rebus schüttelte Michael an der Tür die Hand. Während er sich an dem BMW vorbei zu seinem eigenen Auto flüchtete, dachte er darüber nach, wie ähnlich er und sein Bruder sich eigentlich waren. »Ah, ihr seid beide eurer Mutter wie aus dem Gesicht geschnitten«, bemerkten Onkel und Tanten gelegentlich in ihren trübseligen kalten Zimmern. Das war aber auch schon alles. John Rebus wusste, dass das Braun seiner Haare eine Spur heller war als das von Michael und das Grün seiner Augen eine Spur dunkler. Er wusste außerdem, dass die Unterschiede zwischen ihnen so groß waren, dass die Ähnlichkeiten dagegen völlig bedeutungslos schienen. Sie waren Brüder ohne Sinn für Brüderlichkeit. Brüderlichkeit gehörte der Vergangenheit an.

Er winkte einmal vom Auto aus und war fort. In etwa einer Stunde würde er wieder in Edinburgh sein und eine halbe Stunde später dann im Dienst. Er wusste, warum er sich in Michaels Haus niemals wohl fühlen würde. Es lag an Chrissies Hass auf ihn, an ihrem unerschütterlichen Glauben, dass er allein für das Scheitern seiner Ehe verantwortlich sei. Vielleicht hatte sie ja sogar Recht. In Gedanken versuchte er, die Aufgaben abzuhaken, die in den nächsten sieben oder acht Stunden mit Sicherheit auf ihn zukommen würden. Er musste den Papierkram zu einem Fall von Einbruch mit schwerer Körperverletzung erledigen. Das war eine ziemlich üble Sache gewesen. Die Kriminalpolizei war ja schon unterbesetzt, und durch diese Entführungen würde alles noch enger werden. Diese beiden Mädchen, Mädchen im Alter seiner Tochter. Am besten gar nicht darüber nachdenken. Inzwischen würden sie tot sein oder wünschen, sie wären tot. Gott sei ihnen gnädig. Und das ausgerechnet in Edinburgh, in seiner geliebten Stadt.

Ein Wahnsinniger lief frei herum.

Die Menschen blieben in ihren Häusern.

Und ein Schrei tauchte in seiner Erinnerung auf.

Rebus zuckte die Achseln und spürte leichte Verschleißerscheinungen in einer seiner Schultern. Jedenfalls war es nicht sein Fall. Noch nicht.

Im Wohnzimmer schenkte Michael Rebus sich einen weiteren Whisky ein. Er drehte die Stereoanlage voll auf, dann griff er unter seinen Sessel und zog nach einigem Tasten einen Aschenbecher hervor, der dort versteckt gewesen war.

TEIL EINS

»Überall sind Anhaltspunkte«

I

Auf den Stufen zur Polizeistation Great London Road in Edinburgh zündete sich John Rebus seine letzte für diesen Tag erlaubte Zigarette an, bevor er die imposante Tür aufstieß und hineinging.

Das Gebäude war alt, der Fußboden marmoriert und dunkel. Es hatte etwas von der verblassenden Grandezza einer toten Aristokratie an sich. Es hatte Charakter.

Rebus winkte dem Dienst habenden Sergeant zu, der gerade alte Fotos vom Anschlagbrett riss und durch neue ersetzte. Er stieg die große geschwungene Treppe zu seinem Büro hinauf. Campbell wollte gerade gehen.

»Hallo, John.«

McGregor Campbell, wie Rebus Detective Sergeant, war dabei, Hut und Mantel anzuziehen.

»Was gibt's Neues, Mac? Wird's eine hektische Nacht werden?« Rebus begann, die Nachrichten auf seinem Schreibtisch durchzusehen.

»Ich hab keine Ahnung, John, aber heute war hier die Hölle los, das kann ich dir sagen. Da ist ein Brief für dich vom Chef persönlich.«

»Ach ja?« Rebus schien mit einem anderen Brief beschäftigt zu sein, den er gerade geöffnet hatte.

»Ja, John. Mach dich auf was gefasst. Ich glaube, du sollst für diesen Entführungsfall abgestellt werden. Viel Glück. Ich geh jetzt ins Pub, den Boxkampf in der BBC ansehen. Müsste noch rechtzeitig dort sein.« Campbell sah auf seine Uhr. »Ja, ist noch reichlich Zeit. Ist was nicht in Ordnung, John?«

Rebus fuchtelte mit dem leeren Umschlag vor ihm in der Luft herum. »Wer hat den hergebracht, Mac?«

»Keinen Schimmer, John. Was ist damit?«

»Schon wieder so ein Spinnerbrief.«

»Ach ja?« Campbell schielte Rebus über die Schulter und betrachtete die mit Schreibmaschine getippte Notiz. »Sieht nach demselben Kerl aus, findest du nicht?«

»Sehr scharfsinnig beobachtet, Mac, wenn man bedenkt, dass es haargenau dieselbe Nachricht ist.«

»Und was ist mit der Schnur?«

»Die ist auch dabei.« Rebus nahm ein kurzes Stück Schnur von seinem Schreibtisch. In der Mitte war ein einfacher Knoten.

»Verdammt merkwürdige Angelegenheit.« Campbell ging zur Tür. »Dann bis morgen, John.«

»Ja, ja, bis dann, Mac.« Rebus wartete, bis er hinausgegangen war. »Ach, Mac!« Campbell erschien wieder in der Tür.

»Ja?«

»Maxwell hat gewonnen«, sagte Rebus lächelnd.

»Was bist du doch für ein Fiesling, Rebus.« Mit zusammengebissenen Zähnen stolzierte Campbell aus der Wache.

»Einer von der alten Schule«, sagte Rebus zu sich selbst. »Also, was könnte ich für Feinde haben?«

Er betrachtete den Brief erneut, dann untersuchte er den Umschlag. Nur sein Name stand darauf, ungleichmäßig getippt. Die Nachricht war abgegeben worden, genau wie beim ersten Mal. In der Tat verdammt merkwürdig.

Er ging wieder die Treppe hinunter zum Empfang.

»Jimmy?«

»Ja, John.«

»Hast du das hier gesehen?« Er zeigte dem Dienst habenden Sergeant den Briefumschlag.

»Das?« Der Sergeant runzelte nicht nur die Stirn, sondern schien das ganze Gesicht in Falten zu legen. Nur vierzig Jahre bei der Truppe konnten einen Menschen so weit bringen, vierzig Jahre voller Fragen und Rätsel; Kreuze, die man zu tragen hatte. »Der muss unter der Tür durchgeschoben worden sein, John. Ich hab ihn selbst da vorne auf dem Fußboden gefunden.« Er deutete vage in Richtung Eingangstür. »Ist was damit?«

»Ach nein, eigentlich nicht. Danke, Jimmy.«

Doch Rebus wusste, dass ihm dieser kleine Brief die ganze Nacht keine Ruhe lassen würde, und das nur wenige Tage, nachdem er die erste anonyme Nachricht bekommen hatte. Er legte beide Briefe nebeneinander auf seinen Schreibtisch. Die Schrift einer alten Schreibmaschine, vermutlich einer tragbaren. Das S war ungefähr einen Millimeter höher als die übrigen Buchstaben. Billiges Papier ohne Wasserzeichen. Das in der Mitte geknotete Stück Schnur war mit einem scharfen Messer oder einer Schere abgeschnitten worden. Die Nachricht. Dieselbe mit Schreibmaschine getippte Nachricht.

ÜBERALL SIND ANHALTSPUNKTE.

Das mochte ja durchaus sein. Jedenfalls war es das Werk eines Spinners, irgendein dummer Scherz. Aber warum er? Es ergab keinen Sinn. In dem Moment klingelte das Telefon.

»Detective Sergeant Rebus?«

»Am Apparat.«

»Rebus, hier ist Chief Inspector Anderson. Haben Sie meine Nachricht erhalten?«

Anderson. Ausgerechnet Anderson. Der hatte ihm gerade noch gefehlt. Von einem Spinner zum nächsten.

»Ja, Sir«, sagte Rebus, der sich den Hörer unter das Kinn geklemmt hatte und besagten Brief auf seinem Schreibtisch aufriss.

»Gut. Können Sie in zwanzig Minuten hier sein? Die Besprechung findet in der Einsatzzentrale in der Waverley Road statt.«

»Ich werde da sein, Sir.«

In der Leitung ertönte das Freizeichen, während Rebus las. Es war also wahr, es war offiziell. Er wurde für den Entführungsfall abgestellt. Gott, was für ein Leben. Er steckte die Zettel, die Briefumschläge und die Schnur in seine Jackentasche und sah sich frustriert im Büro um. Wer verscheißerte hier wen? Ein göttlicher Eingriff wäre nötig, innerhalb einer halben Stunde in der Waverley Road Station zu sein. Und wann sollte er seine übrige Arbeit erledigen? Er hatte drei Fälle, die in Kürze vor Gericht gingen, dazu noch etwa ein halbes Dutzend, bei denen dringend der Papierkram erledigt werden musste, bevor er sich an gar nichts mehr erinnerte. Eigentlich wäre es sogar ganz schön, sie einfach aus dem Gedächtnis zu streichen. Sie auszulöschen. Er schloss die Augen. Und öffnete sie wieder. Der Papierkram lag noch da, unübersehbar. Sinnlos. Immer hinkte man hinterher. Sobald er einen Fall abgeschlossen hatte, traten zwei oder drei neue an seine Stelle. Wie hieß doch gleich dieses Wesen? Hydra, oder? Das war's, dagegen kämpfte er an. Immer wenn er einen Kopf abgeschlagen hatte, landeten mindestens zwei neue in seinem Eingangskorb. Aus dem Urlaub zurückzukommen war ein Alptraum.

Und jetzt würden sie ihm auch noch Felsblöcke geben, die er den Hügel hinaufschieben sollte.

Er schaute zur Decke.

»Mit Gottes Hilfe«, flüsterte er. Dann ging er zu seinem Auto.

II

Die Sutherland Bar war eine beliebte Kneipe. Hier gab es keine Musikbox, keine Videospiele, keine einarmigen Banditen. Die Ausstattung war spartanisch, das Fernsehbild flackerte und sprang die meiste Zeit. Frauen waren bis weit in die sechziger Jahre dort nicht willkommen gewesen. Anscheinend hatte man etwas zu verbergen gehabt, nämlich das beste Bier vom Fass in ganz Edinburgh. McGregor Campbell trank einen Schluck aus seinem schweren Pint-Glas, den Blick starr auf den Fernseher über der Bar gerichtet.

»Wer gewinnt?«, fragte eine Stimme neben ihm.

»Ich weiß nicht«, sagte er und wandte sich der Stimme zu. »Ach, hallo Jim.«

Ein stämmiger Mann saß neben ihm, das Geld schon in der Hand, und wartete darauf, bedient zu werden. Seine Augen waren ebenfalls auf den Fernseher gerichtet. »Ist ja ein klasse Kampf«, sagte er. »Ich schätze, Mailer gewinnt.«

Mac Campbell hatte eine Idee.

»Nein, ich tippe auf Maxwell, der wird haushoch gewinnen. Hast du Lust zu wetten?«

Der stämmige Mann suchte in seiner Tasche nach Zigaretten und beäugte den Polizisten.

»Wie viel?«, fragte er.

»Einen Fünfer?«, sagte Campbell.

»Abgemacht. Tom, mach mir doch mal bitte ein Pint. Möchtest du auch noch was, Mac?«

»Noch mal das Gleiche, danke.«

Eine Zeit lang saßen sie schweigend da, tranken Bier und sahen dem Kampf zu. Hinter ihnen waren ab und zu gedämpfte Jubelschreie zu hören, wenn einer der Kämpfer einen Treffer landete oder einem Schlag auswich.

»Sieht gut aus für deinen Mann, wenn der Kampf über alle Runden geht«, sagte Campbell und bestellte noch mehr Bier.

»Ja, aber lass uns erst mal abwarten. Wie läuft's übrigens bei der Arbeit?«

»Prima, und bei dir?«

»Zurzeit ist es 'ne verdammte Schinderei, wenn du's unbedingt wissen willst.« Während er redete, fiel etwas Asche auf seine Krawatte. Er nahm die Zigarette die ganze Zeit nicht aus dem Mund, obwohl sie manchmal gefährlich wackelte. »Eine absolute Schinderei.«

»Bist du immer noch hinter dieser Drogengeschichte her?«

»Nicht so richtig. Man hat mir die Entführungssache aufs Auge gedrückt.«

»Ach ja? Da sitzt Rebus jetzt auch dran. Pass auf, dass du *dem* nicht auf die Nerven gehst.«

»Zeitungsleute gehen allen auf die Nerven, Mac. Das gehört einfach dazu.«

Obwohl Mac Campbell Jim Stevens gegenüber immer ein wenig misstrauisch war, war er dennoch dankbar für diese Freundschaft, so angespannt und schwierig sie auch manchmal war, denn dadurch hatte er schon eine ganze Reihe Informationen bekommen, die ihm beruflich weitergeholfen hatten. Die pikantesten Happen behielt Stevens natürlich für sich. Daraus bestanden schließlich »Exklusivberichte«. Aber er war immer bereit, mit sich handeln zu lassen, und Campbell hatte den Eindruck, dass häufig gerade die harmlosesten Informationen, vermischt mit ein bisschen Klatsch, Stevens' Bedürfnissen durchaus entsprachen. Er war wie eine Elster. Er sammelte wahllos, was ihm in die Quere kam, und bewahrte viel mehr auf, als er je brauchen würde. Aber bei Reportern konnte man nie wissen. Campbell war jedenfalls froh, Stevens zum Freund und nicht zum Feind zu haben.

»Und was passiert jetzt mit deinem Drogendossier?«

Jim Stevens zuckte mit seinen zerknitterten Schultern.

»Im Augenblick steht da eh nichts drin, was euch Jungs viel nützen könnte. Ich werde die Sache allerdings nicht völlig fallen lassen, falls du das meinst. Das ist ein zu großes Schlangennest, diese Typen darf man nicht ungeschoren davonkommen lassen. Ich werde die Augen weiter offen halten.«

Eine Glocke läutete die letzte Kampfrunde ein. Zwei schwitzende, völlig erschöpfte Körper stürzten sich aufeinander und wurden zu einem einzigen Knoten aus Armen und Beinen.

»Sieht immer noch gut aus für Mailer«, sagte Campbell, den allmählich ein ungutes Gefühl beschlich. Das konnte doch wohl nicht wahr sein. So etwas würde Rebus ihm doch nicht antun. Plötzlich wurde Maxwell, der langsamere und schwerere der beiden Kämpfer, von einem kräftigen Schlag ins Gesicht getroffen und taumelte zurück. In der Bar brach ein riesiges Getöse aus, man roch Blut und Sieg. Campbell starrte in sein Glas. Maxwell wurde stehend ausgezählt. Es war vorbei. Eine Sensation in den letzten Sekunden des Kampfes, nach Meinung des Kommentators.

Stevens streckte seine Hand aus.

Ich bringe diesen verdammten Rebus um, dachte Campbell. Ich werde ihn einfach umbringen.

Später, über etlichen Bieren, die von Campbells Geld bezahlt wurden, erkundigte sich Jim Stevens nach Rebus.

»Sieht also so aus, als würde ich ihn endlich kennen lernen?«

»Vielleicht, vielleicht aber auch nicht. Er versteht sich nicht gerade gut mit Anderson, kann also sein, dass er die Scheißarbeit aufs Auge gedrückt bekommt und den ganzen Tag am Schreibtisch sitzt. Allerdings kommt John Rebus eigentlich mit niemandem so richtig gut aus.«

»Ach?«

»Na ja, ich nehme an, so schlimm ist er gar nicht, aber er macht es einem nicht leicht, ihn zu mögen.« Um dem fragenden Blick seines Freundes auszuweichen, begann Campbell die Krawatte des Reporters zu studieren. Die jüngste Schicht Zigarettenasche hatte sich wie ein Schleier über diverse, bereits recht alte Flecken gelegt. Einiges sah aus wie Ei, dazu Fett und Alkoholflecken. Die schmuddeligsten Reporter waren stets die gewieftesten, und Stevens war gewieft, so gewieft, wie man nach zehn Jahren bei einer lokalen Zeitung nur sein konnte. Es hieß, er hätte schon Stellen bei Londoner Zeitungen abgelehnt, bloß weil er gerne in Edinburgh lebte. Und am meisten liebte er an seinem Job, dass dieser ihm die Gelegenheit gab, die finsteren Abgründe dieser Stadt aufzudecken – Verbrechen, Korruption, Gangs und Drogen. Er war ein besserer Detektiv als jeder andere, den Campbell kannte, und das war vielleicht auch der Grund, weshalb die hohen Tiere bei der Polizei ihn nicht mochten und ihm misstrauten. Und das war wohl Beweis genug dafür, dass er seine Arbeit gut machte. Campbell beobachtete, wie etwas Bier aus Stevens' Glas auf dessen Hose tropfte.

»Dieser Rebus«, sagte Stevens und wischte sich den Mund ab, »das ist doch der Bruder von dem Hypnotiseur, oder etwa nicht?«

»Muss er wohl. Ich hab ihn zwar nie danach gefragt, aber es kann nicht allzu viele Leute mit so einem Namen geben, oder?«

»Das hab ich mir auch gedacht.« Er nickte vor sich hin, als würde er etwas äußerst Wichtiges bestätigen.

»Na und?«

»Ach, nichts. Fiel mir nur so auf. Und er ist nicht sehr beliebt, hast du gesagt?«

»So hab ich das nicht gemeint. Im Grunde tut er mir sogar Leid. Der arme Kerl hat genug Mist am Hals. Und jetzt kriegt er auch noch Briefe von irgend so einem Spinner.«

»Briefe von einem Spinner?« Stevens zündete sich eine weitere Zigarette an und war für einen Augenblick in Rauch eingehüllt. Zwischen den beiden Männern hing der übliche blaue Pubdunst.

»Ich hätte dir das eigentlich gar nicht erzählen dürfen. Das war *streng* vertraulich.«

Stevens nickte.

»Selbstverständlich. Es interessiert mich halt nur. Solche Sachen kommen also tatsächlich vor?«

»Nicht oft. Und schon gar nicht so merkwürdige wie die, die er kriegt. Ich meine, da stehen keine Beschimpfungen drin oder so. Sie sind einfach ... merkwürdig.«

»Erzähl mal. Was ist das denn?«

»Nun ja, in jedem ist ein Stück Schnur mit einem Knoten in der Mitte und dann so eine Nachricht, dass überall Anhaltspunkte wären.«

»Verdammt. Das ist in der Tat seltsam. Die sind schon eine seltsame Familie. Der eine ist Hypnotiseur und der andere kriegt anonyme Briefe. Er war doch bei der Armee, oder?«

»John, ja. Woher weißt du das?«

»Ich weiß alles, Mac. Das ist mein Job.«

»Was auch noch komisch ist, er will nicht darüber reden.«

Der Reporter wirkte erneut interessiert. Und wenn ihn etwas interessierte, dann fingen seine Schultern leicht an zu beben. Er starrte auf den Fernseher.

»Er will nicht über die Armee reden?«

»Kein Wort. Ich hab ihn schon mehrmals danach gefragt.«

»Wie ich schon sagte, Mac, das ist eine seltsame Familie. Trink aus, ich hab noch reichlich von deinem Geld übrig.«

»Du bist ein Schweinehund, Jim.«

»Durch und durch«, sagte der Reporter und lächelte zum zweiten Mal an diesem Abend.

III

»Meine Herren, und natürlich auch meine Damen, danke, dass Sie sich so rasch hier eingefunden haben. Das hier wird für die Zeit der Ermittlungen das Operationszentrum sein. Wie Ihnen allen bekannt ist ...«

Detective Chief Superintendent Wallace verstummte mitten im Satz, als die Tür zum Ermittlungszimmer abrupt aufging und John Rebus, dem sich sofort alle Blicke zuwandten, hereinkam. Er schaute sich verlegen um und schenkte seinem Vorgesetzten hoffnungsvoll, aber vergeblich, ein entschuldigendes Lächeln. Dann setzte er sich auf einen Stuhl in der Nähe der Tür.

»Was ich gerade sagen wollte«, fuhr der Superintendent fort.

Rebus rieb sich die Stirn und betrachtete die anwesenden Beamten. Er wusste, was der alte Knabe sagen würde, und was er im Augenblick am wenigsten brauchen konnte, waren altväterliche aufmunternde Worte. Der Raum war voller Leute. Viele von ihnen wirkten müde, als ob sie schon eine ganze Zeit an dem Fall arbeiteten. Die frischeren und aufmerksameren Gesichter gehörten den neuen Jungs, die zum Teil aus Polizeistationen außerhalb der Stadt geholt worden waren. Zwei oder drei von ihnen hielten Notizbuch und Stift bereit, fast so, als wären sie wieder in der Schule. In der ersten Reihe saßen zwei Frauen mit übereinander geschlagenen Beinen und schauten zu Wallace auf, der jetzt so richtig in Fahrt war und vor der Tafel auf und ab stolzierte wie ein shakespearescher Held in einer schlechten Schulaufführung.

»Zwei Todesfälle also. Ja. Todesfälle, muss ich leider sagen.« Ein erwartungsvoller Schauder lief durch den Raum. »Die Leiche von Sandra Adams, elf Jahre, wurde heute Abend um sechs Uhr auf einem unbebauten Grundstück in der Nähe des Bahnhofs Haymarket gefunden und die von Mary Andrews um zehn vor sieben in einem Schrebergarten im Stadtteil Oxgangs. An beiden Tatorten sind bereits Beamte tätig, und am Ende dieser Besprechung werde ich diejenigen von Ihnen benennen, die die Kollegen dort unterstützen sollen.«

Rebus bemerkte, dass mal wieder die übliche Hackordnung eingehalten wurde – Inspektoren im vorderen Teil des Raums, Sergeants und der Rest im hinteren. Selbst mitten in einem Mordfall gibt es eine Hackordnung. Die britische Krankheit. Und er war ganz unten gelandet, weil er zu spät gekommen war. Ein weiterer Minuspunkt auf einer schwarzen Liste, die sicher irgendwer im Hinterkopf führte.

Bei der Armee hatte er immer zu den Spitzenleuten gehört. Er war Fallschirmjäger gewesen, hatte die Ausbildung für den Special Air Service gemacht und war in seinem Kurs der Beste gewesen. Dann war er für eine Sondertruppe für Spezialaufgaben ausgewählt worden. Er hatte seinen Orden und seine Auszeichnungen. Es war eine gute Zeit gewesen und gleichzeitig das Schlimmste, was er je erlebt hatte, eine Zeit voller

Stress und Entbehrungen, voll Betrug und brutaler Gewalt. Und als er den Dienst quittierte, hatte die Polizei ihn nur widerwillig aufgenommen. Mittlerweile wusste er, dass das mit dem Druck zu tun hatte, den die Armee ausgeübt hatte, damit er den Job bekam, den er haben wollte. Einige Leute nahmen so etwas übel, und die hatten ihm seitdem immer wieder Bananenschalen in den Weg geworfen. Doch er war ihren Fallen ausgewichen, hatte seinen Job gemacht und auch hier seine, wenn auch nur widerwillig erteilten, Auszeichnungen erhalten. Aber es bestand wenig Aussicht auf Beförderung, und das hatte ihn dazu veranlasst, einige missliebige Dinge zu sagen, und die wurden ihm immer wieder vorgehalten. Und dann hatte er einmal nachts in einer Zelle einem widerspenstigen Kerl eins auf die Rübe gegeben. Gott möge ihm vergeben, er hatte einfach für einen Augenblick den Kopf verloren. Wegen dieser Sache hatte es dann noch mehr Ärger gegeben. Nun ja, die Welt war halt so, wie sie war, und schön war sie bestimmt nicht. Er lebte in einem alttestamentarischen Land, einem Land der Barbarei, und das Motto hieß Auge um Auge, Zahn um Zahn.

»Morgen, sobald die Obduktionen durchgeführt sind, werden wir Ihnen natürlich weitere Informationen zur Verfügung stellen können. Aber ich denke, dass es für den Augenblick genügt. Ich gebe jetzt das Wort an Chief Inspector Anderson weiter, der Ihnen Ihre vorläufigen Aufgaben zuteilen wird.«

Rebus bemerkte, dass Jack Morton, der in einer Ecke saß, eingenickt war. Wenn ihn keiner weckte, würde er gleich anfangen zu schnarchen. Rebus lächelte, doch dieses Lächeln wurde sofort wieder von einer Stimme vorne im Raum erstickt, der Stimme von Anderson. Das hatte Rebus gerade noch gefehlt. Anderson, der Mann, der im Mittelpunkt seiner missliebigen Bemerkungen gestanden hatte. Einen furchtbaren Augenblick lang glaubte er die Vorsehung am Werk. Anderson leitete die Ermittlungen. Anderson verteilte die Aufgaben. Rebus nahm sich vor, in Zukunft nicht mehr zu beten. Vielleicht würde Gott diesen Wink ja verstehen und einen der wenigen Anhänger, die ihm auf diesem fast völlig gottlosen Planeten noch geblieben waren, nicht mehr so schinden.

»Genmill und Hartley werden die Befragungen von Haus zu Haus übernehmen.«

Gott sei Dank, dass ihm das nicht aufs Auge gedrückt worden war. Es gab nur eines, was noch schlimmer war als Von-Haus-zu-Haus ...

»Eine erste Durchsicht der einschlägigen Akten werden die Detective Sergeants Morton und Rebus übernehmen.«

... und das war's dann auch schon.

Danke, lieber Gott, vielen Dank. Genauso habe ich mir den heutigen Abend vorgestellt. Es war mein sehnlichster Wunsch, die Fallgeschichten von sämtlichen verdammten Perversen und Sexualstraftätern in Ost-Mittel-Schottland durchzuackern. Du musst mich wirklich abgrundtief hassen. Bin ich Hiob oder was? Ist es das?

Aber es war keine himmlische Stimme zu vernehmen, nur die Stimme des satanischen, anzüglich grinsenden Anderson, dessen Finger langsam im Personalverzeichnis blätterten. Er hatte feuchte, volle Lippen, es war allgemein bekannt, dass seine Frau ihn betrog, und sein Sohn war zu allem Überfluss ein wandernder Dichter. Rebus häufte einen Fluch nach dem anderen auf die Schultern des pedantischen, spindeldürren Beamten. Dann trat er Jack Morton ans Bein, was diesen schnaufend und prustend aus seinem Schlummer riss.

Mal wieder eine von diesen Nächten.

IV

»Mal wieder eine von diesen Nächten«, sagte Jack Morton. Er zog genüsslich an seiner kurzen Filterzigarette, hustete laut, nahm ein Taschentuch heraus und spuckte irgendwas hinein.

Dann betrachtete er den Inhalt des Taschentuchs. »Aha, ein neuer untrüglicher Beweis«, sagte er. Trotzdem wirkte er ziemlich besorgt.

Rebus lächelte. »Du solltest mit dem Rauchen aufhören, Jack«, sagte er.

Sie saßen zusammen an einem Schreibtisch, auf dem etwa hundertfünfzig Akten über in Schottland bekannte Sexualstraftäter gestapelt waren. Eine schicke junge Sekretärin, die offensichtlich die Überstunden genoss, die die Ermittlungen in einem Mordfall mit sich brachten, schleppte immer noch mehr Akten ins Büro. Rebus hatte sie jedes Mal, wenn sie hereinkam, mit gespielter Entrüstung angestarrt. Er hoffte, sie damit zu verscheuchen, aber wenn sie nun noch einmal wiederkäme, würde er echt sauer.

»Nein, John, das sind diese verdammten Filterdinger. Die kann ich einfach nicht vertragen. Scheiß auf den Arzt.«

Mit diesen Worten nahm Morton die Zigarette aus dem Mund, brach den Filter ab und steckte die nun lächerlich kurze Zigarette zwischen seine dünnen, blutleeren Lippen.

»Das ist besser. Das schmeckt mehr wie 'ne Kippe.«

Zwei Dinge hatte Rebus immer bemerkenswert gefunden. Zum einen, dass er Jack Morton mochte und gleichermaßen von ihm gemocht wurde. Zum anderen, dass Morton so heftig an einer Zigarette ziehen und gleichzeitig so wenig Rauch ausstoßen konnte. Wohin verschwand dieser ganze Rauch? Er hatte keine Erklärung dafür.

»Wie ich sehe, verkneifst du's dir heut Abend, John.«

»Ich beschränke mich auf zehn pro Tag, Jack.«

Morton schüttelte den Kopf.

»Zehn, zwanzig oder dreißig pro Tag. Glaub mir, John, das ändert im Grunde gar nichts. Es läuft letztlich darauf hinaus, entweder du lässt es oder du lässt es nicht; und wenn du nicht aufhören kannst, dann kannst du auch genauso gut so viele rauchen wie du willst. Das hat man nachgewiesen. Ich hab darüber in einer Zeitschrift gelesen.«

»Was du nicht sagst, aber wir wissen ja alle, was *du* für Zeitschriften liest, Jack.«

Morton kicherte, wurde von einem weiteren gewaltigen Husten geschüttelt und suchte nach seinem Taschentuch.

»Was für eine scheiß Aufgabe«, sagte Rebus und nahm sich die erste Akte vor.

Die nächsten zwanzig Minuten saßen die beiden Männer schweigend da und blätterten in Berichten über Vergewaltiger, Exhibitionisten, Päderasten, Pädophile, Zuhälter und deren Phantasien. Rebus spürte, wie ihm das Wasser im Munde zusammenlief. Es war, als würde er sich immer wieder selbst dort sehen, jenes Ich, das hinter seinem normalen Verstand lauerte. Sein Mister Hyde à la Robert Louis Stevenson, ein Geschöpf Edinburghs. Er schämte sich seiner gelegentlichen Erektionen. Doch Jack Morton hatte sicher auch welche. Das gehörte zum Beruf ebenso wie der Abscheu, der Hass und die Faszination.

Um sie herum herrschte die übliche nächtliche Betriebsamkeit einer Polizeiwache. Männer in Hemdsärmeln gingen entschlossenen Schrittes an ihrer offenen Tür vorbei, der Tür des Büros, das man ihnen zugewiesen hatte, weitab von allen anderen, damit sie mit ihren schmutzigen Gedanken nur ja niemanden infizierten. Rebus hielt einen Augenblick im Lesen inne und dachte darüber nach, dass sein Büro in der Great London Road einen großen Teil der Ausstattung hier gut gebrauchen könnte – den modernen Schreibtisch (der nicht wackelte und dessen Schubladen sich ganz leicht öffnen ließen), die Aktenschränke (dito) sowie den Getränkeautomaten direkt vor der Tür. Statt des leberfarbenen Linoleums in seinem Büro mit den gefährlich hoch stehenden Rändern gab es hier sogar Teppichboden. Es war eine äußerst angenehme Umgebung, um irgendeinen Perversen oder Mörder ausfindig zu machen.

»Was genau suchen wir eigentlich, Jack?«

Morton schnaubte, warf einen schmalen braunen Ordner

auf den Schreibtisch, sah Rebus an, zuckte die Schultern und zündete sich eine Zigarette an.

»Müll«, sagte er und nahm sich den nächsten Ordner. Ob das eine Antwort auf Rebus' Frage sein sollte, würde er nie erfahren.

»Detective Sergeant Rebus?«

Ein junger Constable, glatt rasiert und mit Akne am Hals, stand in der offenen Tür.

»Ja.«

»Nachricht vom Chef, Sir.«

Er reichte Rebus ein gefaltetes blaues Blatt Papier.

»'ne gute Nachricht?«, fragte Morton.

»Tja, Jack, eine wunderbare Nachricht. Unser Boss schickt uns die folgende überaus freundliche Botschaft: ›Irgendwelche Hinweise aus den Akten?‹ Ende der Nachricht.«

»Möchten Sie eine Antwort schicken, Sir?«, fragte der Constable.

Rebus knüllte das Blatt zusammen und warf es in einen nagelneuen Aluminiumpapierkorb. »Ja, mein Sohn, das möchte ich«, sagte er, »aber ich bezweifle sehr, dass Sie die überbringen wollen.«

Jack Morton wischte sich Asche von der Krawatte und lachte.

Es war mal wieder eine von diesen Nächten. Als Jim Stevens sich endlich auf den Heimweg machte, hatte er seit seinem Gespräch mit Mac Campbell, das bereits vier Stunden zurücklag, nichts Interessantes mehr erfahren. Er hatte Mac erzählt, dass er seine privaten Ermittlungen über Edinburghs gut florierenden Drogenhandel nicht aufgeben wollte, und das entsprach (auch) der Wahrheit. Es wurde für ihn allmählich zu einer Manie, und mochte sein Boss ihn auch für einen Mordfall abstellen, so würde er seine bisherigen Ermittlungen heimlich in seiner spärlichen Freizeit weiterverfolgen, Zeit, die er spät in der Nacht fand, wenn die Druckmaschinen liefen, und die er in immer finstereren Spelunken immer weiter außerhalb der Stadt verbrachte. Denn er wusste, dass er nahe dran war an einem großen Knüller, aber noch nicht nahe genug, um die Hilfe der Gesetzeshüter in Anspruch zu nehmen. Er wollte, dass die Geschichte wasserdicht war, bevor er die Kavallerie herbeirief.

Und er kannte auch die Gefahren. Er wusste, dass er sich auf unsicherem Boden bewegte und durchaus an einem dunklen stillen Morgen zwischen den Docks von Leith landen oder gefesselt und geknebelt in einem Autobahngraben in der Nähe von Perth aufwachen könnte. Doch das machte ihm nichts aus. Es war nur so ein Gedanke, der ihm ab und zu kam, wenn er müde war oder ihn die Edinburgher Drogenszene, der absolut nichts Glamouröses anhaftete, total deprimierte, eine Szene, die in erster Linie in den wild wuchernden Wohnsiedlungen und schäbigen Kneipen mit verlängerter Schanklizenz zu Hause war und nicht in den glitzernden Diskotheken und plüschigen Wohnungen der New Town.

Was er am meisten an der ganzen Sache hasste, war die Tatsache, dass die eigentlichen Drahtzieher so still und heimlich operierten und mit der Szene selbst nichts zu tun hatten. Seiner Meinung nach sollten Verbrecher sich auch die Hände schmutzig machen, im passenden Milieu leben und einen entsprechenden Lebensstil pflegen. Ihm gefielen die Glasgower Gangster der fünfziger und sechziger Jahre, die in den Slums von Gorbals lebten und von dort aus operierten, die ihren Nachbarn illegales Geld liehen und, wenn es nötig war, schon mal einen dieser Nachbarn aufschlitzten. Das war so was wie eine Familienangelegenheit. Überhaupt nicht zu vergleichen mit den Dingen heute. Das hier war etwas völlig anderes und aus diesem Grund hasste er es.

Sein Gespräch mit Campbell war durchaus interessant gewesen, wenn auch aus anderen Gründen. Mit diesem Rebus schien irgendetwas faul zu sein. Und das galt auch für seinen Bruder. Vielleicht steckten sie ja gemeinsam darin. Und wenn die Polizei in diese Sache verwickelt war, dann wäre seine Aufgabe noch viel schwieriger, dafür allerdings auch viel befriedigender.

Doch jetzt brauchte er erst mal einen Durchbruch, einen netten kleinen Durchbruch in seinen Recherchen. Und der konnte nicht mehr weit sein. Für so etwas sagte man ihm nicht umsonst einen Riecher nach.

V

Um halb zwei gönnten sie sich eine Pause. Im Gebäude gab es eine Kantine, die selbst zu dieser unchristlichen Zeit noch auf hatte. Draußen wurde gerade die Mehrzahl der Bagatelldelikte des Tages verübt, aber drinnen war es angenehm warm und gemütlich, und es gab genug Essen und literweise Kaffee für die fleißigen Polizisten.

»Das ist das absolute Chaos«, sagte Morton, während er Kaffee von seinem Unterteller zurück in die Tasse schüttete. »Anderson hat nicht die leiseste Ahnung, was er eigentlich tut.«

»Kann ich 'ne Zigarette von dir haben? Ich hab keine mehr.« Rebus klopfte überzeugend auf seine Taschen.

»Mein Gott, John«, sagte Morton und hielt ihm, schnaufend wie ein alter Mann, die Zigaretten hin, »an dem Tag, an dem du das Rauchen aufgibst, wechsle ich meine Unterwäsche.«

Jack Morton war kein alter Mann, doch wenn er seine Exzesse weiter in diesem Tempo durchzog, würde er vorzeitig einer werden. Er war fünfunddreißig, sechs Jahre jünger als Rebus. Auch er hatte eine gescheiterte Ehe hinter sich. Seine vier Kinder lebten zurzeit bei der Großmutter, während ihre Mutter sich mit ihrem derzeitigen Liebhaber auf einer verdächtig langen Reise befand. Das Ganze war ein einziges Trauerspiel, hatte er Rebus anvertraut, und dieser hatte ihm zugestimmt, weil er selber eine Tochter hatte, die ihm ein schlechtes Gewissen bereitete.

Morton war schon seit zwei Jahrzehnten bei der Polizei, und im Gegensatz zu Rebus hatte er ganz unten angefangen und sich durch pure Plackerei zu seinem gegenwärtigen Rang hochgearbeitet. Er hatte Rebus seine Lebensgeschichte erzählt, als die beiden mal für einen Tag zum Fliegenfischen in der Nähe von Berwick gefahren waren. Es war ein strahlend schöner Tag gewesen, beide hatten einige gute Fänge gemacht, und im Laufe des Tages waren sie Freunde geworden. Rebus war allerdings nicht mit seiner Lebensgeschichte herausgerückt. Jack Morton kam es so vor, als lebte dieser Mann in einer selbstgezimmerten kleinen Gefängniszelle. Besonders zugeknöpft schien er in Bezug auf seine Jahre bei der Armee. Morton wusste, was die Armee bei manchen Männern anrichten konnte, und akzeptierte Rebus' Schweigen. Vielleicht hatte er aus dieser Zeit ein paar Leichen im Keller. Mit so was kannte Morton sich nämlich aus; ein paar seiner spektakulärsten Verhaftungen waren nicht gerade »streng nach Vorschrift« gelaufen.

Heutzutage kümmerte Morton sich nicht mehr um Schlagzeilen und spektakuläre Verhaftungen. Er machte seine Arbeit, kassierte sein Gehalt, dachte ab und zu an seine Rente und die darauffolgenden Jahre, die er hauptsächlich mit Angeln verbringen würde, und soff derweil Frau und Kinder aus seinem Gedächtnis.

»Das ist eine angenehme Kantine«, quetschte Rebus neben seiner Kippe heraus, um irgendwie ein Gespräch in Gang zu setzen.

»Ja, das stimmt. Ich bin ab und zu hier. Ich kenne einen von den Typen aus dem Computerraum. Weißt du, es ist ganz praktisch, jemand, der sich mit diesen Terminals auskennt, in der Tasche zu haben. Die stöbern für dich ein Auto auf, einen Namen oder eine Adresse, so schnell kannst du nicht mit den Augen zwinkern. Und das kostet dich nur ab und zu mal einen Drink.«

»Dann lass die doch unseren Kram aussortieren.«

»Wart's ab, John. Irgendwann werden *alle* Akten im Computer sein. Und dann dauert es nur noch eine Weile, bis die feststellen, dass sie so Arbeitstiere wie uns gar nicht mehr brauchen. Dann gibt's nur noch ein paar Detective Inspectors und einen Computer-Arbeitsplatz.«

»Ich werd 's im Auge behalten«, sagte Rebus.

»Das ist der Fortschritt, John. Wo wären wir ohne den? Dann säßen wir immer noch mit der Pfeife im Mund und einem Vergrößerungsglas in der Hand da und würden Vermutungen anstellen.«

»Da hast du vermutlich Recht, Jack. Aber denk dran, was der Super immer sagt: ›Gebt mir lieber ein Dutzend guter Männer und schickt eure Maschinen zu ihren Schöpfern zurück.‹«

Während er sprach, schaute Rebus sich im Raum um und stellte fest, dass eine der beiden Frauen, die er bei der Besprechung gesehen hatte, allein an einem Tisch saß.

»Und außerdem«, sagte Rebus, »wird es immer einen Platz für Leute wie uns geben, Jack. Die Gesellschaft kommt ohne uns nicht aus. Computer haben keine Intuition. Da sind wir ihnen locker überlegen.«

»Vielleicht, ich weiß nicht. Jedenfalls sollten wir langsam mal wieder zurück, was?« Morton sah auf seine Uhr, trank seine Tasse aus und schob den Stuhl zurück.

»Geh schon mal vor, Jack. Ich komme gleich nach. Ich will nur mal eine Intuition überprüfen.«

»Darf ich mich zu Ihnen setzen?«

Mit einer frischen Tasse Kaffee in der Hand zog Rebus den Stuhl gegenüber der Polizeibeamtin heraus. Ihr Gesicht war hinter der Tageszeitung verborgen. Ihm fiel die schreiende Schlagzeile auf der ersten Seite auf. Offenbar hatte jemand den lokalen Medien ein paar Informationen gesteckt.

»Bitte sehr«, sagte sie, ohne aufzublicken.

Rebus grinste in sich hinein und setzte sich. Dann nippte er an der trüben Instantbrühe.

»Viel zu tun?«, fragte er.

»Ja. Sie doch wohl auch. Ihr Kollege ist vor ein paar Minuten gegangen.«

Scharfsinnig beobachtet, das musste man ihr lassen. Rebus begann sich ein wenig unbehaglich zu fühlen. Er mochte keine biestigen Frauen, und hier hatte er es offenbar mit einer zu tun.

»Ja, das ist er in der Tat. Aber er ist so ein bisschen masochistisch veranlagt. Wir gehen gerade die einschlägigen Akten durch. Ich würde alles tun, um dieses besondere Vergnügen noch etwas hinauszuzögern.«

Von dieser vermeintlichen Beleidigung getroffen, blickte sie endlich auf.

»Dann diene ich Ihnen also als Verzögerungstaktik?«

Rebus zuckte lächelnd die Achseln.

»Als was denn sonst?«, sagte er.

Nun lächelte auch sie. Sie faltete die Zeitung zu, knickte sie zweimal und legte sie vor sich auf die Tischplatte aus Resopal. Dann tippte sie auf die Überschrift.

»Offenbar sind wir in den Schlagzeilen«, sagte sie.

Rebus drehte die Zeitung in seine Richtung.

ENTFÜHRUNGEN IN EDINBURGH – JETZT IST ES MORD!

»Ein echt grausiger Fall«, erklärte er. »Einfach furchtbar. Und die Zeitungen machen die Sache auch nicht besser.«

»Nun ja, in ein paar Stunden werden wir die Autopsieergebnisse haben, und das bringt uns vielleicht ein bisschen weiter.«

»Ich hoffe es. Hauptsache ich bin diese verdammten Akten bald los.«

»Ich dachte immer, die männlichen Kollegen«, sie betonte das Adjektiv, »würde es antörnen, dieses Zeug zu lesen.«

Rebus breitete die Hände aus, eine Geste, die er offenbar von Michael übernommen hatte.

»Da haben Sie genau ins Schwarze getroffen. Wie lange sind Sie schon bei der Truppe?«

Rebus schätzte sie auf dreißig, plus minus zwei Jahre. Sie hatte dichte, kurze braune Haare und eine lange gerade Nase. Sie trug keinen Ring am Finger, aber heutzutage hatte das ja nichts zu bedeuten.

»Lange genug«, sagte sie.

»Hab ich mir gedacht, dass Sie das sagen würden.«

Sie lächelte immer noch – also doch nicht biestig.

»Dann sind Sie klüger, als ich gedacht habe«, sagte sie.

»Sie würden sich wundern.«

Er wurde das Spielchen allmählich leid, da es offensichtlich zu nichts führte. Es bewegte sich alles im Mittelfeld, eher ein Freundschafts- als ein Meisterschaftsspiel. Er sah demonstrativ auf seine Uhr.

»Ich sollte wohl allmählich zurück«, sagte er.

Sie nahm ihre Zeitung wieder auf.

»Haben Sie am Wochenende schon was vor?«, fragte sie.

Rebus setzte sich wieder hin.

VI

Um vier Uhr verließ er die Polizeiwache. Die Vögel gaben sich Mühe, die Menschen davon zu überzeugen, dass der Morgen bereits graute, aber niemand schien ihnen auf den Leim zu gehen. Es war immer noch dunkel, und die Luft war kühl.

Er beschloss, sein Auto stehen zu lassen und zu Fuß nach Hause zu gehen, eine Strecke von etwa zwei Meilen. Das brauchte er jetzt; er wollte die kühle, feuchte Luft spüren, die einen morgendlichen Regenschauer verhieß. Er atmete tief durch, versuchte sich zu entspannen, zu vergessen, doch sein Kopf war voll von diesen Akten, und Erinnerungsfetzen aus dem Gelesenen, Horrormeldungen, nicht länger als ein paar Zeilen, verfolgten ihn auf dem ganzen Weg.

Sich an einem acht Monate alten Mädchen zu vergehen. Die Babysitterin hatte die Tat gelassen zugegeben und gesagt, sie hätte es »wegen des Kicks« getan.

Eine Großmutter vor den Augen ihrer beiden Enkel zu vergewaltigen und den Kindern vor dem Gehen noch Süßigkeiten aus einem Glas zu geben. Eine vorsätzliche Tat, von einem fünfzigjährigen Junggesellen begangen.

Einer Zwölfjährigen mit Zigaretten den Namen einer Straßengang in die Brust zu brennen und sie dann in einer brennenden Hütte zurückzulassen. Die Täter wurden nie gefasst.

Und dann der vorliegende Fall: zwei Mädchen zu entführen und sie zu erwürgen, *ohne* sie vorher sexuell missbraucht zu haben. Das, so hatte Anderson erst vor einer halben Stunde erklärt, war eine Perversion der Perversion, und auf seltsame Weise hatte Rebus gewusst, was er meinte. Es ließ die Todesfälle noch willkürlicher erscheinen, noch sinnloser – und noch schockierender.

Jedenfalls hatten sie es nicht mit einem Sexualstraftäter zu tun, zumindest keinem von der üblichen Sorte. Was, wie Rebus zugeben musste, ihre Aufgabe nur noch schwerer machte, weil sie nun mit so etwas wie einem »Serienmörder« konfrontiert waren, der willkürlich zuschlug und keinerlei Hinweise hinterließ, dem es eher darum ging, in das Buch der Rekorde einzugehen, als um irgendwelche »Kicks«. Die Frage war jetzt, würde er bei zwei aufhören? Eher unwahrscheinlich.

Strangulation. Eine furchtbare Art zu sterben. Man kämpfte und trat um sich bis zur Bewusstlosigkeit, Panik, verzweifeltes Schnappen nach Luft, und höchstwahrscheinlich stand der Mörder hinter einem, sodass die Angst kein Gesicht hatte. Man starb, ohne zu wissen durch wen und warum. Rebus hatte beim SAS verschiedene Methoden des Tötens gelernt. Er wusste, wie es sich anfühlte, wenn sich die Garrotte um den eigenen Hals zusammenzog, während man gleichzeitig darauf vertraute, dass der Gegenspieler nicht plötzlich durchdrehte. Eine furchtbare Art zu sterben.

Edinburgh schlief weiter, so wie es bereits seit Hunderten von Jahren schlief. Zwar gab es Geister in den kopfsteingepflasterten Gassen und auf den Wendeltreppen der Mietskasernen in der Old Town, aber das waren aufgeklärte Geister, die sich klar ausdrücken konnten und ehrerbietig waren. Die würden einen nicht mit einem Stück Schnur in Händen aus der Dunkelheit anspringen. Rebus blieb stehen und schaute sich um. Außerdem war es bereits Morgen und jeder gottesfürchtige Geist würde mittlerweile wohlig zugedeckt im Bett liegen, so wie er, John Rebus, ein Mensch aus Fleisch und Blut, es auch bald tun würde.

Kurz vor seiner Wohnung kam er an einem kleinen Lebensmittelladen vorbei, vor dem sich Kästen mit Milch und mit Frühstücksbrötchen stapelten. Der Besitzer hatte sich Rebus gegenüber mal über gelegentliche geringfügige Diebstähle beklagt, wollte aber keine offizielle Beschwerde einreichen. Der Laden war genauso ausgestorben wie die Straße, deren Stille nur durch das ferne Rumpeln eines Taxis auf den Pflastersteinen und den unermüdlichen Morgenchor gestört wurde. Rebus sah prüfend zu den vielen mit Vorhängen zugezogenen Fenstern. Dann grapschte er rasch sechs Brötchen aus einer Lage, stopfte sie in seine Taschen und ging etwas schneller als normal weiter. Kurz darauf blieb er zögernd stehen, dann ging er auf Zehenspitzen zum Laden zurück, der Verbrecher, der an den Ort seines Verbrechens zurückkehrt wie der Hund zu seinem Erbrochenen. Rebus hatte zwar noch nie gesehen, dass ein Hund so etwas tat, aber er konnte sich hierbei auf die Autorität des heiligen Petrus berufen.

Er schaute sich noch einmal um, nahm ein Pint Milch aus einem Kasten und machte sich leise vor sich hin pfeifend davon.

Nichts auf der Welt schmeckte so gut zum Frühstück wie gestohlene Brötchen mit Butter und Marmelade und dazu ein Becher Milchkaffee. Nichts tat so gut wie eine lässliche Sünde.

Schnuppernd betrat er das Treppenhaus seines Mietshauses und nahm den schwachen Katzengeruch wahr, ein ständiges Ärgernis. Er hielt die Luft an, bis er die zwei Treppen hinaufgestiegen war, und fummelte in seiner Jackentasche unter den zerdrückten Brötchen nach seinem Schlüssel.

Die Wohnung fühlte sich feucht an und roch auch feucht. Er sah nach dem Boiler und, wie zu erwarten, war die Zündflamme mal wieder ausgegangen. Fluchend zündete er sie wieder an, stellte den Thermostat ganz hoch und ging ins Wohnzimmer.

Auf dem Bücherregal, in der Schrankwand und auf dem Kaminsims waren immer noch freie Stellen, wo einst Sachen von Rhona gestanden hatten, doch in vielen dieser Lücken hatte er mittlerweile seine eigenen Spuren hinterlassen. Da lagen Rechnungen, unbeantwortete Briefe, alte Aufreißer von Dosen mit billigem Bier und das eine oder andere ungelesene Buch. Rebus sammelte ungelesene Bücher. Es gab einmal eine Zeit, da hatte er tatsächlich die Bücher gelesen, die er kaufte, aber heutzutage schien er viel zu wenig Zeit zu haben. Außerdem war er jetzt kritischer als damals, in jenen längst vergangenen Tagen, wo er ein Buch bis zum bitteren Ende las, ganz gleich ob es ihm gefiel oder nicht. Heutzutage würde er einem Buch, das ihm nicht gefiel, kaum mehr als zehn Seiten lang seine Konzentration schenken.

Das betraf die Bücher, die im Wohnzimmer herumlagen. Die Bücher, die er tatsächlich las, landeten unweigerlich im Schlafzimmer, wo sie in geordneten Reihen wie Patienten im Wartezimmer eines Arztes auf dem Fußboden lagen. Irgendwann würde er mal Urlaub machen, sich ein Cottage in den Highlands oder an der Küste von Fife mieten und all diese Bücher mitnehmen, die darauf warteten, gelesen oder wieder gelesen zu werden, all dieses Wissen, das ihm gehören könnte, wenn er nur einen Buchdeckel aufschlug. Sein Lieblingsbuch, ein Buch, zu dem er mindestens einmal im Jahr griff, war *Schuld und Sühne.* Wenn doch nur, dachte er, heutige

Mörder auch öfter mal ein schlechtes Gewissen zeigen würden. Aber nein, heutzutage prahlten Mörder ihren Freunden gegenüber mit ihren Verbrechen, dann spielten sie in ihrem Stammpub Pool, rieben ihre Queues gelassen und selbstsicher mit Kreide ein und wussten genau, welcher Ball in welcher Reihenfolge eingelocht würde ...

Und das, während ganz in der Nähe ein Polizeiwagen untätig herumstand, dessen Insassen nichts weiter tun können, als den Wust von Regeln und Bestimmungen zu verfluchen und die tiefen Abgründe des Verbrechens zu verwünschen. Es war allgegenwärtig, das Verbrechen. Es war die Lebenskraft und das Blut, es war das, was das Leben überhaupt in Gang hielt – betrügen, sich durchlavieren, die Obrigkeit an der Nase herumführen, töten. Je höher man im Verbrechen aufstieg, umso mehr bewegte man sich auf subtile Weise wieder in Richtung Legalität, bis nur noch eine Hand voll Anwälte einem auf die Schliche kommen konnte, und die konnte man sich allemal leisten, die waren immer bereit, sich bestechen zu lassen. Dostojewski hatte das alles gewusst. Cleverer Kerl. Er hatte gespürt, wie alles außer Kontrolle geriet.

Aber der arme alte Dostojewski war tot und im Gegensatz zu John Rebus nicht an diesem Wochenende zu einer Party eingeladen. Häufig lehnte er solche Einladungen ab, weil das bedeutete, dass er seine geschnürten Halbschuhe putzen, ein Hemd bügeln, seinen besten Anzug ausbürsten, ein Bad nehmen und sich etwas Kölnischwasser anspritzen musste. Außerdem musste er sich umgänglich zeigen, trinken und fröhlich sein, sich mit Fremden unterhalten, mit denen zu reden er keine Lust hatte und wofür er auch nicht bezahlt wurde. Mit anderen Worten, es ging ihm auf die Nerven, die Rolle eines normalen menschlichen Wesens spielen zu müssen. Aber er hatte die Einladung angenommen, die ihm Cathy Jackson in der Kantine von Waverley Road gegeben hatte. Natürlich hatte er das.

Und bei dem Gedanken daran pfiff er vor sich hin, während

er sich in der Küche ein Frühstück machte, das er dann mit ins Schlafzimmer nahm. Das war für ihn ein Ritual nach dem Nachtdienst. Er zog sich aus, legte sich ins Bett, stellte den Teller mit den Brötchen auf seine Brust und hielt sich ein Buch vor die Nase. Es war kein sehr gutes Buch. Es ging um Kidnapping. Das Bettgestell hatte Rhona mitgenommen, aber sie hatte ihm die Matratze dagelassen, und so konnte er mühelos nach dem Kaffeebecher greifen, mühelos ein Buch weglegen und sich ein anderes nehmen.

Schon bald schlief er ein. Die Lampe brannte noch, während allmählich die ersten Autos an seinem Fenster vorbeifuhren.

Zur Abwechslung erfüllte der Wecker seinen Zweck und ließ ihn so mühelos von der Matratze hochschnellen, wie ein Magnet Eisenspäne anzieht. Er hatte das Federbett von sich getreten und war schweißgebadet. Er hatte das Gefühl zu ersticken, und plötzlich fiel ihm ein, dass die Heizung immer noch wie ein Dampfkessel brodelte. Auf dem Weg ins Bad, um den Thermostat auszuschalten, bückte er sich an der Wohnungstür und hob die Post auf. Einer der Briefe war unfrankiert und nicht abgestempelt. Auf dem Umschlag stand nur sein Name mit Schreibmaschine getippt. Rebus spürte, wie ihm der Brei aus Brötchen und Butter plötzlich schwer im Magen lag. Er riss den Umschlag auf und zog einen einzelnen Zettel heraus.

FÜR DIE, DIE ZWISCHEN DEN ZEITEN LESEN KÖNNEN.

Jetzt wusste der Verrückte also auch, wo er wohnte. Er warf einen Blick in den Umschlag und war darauf gefasst, wieder ein Stück Schnur mit einem Knoten zu finden. Stattdessen fand er zwei Streichhölzer, die mit einem Faden zu einem Kreuz zusammengebunden waren.

TEIL ZWEI

»Für die, die zwischen den Zeiten lesen können«

VII

Organisiertes Chaos, das war, auf den Punkt gebracht, die Zeitungsredaktion. Organisiertes Chaos in größtem Ausmaß. Stevens wühlte in seinem Ablagekorb, als ob er die berühmte Stecknadel im Heuhaufen suchte. Hatte er es vielleicht irgendwo anders hingelegt? Er zog eine der großen schweren Schubladen an seinem Schreibtisch auf und warf sie rasch wieder zu, aus Angst, etwas von dem Chaos darin könnte entweichen. Dann fasste er sich ein Herz, holte tief Luft und öffnete sie erneut. Vorsichtig versenkte er eine Hand in den Papierwust in der Schublade, als ob ihn dort etwas beißen könnte. Eine große Büroklammer, die von einem Aktenbündel absprang, biss ihn tatsächlich. Sie stach ihn in den Daumen, und er knallte die Schublade zu. Seine Zigarette wippte heftig zwischen seinen Lippen, während er die Redaktion verfluchte, das Journalistengewerbe und die Bäume, den Rohstoff für Papier. Scheiße. Er lehnte sich zurück und kniff die Augen zu, die vom Rauch allmählich heftig brannten. Es war erst elf Uhr morgens, doch schon jetzt war das Büro dermaßen in blauen Dunst gehüllt, als handelte es sich um die Kulisse für eine Sumpfszene aus dem Film *Brigadoon*. Er grapschte sich eine getippte Seite, drehte sie um und begann mit einem Bleistiftstummel darauf herumzukritzeln.

»X (Mister Big?) liefert an Rebus, M. Wie passt dieser Polizist da hinein? Antwort – vielleicht überall, vielleicht nirgends.«

Er hielt inne, nahm die Zigarette aus seinem Mund, steckte eine neue hinein und zündete sie an der Kippe ihrer Vorgängerin an.

»Und jetzt – anonyme Briefe. Drohungen? Ein Code?«

Stevens hielt es für unwahrscheinlich, dass John Rebus nichts davon wusste, dass sein Bruder in der schottischen Drogenszene mitmischte, und wenn er davon wusste, dann bestanden gute Chancen, dass er ebenfalls darin verwickelt war und vielleicht sogar die Ermittlungen in eine falsche Richtung lenkte, um sein eigen Fleisch und Blut zu schützen. Wenn das herauskam, würde es eine fantastische Geschichte werden, doch er wusste, dass er sich auf dünnem Eis bewegte. Niemand würde sich ein Bein ausreißen, um ihm zu helfen, einen Polizisten festzunageln. Und wenn irgendwer rauskriegte, was er vorhatte, dann würde er in ernsten Schwierigkeiten stecken. Zwei Dinge musste er tun: seine Lebensversicherungspolice prüfen und niemandem was von dieser Sache sagen.

»Jim!«

Der Chefredakteur gab ihm ein Zeichen, in die Folterkammer zu kommen. Er stand von seinem Stuhl auf, als ob er sich von etwas Lebendigem losreißen müsste, zog seine lila und pink gestreifte Krawatte gerade und machte sich auf eine Schimpfkanonade gefasst.

»Ja, Tom?«

»Solltest du nicht bei einer Pressekonferenz sein?«

»Hab noch reichlich Zeit, Tom.«

»Welchen Fotografen nimmst du mit?«

»Spielt das eine Rolle? Ich könnte genauso gut meine alte Instamatic mitnehmen. Diese Milchbärte haben doch keine Ahnung. Was ist mit Andy Fleming? Kann ich den haben?«

»Keine Chance, Jim. Der begleitet gerade die königliche Tournee.«

»Was für eine königliche Tournee?«

Tom Jameson schien sich ein weiteres Mal von seinem Stuhl erheben zu wollen, etwas, das noch nie vorgekommen war.

Doch er setzte sich nur gerade, straffte seine Schultern und beäugte seinen »Star«-Polizeireporter misstrauisch.

»Du bist doch Journalist, Jim, oder? Ich meine, du bist nicht in vorzeitigen Ruhestand getreten oder zum Einsiedler geworden? Kein Fall von Altersschwachsinn in der Familie?«

»Hör mal, Tom, wenn jemand aus der königlichen Familie ein Verbrechen begeht, bin ich als Erster am Tatort. Aber ansonsten existieren die nicht für mich. Jedenfalls nicht außerhalb meiner Alpträume.«

Jameson sah demonstrativ auf seine Uhr.

»Okay, okay, ich geh ja schon.«

Mit diesen Worten drehte sich Stevens erstaunlich schnell auf seinem Absatz um und verließ das Büro, ohne auf die Rufe seines Bosses hinter ihm zu achten, der fragte, welchen der verfügbaren Fotografen er denn nun haben wollte.

Es würde keine Rolle spielen. Ihm war noch nie ein Polizist begegnet, der fotogen war. Doch während er das Gebäude verließ, fiel ihm ein, welcher Beamte in diesem speziellen Fall für die Presse zuständig war, und mit einem Grinsen änderte er seine Meinung.

»›Überall sind Hinweise für die, die zwischen den Zeiten lesen können.‹ Das ist doch kompletter Blödsinn, oder, John?«

Morton saß am Steuer. Sie fuhren Richtung Haymarket. Es war mal wieder so ein Tag, an dem es ständig regnete und windig war. Der Regen war fein und kalt, einer von der Sorte, der einem durch Mark und Bein ging. Den ganzen Tag war es so trübe gewesen, dass die Autofahrer schon am Mittag ihre Scheinwerfer anstellten. Ein wunderbarer Tag, um Außendienst zu machen.

»Da bin ich mir nicht so sicher, Jack. Der zweite Teil passt nahtlos an den ersten, als ob da eine logische Verbindung bestünde.«

»Wollen wir hoffen, dass er dir noch mehr Briefchen von der Sorte schickt. Vielleicht wird die Sache dann klarer.«

»Vielleicht. Mir wär allerdings lieber, er würde mit dem Scheiß ganz aufhören. Es ist nicht sehr angenehm zu wissen, dass ein Verrückter weiß, wo man arbeitet und wo man wohnt.«

»Steht deine Nummer im Telefonbuch?«

»Nein, ich hab eine Geheimnummer.«

»Damit scheidet das schon mal aus. Wie kommt er dann an deine Adresse?«

»Er *oder* sie«, sagte Rebus und steckte die Zettel wieder in die Tasche. »Woher soll ich das denn wissen?«

Er zündete zwei Zigaretten an und reichte eine Morton, nachdem er vorher den Filter abgebrochen hatte.

»Danke«, sagte Morton und steckte die kurze Zigarette in einen Mundwinkel. Der Regen ließ nach. »Sintflutartige Regenfälle in Glasgow«, sagte er, ohne eine Antwort zu erwarten.

Beide Männer hatten verquollene Augen von zu wenig Schlaf, aber der Fall hatte Besitz von ihnen ergriffen, also fuhren sie, noch leicht benommen, mitten in das düstere Zentrum der Ermittlungen. Auf dem unbebauten Grundstück hatte man nahe der Stelle, wo die Leiche des Mädchens gefunden worden war, einen Bürocontainer aufgestellt. Von dort sollten die Von-Haus-zu-Haus-Befragungen koordiniert werden. Freunde und Familienangehörige sollten ebenfalls befragt werden. Rebus fürchtete, dass der Tag ziemlich öde werden würde.

»Was mir Kopfzerbrechen macht«, hatte Morton gesagt, »ist folgendes: wenn die beiden Morde miteinander in Verbindung stehen, haben wir es mit jemandem zu tun, der vermutlich keins der beiden Mädchen kannte. Dann wird das eine Sauarbeit.«

Rebus hatte genickt. Allerdings bestand immer noch die Chance, dass entweder beide Mädchen ihren Mörder gekannt hatten oder dass der Mörder jemand in einer Vertrauensposition war. Denn sonst hätten sich die Mädchen, die fast zwölf

Jahre alt und nicht dumm waren, doch bestimmt gewehrt, als sie entführt wurden. Es hatte sich aber niemand gemeldet, der so etwas beobachtet hatte. Das war verdammt merkwürdig.

Es hatte aufgehört zu regnen, als sie das winzige Büro betraten. Der für die Außenermittlungen zuständige Inspector gab ihnen eine Liste mit Namen und Adressen. Rebus war froh, vom Polizeipräsidium fort zu sein, fort von Anderson und dessen Manie fürs Aktenstudium. *Hier* fand die eigentliche Arbeit statt, hier wurden Kontakte hergestellt, und hier konnte eine kleine Unachtsamkeit eines Verdächtigen den Fall in die eine oder andere Richtung lenken.

»Darf ich fragen, Sir, wer meinen Kollegen und mich für diese Aufgabe vorgeschlagen hat?«

Der Detective Inspector betrachtete Rebus eine Sekunde lang mit funkelnden Augen.

»Das dürfen Sie nicht, Rebus. Was spielt das denn für eine Rolle? In einem solchen Fall ist eine Aufgabe genauso wichtig und so notwendig wie jede andere. Das wollen wir doch mal nicht vergessen.«

»Ja, Sir«, sagte Rebus.

»Das muss ja ein bisschen so ein Gefühl sein, als arbeite man in einem Schuhkarton, Sir«, sagte Morton und sah sich in dem engen Raum um.

»Ja, mein Junge, ich mag zwar in einem Schuhkarton sitzen, aber ihr beide seid die Schuhe, also setzt euch verdammt noch mal in Bewegung.«

Dieser Inspector, dachte Rebus, während er seine Liste in die Tasche steckte, scheint ein netter Kerl zu sein. Seine scharfe Zunge war ganz nach Rebus' Geschmack.

»Keine Sorge, Sir«, sagte er jetzt, »das haben wir schnell.« Er hoffte, dass der Inspector die Ironie bemerkte.

»Den Letzten beißen die Hunde«, sagte Morton.

Sie gingen also wieder mal streng nach den Regeln vor, obwohl dieser Fall förmlich nach neuen Regeln schrie. Anderson schickte sie los, um nach den üblichen Verdächtigen zu suchen – Familienangehörige, Bekannte, Leute mit entsprechenden Vorstrafen. Im Präsidium würde man jetzt sicherlich die einschlägigen Pädophilenkreise unter die Lupe nehmen. Rebus hoffte, dass reichlich Anrufe von Spinnern hereinkämen, die Anderson alle durchgehen müsste. Denn die gab es fast immer; Anrufer, die das Verbrechen gestanden; Anrufer, die angeblich über übersinnliche Kräfte verfügten und helfen wollten, mit dem Verstorbenen in Kontakt zu treten; Anrufer, die einen ganz offenkundig auf eine falsche Fährte lenken wollten. Sie alle wurden von vergangener Schuld und gegenwärtigen Fantasien getrieben. Aber vielleicht traf das ja auf jeden zu.

Rebus hämmerte beim ersten Haus auf seiner Liste gegen die Tür und wartete. Eine übel riechende alte Frau öffnete. Sie war barfuß, und über ihren eingefallenen Schultern hing eine Strickjacke, die zu neunzig Prozent aus Löchern und zu zehn Prozent aus Wolle bestand.

»Was is?«

»Polizei, Madam. Es geht um den Mord.«

»Äh? Egal, was es is, ich will's nich. Verschwindense, bevor ich die Bullen hol.«

»Die Morde«, brüllte Rebus. »Ich bin von der Polizei. Ich möchte Ihnen ein paar Fragen stellen.«

»Äh?« Sie trat ein Stückchen zurück, um ihn genau zu beäugen, und Rebus hätte schwören können, dass er einen Hauch von einstiger Intelligenz in dem dumpfen Schwarz ihrer Pupillen aufflackern sah.

»Was für Morde?«, sagte sie.

Mal wieder einer dieser Tage. Zu allem Überfluss fing es schon wieder an zu regnen. Dicke Tropfen klatschten ihm gegen Hals und Gesicht, Wasser lief in seine Schuhe. Genau wie an jenem Tag am Grab des alten Herrn … Erst gestern? In vierundzwanzig Stunden konnte viel passieren, und das alles ihm. Gegen sieben Uhr konnte Rebus sechs von den vierzehn

Personen auf seiner Liste abhaken. Er ging zu dem Schuhkarton zurück. Seine Füße waren wund, sein Magen voller Tee, und er sehnte sich nach etwas Stärkerem.

Auf dem schlammigen Gelände stand Jack Morton und starrte auf den lehmigen Boden, der mit Ziegeln und Geröll übersät war – ein himmlischer Spielplatz für ein Kind.

»Was für ein höllischer Platz zum Sterben.«

»Sie ist hier nicht gestorben, Jack. Das hat man doch bei der Obduktion festgestellt.«

»Du weißt schon, was ich meine.«

Ja, Rebus wusste, was er meinte.

»Übrigens«, sagte Morton, »du warst der Letzte.«

»Darauf trinken wir einen«, sagte Rebus.

Sie tranken in einer der heruntergekommenen Kneipen Edinburghs. Kneipen, wie sie Touristen nie zu sehen kriegen. Eigentlich wollten sie nicht über den Fall nachdenken, aber es gelang ihnen nicht. So war das bei Ermittlungen in einem Mordfall; die packten einen mit Haut und Haaren, fraßen einen auf und brachten einen dazu, immer härter zu arbeiten. Jeder Mord löste einen Ausstoß reinsten Adrenalins aus. Das trieb sie bis an den Punkt, von dem es kein Zurück gab.

»Ich sollte jetzt wohl lieber nach Hause gehen«, sagte Rebus.

»Nein, trink noch eins.«

Mit dem leeren Glas in der Hand ging Jack Morton in Schlangenlinien zur Bar.

Rebus dachte mit benebeltem Hirn erneut über seinen geheimnisvollen Briefschreiber nach. Er hatte Rhona im Verdacht, obwohl das eigentlich nicht ihr Stil war. Seine Tochter Sammy konnte ebenfalls dahinter stecken, vielleicht als verspätete Rache dafür, dass ihr Vater sie aus seinem Leben verbannt hatte. Familienangehörige und Bekannte waren, zumindest zu Anfang, immer die Hauptverdächtigen. Aber es konnte irgendwer sein, jeder, der wusste, wo er wohnte und wo er arbeitete. Einer von seinen Kollegen war auch eine Möglichkeit, mit der man stets rechnen musste.

Die Zehntausend-Dollar-Frage lautete – wie immer –, warum.

»Bitte sehr, zwei wunderschöne Pints, *gratis* aufs Haus.«

»Das nenne ich sehr sozial«, sagte Rebus.

»Oder sehr clever, was, John?« Morton kicherte über seinen eigenen Scherz und wischte sich den Schaum von der Oberlippe. Dann bemerkte er, dass Rebus nicht lachte. »Woran denkst du?«, sagte er.

»Ein Serienmörder«, sagte Rebus. »Es muss so sein. Ich denke, wir werden noch weitere Beispiele für das Talent unseres Freundes zu sehen kriegen.«

Morton setzte sein Glas ab. Plötzlich war er nicht mehr sonderlich durstig.

»Diese Mädchen sind auf unterschiedliche Schulen gegangen«, fuhr Rebus fort, »haben in unterschiedlichen Stadtteilen gewohnt, hatten einen unterschiedlichen Geschmack, unterschiedliche Freunde, gehörten unterschiedlichen Religionen an und wurden von demselben Mörder auf dieselbe Weise und ohne erkennbaren sexuellen Missbrauch umgebracht. Wir haben es mit einem Wahnsinnigen zu tun. Er könnte überall sein.«

An der Bar brach ein Streit aus, offenbar wegen einer Partie Domino, bei der irgendwas nicht mit rechten Dingen zugegangen war. Ein Glas fiel auf den Boden, und in der Kneipe wurde es ganz still. Dann schien sich alles wieder ein bisschen zu beruhigen. Ein Mann wurde von Freunden, die bei dem Streit auf seiner Seite gewesen waren, nach draußen geführt. Ein anderer blieb zusammengesunken an der Theke stehen und redete leise auf eine Frau ein, die neben ihm stand.

Morton trank einen großen Schluck Bier.

»Wie gut, dass wir nicht im Dienst sind«, sagte er. Dann: »Hast du Lust auf ein Curry?«

Morton aß den letzten Bissen von seinem Hühnchen Vindaloo und warf die Gabel auf den Teller.

»Ich glaube, ich muss mal ein Wörtchen mit dem Gesundheitsamt reden«, sagte er mit vollem Mund. »Oder mit dem Gewerbeaufsichtsamt. Was immer das war, Hühnchen war's jedenfalls nicht.«

Sie waren in einem kleinen indischen Restaurant in der Nähe des Bahnhofs Haymarket. Violette Beleuchtung, rote Velourstapete und penetrante Sitar-Musik.

»Es schien dir aber zu schmecken«, sagte Rebus und trank sein Bier aus.

»Natürlich hat's mir geschmeckt, aber es war kein Hühnchen.«

»Wenn 's dir geschmeckt hat, gibt es keinen Grund, sich zu beschweren.« Rebus saß seitwärts auf seinem Stuhl, die Beine weit ausgestreckt, einen Arm über die Rückenlehne gelehnt, und rauchte seine x-te Zigarette an diesem Tag.

Morton beugte sich unsicher zu seinem Gegenüber.

»John, es gibt *immer* etwas, worüber man sich beschweren kann, besonders wenn man eine Chance sieht, dann die Rechnung nicht bezahlen zu müssen.«

Er zwinkerte Rebus zu, lehnte sich zurück, rülpste und griff in die Tasche nach einer Zigarette.

»Unsinn«, sagte er.

Rebus versuchte nachzuzählen, wie viele Zigaretten er an diesem Tag bereits geraucht hatte, aber sein Gehirn sagte ihm, dass solche Berechnungen müßig wären.

»Ich frage mich, was unser Freund, der Mörder, im Augenblick gerade macht«, sagte er.

»Ein Curry essen?«, schlug Morton vor. »Das Problem ist, John, das könnte so ein ganz durchschnittlicher Normalbürger sein, nach außen hin sauber, verheiratet, Kinder, ein spießiger, strebsamer Typ, aber in Wirklichkeit ist er schlicht und einfach ein Verrückter.«

»An unserem Mann ist gar nichts schlicht und einfach.«

»Das stimmt.«

»Aber du könntest durchaus Recht haben. Du meinst doch, dass er so eine Art Jekyll und Hyde ist, oder?«

»Genau.« Morton schnipste Asche auf die Tischplatte, die bereits mit Currysauce und Bier bekleckert war. Dabei starrte er auf seinen leeren Teller, als ob er sich fragte, wo denn das ganze Essen geblieben sei. »Jekyll und Hyde. Du hast den Nagel auf den Kopf getroffen. Ich sag dir was, John, ich würde solche Dreckskerle für tausend Jahre einsperren, tausend Jahre Einzelhaft in einer Zelle, so groß wie ein Schuhkarton. Genau das würd ich tun.«

Rebus starrte auf die Velourstapete. Er dachte an seine Tage in Einzelhaft zurück, als der SAS versuchte, ihn kleinzukriegen, Tage, an denen er bis zum Äußersten auf die Probe gestellt worden war, Tage voller Seufzer und Schweigen, voller Hunger und Schmutz. Nein, das würde er nicht noch einmal durchmachen wollen. Und dennoch hatten sie ihn nicht kleingekriegt, nicht wirklich kleingekriegt. Die anderen hatten nicht soviel Glück gehabt.

Eingesperrt in einer Zelle schrie das Gesicht.

Lasst mich raus Lasst mich raus

Lasst mich raus …

»John? Ist alles in Ordnung? Falls du dich übergeben musst, die Toilette ist hinter der Küche. Hör mal, wenn du da vorbeigehst, tu mir doch den Gefallen und guck mal, ob du erkennen kannst, was die da zerhacken und in den Topf werfen …«

Gewitzt wie er war, ging Rebus mit dem übervorsichtigen Gang eines Sturzbetrunkenen zur Toilette, doch er fühlte sich gar nicht betrunken, jedenfalls nicht *so* betrunken. Der Geruch von Curry, Desinfektionsmittel und Scheiße drang ihm in die Nase. Er wusch sich das Gesicht. Nein, er würde sich nicht übergeben. Es lag nicht am vielen Trinken, denn bei Michael hatte er den gleichen Schauder gespürt, das gleiche momentane Grauen. Was geschah mit ihm? Es war, als ob sein

Inneres sich verhärtete, ihn langsamer werden ließ, bis die Jahre ihn schließlich einholten. Es fühlte sich ein bisschen so an wie der Nervenzusammenbruch, auf den er schon die ganze Zeit wartete, aber es war kein Nervenzusammenbruch. Es war nichts. Es war vorbei.

»Kann ich dich mitnehmen, John?«

»Nein, danke, ich geh zu Fuß. Da krieg ich wieder einen klaren Kopf.«

Sie trennten sich vor der Tür des Restaurants. Eine Gruppe von Leuten, offenbar Arbeitskollegen – gelockerte Krawatten und starkes, unangenehm süßes Parfüm –, war auf dem Weg zum Bahnhof Haymarket. Haymarket war die letzte Station auf dem Weg in die Innenstadt von Edinburgh vor dem viel größeren Bahnhof Waverley. Rebus musste an die gängige Redensart »in Haymarket aussteigen« denken, die für das vorzeitige Herausziehen des Penis beim Geschlechtsverkehr benutzt wurde. Da sollte noch mal einer sagen, die Edinburgher wären humorlos. Ein Lächeln, ein Lied und eine Strangulierung. Rebus wischte sich den Schweiß von der Stirn. Er fühlte sich immer noch schwach und hielt sich an einem Laternenpfahl fest. Er wusste so ungefähr, was es war. Sein ganzes Inneres lehnte sich gegen die Vergangenheit auf, so als ob die lebenswichtigen Organe ein Spenderherz abstoßen würden. Er hatte den Horror der militärischen Ausbildung so weit verdrängt, dass heutzutage sein Organismus selbst das leiseste Echo davon aufs heftigste bekämpfte. Und doch hatte er in jener extremen Situation Freundschaft gefunden, Brüderlichkeit, Kameradschaft, wie immer man es nennen mochte. Und er hatte mehr über sich gelernt, als menschliche Wesen das normalerweise tun. Er hatte so viel gelernt.

Seinen Geist hatte man nicht brechen können. Er hatte die Ausbildung glanzvoll bestanden. Doch dann war der Nervenzusammenbruch gekommen.

Genug. Er setzte sich in Bewegung und richtete sich an dem Gedanken auf, dass er morgen frei hatte. Er würde den Tag mit Lesen und Schlafen verbringen und sich dann für die Party zurechtmachen, für die Party von Cathy Jackson.

Und der Tag darauf, der Sonntag, würde einer der seltenen Tage sein, die er mit seiner Tochter verbrachte. Dann würde er vielleicht herausfinden, wer hinter den Spinnerbriefen steckte.

VIII

Das Mädchen wachte mit einem trockenen, salzigen Geschmack im Mund auf. Sie fühlte sich schläfrig und benommen und fragte sich, wo sie war. Sie war in seinem Auto eingeschlafen. Davor war sie überhaupt nicht müde gewesen, bis er ihr den Riegel Schokolade gegeben hatte. Jetzt war sie wach, aber nicht zu Hause in ihrem Zimmer. In diesem Zimmer hier hingen Bilder an der Wand, Bilder, die aus Zeitschriften ausgeschnitten waren. Einige waren Fotos von Soldaten mit grimmigen Gesichtern, andere von Mädchen und Frauen. Eine Gruppe von Polaroid-Aufnahmen sah sie sich besonders genau an. Darunter war auch ein Foto von ihr, wie sie in diesem Bett schlief, die Arme weit ausgebreitet. Sie öffnete den Mund und stöhnte leise auf.

Im Wohnzimmer hörte er, wie sie sich bewegte, während er die Garrotte vorbereitete.

In jener Nacht hatte Rebus mal wieder einen seiner Alpträume. Auf einen lang anhaltenden Kuss folgte eine Ejakulation, sowohl im Traum als auch in der Realität. Er wachte darüber sofort auf und säuberte sich. Der Hauch des Kusses war immer noch um ihn, klebte an ihm wie eine Aura. Er schüttelte den Kopf, um sich davon zu befreien. Er brauchte unbedingt eine Frau. Als er sich an die bevorstehende Party erinnerte, entspannte er sich ein wenig. Doch seine Lippen waren trocken. Er tapste in die Küche, wo er eine Flasche Limonade fand. Sie war zwar abgestanden, aber sie erfüllte ihren Zweck. Dann stellte er fest, dass er immer noch betrunken war und einen Kater kriegen würde, wenn er nicht vorsorgte. Er goß sich drei Gläser Wasser ein und zwang sie hinunter.

Erfreut bemerkte er, dass die Zündflamme noch brannte. Das war ein gutes Zeichen. Nachdem er wieder ins Bett gekrochen war, dachte er sogar noch daran, seine Gebete zu sprechen. Das würde den Großen Mann da oben überraschen. Er würde es sich in seinem goldenen Buch notieren – Rebus hat heute Nacht an mich gedacht. Vielleicht würde er ihm dafür morgen einen schönen Tag schenken.

Amen.

IX

Michael Rebus liebte seinen BMW genauso sehr, wie er das Leben liebte, vielleicht sogar noch ein bisschen mehr. Während er über die Autobahn raste und der Verkehr zu seiner Linken sich kaum zu bewegen schien, hatte er das Gefühl, dass sein Auto auf seltsame und befriedigende Weise das Leben *war*. Die Motorhaube in den hellen Horizont gerichtet jagte er der Zukunft entgegen, immer mit Vollgas und ohne auf irgendwas oder irgendwen Rücksicht zu nehmen.

So gefiel es ihm, solider, schneller Luxus auf Knopfdruck. Er trommelte mit den Fingern auf dem Lederlenkrad, spielte an dem Radiorecorder herum und legte den Kopf behaglich gegen die gepolsterte Kopfstütze. Oft träumte er davon, einfach abzuhauen, Frau und Kinder und das Haus zurückzulassen, nur das Auto und er. Auf jenen fernen Punkt zuzurasen, niemals anzuhalten, außer um zu essen und aufzutanken, immer weiter zu fahren, bis er starb. Das schien ihm das Paradies zu sein, und es war völlig ungefährlich, sich diesen Fantasien hinzugeben, denn er wusste, er würde es niemals wagen, das Paradies in die Praxis umzusetzen.

Als er sein erstes Auto besaß, war er manchmal mitten in der Nacht aufgewacht und hatte die Vorhänge geöffnet, um zu sehen, ob es noch draußen auf ihn wartete. Manchmal war er um vier oder fünf Uhr morgens aufgestanden, um ein paar Stunden durch die Gegend zu fahren, und war erstaunt, welche Entfernungen er in so kurzer Zeit zurücklegen konnte. Er fühlte sich wohl auf den stillen Straßen, nur mit Kaninchen und Krähen als Gesellschaft, die Hand auf der Hupe, deren Lärm ganze Vogelschwärme aufscheuchte und erschrocken davonflattern ließ. Diese innige Beziehung zu Autos hatte er nie verloren, diesen Quell seiner Träume.

Heutzutage starrten die Leute sein Auto an. Manchmal parkte er es irgendwo auf der Straße in Kirkcaldy und postierte sich in der Nähe, um zu beobachten, wie die Leute ihn um dieses Auto beneideten. Die jüngeren Männer, voller Wagemut und Zuversicht, pflegten hineinzuschauen, starrten auf das Leder und die Instrumente, als ob sie exotische Tiere im Zoo betrachteten. Die älteren Männer, manche mit Ehefrau im Schlepptau, warfen nur einen kurzen Blick auf den Wagen. Manchmal spuckten sie hinterher auf die Straße, weil sie wussten, dass dieses Auto all das repräsentierte, was sie selbst gewollt, aber nicht erreicht hatten. Michael Rebus hatte seinen Traum verwirklicht, und es war ein Traum, den er sich anschauen konnte, wann immer er wollte.

In Edinburgh kam es allerdings ganz darauf an, wo man parkte, damit ein Auto Aufmerksamkeit erregen würde. Er hatte mal auf der George Street geparkt, und im selben Augenblick kam ein Rolls-Royce angerauscht und stellte sich hinter ihn. Wutschnaubend hatte er den Wagen wieder angelassen und war weitergefahren. Schließlich hatte er dann vor einer Diskothek geparkt. Er wusste, wenn man einen teuren Wagen vor einem Restaurant oder einer Diskothek abstellte, würden manche Leute einen für den Besitzer dieses Etablissements halten, eine Vorstellung, die ihm ungeheuer behagte. Das hatte sofort die Erinnerung an den Rolls-Royce ausgelöscht und ihn mit neuen Versionen des Traumes erfüllt.

An Ampeln anzuhalten konnte ebenfalls aufregend sein, außer wenn gerade irgend so ein dämlicher Motorradfahrer auf einer großen Maschine röhrend hinter ihm stehen blieb, oder – noch schlimmer – neben ihm. Einige dieser Motorräder waren auf Beschleunigung getrimmt. Mehr als einmal war er beim Losspurten an einer Ampel gnadenlos geschlagen worden. Auch daran erinnerte er sich nicht gern.

Heute parkte er da, wo man ihm gesagt hatte, er solle parken, nämlich auf dem Parkplatz oben auf dem Calton Hill. Durch die Windschutzscheibe konnte er hinüber nach Fife sehen, und durch die Heckscheibe sah er die Princes Street wie eine Spielzeugkulisse daliegen. Auf dem Hügel war es ruhig. Die Touristensaison hatte noch nicht richtig begonnen, und es war kalt. Er wusste, dass es hier nachts heiß herging. Verfolgungsjagden mit dem Auto, junge Frauen und Männer, die auf Kundschaft hofften, Partys am Strand von Queensferry. Edinburghs schwule Gemeinde mischte sich unter diejenigen, die nur neugierig oder einsam waren, und ab und zu sah man ein Pärchen Hand in Hand auf dem Friedhof unten am Hügel verschwinden. Wenn es dunkel wurde, wurde das östliche Ende der Princes Street ein Territorium mit ganz eigenen Regeln, wo so richtig die Post abging und alles geteilt wurde. Aber er hatte nicht vor, sein Auto mit irgendwem zu teilen. Sein Traum war ein verletzliches Wesen.

Er schaute über den Firth of Forth nach Fife hinüber, das aus der Ferne ziemlich eindrucksvoll aussah, bis das Auto des Mannes sich langsam näherte und neben ihm hielt. Michael rutschte auf den Beifahrersitz und ließ das Fenster herunter, während der Mann gleichzeitig seins herunterkurbelte.

»Hast du den Stoff?«, sagte er.

»Natürlich«, sagte der Mann und sah in seinen Rückspiegel. Einige Leute, ausgerechnet eine Familie, kamen gerade über die Kuppe. »Wir sollten lieber einen Moment warten.«

Sie starrten mit ausdruckslosen Gesichtern in die Gegend.

»Gibt es irgendwelche Probleme drüben in Fife?«, fragte der Mann.

»Nein.«

»Es wird erzählt, dass dein Bruder dich besucht hat. Stimmt das?« Die Augen des Mannes waren hart. Alles an ihm war hart. Doch das Auto, das er fuhr, war eine Klapperkiste. Michael fühlte sich vorläufig sicher.

»Ja, aber das hatte nichts zu bedeuten. Es war bloß der Todestag unseres Vaters. Weiter nichts.«

»Er weiß also nichts?«

»Absolut nichts. Hältst du mich für blöd oder was?«

Ein Blick des Mannes brachte Michael zum Schweigen. Es war ihm ein Rätsel, wie dieser Mann ihm solche Angst einflößen konnte. Er hasste diese Treffen.

»Wenn irgendwas passiert«, sagte der Mann gerade, »wenn *irgendetwas* schief geht, bist du dran. Das ist mein Ernst. Halt dich in Zukunft von dem Dreckskerl fern.«

»Es war doch nicht meine Schuld. Er schneite einfach bei mir herein. Hat noch nicht mal vorher angerufen. Was sollte ich denn tun?«

Seine Hände hielten das Lenkrad so fest umklammert, als wären sie dort festgeklebt. Der Mann warf noch einmal einen prüfenden Blick in den Rückspiegel.

»Die Luft ist rein«, sagte er und griff hinter sich. Ein kleines Päckchen glitt durch Michaels Fenster. Er warf einen Blick hinein, nahm einen Umschlag aus der Tasche und griff nach dem Zündschlüssel.

»Man sieht sich, Mister Rebus«, sagte der Mann, während er den Umschlag öffnete.

»Ja«, sagte Michael und dachte, nicht, wenn ich es irgendwie vermeiden kann. Diese Arbeit wurde allmählich ein bisschen zu heikel für ihn. Diese Leute schienen über alles, was ihn betraf, genauestens informiert zu sein. Er wusste jedoch, dass die Angst sich immer wieder in Luft auflöste und Euphorie an ihre Stelle trat, wenn er eine weitere Ladung abgesetzt und einen hübschen Profit bei dem Deal eingestrichen hatte. Wegen dieses Moments, wenn sich die Angst in Euphorie verwandelte, machte er das Spiel immer weiter mit. Das war besser als der schnellste Kavaliersstart, den man je an einer Ampel hinlegen konnte.

Jim Stevens, der oben von dem Edinburgh Folly aus das Ganze beobachtete, einer lächerlichen Kopie eines griechischen Tempels aus dem viktorianischen Zeitalter, die nie vollendet wurde, sah Michael Rebus wegfahren. Der Ablauf war soweit nichts Neues für ihn. Was ihn jedoch brennend interessierte, war dieser Kontakt hier in Edinburgh, ein Mann, den er nicht einordnen konnte, der ihm schon zweimal entwischt war und der ihm zweifellos auch diesmal wieder entwischen würde. Niemand schien zu wissen, wer diese mysteriöse Person war, und es wollte auch niemand so genau wissen. Es sah nach Ärger aus. Stevens, der sich plötzlich hilflos und alt fühlte, konnte nichts weiter tun, als sich die Autonummer zu notieren. Vielleicht konnte ja McGregor Campbell etwas damit anfangen, aber er musste vorsichtig sein, damit Rebus ihm nicht auf die Schliche kam. Er schien da in einer Sache zu stecken, die sich als viel verwickelter erwies, als er erwartet hatte.

Zitternd versuchte er sich einzureden, dass gerade das ihn so anmachte.

X

»Kommen Sie rein, wer immer Sie auch sind.«

Leute, die Rebus völlig fremd waren, nahmen ihm Mantel, Handschuhe und die mitgebrachte Flasche Wein ab, und sofort steckte er mitten in einer dieser überfüllten, verräucherten und lauten Partys, bei denen es zwar einfach ist, Leute anzulächeln, aber fast unmöglich, jemanden kennen zu lernen. Er ging vom Flur in die Küche und von dort durch eine Verbindungstür ins Wohnzimmer.

Sessel, Tisch und Sofa waren an die Wände geschoben worden, und die freie Fläche war gefüllt mit sich verrenkenden und kreischenden Paaren, die Männer ohne Krawatte und in Hemden, die ihnen am Körper klebten.

Die Party hatte anscheinend früher begonnen, als er erwartet hatte.

Ein paar der Gesichter um sich herum und unter ihm kannte er. Während er sich einen Weg durch das Wohnzimmer bahnte, musste er über zwei Inspektoren steigen. Er sah, dass auf dem Tisch am anderen Ende des Raums reichlich Flaschen und Plastikbecher standen. Das schien ihm ein ganz günstiger und halbwegs sicherer Beobachtungsposten zu sein.

Dorthin zu gelangen war allerdings ein Problem, und er musste an die Sturmangriffsübungen bei der Armee denken.

»Hi!«

Cathy Jackson, die eine passable Stoffpuppe abgegeben hätte, torkelte ihm kurz über den Weg, bevor sie von dem großen – dem sehr großen – Mann, mit dem sie so etwas Ähnliches tat wie tanzen, herumgerissen wurde.

Rebus brachte irgendwie ein »Hallo« hervor. Sein Gesichtsausdruck glich dabei eher einer Grimasse als einem Lächeln. Er brachte sich an dem Getränketisch so einigermaßen in Sicherheit und nahm sich einen Whisky und dazu ein Bier. Das würde für den Anfang reichen. Dann beobachtete er, wie Cathy Jackson, für die er sich gebadet, rasiert, in Schale geschmissen und mit einem Duftwässerchen eingesprüht hatte, ihre Zunge tief in den Mund ihres Tanzpartners schob. Rebus glaubte, dass ihm gleich schlecht würde. Seine Partnerin für den Abend hatte ihn versetzt, bevor der Abend noch richtig begonnen hatte! Das würde seinen Optimismus für die Zukunft ein wenig dämpfen. Und was sollte er jetzt machen? Unauffällig verschwinden oder versuchen, ein paar freundliche Worte aus dem Hut zu zaubern?

Ein stämmiger Mann, der überhaupt nicht wie ein Polizist aussah, kam aus der Küche und steuerte mit zwei leeren Gläsern in der Hand und Zigarette im Mund auf den Getränketisch zu.

»Verdammt noch mal«, sagte er an niemand Bestimmten gerichtet, »ist ja 'ne ziemlich beschissene Party, finden Sie nicht? Entschuldigen Sie meine Ausdrucksweise.«

»Ja, ist alles nicht so toll.«

Rebus dachte bei sich, jetzt hab ich 's geschafft, ich hab mit jemandem geredet. Das Eis ist gebrochen, also könnte ich mich jetzt ohne weiteres absetzen.

Doch er blieb. Er beobachtete, wie der Mann sich recht gekonnt durch die Tanzenden schlängelte, die Drinks sicher in der Hand, wie schutzbedürftige kleine Tiere. Er beobachtete, wie die Tänzer ihren Kriegstanz wieder aufnahmen, als eine weitere Platte aus der unsichtbaren Stereoanlage zu dröhnen begann und eine Frau, die genauso unbehaglich wirkte wie er, sich durch den Raum zwängte und auf Rebus und den Getränketisch zusteuerte.

Sie war etwa in seinem Alter, und die Zeit hatte durchaus ihre Spuren hinterlassen. Sie trug ein für seine Begriffe halbwegs modisches Kleid, doch was hatte er schon mit Mode am Hut? In seinem Anzug sah er in dieser Gesellschaft direkt wie einer Beerdigung entsprungen aus. Ihre Haare waren erst kürzlich gestylt worden, vielleicht sogar an diesem Nachmittag. Sie trug eine sekretärinnenhafte Brille, aber sie war keine Sekretärin. Das konnte Rebus bereits an der Art und Weise erkennen, wie sie sich den Weg zu ihm bahnte.

Er hielt ihr eine frisch gemixte Bloody Mary entgegen.

»Ist das okay?«, brüllte er. »Hab ich richtig oder falsch geraten?«

Sie kippte den Cocktail dankbar in sich hinein und holte erst Luft, als er das Glas erneut füllte.

»Danke«, sagte sie. »Normalerweise trinke ich keinen Alkohol, aber das war jetzt genau das Richtige.«

Na großartig, dachte Rebus bei sich, ohne dass seine Augen aufhörten zu lächeln. Cathy Jackson hat sich um Verstand und Moral gesoffen, und ich bin bei einer Antialkoholikerin gelandet. Doch dieser Gedanke war seiner unwürdig und wurde auch seiner Gesprächspartnerin nicht gerecht. Zerknirscht sandte er ein paar stumme entschuldigende Worte nach oben.

»Haben Sie Lust zu tanzen?«, fragte er, um für seine Sünden zu büßen.

»Du machst wohl Witze!«

»Mach ich nicht. Was ist denn los?«

Rebus, der wegen seines Anflugs von Chauvinismus ein schlechtes Gewissen hatte, konnte es nicht fassen. Sie war ein Detective Inspector. Dazu noch die in dem Mordfall für die Presse zuständige Beamtin.

»Ach nichts«, sagte er, »es ist nur so, dass ich auch an dem Fall arbeite.«

»Weißt du, John, wenn das so weitergeht, wird bald jeder Polizist und jede Polizistin in Schottland an dem Fall arbeiten. Das kannst du mir glauben.«

»Wie meinst du das?«

»Es hat eine weitere Entführung gegeben. Die Mutter des Mädchens hat das Kind heute Abend als vermisst gemeldet.«

»Scheiße. Verzeihung.«

Sie hatten miteinander getanzt, getrunken, sich getrennt, sich wieder getroffen und taten nun, als wären sie bereits alte Freunde, zumindest an diesem Abend. Sie standen im Flur, ein Stück von dem Lärm und dem Chaos auf der Tanzfläche entfernt. In der Schlange vor der einzigen Toilette der Wohnung, am anderen Ende des Flurs, wurden die Leute allmählich ungehalten.

Rebus merkte, wie er durch Gill Templers Brille, durch das ganze Glas und Plastik hindurch in ihre smaragdgrünen Augen starrte. Er wollte ihr sagen, er hätte noch nie so schöne Augen wie ihre gesehen, aber er befürchtete, dass ihm das als Klischee angekreidet würde. Sie hielt sich jetzt an Orangensaft, er hatte sich hingegen mit einigen weiteren Whiskys in eine lockere Stimmung gebracht, da er nichts Besonderes mehr von dem Abend erwartete.

»Hallo, Gill.«

Der stämmige Mann vor ihnen war der Typ, mit dem Rebus sich am Getränketisch unterhalten hatte.

»Lange nicht gesehen.«

Der Mann versuchte, Gill Templer auf die Wange zu küssen, torkelte aber stattdessen an ihr vorbei und stieß mit dem Kopf gegen die Wand.

»Bisschen viel getrunken, Jim?«, sagte Gill ganz sachlich.

Der Mann zuckte die Schultern und sah Rebus an.

»Wir haben alle unser Kreuz zu tragen, was?«

Eine Hand streckte sich Rebus entgegen.

»Jim Stevens«, sagte der Mann.

»Ah, der Reporter?«

Rebus drückte kurz die warme, feuchte Hand des Mannes.

»Das ist Detective Sergeant John Rebus«, sagte Gill.

Rebus bemerkte, dass Stevens kurz rot wurde und seine Augen etwas Gehetztes annahmen. Aber er hatte sich schnell wieder im Griff.

»Freut mich, Sie kennen zu lernen«, sagte er. Dann sagte er mit einer ruckartigen Kopfbewegung: »Gill und ich kennen uns sehr gut, nicht wahr, Gill?«

»Nicht so gut, wie du zu glauben scheinst, Jim.«

Er lachte und sah dann kurz zu Rebus.

»Sie ist bloß schüchtern«, sagte er. »Schon wieder ein Mädchen ermordet worden, hab ich gehört.«

»Jim hat überall seine Spione.«

Stevens tippte gegen seine knallrote Nase und grinste Rebus an.

»Überall«, sagte er, »und ich komm auch überall rum.«

»Ja, ganz schön umtriebig, unser Jim«, sagte Gill. Ihre Stimme klang beißend scharf, und ihre Augen wirkten plötzlich völlig unnahbar hinter all dem Glas und Plastik.

»Morgen schon wieder 'ne Presseerklärung, Gill?«, sagte Stevens, während er in seinen Taschen nach den Zigaretten suchte, die er längst verloren hatte.

»Ja.«

Die Hand des Reporters landete auf Rebus' Schulter.

»Alte Freunde, Gill und ich.«

Dann verabschiedete er sich mit einem lässigen Winken, ohne auf eine Reaktion darauf zu warten, und zog sich langsam zurück, während er weiter in den Taschen nach seinen Zigaretten wühlte und Rebus' Gesicht in Gedanken abspeicherte.

Gill Templer lehnte sich seufzend gegen die Wand, an der Stevens' missglückter Kuss gelandet war.

»Einer der besten Reporter Schottlands«, stellte sie ganz sachlich fest.

»Und du musst dich in deinem Job mit solchen Typen auseinander setzen?«

»Er ist gar nicht so übel.«

Im Wohnzimmer schien ein Streit auszubrechen.

»Also«, sagte Rebus und strahlte übers ganze Gesicht, »sollen wir jetzt die Polizei rufen oder möchtest du lieber mit mir in ein kleines Restaurant gehen, das ich ganz gut kenne?«

»Soll das eine Anmache sein?«

»Vielleicht. Das musst du selber rausfinden. Du bist ja schließlich Detective.«

»Na schön, was auch immer das sein soll, Detective Sergeant Rebus, Sie haben Glück. Ich bin nämlich kurz vorm Verhungern. Ich hole meinen Mantel.«

Rebus war sehr zufrieden mit sich. Dann fiel ihm ein, dass irgendwo auch sein Mantel herumlag. Er fand ihn in einem der beiden Schlafzimmer mit seinen Handschuhen und – welch angenehme Überraschung – der noch nicht geöffneten Flasche

Wein. Er nahm es als göttliches Zeichen, dass er die Flasche im Laufe des Abends noch brauchen würde, und steckte sie ein.

Gill war in dem anderen Schlafzimmer und wühlte in einem Berg Mäntel auf dem Bett. Unter der Bettdecke schien man heftig beim Geschlechtsverkehr zu sein, und der ganze Wust von Mänteln und Bettzeug schwankte und bebte wie eine gigantische Amöbe. Kichernd fand Gill schließlich ihren Mantel und kam auf Rebus zu, der sie verschwörerisch aus dem Türrahmen anlächelte.

»Wiedersehen, Cathy«, rief sie in das Zimmer zurück, »danke für die Party.«

Unter dem Bettzeug kam, vielleicht als Erwiderung, ein erstickter Schrei hervor. Rebus, der mit aufgerissenen Augen dastand, spürte, wie seine ganze Charakterstärke wie ein trockenes Stück Käsegebäck zerbröckelte.

Im Taxi saßen sie ein kleines Stück voneinander entfernt.

»Du und dieser Stevens, ihr seid also alte Freunde?«

»Das bildet der sich ein.« Sie starrte an dem Fahrer vorbei auf die vom Regen glatte Straße vor ihnen. »Jims Gedächtnis kann auch nicht mehr das sein, was es früher einmal war. Ganz im Ernst, wir sind einmal miteinander ausgegangen, wirklich nur ein einziges Mal.« Sie hielt einen Finger hoch. »An einem Freitagabend, glaube ich. Zweifellos ein großer Fehler.«

Rebus war mit dieser Antwort zufrieden. Allmählich bekam er wieder Hunger.

Doch als sie bei dem Restaurant ankamen, hatte es bereits geschlossen – selbst für Rebus –, also blieben sie im Taxi und Rebus lotste den Fahrer zu seiner Wohnung.

»Ich mache ganz gute Speck-Sandwiches«, sagte er.

»Wie schade«, sagte sie. »Ich bin Vegetarierin.«

»Großer Gott, du isst also überhaupt kein Gemüse?«

»Warum müssen Fleischfresser immer Witze darüber machen?«, sagte sie mit schneidender Stimme. »Das ist wie mit Männern und der Frauenbewegung. Wie kommt das nur?«

»Weil wir Angst davor haben«, sagte Rebus, mittlerweile wieder halbwegs nüchtern.

Gill sah ihn an, doch er beobachtete gerade aus dem Fenster, wie die betrunkenen Nachtschwärmer die mit Stolperfallen übersäte Lothian Road entlangtorkelten, auf der Suche nach Alkohol, Frauen und Glück. Für einige von ihnen war es eine nie endende Suche. Schwankend machten sie ihre Rundgänge durch Clubs und Pubs und Imbissstuben und knabberten an den Knochen, die ihnen das Leben so hinwarf. Die Lothian Road war Edinburghs Müllhalde. Allerdings lagen hier auch das Sheraton Hotel und Usher Hall. Rebus war ein einziges Mal in der Usher Hall gewesen, wo er sich mit Rhona und all den anderen blasierten Seelen Mozarts Requiem angehört hatte. Das war typisch für Edinburgh, ein Krümel Kultur inmitten von Fast-Food-Läden. Ein Requiem und eine Tüte Fritten.

»Wie läuft's denn zurzeit so mit der Pressearbeit?«

Sie saßen in seinem hastig aufgeräumten Wohnzimmer. Sein ganzer Stolz, ein Nakamichi-Tapedeck, spielte dezent eine der Jazz-Kassetten aus seiner Sammlung von Hintergrundmusik für späte Stunden – Stan Getz oder Coleman Hawkins.

Er hatte ein paar Sandwiches mit Thunfisch und Tomate zusammengebastelt, nachdem Gill zugegeben hatte, dass sie gelegentlich Fisch aß. Die Flasche Wein war geöffnet, und er hatte eine Kanne mit frisch gemahlenem Kaffee aufgebrüht, ein Luxus, den er sich normalerweise nur sonntags zum Frühstück erlaubte. Jetzt saß er seinem Gast gegenüber und sah zu, wie sie aß. Leicht erschrocken dachte er, dass dies der erste Damenbesuch war, seit Rhona ihn verlassen hatte, doch dann erinnerte er sich äußerst vage, dass es schon ein paar Abenteuer für eine Nacht gegeben hatte.

»Die Pressearbeit läuft prima. Und glaub mir, das ist wirklich keine komplette Zeitverschwendung. Heutzutage erfüllt das durchaus seinen Zweck.«

»Ich will es doch gar nicht runtermachen.«

Sie sah ihn an und versuchte abzuschätzen, wie ernst er das meinte.

»Ich weiß nur«, fuhr sie fort, »dass viele unserer Kollegen meinen Job für eine komplette Verschwendung von Zeit und Arbeitskraft halten. Glaub mir, in einem Fall wie diesem ist es dringend notwendig, dass die Medien auf *unserer* Seite sind und dass wir ihnen die Informationen zukommen lassen, die wir zu einem bestimmten Zeitpunkt an die Öffentlichkeit gebracht haben wollen. Das erspart eine Menge Ärger.«

»Hört, hört.«

»Spar dir deine Witze, du Esel.«

Rebus lachte.

»Ich mache niemals Witze. Ich bin durch und durch Polizist.«

Gill Templer starrte ihn erneut an. Sie hatte die typischen Augen eines Inspectors. Sie drangen einem direkt ins Gewissen, spürten Schuld, Arglist und böse Triebe auf und suchten nach verborgener Schuld.

»Und als Pressesprecherin«, sagte Rebus, »musst du also ein ... enges Verhältnis zur Presse pflegen, ja?«

»Ich weiß, worauf Sie hinauswollen, Sergeant Rebus, und als die Ranghöhere fordere ich Sie auf, damit aufzuhören.«

»Sir!« Rebus salutierte knapp.

Dann holte er den Kaffee aus der Küche.

»War das nicht eine schreckliche Party?«, sagte Gill.

»Das war die beste Party, auf der ich je war«, sagte Rebus. »Schließlich hätte ich dich sonst vielleicht nie kennen gelernt.«

Diesmal fing sie schallend an zu lachen, den Mund voll mit einem Brei aus Thunfisch, Brot und Tomate.

»Du bist ja echt verrückt«, rief sie.

Rebus zog lächelnd die Augenbrauen hoch. Beherrschte er das Spiel nicht mehr? Doch, das tat er. Es lief wunderbar.

Irgendwann musste sie ins Bad. Rebus legte gerade eine neue Kassette ein und dachte darüber nach, wie beschränkt doch sein musikalischer Geschmack war. Wer waren all diese Gruppen, die sie immer wieder erwähnte?

»Im Flur«, sagte er. »Linke Seite.«

Als sie zurückkam, lief wieder Jazz, manchmal so leise, dass die Musik kaum zu hören war. Rebus saß wieder in seinem Sessel.

»Was ist das für ein Zimmer gegenüber vom Bad, John?«

»Tja«, sagte er und schenkte Kaffee ein, »das war früher das Zimmer von meiner Tochter, jetzt steht da nur noch Gerümpel drin. Ich benutze es nie.«

»Wann habt ihr euch getrennt, du und deine Frau?«

»Ist noch nicht so lange her, wie es hätte sein sollen. Das ist mein voller Ernst.«

»Wie alt ist deine Tochter?« Sie klang jetzt mütterlich besorgt, war nicht die bissige alleinstehende Karrierefrau.

»Fast zwölf«, sagte er. »Fast zwölf.«

»Das ist ein schwieriges Alter.«

»Jedes Alter ist schwierig.«

Als der Wein ausgetrunken und vom Kaffee nur noch eine halbe Tasse übrig war, schlug einer von ihnen vor, ins Bett zu gehen. Sie lächelten sich verlegen an und gaben sich gegenseitig das rituelle Versprechen, dass sie gar nichts versprechen würden. Und nachdem dieser Vertrag wortlos eingegangen und unterzeichnet war, gingen sie ins Schlafzimmer.

Es fing alles ganz gut an. Schließlich waren sie erwachsene Menschen und hatten dieses Spiel schon zu oft gespielt, um sich von ein bisschen peinlichem Gefummele beirren zu lassen. Rebus war beeindruckt von ihrer Gelenkigkeit und ihrem Erfindungsreichtum und hoffte, dass sie von ihm genauso beeindruckt wäre. Sie hob ihr Becken an, um ihm entgegenzukommen, auf der Suche nach der endgültigen, aber unerreichbaren Vereinigung.

»John.« Sie schob ihn weg.

»Was ist?«

»Nichts. Ich drehe mich jetzt um, okay?«

Er richtete sich auf. Sie drehte ihm den Rücken zu, rutschte auf den Knien über das Bett, bis sie sich mit den Fingerspitzen an der glatten Wand abstützen konnte, und wartete. Während der kurzen Unterbrechung sah Rebus sich im Zimmer um, wo das fahle bläuliche Licht seine Bücher und die Enden der Matratze noch dunkler erscheinen ließ.

»Oh, ein Futon«, hatte sie gesagt, als sie sich rasch auszog. Er hatte still vor sich hin gelächelt.

...

Er schlaffte ab.

»Komm, John. Komm.«

Er beugte sich zu ihr hinab, legte sein Gesicht auf ihren Rücken. Er hatte mit Gordon Reeve über Bücher geredet, als man sie eingesperrt hatte. Es kam ihm so vor, als hätten sie endlos geredet, und er hatte ihm aus dem Kopf rezitiert. In einer engen Zelle, während direkt hinter der verschlossenen Tür die Folter wartete. Aber sie hatten durchgehalten. Ein Erfolg des harten Trainings.

»John, o John.«

Gill richtete sich auf und wandte ihm den Kopf zu. Sie suchte seinen Mund. Gill, Gordon Reeve, die etwas von ihm wollten, das er nicht geben konnte. Trotz des Trainings, der jahrelangen Praxis, der Jahre beharrlicher Arbeit.

»John?«

Aber er war jetzt woanders, war wieder in dem Trainingslager, stapfte wieder durch ein matschiges Feld, der Ausbilder brüllte ihn an, schneller zu laufen, war wieder in jener Zelle und beobachtete, wie ein Kakerlak über den versifften Fußboden krabbelte, wieder in dem Hubschrauber, einen Sack über dem Kopf, Spritzer von salzigem Meerwasser in seinen Ohren ...

»John?«

Sie drehte sich um, peinlich berührt und besorgt zugleich. Sie sah, wie ihm Tränen in die Augen stiegen. Sie drückte seinen Kopf an sich.

»Ach, John. Das macht doch nichts. Wirklich nicht.«

Und kurze Zeit später: »Magst du es so nicht?«

Anschließend lagen sie einfach beieinander. Rebus fühlte sich schuldig und fluchte innerlich über seine vorübergehende Verwirrung sowie über die Tatsache, dass er keine Zigaretten mehr hatte. Inzwischen erzählte sie ihm mit leiser, schläfriger Stimme, aber immer noch besorgt, einige Episoden aus ihrem Leben.

Nach einer Weile vergaß Rebus seine Schuldgefühle, schließlich hatte er keinen Grund, sich schuldig zu fühlen. Er spürte nur noch den deutlichen Nikotinmangel. Und ihm fiel ein, dass er in sechs Stunden Sammy sehen würde und dass ihre Mutter instinktiv wissen würde, was er, John Rebus, in diesen letzten Stunden getrieben hatte. Wie eine Hexe besaß sie die Gabe, in seine Seele zu schauen, und natürlich hatte sie seine gelegentlichen Weinkrämpfe hautnah miterlebt. Das war, wie er vermutete, zum Teil der Grund für ihre Trennung gewesen.

»Wie spät ist es, John?«

»Vier. Vielleicht auch ein bisschen später.«

Er zog seinen Arm unter ihr weg und stand auf, um hinauszugehen.

»Möchtest du was trinken?«, fragte er.

»Woran hast du gedacht?«

»Kaffee vielleicht. Es lohnt sich kaum noch zu schlafen, aber wenn du schlafen möchtest, lass dich nicht von mir stören.«

»Nein, ich nehm den Kaffee.«

Rebus erkannte an ihrer Stimme, an ihrem undeutlichen Gebrabbel, dass sie fest schlafen würde, sobald er in der Küche war.

»Okay«, sagte er.

Er machte für sich eine Tasse starken, süßen Kaffee und ließ sich damit in einem Sessel nieder. Er stellte den kleinen Gasofen im Wohnzimmer an und begann, in einem der herumliegenden Bücher zu lesen. Heute würde er Sammy sehen. Seine Gedanken schweiften von dem Buch ab, einer Geschichte voller Intrigen, an deren Anfang er sich überhaupt nicht mehr erinnern konnte. Sammy war fast zwölf. Sie hatte bereits viele gefahrvolle Jahre überlebt, und jetzt standen ihr andere Gefahren bevor. Zu den Perversen, die auf der Lauer lagen, den alten Männern, die hinter kleinen Mädchen her starrten, und den jugendlichen Sexprotzen würden nun die erwachenden Bedürfnisse der Jungen in ihrem Alter kommen, Jungen, die sie bereits kannte und die sich aus Freunden ganz plötzlich zu wilden Jägern entwickelten. Wie würde sie damit fertig werden? Wenn ihre Mutter dabei irgendwie die Finger im Spiel hatte, würde sie hervorragend damit fertig werden, würde im Clinch beißen und sich an den Seilen wegducken. Ja, sie würde ohne den Rat und den Schutz ihres Vaters überleben.

Die Kids von heute waren härter. Er dachte an seine eigene Jugend zurück. Er war Michaels großer Bruder gewesen und hatte sich für sie beide herumgeprügelt, nur um dann nach Hause zu kommen und zu sehen, wie sein Bruder vom Vater verhätschelt wurde. Er hatte sich immer tiefer in die Kissen auf dem Sofa gedrückt in der Hoffnung, eines Tages ganz zu verschwinden. Dann würde es ihnen Leid tun. Dann würde es ihnen Leid tun …

Um halb acht ging er in das muffige Schlafzimmer, wo es zu zwei Dritteln nach Sex und zu einem Drittel nach Tierhöhle roch, und küsste Gill wach.

»Es wird Zeit«, sagte er. »Steh auf, ich lass dir ein Bad ein.«

Sie roch gut, wie ein Baby auf einem Handtuch am Kamin. Bewundernd betrachtete er ihren eingekuschelten Körper, während sie im schwachen, fahlen Sonnenlicht aufwachte. Sie hatte wirklich eine gute Figur. Praktisch keine Dehnungsstreifen. Keine Orangenhaut an den Beinen. Ihr Haar gerade so zerzaust, um einladend zu wirken.

»Danke.«

Sie musste um zehn im Präsidium sein, um die nächste Pressemitteilung herauszugeben. Es war ihr keine Ruhe gegönnt.

Der Fall wuchs immer weiter, wie ein Krebsgeschwür. Angewidert über den Schmutzrand in der Wanne ließ Rebus das Bad ein. Er brauchte eine Putzfrau. Vielleicht könnte er ja Gill dazu herumkriegen.

Schon wieder ein unwürdiger Gedanke. Vergib mir.

Das veranlasste ihn, darüber nachzudenken, ob er in die Kirche gehen sollte. Schließlich war schon wieder Sonntag, und seit Wochen hatte er sich vorgenommen, dass er es noch einmal versuchen wollte. Er würde sich eine weitere Kirche in der Stadt suchen und es noch einmal probieren.

Er hasste diese Kirchengemeinden, hasste das Lächeln und das Verhalten schottischer Protestanten im Sonntagsstaat, denen es weniger um eine Gemeinschaft mit Gott als mit ihren Nachbarn ging. Er hatte bereits sieben Kirchen unterschiedlicher Konfessionen in Edinburgh ausprobiert, und keine hatte ihm gefallen. Er hatte versucht, sonntags zwei Stunden lang zu Hause zu sitzen, in der Bibel zu lesen und zu beten, aber das funktionierte irgendwie auch nicht. Er saß in der Falle, ein Gläubiger im Zwiespalt mit seiner Religion. Würde Gott ein ganz privater Glaube reichen? Vielleicht, aber nicht *sein* privater Glaube, der offenbar auf Schuldbewusstsein und dem Gefühl von Heuchelei beruhte, das er jedes Mal empfand, wenn er gesündigt hatte, ein Schuldgefühl, das nur durch öffentliche Zurschaustellung gelindert wurde.

»Ist mein Bad fertig, John?«

Nackt und selbstbewusst stand sie da und zauste noch einmal durch ihr Haar. Ihre Brille hatte sie im Schlafzimmer gelassen. John Rebus spürte, dass seine Seele in Gefahr war. Was soll's, dachte er und fasste sie um die Hüften. Das schlechte Gewissen konnte warten. Das schlechte Gewissen konnte immer warten.

Hinterher musste er den Fußboden im Badezimmer aufwischen, mal wieder ein empirischer Beweis für die Wasserverdrängungstheorie des Archimedes. Das Badewasser war wie

Milch und Honig übergeschäumt, und Rebus war fast ertrunken.

Trotzdem fühlte er sich jetzt besser.

»Herr, ich bin ein armer Sünder«, flüsterte er, während Gill sich anzog. Sie wirkte professionell und streng, als sie die Haustür öffnete, fast so als wäre das ein offizieller Besuch von zwanzig Minuten gewesen.

»Können wir was ausmachen?«, fragte er vorsichtig.

»Können wir«, antwortete sie und wühlte in ihrer Handtasche. Rebus hätte zu gern gewusst, warum Frauen das immer machten, nachdem sie mit einem Mann geschlafen hatten, besonders in Spielfilmen und Krimis. Verdächtigten sie ihren Beischläfer, er hätte in ihrer Tasche gestöbert?

»Aber es könnte schwierig werden«, fuhr sie fort, »so wie der Fall zurzeit läuft. Verbleiben wir doch einfach so, dass wir uns melden, okay?«

»Okay.«

Er hoffte, dass sie die leichte Bestürzung in seiner Stimme bemerkte, die Enttäuschung eines kleinen Jungen, dem man eine Bitte abgeschlagen hat.

Sie gaben sich einen letzten flüchtigen Kuss, ihre Münder waren jetzt spröde, und dann war sie fort. Doch ihr Duft blieb zurück, und er atmete ihn tief ein, während er sich auf den vor ihm liegenden Tag vorbereitete. Er fand ein Hemd und eine Hose, die nicht nach Zigarettenqualm stanken, und zog sie gemächlich an. Mit feuchten Fußsohlen betrachtete er sich zufrieden im Badezimmerspiegel und summte ein Kirchenlied.

Manchmal war es gut, am Leben zu sein. Manchmal.

XI

Jim Stevens kippte sich drei weitere Aspirin in den Mund und spülte mit Orangensaft nach. So eine Schande, in einer Bar in Leith gesehen zu werden, wie man Orangensaft nuckelte, doch schon bei der Vorstellung, auch nur ein halbes Pint von dem kräftigen, schäumenden Bier zu trinken, wurde ihm übel. Er hatte viel zu viel auf dieser Party getrunken, viel zu viel, zu schnell und in zu vielen Kombinationen.

Leith versuchte, sein Image zu bessern. Irgendwer hatte beschlossen, es ein bisschen aufzumöbeln. So gab es dort jetzt Cafés und Weinbars in französischem Stil, Studiowohnungen und Delikatessenläden. Doch es war immer noch Leith, immer noch der alte Hafen, ein Echo seiner glorreichen und wilden Vergangenheit, als Bordeauxweine noch gallonenweise entladen und von einem Pferdekarren herab auf der Straße verkauft wurden. Wenn auch von Leith sonst nicht viel übrig geblieben war, es würde immer die Mentalität eines Hafens behalten und die typischen Hafenkaschemmen.

»Mein Gott«, dröhnte eine Stimme hinter ihm, »dieser Mann trinkt alles in Doppelten, selbst Soft Drinks!«

Eine schwere Faust, zweimal so groß wie seine eigene, landete auf Stevens' Rücken. Eine dunkelhäutige Gestalt machte sich auf dem Hocker neben ihm breit. Die Hand blieb beharrlich da, wo sie war.

»Hallo, Podeen«, sagte Stevens. Er fing in der stickigen Kneipenluft an zu schwitzen, und sein Herz hämmerte – die letzten Symptome eines Katers. Er konnte riechen, wie der Alkohol aus seinen Poren dünstete.

»Meine Güte, James, mein Junge, was zum Teufel säufst du denn da? Barmann, mach diesem Mann schnell einen Whisky. Sonst kommt er noch von dieser Kinderplörre um!«

Unter schallendem Lachen nahm Podeen seine Hand gerade so lange vom Rücken des Reporters, dass der Druck nicht mehr zu spüren war, bevor er sie wieder klatschend darauf niedersausen ließ. Stevens fühlte, wie seine Eingeweide rebellierten.

»Was kann ich denn heute für dich tun?«, sagte Podeen nun sehr viel leiser.

Big Podeen war zwanzig Jahre lang Seemann gewesen und

hatte die Narben und Scharten von etwa tausend Häfen an seinem Körper. Wie er heutzutage sein Geld verdiente, wollte Stevens gar nicht wissen. Manchmal verdingte er sich als Rausschmeißer in Pubs auf der Lothian Road oder in zweifelhaften Kaschemmen in Leith, doch das war, was seine Einkünfte betraf, wohl nur die Spitze des Eisbergs. Podeens Finger starrten dermaßen vor Dreck, als hätte er eigenhändig jedes krumme Geschäft aus dem modrigen, fruchtbaren Boden unter ihm erschaffen.

»Eigentlich nichts, Big Man. Ich denke nur über ein paar Dinge nach.«

»Barmann, besorgst du mir ein Frühstück? Von allem doppelte Portion.«

Der Barmann, der vor Podeen beinah salutierte, verschwand, um die Bestellung weiterzugeben.

»Siehst du«, sagte Podeen, »du bist nicht der Einzige, der von allem das Doppelte bestellt, was, Jimmy?«

Die Hand hob sich erneut von Stevens' Rücken. Er verzog das Gesicht, weil er auf den nächsten Schlag wartete, doch der Arm landete stattdessen neben ihm auf der Bar. Er seufzte hörbar auf.

»Hast wohl 'nen harten Abend hinter dir, Jimmy?«

»Ich wünschte, ich könnte mich daran erinnern.«

Er war sehr spät am Abend in einem der Schlafzimmer eingeschlafen. Dann war ein Paar hereingekommen. Die hatten ihn ins Badezimmer getragen und in die Wanne gelegt. Dort hatte er zwei Stunden geschlafen, vielleicht auch drei. Als er aufwachte, waren sein Hals, sein Rücken und die Beine grausam steif. Er hatte etwas Kaffee getrunken, aber nicht genug, bei weitem nicht genug.

Und dann war er durch die kühle Morgenluft gelaufen, hatte in einem Zeitungsladen mit ein paar Taxifahrern geplaudert, in einem der großen Hotels auf der Princes Street mit dem verschlafenen Nachtportier in dessen Kabäuschen gesessen und süßen Tee mit ihm getrunken und über Fußball geredet. Doch er hatte gewusst, dass er hier enden würde, denn es war sein freier Vormittag und er hing wieder an dieser Drogengeschichte, seinem privaten Hobby.

»Wird hier im Moment viel Stoff verschoben, Big?«

»Tja, das kommt drauf an, wonach du suchst, Jimmy. Man munkelt übrigens, dass du langsam ein bisschen zu neugierig wirst. Am besten hältst du dich an die sicheren Drogen. Lass die Finger von dem harten Stoff.«

»Soll das eine gut gemeinte Warnung sein oder eine Drohung, oder was?« Stevens war nicht in der Stimmung, sich drohen zu lassen, nicht wenn er sich mit einem Sonntagmorgenkater herumschlagen musste.

»Es war eine *freundliche* Warnung, eine Warnung von einem Freund.«

»Wer ist der Freund, Big?«

»Ich, du Blödmann. Sei doch nicht immer so misstrauisch. Hör zu, hier wird ein bisschen Cannabis vertickt, aber das ist so ziemlich alles. Niemand bringt das harte Zeug mehr nach Leith. Die laden das an der Küste von Fife oder oben in der Nähe von Dundee ab. An Orten, wo es keine Zollbeamten mehr gibt. Und das ist die Wahrheit.«

»Ich weiß, Big, ich weiß. Aber irgendwas *wird* hier verschoben. Ich hab's selbst gesehen, ich weiß nur nicht, was es ist. Ob harter Stoff oder nicht. Ich hab selber eine Übergabe gesehen. Erst kürzlich.«

»Wann?«

»Gestern.«

»Wo?«

»Auf dem Calton Hill.«

Big Podeen schüttelte den Kopf.

»Dann hat es mit niemandem zu tun, den ich kenne, Jimmy.«

Stevens kannte Big Man, kannte ihn gut. Er lieferte gute Informationen, aber es waren nur Tipps, die er von Leuten erhielt, die wollten, dass Stevens irgendwas erfuhr. So rückten beispielsweise die Heroinjungs via Big Informationen über den Handel mit Cannabis raus. Wenn Stevens die Story aufgriff, bestand eine gute Chance, dass die Cannabis-Dealer geschnappt wurden. Und dann hatten die Heroinjungs das ganze Terrain für sich. Das war klug gemacht – Komplott und Gegenkomplott. Das Risiko war allerdings hoch. Aber Stevens war ein kluger Mitspieler. Er wusste, dass es ein stillschweigendes Einvernehmen gab, die wirklich großen Spieler in Ruhe zu lassen, denn sonst wäre es den Geschäftsleuten und Bürokraten der Stadt an den Kragen gegangen, den adeligen Grundbesitzern und den Mercedesfahrern der New Town.

Und das konnte man nicht zulassen. Also fütterte man ihn nur mit kleinen Häppchen, die aber reichten, um die Druckerpressen am Laufen zu halten, und dafür sorgten, dass die Leute sich darüber aufregten, wie Edinburgh allmählich vor die Hunde ging. Immer ein bisschen, niemals das Ganze. Das war Stevens klar. Er hatte das Spiel schon so lange mitgespielt, dass er manchmal kaum noch wusste, auf welcher Seite er stand. Was letztendlich auch nicht viel zu bedeuten hatte.

»Du weißt also nichts darüber?«

»Nichts, Jimmy. Aber ich hör mich mal um. Mal sehen, was sich so tut. Doch was anderes, da hat 'ne neue Kneipe aufgemacht, in der Nähe von dem Mackay-Autosalon. Weißt du, wo ich meine?«

Stevens nickte.

»Ja also«, fuhr Podeen fort, »nach vorne hin ist es 'ne Kneipe, aber hinten durch ist's ein Puff. Da ist so 'ne scharfe kleine Bardame, die nachmittags ihre Dienste anbietet, falls du Interesse hast.«

Stevens lächelte. Da versuchte also jemand Neues, sich ins Geschäft zu drängen, und das gefiel den Alteingesessenen, die letztlich Podeens Brötchengeber waren, nicht. Und deshalb bekam er, Jim Stevens, genug Informationen zugespielt, um den Neuen das Handwerk zu legen, wenn er wollte. Da steckte sicher eine hübsche Schlagzeile drin, aber es war nur eine Eintagsfliege.

Warum riefen die nicht einfach anonym bei der Polizei an? Er glaubte, die Antwort darauf zu kennen, obwohl er es lange Zeit nicht hatte verstehen können. Die spielten das Spiel nach den altmodischen Regeln, und das hieß, niemanden an den Feind zu verpfeifen. Stattdessen überließ man ihm die Rolle des Botenjungen, eines Botenjungen allerdings, der Macht innerhalb des Systems besaß. Zwar nur ein bisschen Macht, aber immerhin mehr als die Typen, die stets auf dem Pfad der Tugend wandelten.

»Danke, Big. Ich werd mich drum kümmern.«

In dem Moment kam das Essen, Berge von gewelltem, glänzendem Speck, zwei weiche, fast durchsichtige Spiegeleier, Champignons, geröstetes Brot, Baked Beans. Stevens hielt den Blick starr auf die Bar gerichtet, als würde er sich plötzlich sehr für einen der Bierdeckel interessieren, die noch feucht vom Samstagabend waren.

»Ich geh damit rüber an meinen Tisch, okay, Jimmy?«

Stevens konnte sein Glück kaum fassen.

»Kein Problem, Big Man, kein Problem.«

»Tschüss dann.«

Und damit blieb er allein zurück, nur noch ein Hauch von Essensgeruch hing in der Luft. Da fiel ihm auf, dass der Barmann ihm gegenüber stand. Seine fettglänzende Hand war ausgestreckt.

»Zwei Pfund sechzig«, sagte er.

Stevens seufzte. Verbuch das unter Erfahrungen, dachte er bei sich, während er bezahlte, oder schieb's auf den Kater. Die Party hatte sich dennoch gelohnt, schließlich hatte er John Rebus kennen gelernt. Und Rebus war mit Gill Templer befreundet. Das machte zwar alles noch ein bisschen verwirrender, aber auch interessanter. Rebus war ganz gewiss interessant, obwohl er rein äußerlich überhaupt nicht seinem

Bruder ähnelte. Der Mann wirkte durchaus ehrlich, aber wie sollte man einem Polizisten rein äußerlich ansehen, ob er korrupt war? Es war ja das Innere, was verdorben war. Rebus hatte also ein Verhältnis mit Gill Templer. Er erinnerte sich an die Nacht, die er mit ihr verbracht hatte, und schauderte. Das war ganz bestimmt sein absoluter Tiefpunkt gewesen.

Er zündete sich eine Zigarette an, die zweite an diesem Tag. Er fühlte sich immer noch dumpf im Kopf, aber sein Magen hatte sich anscheinend ein wenig erholt. Vielleicht wurde er sogar langsam hungrig. Rebus sah nach einem harten Burschen aus, aber nicht so hart, wie er vor zehn Jahren gewesen sein musste. In diesem Augenblick lag er vermutlich mit Gill Templer im Bett. Dieser Schweinehund. Dieser glückliche Schweinehund. Sein Magen schlug in einem plötzlichen Anfall von Eifersucht einen kleinen Purzelbaum. Die Zigarette tat ihm gut. Sie erfüllte ihn mit neuer Lebenskraft oder schien es zumindest zu tun. Doch er wusste, dass sie ihn auch innerlich zerfraß, seine Eingeweide in dunkelrote Fetzen riss. Zum Teufel damit. Er rauchte, weil er ohne Zigaretten nicht denken konnte. Und jetzt dachte er gerade heftig.

»Hey, machst du mir 'nen Doppelten?«

»Noch 'nen Orangensaft?«

Stevens sah ihn fassungslos an.

»Bist du bekloppt«, sagte er, »Whisky, und zwar Grouse, wenn das da in der Flasche wirklich Grouse ist.«

»Diese Art Spielchen spielen wir hier nicht.«

»Freut mich zu hören.«

Er trank den Whisky und fühlte sich besser. Dann begann er sich wieder schlechter zu fühlen. Er ging zur Toilette, doch von dem Gestank da drinnen wurde ihm noch schlechter. Er beugte sich über das Waschbecken und brachte unter lautem Würgen einige wenige Tropfen Flüssigkeit heraus. Er musste mit dem Saufen aufhören. Er musste mit dem Rauchen aufhören. Das brachte ihn um, und doch war es das Einzige, was ihn am Leben erhielt.

Schwitzend ging er zu Big Podeens Tisch hinüber. Er fühlte sich alt, älter als er war.

»Das war ein echt gutes Frühstück«, sagte der massige Mann und seine Augen strahlten wie die eines Kindes.

Stevens setzte sich neben ihn.

»Was hört man denn so über korrupte Bullen?«, fragte er.

XII

»Hallo, Daddy.«

Sie war elf, sah aber älter aus und redete und lächelte auch so; elf mit einem Touch von einundzwanzig. Das hatte das Zusammenleben mit Rhona aus seiner Tochter gemacht. Er küsste sie auf die Wange und dachte daran, wie Gill sich verabschiedet hatte. Ein Hauch von Parfüm umgab sie, und ihre Augen waren leicht geschminkt.

Er hätte Rhona umbringen können.

»Hallo, Sammy«, sagte er.

»Mummy meint, ich sollte mich jetzt Samantha nennen lassen, wo ich schon so groß bin, aber es ist sicher okay, wenn *du* mich weiter Sammy nennst.«

»Nun ja, Mummy weiß das sicher am besten, Samantha.«

Er warf einen Blick auf seine Frau, die bereits wieder auf Abstand gegangen war. So schlank wie sie aussah, musste sie sich gewaltsam in einen besonders festen Hüfthalter gezwängt haben. Erleichtert stellte er fest, dass sie nicht so gut mit der Situation fertig wurde, wie ihre gelegentlichen Telefongespräche es ihm suggerieren wollten. Jetzt stieg sie, ohne sich noch einmal umzudrehen, in ihr Auto, ein kleines und teures Modell, das jedoch auf einer Seite eine ganz schöne Delle hatte. Rebus war dankbar für diese Delle.

Er erinnerte sich, wie er ihren Körper genossen hatte, wenn sie sich liebten, das weiche Fleisch – die Fettpolster, wie sie es nannte – auf ihren Oberschenkeln und ihrem Rücken. Heute hatte sie ihn mit kalten Augen angesehen, zunächst voller Ahnungslosigkeit, und hatte dann gesehen, wie seine Augen immer noch vor sexueller Befriedigung glänzten. Darauf hatte sie sich auf dem Absatz umgedreht. Es war also wahr, sie konnte immer noch in sein Herz sehen. Doch sie hatte es nie geschafft, in seine Seele zu sehen. Dieses lebenswichtige Organ war ihr völlig entgangen.

»Was möchtest du denn machen?«

Sie standen am Eingang zu den Princes Street Gardens, ganz in der Nähe der Touristenattraktionen von Edinburgh. Nur wenige Leute schlenderten an diesem Sonntag an den geschlossenen Läden auf der Princes Street vorbei, während andere auf den Bänken im Park saßen und die Tauben und Eichhörnchen mit Brotkrumen fütterten oder in den Sonntagszeitungen mit ihren fetten Schlagzeilen lasen. Über ihnen erhob sich das Schloss, dessen Flaggen heftig in dem nur zu vertrauten Wind flatterten. Das Scott Monument, diese gotische Rakete, wies den Gläubigen die richtige Richtung, doch nur wenige der Touristen, die das Bauwerk mit ihren teuren japanischen Kameras knipsten, schienen sich für seine symbolische Bedeutung zu interessieren und schon gar nicht für das Gebäude an sich, solange sie einige Fotos davon hatten, um vor ihren Freunden zu Hause damit angeben zu können. Diese Touristen verbrachten so viel Zeit damit, Dinge zu fotografieren, dass sie eigentlich nie etwas richtig *sahen*, ganz im Gegensatz zu den jungen Leuten, die durch die Gegend zogen und so sehr damit beschäftigt waren, das Leben zu genießen, dass sie gar nicht auf die Idee kamen, falsche Eindrücke davon einzufangen.

»Was möchtest du denn machen?«

Die touristische Seite seiner Hauptstadt. Diese Leute interessierten sich nie für die Wohnsiedlungen außerhalb des Bilderbuchzentrums. Sie wagten sich nie nach Pilton oder Niddrie oder Oxgangs hinaus, um in einer nach Pisse stinkenden Mietskaserne eine Verhaftung vorzunehmen. Die Dealer und

Junkies von Leith berührten sie nicht, erst recht nicht die geschickte Korruption der Herren der Stadt oder die kleinen Eigentumsdelikte in einer Gesellschaft, die so weit in den Materialismus getrieben worden war, dass Stehlen die einzige Möglichkeit zur Befriedigung all dessen war, was die Leute für ihre Bedürfnisse hielten. Und da die Touristen nicht hier waren, um Lokalzeitungen zu lesen oder Lokalfernsehen zu gucken, wussten sie höchstwahrscheinlich auch nichts von Edinburghs neuestem Medienstar, dem Kindermörder, den die Polizei nicht fassen konnte, dem Mörder, der die Vertreter von Recht und Ordnung an der Nase herumführte, der ihnen keinerlei Anhaltspunkte hinterließ und ihnen nicht die geringste Chance gab, ihn aufzuspüren, solange er keinen Fehler machte. Er bedauerte Gill wegen ihres Jobs. Er bedauerte sich selbst. Er bedauerte die ganze Stadt bis hin zu ihren Gaunern und Banditen, ihren Huren und Spielern, ihren ewigen Verlierern und Gewinnern.

»Also, was möchtest du nun machen?«

Seine Tochter zuckte die Schultern.

»Ich weiß nicht. Vielleicht ein bisschen spazieren gehen? 'ne Pizza essen? Ins Kino gehen?«

Sie gingen spazieren.

John Rebus hatte Rhona Phillips kennen gelernt, kurz nachdem er bei der Polizei angefangen hatte. Davor hatte er einen Nervenzusammenbruch erlitten (*warum hast du die Armee verlassen, John?*) und sich in einem Fischerdorf an der Küste von Fife davon erholt. Damals hatte er Michael nicht gesagt, dass er sich in Fife aufhielt.

In seinem ersten Urlaub bei der Polizei, seinem ersten *richtigen* Urlaub seit Jahren – die anderen waren für irgendwelche Kurse oder Prüfungsvorbereitungen draufgegangen – war Rebus in dieses Fischerdorf zurückgekehrt, und dort hatte er Rhona kennen gelernt. Sie war Lehrerin und hatte bereits eine grausam kurze und unglückliche Ehe hinter sich. In John Rebus sah sie einen starken und aufrechten Ehemann, jemanden, der keinem Streit aus dem Wege gehen würde; aber auch jemanden, den sie umsorgen konnte, denn hinter seiner äußeren Stärke verbarg sich unübersehbar eine innere Zerbrechlichkeit. Sie erkannte, dass er immer noch von seinen Jahren bei der Armee heimgesucht wurde, besonders von der Zeit bei der »Spezialeinheit«. Manchmal wachte er nachts weinend auf, und manchmal weinte er, wenn sie sich liebten, ein stilles Weinen, und die Tränen fielen langsam und hart auf ihre Brust. Er wollte nicht viel darüber reden, und sie hatte ihn nie gedrängt. Sie wusste, dass er während der Ausbildung einen Freund verloren hatte. Das konnte sie nachvollziehen, und er sprach das Kind in ihr an und zugleich die Mutter. Er schien perfekt. Viel zu perfekt.

Aber das war er nicht. Er hätte niemals heiraten dürfen. Zunächst lebten sie halbwegs glücklich, sie unterrichtete Englisch in Edinburgh, bis Samantha geboren wurde. Dann jedoch wurden aus den kleinen Streitereien und Machtspielchen heftige Auseinandersetzungen und anhaltendes Misstrauen. Traf sie sich mit einem anderen Mann, einem Kollegen an ihrer Schule? Traf er sich mit einer anderen Frau, wenn er angeblich eine seiner zahlreichen Doppelschichten hatte? Nahm sie Drogen, ohne dass er es wusste? Nahm er Schmiergelder, ohne dass sie es wusste? Tatsächlich waren all diese Verdächtigungen völlig aus der Luft gegriffen, doch darum schien es auch gar nicht zu gehen. Vielmehr schien sich etwas ganz anderes zusammenzubrauen, doch keiner von ihnen erkannte das Unvermeidliche, bevor es zu spät war. Stattdessen kuschelten sie sich immer wieder aneinander und versöhnten sich, als befänden sie sich in einem mittelalterlichen Theaterstück oder einer Seifenoper. Man musste schließlich an das Kind denken.

Das Kind, Samantha, war mittlerweile eine junge Dame geworden, und Rebus spürte, wie sein Blick abschätzend und schuldbewusst (mal wieder) zugleich zu ihr schweifte, während sie durch die Parkanlage unterhalb des Schlosses auf das

ABC-Kino in der Lothian Road zugingen. Sie war nicht schön, denn das konnten nur Frauen sein, doch sie war dabei, zu einer Schönheit heranzuwachsen, und das mit einer Unvermeidlichkeit, die atemberaubend, aber auch erschreckend war. Er war schließlich ihr Vater. Da hatte man doch irgendwelche Gefühle, das gehörte einfach dazu.

»Willst du mir nichts von Mummys neuem Freund erzählen?«

»Du weißt verdammt genau, dass ich das will.«

Sie kicherte. Also war doch noch etwas von dem kleinen Mädchen in ihr, doch selbst ihr Kichern hörte sich jetzt anders an, es schien beherrschter, fraulicher.

»Er ist angeblich ein Dichter, aber er hat bisher noch kein Buch oder sonst was rausgebracht. Seine Gedichte sind außerdem Scheiße, aber das will Mummy ihm nicht sagen. Sie glaubt, die Sonne scheint aus seinem na-du-weißt-schon.«

Sollte dieses »erwachsene« Gerede ihn beeindrucken? Vermutlich.

»Wie alt ist er?«, fragte Rebus und erschrak über seine plötzliche Eitelkeit.

»Ich weiß nicht. Zwanzig vielleicht.«

Das traf ihn wie ein Schlag. Zwanzig. Sie vergriff sich schon an Kindern. Mein Gott. Was hatte das für Auswirkungen auf Samantha, die angebliche Erwachsene? Ihm grauste bei dem Gedanken, aber schließlich war er kein Psychoanalytiker. Das war Rhonas Bereich oder war es mal gewesen.

»Also ehrlich, Dad, er ist ein *furchtbarer* Dichter. Da hab ich bessere Sachen in meinen Aufsätzen in der Schule geschrieben. Nach den Sommerferien gehe ich auf die Schule für die Großen. Wird lustig sein, in die Schule zu gehen, an der Mum arbeitet.«

»Ja, wird es sicher.« Rebus merkte, dass etwas an ihm nagte. Ein Dichter von zwanzig Jahren. »Wie heißt denn dieser Knabe?«, fragte er.

»Andrew«, sagte sie. »Andrew Anderson. Klingt das nicht

komisch? Eigentlich ist er ganz nett, aber auch ein bisschen merkwürdig.«

Rebus fluchte leise vor sich hin. Andersons Sohn, der wandernde Dichtersohn des gefürchteten Anderson, war bei Rebus' Frau eingezogen. Was für eine Ironie des Schicksals! Er wusste nicht, ob er lachen oder weinen sollte. Lachen schien eine Winzigkeit angemessener.

»Was lachst du, Daddy?«

»Ach nichts, Samantha. Ich freu mich bloß. Was hast du gerade gesagt?«

»Ich hab gesagt, dass Mum ihn in der Bibliothek kennen gelernt hat. Da gehen wir oft hin. Mum liebt diese literarischen Bücher, aber ich mag lieber Bücher über Liebesgeschichten und Abenteuer. Ich kann die Bücher, die Mum liest, überhaupt nicht verstehen. Habt ihr die gleichen Bücher gelesen, als ihr noch ... bevor ihr ...?«

»Ja, das haben wir, aber ich konnte sie auch nicht verstehen, also mach dir deswegen keine Sorgen. Ich bin froh, dass du viel liest. Wie ist diese Bibliothek denn so?«

»Sie ist wirklich riesig, aber es kommen viele Penner dahin, um zu schlafen. Die hängen da ständig rum. Sie nehmen sich ein Buch, setzen sich damit hin und schlafen einfach ein. Die stinken furchtbar!«

»Du brauchst ja nicht in ihre Nähe zu gehen. Am besten kümmerst du dich gar nicht um sie.«

»Ja, Daddy.« Ihre Stimme klang leicht vorwurfsvoll. Das sollte ihm wohl sagen, dass derlei väterlicher Rat unnötig war.

»Hast du denn Lust, ins Kino zu gehen?«

Doch das Kino war geschlossen, also gingen sie in eine Eisdiele in Tollcross. Rebus sah zu, wie Samantha Eiskugeln in fünf verschiedenen Farben aus einem Knickerbocker-Glory-Becher in sich hineinschaufelte. Sie war noch in der Phase, wo sie alles essen konnte, ohne ein Gramm zuzunehmen. Rebus war sich seines gedehnten Hosenbunds nur zu bewusst, seines Bauches, dem er gestattete, sich nach Belieben auszubreiten. Er trank einen Cappuccino (ohne Zucker) und beobachtete aus den Augenwinkeln, wie eine Gruppe von Jungen an einem anderen Tisch flüsternd und kichernd zu ihm und seiner Tochter herübersahen. Sie schoben ihre Haare zurück und zogen an ihren Zigaretten, als ob es das Leben selbst wäre. Wenn Sammy nicht dabei gewesen wäre, hätte er sie wegen selbstverschuldeter Wachstumshemmung verhaftet.

Außerdem beneidete er sie um ihre Zigaretten. Er rauchte nämlich nicht, wenn er mit Sammy zusammen war; sie mochte das nicht. Auch ihre Mutter hatte ihn vor langer Zeit angebrüllt, er solle damit aufhören, und hatte seine Zigaretten und sein Feuerzeug versteckt, woraufhin er überall im Haus kleine versteckte Depots mit Zigaretten und Streichhölzern angelegt hatte. Er hatte rücksichtslos weiter geraucht und siegesbewusst gelacht, wenn er mal wieder mit einer brennenden Zigarette zwischen den Lippen ins Wohnzimmer geschlendert kam und Rhona ihn anschrie, er solle das verdammte Ding ausmachen, um ihn dann mit wild fuchtelnden Händen durch das Zimmer zu jagen, bereit, ihm den Glimmstengel aus dem Mund zu hauen.

Das waren glückliche Zeiten gewesen, in denen sie ihre Konflikte noch liebevoll ausgetragen hatten.

»Wie geht's in der Schule?«

»Ganz gut. Hast du mit diesem Mordfall zu tun?«

»Ja.« Gott, er hätte für eine Zigarette morden können, einem der Jungen den Kopf abreißen können.

»Wirst du ihn erwischen?«

»Ja.«

»Was macht er mit den Mädchen, Daddy?« Ihre Augen, die ganz beiläufig zu blicken versuchten, untersuchten den fast leeren Eisbecher sehr gründlich.

»Er macht nichts mit ihnen.«

»Ermordet sie nur?« Ihre Lippen waren blass. Plötzlich war sie wieder ganz sein Kind, ganz seine Tochter, die seinen Schutz brauchte. Rebus hätte am liebsten den Arm um sie gelegt, sie getröstet und ihr gesagt, dass die große böse Welt irgendwo dort draußen war, nicht hier drinnen, dass sie in Sicherheit war.

»Das stimmt«, sagte er stattdessen.

»Ich bin froh, dass er nicht mehr macht.«

Die Jungen fingen jetzt an zu pfeifen, um Sammys Aufmerksamkeit zu erregen. Rebus spürte, wie er rot im Gesicht wurde. An einem anderen Tag, an jedem anderen Tag wäre er schnurstracks auf sie zugesteuert und hätte ihnen das Gesetz in ihre kalten kleinen Gesichter gerammt. Aber er war nicht im Dienst. Er war dabei, einen Nachmittag mit seiner Tochter zu genießen, dem unberechenbaren Produkt eines einzigen hinausgestöhnten Höhepunkts, bei dem ein Spermium das Glück hatte, durch den Schleim hindurch den langen Weg bis zum Ziel zu schaffen. Zweifellos würde Rhona inzwischen bereits nach ihrem Buch des Tages greifen, ihrer Literatur. Sie würde den reglosen, erschöpften Körper ihres Liebhabers von sich stoßen, ohne dass ein Wort zwischen ihnen fiel. War sie in Gedanken die ganze Zeit bei ihren Büchern? Vielleicht. Und er, der Liebhaber, würde sich plötzlich ausgehöhlt und leer fühlen, ganz so, als hätte nie ein Austausch stattgefunden. Das war ihr Sieg.

Und mit einem Kuss würde er sie dann anschreien. Der Schrei des Verlangens, der Einzelhaft.

Lasst mich raus. Lasst mich raus …

»Komm, lass uns gehen.«

»Okay.«

Und als sie an dem Tisch mit den schmachtenden Jungen vorbeikamen, deren Gesichter kaum ihre Lust verhüllten und die wie Affen plapperten, lächelte Samantha einen von ihnen an. *Sie lächelte einen von ihnen an.*

Während Rebus gierig die frische Luft einatmete, fragte er sich, was aus dieser Welt geworden war. Vielleicht glaubte er nur deshalb an eine andere Realität hinter den Dingen, weil das Alltägliche so beängstigend und so furchtbar traurig war.

Denn wenn es darüber hinaus nichts gab, dann wäre das Leben die erbärmlichste Erfindung aller Zeiten. Er hätte diese Jungen umbringen können, und er wollte seine Tochter mit seiner Liebe erdrücken, um sie vor dem zu schützen, was sie wollte – und bekommen würde. Ihm wurde klar, dass er ihr im Gegensatz zu diesen Jungen nichts zu sagen hatte, dass er nichts mit ihr gemein hatte bis auf das Blut, während sie alles mit ihr gemein hatten. Der Himmel war so finster wie in einer Wagner-Oper, so finster wie die Gedanken eines Mörders. Die Gleichnisse wurden immer düsterer, während John Rebus' Welt auseinander fiel.

»Es wird Zeit«, sagte sie – an seiner Seite und doch irgendwie so viel größer als er, so viel mehr voller Leben. »Es wird Zeit.«

Und das wurde es tatsächlich.

»Wir sollten uns beeilen«, sagte Rebus. »Es fängt gleich an zu regnen.«

Er war müde und dachte daran, dass er nicht geschlafen hatte, dass er während der kurzen Nacht schwer geschuftet hatte. Er fuhr mit dem Taxi nach Hause – scheiß auf das Geld – und schleppte sich die gewundene Treppe zu seiner Wohnung hinauf. Der Katzengestank war überwältigend. Hinter seiner Tür erwartete ihn ein nicht abgestempelter Brief. Er fluchte laut. Der Dreckskerl war überall, überall und doch unsichtbar. Er riss den Brief auf und las.

DU KOMMST NICHT WEITER. KEIN STÜCK WEITER. STIMMT'S?

UNTERZEICHNET

Aber da war keine Unterschrift, jedenfalls keine handschriftliche. Doch in dem Umschlag lag, wie ein Kinderspielzeug, ein Stück Schnur mit einem Knoten.

»Warum tust du das, Mister Knoten?«, sagte Rebus, während er die Schnur befühlte. »Und was tust du überhaupt?«

In der Wohnung war es wie in einem Kühlschrank; die Zündflamme war schon wieder ausgegangen.

TEIL DREI

Knoten

XIII

Die Medien, die spürten, dass der »Würger von Edinburgh« sich nicht einfach in Luft auflösen würde, stiegen voll in die Geschichte ein und schufen ein Monster. Fernseh-Crews zogen in einige der besseren Hotelzimmer in der Stadt, und die Stadt war ganz froh, sie zu haben, da die Touristensaison noch nicht so richtig begonnen hatte.

Als gewiefter Chefredakteur ließ Tom Jameson ein Team von vier Reportern an der Geschichte arbeiten. Allerdings entging ihm nicht, dass Jim Stevens nicht gerade in Bestform war. Er wirkte desinteressiert – ein schlechtes Zeichen bei einem Journalisten. Jameson machte sich Sorgen. Stevens war der Beste, den er hatte. Sein Name war den Leuten ein Begriff. Er würde mit ihm darüber reden müssen.

Da der Fall mit dem wachsenden Interesse immer größere Dimensionen annahm, konnten John Rebus und Gill Templer fast nur noch per Telefon miteinander reden und nur gelegentlich liefen sie sich im Präsidium oder dessen Umgebung über den Weg. Rebus bekam seine alte Dienststelle kaum noch zu sehen. Im Grunde war er selber ein Opfer des Mordfalls, und man erklärte ihm, er dürfe von früh bis spät an nichts anderes denken. In Wirklichkeit dachte er über alles andere nach, über Gill, über die Briefe und darüber, dass sein Auto nicht durch den TÜV kommen würde. Und die ganze Zeit beobachtete er Anderson, den Vater von Rhonas Geliebten, beobachtete ihn, wie er immer verzweifelter nach einem Motiv, einem Anhaltspunkt, nach irgendetwas suchte. Es war fast ein Vergnügen, den Mann in Aktion zu erleben.

Was die Briefe anging, so war Rebus mittlerweile ziemlich überzeugt, dass seine Frau und seine Tochter nichts damit zu tun hatten. Ein schwacher Fleck auf Mr. Knotens letztem Schreiben war (als Gegenleistung für ein Pint) von den Jungs im Labor untersucht worden und hatte sich als Blut herausgestellt. Hatte der Mann sich am Finger verletzt, als er die Schnur abschnitt? Ein weiteres kleines Rätsel. Und Rebus' Leben war voller Rätsel. Und nicht das Geringste davon war, wohin seine täglich erlaubten zehn Zigaretten verschwanden. Wenn er am späten Nachmittag sein Päckchen aufmachte und zählte, wie viel noch drin war, stellte er regelmäßig fest, dass er anscheinend seine gesamte Ration bereits aufgeraucht hatte. Es war absurd. Er konnte sich kaum erinnern, eine von den zehn geraucht zu haben, geschweige denn alle. Doch die Anzahl der Kippen in seinem Aschenbecher stellte einen so schlagenden empirischen Beweis dar, dass jedes Leugnen vergebens war. Aber verdammt merkwürdig war es schon. Es war, als würde er einen Teil seines wachen Daseins ausschalten.

Er war zurzeit in der Einsatzzentrale im Präsidium stationiert, während Jack Morton, das arme Schwein, bei den Von-Haus-zu-Haus-Befragungen eingesetzt war. Von seinem Posten aus konnte Rebus erkennen, wie stümperhaft Anderson die Ermittlungen leitete. Kaum verwunderlich, dass aus dem Sohn dieses Mannes nichts Gescheites geworden war. Rebus musste sich mit den vielen Telefonanrufen auseinander setzen – von Leuten, die zu helfen versuchten, bis zu irgendwelchen Verrückten, die ein Geständnis ablegen wollten – und außerdem die Protokolle der Vernehmungen sichten, die zu jeder Tages- und Nachtzeit im Gebäude selbst geführt wurden. Es gab Hunderte davon, und alle mussten sie abgeheftet und auf irgendeine Art nach ihrer Wichtigkeit geordnet werden. Es war eine endlose Aufgabe, aber es bestand immer die Chance, dass sich ein Hinweis daraus ergeben könnte. Deshalb konnte er sich keine Nachlässigkeit erlauben.

In der hektischen, schweißtreibenden Kantine hatte er Zigarette Nummer elf geraucht, wobei er sich einredete, das sei ein Vorgriff auf die nächste Tagesration, und die Zeitung gelesen. Offenbar suchten sie jetzt nach neuen, schockierenden Adjektiven, nachdem sie ihre Wort-Vorräte ausgeschöpft hatten. Die erschreckenden, wahnsinnigen, abgrundtief bösen Verbrechen des Würgers. Dieser geisteskranke, böse, von Sex besessene Mann. (Es schien sie nicht zu kümmern, dass der Mörder keines seiner Opfer sexuell missbraucht hatte.) Schulmädchen-Killer! »Was macht unsere Polizei bloß? Alle Technologie der Welt ist kein Ersatz für das Gefühl der Sicherheit, das uns Bobbys auf Streife geben. JETZT BRAUCHEN WIR SIE.« Das stammte von James Stevens, unserem Polizeireporter. Rebus erinnerte sich an den stämmigen, betrunkenen Mann von der Party. Er erinnerte sich an Stevens' Gesichtsausdruck, als er Rebus' Namen erfuhr. Das war merkwürdig. Alles war verdammt merkwürdig. Rebus legte die Zeitung hin. Reporter. Erneut wünschte er Gill alles Gute bei ihrer Arbeit. Er betrachtete das verschwommene Foto auf der Titelseite des Boulevardblatts. Es zeigte ein etwas dümmlich dreinschauendes Kind mit kurzen Haaren. Das Mädchen grinste nervös, als ob das Bild gestellt wäre. Zwischen den Schneidezähnen hatte sie eine schmale Lücke, was ihr etwas Liebenswertes gab. Arme Nicola Turner, zwölf Jahre alt, Schülerin einer der Gesamtschulen im Süden der Stadt. Sie hatte keinerlei Beziehung zu irgendeinem der anderen toten Mädchen. Es bestanden keine erkennbaren Verbindungen zwischen ihnen. Hinzu kam noch, dass der Mörder einen Jahrgang nach oben gegangen war und sich diesmal ein Mädchen aus dem Gymnasium ausgesucht hatte. Also war auch das Alter kein konstanter Faktor. Es blieb alles weiterhin vollkommen willkürlich. Das machte Anderson wahnsinnig.

Doch Anderson würde niemals zugeben, dass der Mörder seine geliebte Polizeitruppe an der Nase herumführte. Völlig an der Nase herumführte. Es *musste* irgendwelche Anhaltspunkte geben. Die musste es einfach geben. Rebus trank seinen Kaffee aus und spürte, wie ihm der Kopf schwirrte. Er kam sich vor wie der Detektiv in einem billigen Thriller und wünschte, er könnte zur letzten Seite blättern und dieses ganze Chaos beenden, all den Tod und den Wahnsinn und das Dröhnen in seinen Ohren.

Wieder an seinem Platz in der Einsatzzentrale sammelte er die Berichte über die Anrufe ein, die während seiner Abwesenheit hereingekommen waren. Die Telefonisten arbeiteten auf Hochtouren, und ein Fernschreiber druckte fast ununterbrochen irgendwelche neuen Informationen aus, die andere Polizeistationen im ganzen Land für hilfreich für den Fall hielten und deshalb an sie weitergaben.

Anderson bewegte sich durch den Lärm, als schwimme er in Sirup.

»Was wir brauchen, ist ein Auto, Rebus. Ich möchte die Zeugenaussagen über Männer, die gesehen wurden, wie sie mit einem Kind wegfuhren, in einer Stunde alle zusammen auf meinem Schreibtisch haben. Ich will das Auto von diesem Dreckskerl.«

»Ja, Sir.«

Damit war er wieder fort. Und er watete so tief durch Sirup, dass jeder normale Mensch darin ertrunken wäre. Aber nicht der unzerstörbare Anderson, der keinerlei Sinnesorgan für etwaige Gefahren besaß. Das machte ihn zu einer Belastung, dachte Rebus, während er in den Papierstapeln auf seinem Schreibtisch blätterte, die eigentlich nach irgendeinem System geordnet sein sollten.

Autos. Anderson wollte Autos, also würde er Autos bekommen. Es gab auf die Bibel geschworene Beschreibungen von einem Mann in einem blauen Escort, einem weißen Capri, einem lilafarbigen Mini, einem gelben BMW, einem silbernen TR7, einem umgebauten Krankenwagen, einem Eiswagen (der Anrufer klang italienisch und wollte anonym bleiben) und einem riesigen Rolls Royce mit persönlichem Nummernschild. Ja, lasst uns die doch alle in den Computer geben und sie gegen jeden blauen Escort, weißen Capri und Rolls-Royce in Großbritannien checken. Und wenn wir all diese Informationen vorliegen haben ... was dann? Noch mehr Befragungen von Tür zu Tür, noch mehr Telefonanrufe und Vernehmungen, noch mehr Papierkram und sonstiger Unsinn. Ganz egal, Anderson würde den ganzen Kram locker bewältigen, ohne sich von dem Chaos in seinem Privatleben ablenken zu lassen, und am Ende würde er strahlend sauber und unantastbar dastehen, wie in einer Werbung für Waschpulver. Dreimal hoch.

Hipp, hipp.

Schon bei der Armee hatte es Rebus genervt, wenn er irgendwelchen Schwachsinn treiben musste, und davon hatte es reichlich gegeben. Aber er war ein guter Soldat gewesen, ein sehr guter Soldat, als es schließlich um richtige Aufgaben ging. Und dann hatte er sich in einem Anfall von Wahnsinn für den Special Air Service beworben, und dort hatte es sehr wenig Unsinn gegeben, dafür eine unglaubliche Menge Grausamkeit. Sie hatten ihn gezwungen, vom Bahnhof bis zum Lager hinter einem Sergeant im Jeep herzulaufen. Sie hatten ihn mit vierundzwanzigstündigen Märschen gequält, mit brutalen Ausbildern, mit allem, was überhaupt nur vorstellbar war. Und als Gordon Reeve und er die Prüfung bestanden hatten, hatte der SAS sie noch ein bisschen weiter getestet, ein kleines Stück zu weit, hatte sie eingesperrt, verhört, sie hungern lassen, vergiftet, und das alles nur für einen wertlosen Fetzen Information, für ein paar Worte, die zeigen würden, dass sie zusammengebrochen waren. Zwei nackte, zitternde Tiere, denen man Säcke über den Kopf gebunden hatte, die zusammengekauert dalagen, um sich gegenseitig zu wärmen.

»Ich will diese Liste in einer Stunde, Rebus«, rief Anderson, als er noch einmal an ihm vorbeikam. Er würde seine Liste bekommen. Er würde sein Pfund Fleisch bekommen.

Jack Morton traf wieder ein. Er wirkte fußkrank und alles andere als amüsiert. Mit schlurfenden Schritten kam er auf Rebus zu, einen Packen Papier unter einem Arm, in der anderen Hand eine Zigarette.

»Sieh dir das an«, sagte er und hielt ein Bein hoch. Rebus sah, dass in seiner Hose ein großer Riss klaffte.

»Wie ist das denn passiert?«

»Was meinst du denn? So ein riesiger scheiß Schäferhund hat mich angefallen, das ist passiert. Meinst du, da krieg ich auch nur einen Penny für? Den Teufel werd ich.«

»Du könntest es auf jeden Fall beantragen.«

»Was hätte das denn für einen Sinn? Ich stünde doch nur wie ein Idiot da.«

Morton zog einen Stuhl an den Tisch heran.

»Woran arbeitest du?«, fragte er und ließ sich mit sichtlicher Erleichterung nieder.

»Autos. Viele Autos.«

»Hast du Lust, nachher einen trinken zu gehen?«

Rebus sah nachdenklich auf seine Uhr.

»Vielleicht, Jack. Die Sache ist die, ich wollte mich eventuell heute Abend mit jemand treffen.«

»Mit der umwerfenden Inspector Templer?«

»Woher weißt du das denn?« Rebus war ehrlich überrascht.

»Na hör mal, John. So etwas kann man doch nicht geheim halten – nicht vor Polizisten. Pass lieber auf, was du tust. Du weißt schon, von wegen Vorschriften und so.«

»Ja, ich weiß. Weiß Anderson davon?«

»Hat er was gesagt?«

»Nein.«

»Dann kann er es nicht wissen, oder?«

»Du würdest einen guten Polizisten abgeben, mein Sohn. Du bist für diesen Job hier zu schade.«

»Wenn du meinst, Dad.«

Rebus zündete sich Zigarette Nummer zwölf an. Es war wahr, man konnte in einer Polizeiwache nichts geheim halten, jedenfalls nicht vor den unteren Rängen. Er hoffte jedoch, dass Anderson und der Chief es nicht erfahren würden.

»Irgendwas beim Klinkenputzen rausgekriegt?«, fragte er.

»Was meinst du denn?«

»Morton, du hast die üble Angewohnheit, jede Frage mit einer Gegenfrage zu beantworten.«

»Hab ich? Das muss von dieser Arbeit kommen, wenn man den ganzen Tag rumrennt und Fragen stellt, meinst du nicht?«

Rebus kontrollierte seine Zigarettenschachtel und stellte fest, dass er Nummer dreizehn rauchte. Es wurde langsam lächerlich. Wohin war Nummer zwölf verschwunden?

»Ich sag dir eins, John, da draußen ist nichts zu holen, nicht der Hauch von einem Anhaltspunkt. Niemand hat was gesehen. Niemand weiß was. Es ist fast wie eine Verschwörung.«

»Dann ist es vielleicht auch eine Verschwörung.«

»Und ist es erwiesen, dass alle drei Morde die Tat eines einzelnen Individuums waren?«

»Ja.«

Der Chief Inspector hielt nichts davon, Worte zu verschwenden, besonders nicht der Presse gegenüber. Er saß wie ein Fels hinter dem Tisch, die Hände vor sich gefaltet, Gill Templer zu seiner Rechten. Ihre Brille – eigentlich nur eine Marotte, denn ihr Sehvermögen war ausgezeichnet – war in ihrer Handtasche. Sie trug sie niemals im Dienst, außer wenn der Anlass es erforderte. Warum hatte sie sie auf der Party getragen? Die Brille war für sie so etwas wie Schmuck. Außerdem fand sie es interessant zu testen, wie die Leute reagierten, je nachdem, ob sie die Brille trug oder nicht. Wenn sie das

Freunden erklärte, sahen die sie leicht irritiert an, als ob sie einen Witz machte. Vielleicht war alles auf ihre erste wahre Liebe zurückzuführen, auf den Mann, der ihr erklärt hatte, Mädchen mit Brille würden seiner Erfahrung nach am besten ficken. Das war fünfzehn Jahre her, doch sie sah immer noch den Ausdruck auf seinem Gesicht vor sich, das Lächeln, das Funkeln in seinen Augen. Und sie sah auch ihre eigene Reaktion, das Entsetzen darüber, dass er »ficken« gesagt hatte. Heute konnte sie darüber lächeln. Mittlerweile fluchte sie genauso viel wie ihre männlichen Kollegen, ebenfalls um ihre Reaktionen zu testen. Alles war für Gill Templer ein Spiel, alles bis auf den Job. Sie war nicht durch Glück oder gutes Aussehen Inspector geworden, sondern durch harte, erfolgreiche Arbeit und den Willen, so hoch in der Hierarchie aufzusteigen, wie man sie nur lassen würde. Und nun saß sie neben ihrem Chief Inspector, dessen Anwesenheit bei solchen Veranstaltungen rein symbolisch war. Es war Gill, die die Verlautbarungen herausbrachte, Gill, die den Chief Inspector instruierte, und alle wussten das. Ein Chief Inspector mochte zwar durch seinen Rang dem Ganzen mehr Gewicht geben, doch Gill Templer war diejenige, die den Journalisten ihre »Extras« geben konnte, nützliche Informationsfetzen, die bisher unerwähnt geblieben waren.

Niemand wusste das besser als Jim Stevens. Er saß hinten im Raum und rauchte, ohne die Zigarette ein einziges Mal aus dem Mund zu nehmen. Er hörte dem Chief Inspector kaum zu. Er konnte warten. Dennoch notierte er den einen oder anderen Satz, um ihn später vielleicht doch zu gebrauchen. Schließlich war er immer noch ein Zeitungsmann. Alte Gewohnheiten sterben nie. Der Fotograf, ein eifriger junger Mann, der nervös alle paar Minuten die Objektive gewechselt hatte, war mit seinem vollgeknipsten Film verschwunden. Stevens sah sich um, ob jemand da war, mit dem er hinterher einen trinken gehen könnte. Alle waren sie da. Die alten Hasen von der schottischen Presse und auch die englischen Korrespondenten. Schottisch, englisch, griechisch – es spielte keine Rolle, Presseleute waren einfach unverkennbar. Ihre Gesichter waren grob, sie rauchten, und ihre Hemden waren ein bis zwei Tage alt. Sie sahen nicht aus, als ob sie gut bezahlt würden, dabei wurden sie extrem gut bezahlt, bekamen mehr zusätzliche Leistungen als die meisten. Aber sie mussten für ihr Geld arbeiten, hart arbeiten, um Kontakte aufzubauen, sich irgendwelche Nischen zu suchen und anderen Leuten auf die Zehen zu treten. Er beobachtete Gill Templer. Was wusste sie über John Rebus? Und wäre sie bereit, es ihm zu erzählen? Schließlich waren sie immer noch Freunde, sie und er. Immer noch Freunde.

Vielleicht keine guten Freunde, ganz gewiss keine guten Freunde – obwohl er sich bemüht hatte. Und jetzt sie und Rebus ... Warte nur, bis er den Schweinehund erst mal festgenagelt hatte, *wenn* es was zum Festnageln gab. Natürlich gab es da was. Das spürte er. Dann würden ihr die Augen geöffnet, richtig geöffnet. Dann gäbe es nichts mehr zu deuten. Er bastelte bereits an der Überschrift. Irgendwas mit »Brüder im Leben – Brüder im Verbrechen!« Ja, das hörte sich gut an. Die Rebus-Brüder hinter Gittern, und alles sein Werk. Er wandte seine Aufmerksamkeit wieder dem Mordfall zu. Aber es war viel zu einfach, viel zu einfach, sich hinzusetzen und über die Unfähigkeit der Polizei zu schreiben, über den mutmaßlichen Wahnsinnigen. Dennoch war das im Augenblick sein täglich Brot. Und außerdem konnte er dabei immerhin Gill Templer anstarren.

»Gill!«

Er erwischte sie, als sie gerade ins Auto steigen wollte.

»Hallo, Jim.« Kühl und geschäftsmäßig.

»Hör mal, ich wollte mich für mein Benehmen bei der Party entschuldigen.« Schon nach dem kurzen Sprint über den Parkplatz war er völlig außer Atem und konnte nur mit Mühe sprechen. »Ich war halt ein bisschen besoffen. Tut mir leid.«

Doch Gill kannte ihn zu gut, um nicht zu wissen, dass das nur ein Vorwand für eine Frage oder Bitte war. Plötzlich empfand sie ein bisschen Mitleid für ihn, Mitleid wegen seines dichten blonden Haars, das dringend gewaschen werden musste, wegen seiner gedrungenen Statur, die sie mal für kraftvoll gehalten hatte, wegen seines gelegentlichen Zitterns, als sei ihm kalt. Doch das Mitleid verflog rasch. Es war ein harter Tag gewesen.

»Warum hast du bis jetzt gewartet, um mir das zu sagen? Das hättest du bereits bei der Pressekonferenz am Sonntag tun können.«

Er schüttelte den Kopf.

»Ich hab's nicht zu der Pressekonferenz am Sonntag geschafft. Ich war ein bisschen verkatert. Das hättest du doch merken müssen, dass ich nicht da war?«

»Warum hätte ich das merken sollen? Viele andere waren da, Jim.«

Das traf ihn, aber er sah darüber hinweg.

»Wie dem auch sei«, sagte er, »es tut mir leid. Okay?«

»Klar doch.« Sie machte Anstalten, ins Auto zu steigen.

»Darf ich dich zu einem Drink oder irgendwas einladen? Sozusagen um die Entschuldigung zu begießen.«

»Tut mir leid, Jim. Ich hab schon was vor.«

»Triffst du dich mit diesem Rebus?«

»Vielleicht.«

»Pass auf dich auf, Gill. Dieser Typ könnte nicht ganz so sein, wie er vielleicht scheinen mag.«

Sie richtete sich wieder auf.

»Ich meine«, sagte Stevens, »sei einfach vorsichtig, okay?«

Mehr wollte er vorläufig nicht sagen. Nachdem er einen Samen des Misstrauens gepflanzt hatte, würde er ihm erst mal Zeit geben zu wachsen. Dann würde er sie genau befragen, und vielleicht wäre sie ja bereit, ihm was zu erzählen. Er drehte sich um und ging, die Hände in der Tasche, auf die Sutherland Bar zu.

XIV

In Edinburghs Zentralbibliothek, einem großen, nüchternen alten Gebäude, eingezwängt zwischen einem Buchladen und einer Bank, nahmen die Stadtstreicher ihre üblichen Plätze für das tägliche Nickerchen ein. Sie kamen hierher, als ob Warten ihr Schicksal sei und um die Tage völliger Armut zu überbrücken, bevor die nächste Rate von der Sozialhilfe fällig war. Dieses Geld wurde dann an einem einzigen Festtag (mit Mühe an zwei) auf den Kopf gehauen, für Wein, Weib und Gesang, letzterer vor einem verständnislosen Publikum.

Die Haltung des Bibliothekspersonals diesen Pennern gegenüber reichte von extremer Intoleranz (gewöhnlich bei den älteren Mitarbeitern) bis zu nachdenklichem Bedauern (bei den noch recht jungen Bibliothekarinnen). Es war jedoch eine öffentliche Bibliothek, und solange diese abgeklärten Tippelbrüder sich zu Beginn des Tages ein Buch nahmen, konnte man nichts gegen sie unternehmen, es sei denn, sie fingen an zu randalieren. In dem Fall war rasch ein Sicherheitsmann zur Stelle.

So schliefen sie auf den bequemen Stühlen. Manchmal wurden sie stirnrunzelnd von Leuten betrachtet, die sich fragten, ob Andrew Carnegie so etwas im Sinn gehabt hatte, als er das Geld für die ersten öffentlichen Büchereien zur Verfügung stellte. Den Schläfern machten diese Blicke nichts aus. Sie träumten weiter, auch wenn sich niemand die Mühe machte, sich nach ihren Träumen zu erkundigen oder sie für wichtig hielt.

Zur Kinderbuchabteilung hatten sie jedoch keinen Zutritt. Ja, jeder Erwachsene, der dort herumschmökerte, ohne ein Kind im Schlepptau zu haben, wurde misstrauisch beäugt, besonders seit den Morden an diesen armen kleinen Mädchen. Die Bibliothekare unterhielten sich oft darüber. Hängen war die Lösung, darin waren sich alle einig. Und tatsächlich wurde das Thema Todesstrafe mal wieder im Parlament diskutiert, wie das immer geschieht, wenn ein Massenmörder aus den finsteren Ecken des zivilisierten Britanniens auftaucht. Doch die am häufigsten wiederholte Äußerung unter den Bürgern von Edinburgh hatte nichts mit Hängen zu tun. Eine der Bibliothekarinnen brachte es auf den Punkt: »Aber *hier*, in Edinburgh! Das ist undenkbar!« Massenmörder gehörten in die rußigen engen Straßen des Südens und der Midlands, nicht in Schottlands Bilderbuch-Hauptstadt. Die Zuhörer nickten entsetzt und traurig darüber, dass es sich hier um etwas handelte, dem sich alle stellen mussten, die Ladys in Morningside mit ihrer nicht mehr ganz so glänzenden vornehmen Herkunft, jeder Rowdy, der die Straßen in den Wohnsiedlungen durchstreifte, jeder Anwalt, Banker, Makler, Verkäufer und Zeitungsjunge. Bürgerwehrgruppen waren rasch ins Leben gerufen und genauso rasch von der prompt reagierenden Polizei wieder aufgelöst worden. Das sei nicht die Lösung, sagte der Chief Constable. Die Leute sollten zwar wachsam sein, aber auf keinen Fall das Gesetz selbst in die Hand nehmen. Während er das sagte, rieb er seine eigenen behandschuhten Hände aneinander, und einige Zeitungsleute spekulierten, ob er sich nicht unbewusst bereits die Hände à la Freud in Unschuld wusch. Jim Stevens' Chef entschloss sich zu folgender Schlagzeile: SPERRT EURE TÖCHTER EIN!, und ließ es dabei bewenden.

Die Töchter wurden tatsächlich eingesperrt. Einige Eltern ließen ihre Töchter entweder gar nicht mehr zur Schule gehen oder nur unter starkem Geleitschutz auf dem Hin- und Rückweg, und erkundigten sich dann noch einmal um die Mittagszeit nach ihrem Wohlergehen. In der Kinderbuchabteilung der Zentralbibliothek herrschte in letzter Zeit beinahe Totenstille, sodass die Bibliothekare dort kaum etwas zu tun hatten, außer übers Hängen zu reden und die reißerischen Spekulationen in der britischen Presse zu verschlingen.

Die britische Presse hatte inzwischen ausgebuddelt, dass

Edinburgh alles andere als eine vornehme Vergangenheit hatte. Man erinnerte an Deacon Brodie (der Stevenson angeblich zu seinem *Jekyll & Hyde* inspiriert hatte), an Burke und Hare und was sonst noch bei den Recherchen ans Licht kam, bis hin zu den Geistern, die in auffällig vielen der georgianischen Häuser in der Stadt spukten. Diese Geschichten hielten die Fantasie der Bibliothekare für eine Weile am Leben, während bei der Arbeit Flaute herrschte. Sie vereinbarten, dass jeder eine andere Zeitung kaufte, um so viele Informationen wie möglich zu bekommen, stellten jedoch enttäuscht fest, dass die Journalisten offenbar häufig eine zentrale Geschichte untereinander tauschten, sodass der gleiche Artikel in zwei oder drei verschiedenen Zeitungen erschien. Es war, als ob eine Verschwörung unter den Schreibern im Gange war.

Einige Kinder kamen allerdings immer noch in die Bibliothek. Die weitaus meisten wurden von Mutter, Vater oder einem Aufpasser begleitet, aber ein oder zwei kamen immer noch alleine. Dieser Beweis für den Leichtsinn mancher Eltern und ihrer Sprösslinge beunruhigte die weichherzigen Bibliothekare, die die Kinder jedes Mal erschrocken fragten, wo denn ihre Eltern wären.

Samantha ging nur selten in die Kinderabteilung, weil sie richtige Bücher bevorzugte, aber heute tat sie es, um von ihrer Mutter fortzukommen. Ein Bibliothekar kam zu ihr, als sie gerade in einem schwachsinnigen Kleinkinderbuch blätterte.

»Bist du alleine hier?«, fragte er.

Samantha kannte ihn. Er arbeitete schon so lange hier, wie sie denken konnte.

»Meine Mutter ist oben«, sagte sie.

»Da bin ich aber froh. Bleib in ihrer Nähe, rat ich dir.«

Innerlich kochend nickte sie. Ihre Mutter hatte ihr erst vor fünf Minuten eine ähnliche Predigt gehalten. Sie war kein Kind mehr, aber das schien niemand akzeptieren zu wollen. Als der Bibliothekar zu einem anderen Mädchen ging, nahm Samantha das Buch, das sie ausleihen wollte, aus dem Regal und gab ihren Ausweis der alten Bibliothekarin mit den gefärbten Haaren, die die Kinder mit Mrs. Slocum anredeten. Dann lief sie die Treppe hinauf zum Lesesaal der Bibliothek, wo ihre Mutter nach einem wissenschaftlichen Werk über George Eliot suchte. George Eliot, hatte ihre Mutter ihr erklärt, war eine Frau, die Bücher von ungeheuer starkem Realismus und psychologischer Tiefe geschrieben hatte, zu einer Zeit, in der man die Männer für die großen Realisten und Psychologen hielt und die Frauen angeblich zu nichts anderem taugten als zur Hausarbeit. Deshalb war sie gezwungen gewesen, sich »George« zu nennen, um veröffentlicht zu werden.

Um sich diesen Indoktrinierungsversuchen zu widersetzen, hatte Samantha aus der Kinderabteilung ein Buch mit Bildern über einen Jungen mitgebracht, der auf einer riesigen Katze davonfliegt und in einem fantastischen Land Abenteuer erlebt, von denen er sich nie hätte träumen lassen. Sie hoffte, dass ihre Mutter sich so richtig schön darüber aufregen würde. Im Lesesaal saßen viele Leute an Tischen und husteten. Ihr Husten hallte in dem stillen Raum wider. Mit der Brille vorne auf der Nase sah ihre Mutter wie eine typische Lehrerin aus. Sie stritt sich gerade mit einer Bibliothekarin wegen eines Buchs, das sie bestellt hatte. Samantha ging zwischen den Tischreihen hindurch und warf einen Blick darauf, was die Leute lasen und schrieben. Sie fragte sich, warum Leute so viel Zeit mit Bücherlesen verbrachten, wo man doch so viele andere Dinge tun konnte. Sie wollte um die Welt reisen. Vielleicht wäre sie dann hinterher bereit, in langweiligen Räumen über alten Büchern zu brüten. Aber bis dahin jedenfalls nicht.

Er beobachtete sie, wie sie zwischen den Tischreihen auf und ab ging. Er stand da, das Gesicht ihr halb zugewandt, und tat so, als würde er ein Regal mit Büchern über Angelsport betrachten. Sie schaute sich allerdings nicht um. Es bestand keine Gefahr. Sie war in ihrer eigenen kleinen Welt, einer Welt, die sie nach ihren eigenen Regeln geschaffen hatte. Das war gut. Alle Mädchen waren so. Aber dieses hier war mit jemandem da. Das war ihm sofort klar. Er nahm ein Buch aus dem Regal und blätterte darin. Ein Kapitel fiel ihm ins Auge und lenkte seine Gedanken von Samantha ab. Das Kapitel handelte von Knoten beim Fliegenfischen. Es gab viele Arten von Knoten. Sehr viele.

XV

Schon wieder eine Einsatzbesprechung. Zurzeit machten diese Besprechungen Rebus allerdings regelrecht Spaß, denn es bestand immer die Möglichkeit, dass Gill da sein würde und dass sie hinterher zusammen einen Kaffee trinken könnten. Gestern Abend hatten sie ziemlich spät in einem Restaurant gegessen, doch Gill war müde gewesen und hatte ihn merkwürdig angesehen. Ihre Augen hatten ihn noch forschender gemustert als sonst. Zunächst hatte sie keine Brille getragen, sie dann aber mitten im Essen aufgesetzt.

»Ich will schließlich sehen, was ich esse.«

Doch er wusste, dass sie gut sehen konnte. Die Brille trug sie nur aus psychologischen Gründen. Sie schützte sie. Vielleicht bildete er sich das aber auch alles nur ein. Vielleicht war sie wirklich bloß müde gewesen. Aber er vermutete, dass mehr dahinter steckte, er konnte sich bloß nicht vorstellen, was. Hatte er sie irgendwie beleidigt? Sie vor den Kopf gestoßen, ohne dass es ihm bewusst war? Er war selber müde gewesen. Jeder war zu seiner eigenen Wohnung gegangen und hatte wach gelegen, wollte nicht allein sein. Dann träumte er den Traum von dem Kuss und wachte mit dem üblichen Ergebnis auf. Schweiß stand ihm auf der Stirn, seine Lippen waren feucht. Würde er nach dem Aufwachen einen weiteren Brief vorfinden? Einen weiteren Mord?

Jetzt fühlte er sich saumäßig, weil er zu wenig geschlafen

hatte. Trotzdem genoss er die Einsatzbesprechung, und das nicht nur wegen Gill. Endlich gab es einen Hauch von einem Anhaltspunkt, und den wollte Anderson unbedingt erhärtet sehen.

»Ein hellblauer Ford Escort«, sagte Anderson. Hinter ihm saß der Chief Superintendent, was den Chief Inspector nervös zu machen schien. »Ein hellblauer Ford Escort.« Anderson wischte sich die Stirn. »Wir haben Aussagen, nach denen solch ein Fahrzeug im Stadtteil Haymarket gesehen wurde an dem Abend, an dem die Leiche von Opfer Nummer eins gefunden wurde. Außerdem haben zwei Zeugen einen Mann und ein Mädchen, das Mädchen offenbar schlafend, in einem solchen Auto gesehen, und zwar an dem Abend, an dem Opfer Nummer drei verschwand.« Anderson hob den Blick von dem Dokument vor ihm, um, wie es schien, jedem der anwesenden Beamten einzeln in die Augen zu sehen. »Ich will, dass dieser Sache oberste Priorität eingeräumt wird, verstanden? Ich will sämtliche Details über die Besitzer jedes blauen Ford Escort im Bereich Lothian wissen, und ich will diese Informationen *früher* als möglich. Ich weiß, dass Sie alle eh schon auf Hochtouren an dem Fall arbeiten, aber mit noch einem kleinen bisschen Anstrengung mehr können wir den Knaben schnappen, bevor er weitere Morde begeht. Zu diesem Zweck hat Inspector Hartley einen neuen Einsatzplan erstellt. Wenn Ihr Name drauf steht, lassen Sie alles stehen und liegen, was Sie zurzeit tun, und machen Sie sich auf die Suche nach dem Auto. Noch Fragen?«

Gill Templer machte sich auf ihrem winzigen Block hastig Notizen. Vielleicht bastelte sie eine Geschichte für die Presse zusammen. Würden sie das mit dem Auto bekannt geben? Vermutlich nicht, jedenfalls nicht sofort. Sie würden erst mal abwarten, ob bei der Suche etwas herauskam. Wenn nicht, würde man die Öffentlichkeit um Hilfe bitten. Rebus gefiel das alles gar nicht, die Daten der Besitzer heraussuchen, in die Vororte reisen und Massen von Verdächtigen vernehmen, zu erschnüffeln versuchen, ob sie mögliche oder wahrscheinliche Verdächtige waren, dann vielleicht eine weitere Vernehmung. Nein, dazu hatte er überhaupt keine Lust. Er hatte Lust, mit Gill Templer zurück in seine Höhle zu gehen und mit ihr zu schlafen. Von seinem Platz in der Nähe der Tür konnte er nur ihren Rücken sehen. Er war schon wieder als Letzter in den Raum gekommen, da er ein bisschen länger als vorgesehen im Pub geblieben war. Es hatte sich um eine bereits bestehende Verabredung zum Mittagessen (in flüssiger Form) mit Jack Morton gehandelt. Morton erzählte ihm von dem langsamen, aber stetigen Fortgang der Ermittlungen draußen. Vierhundert Leute waren vernommen, ganze Familien mehrfach überprüft worden. Außerdem hatte man die üblichen Verrückten und die perversen Kreise unter die Lupe genommen. Und das alles hatte nicht das geringste Licht auf den Fall geworfen.

Aber jetzt hatten sie ein Auto, oder glaubten zumindest eins zu haben. Der Beweis war zwar nur schwach, aber er war da, hatte den Anschein einer Tatsache, und das war schon was. Rebus war ein bisschen stolz auf seinen eigenen Anteil an den Ermittlungen, denn durch seinen sorgfältigen Vergleich der Aussagen von Zeugen, die eins der Opfer gesehen hatten, waren sie auf diese schwache Verbindung gekommen. Er wollte Gill davon erzählen und sich dann für irgendwann im Laufe der Woche mit ihr verabreden. Er wollte sie sehen, wollte überhaupt irgendwen sehen, denn seine Wohnung wurde allmählich zu einer Gefängniszelle. Er schlurfte spät in der Nacht oder am frühen Morgen nach Hause, fiel ins Bett und schlief. Im Augenblick machte er sich nicht einmal mehr die Mühe, aufzuräumen, zu lesen oder was zu essen zu kaufen (oder gar zu stehlen). Er hatte weder die Zeit noch die Energie dazu. Stattdessen ernährte er sich in Kebab-Läden, Frittenbuden, Bäckereien für Frühaufsteher und aus Süßwarenautomaten. Sein Gesicht war noch blasser als gewöhnlich, und sein Bauch ächzte, als wäre keine Haut mehr da, um sich weiter auszudehnen. Um den Anstand zu wahren, rasierte er sich immer noch und trug eine Krawatte, aber das war schon so ziemlich alles. Anderson war aufgefallen, dass seine Hemden nicht allzu sauber waren, bisher hatte er jedoch nichts gesagt. Zum einen, weil Rebus als Entdecker des Anhaltspunkts gerade gut bei ihm angeschrieben war, zum anderen, weil für jeden offensichtlich war, dass Rebus in seiner augenblicklichen Stimmung jedem, der es wagte, ihn zu kritisieren, eine verpassen würde.

Die Versammlung löste sich langsam auf. Niemandem fiel mehr eine Frage ein, bis auf die offenkundige: wann fangen wir an durchzudrehen? Rebus lungerte vor der Tür herum und wartete auf Gill. Sie kam mit der letzten Gruppe heraus, in ruhigem Gespräch mit Wallace und Anderson. Der Superintendent hatte neckisch einen Arm um ihre Taille gelegt und komplimentierte sie sachte aus dem Raum. Rebus starrte die Gruppe wütend an, diesen bunt gemischten Haufen höherer Beamter. Er beobachtete Gills Gesichtsausdruck, aber sie schien ihn nicht zu bemerken. Rebus spürte, wie ihm seine Felle fortschwammen, wie er wieder tief nach unten rutschte, dorthin, wo er angefangen hatte. Das war also Liebe. Wer machte hier wem was vor?

Als die drei den Flur hinuntergingen, blieb Rebus wie ein verschmähter Teenager zurück und fluchte und fluchte und fluchte.

Man hatte ihn mal wieder im Stich gelassen. Im Stich gelassen.

Lass mich nicht im Stich, John. Bitte.

Bitte Bitte Bitte

Und ein Schreien in seiner Erinnerung …

Er fühlte sich schwindlig, seine Ohren rauschten wie das Meer. Er taumelte ein wenig und hielt sich an der Wand fest, versuchte in ihrer Festigkeit Trost zu finden, doch sie schien zu vibrieren. Er atmete angestrengt und dachte an die Tage zurück, die er an dem steinigen Strand verbracht hatte, als er sich von seinem Nervenzusammenbruch erholte. Auch da hatte das Meer in seinen Ohren gerauscht. Allmählich kam der Boden unter seinen Füßen wieder zur Ruhe. Leute gingen mit fragenden Blicken an ihm vorbei, aber niemand blieb stehen, um ihm zu helfen. Die konnten ihn alle mal. Gill Templer ebenfalls. Er kam allein klar. Er kam weiß Gott alleine klar. Es würde alles wieder gut. Alles, was er brauchte, war eine Zigarette und ein Kaffee.

Doch was er wirklich brauchte war, dass sie ihm auf die Schulter klopften, ihm gratulierten, dass er gute Arbeit geleistet hatte, ihn akzeptierten. Er brauchte jemanden, der ihm versicherte, dass alles wieder gut würde.

Es würde alles wieder gut.

An diesem Abend – ein paar Feierabend-Drinks hatte er bereits im Bauch – beschloss er, die Nacht durchzumachen. Morton hatte was zu erledigen, aber das war auch okay. Rebus brauchte keine Gesellschaft. Er ging die Princes Street entlang und atmete die verheißungsvolle Abendluft ein. Schließlich war er ein freier Mann, genauso frei wie die Kids, die vor dem Hamburger-Lokal herumhingen. Sie spielten sich auf, scherzten und warteten – warteten worauf? Er wusste es. Sie warteten darauf, dass es Zeit wurde und sie nach Hause gehen und in den nächsten Tag schlafen konnten. Auf seine Art wartete er auch. Schlug Zeit tot.

Im Rutherford Arms traf er ein paar Trinker, die er von den Abenden kannte, kurz nachdem Rhona ihn verlassen hatte. Er trank eine Stunde lang mit ihnen, saugte das Bier in sich hinein, als wäre es Muttermilch. Sie redeten über Fußball, über Pferderennen und über ihre Jobs, und das hatte eine beruhigende Wirkung auf Rebus. Das war eine ganz normale Abendunterhaltung; er tauchte gierig darin ein und steuerte selbst einige unbedeutende Neuigkeiten bei. Aber was zu viel ist, ist zu viel, und so verließ er forschen Schrittes und betrunken die Bar, nachdem er seine Freunde auf ein andermal vertröstet hatte, und schlenderte die Straße hinunter Richtung Leith.

Jim Stevens saß an der Bar und beobachtete, wie Michael Rebus seinen Drink auf dem Tisch stehen ließ und zur Toilette ging. Wenige Sekunden später folgte ihm der geheimnisvolle Unbekannte, der an einem anderen Tisch gesessen hatte. Es sah aus, als wollten sie die nächste Übergabe besprechen, denn beide machten einen zu entspannten Eindruck, um etwas Belastendes bei sich zu haben. Stevens rauchte seine Zigarette und wartete ab. In weniger als einer Minute tauchte Rebus wieder auf und ging zur Bar, um sich noch etwas zu trinken zu holen.

Als John Rebus sich durch die Pendeltür des Pubs schob, glaubte er seinen Augen nicht zu trauen. Er schlug seinem Bruder auf die Schulter.

»Mickey! Was machst du denn hier?«

Michael Rebus starb fast vor Schreck. Ihm schlug das Herz bis zum Hals, und er musste husten.

»Na, halt einen trinken, John.« Aber er wusste, dass man ihm sein schlechtes Gewissen an der Nasenspitze ansah. »Du hast mich vielleicht erschreckt«, fuhr er fort und versuchte zu lächeln, »mir einfach so auf die Schulter zu hauen.«

»War doch nur ein brüderlicher Klaps. Was möchtest du trinken?«

Während die beiden Brüder sich unterhielten, schlüpfte der Mann aus der Toilette und verließ die Bar, ohne nach rechts oder links zu sehen. Stevens bemerkte seinen Abgang, aber er hatte jetzt andere Sorgen. Der Polizist durfte ihn auf keinen Fall sehen. Er drehte den Kopf nach hinten, als ob er an den Tischen jemanden suchte. Jetzt war er sich sicher. Der Polizist musste in der Sache mit drinstecken. Das Ganze war sehr gewieft eingefädelt, aber jetzt war er sich sicher.

»Du trittst also gleich hier in der Gegend auf?« John Rebus, der schon von seinen vorherigen Drinks angeheitert war, hatte das Gefühl, dass die Dinge seit langem mal wieder gut liefen. Endlich war er mit seinem Bruder auf den Drink zusammen, den sie sich immer wieder versprochen hatten. Er bestellte Whisky und dazu zwei Lager. »Hier schenken sie den Schnaps fast ein halbes Glas voll aus«, erklärte er Michael. »Das ist ganz ordentlich.«

Michael lächelte und lächelte und lächelte, als hinge sein Leben davon ab. Seine Gedanken rasten und überschlugen sich. Das Letzte, was er jetzt brauchte, war ein weiterer Drink. Wenn das hier bekannt würde, würde es seinem Edinburgher Kontaktmann äußerst unwahrscheinlich vorkommen, viel zu unwahrscheinlich. Man würde ihm, Michael, dafür die Beine brechen, wenn das je rauskam. Er war gewarnt worden. Und was hatte John hier überhaupt zu suchen? Er wirkte ganz gelöst, ja sogar betrunken, aber wenn das nun eine Falle war? Wenn man seinen Kontaktmann bereits vor der Tür verhaftet hatte? Er kam sich so vor wie als Kind, wenn er Geld aus der Brieftasche seines Vaters gestohlen und es hinterher wochenlang abgestritten hatte, sein Herz mit Schuld beladen.

Schuldig, schuldig, schuldig.

Währenddessen trank John Rebus immer weiter und plauderte, ohne den plötzlichen Stimmungsumschwung zu bemerken, das plötzliche Interesse an ihm. Ihn interessierte nur der Whisky, der vor ihm stand, und die Tatsache, dass Michael gleich in einer Bingo-Halle ganz in der Nähe auftreten würde.

»Hast du was dagegen, wenn ich mitkomme?«, fragte er. »Dann seh ich endlich mal, wie mein Bruder seine Brötchen verdient.«

»Natürlich kannst du mitkommen«, sagte Michael. Er spielte mit seinem Whiskyglas. »Das sollte ich besser nicht trinken, John. Ich muss einen klaren Kopf behalten.«

»Aber sicher. Schließlich musst du ja für die geheimnisvollen Kräfte empfänglich sein.« Rebus bewegte die Hände, als ob er Michael hypnotisieren wollte, die Augen weit aufgerissen, lächelnd.

Und Jim Stevens nahm seine Zigaretten und verließ, immer noch mit dem Rücken zu beiden, das verräucherte, laute Pub. Wenn es da drinnen doch nur ruhiger gewesen wäre. Wenn er doch nur hätte hören können, worüber die beiden sprachen. Rebus sah ihn hinausgehen.

»Ich glaub, den kenne ich«, erklärte er Michael und deutete mit dem Kopf auf die Tür. »Der ist Reporter beim lokalen Käseblatt.«

Michael Rebus versuchte zu lächeln, lächeln, lächeln, aber er hatte das Gefühl, dass seine Welt auseinander fiel.

Die Rio Grande Bingo Hall war früher mal ein Kino gewesen. Die vorderen zwölf Sitzreihen hatte man herausgerissen und durch Bingo-Tische und Hocker ersetzt, aber im hinteren Teil des Raumes gab es immer noch zahlreiche Reihen verstaubter roter Sessel, und auf den Rängen war die Bestuhlung noch völlig intakt. John Rebus sagte, er würde lieber oben sitzen, um Michael nicht abzulenken. Er folgte einem älteren Mann und seiner Frau die Treppe hinauf. Die Sitze sahen bequem aus, aber als er sich vorsichtig in der zweiten Reihe niederließ, spürte John Rebus, wie die Sprungfedern in seinen Hintern stachen. Er rutschte ein bisschen hin und her, um die bequemste Position zu finden, und entschied sich schließlich für eine Stellung, bei der eine Hinterbacke den größten Teil seines Gewichts trug.

Unten schien ein ganz ansehnliches Publikum zu sein, doch hier oben auf dem düsteren, heruntergekommenen Rang war er mit dem alten Ehepaar allein. Dann hörte er auf dem Gang Schritte klappern. Sie hielten eine Sekunde lang inne, dann schob sich eine dralle Frau in die zweite Reihe. Rebus war gezwungen aufzublicken und sah, dass sie ihn anlächelte.

»Was dagegen, wenn ich mich hier hinsetze?«, fragte sie. »Oder warten Sie auf jemand?«

Ihr Blick war voller Hoffnung. Rebus schüttelte höflich lächelnd den Kopf. »Dachte ich mir doch«, sagte sie und setzte sich neben ihn. Und er lächelte. Er hatte Michael noch nie so viel oder so unbehaglich lächeln gesehen. War es denn so peinlich für ihn, seinen älteren Bruder zu treffen? Nein, da musste mehr dahinterstecken. Michael hatte gelächelt wie ein kleiner Dieb, der schon wieder erwischt worden war. Sie mussten miteinander reden.

»Ich komme oft hierher zum Bingo und dachte, heute wär's vielleicht ganz lustig. Seit mein Mann tot ist«, bedeutungsvolle Pause, »ist es halt nicht mehr so wie früher. Ich geh eben ganz gern ab und zu aus, verstehen Sie. Das tun doch schließlich alle, oder etwa nicht? Also dachte ich, das guck ich mir mal an. Weiß nicht, was mich veranlasst hat, nach oben zu gehen. Schicksal vermutlich.« Ihr Lächeln wurde breiter. Rebus lächelte zurück.

Sie war Anfang vierzig, ein bisschen viel Make-up und zuviel Parfüm, aber ganz gut erhalten. Sie redete, als hätte sie seit Tagen mit niemandem gesprochen, als müsste sie sich unbedingt beweisen, dass sie noch sprechen konnte und man ihr zuhörte und sie verstand. Sie tat Rebus leid. Er sah in ihr ein wenig von sich selbst; nicht viel, aber es reichte.

»Und was treibt Sie hierher?« Sie zwang ihn zu sprechen.

»Ich bin wegen der Show hier, genau wie Sie.« Er wagte nicht zu sagen, dass der Hypnotiseur sein Bruder war. Das hätte ihr zu viele Möglichkeiten gegeben, um weiterzufragen.

»Mögen Sie solche Sachen?«

»Ich hab so was noch nie gesehen.«

»Ich auch nicht.« Sie lächelte wieder, diesmal verschwörerisch. Sie hatte festgestellt, dass sie etwas gemeinsam hatten. Dankenswerterweise gingen nun die Lichter aus – jedenfalls das bisschen, was an Licht da war – und ein Spotlicht erhellte die Bühne. Ein Ansager kündigte die Show an. Die Frau öffnete ihre Handtasche und nahm unter viel Geraschel eine Tüte mit Bonbons heraus. Sie bot Rebus eines an.

Überrascht stellte Rebus fest, dass er die Show genoss, wenn auch bei weitem nicht so sehr wie die Frau neben ihm. Sie brüllte vor Lachen, als ein freiwilliges Opfer, das seine Hose auf der Bühne gelassen hatte, so tat, als schwömme es den Gang auf und ab. Einem weiteren Versuchskaninchen wurde suggeriert, es sei völlig ausgehungert. Einer Frau, sie sei eine Stripteasetänzerin bei einem ihrer Auftritte. Einem Mann, er würde gerade einschlafen.

Obwohl ihm die Vorführung immer noch Spaß machte, begann Rebus selbst einzunicken. Das war die Wirkung von zu viel Alkohol, zu wenig Schlaf und der brütend warmen Luft in dem Theater. Erst der Schlussapplaus weckte ihn. Michael, der in seinem glitzernden Bühnenanzug schwitzte, nahm den Applaus entgegen, als wäre er süchtig danach. Er kam zurück, um sich noch einmal zu verbeugen, als die meisten Leute bereits ihre Plätze verließen. Er hatte seinem Bruder gesagt, er müsste sofort nach Hause, sie würden sich nach der Show nicht mehr sehen, aber er würde irgendwann anrufen, um zu fragen, wie es ihm gefallen hatte.

Und John Rebus hatte den größten Teil verschlafen.

Er fühlte sich jedoch erfrischt und hörte, wie er die Aufforderung der parfümierten Frau annahm, noch einen »für unterwegs« in einer nahe gelegenen Kneipe zu trinken. Sie verließen das Theater Arm in Arm, über irgendetwas lächelnd. Rebus fühlte sich entspannt, fast wie ein Kind. Die Frau behandelte ihn wie ihren Sohn, und er ließ sich ihre Hätscheleien gerne gefallen. Ein letzter Drink, dann würde er nach Hause gehen. Nur noch ein Drink.

Jim Stevens beobachtete, wie sie das Theater verließen. Das wurde ja immer merkwürdiger. Rebus schien sich jetzt überhaupt nicht mehr um seinen Bruder zu kümmern, und er hatte eine Frau dabei. Was hatte das alles zu bedeuten? Auf jeden Fall würde er es Gill in einem passenden Moment stecken können. Stevens reihte es lächelnd in seine Sammlung derartiger Momente ein. Bisher hatte sich der Abend gelohnt.

Wann war an dem Abend Mutterliebe in Sex umgeschlagen? In dem Pub vielleicht, wo ihre geröteten Finger ihn in den

Oberschenkel gekniffen hatten? Draußen in der kühlen Luft, als er seine Arme um ihren Hals gelegt und unbeholfen versucht hatte, sie zu küssen? Oder in ihrer muffigen Wohnung, die immer noch nach ihrem Mann riecht, wo Rebus und sie jetzt auf einem alten Sofa liegen und sich gegenseitig die Zunge in den Hals schieben?

Egal. Es ist zu spät, etwas zu bedauern, oder zu früh. Also schlurft er hinter ihr her, als sie sich ins Schlafzimmer zurückzieht. Er fällt taumelnd auf das riesige Doppelbett, das weich gefedert ist und auf dem dicke Plumeaus und eine Steppdecke liegen. Er beobachtet, wie sie sich im Dunkeln auszieht. Das Bett fühlt sich an wie eins, das er als Kind gehabt hatte, als eine Wärmflasche alles war, was er hatte, um die Kälte abzuwehren, dazu einen Haufen kratziger Decken und ein aufgeplustertes Federbett. Schwer und erstickend und furchtbar müde machend.

Egal.

Rebus fand die Einzelheiten ihres schweren Körpers wenig erfreulich und war deshalb gezwungen, sich alles abstrakt vorzustellen. Seine Hände auf ihren schlaffen Brüsten erinnerten ihn an lange Nächte mit Rhona. Ihre Waden waren dick, im Gegensatz zu Gills, und ihr Gesicht zu sehr vom Leben gezeichnet. Aber sie war eine Frau, und sie war bei ihm, also zwängte er sie in eine abstrakte Form und versuchte, sie beide glücklich zu machen. Doch das schwere Bettzeug bedrückte ihn, engte ihn ein, gab ihm das Gefühl, klein und eingesperrt und von der ganzen Welt isoliert zu sein. Er kämpfte dagegen an, kämpfte gegen die Erinnerung, wie Gordon Reeve und er in Einzelhaft gesessen und auf die Schreie um sie herum gelauscht hatten. Aber sie hatten ausgeharrt, immer weiter ausgeharrt und waren schließlich wieder zusammengelegt worden. Hatten gewonnen. Hatten verloren. Hatten alles verloren. Sein Herz hämmerte im Takt mit ihrem Ächzen, das jetzt ein ganzes Stück entfernt schien. Er spürte, wie ihn die erste Woge absoluten Widerwillens wie ein Knüppel in den Magen traf, und seine Hände legten sich um den schlaffen, nachgiebigen Hals unter ihm. Das Stöhnen klang jetzt unmenschlich, katzenartig, schrill. Seine Hände drückten ein wenig, die Finger fanden an Haut und Bettlaken Halt. Sie sperrten ihn ein und warfen den Schlüssel weg. Sie trieben ihn in den Tod, und sie vergifteten ihn. Er sollte nicht am Leben sein. Er hätte damals sterben sollen, in jenen stinkenden unmenschlichen Zellen mit ihren Feuerwehrschläuchen und den ständigen Verhören. Aber er hatte überlebt. Er hatte überlebt. Und er kam.

Er allein, ganz allein
Und das Schreien
Schreien

Rebus nahm das gurgelnde Geräusch unter ihm wahr, kurz bevor in seinem Kopf eine Sicherung durchbrannte. Er plumpste auf die röchelnde Gestalt und verlor das Bewusstsein. Es war, als hätte jemand einen Schalter umgelegt.

XVI

Er wachte in einem weißen Zimmer auf. Es erinnerte ihn sehr an das Krankenhauszimmer, in dem er vor vielen Jahren nach seinem Nervenzusammenbruch aufgewacht war. Von draußen waren gedämpfte Geräusche zu hören. Als er sich aufrichtete, fing sein Kopf an zu dröhnen. Was war passiert? Mein Gott, diese Frau, diese arme Frau. Er hatte versucht, sie umzubringen! Er hatte viel zu viel getrunken. Gütiger Gott, er hatte versucht, sie zu erwürgen. Warum um Himmels willen hatte er das getan? Warum?

Ein Arzt öffnete die Tür.

»Ah, Mister Rebus. Gut, dass Sie wach sind. Wir wollten Sie nämlich in einen der Krankensäle verlegen. Wie fühlen Sie sich?«

Sein Puls wurde gemessen.

»Wir glauben, dass es sich einfach um Erschöpfung handelt. Eine einfache nervöse Erschöpfung. Ihre Bekannte, die den Krankenwagen gerufen …«

»Meine Bekannte?«

»Ja, sie sagte, Sie wären plötzlich zusammengebrochen. Und von Ihrer Dienststelle haben wir erfahren, dass Sie ziemlich hart an diesen furchtbaren Mordfällen gearbeitet haben. Sie sind einfach erschöpft. Sie brauchen etwas Ruhe.«

»Wo ist meine … meine Bekannte?«

»Keine Ahnung. Zu Hause, nehme ich an.«

»Und sie hat gesagt, ich wäre einfach zusammengebrochen?«

»Das ist richtig.«

Rebus spürte, wie ihn Erleichterung durchströmte. Sie hatte es ihnen nicht erzählt. Sie hatte es ihnen nicht erzählt. Dann begann sein Kopf wieder zu dröhnen. Die Handgelenke des Arztes waren behaart und frisch geschrubbt. Lächelnd schob er Rebus ein Thermometer in den Mund. Wusste er, was Rebus gemacht hatte, bevor er ohnmächtig geworden war? Oder hatte seine Bekannte ihn angezogen, bevor sie den Krankenwagen rief? Er musste sich bei der Frau melden. Er wusste nicht genau, wo sie wohnte, aber die Sanitäter mussten es wissen, und er konnte sich erkundigen.

Erschöpfung. Rebus fühlte sich nicht erschöpft. Er fühlte sich sogar halbwegs ausgeruht, und auch wenn er ein bisschen nervös war, machte er sich über nichts so richtig Sorgen. Hatten die ihm irgendwas gegeben, während er schlief?

»Könnte ich eine Zeitung haben?« murmelte er mit dem Thermometer im Mund.

»Ich lass Ihnen von einem Pfleger eine holen. Sollen wir irgendjemanden verständigen? Jemand aus der Familie oder Freunde?«

Rebus dachte an Michael.

»Nein«, sagte er. »Sie brauchen niemanden zu verständigen. Ich möchte nur eine Zeitung.«

»Na schön.« Das Thermometer wurde entfernt und die Werte aufgeschrieben.

»Wie lange wollen Sie mich hierbehalten?«

»Zwei oder drei Tage. Ich werde Sie vielleicht bitten, mit einem Psychologen zu reden.«

»Vergessen Sie das mit dem Psychologen. Ich brauch was zu lesen, ein paar Bücher.«

»Mal sehen, was wir tun können.«

Darauf lehnte Rebus sich gemütlich zurück und beschloss, den Dingen ihren Lauf zu lassen. Er würde hier liegen und sich ausruhen, obwohl er gar keine Ruhe brauchte. Sollten die anderen sich doch mit dem Mordfall rumschlagen. Zum Teufel mit ihnen. Zum Teufel mit Anderson. Mit Wallace. Mit Gill Templer.

Aber dann erinnerte er sich, wie sich seine Hände um diesen alternden Hals gelegt hatten, und er fing an zu zittern. Es war, als ob sein Verstand nicht ihm gehörte. Hatte er diese Frau töten wollen? Sollte er vielleicht doch mit dem Psychologen reden? Diese Fragen machten seine Kopfschmerzen nur noch schlimmer. Er versuchte, an gar nichts zu denken, doch drei Schatten ließen ihm keine Ruhe: sein alter Freund Gordon Reeve, seine neue Freundin Gill Templer und die Frau, mit der er sie betrogen und die er fast erwürgt hatte. Sie tanzten in seinem Kopf herum, bis der Tanz ganz undeutlich wurde. Dann schlief er ein.

»John!«

Sie kam rasch auf sein Bett zu, Obst und Vitaminsaft in der Hand. Sie hatte Make-up aufgelegt und trug eindeutig außerdienstliche Kleidung. Als sie ihn auf die Wange küsste, roch er ihr französisches Parfüm. Er konnte außerdem in den Ausschnitt ihrer Seidenbluse gucken. Er empfand ein leichtes Schuldgefühl dabei.

»Hallo, D. I. Templer«, sagte er. »Hier«, er hob die Bettdecke auf einer Seite hoch, »komm rein.«

Sie lachte und zog sich einen unbequem aussehenden Stuhl heran. Weitere Besucher betraten den Krankensaal. Ihr Lächeln und ihre leisen Stimmen gemahnten an Krankheit, eine Krankheit, von der Rebus nichts spürte.

»Wie geht's dir, John?«

»Furchtbar. Was hast du mir mitgebracht?«

»Trauben, Bananen und Orangensaft. Nichts sehr Originelles, fürchte ich.«

Rebus pflückte eine Traube ab und steckte sie in den Mund. Dann legte er den Kitschroman beiseite, mit dem er sich gerade herumgequält hatte.

»Ich weiß nicht, Inspector, was ich noch alles anstellen muss, damit wir uns endlich mal treffen.« Rebus schüttelte matt den Kopf. Gill lächelte, wenn auch ein wenig nervös.

»Wir haben uns Sorgen um dich gemacht, John. Was ist passiert?«

»Ich bin ohnmächtig geworden. Bei einem Freund. Es ist nichts Schlimmes. Ich hab noch ein paar Wochen zu leben.«

Diesmal schenkte Gill ihm ein warmes Lächeln.

»Die sagen, du seist überarbeitet.« Sie hielt inne. »Was soll überhaupt dieser 'Inspector'-Quatsch?«

Rebus zuckte die Achseln, dann setzte er eine beleidigte Miene auf. Sein schlechtes Gewissen vermischte sich mit der Erinnerung an die Abfuhr, die sie ihm erteilt hatte und die die ganze Geschichte erst ins Rollen gebracht hatte. Er verwandelte sich wieder in einen Patienten, der sich schwach in seine Kissen sinken ließ.

»Ich bin ein sehr kranker Mann, Gill. Zu krank, um Fragen zu beantworten.«

»In dem Fall sollte ich dir wohl besser nicht die Zigaretten zustecken, die mir Jack Morton für dich mitgegeben hat.«

Rebus richtete sich wieder auf.

»Ein guter Mann. Wo sind sie?«

Sie nahm zwei Päckchen aus ihrer Jackentasche und schob sie unter die Bettdecke. Er griff nach ihrer Hand.

»Ich hab dich vermisst, Gill.« Sie lächelte und zog die Hand nicht weg.

Unbegrenzte Besuchszeit war ein Vorrecht der Polizei. Gill blieb zwei Stunden, redete über ihre Vergangenheit und fragte ihn nach seiner. Sie war auf einem Luftwaffenstützpunkt in Wiltshire geboren, gleich nach dem Krieg. Ihr Vater war Ingenieur bei der Royal Air Force gewesen.

»Mein Vater«, sagte Rebus, »war während des Kriegs bei der Armee. Ich wurde bei einem seiner letzten Urlaube gezeugt. Er war von Beruf Bühnenhypnotiseur.« Die meisten Leute zogen darauf die Augenbrauen hoch, aber nicht Gill Templer. »Er trat in Theatern und Varietés auf. Im Sommer nahm er Engagements in Städten wie Blackpool und Ayr an, sodass wir in den Sommerferien immer von Fife wegkamen.«

Sie hielt den Kopf schräg und lauschte zufrieden seinen Geschichten. Im Krankensaal war es ruhig, nachdem die anderen Besucher brav beim Ertönen der Glocke gegangen waren. Eine Schwester schob einen Servierwagen mit einer großen verbeulten Kanne Tee herum. Gill bekam eine Tasse, und die Schwester lächelte ihr verschwörerisch zu.

»Sie ist nett, diese Schwester«, sagte Rebus entspannt. Er hatte zwei Tabletten bekommen, eine blaue und eine braune, und die machten ihn schläfrig. »Sie erinnert mich an ein Mädchen, das ich kannte, als ich bei den Fallschirmjägern war.«

»Wie lange warst du bei den Fallschirmjägern, John?«

»Sechs Jahre. Nein, acht.«

»Warum bist du dort weggegangen?«

Warum war er dort weggegangen? Die gleiche Frage hatte ihm Rhona immer wieder gestellt, voller Neugier, angestachelt von dem Gefühl, dass er etwas zu verbergen hätte, dass er irgendeine monströse Leiche im Keller hätte.

»Ich weiß es nicht so genau. Es ist schwer, sich so weit zurück zu erinnern. Ich wurde für eine Spezialausbildung ausgewählt, und die hat mir gar nicht gefallen.«

Und das entsprach der Wahrheit. Er konnte keine Erinnerungen an seine Ausbildung gebrauchen, an den Gestank von Furcht und Misstrauen, das Schreien, das Schreien in seiner Erinnerung. *Lasst mich raus*. Das Echo der Einzelhaft.

»Nun ja«, sagte Gill, »wenn *meine* Erinnerung mich nicht trügt, wartet drüben im Präsidium ein Fall auf mich.«

»Da fällt mir ein«, sagte er, »ich glaube, ich hab gestern Abend deinen Freund gesehen. Diesen Reporter. Stevens hieß der doch? Er war zur selben Zeit in einem Pub wie ich. Merkwürdig.«

»Gar nicht so merkwürdig. Der hängt ständig in Pubs rum. Komisch, in mancher Hinsicht ist er ein bisschen wie du. Allerdings nicht so sexy.« Sie lächelte, küsste ihn noch einmal auf die Wange und stand von dem Metallstuhl auf. »Ich versuch, noch mal vorbeizukommen, bevor sie dich entlassen, aber du weißt ja, wie das ist. Ich kann keine konkreten Versprechungen machen, D. S. Rebus.«

Als sie vor ihm stand, wirkte sie kleiner, als Rebus sie in Erinnerung hatte. Ihre Haare fielen ihm ins Gesicht, als sie ihn ein weiteres Mal küsste, diesmal voll auf den Mund, und er starrte in den dunklen Spalt zwischen ihren Brüsten. Er fühlte sich ein bisschen müde, so müde. Er zwang sich, die Augen offen zu halten, während sie hinausging. Ihre Absätze klapperten auf dem Fliesenboden, während die Schwestern auf ihren Gummisohlen wie Geister vorbeischwebten. Er richtete sich auf den Ellbogen auf, damit er ihren Beinen hinterher sehen konnte. Sie hatte schöne Beine. Daran hatte er sich erinnert. Er erinnerte sich, wie sie ihn umklammert hatten, die Füße auf seinem Hintern. Er erinnerte sich, wie ihr Haar über das Kissen gefallen war, wie ein Seestück von Turner. Er erinnerte sich an das Flüstern ihrer Stimme in seinen Ohren, dieses Flüstern. O ja, John, oh, John, ja, ja, ja.

Warum hast du die Armee verlassen?

Als sie sich umdrehte, verwandelte sie sich in die Frau, deren erstickende Schreie seinen Höhepunkt begleitet hatten.

Warum hast du?
Oh, oh, oh, oh.
O ja, die Geborgenheit von Träumen.

XVII

Die Verleger waren begeistert, wie sich der Würger von Edinburgh auf die Auflagenziffern ihrer Zeitungen auswirkte. Erfreut beobachteten sie, wie die Geschichte zusehends immer weiter wuchs, als ob sie sorgsam gehegt und gepflegt würde. Beim Mord an Nicola Turner hatte sich der *Modus operandi* geringfügig geändert. Anscheinend hatte der Würger einen Knoten in die Schnur gemacht, bevor er das Mädchen strangulierte. Dieser Knoten hatte stark auf die Kehle des Mädchens gedrückt und Quetschungen verursacht. Die Polizei maß dem nicht viel Bedeutung bei. Sie war zu sehr damit beschäftigt, nach blauen Ford Escorts zu suchen, um sich für ein so kleines technisches Detail zu interessieren. Man überprüfte jeden Ford Escort in der Region, vernahm jeden Besitzer, jeden Fahrer.

Gill Templer hatte eine Beschreibung des Autos an die Presse weitergegeben in der Hoffnung auf ein großes Echo aus der Bevölkerung. Und es kam. Nachbarn zeigten ihre Nachbarn an, Väter ihre Söhne, Frauen ihre Männer und Männer ihre Frauen. Es waren über zweihundert blaue Ford Escorts zu überprüfen, und wenn das nichts ergab, würden sie noch einmal überprüft, bevor man zu andersfarbigen Ford Escorts überging und dann zu anderen Limousinen in Hellblau. Das könnte monatelang dauern, ganz bestimmt aber etliche Wochen.

Jack Morton hielt gerade eine weitere fotokopierte Liste in der Hand. Er hatte seinen Arzt wegen geschwollener Füße konsultiert. Der Arzt hatte ihm erklärt, er würde zu viel in billigen Schuhen ohne Fußbett herumlaufen. Das war Morton nichts Neues. Er hatte mittlerweile so viele Verdächtige vernommen, dass sie für ihn nur noch eine verschwommene Masse bildeten. Sie sahen alle gleich aus und verhielten sich auch gleich: nervös, respektvoll, unschuldig. Wenn der Würger doch nur einen Fehler machen würde. Doch es gab keine Anhaltspunkte, die sich zu verfolgen lohnten. Morton befürchtete, dass das Auto eine falsche Spur war. Keine Anhaltspunkte, die sich zu verfolgen lohnten. Dabei fielen ihm John Rebus' anonyme Briefe ein. *Überall sind Anhaltspunkte.* Könnte das auf diesen Fall zutreffen? Könnten die Anhaltspunkte zu offenkundig sein, um sie zu bemerken, oder zu abstrakt? Es wäre schon ein ungewöhnlicher, ein äußerst ungewöhnlicher Mordfall, bei dem es nicht irgendwo einen deutlichen Stolperstein gab, der nur darauf wartete, bemerkt zu werden. Er hatte bloß keinen blassen Schimmer, wo der sein sollte, und deshalb war er – in der Hoffnung auf etwas Mitgefühl und ein paar freie Tage – zum Arzt gegangen. Rebus hatte mal wieder Schwein gehabt, Morton beneidete ihn um seine Krankheit.

Er parkte sein Auto auf einer doppelten gelben Linie vor der Bibliothek und ging hinein. Die große Eingangshalle erinnerte ihn an die Zeit, als er selbst noch die Bibliothek benutzt hatte. Stets war er mit einem Stapel Bücher aus der Kinderabteilung herausgekommen. Die war damals im Erdgeschoss. Er fragte sich, ob das immer noch so war. Seine Mutter hatte ihm immer das Geld für den Bus gegeben, und er war in die Stadt gefahren, angeblich nur um seine Bibliotheksbücher zurückzugeben und sich neue zu holen. Doch in Wirklichkeit, damit er ein bis zwei Stunden durch die Straßen schlendern und das Gefühl auskosten konnte, wie es sein musste, erwachsen und frei zu sein. Er hatte amerikanische Touristen verfolgt, wie sie selbstbewusst herumstolzierten mit ihren aufgeschwollenen Brieftaschen und Hosenbünden. Er beobachtete sie, wie sie die Statue von Blackfriar's Bobby auf der anderen Seite des Kirchhofs fotografierten. Er hatte die Statue von dem kleinen Hund lange und durchdringend betrachtet und nichts dabei empfunden. Er hatte über die Covenanters gelesen, über Deacon Brodie, über öffentliche Hinrichtungen auf der High Street, und sich gefragt, was das für eine Stadt war und was für ein Land. Er schüttelte den Kopf. Solche Fantasien kümmerten ihn nicht mehr und er ging zum Informationstisch.

»Hallo, Mr. Morton.«

Er drehte sich um und sah ein Mädchen, fast schon eine junge Dame, vor sich, ein Buch an ihren schmalen Oberkörper gedrückt. Er runzelte die Stirn.

»Ich bin's, Samantha Rebus.«

Er bekam große Augen.

»Du meine Güte, tatsächlich. Du bist aber gewachsen, seit ich dich das letzte Mal gesehen habe. Das muss aber auch schon ein oder zwei Jahre her sein. Wie geht's dir?«

»Mir geht's gut, danke. Ich bin mit meiner Mutter hier. Sind Sie wegen einer Polizeiangelegenheit hier?«

»So was in der Art, ja.« Morton konnte ihren durchdringenden Blick spüren. Mein Gott, sie hatte die gleichen Augen wie ihr Vater. Er hatte eindeutig seine Spur hinterlassen.

»Wie geht's Dad?«

Sagen oder nicht sagen. Warum es ihr nicht sagen? Andererseits, war es seine Aufgabe, es ihr zu sagen?

»Ihm geht's gut, soweit ich weiß«, sagte er in dem Bewusstsein, dass dies zu siebzig Prozent der Wahrheit entsprach. »Ich wollte gerade in die Jugendabteilung. Mum ist im Lesesaal. Da ist es todlangweilig.«

»Ich komme mit. Da wollte ich nämlich auch gerade hin.«

Sie lächelte ihn an. Offenbar ging ihr irgendetwas Amüsantes durch ihren jugendlichen Kopf. Und Jack Morton dachte, dass sie überhaupt nicht wie ihr Vater war. Sie war viel zu nett und höflich.

Ein viertes Mädchen wurde vermisst. Der Ausgang schien von vornherein klar. Kein Buchmacher hätte darauf eine Wette angenommen.

»Wir brauchen besondere Wachsamkeit«, betonte Anderson. »Heute Abend werden mehr Beamte eingesetzt. Bedenken Sie«, die anwesenden Beamten wirkten hohläugig und demoralisiert, »falls er sein Opfer umbringt, wird er versuchen, die Leiche irgendwo loszuwerden, und wenn wir ihn dabei erwischen oder wenn jemand aus der Bevölkerung ihn dabei sieht, nur dieses eine Mal, dann haben wir ihn.« Anderson schlug sich mit der Faust gegen die Handfläche. Niemanden schien seine Rede besonders aufzumuntern. Schließlich war es dem Würger bereits gelungen, drei Leichen unbemerkt in verschiedenen Stadtteilen abzuladen, in Oxgangs, Haymarket und Colinton. Und die Polizei konnte nicht überall sein (obwohl es den Leuten im Augenblick so vorkam), so sehr sie sich auch bemühte.

»Auch das jüngste Entführungsopfer«, sagte der Chief Inspector und sah in seine Unterlagen, »scheint wenig mit den anderen gemeinsam zu haben. Der Name des Mädchens ist Helen Abbot, acht Jahre alt, also ein bisschen jünger als die anderen, hellbraunes, schulterlanges Haar. Wurde zuletzt mit ihrer Mutter in einem Kaufhaus auf der Princes Street gesehen. Die Mutter sagt, das Mädchen sei einfach verschwunden. Gerade war sie noch da gewesen, und im nächsten Augenblick sei sie verschwunden, ähnlich wie bei dem zweiten Opfer.«

Als Gill Templer hinterher darüber nachdachte, erschien ihr das seltsam. Die Mädchen konnten doch nicht direkt in den Geschäften entführt worden sein. Das wäre nicht ohne Geschrei und ohne Zeugen möglich gewesen. Ein Zeuge hatte sich gemeldet und gesagt, er hätte ein Mädchen, das dem zweiten Opfer – Mary Andrews – ähnelte, gesehen, wie es die Treppe von der National Gallery den Mound hinaufstieg. Sie wäre allein gewesen und hätte ganz zufrieden gewirkt. Also musste sich das Mädchen, überlegte Gill Templer, von seiner Mutter weggeschlichen haben. Aber warum? Zu einer heimlichen Verabredung mit jemandem, den sie kannte und der sich dann als ihr Mörder herausstellte? In diesem Fall war es wahrscheinlich, dass *alle* Mädchen ihren Mörder gekannt hatten, also *mussten* sie etwas gemeinsam haben. Unterschiedliche Schulen, unterschiedliche Freunde, unterschiedliches Alter. Was war der gemeinsame Nenner?

Als sie schließlich Kopfschmerzen bekam, gab sie sich geschlagen. Außerdem war sie inzwischen bei Johns Wohnung angekommen und musste an andere Dinge denken. Er hatte sie gebeten, ihm ein paar saubere Sachen für seine Entlassung zu holen und nachzusehen, ob irgendwelche Post da war. Außerdem sollte sie kontrollieren, ob die Heizung noch lief. Er hatte ihr seinen Schlüssel gegeben, und während sie die Treppe hinaufstieg und sich wegen des penetranten Katzengestanks die Nase zuhielt, spürte sie eine Übereinstimmung zwischen John Rebus und sich. Sie fragte sich, ob ihre Beziehung allmählich ernst wurde. Er war ein netter Mann, wenn er auch einen leichten Knacks weg hatte und ein bisschen geheimnistuerisch war. Vielleicht gefiel ihr ja gerade das.

Sie öffnete die Tür, hob die paar Briefe auf, die auf dem Teppich in der Diele lagen, und machte einen raschen Rundgang durch die Wohnung. Als sie in der Tür zum Schlafzimmer stand, dachte sie an die Leidenschaft in jener Nacht, an den Geruch, der immer noch in der Luft zu hängen schien.

Die Zündflamme brannte noch. Das würde ihn überraschen. Wie viele Bücher er hatte, aber schließlich war seine Frau ja Englischlehrerin gewesen. Sie hob einen Teil vom Boden auf und stellte sie auf die leeren Regalböden in der Schrankwand. In der Küche machte sie sich Kaffee und setzte sich hin, um ihn schwarz zu trinken und dabei die Post durchzusehen. Eine Rechnung, eine Postwurfsendung und einen mit Schreibmaschine getippten Briefumschlag, der bereits vor drei Tagen in Edinburgh aufgegeben worden war. Sie steckte die Briefe in ihre Handtasche und ging den Kleiderschrank inspizieren. Samanthas Zimmer, bemerkte sie, war immer noch abgeschlossen. Noch mehr Erinnerungen, die sorgfältig beiseite geschoben wurden. Armer John.

Jim Stevens hatte entschieden zuviel Arbeit. Der Würger von Edinburgh wurde zum alles beherrschenden Thema. Man konnte den Schweinehund nicht ignorieren, selbst wenn man glaubte, etwas Besseres zu tun zu haben. Stevens arbeitete mit drei Kollegen an der täglichen Berichterstattung und den Sonderbeiträgen für die Zeitung. Kindesmissbrauch im heutigen Großbritannien war immer eine heiße Sache. Allein die Zahlen waren erschreckend genug, aber noch schrecklicher war das Gefühl, dass man nicht viel mehr tun konnte als abzuwarten, bis die Leiche des Mädchens auftauchte. Bis das nächste Mädchen verschwand. Edinburgh war eine Geisterstadt. Die meisten Kinder mussten zu Hause bleiben, und die, die raus durften, huschten durch die Straßen, als würden sie gejagt. Stevens wollte sich ganz der Drogengeschichte widmen, den immer umfangreicher werdenden Beweisen, der Verbindung zur Polizei. Aber er fand keine Zeit dazu. Tom Jameson saß ihm ständig im Nacken, streunte den ganzen Tag im Büro herum. Wo bleibt der Artikel, Jim? Wird langsam Zeit, dass du was für dein Geld tust, Jim. Wann ist die nächste Pressekonferenz, Jim? Am Ende des Tages war Stevens immer völlig ausgebrannt. Er kam zu dem Schluss, dass er die Arbeit im Fall Rebus vorläufig liegen lassen musste. Was sehr schade war. Denn während die Polizei auf Hochtouren an den Morden arbeitete, war freie Bahn für alle möglichen anderen Verbrechen, einschließlich des Drogenhandels. Die Edinburgher Mafia musste einen Riesenspaß haben. Er hatte die Geschichte mit dem »Bordell« in Leith verwendet, in der Hoffnung, im Gegenzug ein paar Informationen zu erhalten. Aber die großen Bosse hatten offenbar keine Lust mitzuspielen. Zum Teufel mit ihnen. Sein großer Tag würde schon noch kommen.

Als sie den Krankensaal betrat, las Rebus in einer Bibel, die ihm das Krankenhaus zur Verfügung gestellt hatte. Als die Oberschwester von seiner Bitte erfuhr, hatte sie ihn gefragt, ob er mit einem Pfarrer oder Priester sprechen wollte, doch er hatte dieses Angebot energisch abgelehnt. Er war ganz zufrieden – mehr als zufrieden – damit, einige der besseren Passagen im Alten Testament durchzublättern und seine Erinnerung an ihre Kraft und moralische Stärke aufzufrischen. Er las die Geschichten von Moses, Samson und David, bevor er zum Buch Hiob kam. Hier stieß er auf eine Kraft, der jemals begegnet zu sein er sich nicht erinnern konnte.

> Wenn die Geißel plötzlich tötet,
> spottet er über der Schuldlosen Angst.
> Die Erde ist in Frevlerhand gegeben,
> Das Gesicht ihrer Richter deckt er zu.
> Ist er es nicht, wer ist es dann?
>
> Sage ich: Ich will meine Klage vergessen,
> meine Miene ändern und heiter blicken!,
> so graut mir vor all meinen Schmerzen;
> ich weiß, du sprichst mich nicht frei.
> Ich muss nun einmal schuldig sein,
> wozu müh ich mich sonst?
> Wollte ich auch mit Schnee mich waschen,
> meine Hände mit Lauge reinigen,
> du würdest mich doch in die Grube tauchen,
> sodass meinen Kleidern vor mir ekelt.

Rebus spürte, wie ihm die Kälte den Rücken hinunterlief, obwohl es im Krankensaal drückend heiß war und seine Kehle nach Wasser schrie. Als er etwas von der lauwarmen Flüssigkeit in einen Plastikbecher goss, sah er Gill Templer auf Zehenspitzen zu ihm herüberlaufen. Mit ihrem Lächeln brachte sie ein wenig Freude in den Krankensaal. Ein paar von den Männern musterten sie anerkennend. Rebus war plötzlich froh, dass er das Krankenhaus noch heute verlassen konnte. Er legte die Bibel beiseite und begrüßte Gill mit einem Kuss in den Nacken.

»Was hast du da?«

Er nahm ihr das Päckchen ab und stellte fest, dass es seine Sachen zum Umziehen enthielt.

»Danke«, sagte er. »Ich hab gedacht, das Hemd hier wär nicht mehr allzu sauber gewesen.«

»War es auch nicht.« Sie lachte und zog sich einen Stuhl heran. »Nichts war sauber. Ich musste deine ganzen Sachen waschen und bügeln. Sie stellten bereits ein Gesundheitsrisiko dar.«

»Du bist ein Engel«, sagte er und legte das Päckchen zur Seite.

»Apropos Engel, was hast du denn gerade im Buch der Bücher gelesen?« Sie klopfte auf den roten Kunstledereinband der Bibel.

»Ach, nur so ein bisschen Hiob. Ich hab das vor langer Zeit mal gelesen. Es kommt mir jetzt nur viel beängstigender vor. Ein Mann, der zu zweifeln beginnt, auf der Suche nach einer Antwort seine Zweifel zu Gott schreit und eine Antwort bekommt. ›Die Erde ist in Frevlerhand gegeben‹, sagt er an einer Stelle und ›wozu müh ich mich sonst‹ an einer anderen.«

»Das klingt interessant. Aber er müht sich weiter?«

»Ja, das ist das Unglaubliche.«

Der Tee kam, und die junge Krankenschwester gab Gill wie beim letzten Mal auch eine Tasse. Außerdem gab es einen Teller Kekse.

»Ich hab dir die Post aus deiner Wohnung mitgebracht, und hier ist dein Schlüssel.« Sie hielt ihm den kleinen Yale-Schlüssel hin, doch er schüttelte den Kopf.

»Behalt ihn«, sagte er, »bitte. Ich hab noch einen.«

Sie musterten sich gegenseitig.

»Na schön«, sagte Gill schließlich. »Ich behalte ihn. Danke.« Mit diesen Worten gab sie ihm die drei Briefe. Er sah sie kurz durch.

»Jetzt schickt er sie mir also per Post.« Rebus riss die neueste Mitteilung auf. »Dieser Typ«, sagte er, »verfolgt mich.

Mister Knoten nenne ich ihn. Mein persönlicher anonymer Verrückter.«

Gill wirkte neugierig, während Rebus den Brief las. Er war länger als sonst.

DU HAST ES WOHL IMMER NOCH NICHT ERRATEN, WAS? DU HAST KEINE AHNUNG. DIR FÄLLT NICHTS DAZU EIN. DABEI IST ES FAST VORBEI. FAST VORBEI. SAG NICHT, ICH HÄTTE DIR KEINE CHANCE GEGEBEN. DAS KANNST DU NICHT BEHAUPTEN. UNTERZEICHNET.

Rebus zog ein kleines Streichholzkreuz aus dem Briefumschlag.

»Ah, heute ist es also Mister Kreuz. Aber Gott sei Dank ist er ja bald fertig. Wird ihm wohl allmählich zu langweilig.«

»Was hat das alles zu bedeuten, John?«

»Hab ich dir nichts von diesen anonymen Briefen erzählt? Es ist allerdings auch keine sehr aufregende Geschichte.«

»Wie lange geht das schon?« Gill, die gerade den Brief gelesen hatte, betrachtete jetzt den Umschlag.

»Seit sechs Wochen. Vielleicht auch etwas länger. Warum?«

»Tja, zufällig wurde dieser Brief an dem Tag abgeschickt, an dem Helen Abbot verschwand.«

»Ach?« Rebus griff nach dem Briefumschlag und sah auf den Poststempel. »Edinburgh, Lothian, Fife, Borders« stand darauf. Ein ziemlich großes Gebiet. Er dachte erneut an Michael.

»Du kannst dich vermutlich nicht erinnern, wann du die anderen Briefe bekommen hast?«

»Worauf willst du hinaus, Gill?« Er blickte zu ihr auf und hatte plötzlich das Gefühl, dass ihn eine professionelle Polizistin anstarrte. »Um Himmels willen, Gill. Dieser Fall geht uns allen an die Nerven. Wir sehen alle allmählich Gespenster.«

»Ich bin bloß neugierig, weiter nichts.« Sie las den Brief noch einmal. Es war nicht der typische Tonfall eines Verrückten, auch nicht der Stil eines Verrückten. Das beunruhigte sie. Und als Rebus jetzt darüber nachdachte, schien es ihm, als seien die Briefe tatsächlich jeweils zum Zeitpunkt einer der Entführungen gekommen. Gab es da eine Verbindung, die die ganze Zeit zum Greifen nah gewesen war? Dann war er in der Tat sehr kurzsichtig gewesen, hatte Scheuklappen getragen. Oder es war alles bloß ein unglaublicher Zufall.

»Es ist nur ein Zufall, Gill.«

»Dann sag mir, wann die anderen Briefe gekommen sind.«

»Weiß ich nicht mehr.«

Sie beugte sich über ihn, ihre Augen wirkten riesig hinter ihrer Brille. Mit ruhiger Stimme sagte sie: »Verbirgst du etwas vor mir?«

»Nein!«

Der ganze Krankensaal wandte sich bei seinem Aufschrei um, und er spürte, wie er rot im Gesicht wurde.

»Nein«, flüsterte er. »Ich verberge nichts vor dir. Zumindest ...« Aber wie konnte er da so sicher sein? Bei so vielen Verhaftungen im Laufe der Zeit musste er sich doch Feinde gemacht haben, auch wenn er die längst vergessen hatte. Aber von denen würde ihn doch keiner auf diese Weise quälen. Bestimmt nicht.

Mit Papier und Stift und viel Nachdenken auf Rebus' Seite gingen sie die Ankunft jedes Briefes durch – Datum, Inhalt, Art der Zustellung. Gill nahm ihre Brille ab und rieb sich seufzend die Nasenwurzel.

»Das wäre ein zu großer Zufall, John.«

Und tief in seinem Inneren wusste er, dass sie Recht hatte. Er wusste, dass nichts jemals so war, wie es zu sein schien, dass es nichts Willkürliches gab. »Gill«, sagte er schließlich und zerrte an der Bettdecke, »ich muss hier raus.«

Im Auto versuchte sie ihn noch weiter auszuquetschen. Wer könnte es sein? Worin bestand die Verbindung? Warum?

»Was soll das?«, brüllte er sie an. »Stehe ich jetzt unter Verdacht oder was?«

Sie betrachtete seine Augen, versuchte sie zu durchdringen, die Wahrheit dahinter zu fassen zu kriegen. O ja, sie war durch und durch Detective, und ein guter Detective traut niemandem. Sie sah ihn wie einen ausgescholtenen Schuljungen an, der immer noch nicht alle Geheimnisse preisgegeben, immer noch nicht alle Sünden bekannt hatte. Bekenne.

Gill wusste, dass es sich nur um eine Ahnung handelte, völlig unhaltbar. Doch sie spürte, da war etwas, vielleicht hinter diesen funkelnden Augen. Während ihrer Zeit bei der Polizei waren schon merkwürdigere Dinge vorgekommen. Ständig passierten merkwürdige Dinge. Wahrheit war immer merkwürdiger als Fiktion, und niemand war vollkommen unschuldig. Diese schuldbewussten Blicke, egal wen man verhörte. Jeder hatte irgendwas zu verbergen. Meistens war es nur Kleinkram, der unter den vielen vergangenen Jahren begraben lag. Man würde eine Gedankenpolizei brauchen, um an solche Verbrechen heranzukommen. Aber wenn John … Wenn sich erwies, dass John Rebus in diesem ganzen Schlamassel mit drin steckte, dann wäre … Das war zu absurd, um darüber nachzudenken.

»Natürlich stehst du nicht unter Verdacht, John«, sagte sie. »Aber es könnte vielleicht wichtig sein, oder?«

»Das soll Anderson für uns entscheiden«, sagte er und verfiel in Schweigen, während zugleich ein Zittern durch seinen Körper ging.

In dem Augenblick kam Gill ein Gedanke: wenn er sich die Briefe nun selbst geschickt hätte?

XVIII

Er spürte, wie seine Arme anfingen zu schmerzen, und als er hinabblickte, sah er, dass das Mädchen aufgehört hatte, sich zu wehren. Es gab diesen Punkt, diesen plötzlichen glückseligen Punkt, an dem Körper und Geist zu begreifen begannen, dass es sinnlos war weiterzuleben. Das war ein schöner, friedvoller Augenblick, der entspannteste Moment im ganzen Leben. Vor vielen Jahren hatte er versucht, sich umzubringen, und genau diesen Augenblick ausgekostet. Aber im Krankenhaus und hinterher in der psychiatrischen Klinik hatten sie alle möglichen Dinge mit ihm angestellt. Sie hatten ihm den Lebenswillen wiedergegeben, und nun zahlte er es ihnen heim, zahlte es ihnen allen heim. Er erkannte diese Ironie in seinem Leben und kicherte. Dann löste er das Klebeband von Helen Abbots Mund und zerschnitt mit der kleinen Schere ihre Fesseln. Schließlich nahm er seine praktische kleine Kamera aus der Hosentasche und machte eine weitere Sofortbildaufnahme von ihr, eine Art *Memento mori*. Falls sie ihn jemals erwischten, würden sie ihn dafür windelweich prügeln, aber sie könnten ihn niemals als Sexualmörder brandmarken. Sex hatte nichts damit zu tun. Diese Mädchen dienten ihm nur als Bauernopfer, ihre Namen waren ihr Schicksal. Die Nächste und Letzte war diejenige, auf die es wirklich ankam, und wenn möglich würde er sie sich noch heute vornehmen. Er kicherte noch einmal. Das war ein besseres Spiel als Nullen und Kreuze. Und in beiden war er der Sieger.

XIX

Chief Inspector William Anderson liebte das Gefühl der Jagd, diesen ständigen Kampf zwischen Instinkt und mühsamer Ermittlungsarbeit. Außerdem liebte er das Gefühl, seine Abteilung uneingeschränkt hinter sich zu wissen. Wenn er Befehle erteilen und Weisheiten und Strategien unter die Leute bringen konnte, war er ganz in seinem Element.

Selbstverständlich wäre es ihm lieber, wenn sie den Würger bereits erwischt hätten. Er war schließlich kein Sadist. Und das Gesetz musste gewahrt werden. Trotzdem, je länger sich eine Ermittlung wie diese hinzog, um so wunderbarer wurde das Gefühl, kurz vorm Erlegen der Beute zu stehen, und diesen Augenblick in vollem Umfang zu genießen war eins der Privilegien einer verantwortlichen Position.

Der Würger begann, kleine Fehler zu machen, und das war für Anderson in diesem Stadium das Wichtigste. Erst der blaue Ford Escort und nun die interessante Theorie, dass der Mörder bei der Armee gewesen oder immer noch dabei war. Darauf waren sie gekommen, weil er einen Knoten in die Garrotte gemacht hatte. Informationsfetzen wie diese würden schließlich zu einem Namen, einer Adresse, einer Verhaftung führen. Und in jenem Augenblick würde Anderson seine Beamten physisch wie geistig anführen. Es würde ein weiteres Interview im Fernsehen geben und ein weiteres vorteilhaftes Foto in der Zeitung (er war nämlich recht fotogen). O ja, der Sieg würde süß sein, sofern der Würger sich nicht, wie so viele vor ihm, einfach in Luft auflösen würde. Diese Möglichkeit durfte man gar nicht erst in Betracht ziehen. Schon bei dem Gedanken bekam er weiche Knie.

Im Grunde hatte er gar nichts gegen Rebus. Der Mann war ein ganz passabler Polizist, vielleicht ein bisschen ruppig in seinen Methoden. Außerdem wusste er, dass Rebus' Privatleben ziemlich durcheinander geraten war. Es war ihm zu Ohren gekommen, dass die Frau, mit der sein Sohn zusammenlebte, Rebus' Exfrau war. Er versuchte, gar nicht darüber nachzudenken. Als Andy die Haustür hinter sich zuknallte, war er sozusagen aus dem Leben seines Vaters hinausspaziert. Wie konnte jemand heutzutage seine Zeit damit verbringen, Gedichte zu schreiben? Das war lächerlich. Und dann mit Rebus' Frau zusammenzuziehen ... Nein, er hatte nichts gegen Rebus, doch als er Rebus mit dieser hübschen Pressesprecherin auf sich zukommen sah, spürte Anderson ein Rumoren im Magen, als wollte sich sein Inneres plötzlich nach außen kehren.

»Schön, dass Sie wieder da sind, John. Wieder fit?«

Anderson ließ seine Hand vorschnellen, und völlig verblüfft blieb Rebus gar nichts anderes übrig, als sie zu nehmen und seinen Händedruck zu erwidern.

»Mir geht's gut, Sir«, sagte er.

»Sir«, meldete sich Gill Templer zu Wort, »könnten wir Sie kurz sprechen? Es hat eine neue Entwicklung gegeben.«

»Den *Hauch* einer Entwicklung«, verbesserte Rebus und starrte Gill an.

Anderson blickte von einem zum anderen.

»Dann sollten Sie besser in mein Büro kommen.«

Gill erklärte Anderson die Situation aus ihrer Sicht, und er, weise und sicher hinter seinem Schreibtisch, hörte zu und warf gelegentlich einen Blick zu Rebus, der ihn entschuldigend anlächelte. Tut mir leid, dass wir Ihre Zeit verschwenden, schien Rebus' Lächeln zu sagen.

»Nun, Rebus?«, sagte Anderson, als Gill zum Ende gekommen war. »Was sagen Sie dazu? Könnte jemand einen Grund haben, Sie über seine Pläne zu informieren? Ich meine, könnte es sein, dass der Würger Sie *kennt*?«

Rebus zuckte die Achseln und lächelte, lächelte, lächelte.

Jack Morton saß in seinem Auto und machte sich auf einem Berichtsformular ein paar Notizen. Verdächtigen gesehen. Selbigen vernommen. Gelassen, hilfsbereit. Eine weitere Sackgasse, hätte er am liebsten geschrieben. Eine weitere beschissene Sackgasse. Eine Politesse kam mit drohendem Blick auf sein Auto zu. Seufzend legte er Papier und Stift beiseite und griff nach seinem Dienstausweis. Mal wieder so ein Tag.

Rhona Philips hatte ihren Regenmantel an. Es war Ende Mai, und so weit man blicken konnte, ging ein Regen nieder, als sei er von einem Künstler auf eine Leinwand gemalt worden. Sie küsste ihren lockigen Poeten zum Abschied, der am hellichten Nachmittag Fernsehen guckte, und verließ, in ihrer Handtasche nach dem Autoschlüssel wühlend, das Haus. Neuerdings holte sie Sammy immer von der Schule ab, obwohl die Schule nur eineinviertel Meilen entfernt war. Außerdem ging sie mittags mit ihr in die Bibliothek, damit sie nicht unbeaufsichtigt durch die Gegend lief. Solange dieser Wahnsinnige immer noch nicht gefasst war, wollte sie kein Risiko eingehen. Sie lief zu ihrem Auto, stieg ein und knallte die Tür zu. Der Edinburgher Regen war wie eine Strafe Gottes. Er drang in die Knochen, in das Mauerwerk der Häuser, in die Erinnerungen der Touristen. Er hielt tagelang an, spritzte aus den Pfützen am Straßenrand auf, zerstörte Ehen, war kalt, tödlich, allgegenwärtig. Die typische Postkarte aus einer Edinburgher Pension: »Edinburgh ist wunderschön. Die Leute sind ziemlich reserviert. Gestern hab ich das Schloss besichtigt und das Scott Monument. Es ist eine sehr kleine Stadt, alles ganz übersichtlich. Man könnte es nach New York verfrachten, und niemand würde es dort bemerken. Das Wetter könnte besser sein.«

Das Wetter könnte besser sein. Die Kunst des Euphemismus. Scheiß, scheiß Regen. Mal wieder typisch, ausgerechnet wenn sie einen freien Tag hatte. Und auch typisch, dass Andrew und sie sich gestritten hatten. Und jetzt saß er schmollend in seinem Sessel, die Beine untergeschlagen. Mal wieder so ein Tag. Und dann musste sie heute Abend auch noch Gutachten schreiben. Gott sei Dank hatten die Prüfungen angefangen. Die Kinder schienen dann etwas gefügiger zu sein, die großen litten unter Prüfungsfieber oder Prüfungsapathie, und die jüngeren sahen ihre unausweichliche Zukunft in den Gesichtern ihrer älteren vom Schicksal verdammten Mitschüler vorgezeichnet. Es war eine interessante Zeit im Jahr. Bald würde Sammy diese Angst auch kennen lernen, Sammy, die jetzt, wo sie schon fast eine Frau war, mit Samantha angeredet wurde. Aber auch auf Eltern kamen Ängste zu. Die Angst vor der Pubertät, vor dem Ausprobieren.

Er beobachtete sie von seinem Escort aus, wie sie den Wagen rückwärts aus der Einfahrt setzte. Perfekt. Er würde ungefähr fünfzehn Minuten warten müssen. Als ihr Auto verschwunden war, fuhr er mit seinem vors Haus und hielt an. Er betrachtete prüfend die Fenster des Hauses. Ihr Typ würde allein drinnen sein. Er stieg aus dem Auto und ging zur Haustür.

Als Rebus nach dem ergebnislosen Gespräch wieder in der Einsatzzentrale war, ahnte er nicht, dass Anderson plante, ihn überwachen zu lassen. Im Einsatzraum sah es ziemlich chaotisch aus. Überall lagen Papiere herum, in eine Ecke hatte man einen kleinen Computer gezwängt, die Wände waren mit Tabellen, Einsatzplänen und sonstwas tapeziert.

»Ich muss zu einer Besprechung«, sagte Gill. »Wir sehen uns später. Hör mal, John, ich glaube wirklich, dass es da eine Verbindung gibt. Nenn es weibliche Intuition, nenn es detektivische Spürnase, nenn es, wie du willst, aber nimm mich ernst. Denk darüber nach. Überleg, wer noch eine Rechnung mit dir offen hat. Bitte.«

Er nickte, dann sah er ihr nach, wie sie sich auf den Weg zu ihrem Büro in einem anderen Teil des Gebäudes machte. Rebus war sich nicht mehr so sicher, welches sein Schreibtisch war. Er ließ seinen Blick durch den Raum wandern. Irgendwie sah alles anders aus, als ob ein paar Schreibtische umgestellt oder zusammengeschoben worden wären. Auf dem Schreibtisch neben ihm klingelte das Telefon. Und obwohl andere Beamte und auch Telefonisten in der Nähe waren, nahm er den Hörer ab in dem Bemühen, wieder an den Ermittlungen teilzunehmen. Er betete, dass er nicht selbst das Ziel der Ermittlungen war. Er betete und vergaß, was Gebet eigentlich war.

»Einsatzzentrale«, sagte er. »Detective Sergeant Rebus am Apparat.«

»Rebus? Was für ein seltsamer Name.« Die Stimme klang alt, aber lebhaft und eindeutig gebildet. »Rebus«, sagte der Mann erneut, als ob er sich den Namen notierte. Rebus fixierte das Telefon.

»Und Ihr Name, Sir?«

»Ach ja, ich bin Michael Eiser, E-I-S-E-R, Professor für englische Literatur hier an der Universität.«

»Ja, Sir?« Rebus schnappte sich einen Bleistift und notierte sich den Namen. »Und was kann ich für Sie tun, Sir?«

»Also Mister Rebus, ich glaube, es ist wohl eher die Frage, was *ich* für *Sie* tun kann, obwohl ich mich natürlich irren könnte.« Rebus sah den Mann regelrecht vor sich, falls der Anruf nicht von irgendeinem Spinner kam – wirres Haar, Fliege, zerknitterter Tweedanzug und alte Schuhe. Und beim Sprechen würde der Mann wild mit den Händen herumgestikulieren. »Ich interessiere mich nämlich für Sprachspiele. Ich schreibe zurzeit sogar ein Buch darüber. Es heißt *Leseorientierte empirische Sprachanalyse englischer Redewendungen.* Erkennen Sie das Wortspiel? Es ist ein Akrostichon. Aus den Anfangsbuchstaben jedes Wortes ergibt sich ein weiteres Wort – in dem Fall *Leser.* Es ist ein Spiel so alt wie die Literatur selbst. Mein Buch untersucht allerdings dieses Phänomen in neueren Werken. Bei Nabokov, Burgess und anderen. Natürlich sind Akrosticha nur ein winziger Teil des Repertoires an Stilmitteln, die ein Autor einsetzt, um den Leser zu unterhalten, zu lenken oder zu überzeugen.« Rebus versuchte, den Mann zu unterbrechen, aber es war so, als wollte man einen angreifenden Stier aufhalten. Also war er gezwungen zuzuhören und fragte sich die ganze Zeit, ob der Anruf von einem Verrückten kam, ob er – entgegen aller Vorschrift – einfach den Hörer auflegen sollte. Schließlich hatte er über wichtigere Dinge nachzudenken. Außerdem hatte er Kopfschmerzen.

»... und die Sache ist die, Mister Rebus, dass mir rein zufällig ein Muster darin aufgefallen ist, wie dieser Mörder seine Opfer auswählt.«

Rebus setzte sich auf die Schreibtischkante. Er umklammerte den Bleistift so fest, als wollte er ihn zerdrücken.

»Ach ja?«, sagte er.

»Ja. Ich habe die Namen der Opfer hier vor mir auf einem Blatt Papier stehen. Vielleicht hätte es einem schon früher auffallen sollen, aber ich habe erst heute einen Bericht in einer Zeitung gesehen, in dem alle Namen dieser armen Mädchen aufgeführt waren. Wissen Sie, normalerweise kaufe ich die *Times*, aber ich konnte sie heute Morgen einfach nicht bekommen, deshalb habe ich eine andere Zeitung genommen. Und da stand es drin. Es hat vielleicht nichts zu bedeuten, ist reiner Zufall, aber vielleicht auch nicht. Das müssen Sie und Ihre Kollegen entscheiden. Ich wollte nur darauf hinweisen.«

Jack Morton kam qualmend ins Büro und winkte, als er Rebus sah. Rebus antwortete mit einer ruckartigen Kopfbewegung. Jack wirkte erschöpft. Alle wirkten erschöpft, und er saß hier, frisch und ausgeruht nach seiner Erholungspause, und telefonierte mit einem Verrückten.

»Worauf genau hinweisen, Professor Eiser?«

»Nun ja, sehen Sie das denn nicht? Die Namen der Opfer in chronologischer Reihenfolge waren Sandra Adams, Mary Andrews, Nicola Turner und Helen Abbot.« Jack schlurfte auf Rebus' Tisch zu. »Als Akrostichon gelesen«, fuhr die Stimme fort, »ergibt sich daraus ein weiterer Name – Samantha. Vielleicht das nächste Opfer des Mörders? Es könnte allerdings auch purer Zufall sein, ein Spiel, wo gar keins ist.«

Rebus knallte den Hörer auf, war in der nächsten Sekunde vom Schreibtisch und riss Jack Morton an der Krawatte herum. Morton schnappte nach Luft, und die Zigarette flog ihm aus dem Mund.

»Hast du dein Auto draußen, Jack?«

Immer noch keuchend, antwortete Jack mit einem Nicken. Mein Gott, mein Gott. Es war also wahr. Es hatte alles mit *ihm* zu tun. Samantha. All die Anhaltspunkte, all die Morde waren eine Botschaft an *ihn* gewesen. Mein Gott. Hilf mir, o hilf mir.

Seine Tochter würde das nächste Opfer des Würgers sein.

Rhona Philips sah das Auto vor ihrem Haus parken, aber sie dachte sich nichts dabei. Sie wollte nur raus aus dem Regen. Sie lief zur Haustür, gefolgt von Samantha, die etwas lustlos wirkte, und schloss auf.

»Es ist scheußlich draußen!«, rief sie ins Wohnzimmer. Sie schüttelte ihren Regenmantel aus und ging auf den immer noch laut plärrenden Fernseher zu. Da sah sie Andy in seinem Sessel sitzen. Seine Hände waren hinter dem Kopf gefesselt, und der Mund war mit einem großen Stück Heftpflaster zugeklebt. Von seinem Hals baumelte ein Stück Schnur.

Rhona wollte gerade den lautesten Schrei ihres Lebens loslassen, als sie von einem schweren Gegenstand am Hinterkopf getroffen wurde. Sie taumelte ein Stück nach vorne, brach über den Beinen ihres Geliebten zusammen und verlor das Bewusstsein.

»Hallo, Samantha«, sagte eine Stimme, die sie erkannte, obwohl sein Gesicht vermummt war, sodass sie sein Lächeln nicht sehen konnte.

Mortons Auto raste mit Blaulicht durch die Stadt, als ob der Teufel persönlich hinter ihnen her wäre. Rebus versuchte, ihm während der Fahrt alles zu erklären, aber er war zu nervös, um sich klar auszudrücken, und Jack Morton musste zu sehr auf den Verkehr achten, um richtig zuzuhören. Sie hatten Unterstützung angefordert, einen Wagen zur Schule, für den Fall, dass sie noch da war, und zwei Wagen zum Haus mit der Warnung, dass der Würger sich dort aufhalten könnte. Vorsicht war angesagt.

Auf der Queensferry Road beschleunigte Morton den Wagen auf fünfundachtzig Meilen und bog dann wie ein Geisteskranker mitten durch den entgegenkommenden Verkehr rechts ab. Kurz darauf erreichten sie die schicke Wohnanlage, wo Rhona, Samantha und Rhonas neuer Freund jetzt wohnten.

»Gleich hier rein«, brüllte Rebus gegen den Lärm des Motors an. Noch wollte er die Hoffnung nicht ganz aufgeben. Als sie in die Straße bogen, sahen sie, dass die beiden Polizeiwagen bereits vor dem Haus standen. Und Rhonas Auto stand wie ein Symbol der Vergeblichkeit in der Einfahrt.

XX

Sie wollten ihm Beruhigungsmittel geben, aber er wollte nichts nehmen. Sie sagten, er solle nach Hause gehen, aber er hörte nicht auf ihren Rat. Wie konnte er nach Hause gehen, wo Rhona irgendwo über ihm im Krankenhaus lag? Wo seine Tochter entführt, sein ganzes Leben wie ein abgetragenes Kleidungsstück in Fetzen gerissen worden war? Er ging im Warteraum des Krankenhauses auf und ab. Ihm fehle nichts, erklärte er ihnen. Er wusste, dass Gill und Anderson irgendwo auf dem Flur waren. Der arme Anderson. Durch das schmutzige Fenster beobachtete er, wie draußen einige Krankenschwestern lachend durch den Regen gingen. Ihre Umhänge flatterten um sie herum, als ob sie einem alten Dracula-Film entsprungen wären. Wie konnten sie nur lachen? Nebel senkte sich auf die Bäume, und die Schwestern verschwanden in diesem Nebel, immer noch lachend, losgelöst vom Leiden dieser Welt, als hätte ein längst vergangenes Edinburgh sie in seine geheimnisvollen Abgründe aufgenommen, und sie nahmen alles Lachen dieser Welt mit.

Mittlerweile war es fast dunkel, die Sonne nur noch ein blasser Schimmer hinter den dichten Wolken. Die religiösen Maler der Vergangenheit mussten solche Himmel gekannt haben, mussten mit ihnen von Tag zu Tag gelebt und die rötliche Verfärbung der Wolken als Zeichen von Gottes Gegenwart akzeptiert haben, als Ausfluss seiner schöpferischen Macht. Rebus war kein Maler. Seine Augen erkannten Schönheit nicht in der Realität, sondern im gedruckten Wort. Während er da im Warteraum stand, wurde ihm bewusst, dass er sein Leben lang Erfahrungen aus zweiter Hand – die Erfahrungen, die man gewinnt, wenn man die Gedanken eines anderen liest – über das wirkliche Leben gestellt hatte. Doch jetzt war er unerbittlich mit dem wirklichen Leben konfrontiert. Er war wieder bei den Fallschirmjägern, wieder bei der SAS, sein Gesicht ein Abbild purer Erschöpfung, sein Gehirn eine schmerzende Masse, jeder Muskel angespannt.

Als er merkte, dass er schon wieder anfing zu abstrahieren, stemmte er beide Hände gegen die Wand, als sollte er gefilzt werden. Sammy war irgendwo in der Hand eines Wahnsinnigen, und er erging sich in Elogen, Ausflüchten und Vergleichen. Das reichte nicht.

Im Flur hielt Gill ein wachsames Auge auf William Anderson. Ihm hatte man ebenfalls geraten, nach Hause zu gehen. Ein Arzt, der ihn auf Schock untersucht hatte, hätte ihn am liebsten ins Bett gepackt und über Nacht dabehalten.

»Ich rühre mich nicht von der Stelle«, hatte Anderson mit ruhiger Entschlossenheit gesagt. »Wenn das alles etwas mit John Rebus zu tun hat, dann will ich in der Nähe von John Rebus bleiben. Mit mir ist alles in Ordnung, ehrlich.« Aber es war gar nichts in Ordnung. Er war benommen, voller Reue und überhaupt etwas durcheinander. »Ich kann es nicht glauben«, erklärte er Gill. »Ich kann nicht glauben, dass diese ganze Sache nur ein Vorspiel für die Entführung von Rebus' Tochter war. Das ist absolut verrückt. Der Mann muss völlig gestört sein. John muss doch zumindest eine Ahnung haben, wer das sein könnte.«

Das fragte sich Gill Templer auch.

»Warum hat er uns nichts gesagt?«, fuhr Anderson fort. Und dann, ohne Vorwarnung und ohne jede Zurückhaltung wurde er wieder ganz Vater und fing leise an zu schluchzen. »Andy«, sagte er, »mein Andy.« Er begrub den Kopf in den Händen und gestattete Gill, einen Arm um seine verknitterten Schultern zu legen.

John Rebus beobachtete, wie die Dunkelheit hereinbrach,

und dachte über seine Ehe nach, über seine Tochter. Seine Tochter Sammy.

Für die, die zwischen den Zeiten lesen können.

Was war es, was er verdrängte? Was war es, was er vor vielen Jahren aus seinem Gedächtnis gestrichen hatte, als er an der Küste von Fife entlangspazierte, nachdem er den letzten Anfall nach seinem Nervenzusammenbruch gehabt hatte und die Tür zur Vergangenheit so fest schloss, als würde er sie einem Zeugen Jehovas vor der Nase zuknallen? Aber es war nicht so einfach. Der unerwünschte Besucher hatte den richtigen Zeitpunkt abgewartet und beschlossen, erneut in Rebus' Leben einzudringen. Den Fuß in der Tür. Der Tür zur Erkenntnis. Was brachte ihm seine ganze Leserei jetzt? Oder sein Glaube, schwach wie er war? Samantha. Sammy, seine Tochter. Lieber Gott, lass sie in Sicherheit sein. Lieber Gott, lass sie leben.

John, du musst wissen, wer es ist.

Aber er hatte den Kopf geschüttelt, hatte die Tränen in die Falten seiner Hose tropfen lassen. Er wusste es nicht, er wusste es nicht. Es war Mister Knoten. Es war Mister Kreuz. Die Namen sagten ihm nichts. Knoten und Kreuze. Man hatte ihm Knoten und Kreuze geschickt, Stücke Schnur und Streichhölzer und eine Menge Blödsinn, wie Jack Morton es genannt hatte. Das war alles. Lieber Gott.

Er ging in den Flur und sprach Anderson an, der vor ihm stand wie ein Wrack, das darauf wartete, aufgeladen und entsorgt zu werden. Und die beiden Männer gingen aufeinander zu und umarmten sich, schenkten sich gegenseitig Lebensmut – zwei alte Feinde, die plötzlich erkannten, dass sie trotz allem auf der gleichen Seite standen. Sie umarmten sich und sie weinten, ließen alles raus, was sie in sich aufgestaut hatten seit den Jahren, in denen sie Streife gegangen waren und gefühllos und unerschütterlich hatten erscheinen müssen. Nun war es heraus, sie waren menschliche Wesen wie alle anderen auch.

Und schließlich, nachdem man ihm versichert hatte, dass Rhona nur einen Schädelbruch erlitten hatte, und man ihn einen Augenblick in ihr Zimmer gelassen hatte, um zu beobachten, wie sie Sauerstoff einatmete, ließ Rebus sich nach Hause fahren. Rhona würde leben. Das war immerhin etwas. Andy Anderson hingegen lag irgendwo auf einem kalten Tisch, während Ärzte seine sterblichen Überreste untersuchten. Armer verfluchter Anderson. Armer Mann, armer Vater, armer Polizist. Jetzt wurde es alles sehr persönlich. Plötzlich war es eine größere Sache, als sie je erwartet hatten. Jemand hegte einen persönlichen Groll gegen ihn.

Endlich hatten sie eine Personenbeschreibung, wenn auch keine gute. Eine Nachbarin hatte den Mann gesehen, wie er die reglose Gestalt des Mädchens zum Auto trug. Ein helles Auto, hatte sie ihnen erklärt. Ein ganz normal aussehendes Auto. Ein ganz normal aussehender Mann. Nicht allzu groß, ein hartes Gesicht. Er hatte es sehr eilig. Sie konnte ihn nicht genau sehen.

Anderson würde von dem Fall abgezogen werden, Rebus ebenfalls. Ja, es war jetzt eine große Sache. Der Würger war in ein Haus gegangen, hatte dort gemordet. Er war zu weit gegangen. Die Zeitungs- und Kameraleute vor dem Krankenhaus wollten alles genauestens wissen. Superintendent Wallace hatte längst eine Pressekonferenz organisiert. Die Zeitungsleser, die Voyeure mussten alles darüber wissen. Es war *die* Sensation. Edinburgh war die Hauptstadt des Verbrechens in Europa. Der Sohn eines Chief Inspectors ermordet und die Tochter eines Detective Sergeants entführt, möglicherweise ebenfalls bereits ermordet.

Was konnte er anderes tun als dasitzen und auf einen weiteren Brief warten? In seiner Wohnung war er besser aufgehoben, ganz gleich wie dunkel und kahl sie auch erschien, wie sehr sie einer Zelle glich. Gill versprach, ihn nach der Pressekonferenz zu besuchen. Rein routinemäßig würde ein ziviles Polizeiauto vor seinem Mietshaus stehen, man konnte ja schließlich nicht wissen, wie persönlich der Würger die Sache noch werden lassen würde.

Was Rebus nicht wusste war, dass man inzwischen im Präsidium seine Akte überprüfte und seine Vergangenheit genau unter die Lupe nahm. Irgendwo darin musste der Würger stecken. Es musste einfach so sein.

Natürlich musste es so sein. Rebus wusste, dass er als Einziger den Schlüssel zu dem Fall besaß. Aber anscheinend lag dieser Schlüssel in einer Schublade verschlossen, zu der er selbst wiederum der Schlüssel war. Bisher konnte er an diesem weggeschlossenen Stück Vergangenheit nur rütteln.

Gill Templer hatte Rebus' Bruder angerufen, und obwohl John sie bestimmt dafür hassen würde, hatte sie Michael gebeten, sofort zu seinem Bruder nach Edinburgh zu kommen. Schließlich war er Rebus' einziger Verwandter. Er klang nervös am Telefon, nervös, aber besorgt. Und jetzt grübelte sie über die Sache mit dem Akrostichon nach. Der Professor hatte Recht gehabt. Man wollte versuchen, ihn noch heute Abend ausfindig zu machen, um mit ihm zu reden. Wiederum rein routinemäßig. Doch wenn der Würger alles so geplant hatte, dann musste er doch irgendwie eine Liste von Personen gehabt haben, aus der er sich die passenden Namen aussuchen konnte. Wie könnte er an so etwas herangekommen sein? War er vielleicht ein Angestellter im öffentlichen Dienst? Ein Lehrer? Jemand, der irgendwo still vor sich hin an einem Computerterminal arbeitete? Es gab viele Möglichkeiten, und sie würden sie alle nacheinander durchgehen. Gill wollte jedoch vorschlagen, dass man als Erstes jeden in Edinburgh vernahm, der Knott oder Cross hieß. Das war zwar ein Schuss ins Blaue, aber schließlich war bei diesem Fall bisher alles ziemlich chaotisch verlaufen.

Und dann kam die Pressekonferenz. Sie wurde, weil es gerade günstig war, im Verwaltungsgebäude des Krankenhauses abgehalten. Nur an der Rückwand des Saals waren noch Stehplätze frei. Gill Templers Gesicht, freundlich, aber ernst, war dem britischen Fernsehpublikum allmählich genauso vertraut wie das Gesicht jedes Nachrichtensprechers oder Reporters. Heute Abend würde allerdings der Superintendent das Reden übernehmen. Sie hoffte, er würde sich kurz fassen. Sie wollte zu Rebus. Und vielleicht noch dringender wollte sie mit seinem Bruder reden. Irgendwer musste doch über Johns Vergangenheit Bescheid wissen. Offenbar hatte er nie mit irgendwelchen Kollegen über seine Jahre bei der Armee gesprochen. Lag der Schlüssel dort verborgen? Oder in seiner Ehe? Gill hörte zu, wie der Super seine Rede abspulte. Kameras klickten, und der große Saal wurde immer verräucherter.

Und dort saß auch Jim Stevens, um dessen Mundwinkel ein Lächeln lag, als ob er etwas wüsste. Gill wurde nervös. Seine Augen waren auf sie gerichtet, obwohl er eifrig mitschrieb. Sie erinnerte sich an den katastrophalen Abend, den sie miteinander verbracht hatten, und an den sehr viel weniger katastrophalen Abend mit John Rebus. Warum war keiner der Männer in ihrem Leben je unkompliziert gewesen? Vielleicht weil Komplikationen sie anzogen. Doch dieser Fall wurde nicht komplizierter. Er wurde einfacher.

Jim Stevens, der nur mit halbem Ohr zuhörte, was der Vertreter der Polizei zu sagen hatte, dachte darüber nach, wie kompliziert diese Geschichte allmählich wurde. Rebus und Rebus, Drogen und Mord, anonyme Botschaften gefolgt von der Entführung der Tochter. Er musste wissen, was die Polizei ungeachtet der öffentlichen Darstellung wirklich glaubte, und er wusste, dass der beste Weg dahin über Gill Templer führte, im Austausch für ein paar Informationen. Wenn die Drogengeschichte und die Entführung miteinander in Verbindung standen, was vermutlich der Fall war, dann hatte einer der beiden Rebus-Brüder das Spiel vielleicht nicht nach den festgelegten Regeln gespielt. Vielleicht wusste Gill Templer etwas darüber.

Er kam hinter ihr her, als sie das Gebäude verließ. Sie wusste, dass er es war, aber ausnahmsweise wollte sie mit ihm reden.

»Hallo, Jim. Kann ich dich irgendwohin mitnehmen?«

Er beschloss, dass sie konnte. Sie könne ihn bei einer Kneipe absetzen, es sei denn, er könne Rebus kurz sehen. Er konnte nicht. Sie fuhren los.

»Diese Geschichte wird von Sekunde zu Sekunde bizarrer, findest du nicht?«

Sie konzentrierte ihren Blick auf die Straße und tat so, als würde sie über seine Frage nachdenken. In Wirklichkeit hoffte sie, er würde etwas mehr aus sich herausgehen und ihr Schweigen würde ihn zu der Annahme verleiten, dass sie ihm etwas vorenthielte, dass es etwas zu tauschen gäbe.

»Rebus scheint jedenfalls die Hauptfigur zu sein. Das ist interessant.«

Gill hatte das Gefühl, dass er gleich einen Trumpf ausspielen wollte.

»Ich meine«, fuhr er fort und zündete sich eine Zigarette an, »du hast doch nichts dagegen, wenn ich rauche?«

»Nein«, sagte sie ganz ruhig, obwohl sie innerlich kochte.

»Danke. Ich meine, das ist interessant, weil ich bereits an einer anderen Geschichte arbeite, in der Rebus eine Rolle spielt.«

Sie musste an einer roten Ampel anhalten, starrte jedoch weiter durch die Windschutzscheibe.

»Würde dich diese andere Geschichte interessieren, Gill?«

Interessierte es sie? Und ob. Aber was könnte sie ihm dafür ...

»Ja, ein sehr interessanter Mann, dieser Mister Rebus. Und auch sein Bruder.«

»Sein Bruder?«

»Ja, du weißt doch, Michael Rebus, der Hypnotiseur. Ein interessantes Brüderpaar.«

»Ach?«

»Na komm schon, Gill, lass uns mit dem Scheiß aufhören.«

»Ich hatte gehofft, du würdest das tun.« Sie legte einen Gang ein und fuhr wieder los.

»Ermittelt ihr wegen irgendwas gegen Rebus? Das will ich

wissen. Ich meine, ob ihr in Wirklichkeit wisst, wer hinter dieser ganzen Geschichte steckt, und es nur nicht zugebt?«

Jetzt drehte sie ihm den Kopf zu.

»So läuft das nicht, Jim.«

Er schnaubte verächtlich.

»Vielleicht bei dir nicht, Gill, aber tu bloß nicht so, als käme so was nicht vor. Ich hab mich doch nur gefragt, ob du irgendwelche Gerüchte von oben gehört hast. Vielleicht in der Art, dass jemand Mist gebaut hat, indem er die Dinge so weit hat kommen lassen.«

Jim Stevens beobachtete ihr Gesicht sehr genau, warf mit Ideen und vagen Theorien um sich, in der Hoffnung, dass sie irgendwo anbeißen würde. Doch sie schien den Köder nicht zu schlucken. Na schön. Vielleicht wusste sie ja wirklich nichts. Das hieß allerdings nicht unbedingt, dass seine Theorien falsch waren. Es könnte auch einfach bedeuten, dass einiges auf einer höheren Ebene ablief als der, auf der Gill Templer und er operierten.

»Jim, was *glaubst* du denn über John Rebus zu wissen? Das könnte nämlich wichtig sein. Wir könnten dich zum Verhör holen, wenn wir annehmen, dass du wichtige Informationen zurückhältst …«

Jim Stevens machte ein missbilligendes Geräusch und schüttelte den Kopf.

»Wir wissen doch, dass das nicht geht, oder? Ich meine, das geht nicht so ohne weiteres.«

Sie sah ihn erneut an.

»Ich könnte einen Präzedenzfall schaffen«, sagte sie.

Er starrte sie an. Ja, das könnte sie vielleicht.

»Hier kannst du mich rauslassen«, sagte er und zeigte aus dem Fenster. Etwas Asche fiel von seiner Zigarette auf die Krawatte. Gill hielt an und beobachtete, wie er ausstieg. Bevor er die Tür zuwarf, lehnte er sich noch einmal ins Auto.

»Ich bin jederzeit zu einem Tausch bereit, wenn du mitmachst. Du kennst ja meine Telefonnummer.«

Ja, sie kannte seine Telefonnummer. Die hatte er ihr vor langer Zeit einmal aufgeschrieben, vor so langer Zeit, dass sie beide jetzt auf unterschiedlichen Seiten standen, dass sie ihn kaum noch verstehen konnte. Was wusste er über John? Und über Michael? Während sie zu Rebus' Wohnung fuhr, hoffte sie, es dort herauszufinden.

XXI

John Rebus las einige Seiten in seiner Bibel, legte sie jedoch weg, als er merkte, dass er überhaupt nichts aufnahm. Stattdessen betete er und kniff dabei die Augen fest zusammen. Dann ging er in der Wohnung herum und berührte alle möglichen Dinge. Das hatte er auch vor seinem ersten Nervenzusammenbruch getan. Jetzt hatte er jedoch keine Angst. Möge das Unvermeidliche kommen, möge alles auf ihn zukommen. Er hatte keine Kraft mehr, sich zu wehren. Er nahm den Willen seines missgünstigen Schöpfers einfach nur noch passiv hin.

Es klingelte an der Tür. Er machte nicht auf. Sie würden fortgehen, und er würde mit seinem Schmerz wieder allein sein, mit seiner ohnmächtigen Wut und seinen verstaubten Besitztümern. Es klingelte erneut, diesmal beharrlicher. Fluchend ging er zur Tür und riss sie auf. Michael stand da.

»John«, sagte er, »ich bin so schnell gekommen, wie ich konnte.«

»Mickey, was machst du hier?« Er führte seinen Bruder in die Wohnung.

»Eine Frau hat mich angerufen. Sie hat mir alles erzählt. Das ist ja furchtbar, John. Einfach furchtbar.« Er legte Rebus eine Hand auf die Schulter. Rebus empfand ein Prickeln, und ihm wurde bewusst, wie lange es her war, dass er die Berührung eines menschlichen Wesens gespürt hatte, eine mitfühlende, brüderliche Berührung. »Draußen wurde ich von zwei Gorillas abgefangen. Die scheinen ja gut auf dich aufzupassen.«

»Reine Routinesache«, sagte Rebus.

Es mochte ja eine Routinesache sein, aber Michael wusste verdammt gut, wie schuldbewusst er ausgesehen hatte, als die beiden sich auf ihn stürzten. Er hatte sich schon über den Anruf gewundert und überlegt, ob es vielleicht eine Falle war. Deshalb hatte er die Lokalnachrichten im Radio gehört. Es hatte tatsächlich eine Entführung und einen Mord gegeben. Es war also wahr. Also war er hierher gefahren, in die Höhle des Löwen, obwohl er wusste, dass er sich von seinem Bruder fernhalten sollte, obwohl er wusste, dass sie ihn umbringen würden, wenn sie es herausfanden. Außerdem hatte er sich gefragt, ob die Entführung etwas mit ihm zu tun haben könnte. War es eine Warnung an beide Brüder? Er wusste es nicht. Doch als diese beiden Gorillas in dem düsteren Treppenhaus auf ihn zukamen, da hatte er geglaubt, das Spiel sei aus. Zuerst hielt er sie für Gangster, die auf ihn angesetzt waren. Dann glaubte er, es wären Polizisten, die ihn verhaften wollten. Doch nein, es war eine reine »Routinesache«.

»Du sagst, eine Frau hätte dich angerufen? Hast du ihren Namen mitbekommen? Na, auch egal. Ich weiß sowieso, wer es war.«

Sie setzten sich ins Wohnzimmer. Michael zog seine Lammfelljacke aus und zauberte aus einer der Taschen eine Flasche Whisky hervor.

»Meinst du, das hilft?«, fragte er.

»Es kann jedenfalls nichts schaden.«

Während Rebus in der Küche Gläser holte, inspizierte Michael das Wohnzimmer.

»Das ist eine schöne Wohnung«, rief er.

»Nun ja, ein bisschen groß für meine Bedürfnisse«, sagte Rebus. Ein ersticktes Geräusch kam aus der Küche. Michael ging darauf zu und stellte fest, dass sein großer Bruder über das Becken gebeugt stand und heftig, aber leise weinte.

»John«, sagte Michael und nahm Rebus in die Arme, »ist schon gut. Es wird alles wieder gut.« Er spürte, wie Schuldgefühle in ihm aufstiegen.

Rebus tastete nach einem Taschentuch, und als er es gefunden hatte, schnaubte er kräftig hinein und wischte sich die Augen.

»Du hast gut reden.« Er schniefte und versuchte zu lächeln. »Du bist ein Heide.«

Sie tranken den Whisky zur Hälfte leer, saßen zurückgelehnt in ihren Sesseln und betrachteten schweigend die düstere Decke über ihnen. Rebus' Augen waren rot umrandet und seine Lider brannten. Ab und zu schniefte er und rieb sich mit dem Handrücken über die Nase. Michael kam es so vor, als wären sie wieder Kinder, bloß diesmal mit vertauschten Rollen. Nicht dass sie sich je besonders nahe gewesen wären, aber Sentimentalität siegte stets über Realität. Natürlich erinnerte er sich, wie John für ihn die eine oder andere Prügelei auf dem Spielplatz ausgetragen hatte. Erneut überkam ihn ein Gefühl der Schuld. Er zitterte leicht. Er musste aus diesem Geschäft aussteigen, aber vielleicht steckte er schon zu tief drin, und wenn er John, ohne es zu wollen, in die Sache hineingezogen hatte ... Das war gar nicht auszudenken. Er musste mit dem Boss reden, ihm die Sache erklären. Aber wie? Er hatte keine Adresse oder Telefonnummer. Der Boss rief immer ihn an, niemals umgekehrt. Alles kam ihm plötzlich grotesk vor. Wie in einem Alptraum.

»Wie hat dir die Show neulich abends gefallen?«

Rebus musste sich zwingen, sich daran zu erinnern, an die stark parfürmierte, einsame Frau, an seine Finger um ihren Hals, die Szene, die den Anfang von seinem Ende signalisiert hatte.

»Das war ganz interessant.« War er nicht eingeschlafen? Egal.

Erneutes Schweigen. Ab und zu fuhr draußen ein Auto vorbei. Etwas weiter entfernt war das Gebrüll von Betrunkenen zu hören.

»Die meinen, es wär jemand, der eine Rechnung mit mir zu begleichen hat«, sagte er schließlich.

»Ach? Und stimmt das?«

»Ich weiß es nicht. Es sieht ganz so aus.«

»Aber das müsstest du doch *wissen*?«

Rebus schüttelte den Kopf.

»Das ist das Problem, Mickey. Ich kann mich nicht erinnern.«

Michael richtete sich in seinem Sessel auf.

»Woran genau kannst du dich nicht erinnern?«

»Irgendwas. Ich weiß nicht. Einfach irgendwas. Wenn ich es wüsste, dann *könnte* ich mich ja erinnern. Aber da ist ein Loch. Ich weiß, dass es da ist. Ich weiß, dass es da etwas gibt, woran ich mich erinnern sollte.«

»Etwas aus deiner Vergangenheit?« Michael war jetzt ganz hellhörig. Vielleicht hatte das alles ja doch nichts mit ihm zu tun. Vielleicht hatte es alles mit etwas ganz anderem zu tun, mit jemand anderem. Er fasste wieder Hoffnung.

»Ja, etwas aus meiner Vergangenheit. Aber ich kann mich nicht erinnern.« Rebus rieb sich die Stirn, als ob sie eine Kristallkugel wäre. Michael wühlte in seiner Tasche herum.

»Ich kann dir helfen, dich zu erinnern, John.«

»Wie?«

»Damit.« Michael hielt eine silberne Münze zwischen Daumen und Zeigefinger hoch. »Ich hab dir doch erzählt, dass ich tagtäglich Patienten in frühere Leben zurückversetze. Dann sollte es nicht allzu schwer sein, dich in deine *wirkliche* Vergangenheit zurückzuversetzen.«

Nun richtete sich John Rebus kerzengerade auf und schüttelte den Whiskydunst von sich.

»Na dann los«, sagte er. »Was muss ich tun?« Doch irgendetwas in seinem Inneren sagte: *du willst das gar nicht, du willst das gar nicht wissen.*

Er wollte es wissen.

Michael kam zu seinem Sessel herüber.

»Leg dich zurück. Ganz bequem. Trink nichts mehr von dem Whisky. Aber denk dran, nicht jeder ist für Hypnose empfänglich. Zwing dich zu nichts. Geh es ganz locker an. Wenn es funktioniert, dann funktioniert es, ob du willst oder nicht. Entspann dich einfach, John, entspann dich.«

Es klingelte an der Tür.

»Lass es klingeln«, sagte Rebus, aber Michael hatte bereits den Raum verlassen. Erst waren Stimmen im Flur zu hören, dann kam Michael mit Gill zurück ins Zimmer.

»Die Anruferin, nehme ich an«, sagte Michael.

»Wie geht es dir, John?« Ihr Gesicht war äußerst besorgt.

»Gut. Gill, das ist mein Bruder Michael, der Hypnotiseur. Er wird mich jetzt in Trance versetzen – so nennst du das doch, Mickey? –, um diese merkwürdige Blockade in meinem Gedächtnis zu beseitigen. Vielleicht solltest du dich bereithalten, um eventuell ein paar Notizen zu machen.«

Gill sah von einem Bruder zum anderen. Sie fühlte sich ein wenig ausgeschlossen. Ein interessantes Brüderpaar. Das hatte Jim Stevens gesagt. Sie arbeitete ununterbrochen seit sechzehn Stunden, und nun das hier. Doch sie lächelte und zuckte die Achseln.

»Kann ich erst was zu trinken kriegen?«

Nun lächelte John Rebus. »Bedien dich«, sagte er. »Es gibt Whisky oder Whisky und Wasser oder Wasser. Komm, Mickey. Lass uns loslegen. Sammy ist irgendwo da draußen. Vielleicht ist ja noch genügend Zeit.«

Michael spreizte die Beine ein wenig und beugte sich über Rebus. Er schien seinen Bruder verspeisen zu wollen. Seine Augen waren ganz nah an Rebus, sein Mund bewegte sich spiegelbildlich. So sah es zumindest für Gill aus, die sich gerade einen Whisky einschenkte. Michael hielt die Münze hoch und versuchte, den richtigen Winkel zu der einzigen schwachen Glühbirne im Raum zu finden. Schließlich spiegelte sich ihr Funkeln auf Johns Netzhaut wider, die Pupillen weiteten sich und zogen sich wieder zusammen. Michael hatte das sichere Gefühl, dass sein Bruder für Hypnose empfänglich war. Er hoffte es jedenfalls.

»Hör mir genau zu, John. Hör auf meine Stimme. Beobachte die Münze, John. Beobachte, wie sie leuchtet und sich dreht. Sieh, wie sie sich dreht. Kannst du sehen, wie sie sich dreht, John? Jetzt entspann dich und hör mir einfach zu. Und beobachte, wie die Münze sich dreht, wie sie leuchtet.«

Einen Augenblick lang sah es so aus, als würde Rebus nicht in Trance verfallen. Vielleicht machten ihn die Familienbande immun gegen die Stimme, gegen ihre suggestive Kraft. Doch dann sah Michael, dass die Augen sich ein wenig, für den Laien nicht wahrnehmbar, veränderten. Aber er verstand seine Kunst. Sein Vater hatte ihn gründlich darin unterwiesen. Sein Bruder war jetzt in einer Zwischenwelt. Gefangen im Licht der Münze konnte Michael ihn überall hinversetzen, ganz wie er wollte. Er war in seiner Gewalt. Wie immer spürte Michael, wie ihn ein Schauder durchfuhr. Dies war Macht, absolute und unbedingte Macht. Er konnte alles mit seinen Patienten machen, einfach alles.

»Michael«, flüsterte Gill, »fragen Sie ihn, warum er die Armee verlassen hat.«

Michael schluckte, um seine Kehle zu befeuchten. Ja, das war ein gute Frage. Eine, die er John immer schon selbst hatte stellen wollen.

»John?«, sagte er. »John? Warum hast du die Armee verlassen? Erzähl es uns.«

Und langsam, als müsse er Worte verwenden, die ihm unbekannt oder fremd waren, begann Rebus seine Geschichte zu erzählen. Gill eilte zu ihrer Handtasche, um Notizblock und Stift zu holen. Michael trank seinen Whisky.

Sie hörten zu.

TEIL VIER

Das Kreuz

XXII

Ich war seit meinem achtzehnten Lebensjahr beim Fallschirmjäger-Regiment. Doch dann beschloss ich, mich für den SAS zu bewerben. Warum ich das getan habe? Warum überhaupt ein Soldat ein niedriges Gehalt hinnehmen sollte, um Angehöriger des SAS zu werden? Ich weiß es nicht. Ich erinnere mich nur noch, dass ich plötzlich im SAS-Trainingslager in Herefordshire war. Ich nannte es Das Kreuz, weil man mir gesagt hatte, dass sie dort versuchen würden, mich zu kreuzigen. Und zusammen mit anderen Freiwilligen ging ich dort durch die Hölle – marschieren und trainieren bis zum Umfallen und behandelt werden wie der letzte Dreck. Sie machten so lange weiter, bis sie uns gebrochen hatten. Sie lehrten uns, tödlich zu sein.

Zu der Zeit gab es Gerüchte, in Ulster stünde ein Bürgerkrieg bevor und dass man den SAS einsetzen wollte, um die Aufständischen mit Stumpf und Stiel auszurotten. Der Tag kam, an dem wir unsere Rangabzeichen erhalten sollten. Wir bekamen neue Uniformmützen mit diesen Rangabzeichen. Wir waren in der SAS. Aber das war noch nicht alles. Gordon Reeve und ich wurden in das Büro vom Boss bestellt, wo man uns erklärte, wir hätten von allen Rekruten in unserer Truppe am besten abgeschnitten. Wir hätten zwar noch zwei Jahre Ausbildung vor uns, bevor wir Berufssoldaten werden könnten, aber man sagte uns große Dinge voraus.

Als wir das Gebäude verließen, sprach Reeve mich an.

»Hör mal«, sagte er, »ich hab da so ein paar Gerüchte gehört. Ich hab gehört, was die Offiziere reden. Sie haben mit uns Pläne. *Pläne*. Denk an meine Worte.«

Wochen später steckte man uns in einen Überlebenskurs. Wir wurden von anderen Regimentern gejagt, die, sollten sie uns erwischen, vor nichts zurückschrecken würden, um Informationen über unseren Auftrag aus uns herauszuholen. Um zu essen, mussten wir Fallen stellen und jagen. Tagsüber mussten wir uns verstecken und nachts durch raues Moorland marschieren. Es hatte zunächst so ausgesehen, als sollten nur wir beide diese Tests machen, aber bei der Sache arbeiteten wir mit zwei weiteren Männern zusammen.

»Die haben für uns noch was ganz Besonderes vorgesehen«, sagte Reeve immer wieder. »Das spüre ich.«

Wir hatten ein Biwak aufgeschlagen und uns gerade für zwei Stunden in die Schlafsäcke verkrochen, als unser Wächter seine Nase in den Unterschlupf steckte.

»Ich weiß nicht, wie ich euch das schonend beibringen soll«, sagte er, dann waren plötzlich überall Lichter und Waffen, unser Unterschlupf wurde auseinander gerissen, und wir wurden halb bewusstlos geschlagen. Ausländische Stimmen redeten auf uns ein. Die Gesichter waren hinter den Taschenlampen verborgen. Ein Schlag mit einem Gewehrkolben in die Nieren sagte mir, dass die Situation real war. *Ganz real.*

Die Zelle, in die man mich warf, war mit Blut, Fäkalien und sonstigem vollgeschmiert. Sie enthielt eine stinkende Matratze und einen Kakerlak. Sonst nichts. Ich legte mich auf die feuchte Matratze und versuchte zu schlafen, da ich wusste, dass sie uns als erstes am Schlafen hindern würden.

Plötzlich gingen die hellen Lichter in der Zelle an und blieben an, brannten in meinen Schädel. Dann begannen die Geräusche, als ob jemand in der Zelle neben mir zusammengeschlagen und verhört wurde.

»Lasst ihn in Ruhe, ihr Schweine! Ich reiß euch eure scheiß

Köpfe ab!« Ich hämmerte mit Fäusten und Stiefeln gegen die Wand, und der Lärm hörte auf. Eine Zellentür schlug zu, und ein Körper wurde an der Metalltür meiner Zelle vorbeigeschleift, dann war Stille. Ich wusste, dass ich auch noch drankommen würde.

Ich wartete, wartete Stunden und Tage, hungrig und durstig, und jedes Mal, wenn ich die Augen schloss, erschallte ein Geräusch, als ob ein laut plärrendes Radio zwischen zwei Sendern festhing, von Wänden und Decke. Ich lag da und presste mir die Hände an die Ohren.

Scheiße, Scheiße, Scheiße.

Sie wollten, dass ich zusammenbrach, und wenn ich zusammenbrach, wäre alles umsonst gewesen, das ganze monatelange Training. Also sang ich laut irgendwelche Melodien vor mich hin. Ich kratzte mit den Fingernägeln über die Zellenwände, die von Pilzbefall ganz feucht waren, und ritzte meinen Namen als Anagramm ein: BRUSE. Ich spielte in Gedanken Spiele, dachte mir Kreuzworträtselfragen aus und kleine sprachliche Tricks. Ich verwandelte Überleben in ein Spiel. Ein Spiel, ein Spiel, ein Spiel. Ganz gleich, wie schlimm die Dinge sich zu entwickeln schienen, ich musste mich immer wieder daran erinnern, dass das alles ein Spiel war.

Und ich dachte an Reeve, der mich davor gewarnt hatte. Große Pläne, in der Tat. In der ganzen Einheit war Reeve derjenige, den ich am ehesten als meinen Freund bezeichnet hätte. Ich fragte mich, ob es sein Körper gewesen war, den man über den Gang geschleift hatte. Ich betete für ihn.

Und eines Tages schickten sie mir was zu essen und einen Becher mit braunem Wasser. Das Essen sah aus, als stammte es aus einer Schlammgrube. Es wurde durch ein kleines Loch geschoben, das plötzlich in meiner Tür erschien und genauso schnell wieder verschwand. Ich redete mir ein, dieser kalte Fraß wäre ein Steak mit zwei verschiedenen Gemüsen, und schob einen Löffel davon in meinen Mund. Sofort spuckte ich alles wieder aus. Das Wasser schmeckte nach Eisen. Demonstrativ wischte ich mir das Kinn am Ärmel ab. Ich war mir sicher, dass ich beobachtet wurde.

»Kompliment an den Koch«, rief ich.

Ich weiß nur noch, dass ich kurz darauf eingeschlafen sein musste.

Ich war in der Luft. Daran gab es überhaupt keinen Zweifel. Ich war in einem Hubschrauber, und der Wind blies mir ins Gesicht. Ganz langsam kam ich zu mir, und als ich die Augen öffnete, war um mich alles dunkel. Mein Kopf steckte in einer Art Sack, und meine Arme waren auf dem Rücken gefesselt. Ich spürte, wie der Hubschrauber abtauchte, wieder hochging und wieder abtauchte.

»Bist du wach?« Ein Gewehrkolben stieß mich heftig.

»Ja.«

»Gut. Dann nenn mir den Namen deines Regiments und sag mir, was für einen Auftrag du hast. Wir werden nicht viel Geschiss mit dir machen, Sonny. Also rückst du's am besten gleich raus.«

»Leck mich.«

»Ich hoffe, du kannst schwimmen, Sonny. Ich hoffe, du kriegst überhaupt die *Chance* zu schwimmen. Wir sind etwa siebzig Meter über der Irischen See, und wir werden dich mit gefesselten Händen aus diesem scheiß Hubschrauber schmeißen. Du wirst auf dem Wasser aufknallen, als wär's Beton. Kannst du dir das vorstellen? Entweder es bringt dich gleich um oder es betäubt dich. Dann werden dich die Fische bei lebendigem Leib fressen, Sonny. Und hier draußen wird deine Leiche niemals gefunden. Verstehst du, was ich sage?«

Es war eine offizielle und ganz sachliche Stimme.

»Ja.«

»Gut. Nenn mir jetzt dein Regiment und deinen Auftrag.«

»Leck mich.« Ich versuchte, ganz ruhig zu klingen. Ich wäre ein weiterer Unfall in der Statistik, bei einer militärischen Übung ums Leben gekommen, keine weiteren Fragen.

Ich würde auf dem Meer aufschlagen wie ein Glühbirne, die gegen eine Wand knallt.

»Leck mich«, sagte ich noch einmal und redete mir dann ein: es ist nur ein Spiel, es ist nur ein Spiel.

»He du, das ist kein Spiel. Nicht mehr. Deine Freunde haben bereits alles ausgespuckt. Einer von ihnen, Reeve glaube ich, hat im wahrsten Sinne des Wortes sein ganzes Gedärm ausgeschissen. Okay, Männer, ab geht's.«

»Wartet ...«

»Viel Spaß beim Schwimmen, Rebus.«

Hände packten mich an Körper und Beinen. In dem dunklen Sack und bei dem Wind, der heftig gegen mich peitschte, wurde mir klar, dass das Ganze ein schwerer Fehler gewesen war. »Wartet ...«

Ich spürte, wie ich in der Luft hing, siebzig Meter über dem Meer, und die Möwen schrien, man solle mich endlich fallen lassen. »Wartet!«

»Ja, Rebus?«

»Nehmt mir zumindest den verdammten Sack vom Kopf!« Mittlerweile schrie ich verzweifelt.

»Lasst den Kerl fallen.«

Und damit ließen sie mich los. Eine Sekunde lang hing ich in der Luft, dann fiel ich hinab wie ein Stein. Zusammengebunden wie eine Weihnachtsgans sauste ich nach unten. Ich schrie eine Sekunde lang, vielleicht auch zwei, dann traf ich am Boden auf.

Ich traf auf festen Boden.

Und lag dort, während der Hubschrauber landete. Um mich herum war Gelächter. Die ausländischen Stimmen waren wieder da. Man hob mich an und schleifte mich zu der Zelle. Ich war froh, dass ich den Sack über dem Kopf hatte. So konnte keiner sehen, dass ich weinte. Im Innern war ich nur noch ein Bündel vibrierender Nervenstränge. Angst, Adrenalin und Erleichterung fuhren wie winzige Schlangen durch meine Leber, meine Lunge und mein Herz.

Die Tür knallte hinter mir zu. Dann hörte ich ein schlurfendes Geräusch in meinem Rücken. Hände machten sich an den Knoten meiner Fesseln zu schaffen. Selbst als die Kapuze entfernt wurde, dauerte es noch einige Sekunden, bis ich wieder sehen konnte.

Ich starrte in ein Gesicht, das mir wie mein eigenes vorkam. Ein weiterer Trick in dem Spiel. Dann erkannte ich Gordon Reeve – im gleichen Augenblick, in dem er auch mich erkannte.

»Rebus?«, sagte er. »Die haben mir erzählt, du hättest ...«

»Das Gleiche haben sie mir von dir erzählt. Wie geht's dir?«

»Ganz gut. Gott, wie ich mich freue, dich zu sehen.«

Wir umarmten uns, spürten den geschwächten, aber immer noch menschlichen Körper des anderen, nahmen den Geruch von Qual und Durchhaltewillen wahr. Reeve hatte Tränen in den Augen.

»Du bist es wirklich«, sagte er. »Ich träume nicht.«

»Lass uns uns hinsetzen«, sagte ich. »Meine Beine sind nicht allzu stabil.«

Eigentlich meinte ich, dass seine Beine nicht allzu stabil waren. Er stützte sich auf mich wie auf eine Krücke. Dankbar setzte er sich hin.

»Wie ist es dir ergangen?«, fragte ich.

»Eine Weile hab ich versucht, mich fit zu halten.« Er schlug sich auf ein Bein. »Liegestütze und so Zeug. Aber schon bald wurde ich zu müde dazu. Sie haben mir Halluzinogene ins Essen gemischt. Ich sehe immer noch komische Sachen, wenn ich wach bin.«

»Bei mir haben sie es mit K.o.-Tropfen versucht.«

»Diese Drogen, das ist eine Sache. Und dann der Feuerwehrschlauch. Ich werde so etwa einmal am Tag abgesprüht. Eiskalt. Man scheint gar nicht wieder trocken zu werden.«

»Was glaubst du, wie lange wir schon hier sind?« Sah ich für ihn genauso schlimm aus wie er für mich? Ich hoffte nicht. Er hatte den Sturz aus dem Hubschrauber nicht erwähnt. Ich beschloss, darüber zu schweigen.

»Zu lange«, sagte er. »Das hier ist absolut lächerlich.«

»Du hast immer gesagt, dass die was Besonderes mit uns vorhaben. Ich habe dir nicht geglaubt. Gott verzeih mir.«

»An so etwas hatte ich allerdings auch nicht gedacht.«

»Aber zweifellos sind die speziell an uns beiden interessiert.«

»Wie meinst du das?«

Bisher war das nur ein vager Gedanke gewesen, aber nun war ich mir sicher.

»Als unser Wächter in jener Nacht seine Nase in den Unterschlupf steckte, schien er nicht überrascht und schon gar nicht verängstigt. Ich glaube, die beiden waren von Anfang an eingeweiht.«

»Und was soll das alles?«

Ich betrachtete ihn, wie er da saß, das Kinn auf die Knie gestützt. Von außen waren wir zerbrechliche Wesen. Wir hatten Hämorriden, die brannten, als würden Vampire ihre hungrigen Zähne hineinschlagen, unsere Münder waren wund und voller schmerzhafter Geschwüre. Uns fielen die Haare aus, die Zähne wurden locker. Doch das Zusammensein verlieh uns Kraft. Und genau das konnte ich nicht verstehen. Warum hatten die uns zusammengelegt, wo wir beide doch, getrennt von einander, kurz vor dem Zusammenbruch stünden?

»Also, was soll das?«

Vielleicht versuchten sie, uns in einem falschen Gefühl von Sicherheit zu wiegen, bevor sie die Schrauben richtig fest anziehen. »Das Ärgste ist noch nicht, so lang man noch sagen kann, das ist das Ärgste.« Shakespeare, *King Lear.* Ich konnte das damals noch nicht wissen, aber heute weiß ich es. Lassen wir es einfach so stehen.

»Ich weiß nicht«, sagte ich. »Sie werden es uns wohl sagen, wenn sie glauben, dass der richtige Zeitpunkt gekommen ist.«

»Hast du Angst?«, fragte er plötzlich. Seine Augen starrten auf unsere rot gestrichene Zellentür.

»Vielleicht.«

»Du solltest verdammt noch mal Angst haben, Johnny. Ich habe jedenfalls welche. Ich erinnere mich, als Kind hab ich mal mit ein paar anderen an einem Fluss gespielt, der in der Nähe unserer Wohnsiedlung war. Er führte Hochwasser. Es hatte seit einer Woche ununterbrochen gepisst. Es war kurz nach dem Krieg, und um uns herum waren eine Menge zerstörter Häuser. Wir gingen flussaufwärts und kamen an ein Abwasserrohr. Ich hab immer mit älteren Kindern gespielt. Ich weiß nicht warum. Immer war ich das Opfer bei ihren scheiß Spielen, trotzdem blieb ich bei ihnen. Vermutlich machte es mir Spaß, mich mit Kindern herumzutreiben, vor denen die anderen Jungs in meinem Alter eine Heidenangst hatten. Denn obwohl mich die älteren Kinder wie ein Stück Scheiße behandelten, gab mir das Macht über die jüngeren. Verstehst du das?«

Ich nickte, aber er sah mich gar nicht an.

»Dieses Rohr war nicht sehr dick, aber es war lang und es lag hoch über dem Fluss. Sie wollten, dass ich als Erster darüber ging. Mein Gott, hatte ich eine Angst. Ich hatte so einen Schiss, dass meine Beine anfingen zu zittern und ich auf halbem Weg erstarrte. Und dann lief mir die Pisse unter meinen Shorts hervor die Beine runter. Sie sahen das und fingen an zu lachen. Sie haben mich ausgelacht, und ich konnte mich nicht von der Stelle rühren, nicht weglaufen. Also ließen sie mich da stehen und gingen fort.«

Ich dachte an das Gelächter, als man mich vom Hubschrauber wegschleifte.

»Ist dir so was als Kind jemals passiert, Johnny?«

»Ich glaube nicht.«

»Warum zum Teufel bist du dann zum Militär gegangen?«

»Um von zu Hause fortzukommen. Ich hab mich mit meinem Vater nicht verstanden. Er zog meinen jüngeren Bruder vor. Ich fühlte mich ausgeschlossen.«

»Ich hatte nie einen Bruder.«

»Ich auch nicht, jedenfalls nicht im eigentlichen Sinne. Ich hatte einen Widersacher.«

Ich hole ihn jetzt wieder zurück
wagen Sie das bloß nicht
Das bringt doch alles nichts
machen Sie weiter

»Was war dein Vater von Beruf, Johnny?«

»Hypnotiseur. Er ließ Leute auf die Bühne kommen und brachte sie dazu, unsinnige Dinge zu tun.«

»Du machst Witze!«

»Nein, es ist wahr. Mein Bruder wollte in seine Fußstapfen treten, aber ich nicht. Also setzte ich mich ab. Sie waren nicht gerade traurig, mich gehen zu sehen.«

Reeve kicherte.

»Wenn man uns zum Verkauf anbieten würde, müsste ›leicht angeschmutzt‹ auf dem Preisschild stehen, was, Johnny?«

Ich fing an zu lachen, lachte länger und lauter als nötig gewesen wäre, und wir legten jeder einen Arm um den anderen und ließen ihn auch da, um uns zu wärmen.

Wir schliefen Seite an Seite, verrichteten unsere Notdurft in der Gegenwart des anderen, versuchten, zusammen ein bisschen Sport zu machen, spielten kleine Gedächtnisspiele miteinander und harrten miteinander aus.

Reeve besaß ein Stück Schnur. Er wickelte es immer wieder neu auf und machte die Knoten hinein, die wir in der Ausbildung gelernt hatten. Das veranlasste mich, ihm die Bedeutung des Gordischen Knotens zu erklären. Er fuchtelte mit einem kleinen Kreuzknoten vor mir herum.

»Gordischer Knoten, Kreuzknoten. Gordon hat schon sein liebes Kreuz mit den Knoten.«

Das war wieder etwas, worüber wir lachen konnten.

Außerdem spielten wir Nullen und Kreuze, kratzten die Spiele mit den Fingernägeln in die bröckeligen Wände unserer Zelle. Reeve zeigte mir einen Trick, mit dem man zumindest ein Unentschieden erreichen konnte. Davor hatten wir bestimmt an die dreihundert Spiele gemacht, von denen Reeve zwei Drittel gewonnen hatte. Der Trick war ganz einfach.

»Du setzt dein erstes O links oben in die Ecke und das zweite diagonal dazu. Das ist eine unschlagbare Position.«

»Und was ist, wenn der Gegner sein erstes X diagonal zu diesem ersten O setzt?«

»Dann kannst du immer noch gewinnen, wenn du auf die anderen Ecken setzt.«

Reeve schien das aufzuheitern. Er tanzte durch die Zelle, dann starrte er mich plötzlich mit einem anzüglichen Grinsen an. »Du bist wie der Bruder, den ich nie hatte, John.« Im gleichen Augenblick nahm er meine Hand, ritzte mit dem Fingernagel in die Haut der Handfläche und machte das Gleiche bei sich. Wir legten die Hände gegeneinander und rieben das Blut hin und her.«

»Blutsbrüder«, sagte Gordon lächelnd.

Ich lächelte zurück. Mir war klar, dass er viel zu abhängig von mir geworden war und nicht zurecht kommen würde, wenn sie uns trennen würden.

Dann kniete er sich vor mich hin und drückte mich noch einmal an sich.

Gordon wurde immer rastloser. Er machte jeden Tag fünfzig Liegestütze, was angesichts unserer kargen Kost phänomenal war. Und er summte kleine Melodien vor sich hin. Die positive Wirkung, die meine Gesellschaft zunächst auf ihn hatte, schien nachzulassen. Er ließ sich wieder treiben. Also fing ich an, ihm Geschichten zu erzählen.

Zuerst redete ich über meine Kindheit und über die Tricks meines Vaters, dann begann ich, ihm richtige Geschichten zu erzählen. Ich gab ihm die Handlung meiner Lieblingsbücher wieder. Schließlich war es an der Zeit, ihm die Geschichte von Raskolnikow zu erzählen, die moralischste Geschichte überhaupt, *Schuld und Sühne*. Er hörte gebannt zu, und ich versuchte, es so lange wie möglich auszuspinnen. Ich erfand einige Teile, dachte mir ganze Dialoge und Figuren aus. Und als ich fertig war, sagte er. »Erzähl es mir noch einmal.«

Das tat ich.

»Und war das alles unvermeidlich, John?« Reeve hockte auf den Fersen und strich mit den Fingern über den Zellenboden. Ich lag auf der Matratze.

»Ja«, sagte ich. »Ich glaube, das war es. Jedenfalls ist es so geschrieben. Das Ende des Buches steht schon fest, noch bevor es so richtig angefangen hat.«

»Ja, das Gefühl hatte ich auch.«

Es entstand eine längere Pause, dann räusperte er sich.

»Was ist deine Vorstellung von Gott, John? Das würde ich wirklich gern wissen.«

Also erklärte ich es ihm. Ich illustrierte meine abwegigen Vorstellungen mit kleinen Geschichten aus der Bibel. Gordon Reeve legte sich hin und starrte mich mit weit aufgerissenen Augen an. Er konzentrierte sich wie verrückt.

»Ich kann das alles nicht glauben«, sagte er schließlich, als ich heftig schlucken musste. »Ich wünschte, ich könnte, aber ich kann es nicht. Ich finde, Raskolnikow hätte sich beruhigen und seine Freiheit genießen sollen. Er hätte sich eine Browning besorgen und alle umnieten sollen.«

Ich dachte über diese Bemerkung nach. Es schien ein bisschen was dafür zu sprechen, aber eine große Menge auch dagegen. Reeve hing irgendwie in der Luft; er glaubte zwar, keinen Glauben zu haben, was aber nicht unbedingt bedeutete, dass ihm die Fähigkeit zu glauben fehlte.

Was soll dieser ganze Scheiß?

Pssst.

Und zwischen den Spielen und dem Geschichtenerzählen legte er mir immer wieder die Hand in den Nacken.

»John, wir sind doch Freunde, oder? Ich meine richtig enge Freunde? Ich hab noch nie einen richtigen Freund gehabt.« Sein Atem war heiß trotz der Kälte in der Zelle. »Aber wir sind Freunde, nicht wahr? Ich hab dir doch beigebracht, wie man bei Nullen und Kreuzen gewinnt, oder etwa nicht?« Seine Augen waren nicht länger menschlich. Es waren die eines Wolfs. Ich hatte es kommen sehen, aber nichts dagegen tun können.

Bis jetzt nicht. Aber jetzt sah ich alles mit den klaren, halluzinogenen Augen eines Menschen, der alles gesehen hat, was es zu sehen gibt, und noch mehr. Ich sah, wie Gordons Gesicht sich meinem näherte und wie er ganz langsam – so langsam, als würde es überhaupt nicht geschehen, einen flüchtigen Kuss auf meinen Hals drückte und dabei versuchte, meinen Kopf zu drehen, um die Lippen berühren zu können.

Und ich sah mich bereits nachgeben. Nein, nein, das durfte nicht passieren. Das war unerträglich. Das konnte es doch nicht sein, worauf wir all die Wochen hingearbeitet hatten? Und wenn es das war, dann war ich die ganze Zeit ein Idiot gewesen.

»Nur einen Kuss«, sagte er, »nur einen einzigen Kuss, John. Verdammt, nun komm schon.« Und er hatte Tränen in den Augen, weil auch er erkannte, dass plötzlich alles heillos durcheinander geraten war. Auch er konnte sehen, dass da etwas endete. Aber das hielt ihn nicht davon ab, sich von hinten an mich heranzuschieben und das Tier mit den zwei Rücken zu machen. (Shakespeare. Lasst es mir durchgehen.) Und ich zitterte, war aber auf seltsame Art unfähig, mich zu bewegen. Ich wusste, dass ich dieser Situation nicht gewachsen war, dass sie nicht mehr meiner Kontrolle unterlag. Also blinzelte ich so lange, bis meine Augen zu tränen und meine Nase zu laufen anfingen.

»Nur einen Kuss.«

Die ganze Ausbildung, die ganze Quälerei für dieses letzte tödliche Ziel, und alles war nur auf diesen Moment hinausgelaufen. Letztlich war Liebe wohl immer die treibende Kraft.

»John.«

Und ich konnte nur Mitleid für uns beide empfinden, wie wir hier stinkend, besudelt und nutzlos in unserer Zelle hockten. Ich empfand nur das Frustrierende an der Sache, spürte die erbärmlichen Tränen über etwas, das ich mein Leben lang abgelehnt hatte. Gordon, Gordon, Gordon.

»John …«

Die Zellentür flog auf, als ob sie nie abgeschlossen gewesen wäre.

Ein Mann stand da. Englisch, nicht ausländisch, und von hohem Rang. Er betrachtete das ihm dargebotene Schauspiel mit einigem Widerwillen. Zweifellos hatte er die ganze Zeit zugehört, wenn nicht sogar zugesehen. Er zeigte auf mich.

»Rebus«, sagte er. »Sie haben bestanden. Sie sind jetzt auf unserer Seite.«

Ich sah ihn an. Was meinte er? Doch ich wusste ganz genau, was er meinte.

»Sie haben den Test bestanden, Rebus. Kommen Sie. Kommen Sie mit mir. Wir werden Ihnen jetzt Ihre Ausrüstung verpassen. Ihr … Freund wird weiter verhört. Sie werden uns von jetzt an bei dem Verhör helfen.«

Gordon sprang auf. Er war immer noch direkt hinter mir. Ich konnte seinen Atem in meinem Nacken spüren.

»Was meinen Sie?«, sagte ich. Mein Mund und meine Kehle waren ganz trocken. Beim Anblick dieses Offiziers in seinen frisch gestärkten Sachen wurde mir in peinlicher Weise bewusst, wie schmutzig ich war. Aber andererseits war das ja seine Schuld. »Das ist ein Trick«, sagte ich. »Es muss einer sein. Ich werde Ihnen gar nichts sagen. Und ich werde erst recht nicht mit Ihnen gehen. Ich habe keine Informationen weitergegeben. Ich bin nicht zusammengebrochen. Sie können mich jetzt nicht durchfallen lassen!« Mittlerweile war ich ganz außer mir, fast wie im Delirium. Doch ich wusste, dass er die Wahrheit sagte. Er schüttelte bedächtig den Kopf.

»Ich kann Ihr Misstrauen verstehen, Rebus. Sie haben unter großem Druck gestanden. Unter höllisch großem Druck.

Aber das ist nun vorbei. Sie haben nicht versagt, Sie haben bestanden, und zwar hervorragend. Ich denke, das können wir mit Sicherheit sagen. Sie haben bestanden, Rebus. Sie sind jetzt auf unserer Seite. Sie werden uns jetzt helfen, Reeve kleinzukriegen. Verstehen Sie?«

Ich schüttelte den Kopf.

»Das ist ein Trick«, sagte ich. Der Offizier lächelte verständnisvoll. Er hatte schon hundertmal mit Leuten wie mir zu tun gehabt.

»Hören Sie«, sagte er, »kommen Sie einfach mit uns, und wir werden alles klarstellen.«

Gordon war mit einem Satz an meiner Seite.

»Nein!«, schrie er. »Er hat doch gesagt, dass er nicht daran denkt mitzukommen. Jetzt verpissen Sie sich endlich!« Dann sagte er zu mir, eine Hand auf meine Schulter gelegt: »Hör nicht auf ihn, John. Das ist ein Trick. Diese Schweine versuchen einen immer reinzulegen.« Aber ich merkte, dass er beunruhigt war. Seine Augen blinzelten hektisch, sein Mund stand leicht offen. Und während ich seine Hand an meiner Schulter fühlte, wusste ich, dass meine Entscheidung bereits gefallen war, und Gordon schien das ebenfalls zu spüren.

»Ich glaube, das muss Trooper Rebus selbst entscheiden, meinen Sie nicht?«, sagte der Offizier.

Und dann starrte der Mann mich mit freundlichen Augen an.

Ich brauchte keinen Blick zurück in die Zelle zu werfen, oder zu Gordon. Ich sagte mir immer nur: das ist ein weiterer Teil des Spiels, nur ein weiterer Teil des Spiels. Die Entscheidung war schon vor langer Zeit getroffen worden. Sie logen mich nicht an, und natürlich wollte ich aus der Zelle raus. Es war vorherbestimmt. Nichts war willkürlich. Das hatte man mir am Anfang meiner Ausbildung gesagt. Ich machte einen Schritt nach vorn, aber Gordon hielt sich an den Fetzen meines Hemds fest.

»John«, sagte er mit flehender Stimme, »lass mich nicht im Stich, John. Bitte.«

Doch ich riss mich von seinem schwachen Griff los und verließ die Zelle.

»Nein! Nein! Nein!« Sein Rufen war laut und wild. »Lass mich nicht im Stich, John! Lasst mich raus! Lasst mich raus!«

Und dann schrie er, und es hätte mich fast umgeworfen.

Es war der Schrei eines Wahnsinnigen.

Nachdem man mich gesäubert hatte und ich von einem Arzt untersucht worden war, wurde ich in einen Raum gebracht, den man ganz euphemistisch Besprechungszimmer nannte. Ich war durch die Hölle gegangen – ging immer noch durch die Hölle – und sie wollten offenbar darüber reden, als hätte es sich bloß um irgendeine Übung in der Schule gehandelt.

Es waren vier Personen anwesend, drei Captains und ein Psychiater. Sie erklärten mir alles. Sie berichteten, dass man innerhalb des SAS eine neue Elitetruppe aufbauen wollte, deren Aufgabe die Infiltration und Destabilisierung terroristischer Gruppen sein würde, angefangen mit der Irisch-Republikanischen Armee, die allmählich mehr als nur ein Störfaktor war, jetzt wo in Irland sogar ein Bürgerkrieg drohte. Aufgrund der Natur der Aufgabe wären nur die Besten – die Allerbesten – dafür gut genug, und Reeve und ich waren als die Besten aus unserer Abteilung ausgewählt worden. Deshalb hatte man uns in eine Falle gelockt, gefangen genommen und Tests unterzogen, wie man sie noch nie innerhalb des SAS ausprobiert hatte. Mittlerweile konnte mich nichts davon mehr wirklich überraschen. Ich musste an all die anderen armen Schweine denken, die dieser verdammten Tortur unterworfen werden würden. Bloß damit wir, wenn man uns in die Kniescheibe schoss, nicht preisgaben, wer wir waren.

Und dann kamen sie auf Gordon zu sprechen.

»Unsere Einschätzung von Trooper Reeve ist ziemlich zwiespältig.« Das sagte der Mann in dem weißen Kittel. »Er ist ein verdammt guter Soldat, und wenn man ihm eine praktische Aufgabe stellt, erfüllt er sie auch. Doch in der Vergangenheit hat er immer als Einzelkämpfer gearbeitet, deshalb haben wir Sie beide zusammengesteckt, um zu sehen, wie Sie reagieren, wenn Sie eine Zelle teilen müssen, und vor allem, um zu sehen, wie Reeve damit fertig wird, wenn man ihm seinen Freund nimmt.«

Wussten sie nun von dem Kuss oder nicht?

»Ich fürchte«, fuhr der Arzt fort, »dass das Ergebnis negativ sein könnte. Er wurde langsam abhängig von Ihnen, John, nicht wahr? Selbstverständlich wissen wir, dass Sie in keinster Weise von ihm abhängig waren.«

»Was war mit den Schreien aus den anderen Zellen?«

»Tonbandaufnahmen.«

Ich nickte. Plötzlich war ich nur noch müde, und es interessierte mich alles nicht mehr.

»Das Ganze war also nur ein weiterer beschissener Test?«

»Natürlich war es das.« Sie lächelten sich unauffällig zu. »Aber das muss Sie nicht weiter stören. Das Wichtigste ist, dass Sie bestanden haben.«

Doch es störte mich. Was sollte das alles? Ich hatte Freundschaft gegen diese informelle Befragung eingetauscht. Liebe gegen diese süffisant grinsenden Gesichter. Und Gordons Schreie hallten immer noch in meinen Ohren. Rache, rief er, Rache. Ich legte meine Hände auf die Knie, beugte mich vor und fing an zu weinen.

»Ihr Schweine«, sagte ich, »ihr verdammten Schweine.«

Und wenn ich in diesem Augenblick eine Browning gehabt hätte, ich hätte große Löcher in ihre grinsenden Schädel geschossen.

Sie ließen mich noch einmal, diesmal gründlicher, in einem Militärkrankenhaus untersuchen. Mittlerweile war tatsächlich ein Bürgerkrieg in Ulster ausgebrochen, doch meine Gedanken kreisten fast ausschließlich um Gordon Reeve. Was war mit ihm geschehen? Hockte er immer noch allein in dieser stinkenden Zelle, und das wegen mir? Stand er kurz vor dem Zusammenbruch? Ich nahm die ganze Schuld auf mich und musste wieder weinen. Sie gaben mir eine Schachtel Kleenex. Offenbar wurden diese Dinge hier so geregelt.

Dann begann ich, den ganzen Tag zu weinen, manchmal unkontrollierbar, weil ich mich für alles schuldig fühlte und mein Gewissen furchtbare Qualen litt. Ich bot an, aus dem Dienst auszuscheiden. Ich *forderte* meine Entlassung. Man ließ mich widerwillig gehen. Schließlich war ich ja ein Versuchskaninchen gewesen. Ich fuhr in ein kleines Fischerdorf in Fife und wanderte an dem steinigen Strand entlang. Ich versuchte mich von meinem Nervenzusammenbruch zu erholen und die ganze Sache zu verdrängen, die schmerzlichste Erfahrung meines Lebens in Schubladen und Winkel meines Gehirns zu verpacken, alles zu verschließen und zu vergessen.

Und so vergaß ich.

Sie behandelten mich gut. Sie zahlten mir eine Abfindung, und als ich mich entschloss, in den Polizeidienst zu gehen, zogen sie allerhand Fäden hinter den Kulissen. Wirklich, ich kann mich über ihr Verhalten nicht beklagen. Aber sie erlaubten mir nicht, etwas über das Schicksal meines Freundes herauszufinden, und ich durfte nie wieder mit ihnen in Kontakt treten. Ich war tot, ich war komplett aus ihren Akten gelöscht. Ich war eine gescheiterte Existenz.

Und ich bin immer noch eine gescheiterte Existenz. Eine kaputte Ehe. Meine Tochter gekidnappt. Aber jetzt ergibt alles einen Sinn. Zumindest weiß ich, dass Gordon am Leben ist, wenn auch mehr schlecht als recht, und dass er mein kleines Mädchen hat und sie umbringen wird.

Und mich umbringen wird, wenn er kann.

Und dass ich ihn werde töten müssen, um sie zurückzubekommen.

Und ich würde es auf der Stelle tun. Gott steh mir bei, ich würde es auf der Stelle tun.

TEIL FÜNF

Knoten & Kreuze

XXIII

…
…
…

Als John Rebus aus einem, wie es ihm schien, sehr tiefen und von Träumen geplagten Schlaf erwachte, stellte er fest, dass er nicht im Bett lag. Er sah Michael, der mit einem unsicheren Lächeln über ihm stand, und Gill, die den Tränen nahe auf und ab ging.

»Was ist passiert?«, sagte Rebus.

»Nichts«, sagte Michael.

Da erinnerte sich Rebus, dass Michael ihn hypnotisiert hatte.

»Nichts?«, rief Gill. »Das nennen Sie nichts?«

»John«, sagte Michael, »mir war nicht klar, dass du das mit mir und dem alten Herrn so empfunden hast. Es tut mir leid, wenn wir dir weh getan haben.« Michael legte eine Hand auf die Schulter seines Bruders, *des Bruders, den er nie gekannt hatte.*

Gordon, Gordon Reeve. Was ist mit dir geschehen? Schmutzig und zerlumpt wirbelst du um mich herum wie Staub auf einer windigen Straße. Wie ein Bruder. Du hast meine Tochter. Wo bist du?

»O Gott.« Rebus ließ den Kopf sinken und kniff die Augen zusammen. Gill strich ihm mit einer Hand übers Haar.

Draußen wurde es hell. Die Vögel hatten ihr unermüdliches Gezwitscher wieder aufgenommen. Rebus war froh, dass sie ihn in die reale Welt zurückriefen. Sie erinnerten ihn daran, dass es vielleicht noch irgendwo jemanden gab, der glücklich war.

Vielleicht ein Liebespaar, das eng umschlungen aufwachte, oder ein Mann, dem bewusst wurde, dass heute ein Feiertag war, oder eine ältere Frau, die Gott dankte, dass sie den Anbruch eines weiteren Tages erleben durfte.

»Eine wirklich finstere Nacht für die Seele«, sagte er und fing an zu zittern. »Es ist kalt hier. Die Zündflamme muss wieder ausgegangen sein.«

Gill putzte sich die Nase und verschränkte die Arme.

»Nein, es ist warm genug hier drin, John. Hör zu«, sie sprach langsam und rücksichtsvoll, »wir brauchen eine Beschreibung von diesem Mann. Mir ist klar, dass das zwangsläufig eine Beschreibung von vor fünfzehn Jahren sein wird, aber es ist zumindest ein Anfang. Dann müssen wir überprüfen, was passiert ist, nachdem du des ... nachdem du ihn verlassen hast.«

»Das wird eine Verschlusssache sein, wenn überhaupt was existiert.«

»Und wir müssen den Chief informieren«, fuhr Gill fort, als hätte Rebus gar nichts gesagt. Sie blickte starr geradeaus. »Wir müssen diesen Wahnsinnigen finden.«

Rebus kam es sehr still im Zimmer vor, so als ob jemand gestorben wäre, dabei hatte ja eher eine Art Wiedergeburt stattgefunden – ein verdrängter Teil seiner Erinnerung war zurückgekehrt. Die Erinnerung an Gordon. Die Erinnerung daran, wie er diese unbarmherzig kalte Zelle verlassen hatte, wie er ihn seinem Schicksal überlassen hatte ...

»Könnt ihr denn sicher sein, dass dieser Reeve unser Mann ist?« Michael schenkte noch mehr Whisky ein und hielt Rebus ein Glas hin. Rebus schüttelte den Kopf.

»Für mich nicht, danke. Ich bin bereits ganz dusselig im Kopf. Oh ja, ich glaube, wir können ziemlich sicher sein, wer hinter dieser Sache steckt. Die Botschaften, die Knoten und die Kreuze. Es ergibt jetzt alles einen Sinn. Das heißt, es ergab schon die ganze Zeit Sinn. Reeve muss mich für ziemlich beschränkt halten. Da hat er mir wochenlang ganz klare Botschaften geschickt, und ich hab nicht erkannt … ich habe diese Mädchen sterben lassen … Und das alles nur, weil ich mich nicht den Tatsachen stellen konnte … den Tatsachen …«

Gill beugte sich von hinten zu ihm herab und legte die Hände auf seine Schultern. Rebus schoss aus seinem Sessel hoch und drehte sich zu ihr um. *Reeve.* Nein, Gill, Gill. Er schüttelte den Kopf, eine stumme Entschuldigung. Dann brach er in Tränen aus.

Gill sah zu Michael, doch Michael hatte den Blick gesenkt. Sie drückte Rebus so fest an sich, dass er sich nicht wieder von ihr losmachen konnte, und flüsterte immer wieder, dass sie es sei, Gill, und nicht irgendein Geist aus der Vergangenheit. Michael fragte sich, was er da angerichtet hatte. Er hatte John noch nie weinen sehen. Erneut wurde er von Schuldgefühlen übermannt. Er würde mit allem Schluss machen. Er brauchte es nicht mehr. Er würde untertauchen, bis sein Dealer keine Lust mehr hatte, nach ihm zu suchen, und seine Kunden jemand anders gefunden hatten. Er würde es tun, nicht für John, sondern für sich selbst.

Wir haben ihn wie Scheiße behandelt, dachte er bei sich, das ist wahr. Der alte Mann und ich, wir haben ihn behandelt, als ob er ein Eindringling wäre.

Später beim Kaffee wirkte Rebus ganz ruhig, doch Gills Augen waren immer noch besorgt auf ihn gerichtet.

»Wir können wohl davon ausgehen, dass dieser Reeve ziemlich durchgeknallt ist«, sagte sie.

»Vermutlich«, sagte Rebus. »*Eins* ist allerdings ganz sicher, er wird bewaffnet sein. Er wird auf alles vorbereitet sein. Dieser Mann war als Berufssoldat bei den Seaforths Highlanders und Angehöriger des SAS. Er wird knallhart sein.«

»Das warst du auch, John.«

»Deshalb bin ich der richtige Mann, um ihn aufzustöbern. Das muss der Chief einsehen, Gill. Ich arbeite wieder an dem Fall.«

Gill kräuselte die Lippen.

»Ich bin nicht sicher, ob er das gutheißt«, sagte sie.

»Dann zum Teufel mit ihm. Ich werde den Dreckskerl so oder so finden.«

»Mach das, John«, sagte Michael. »Mach das. Kümmer dich nicht drum, was die sagen.«

»Mickey«, sagte Rebus, »du bist der allerbeste Bruder, den ich mir hätte wünschen können. Gibt's irgendwas zu essen? Ich bin total ausgehungert.«

»Und ich bin völlig groggy«, sagte Michael, der ganz zufrieden mit sich war. »Hast du was dagegen, wenn ich mich eine oder zwei Stunden hinlege, bevor ich zurückfahre?«

»Natürlich nicht. Da ist mein Schlafzimmer, Mickey.«

»Gute Nacht, Michael«, sagte Gill.

Lächelnd verließ er den Raum.

Knoten und Kreuze. Nullen und Kreuze. Es war wirklich so offenkundig. Reeve musste ihn für einen Idioten halten, und in gewisser Weise hatte er auch Recht. Diese endlosen Spiele, die sie gespielt hatten, all diese Strategien und Tricks und ihre Gespräche über das Christentum, diese Kreuzknoten und Gordischen Knoten. Und Das Kreuz. Gott, wie dumm er gewesen war, sich von seinem Gedächtnis vormachen zu lassen, dass es in seiner Vergangenheit rein gar nichts von Bedeutung gäbe, nichts, was Einfluss auf die Gegenwart hätte. Wie dumm.

»John, du verschüttest deinen Kaffee.«

Gill brachte einen Teller mit Käsetoasts aus der Küche. Rebus zwang sich, wach zu werden.

»Iss das. Ich hab mit dem Präsidium telefoniert. Wir müssen in zwei Stunden da sein. Sie haben bereits eine Computerrecherche unter Reeves Namen gestartet. Wir sollten ihn schon finden.«

»Das hoffe ich, Gill. Bei Gott, das hoffe ich.«

Sie umarmten sich. Gill schlug vor, sie sollten sich auf die Couch legen. Das taten sie auch, eng umschlungen, um sich gegenseitig zu wärmen. Rebus drängte sich die Frage auf, ob er in dieser finsteren Nacht eine Art Teufelsaustreibung durchgemacht habe, ob die Vergangenheit immer noch sein Sexleben durcheinander bringen würde. Er hoffte nicht. Allerdings war jetzt weder die Zeit noch der Ort, um es auszuprobieren.

Gordon, mein Freund, was habe ich dir angetan?

XXIV

Stevens war ein geduldiger Mann. Die beiden Polizisten waren ihm gegenüber unerbittlich gewesen. Im Augenblick dürfe niemand zu Detective Sergeant Rebus. Stevens war in die Redaktion zurückgefahren, hatte einen Bericht für den Drei-Uhr-Andruck geschrieben und war dann wieder zu Rebus' Wohnung gefahren. Dort brannte immer noch Licht, aber es standen nun zwei neue Gorillas vor der Tür des Mietshauses. Stevens parkte auf der anderen Straßenseite und zündete sich eine weitere Zigarette an. Allmählich passte alles zusammen. Aus den beiden Strängen wurde einer. Die Morde und die Drogendeals waren in irgendeiner Weise miteinander verknüpft, und offenkundig war Rebus der Schlüssel zu allem. Worüber mochten er und sein Bruder um diese Uhrzeit reden? Vielleicht über einen Plan für Eventualfälle. Was hätte er dafür gegeben, in diesem Augenblick im Wohnzimmer dort oben Mäuschen spielen zu dürfen. Alles. Er kannte Reporter aus der Fleet Street, die auf ausgeklügelte Überwachungstechniken setzten – Minispione, hochempfindliche Mikrofone, Telefonwanzen – und fragte sich, ob es sich nicht doch lohnen würde, selbst ein bisschen in technischen Schnickschnack zu investieren.

Er hatte sich schon wieder neue Theorien zusammengebastelt, Theorien mit Hunderten von Variationsmöglichkeiten. Wenn Edinburghs Drogenhändler sich auf Entführung und Mord verlegt hatten, um ein paar armen Schweinen Angst zu machen, dann verschärfte sich die Situation in der Tat, und er, Jim Stevens, würde in Zukunft noch vorsichtiger sein müssen. Doch Big Podeen hatte nichts davon gewusst. Mal angenommen, eine neue Gang hatte sich in das Spiel eingeklinkt und ihre eigenen Regeln mitgebracht. Dann könnte es einen Bandenkrieg im Glasgower Stil geben. Aber heutzutage wurden diese Dinge bestimmt nicht mehr auf diese Weise geregelt. Doch wer wusste das schon.

Stevens versuchte sich wach zu halten, indem er seine Gedanken in ein Notizbuch schrieb. Er hatte das Radio an und hörte alle halbe Stunde Nachrichten. Die Tochter eines Polizisten war das jüngste Opfer des Edinburgher Kindermörders. Bei dieser Entführung war ein Mann getötet worden, in der Wohnung der Mutter des Kindes erwürgt. Und so weiter. Stevens formulierte und spekulierte immer weiter.

Es war noch nicht bekanntgegeben worden, dass *alle* Morde mit Rebus in Verbindung standen. Die Polizei wollte das noch nicht publik machen, nicht einmal Jim Stevens gegenüber.

Um halb acht gelang es Stevens, einen vorbeikommenden Zeitungsjungen zu bestechen, ihm aus einem Geschäft in der Nähe Brötchen und Milch zu besorgen. Er spülte die trockenen, krümeligen Brötchen mit der eiskalten Milch hinunter. Obwohl er die Heizung im Auto an hatte, spürte er die Kälte bis ins Mark. Er brauchte eine Dusche, eine Rasur, ein bisschen Schlaf. Nicht unbedingt in dieser Reihenfolge. Doch er war zu nah dran, um jetzt aufzugeben. Er besaß die Zähigkeit – manch einer würde es Wahnsinn oder Fanatismus nennen – eines jeden guten Reporters. Er hatte beobachtet, wie andere Journalisten im Laufe der Nacht ankamen und fortgeschickt wurden. Ein paar hatten ihn in seinem Auto sitzen gesehen und waren herübergekommen, um ein bisschen zu plaudern oder herumzuschnüffeln. Er hatte sein Notizbuch versteckt und Desinteresse vorgetäuscht, behauptet, er würde gleich nach Hause fahren. Lauter verdammte Lügen.

Aber das gehörte zum Geschäft.

Und jetzt kamen sie endlich heraus. Natürlich waren ein paar Kameras und Mikrofone da, aber nicht allzu aufdringlich, kein Drängeln und Schubsen, alles ganz diszipliniert. Zum einen war der Mann ein Vater, der um seine Tochter bangte, zum anderen war er Polizist. Niemand würde wagen, ihn zu bedrängen.

Stevens beobachtete, wie man Gill und Rebus auf den Rücksitz eines im Leerlauf wartenden Rover der Polizei lotste. Er betrachtete ihre Gesichter. Rebus wirkte ausgelaugt. Das war nur zu erwarten. Doch hinter dieser Erschöpfung lag eine grimmige Entschlossenheit, die man an seinem zusammengekniffenen Mund erkennen konnte. Das beunruhigte Stevens ein wenig. Es war, als ob der Mann in den Krieg ziehen wollte. Verdammt noch mal. Und dann war da Gill Templer. Sie wirkte mitgenommen, noch mitgenommener als Rebus. Ihre Augen waren gerötet, aber auch sie hatte etwas Außergewöhnliches an sich. Etwas war nicht ganz so, wie es sein sollte. Jeder anständige Reporter konnte das erkennen, wenn er wusste, wonach er suchte. Stevens erging sich in selbstquälerischen Gedanken. Er musste mehr wissen. Diese Geschichte war wie eine Droge. Er brauchte immer größere Dosen. Leicht erschrocken stellte er fest, dass er diese Dröhnungen eigentlich gar nicht so sehr für seinen Job brauchte, sondern um seine persönliche Neugier zu befriedigen. Rebus faszinierte ihn irgendwie. Und Gill Templer interessierte ihn sowieso.

Und Michael Rebus …

Michael Rebus war offenbar noch in der Wohnung. Die Karawane setzte sich jetzt in Bewegung. Der Rover bog aus der stillen Marchmont Street nach rechts ab, doch die Gorillas blieben da. Neue Gorillas. Stevens zündete sich eine Zigarette an. Es könnte einen Versuch wert sein. Er ging zu seinem Auto zurück und schloss es ab. Dann machte er einen Spaziergang um den Block und legte sich einen neuen Plan zurecht.

»Entschuldigen Sie, Sir. Wohnen Sie hier?«

»Natürlich wohne ich hier! Was soll denn das? Ich muss ins Bett.«

»Harte Nacht gehabt, Sir?«

Der Mann mit den verschlafenen Augen hielt dem Polizisten drei braune Papiertüten unter die Nase. In jeder waren sechs Brötchen.

»Ich bin Bäcker. Schichtarbeit. Wenn Sie mich jetzt bitte …«

»Und Ihr Name, Sir?«

Als Stevens sich an dem Mann vorbeizuschieben versuchte, hatte er gerade so viel Zeit gehabt, um ein paar von den Namen auf den Klingelschildern zu entziffern.

»Laidlaw«, sagte er. »Jim Laidlaw.«

Der Polizist überprüfte das auf seiner Namensliste.

»In Ordnung, Sir. Tut mir leid, dass wir Sie belästigt haben.«

»Was soll das alles?«

»Das werden Sie noch früh genug erfahren, Sir. Erst mal gute Nacht.«

Es gab noch ein weiteres Hindernis, und Stevens wusste, wenn die Tür abgeschlossen war, dann war sie abgeschlossen, und er war trotz all seiner Gerissenheit geliefert. Er stieß ganz selbstverständlich gegen die schwere Tür und spürte, wie sie nachgab. Sie hatten sie nicht abgeschlossen. Sein Schutzpatron war ihm offenbar heute wohlgesinnt.

Im Treppenhaus stellte er die Brötchentüten auf den Boden und dachte sich eine neue Strategie aus. Er stieg die beiden Treppen bis zu Rebus' Wohnung hinauf. Im ganzen Haus schien es nach Katzenpisse zu stinken. An Rebus' Tür musste er erst einmal Luft holen, teils weil er keine Kondition hatte, teils aber auch, weil er aufgeregt war. Er hatte schon seit Jahren kein so gutes Gefühl mehr bei einer Geschichte gehabt. Er beschloss, an einem Tag wie diesem könne er sich alles erlauben, und drückte erbarmungslos auf die Klingel.

Nach einiger Zeit wurde die Tür von einem gähnenden und verquollen aussehenden Michael Rebus geöffnet. Endlich standen sie sich also von Angesicht zu Angesicht gegenüber. Stevens fuchtelte vor Michaels Gesicht mit einer Karte herum. Diese wies James Stevens als Mitglied des Edinburgher Snooker-Clubs aus.

»Detective Inspector Stevens, Sir. Tut mir Leid, dass ich Sie aus dem Bett geholt habe.« Er steckte die Karte wieder ein. »Ihr Bruder hatte uns gesagt, dass Sie vermutlich noch schlafen würden, aber ich dachte, ich versuch 's trotzdem mal. Darf ich reinkommen? Nur ein paar Fragen, Sir. Ich werd Sie nicht lange aufhalten.«

Die beiden Polizisten, deren Füße trotz Thermostrümpfen und der Tatsache, dass Sommeranfang war, ganz taub waren, traten von einem Fuß auf den anderen und hofften auf Ablösung. Sie redeten ausschließlich über die Entführung und darüber, dass der Sohn des Chief Inspectors ermordet worden war. Hinter ihnen ging die Haustür auf.

»Immer noch da? Meine Frau hat mir gesagt, vor der Tür wären Bobbys, aber ich hab's nicht geglaubt. Wart wohl die ganze Nacht hier. Was ist los?«

Es war ein alter Mann, immer noch in Hausschuhen, aber in einem dicken Wintermantel. Er war nur zur Hälfte rasiert, und den unteren Teil seines Gebisses hatte er entweder verloren oder vergessen in den Mund zu schieben. Während er langsam durch die Tür ging, setzte er eine Kappe auf seinen kahlen Schädel.

»Nichts, worüber Sie sich beunruhigen müssten, Sir. Man wird es Ihnen sicher bald erklären.«

»Na schön. Ich geh nur schnell die Zeitung und die Milch holen. Normalerweise gibt's bei uns Toast zum Frühstück, aber irgendein Idiot hat zwei Dutzend frische Brötchen im Hausflur liegen lassen. Wenn sie keiner will, ich nehm sie gern.«

Er kicherte, und man konnte sehen, dass sein Zahnfleisch unten ganz rot und wund war.

»Kann ich euch beiden was aus dem Laden mitbringen?«

Die beiden Polizisten starrten sich sprachlos und entsetzt an.

»Du gehst rauf«, sagte der eine schließlich zum anderen. Dann: »Und Ihr Name, Sir?«

Der alte Mann nahm Haltung an, ein alter Soldat.

»Jock Laidlaw«, sagte er, »zu Ihren Diensten.«

Stevens trank dankbar den schwarzen Kaffee. Das erste Warme, das er seit ewigen Zeiten zu sich nahm. Er saß im Wohnzimmer und ließ seine Augen schweifen.

»Ich bin froh, dass Sie mich geweckt haben«, sagte Michael Rebus. »Ich muss nämlich zurück nach Hause.«

Das kann ich mir vorstellen, dachte Stevens. Das kann ich mir vorstellen. Rebus wirkte sehr viel entspannter, als er das erwartet hatte. Ausgeruht, entspannt und ganz mit sich im Reinen. Das wurde ja immer kurioser.

»Wie gesagt, nur ein paar Fragen, Mister Rebus.«

Michael setzte sich hin, schlug die Beine übereinander und nippte an seinem Kaffee.

»Ja?«

Stevens holte sein Notizbuch hervor.

»Ihr Bruder hat einen schweren Schock erlitten.«

»Ja.«

»Aber Sie glauben, er erholt sich wieder?«

»Ja.«

Stevens tat so, als würde er sich etwas aufschreiben.

»Wie war übrigens seine Nacht? Hat er gut geschlafen?«

»Nun ja, keiner von uns hat viel Schlaf bekommen. Ich weiß nicht, ob John überhaupt geschlafen hat.« Michaels Augenbrauen zogen sich zusammen. »Hören Sie mal, was soll das alles?«

»Reine Routine, Mister Rebus. Das verstehen Sie doch. Um diesen Fall zu lösen, müssen wir alles über jede Person wissen, die auch nur irgendwie damit zu tun hat.«

»Aber er ist doch bereits gelöst.«

Stevens Herz überschlug sich.

»Tatsächlich?«, hörte er sich sagen.

»Wissen Sie das denn nicht?«

»Ja, natürlich, aber wir brauchen einfach *alles* …«

»Über jeden, der davon betroffen ist. Ja, das haben Sie gesagt. Könnte ich bitte noch mal Ihren Ausweis sehen? Nur um sicherzugehen.«

Man hörte, wie ein Schlüssel in die Wohnungstür gesteckt wurde.

Verdammt, dachte Stevens, die sind schon zurück.

»Hör mal«, sagte er mit zusammengebissenen Zähnen, »wir wissen alles über deinen kleinen Drogenhandel. Jetzt sag uns, wer dahinter steckt, oder wir werden dich für die nächsten hundert Jahre hinter Gitter stecken, Sonny!«

Michaels Gesicht wurde leicht bläulich, dann grau. Sein Mund schien bereit, das Wort auszuspucken, das Stevens brauchte.

Doch in dem Augenblick war einer der Gorillas im Zimmer und riss Stevens aus seinem Sessel hoch.

»Ich hab meinen Kaffee doch noch gar nicht ausgetrunken!«, protestierte er.

»Du hast Glück, dass ich dir nicht deinen verdammten Hals breche, Kumpel«, antwortete der Polizist.

Michael Rebus stand ebenfalls auf, sagte aber nichts.

»Einen Namen!«, schrie Stevens. »Gib mir nur einen Namen! Wenn du nicht mitspielst, mein Freund, wird das dick auf der ersten Seite stehen! Gib mir den Namen!«

Er brüllte immer weiter, das ganze Treppenhaus hinunter, bis zur letzten Sufe.

»Okay, ich gehe«, sagte er schließlich und machte sich von dem festen Griff an seinem Arm los. »Ich gehe. Wart wohl 'n bisschen lasch, was, Jungs? Diesmal halt ich den Mund, aber beim nächsten Mal solltet ihr besser aufpassen. Okay?«

»Verpiss dich, du Arschloch«, sagte ein Gorilla.

Stevens verpisste sich. Er stieg in sein Auto und war noch frustrierter und neugieriger als vorher. Gott, war er nah dran gewesen. Aber was meinte der Hypnotiseur, als er sagte, der Fall wäre gelöst? War er das? Wenn ja, dann wollte er als Erster die Details bringen. Er war es nicht gewohnt, so weit hintendran zu sein. Normalerweise wurde das Spiel nach seinen Regeln gespielt. Nein, das war er nicht gewohnt und es gefiel ihm überhaupt nicht.

Trotzdem liebte er das Spiel.

Doch wenn der Fall gelöst war, dann war die Zeit knapp. Und wenn du vom einen Bruder nicht kriegen kannst, was du willst, dann geh zum andern. Er glaubte, er wusste, wo Rebus sein würde. Seine Intuition funktionierte heute sehr gut. Er fühlte sich hervorragend.

XXV

»Also John, das klingt ja alles ziemlich unwahrscheinlich, aber es ist durchaus eine Möglichkeit. In jedem Fall ist es der beste Anhaltspunkt, den wir haben, obwohl ich mir nur schwer vorstellen kann, dass jemand so sehr von Hass erfüllt sein soll, dass er vier unschuldige Mädchen ermordet, nur um Ihnen den Hinweis auf sein letztes Opfer zu geben.«

Chief Superintendent Wallace blickte von Rebus zu Gill Templer und wieder zurück. Rechts von Rebus saß Anderson. Wallaces Hände lagen wie ein Paar tote Fische auf seinem Schreibtisch, direkt vor ihm ein Stift. Der Raum war groß und übersichtlich und strahlte Selbstsicherheit aus. Hier wurden Probleme immer gelöst, Entscheidungen getroffen – und zwar immer richtig.

»Das Problem besteht jetzt darin, ihn zu finden. Wenn wir die Sache publik machen, könnten wir ihn vertreiben und damit das Leben Ihrer Tochter in Gefahr bringen. Andererseits wäre ein Appell an die Öffentlichkeit die bei weitem schnellste Möglichkeit, ihn zu finden.«

»Sie können doch unmöglich ...!« Gill Templer stand in dem stillen Raum kurz vorm Explodieren, doch Wallace brachte sie mit einer Handbewegung zum Schweigen.

»In diesem Stadium denke ich nur laut, Inspector Templer, gehe einfach mal verschiedene Möglichkeiten durch.«

Anderson saß wie ein Toter da, den Blick auf den Boden gerichtet. Wegen des Trauerfalls war er zwar offiziell beurlaubt, hatte aber darauf bestanden, den Fall weiterhin mitverfolgen zu dürfen, und Superintendent Wallace hatte zugestimmt.

»Natürlich ist es ausgeschlossen, John«, sagte Wallace gerade, »dass Sie weiter an dem Fall arbeiten.«

Rebus stand auf.

»Setzen Sie sich, John. Bitte.« Die Augen des Super waren hart und ehrlich, die Augen eines echten Polizisten, eines Polizisten der alten Schule. Rebus setzte sich wieder. »Ob Sie mir das glauben oder nicht, ich weiß schon, wie Sie sich fühlen. Aber hier steht jetzt zu viel auf dem Spiel. Für uns alle. Sie sind zu sehr persönlich betroffen, um objektiv von Nutzen zu sein, und es würde in der Öffentlichkeit einen Aufschrei von wegen Selbstjustiz geben. Das müssen Sie doch einsehen.«

»Ich sehe nur, dass Reeve vor nichts zurückschrecken wird, wenn ich abtauche. Er hat es einzig und allein auf mich abgesehen.«

»Ganz genau. Und wäre es nicht blöd von uns, Sie ihm auf dem Tablett zu servieren? Wir werden tun, was wir können, alles, was Sie auch tun würden. Überlassen Sie es uns.«

»Die Armee wird Ihnen nichts sagen, und das wissen Sie auch.«

»Die werden uns Auskunft geben müssen.« Wallace begann mit seinem Stift herumzuspielen, als ob er einzig zu diesem Zweck da läge. »Letztlich haben sie denselben Boss wie wir. Man wird sie dazu zwingen.«

Rebus schüttelte den Kopf.

»Die haben ihre eigenen Gesetze. Der SAS ist praktisch noch nicht mal Teil der Armee. Wenn die Ihnen nichts sagen wollen, dann werden die Ihnen auch nichts sagen, das können Sie mir glauben.« Rebus' Hand knallte auf den Schreibtisch. »Aber auch gar nichts.«

»John.« Gill drückte seine Schulter und bat ihn, ruhig zu sein. Sie sah zwar selbst aus wie eine Furie, aber sie wusste, wann sie den Mund halten musste und ihr Missfallen und ihren Zorn nur durch Blicke zum Ausdruck bringen durfte. Für Rebus zählten jedoch nur noch Taten. Zu lange schon hatte er die Realität verdrängt.

Er stand von seinem kleinen Stuhl auf, als wäre er nur noch geballte Energie, kein menschliches Wesen mehr, und verließ schweigend den Raum. Der Superintendent sah Gill an.

»Er ist raus aus dem Fall, Gill. Das muss man ihm klarmachen. Ich habe den Eindruck, dass Sie«, er hielt inne, öffnete eine Schublade und schob sie wieder zu, »dass Sie und er in einem gewissen Einvernehmen stehen. So hätte man es zumindest zu meiner Zeit ausgedrückt. Vielleicht sollten Sie ihm nahe bringen, in was für einer Situation er sich befindet. Wir werden diesen Mann schnappen, aber nicht mit einem Rebus, der auf Rache aus ist.« Wallace sah zu Anderson, der ihn ausdruckslos anstarrte. »Und wir wollen keine Selbstjustiz«, fuhr er fort. »Nicht hier in Edinburgh. Was sollen denn die Touristen denken?« Ein eisiges Lächeln machte sich auf seinem Gesicht breit. Er blickte von Anderson zu Gill, dann stand er von seinem Stuhl auf. »Das wird allmählich ganz schön ...«

»Verwickelt?«, schlug Gill vor.

»Ich hatte sagen wollen inzestuös. Angefangen mit Chief Inspector Anderson hier. Sein Sohn und Rebus' Frau, Sie selbst mit Rebus, Rebus und dieser Reeve, Reeve und Rebus' Tochter. Ich hoffe, dass die Presse keinen Wind davon kriegt. Sie sind dafür verantwortlich, dass niemand was erfährt, und wenn doch einer was spitzkriegt, dann müssen Sie halt Druck machen. Habe ich mich klar ausgedrückt?«

Gill Templer nickte und musste dabei ein plötzliches Gähnen unterdrücken.

»Gut.« Der Super nickte zu Anderson hinüber. »Und jetzt sorgen Sie dafür, dass Chief Inspector Anderson sicher nach Hause kommt.«

Während er hinten im Wagen saß, ging William Anderson in Gedanken seine Informanten und Freunde durch. Er kannte ein paar Leute, die über den Special Air Service Bescheid wissen könnten. So etwas wie der Fall Rebus–Reeve konnte doch nicht völlig vertuscht worden sein, selbst wenn er aus den Akten gestrichen worden war. Die Soldaten hatten bestimmt damals davon gewusst. Überall kursierten Gerüchte, besonders da, wo man es am wenigsten erwartete. Vielleicht musste er den einen oder anderen unter Druck setzen und ein paar Zehner springen lassen, aber er würde den Dreckskerl finden, selbst wenn es seine letzte Tat auf Gottes Erde sein sollte.

Oder er würde dabei sein, wenn Rebus ihn erwischte.

Rebus verließ das Präsidium durch einen Hintereingang, so wie Stevens gehofft hatte. Er folgte dem ziemlich mitgenommen aussehenden Polizisten, der sich unauffällig davonmachte. Was hatte das zu bedeuten? Egal. Solange er Rebus auf den Fersen blieb, würde er seine Geschichte bekommen, und es würde garantiert eine Mordsgeschichte werden. Stevens drehte sich immer wieder um, doch Rebus schien nicht beschattet zu werden. Jedenfalls nicht von der Polizei. Merkwürdig, dass sie Rebus so einfach allein weggehen ließen. Man konnte doch nicht wissen, auf was für Ideen ein Mann kommen würde, dessen Tochter entführt worden war. Stevens hoffte auf den absoluten Knüller. Er hoffte, dass Rebus ihn geradewegs zu den großen Bossen führen würde, die hinter diesem neuen Drogenring steckten. Wenn nicht der eine Bruder, dann halt der andere.

Wie ein Bruder für mich und ich für ihn. Was war passiert? Er wusste, wo die Schuld letztendlich lag. Die Art, wie man sie behandelt hatte, war die Ursache für das Ganze. Wie man sie eingesperrt, gebrochen und dann wieder zusammengeflickt hatte. Das Zusammenflicken war wohl nicht so recht geglückt. Sie waren beide auf ihre Art gebrochen. Doch dieses Wissen würde ihn nicht daran hindern, Reeve den Kopf von den Schultern zu reißen. Nichts würde ihn daran hindern. Aber er musste den Dreckskerl erst mal finden, und er hatte keine Ahnung, wo er anfangen sollte. Er konnte spüren, wie die Stadt sich immer enger um ihn schloss, ihr ganzes von Historie erfülltes Gewicht auf ihn lud, ihn erdrückte. Dissens, Rationalismus, Aufklärung – Edinburgh hatte sich in allen drei Disziplinen hervorgetan, und jetzt könnte er solche Qualitäten ebenfalls gut gebrauchen. Doch er war ganz auf sich gestellt, musste schnell, aber methodisch vorgehen, Einfallsreichtum beweisen und jedes Mittel, das ihm zur Verfügung stand, einsetzen. Vor allem brauchte er Instinkt.

Nach fünf Minuten wusste er, dass ihm jemand folgte, und ihm sträubten sich die Nackenhaare. Das war nicht der übliche Polizeischatten. Der wäre nicht so leicht zu entdecken gewesen. Aber war es ... Konnte er so nah sein ... An einer Bushaltestelle blieb er stehen und drehte sich abrupt um, als ob er nach dem Bus schauen wollte. Er sah, wie der Mann sich in einen Hauseingang duckte. Es war nicht Gordon Reeve. Es war dieser verdammte Reporter.

Rebus spürte, wie sein Herz sich beruhigte, doch das Adrenalin schoss bereits durch seinen Körper. Er wäre am liebsten auf der Stelle losgerast, fort von dieser langen, geraden Straße und hinein in das schlimmste Getümmel, das man sich vorstellen konnte. Doch dann kam ein Bus um die Ecke gerumpelt, und er stieg stattdessen ein.

Aus dem Heckfenster sah er, wie der Reporter aus dem Hauseingang sprang und verzweifelt versuchte, ein Taxi anzuhalten. Rebus hatte keine Zeit, sich über diesen Mann aufzuregen. Er musste nachdenken, und zwar darüber, wie um alles in der Welt er Reeve finden sollte. Eine Möglichkeit kam ihm immer wieder in den Sinn – er wird *mich* finden, ich brauche nicht hinter ihm herzujagen. Aber irgendwie machte ihm das am meisten Angst.

Gill Templer konnte Rebus nicht finden. Er war verschwunden, als wäre er nur ein Schatten und kein menschliches Wesen. Sie telefonierte hinter ihm her, raste herum, fragte alle möglichen Leute – tat also alles, was ein guter Polizist in so einem Fall tun sollte. Nur hatte sie es leider mit einem Mann zu tun, der nicht nur selber ein guter Polizist war, sondern obendrein auch noch einer der Besten beim SAS gewesen war. Er hätte sich unter ihren Füßen verstecken können, unter ihrem Schreibtisch, in ihren Klamotten, und sie hätte ihn niemals gefunden. Also blieb er verschwunden.

Und er blieb, so nahm sie an, deshalb verschwunden, weil er unterwegs war, weil er rasch und methodisch die Straßen und Kneipen von Edinburgh durchkämmte auf der Suche nach seinem Opfer, von dem er wusste, dass es sich wieder in einen Jäger verwandeln würde, sobald er es gefunden hatte.

Aber Gill gab nicht auf. Ab und zu schauderte es sie bei dem Gedanken an die harte und furchtbare Vergangenheit ihres Geliebten und an die Mentalität der Leute, die glaubten, dass solche Dinge notwendig waren. Armer John. Was hätte sie an seiner Stelle getan? Sie hätte schnurstracks diese Zelle verlassen und wäre stur weitergegangen, wie er es auch getan hatte. Und trotzdem hätte sie sich schuldig gefühlt, ganz genau wie er, und sie hätte alles irgendwohin verdrängt, wo es seine unsichtbaren Narben hinterlassen hätte.

Warum mussten sämtliche Männer in ihrem Leben solche komplizierten, verkorksten Typen sein, die von ihrer Vergangenheit nicht loskamen? Zog sie solche angeknacksten Kerle an? Das hätte man ja noch lustig finden können, aber schließlich musste man an Samantha denken, und das war überhaupt nicht komisch. Wo fing man an zu suchen, wenn man die berühmte Stecknadel im Heuhaufen finden wollte? Sie erinnerte sich an die Worte von Superintendent Wallace: *sie haben denselben Boss wie wir*. Das war eine Tatsache, über die man mit all ihren Konsequenzen nachdenken musste. Denn wenn sie denselben Boss hatten, dann könnte man sich vielleicht am Ende darauf einigen, die ganze Sache zu vertuschen, zumal jetzt auch noch diese uralte, furchtbare Geschichte wieder ans Tageslicht gekommen war. Wenn das nämlich in die Zeitungen kam, würde in allen militärischen Bereichen die Hölle los sein. Vielleicht würden sie ein Interesse daran haben, die Sache zu vertuschen. Vielleicht würden sie Rebus zum Schweigen bringen wollen. Mein Gott, was wäre, wenn sie John Rebus zum Schweigen bringen wollten? Das würde bedeuten, dass sie auch Anderson zum Schweigen bringen würden – und sie selbst. Das würde auf Bestechung hinauslaufen, oder man müsste völlig reinen Tisch machen. Sie würde sehr vorsichtig sein müssen. Ein falscher Zug könnte ihre Entlassung aus dem Polizeidienst bedeuten, und das wäre noch nicht alles. Dennoch musste man dafür sorgen, dass Gerechtigkeit geübt wurde. Es durfte keinerlei Vertuschung geben. Der Boss, wer oder was auch immer sich hinter dieser anonymen Bezeichnung verbarg, würde darüber zwar nicht besonders glücklich sein. Aber die Wahrheit musste heraus, sonst wäre die ganze Sache eine Farce – und ihre Akteure ebenfalls.

Und wie waren ihre Gefühle für John Rebus selbst, der mitten im Scheinwerferlicht stand? Sie wusste langsam nicht mehr, was sie glauben sollte. So absurd es auch klingen mochte, immer noch nagte die Vorstellung an ihr, dass John irgendwie hinter dieser ganzen Sache steckte – von wegen Reeve! –, er hatte sich die Briefe selbst geschickt, den Geliebten seiner Frau aus Eifersucht umgebracht, und seine Tochter war jetzt irgendwo versteckt – vielleicht in diesem abgeschlossenen Zimmer.

Doch so wie sich die Dinge zugespitzt hatten, war ihre Hypothese kaum haltbar, und gerade deshalb dachte Gill Templer so intensiv darüber nach. Und dann verwarf sie sie, verwarf sie aus dem einfachen Grund, dass John Rebus einmal mit ihr geschlafen hatte, einmal seine Seele vor ihr entblößt hatte, einmal ihre Hand unter einer Krankenhausdecke gedrückt hatte. Würde ein Mann, der etwas zu verbergen hatte, sich mit einer Polizistin einlassen? Nein, das schien völlig undenkbar.

Damit wurde es wieder eine Möglichkeit von vielen. Gills Kopf begann zu dröhnen. Wo zum Teufel war John? Und was, wenn Reeve ihn fand, bevor sie Reeve fanden? Wenn John Rebus wie ein wandelndes Leuchtfeuer für seinen Feind war, war es dann nicht Wahnsinn, dass er allein unterwegs war, wo immer er auch steckte? Natürlich war es verrückt. Es war dumm gewesen, ihn hinausspazieren zu lassen und ihm die Gelegenheit zu geben, sich einfach in Luft aufzulösen. Scheiße. Sie nahm den Hörer wieder auf und wählte die Nummer von seiner Wohnung.

XXVI

Rebus bewegte sich durch den Dschungel der Stadt, jenen Dschungel, den die Touristen nie zu sehen bekamen, da sie zu sehr damit beschäftigt waren, die uralten goldenen Tempel zu fotografieren, Tempel, die längst verschwunden, aber noch als Schatten erkennbar waren. Doch dieser Dschungel rückte den Touristen erbarmungslos, aber unsichtbar näher wie eine Naturgewalt, die Gewalt der Auflösung und Zerstörung.

Edinburgh sei ein harmloses Revier, behaupteten seine Kollegen von der Westküste gern. Versuch's mal für eine Nacht in Partick und dann überzeug mich vom Gegenteil. Doch Rebus wusste es besser. Er wusste, dass in Edinburgh alles nur Schein war, deshalb war es hier schwerer, das Verbrechen aufzuspüren, aber es war trotzdem da. Edinburgh war eine schizophrene Stadt, die Stadt von Jekyll & Hyde natürlich, von Deacon Brodie, von Pelzmänteln ohne Schlüpfer drunter (wie man im Westen sagte). Aber es war außerdem eine kleine Stadt, und das würde Rebus' Vorteil sein.

Er suchte in den Spelunken, in denen harte Männer tranken, in den Wohnsiedlungen, wo Heroin und Arbeitslosigkeit an der Tagesordnung waren, denn er wusste, in dieser Anonymität könnte ein harter Mann sich irgendwo verstecken, seine Pläne schmieden und überleben. Er versuchte, in Gordon Reeves Haut zu schlüpfen. Es war allerdings eine Haut, die schon viele Male abgestreift worden war, und Rebus musste sich schließlich eingestehen, dass er weiter von seinem geisteskranken, mörderischen Blutsbruder entfernt war als je zuvor. So wie er damals Gordon Reeve seinem Schicksal überlassen hatte, würde Reeve sich jetzt weigern, sich ihm zu zeigen. Vielleicht würde ein weiterer Brief kommen, ein weiterer neckischer Hinweis. O Sammy, Sammy, Sammy. Bitte, lieber Gott, lass sie leben, lass sie leben.

Gordon Reeve hatte sich einfach über Rebus' Welt erhoben.

Jetzt schwebte er irgendwo über ihm und weidete sich an seiner neu gefundenen Macht. Er hatte fünfzehn Jahre gebraucht, um diesen Trick hinzukriegen, aber mein Gott, was für ein Trick. In diesen fünfzehn Jahren hatte er vermutlich seinen Namen und sein Aussehen geändert, einen einfachen Job angenommen und alles über Rebus in Erfahrung gebracht, was herauszukriegen war. Wie lange hatte dieser Mann ihn schon beobachtet? Ihn beobachtet und gehasst und Pläne geschmiedet? All die Male, wo er ohne Grund eine Gänsehaut gespürt hatte, wo das Telefon klingelte, ohne dass sich jemand meldete, oder irgendwelche kleinen Missgeschicke passierten, die man rasch wieder vergaß. Und Reeve hatte grinsend über ihm geschwebt, ein kleiner Gott, der mit Rebus' Schicksal spielte. Rebus schauderte. Aus lauter Frust ging er in ein Pub und bestellte einen dreifachen Whisky.

»Hier ist der Einfache schon fast 'n Doppelter, Kumpel. Willst du wirklich einen Dreifachen?«

»Klar doch.«

Was soll's. War doch eh alles egal. Wenn Gott da oben in seinem Himmel so sehr beschäftigt war, dass er sich nur ab und zu runterbeugen und seinen Geschöpfen zuwenden konnte, dann war das in der Tat eine sehr merkwürdige Art von Zuwendung. Als er sich umschaute, bemerkte er um sich nichts als Verzweiflung. Alte Männer saßen vor ihren Halfpint-Gläsern und starrten mit leeren Augen zum Eingang. Fragten sie sich, was da draußen sein mochte? Oder hatten sie bloß Angst, dass – was auch immer da draußen war – es sich eines Tages gewaltsam Einlass verschaffen, gnadenlos ihre Schwächen bloßlegen und über sie kommen könnte mit dem Zorn eines alttestamentarischen Monsters, eines Behemoth, mit der Wucht einer zerstörerischen Flut? Er konnte nicht sehen, was sich hinter ihren Augen verbarg, genauso wenig wie sie hinter seine blicken konnten. Allein diese Fähigkeit, nicht mit allen anderen mitleiden zu müssen, hielt die Menschheit am Leben. Man konzentrierte sich auf das »Ich«

und mied die Bettler mit ihren ausgestreckten Armen. Insgeheim hatte Rebus angefangen zu beten. Er flehte seinen merkwürdigen Gott an, dass er ihm erlauben würde, Reeve zu finden, damit er sich vor diesem Verrückten endlich rechtfertigen könnte. Gott antwortete nicht. Aus dem Fernseher plärrte eine banale Quiz-Show.

»Kampf gegen Imperialismus, Kampf gegen Rassismus.«

Eine junge Frau in einer Kunstlederjacke und mit einer kleinen runden Brille stand hinter Rebus. Er drehte sich zu ihr um. In einer Hand hielt sie eine Sammelbüchse, in der anderen einen Stapel Zeitungen.

»Kampf gegen Imperialismus, Kampf gegen Rassismus.«

»Das sagtest du bereits.« Schon jetzt spürte er, wie der Alkohol seine Zunge löste. »Von wem kommst du?«

»Revolutionäre Arbeiterpartei. Das imperialistische System kann nur zerschlagen werden, wenn sich die Arbeiter vereinigen und den Rassismus zerschlagen. Rassismus ist das Rückgrat der Unterdrückung.«

»Ach ja? Verwechselst du da nicht zwei ganz unterschiedliche Dinge, meine Liebe?«

Sie funkelte ihn zornig an, war aber bereit, mit ihm zu diskutieren. Das waren sie immer.

»Die beiden sind unlösbar miteinander verbunden. Der Kapitalismus wurde auf Sklavenarbeit errichtet und wird durch Sklavenarbeit aufrechterhalten.«

»Du hörst dich aber nicht gerade nach einer Sklavin an. Wo hast du diesen Akzent her? Cheltenham?«

»Mein Vater war ein Sklave der kapitalistischen Ideologie. Er wusste nicht, was er tat.«

»Das heißt, du warst auf einer teuren Schule?«

Sie sprühte jetzt richtig vor Zorn. Rebus zündete sich eine Zigarette an. Auch ihr bot er eine an, aber sie schüttelte den Kopf. Ein kapitalistisches Produkt, nahm er an, für das die Blätter in Südamerika von Sklaven gepflückt wurden. Sie war eigentlich recht hübsch. Achtzehn oder neunzehn Jahre alt.

Seltsam viktorianisch aussehende Schuhe hatte sie an, ganz enge spitze Dinger. Und ein langes, gerade geschnittenes schwarzes Hemd. Schwarz, die Farbe des Protests. Er war immer für Protest.

»Du bist sicher Studentin?«

»Das stimmt«, sagte sie und trat unbehaglich von einem Fuß auf den anderen. Sie erkannte einen Käufer, wenn sie einen sah. Das hier war kein Käufer.

»Edinburgh University?«

»Ja?«

»Welche Fächer?«

»Englisch und Politik.«

»Englisch? Hast du schon mal von einem Mann namens Eiser gehört? Er unterrichtet dort.«

Sie nickte.

»Das ist ein alter Faschist«, sagte sie. »Seine Theorie des Lesens ist ein Stück rechter Propaganda, um dem Proletariat Sand in die Augen zu streuen.«

Rebus nickte.

»Wie hieß deine Partei noch gleich?«

»Revolutionäre Arbeiterpartei.«

»Aber du bist doch Studentin. Keine Arbeiterin, und stammst auch nicht aus dem Proletariat, so wie du dich anhörst.« Ihr Gesicht war rot, ihre Augen glühten. Wenn die Revolution kam, würde Rebus als Erster an die Wand gestellt werden. Aber er hatte seine Trumpfkarte noch nicht ausgespielt. »Also läufst du hier im Grunde unter einem falschen Etikett herum. Und was ist mit dieser Büchse? Hast du überhaupt eine ordnungsgemäße Konzession, um Geld zu sammeln?«

Die Büchse war alt, ihr ursprünglicher Verwendungszweck nicht mehr zu erkennen. Es war ein schlichter, roter Zylinder, so wie man sie am Volkstrauertag benutzte. Aber heute war nicht Volkstrauertag.

»Sind Sie ein Cop?«

»Erraten, Schätzchen. Und *hast* du eine Konzession? Andernfalls müsste ich dich leider mitnehmen.«

»Scheiß Bulle!«

Offenbar hielt sie das für die passenden Abschiedsworte, denn sie drehte sich um und ging zur Tür. Rebus trank kichernd seinen Whisky aus. Armes Ding. Sie würde sich ändern. Der Idealismus würde verschwinden, sobald sie sah, wie heuchlerisch das ganze Spiel war und was für einen Luxus es außerhalb der Universität gab. Nach dem Examen würde sie alles wollen – die leitende Position in London, die Wohnung, das Auto, ein gutes Gehalt, Weinlokale. Für ein Stück vom Kuchen würde sie alles über Bord schmeißen, woran sie geglaubt hatte. Aber das würde sie jetzt noch nicht verstehen. Jetzt lehnte sie sich erst mal gegen ihre Erziehung auf. Das war der Sinn der Universität. Sie alle glaubten, sie könnten die Welt verändern, sobald sie von den Eltern weg waren. Rebus hatte das auch geglaubt. Er hatte geglaubt, er würde mit Orden dekoriert und mit einer Liste von Auszeichnungen von der Armee nach Hause zurückkehren, nur um sie dort vorzeigen zu können. So war es allerdings nicht gewesen. Durch diese Überlegungen nachdenklich gestimmt, wollte er gerade die Kneipe verlassen, als ihm eine Stimme drei oder vier Barhocker weiter mit stark schottischem Akzent etwas zurief.

»Das hat noch nie gegen was genützt, was, mein Sohn?«

Eine alte Frau schenkte ihm diese Perlen der Weisheit aus einem Mund voller Karies. Rebus beobachtete, wie ihre Zunge in dieser schwarzen Höhle herumfuhr.

»Ja«, sagte er und bezahlte den Barmann, der ihm zum Dank seine grünen Zähne zeigte. Rebus hörte den Fernseher, das Klingeln der Registrierkasse, das laute Gerede der alten Männer, aber über dieser ganzen Kakophonie lag ein weiteres Geräusch, tief und rein, doch für ihn viel realer als alle anderen Geräusche.

Es war Gordon Reeves Schreien.

Lasst mich raus Lasst mich raus

Aber diesmal wurde es Rebus nicht schwindlig, er geriet auch nicht in Panik und rannte davon. Er hielt dem Geräusch stand und hörte sich an, was es zu sagen hatte, ließ es so lange über sich ergehen, bis es seinen Standpunkt klargemacht hatte. Er würde nie wieder vor dieser Erinnerung davonlaufen.

»Trinken hat noch nie gegen was genützt, mein Sohn«, fuhr seine persönliche Hexe fort. »Schau mich an. Früher war ich ja mal ganz proper, aber dann ist mein Mann gestorben, und alles ging den Bach runter. Weißt du, was ich meine, mein Sohn? Das Trinken war da ein großer Trost für mich, oder hab ich jedenfalls geglaubt. Aber es legt dich rein. Es treibt seine Spielchen mit dir. Du sitzt den ganzen Tag da und tust nichts weiter als trinken. Und das Leben geht an dir vorbei.«

Sie hatte Recht. Wie konnte er nur hier herumsitzen, Whisky in sich hineinschütten und sentimentalen Gedanken nachhängen, wo das Leben seiner Tochter an einem seidenen Faden hing? Er musste verrückt sein; ihm entglitt die Realität schon wieder. Die musste er zumindest im Auge behalten. Er könnte es noch mal mit Beten versuchen, doch das schien ihn nur noch weiter von den brutalen Tatsachen abzulenken, und jetzt jagte er Tatsachen hinterher und nicht Träumen. Und er hatte es mit der Tatsache zu tun, dass ein Verrückter aus seinen schlimmsten Träumen sich in seine Welt eingeschlichen und seine Tochter an sich gerissen hatte. Klang das vielleicht wie ein Märchen? Wenn ja, umso besser, dann musste es ja ein Happy-End geben.

»Sie haben ja so Recht«, sagte er. Er wollte schon gehen, deutete dann aber auf ihr leeres Glas. »Möchten Sie noch einen?«

Sie starrte ihn mit ihren wässrigen Augen an, dann wiegte sie den Kopf, als ob das für sie eine richtig schwere Entscheidung wäre.

»Für die Dame noch mal das Gleiche«, sagte Rebus zu dem Barmann mit den grünen Zähnen und reichte ihm ein paar Münzen. »Geben Sie ihr das Wechselgeld.« Dann verließ er die Bar.

»Ich muss mit Ihnen reden. Ich glaube, Sie auch mit mir.«

Direkt vor der Bar zündete sich Stevens reichlich melodramatisch, wie Rebus fand, eine Zigarette an. Im Licht der grellen Straßenbeleuchtung wirkte seine Haut fast gelb und so dünn, als könnte sie kaum seinen Schädel umspannen.

»Also, können wir reden?« Der Reporter steckte sein Feuerzeug wieder in die Tasche. Sein blondes Haar sah fettig aus, und er hatte sich mindestens einen Tag nicht rasiert. Außerdem sah er hungrig und verfroren aus.

Doch innerlich stand er unter Hochspannung.

»Sie haben mich ja ganz schön an der Nase herumgeführt, Mister Rebus. Darf ich Sie John nennen?«

»Hören Sie, Stevens, Sie wissen, was los ist. Ich hab genug am Hals, ohne dass Sie mich auch noch nerven.«

Rebus wollte an dem Reporter vorbeigehen, doch Stevens hielt ihn am Arm fest.

»Nein«, sagte er, »ich weiß *nicht*, was los ist, jedenfalls nicht den neusten Stand. Man hat mich offenbar zur Halbzeit vom Spielfeld geschickt.«

»Wie meinen Sie das?«

»Sie wissen ganz genau, wer hinter dieser Sache steckt. Natürlich wissen Sie das und Ihre Vorgesetzten auch. Oder etwa nicht? Haben die Ihnen die ganze Wahrheit und nichts als die Wahrheit erzählt, John? Haben die Ihnen das mit Michael erzählt?«

»Was ist mit ihm?«

»Na kommen Sie schon.« Stevens begann, von einem Fuß auf den anderen zu treten, und schaute sich zu den hohen Wohnblocks um und dem spätnachmitttäglichen Himmel darüber. Er zitterte und kicherte zugleich vor sich hin. Rebus erinnerte sich, dass ihm dieses merkwürdige Zittern bereits auf der Party aufgefallen war. »Wo können wir reden?«, fragte der Reporter jetzt. »Wie wär's mit dem Pub hier? Oder ist da einer drin, den ich nicht sehen soll?«

»Stevens, Sie müssen den Verstand verloren haben. Das ist

mein absoluter Ernst. Gehen Sie nach Hause, schlafen Sie ein bisschen, essen Sie was, nehmen Sie ein Bad, ganz egal, aber lassen Sie mich verdammt noch mal in Ruhe. Okay?«

»Und wenn nicht, was machen Sie dann mit mir? Sorgen dafür, dass der Gangsterfreund Ihres Bruders mich ein bisschen aufmischt? Hören Sie, Rebus, das Spiel ist vorbei. Das *weiß* ich. Aber ich weiß noch nicht alles. Es wäre klüger für Sie, mich zum Freund zu haben und nicht zum Feind. Halten Sie mich nicht für blöde. Aber dafür sind Sie wohl zu vernünftig. Lassen Sie mich nicht im Stich.«

Lass mich nicht im Stich

»Schließlich haben die Ihre Tochter. Sie brauchen meine Hilfe. Ich hab überall Freunde. Wir müssen das gemeinsam ausfechten.«

Rebus schüttelte verwirrt den Kopf.

»Sie haben keinen blassen Schimmer, wovon Sie reden, Stevens. Gehen Sie bitte nach Hause.«

Jim Stevens seufzte und schüttelte bedauernd den Kopf. Dann warf er seine Zigarette auf den Bürgersteig und trat sie heftig aus. Winzige brennende Tabakfasern schossen über den Asphalt.

»Also, es tut mir wirklich sehr Leid, John. Aber aufgrund der Beweise, die ich gegen ihn habe, wird man Michael sehr lange hinter Gitter stecken.«

»Beweise? Für was?«

»Seine Drogendealerei natürlich.«

Stevens sah den Schlag nicht kommen. Es hätte ihm aber auch nichts genützt. Es war ein heimtückischer Schlag, der von Rebus' Seite auf ihn zuschoss und ihn ganz tief im Magen erwischte. Der Reporter schnaufte kurz, dann ging er in die Knie.

»Lügner!«

Stevens hörte nicht auf zu schnaufen. Es war, als wäre er einen Marathon gelaufen. Er blieb auf den Knien, die Arme vor dem Bauch verschränkt, japste nach Luft.

»Wenn Sie meinen, John, aber es ist trotzdem wahr.« Er blickte zu Rebus auf. »Heißt das, Sie wissen wirklich nichts darüber? Überhaupt nichts?«

Das hatte Stevens nicht erwartet, das hatte er ganz und gar nicht erwartet.

»Nun ja«, sagte er, »damit erscheint das alles in einem anderen Licht. Mein Gott, ich brauch einen Drink. Kommen Sie mit? Ich glaube, jetzt sollten wir wirklich ein bisschen reden, finden Sie nicht? Ich werd Sie nicht lange aufhalten, aber Sie sollten es in jedem Fall wissen.«

Und natürlich wurde Rebus im Nachhinein klar, dass er es gewusst hatte. Aber er hatte es verdrängt. Am Todestag des alten Herrn, als er auf dem matschigen Friedhof gewesen war und anschließend Mickey besucht hatte, da hatte er im Wohnzimmer diesen Geruch nach kandierten Äpfeln bemerkt. Jetzt wusste er, was es gewesen war. Er hatte damals schon daran gedacht, war aber irgendwie abgelenkt gewesen. O Gott. Rebus fühlte, wie seine ganze Welt im Morast persönlichen Wahnsinns versank. Er hoffte, dass der Zusammenbruch nicht mehr weit war; er konnte nicht viel länger so weitermachen.

Kandierte Äpfel, Märchen, Sammy, Sammy, Sammy. Manchmal war es hart, sich an die Realität zu halten, wenn diese Realität einem über den Kopf wuchs. Dann funktionierte die automatische Sicherung. Der Schutz durch Zusammenbruch, durch Vergessen. Lachen und Vergessen.

»Diese Runde geht auf mich«, sagte Rebus, als er sich wieder beruhigt hatte.

Gill Templer fühlte sich in dem bestätigt, was sie schon immer gewusst hatte. Es steckte Methode dahinter, wie der Mörder die Mädchen aussuchte. Also musste er bereits vor der Entführung Zugang zu ihren Namen gehabt haben. Das bedeutete, dass die vier Mädchen irgendwas gemeinsam haben mussten, worüber Reeve an sie herangekommen war. Aber was? Sie hatten alles überprüft und festgestellt, dass die

Mädchen tatsächlich gewisse gemeinsame Hobbys hatten. Basketball, Popmusik und Bücher.

Basketball. Popmusik. Bücher.

Basketball. Popmusik. Bücher.

Das bedeutete, dass man die Basketballtrainer überprüfen musste (das waren alles Frauen, also streichen), Angestellte in Plattenläden und Diskjockeys, Angestellte in Buchhandlungen und Bibliothekare. Bibliotheken.

Bibliotheken.

Rebus hatte Reeve Geschichten erzählt. Samantha benutzte die städtische Zentralbibliothek. Das hatten die anderen Mädchen gelegentlich auch getan. Eines der Mädchen war gesehen worden, wie es an dem Tag, an dem es verschwand, den Mound Richtung Bibliothek hinaufging.

Doch Jack Morton hatte sich bereits in der Bibliothek umgehört. Einer der männlichen Mitarbeiter dort besaß einen blauen Ford Escort. Der Verdächtige war von der Liste gestrichen worden. Aber war dieses kurze Routinegespräch ausreichend gewesen? Sie würde mit Morton reden müssen. Dann würde sie selbst ein zweites Gespräch mit dem Mann führen. Sie wollte gerade nach Morton suchen, da klingelte ihr Telefon.

»Inspector Templer«, sagte sie in die beige Sprechmuschel.

»Das Mädchen stirbt heute Abend«, zischelte eine Stimme am anderen Ende.

Sie richtete sich so abrupt in ihrem Stuhl auf, dass er beinahe umgekippt wäre.

»Hören Sie«, sagte sie, »wenn Sie irgend so ein Spinner sind …«

»Schnauze, du Miststück. Ich bin kein Spinner, und das weißt du auch. Ich bin der Echte. Hör zu.« Von irgendwoher war ein erstickter Schrei zu hören, das Schluchzen eines Mädchens. Dann kehrte die zischelnde Stimme zurück. »Sag Rebus, er hätte Pech gehabt. Er kann allerdings nicht behaupten, ich hätte ihm keine Chance gegeben.«

»Hören Sie, Reeve, ich …«

Sie hatte das nicht sagen wollen, hatte nicht preisgeben wollen, dass sie wussten, wer er war. Aber als sie Samanthas Schrei hörte, war sie durchgedreht. Jetzt hörte sie einen weiteren Schrei, das wahnsinnige Geheul eines Verrückten, dem man auf die Schliche gekommen ist. Ihr sträubten sich die Haare im Nacken. Die Luft um sie herum schien zu erstarren. Es war der Schrei des Todes persönlich in einer seiner vielen Verkleidungen. Es war der allerletzte Triumphschrei einer verlorenen Seele.

»Ihr wisst es«, sagte er keuchend, seine Stimme eine Mischung aus Furcht und Freude, »ihr wisst es, ihr wisst es, ihr wisst es. Seid ihr nicht wirklich schlau? Und du hast eine ganz sexy Stimme. Vielleicht komme ich dich irgendwann holen. War Rebus gut im Bett? War er? Sag ihm, dass ich sein kleines Mädchen hab und dass sie diese Nacht stirbt. Hast du verstanden? Diese Nacht.«

»Hören Sie, ich …«

»Nein, nein, nein. Von mir kommt jetzt nichts mehr, Miss Templer. Sie hatten beinah genug Zeit, den Anruf zurückzuverfolgen. Tschüss.«

Klick. Brrr.

Zeit, den Anruf zurückzuverfolgen. Sie war dumm gewesen. Daran hätte sie sofort denken müssen, aber sie war gar nicht auf die Idee gekommen. Vielleicht hatte Superintendent Wallace ja Recht. Vielleicht war nicht nur John zu emotional in die ganze Sache verstrickt. Sie fühlte sich müde und alt und ausgelaugt. Sie hatte plötzlich das Gefühl, als wäre die ganze Ermittlerei eine unerträgliche Belastung und alle Verbrecher unbesiegbar. Ihre Augen nervten sie. Sie dachte daran, ihre Brille aufzusetzen, ihren persönlichen Schutzschild gegen die Welt.

Sie musste Rebus finden. Oder sollte sie zuerst Jack Morton suchen? John musste das erfahren. Sie hatten noch ein bisschen Zeit, wenn auch nicht viel. Die erste Vermutung musste die richtige sein. Wer zuerst? Rebus oder Morton? Sie entschied sich für John Rebus.

Aufgewühlt von Stevens' Enthüllungen ging Rebus zu seiner Wohnung zurück. Er musste einige Dinge in Erfahrung bringen. Mickey konnte warten. Er hatte bei der ganzen Rumrennerei an diesem Nachmittag zu viele schlechte Karten gezogen. Er musste sich mit seinem alten Arbeitgeber in Verbindung setzen, mit der Armee. Er musste ihnen klarmachen, dass ein Leben auf dem Spiel stand, und das gerade denen, die so eine merkwürdige Wertschätzung von Leben hatten. Es könnten eine Menge Anrufe nötig sein. Nun, dann war es halt so.

Doch als erstes rief er im Krankenhaus an. Rhona ging es gut. Das war eine Sorge weniger. Allerdings hatte man ihr immer noch nichts von Sammys Entführung gesagt. Rebus schluckte heftig. Hatte man ihr denn gesagt, dass ihr Liebhaber tot war? Hatte man nicht. Natürlich nicht. Er veranlasste, dass ihr ein Blumenstrauß geschickt wurde. Als er gerade seinen Mut zusammengenommen hatte, um die erste einer langen Liste von Nummern zu wählen, klingelte sein Telefon. Er ließ es eine Weile klingeln, doch der Anrufer war hartnäckig.

»Hallo?«

»John! Gott sei Dank. Ich hab überall nach dir gesucht.« Es war Gill. Sie klang nervös und aufgeregt, bemühte sich aber zugleich, Mitgefühl zu zeigen. Ihre Stimme überschlug sich mehrmals, und Rebus spürte, wie sich sein Herz – zumindest das, was davon für andere noch übrig war – für sie öffnete.

»Was ist los, Gill? Ist was passiert?«

»Ich hatte einen Anruf von Reeve.«

Rebus' Herz begann wie wild zu rasen. »Erzähl.«

»Nun ja, er hat einfach angerufen und gesagt, dass er Samantha hat.«

»Und?«

Gill schluckte heftig. »Und dass er sie diese Nacht umbringt.« Von Rebus' Ende kamen nur ein paar merkwürdige leise Geräusche. »John? Hallo, John?«

Rebus hörte auf, mit der Faust gegen den Telefonhocker zu schlagen. »Ja, ich bin hier. Herrgott. Hat er sonst noch was gesagt?«

»John, du solltest jetzt wirklich nicht allein sein. Ich könnte ...«

»Hat er sonst noch was gesagt?« Jetzt brüllte er, sein Atem ging stoßweise, als wäre er zu schnell gelaufen.

»Nun ja, ich ...«

»Ja?«

»Mir ist rausgerutscht, dass wir wissen, wer er ist.«

Rebus holte tief Luft, betrachtete seine Knöchel und stellte fest, dass er sich einen aufgeschlagen hatte. Er saugte an dem Blut und starrte aus dem Fenster. »Wie hat er darauf reagiert?«, sagte er schließlich.

»Er ist ausgerastet.«

»Das kann ich mir vorstellen. Ich hoffe, er hat es nicht an ... O Gott. Was meinst du, warum er gerade dich angerufen hat?« Er hatte aufgehört, an seiner Verletzung zu lecken, und fing jetzt an, mit den Zähnen an seinen dunklen Fingernägeln zu reißen und die Schnipsel durch das Zimmer zu spucken.

»Immerhin bin ich die Pressesprecherin in diesem Fall. Er könnte mich im Fernsehen gesehen oder meinen Namen in der Zeitung gelesen haben.«

»Oder vielleicht hat er uns zusammen gesehen. Er könnte mich schon die ganze Zeit beobachtet haben.« Er sah aus dem Fenster, wo ein schäbig gekleideter Mann vorbeischlurfte und sich gerade bückte, um einen Zigarettenstummel aufzuheben. Mein Gott, er brauchte dringend eine Zigarette. Er sah sich nach einem Aschenbecher um, in dem vielleicht ein paar wieder verwendbare Kippen lagen.

»Auf die Idee bin ich nie gekommen.«

»Wie solltest du auch? Bis gestern wussten wir ja nicht, dass das irgendwas mit mir zu tun hat. War das wirklich erst gestern? Kommt mir vor, als wäre das schon Tage her. Aber überleg mal, Gill, am Anfang wurden die Briefe persönlich abgegeben.« Er zündete sich die Überreste einer Zigarette an und sog den stechenden Rauch ein. »Er war ganz in meiner Nähe, und ich hab nichts empfunden, noch nicht mal ein Kribbeln. So viel zum Thema sechster Sinn eines Polizisten.«

»Apropos sechster Sinn, John. Ich hatte da so eine Eingebung.« Gill stellte erleichtert fest, dass seine Stimme allmählich ruhiger wurde. Sie selbst hatte sich auch ein wenig beruhigt. Es war, als würden sie sich gegenseitig helfen, sich auf einem sturmgepeitschten Meer an ein überfülltes Rettungsboot zu klammern.

»Was denn?« Rebus ließ sich in seinen Sessel sinken und sah sich in dem spärlich möblierten Zimmer um, das staubig und unaufgeräumt war. Er sah das Glas, das Michael benutzt hatte, einen Teller mit Toastkrümeln, zwei leere Zigarettenpäckchen und zwei Kaffeetassen. Er würde diese Wohnung bald verkaufen, egal was er dafür bekommen würde. Er würde von hier wegziehen. Ganz bestimmt.

»Bibliotheken«, sagte Gill gerade, während sie sich in ihrem Büro umsah. Sie starrte auf die Akten, die Berge von Papierarbeit, das Durcheinander von Monaten und Jahren, und hörte deutlich das leise Brummen der elektronischen Geräte. »Das Einzige, was alle Mädchen einschließlich Samantha gemeinsam haben. Sie benutzten, wenn auch nicht regelmäßig, dieselbe Bibliothek, die Zentralbibliothek. Reeve könnte dort mal gearbeitet haben und so an die Namen herangekommen sein, die er für sein Puzzle brauchte.«

»Das ist bestimmt ein guter Gedanke«, sagte Rebus plötzlich ganz interessiert. Aber es war sicher ein zu großer Zufall – oder etwa nicht? Doch wie könnte man besser Informationen über John Rebus sammeln, als sich für einige Monate oder Jahre einen ruhigen Job zu besorgen? Wie könnte man besser junge Mädchen in die Falle locken, als Bibliothekar zu spielen? Reeve war also tatsächlich untergetaucht, und zwar so gut getarnt, dass er praktisch unsichtbar war.

»Zufällig ist dein Freund Jack Morton bereits bei der Zentralbibliothek gewesen«, fuhr Gill fort. »Er hat dort einen Verdächtigen überprüft, der einen blauen Escort besitzt. Er hat den Mann als völlig harmlos eingestuft.«

»Ja, und dem Yorkshire Ripper hat man mehr als einmal bescheinigt, er sei harmlos, oder etwa nicht? Das sollten wir noch einmal überprüfen. Wie ist der Name des Verdächtigen?«

»Keine Ahnung. Ich hab versucht, Jack Morton zu finden, aber er ist irgendwo unterwegs. John, ich hab mir Sorgen um dich gemacht. Wo warst du? Ich hab die ganze Zeit versucht, dich zu finden.«

»Das würde ich als Verschwendung wertvoller Zeit und Arbeitskraft bezeichnen, Inspector Templer. Nimm dir wieder eine *richtige* Aufgabe vor. Finde Jack. Finde diesen Namen heraus.«

»Ja, Sir.«

»Ich bin noch eine Weile hier, falls du mich brauchst. Ich muss einige private Anrufe erledigen.«

»Ich hab gehört, dass Rhona in stabilem ...« Aber Rebus hatte bereits den Hörer aufgelegt. Gill rieb sich seufzend das Gesicht. Sie hätte dringend etwas Ruhe gebraucht. Sie beschloss, jemanden zur Wohnung von John Rebus rüberzuschicken. Sie konnte nicht riskieren, dass er die ganze Zeit vor sich hin grübelte und irgendwann vielleicht explodierte. Und dann musste sie diesen Namen herausfinden. Sie musste Jack Morton finden.

Rebus machte sich Kaffee. Er überlegte, ob er Milch besorgen sollte, beschloss dann aber, den Kaffee bitter und schwarz zu trinken, was dem Geschmack und der Farbe seiner Gedanken entsprach. Er dachte über Gills Idee nach. Reeve als

Bibliothekar? Es schien unwahrscheinlich, undenkbar, doch alles, was ihm in letzter Zeit passiert war, war im Grunde undenkbar gewesen. Rationalität konnte äußerst hinderlich sein, wenn man mit dem Irrationalen konfrontiert war. Man musste sich in seinen Gegner hineinversetzen. Akzeptieren, dass Gordon Reeve sich einen Job in der Bibliothek besorgt hatte, irgendetwas Unauffälliges, aber entscheidend für seinen Plan. Und plötzlich schien es John Rebus genauso plausibel wie zuvor Gill. »Für die, die zwischen den Zeilen lesen können.« Für die, die mit Büchern zu tun haben, zwischen einer Zeit (Dem Kreuz) und einer anderen (der Gegenwart). Mein Gott, war denn nichts in seinem Leben willkürlich? Nein, überhaupt nichts. Hinter dem scheinbar Irrationalen zeichnete sich deutlich ein Muster ab. Hinter dieser Welt lag eine andere. Reeve war in der Bibliothek, davon war Rebus jetzt absolut überzeugt. Es war fünf Uhr. Er könnte kurz vor Schließung in der Bibliothek sein. Aber würde Gordon Reeve noch dort sein oder wäre er weitergezogen, nun, wo er sein letztes Opfer hatte?

Doch Rebus wusste, dass Sammy nicht Reeves letztes Opfer war. Sie war überhaupt kein »Opfer«. Sie war nur ein weiteres Mittel zum Zweck. Es konnte nur ein Opfer geben – Rebus selbst. Und aus diesem Grund würde Reeve immer noch in der Nähe sein, immer noch in Rebus' Reichweite. Denn Reeve wollte gefunden werden, wenn auch langsam, eine Art umgekehrtes Katz-und-Maus-Spiel. Rebus erinnerte sich an das Katz-und-Maus-Spiel, wie sie es in der Schule gespielt hatten. Manchmal wollte der Junge, der von einem Mädchen gejagt wurde, oder das Mädchen, das von einem Jungen gejagt wurde, gefangen werden, weil er oder sie etwas für den Jäger empfanden. Und dadurch wurde das Ganze etwas anderes, als es nach außen hin zu sein schien. Das war Reeves Spiel. Katz und Maus, und er war die Maus mit dem Stachel im Schwanz und den scharfen Zähnen, und Rebus war die Katze, weich wie Seide, geschmeidig wie Fell und ganz mit sich zufrieden. Gordon Reeve hatte keine Zufriedenheit gekannt, jedenfalls viele Jahre lang nicht, nicht seitdem er von dem einen betrogen worden war, den er Bruder genannt hatte.

Nur einen Kuss

Die Maus sitzt in der Falle.

Der Bruder, den ich nie gehabt habe

Der arme Gordon Reeve, wie er auf diesem schmalen Rohr balancierte, wie ihm die Pisse die Beine hinunterlief und alle ihn auslachten.

Und der arme John Rebus, der von seinem Vater und seinem Bruder wie Luft behandelt wurde, von einem Bruder, der kriminell geworden war und irgendwann bestraft werden musste.

Und die arme Sammy. Sie war diejenige, an die er denken sollte. Denk nur an sie, John, und alles wird wieder gut.

Doch obwohl dies ein ernsthaftes Spiel war, ein Spiel um Leben und Tod, durfte er nicht vergessen, dass es immer noch ein Spiel war. Rebus wusste jetzt, dass er es mit Reeve zu tun hatte. Aber wenn er ihn gefasst hatte, was würde dann passieren? Die Rollen würden sich irgendwie vertauschen. Er kannte noch nicht alle Regeln. Es gab nur eine einzige Möglichkeit, sie zu lernen. Er ließ den Kaffee neben dem anderen schmutzigen Geschirr auf dem Couchtisch kalt werden. Er hatte bereits genug Bitterkeit im Mund.

Und dort draußen in dem stahlgrauen Nieselregen musste ein Spiel beendet werden.

XXVII

Der Weg von seiner Wohnung in Marchmont zur Bibliothek wäre eigentlich ein schöner Spaziergang gewesen, auf dem sich Edinburgh von seiner besten Seite zeigte. Er ging durch eine Grünanlage namens The Meadows, und direkt vor ihm ragte das große graue Schloss in die Höhe. Über seinen

Schutzmauern wehte eine Fahne im feinen Nieselregen. Er ging am Royal Infirmary vorbei, Stätte berühmter Namen und Entdeckungen, an Teilen der Universität und am Greyfriars Kirkyard mit der winzigen Statue von Greyfriars Bobby. Wie viele Jahre hatte dieser kleine Hund neben dem Grab seines Herrchens gelegen? Wie viele Jahre war Gordon Reeve mit hasserfüllten Gedanken an John Rebus abends schlafen gegangen? Er schauderte. Sammy, Sammy, Sammy. Er hoffte, er würde die Gelegenheit bekommen, seine Tochter besser kennen zu lernen. Er hoffte, er könnte ihr sagen, dass sie schön sei und dass sie sehr viel Liebe in ihrem Leben finden werde. Lieber Gott, hoffentlich war sie am Leben.

Während er über die George-IV-Brücke ging, die Touristen und anderes Volk zum Grassmarket führte, in sicherer Entfernung von den Stadtstreichern und Obdachlosen dieser Gegend, diesen Armen der Neuzeit, die nicht wussten, wo sie hin sollten, dachte John Rebus über einige Dinge nach. Zum einen würde Reeve bewaffnet sein. Zum anderen könnte er sich verkleidet haben. Er erinnerte sich, wie Sammy von den Pennern erzählt hatte, die den ganzen Tag in der Bibliothek herumsaßen. Er könnte einer von ihnen sein. Er fragte sich, was er tun würde, wenn er Reeve schließlich von Angesicht zu Angesicht gegenüberstand. Was würde er sagen? Fragen und Vermutungen begannen ihn mehr und mehr zu beunruhigen, ängstigten ihn schließlich fast so sehr wie das Wissen, dass Sammy in den Händen von Reeve ein langes qualvolles Ende bevorstehen würde. Doch sie war ihm wichtiger als die Erinnerung, sie war die Zukunft. Und so ging er entschlossenen Schrittes und ohne Angst zu zeigen auf die gotische Fassade der Bibliothek zu.

Vor dem Eingang verkündete ein Zeitungsverkäufer, dessen Mantel sich wie feuchtes Seidenpapier um ihn wickelte, lautstark die neuesten Nachrichten, heute mal nichts über den Würger, sondern über irgendein Schiffsunglück. Nachrichten waren kurzlebig. Rebus machte einen Bogen um den Mann und sah sich dessen Gesicht genau an. Zugleich fiel ihm auf, dass seine Schuhe mal wieder voll Wasser gelaufen waren, dann trat er durch die Pendeltür aus Eiche.

Am Empfangstisch saß ein Wachmann und blätterte in einer Zeitung. Er hatte keinerlei Ähnlichkeit mit Gordon Reeve. Rebus atmete tief durch und versuchte, sein Zittern unter Kontrolle zu bekommen.

»Wir schließen gerade«, sagte der Wachmann hinter seiner Zeitung.

»Ja, ich weiß.« Dem Wachmann schien der Tonfall von Rebus' Stimme nicht zu gefallen; es war eine harte, eisige Stimme, die er wie eine Waffe einsetzte. »Mein Name ist Rebus. Detective Sergeant Rebus. Ich suche einen Mann namens Reeve, der hier arbeitet. Ist er da?«

Rebus hoffte, dass er sich gelassen anhörte. Er war nämlich alles andere als gelassen. Der Wachmann ließ seine Zeitung auf dem Stuhl liegen und lehnte sich zu Rebus herüber. Er betrachtete ihn, als ob er ihm nicht traute. Das war gut, genau so wollte es Rebus.

»Kann ich Ihren Ausweis sehen?«

Unbeholfen, da seine Finger ihm nicht richtig gehorchen wollten, fischte Rebus seinen Ausweis aus der Brieftasche. Der Wachmann starrte eine Zeit lang darauf, dann sah er wieder Rebus an.

»Reeve haben Sie gesagt?« Er gab Rebus den Ausweis zurück und holte eine Namensliste hervor, die an einem Klemmbrett aus gelbem Plastik hing. »Reeve, Reeve, Reeve. Nein, hier arbeitet kein Reeve.«

»Sind Sie sicher? Er ist vielleicht kein Bibliothekar. Er könnte auch beim Reinigungstrupp sein oder so.«

»Nein, auf meiner Liste stehen alle drauf, vom Direktor bis zum Pförtner. Sehen Sie, da ist mein Name. Simpson. Jeder steht auf dieser Liste. Er wäre auf dieser Liste, wenn er hier arbeitete. Sie müssen sich irren.«

Nach und nach verließ das Personal unter lautem »bis morgen« und »gute Nacht« das Gebäude. Wenn er sich nicht beeilte, war Reeve fort. Falls er überhaupt noch hier arbeitete. Es war ein so dünner Strohhalm, so eine schwache Hoffnung, dass Rebus schon wieder in Panik geriet.

»Kann ich diese Liste mal sehen?« Er streckte eine Hand aus und legte alle Autorität, die er aufbringen konnte, in seinen Blick. Der Wachmann zögerte, dann gab er ihm die Liste. Rebus begann sie hektisch auf Anagramme oder sonstige Anhaltspunkte durchzusehen.

Er brauchte nicht lange zu suchen.

»Ian Knott«, flüsterte er vor sich hin. Ian Knott. Gordischer Knoten, Kreuzknoten. Gordon hat schon sein liebes Kreuz mit den Knoten. Er fragte sich, ob Gordon Reeve ihn riechen konnte. Er konnte Reeve riechen. Er war nur wenige Meter von ihm entfernt, vielleicht nur eine Treppe. Mehr nicht.

»Wo arbeitet Ian Knott?«

»Mister Knott? Er arbeitet Teilzeit in der Kinderabteilung. Der netteste Mann, den man sich vorstellen kann. Warum? Was hat er getan?«

»Ist er heute da?«

»Ich glaube ja. Ich glaube, er kommt jeden Nachmittag die letzten beiden Stunden. Was soll das alles?«

»In der Kinderabteilung, haben Sie gesagt? Das ist im Untergeschoss, oder?«

»Ganz recht.« Der Wachmann war jetzt ganz außer sich. Er merkte, wenn etwas nicht stimmte. »Ich ruf nur schnell unten an und sag ihm …«

Rebus lehnte sich so weit über den Tisch, dass seine Nase die des Wachmanns berührte. »Du tust gar nichts, verstanden? Wenn du es wagst, den da unten anzurufen, dann komme ich wieder rauf und trete dir dieses Telefon so tief in den Arsch, dass du mit dir selber telefonieren kannst. Ist das klar?«

Der Wachmann nickte langsam und nachdenklich, doch

Rebus hatte ihm bereits den Rücken gekehrt und lief auf die blank geputzte Treppe zu.

In der Bibliothek roch es nach alten Büchern, nach Feuchtigkeit, Messing und Bohnerwachs. Für Rebus' Nase war es der Geruch von Konfrontation, ein Geruch, der ihn auf ewig verfolgen würde. Während er die Treppe hinabstieg in das Herz der Bibliothek, erinnerte ihn der Geruch daran, wie es war, mitten in der Nacht mit einem Wasserschlauch kalt abgespritzt zu werden, wie es war, jemandem die Waffe gewaltsam zu entreißen, erinnerte ihn an einsame Märsche, an Waschhäuser, an diesen ganzen Alptraum. Er konnte plötzlich Farben und Geräusche und Empfindungen riechen. Es gab ein Wort für dieses Gefühl, aber es fiel ihm im Augenblick nicht ein.

Um sich zu beruhigen, zählte er die Stufen nach unten. Zwölf Stufen, dann um eine Ecke, dann noch mal zwölf. Er landete vor einer Glastür mit einem kleinen Bild – ein Teddybär mit einem Springseil. Der Bär lachte über irgendwas. Rebus kam es so vor, als lächelte er ihn an. Es war kein angenehmes Lächeln, eher ein selbstgefälliges Grinsen. Komm herein, komm herein, wer auch immer du bist. Er versuchte in den Raum hineinzusehen. Es war niemand da, keine Menschenseele. Ganz leise schob er die Tür auf. Keine Kinder, keine Bibliothekarinnen. Aber er konnte hören, wie jemand Bücher in ein Regal ordnete. Das Geräusch kam von der Rückseite einer Trennwand hinter der Ausleihtheke. Rebus schlich auf Zehenspitzen zu der Theke und drückte auf die dort angebrachte Klingel.

Hinter der Trennwand kam, summend und unsichtbare Staubflocken von den Händen reibend, ein älterer, rundlicher gewordener Gordon Reeve lächelnd hervor. Er sah selbst ein bisschen wie ein Teddybär aus. Rebus' Hände umklammerten den Rand der Theke.

Gordon Reeve hörte auf zu summen, als er Rebus sah, doch das Lächeln behielt seine täuschende Wirkung. Es ließ sein Gesicht unschuldig, normal und harmlos erscheinen.

»Schön dich zu sehen, John«, sagte er. »Jetzt hast du mich also doch aufgespürt, du alter Teufel. Wie geht es dir?« Er hielt Rebus seine Hand hin. Doch John Rebus wusste, er würde hilflos zusammenbrechen, wenn er die Schreibtischkante losließ.

Jetzt konnte er sich wieder ganz genau an Gordon Reeve erinnern, an jedes Detail aus der Zeit, die sie zusammen verbracht hatten. Er erinnerte sich an die Gesten des Mannes, an seine Spötteleien und an das, was er dachte. Blutsbrüder waren sie gewesen, hatten zusammen gelitten, waren fast in der Lage gewesen, die Gedanken des anderen zu lesen. Und Blutsbrüder würden sie wieder sein. Rebus konnte es in den wahnsinnigen, klaren Augen seines lächelnden Peinigers erkennen. Er hatte das Gefühl, als ob das Meer durch seine Adern jagte, in seinen Ohren dröhnte. Das war es also. Das war es, was von ihm erwartet worden war.

»Ich will Samantha«, erklärte er. »Ich will sie lebend, und ich will sie jetzt. Danach können wir die Sache regeln, wie immer du willst. Wo ist sie, Gordon?«

»Weißt du, wie lange es her ist, dass mich jemand so genannt hat? Ich bin schon so lange Ian Knott, dass ich von mir selber kaum noch als ›Gordon Reeve‹ denken kann.« Er lächelte und warf einen Blick über Rebus' Schulter. »Wo ist die Kavallerie, John? Du willst mir doch nicht weismachen, du wärst allein hierher gekommen? Das wäre doch wohl gegen die Vorschriften, oder etwa nicht?«

Rebus hütete sich, ihm die Wahrheit zu sagen. »Keine Sorge, die ist draußen. Ich bin allein reingekommen, um mit dir zu reden, aber ich hab reichlich Freunde da draußen. Du bist am Ende, Gordon. Und jetzt sag mir, wo sie ist.«

Doch Gordon Reeve schüttelte kichernd den Kopf. »Na hör mal, John. Das wär doch nicht dein Stil, jemanden mitzubringen. Du darfst nicht vergessen, dass ich dich *kenne.*« Er wirkte plötzlich müde. »Ich kenne dich ja so gut.« Seine sorgfältige Maskerade fiel Stück für Stück von ihm ab. »Nein, du bist schon allein. Ganz allein. So wie ich es war, erinnerst du dich noch?«

»Wo ist sie?«

»Sag ich dir nicht.«

Der Mann war zweifellos wahnsinnig, vielleicht war er das schon immer gewesen. Er sah so aus, wie er vor jenen furchtbaren Tagen in ihrer Zelle ausgesehen hatte, am Rande eines Abgrunds stehend, eines Abgrunds, den er in seinem eigenen Kopf geschaffen hatte. Aber gleichzeitig furchterregend, aus dem einfachen Grund, weil seinem Wahnsinn nicht mit körperlicher Gewalt beizukommen war. Wie er da saß, umgeben von bunten Plakaten, Zeichnungen und Bilderbüchern, war er für Rebus der am gefährlichsten aussehende Mann, dem er je begegnet war.

»Warum?«

Reeve sah ihn verwundert an, wie er so eine kindische Frage stellen konnte. Er schüttelte den Kopf, immer noch lächelnd, das Lächeln einer Hure, das kalte, professionelle Lächeln eines Killers.

»Du weißt warum«, sagte er. »Wegen allem. Weil du mich im Stich gelassen hast, als wären wir tatsächlich in der Hand des Feindes gewesen. Du bist desertiert, John. Du hast mich meinem Schicksal überlassen. Du weißt doch, welche Strafe darauf steht? Welche Strafe auf Desertieren steht?«

Reeves Stimme klang mittlerweile hysterisch. Er kicherte erneut, versuchte, sich zu beruhigen. Rebus stellte sich auf Gewalt ein, pumpte Adrenalin durch seinen Körper, ballte die Fäuste und spannte die Muskeln.

»Ich kenne deinen Bruder.«

»Was?«

»Deinen Bruder Michael, ich kenne ihn. Wusstest du nicht, dass er ein Drogendealer ist? Nun ja, eher ein kleiner Pusher. Jedenfalls steckt er bis zum Hals in Problemen, John. Eine Zeit lang hab ich ihn mit Stoff versorgt. Lange genug, um alles Mögliche über dich zu erfahren. Michael lag viel daran, mich zu überzeugen, dass er kein Spitzel war, kein Polizeiinformant. Er hat bereitwillig alles über dich ausgeplaudert, bloß damit wir ihm glaubten. Er war immer der Meinung, dass irgendeine große Organisation dahintersteckte, deshalb das ›wir‹, dabei war das nur ich, der kleine Gordon. War das nicht clever von mir? Deinen Bruder hab ich bereits auf Eis liegen. Du weißt doch, dass sein Kopf in der Schlinge hängt? Man könnte es als Plan für Eventualfälle bezeichnen.«

Er hatte John Rebus' Bruder, und er hatte seine Tochter. Es gab nur noch eine weitere Person, die er wollte, und Rebus war ihm direkt in die Falle gelaufen. Er brauchte Zeit zum Nachdenken.

»Wie lange hast du das alles geplant?«

»Ich weiß nicht so genau.« Er lachte und wirkte dabei immer selbstbewusster. »Vermutlich seit du desertiert bist. Mit Michael war das im Grunde ganz einfach. Er wollte schnelles Geld. Ich hab ihn davon überzeugt, dass Drogen die Antwort waren. Er steckt bis zum Hals drin, dein Bruder.« Das letzte Wort spuckte er Rebus ins Gesicht, als ob es Gift wäre. »Durch ihn habe ich noch ein bisschen mehr über dich erfahren, und das wiederum machte alles noch etwas leichter.« Reeve zuckte die Schultern. »Also, wenn du mich verpfeifst, verpfeife ich ihn.«

»Das funktioniert nicht. Dafür bin ich viel zu scharf drauf, dich zu kriegen.«

»Dann würdest du also deinen Bruder im Gefängnis verrotten lassen? Wie du willst. Ich gewinne so oder so. Siehst du das nicht?«

Ja, Rebus konnte es sehen, aber nur ganz verschwommen, als ob er in einem heißen Klassenzimmer eine schwierige Gleichung an der Tafel entziffern müsste.

»Wie ist es dir überhaupt ergangen?«, fragte er jetzt, ohne genau zu wissen, weshalb er Zeit zu gewinnen versuchte. Er war hier hineingestürmt, planlos und ohne einen Gedanken an seine eigene Sicherheit. Und jetzt blieb ihm nichts anderes übrig, als auf Reeves nächsten Zug zu warten, der mit Sicherheit kommen würde. »Ich meine, was ist passiert, nachdem ich ... desertiert bin?«

»Ach so, danach haben die mich ganz schnell kleingekriegt.« Reeve gab sich ganz gelassen. Er konnte es sich leisten. »Ich wurde entlassen. Die haben mich eine Zeit lang in ein Krankenhaus gesteckt und dann gehen lassen. Ich hab gehört, dass du plemplem geworden wärst. Das hat mich ein bisschen aufgeheitert. Aber dann hörte ich das Gerücht, du wärst zur Polizei gegangen. Und ich konnte den Gedanken nicht ertragen, dass du dir ein angenehmes Leben machen würdest. Nicht nach dem, was wir durchgemacht hatten und was du getan hast.« Sein Gesicht begann ein wenig zu zucken. Seine Hände ruhten auf dem Schreibtisch. Rebus nahm den leicht säuerlichen Schweißgeruch wahr, der von ihm ausging. Er sprach, als ob er kurz vorm Einschlafen wäre. Doch Rebus wusste, dass er mit jedem Wort gefährlicher wurde, aber er konnte sich nicht zum Handeln aufraffen, noch nicht.

»Du hast ja ganz schön lange gebraucht, um dich endlich an mir zu rächen.«

»Aber das Warten hat sich gelohnt.« Reeve rieb sich die Wange. »Manchmal hab ich geglaubt, ich könnte sterben, bevor alles vollendet ist, aber ich glaube, ich wusste letztlich, dass das nicht passieren würde.« Er lächelte. »Komm mit, John. Ich muss dir etwas zeigen.«

»Sammy?«

»Sei doch nicht so dämlich.« Das Lächeln verschwand wieder, allerdings nur für eine Sekunde. »Meinst du etwa, ich würde sie hier halten? Nein, aber ich habe was anderes, das dich sicher interessieren wird. Komm mit.«

Er führte Rebus hinter die Trennwand. Rebus, dessen Nerven zum Zerreißen gespannt waren, betrachtete Reeves Rücken. Seine Muskeln waren von einer Fettschicht bedeckt, die auf ein bequemes Leben schließen ließ. Ein Bibliothekar. Ein *Kinder*-Bibliothekar. Und Edinburghs hauseigener Massenmörder. Hinter der Trennwand waren Regale voller Bücher. Einige waren willkürlich aufeinander gestapelt, andere ordentlich aufgereiht, Buchrücken an Buchrücken.

»Die müssen alle neu einsortiert werden«, sagte Reeve mit einer gebieterischen Handbewegung. »Du warst es, der mein Interesse für Bücher geweckt hat, John. Kannst du dich erinnern?«

»Ja, ich habe dir Geschichten erzählt.« Rebus hatte angefangen, über Michael nachzudenken. Ohne ihn wäre Reeve vielleicht nie gefunden worden, vielleicht noch nicht mal in Verdacht geraten. Und jetzt würde er ins Gefängnis kommen. Armer Mickey.

»Wo hab ich es gleich hingetan? Ich weiß, dass es irgendwo ist. Ich habe es beiseite gelegt, um es dir zu zeigen, falls du mich je finden würdest. Du hast weiß Gott lange dafür gebraucht. Du warst nicht sehr helle, was, John?«

Es war leicht zu vergessen, dass dieser Mann geisteskrank war, dass er drei Mädchen nur so aus Spaß umgebracht und ein weiteres in seiner Gewalt hatte. Es war so leicht.

»Nein«, sagte Rebus, »ich war nicht sehr helle.«

Er merkte, wie er immer angespannter wurde. Die Luft um ihn herum schien dünner zu werden. Gleich würde irgendetwas passieren. Er konnte es spüren. Und um es zu verhindern, hätte er Reeve nur die Fäuste in die Nieren rammen, einen harten Schlag in den Nacken geben, ihm Handschellen anlegen und ihn nach draußen schaffen müssen.

Und warum tat er das nicht einfach? Er wusste es selber nicht. Er wusste nur, dass was immer passieren sollte, auch passieren würde, dass es festgelegt war wie der Plan für ein Haus oder wie eines dieser Nullen-und-Kreuze-Spiele von vor vielen Jahren. Reeve hatte das Spiel begonnen. Dadurch war Rebus in einer Position, in der er nicht gewinnen konnte. Trotzdem musste das Spiel beendet werden. Dieses Wühlen in den Regalen musste sein, das Gesuchte musste gefunden werden.

»Ah, da ist es ja. Es ist ein Buch, das ich gerade lese …«

John Rebus wunderte sich, warum es so gut versteckt war, wenn Reeve es doch gerade las.

»*Schuld und Sühne.* Du hast mir die Geschichte erzählt, erinnerst du dich?«

»Und ob ich mich erinnere. Ich hab sie dir mehr als einmal erzählt.«

»Ja, John, das stimmt.«

Es handelte sich um eine teure, in Leder gebundene Ausgabe, die schon ziemlich alt war. Es sah nicht wie ein Bibliotheksbuch aus. Reeve ging damit um, als ob er Gold oder Diamanten in Händen hielte, als ob er in seinem ganzen Leben noch nie so etwas Kostbares besessen hätte. »Da ist eine Illustration drin, die ich dir zeigen wollte. Erinnerst du dich, was ich über den guten alten Raskolnikow gesagt habe?«

»Du hast gesagt, er hätte sie alle erschießen sollen …«

Rebus begriff die unterschwellige Bedeutung eine Sekunde zu spät. Er hatte diesen Hinweis genauso missverstanden wie so viele andere von Reeves Hinweisen. Inzwischen hatte Gordon Reeve mit leuchtenden Augen das Buch geöffnet und einen kleinen stumpfnasigen Revolver aus seinem ausgehöhlten Inneren hervorgeholt. Während er die Waffe auf Rebus' Brust richtete, machte dieser einen Satz nach vorn und knallte Reeve seinen Kopf gegen die Nase. Planung war eine Sache, aber manchmal bedurfte es eben einer schmutzigen Eingebung. Mit einem lauten Krachen brach die Nase. Blut und Schleim flossen heraus. Reeve stöhnte auf, Rebus schob mit einer Hand den bewaffneten Arm von sich weg. Nun schrie Reeve, ein Schrei aus der Vergangenheit, aus so vielen erlebten Alpträumen. Das brachte Rebus aus dem Gleichgewicht, versetzte ihn wieder zurück zur Szene seines Verrats. Er sah die Wächter vor sich, die geöffnete Tür und wie er den Schreien des eingesperrten Mannes den Rücken kehrte. Die Szene vor ihm verschwamm, stattdessen war eine Explosion zu hören.

Aus dem leichten Schlag gegen seine Schulter wurde rasch ein sich immer weiter ausbreitendes taubes Gefühl und dann ein starker Schmerz, der seinen ganzen Körper zu erfassen schien. Er griff an seine Jacke, fühlte, wie das Blut durch das Polster sickerte, durch den dünnen Stoff. Mein Gott, so war es also, angeschossen zu werden. Erst glaubte er, ihm würde schlecht oder er würde umkippen, doch dann spürte er, wie eine Kraft von ihm Besitz ergriff, die direkt aus seiner Seele kam. Es war die reine, blinde Wut. Dieses Spiel würde er nicht verlieren. Er sah, wie Reeve sich den Schmodder aus dem Gesicht wischte und versuchte, die Tränen zu unterdrücken. Den Revolver hielt er immer noch schwankend vor sich. Rebus nahm sich ein schwer aussehendes Buch und schlug damit so fest gegen Reeves Hand, dass der Revolver in einem Haufen Bücher landete.

Und dann war Reeve fort. Er taumelte durch die Regale und riss sie hinter sich um. Rebus ging zum Schreibtisch zurück und forderte telefonisch Hilfe an, immer ein wachsames Auge darauf, ob Reeve vielleicht zurückkam. Dann herrschte Stille im Raum. Er setzte sich auf den Fußboden.

Plötzlich flog die Tür auf und William Anderson kam herein, schwarz gekleidet wie das Urbild eines Racheengels. Rebus lächelte.

»Wie zum Teufel haben Sie mich denn gefunden?«

»Ich bin Ihnen schon längere Zeit gefolgt.« Anderson beugte sich herab, um Rebus' Arm zu untersuchen. »Ich hab den Schuss gehört. Ich nehme an, Sie haben unseren Mann gefunden.«

»Er ist immer noch irgendwo hier drinnen. Unbewaffnet. Der Revolver liegt da drüben.«

Anderson band ein Taschentuch um Rebus' Schulter.

»Sie brauchen einen Krankenwagen, John.« Aber Rebus hatte sich bereits wieder aufgerafft.

»Noch nicht. Bringen wir das hier erst zu Ende. Wieso habe ich Sie nicht gesehen, als Sie mich verfolgt haben?«

Anderson gestattete sich ein Lächeln. »Nur ein sehr guter Polizist würde merken, dass *ich* ihn verfolge, und Sie sind nicht sehr gut, John. Sie sind nur gerade mal gut.«

Sie gingen hinter die Trennwand und begannen, sich vorsichtig durch die Regale vorzuarbeiten. Rebus hatte die Waffe aufgehoben und schob sie tief in seine Tasche. Von Gordon Reeve keine Spur.

»Sehen Sie mal da.« Anderson zeigte auf eine halb offen stehende Tür auf der anderen Seite der Regale. Sie gingen immer noch vorsichtig darauf zu, und Rebus stieß sie ganz auf. Dahinter lag eine steile, schlecht beleuchtete Eisentreppe. Sie schien in Windungen direkt hinunter in das Fundament der Bibliothek zu führen. Es gab keinen anderen Weg als hinunter.

»Darüber hab ich mal was gehört«, flüsterte Anderson. Sein Flüstern hallte in dem tiefen Schacht wider, während sie hinabstiegen. »Die Bibliothek wurde auf dem Gelände des alten Gerichtsgebäudes gebaut, und die Zellen, die darunter waren, sind immer noch da. Die Bibliothek lagert darin alte Bücher. Da ist ein wahres Labyrinth von Zellen und Durchgängen, es führt direkt unter die Innenstadt.«

Als sie tiefer kamen, trat anstelle der glatt verputzten Wände uraltes Mauerwerk. Rebus konnte den Schimmel riechen, ein alter bitterer Geruch aus einem früheren Zeitalter.

»Dann könnte er ja überall sein.«

Anderson zuckte die Schultern. Sie hatten den Fuß der Treppe erreicht und befanden sich in einem breiten Gang, in dem keine Bücher waren. Doch von diesem Gang gingen Nischen ab – die alten Zellen vermutlich –, in denen reihenweise Bücher gestapelt waren. Sie schienen nach keinem Prinzip geordnet zu sein. Es waren einfach alte Bücher.

»Vermutlich kann er hier irgendwo raus«, flüsterte Anderson. »Ich glaube, es gibt Ausgänge, die zum heutigen Gerichtsgebäude führen und zur Saint Giles Cathedral.«

Rebus war voller Ehrfurcht. Hier war ein Stück altes Edinburgh, unbefleckt und intakt. »Das ist ja unglaublich. Davon habe ich noch nie was gehört.«

»Das ist ja noch nicht alles. Unter dem Rathaus gibt es angeblich ganze Straßen von der alten Stadt, auf die man einfach draufgebaut hat. Ganze Straßen, Läden, Häuser und Wege. Hunderte von Jahren alt.« Anderson schüttelte den Kopf. Genau wie Rebus wurde ihm bewusst, dass man seinem eigenen Wissen nicht trauen konnte. Da konnte man einfach über etwas hinweglaufen, ohne zu wissen, was sich darunter verbarg.

Sie arbeiteten sich langsam in dem Gang vor, dankbar für die schwache elektrische Beleuchtung an der Decke, und sahen ohne Erfolg in jede einzelne Zelle.

»Wer ist es denn nun?«, flüsterte Anderson.

»Ein alter Freund von mir«, sagte Rebus, dem ein bisschen schwindlig war. Hier unten schien es nur sehr wenig Sauerstoff zu geben. Außerdem schwitzte er furchtbar. Er wusste, dass das von dem Blutverlust kam und dass er eigentlich überhaupt nicht hier sein sollte, doch er hatte das Bedürfnis, hier zu sein. Ihm fiel ein, dass er ein paar Dinge hätte tun sollen. Er hätte den Wachmann nach Reeves Adresse fragen und ein Polizeiauto hinschicken sollen, für den Fall, dass Sammy dort war. Dazu war es jetzt zu spät.

»Da ist er!«

Anderson hatte ihn entdeckt. Er war weit vor ihnen und an einer so dunklen Stelle, dass Rebus noch nicht mal irgendwelche Umrisse ausmachen konnte, bis Reeve zu laufen anfing. Anderson lief hinter ihm her, und Rebus versuchte heftig atmend mit ihm Schritt zu halten.

»Passen Sie auf, er ist gefährlich.« Rebus merkte, wie seine Worte ungehört verhallten. Er hatte nicht die Kraft zu rufen. Plötzlich ging alles schief. Vor sich sah er, wie Anderson Reeve einholte und wie Reeve zu einem fast perfekten Schwinger ausholte, so wie er ihn vor vielen Jahren gelernt und nie mehr vergessen hatte. Andersons Kopf flog zur Seite, als der

Schlag landete, und er fiel gegen die Wand. Rebus war auf die Knie gesunken. Er keuchte heftig und konnte kaum noch geradeaus schauen. Schlaf, er brauchte Schlaf. Der kalte, unebene Boden erschien ihm behaglich, so behaglich wie das schönste Bett, das er sich vorstellen konnte. Er schwankte, als ob er gleich umkippen würde. Reeve schien auf ihn zuzukommen, während Anderson an der Wand herabglitt. Reeve wirkte jetzt riesig. Er war immer noch im Dunkeln, wurde aber mit jedem Schritt größer, bis er Rebus zu erdrücken schien, und Rebus sehen konnte, wie er von einem Ohr zum anderen grinste.

»Jetzt du«, brüllte Reeve. »Jetzt zu dir.« Rebus wusste, dass irgendwo über ihnen sich der Verkehr wahrscheinlich mühelos über die George-IV-Brücke bewegte und Leute beschwingt nach Hause gingen zu einem gemütlichen Familienabend mit Fernsehen, während er zu Füßen dieses Monsters kniete, gestellt wie ein armes Tier am Ende der Jagd. Schreien würde ihm nichts nützen, dagegen anzukämpfen allerdings auch nicht. Verschwommen sah er, wie sich Gordon Reeve vor ihm herunterbeugte, das Gesicht krampfhaft zur Seite gedreht. Rebus erinnerte sich, dass er Reeve recht wirkungsvoll die Nase gebrochen hatte.

Daran erinnerte sich auch Reeve. Er trat einen Schritt zurück und holte zu einem wuchtigen Schlag gegen John Rebus' Kinn aus. Doch irgendetwas in ihm schien noch zu funktionieren, denn Rebus gelang es, ein paar Millimeter auszuweichen, und der Schlag erwischte ihn nur an der Wange. Dennoch kippte er um. Während er in einer fötusartigen Position dort lag, um sich ein wenig zu schützen, hörte er Reeve lachen und spürte, wie sich Hände um seine Kehle schlossen. Er musste an die Frau denken und wie er selbst die Hände um ihren Hals gelegt hatte. So sah also Gerechtigkeit aus. Möge sie ihren Lauf nehmen. Und dann dachte er an Sammy, an Gill, an Anderson und dessen ermordeten Sohn und an diese kleinen Mädchen, alle tot. Nein, er konnte Gordon Reeve nicht gewinnen lassen. Das wäre nicht richtig. Es wäre nicht fair. Er spürte, wie seine Zunge und seine Augen vor Anstrengung hervortraten. Er schob seine Hand in die Tasche, als Gordon Reeve ihm zuflüsterte: »Du bist froh, dass es vorbei ist, nicht wahr, John? Du bist richtig erleichtert.«

Und dann erfüllte eine weitere Explosion den Gang und schmerzte Rebus in den Ohren. Der Rückstoß von dem Schuss ließ seine Hand und seinen Arm kribbeln, und er nahm wieder diesen süßlichen Geruch wahr, der an den Geruch von kandierten Äpfeln erinnerte. Reeve erstarrte eine Sekunde lang erschrocken, dann klappte er wie ein Taschenmesser zusammen und fiel auf Rebus. Er lastete so schwer auf ihm, dass Rebus sich nicht bewegen konnte. Trotzdem beschloss er, dass er jetzt endlich beruhigt schlafen könnte …

Epilog

Vor den Augen seiner neugierigen Nachbarn traten sie die Tür von Ian Knotts kleinem Bungalow ein, einem ruhigen Vorstadthäuschen, und fanden Samantha Rebus, starr vor Angst, an ein Bett gefesselt, den Mund mit Klebeband zugeklebt und umgeben von Fotos der toten Mädchen. Nachdem man Samantha weinend aus dem Haus geführt hatte, war der Rest nur noch Routine. Die Einfahrt war durch eine hohe Hecke vom Nachbarhaus verborgen, sodass niemand Reeve kommen und gehen gesehen hatte. Er sei ein ruhiger Mann, sagten die Nachbarn. Er war vor sieben Jahren in das Haus gezogen, zu der Zeit, als er angefangen hatte, als Bibliothekar zu arbeiten.

Jim Stevens war ganz zufrieden mit dem Ausgang des Falls. Der gab Geschichte für eine ganze Woche her. Aber wie hatte er sich nur in John Rebus so täuschen können? Das verstand er einfach nicht. Doch seine Drogengeschichte hatte er mittlerweile auch abgeschlossen, und Michael Rebus würde ins Gefängnis wandern. Daran bestand überhaupt kein Zweifel.

Die Londoner Presse reiste an, auf der Suche nach eigenen Versionen der Wahrheit. Stevens hatte sich mit einem Journalisten in der Bar des Caledonian Hotels getroffen. Der Mann hatte versucht, die Samantha-Rebus-Geschichte zu kaufen. Er klopfte mehrmals auf seine Innentasche und versicherte Jim Stevens, dass er das Scheckheft seines Verlegers dabei hätte. Dieses Verhalten schien Stevens Teil eines größeres Missstands. Nicht nur, dass die Medien Realität schaffen und dann mit ihrer Schöpfung herumhantieren konnten, wie sie wollten, nein, hinter der ganzen Fassade verbarg sich etwas, das nichts mit dem üblichen Schmutz und Elend und Chaos zu tun hatte, etwas, das viel schwerer zu fassen war. Dieses Etwas gefiel ihm überhaupt nicht, und er mochte auch nicht, was es bei ihm angerichtet hatte. Er redete mit dem Journalisten aus London über so vage Begriffe wie Gerechtigkeit, Vertrauen und Ausgewogenheit. Sie redeten stundenlang, tranken Whisky und Bier, doch die Fragen blieben immer die gleichen. Edinburgh, wie es da im Schatten des Burgfelsens kauerte und sich vor irgendwas versteckte, hatte sich Jim Stevens von einer Seite gezeigt, die er bisher nicht gekannt hatte. Die Touristen sahen nur die Spuren der Geschichte, während die Stadt selbst völlig anders war. Das gefiel ihm nicht. Ihm gefiel auch der Job nicht, den er machte, und ihm gefielen die Arbeitszeiten nicht. Die Angebote aus London waren immer noch da. So schnappte er nach dem dicksten Strohhalm und verschwand Richtung Süden.

Das zweite Zeichen

Aus dem Englischen von
Ellen Schlootz

Für Michael Shaw,
keinen Augenblick zu früh

»Der Teufel, der so lange in meinem Inneren eingesperrt war, brach brüllend hervor.«

– Der seltsame Fall von Dr. Jekyll und Mr. Hyde

»Versteck dich!

Er kreischte jetzt, war völlig außer sich. Aus seinem Gesicht war alle Farbe gewichen. Sie stand oben an der Treppe, und er stolperte auf sie zu. Dann packte er sie an den Armen und stieß sie mit unkontrollierten Bewegungen die Treppe hinunter, so dass sie Angst hatte, sie würden beide stürzen. Sie schrie.

»Ronnie! Vor wem soll ich mich verstecken?«

»Versteck dich!«, kreischte er wieder. »Versteck dich! Sie kommen! Sie kommen!«

Er hatte sie jetzt bis zur Haustür gestoßen. Sie hatte ihn schon ganz schön kaputt erlebt, aber noch nie in einem solchen Zustand. Ein Schuss würde ihm helfen, das wusste sie. Und sie wusste auch, dass er den Stoff in seinem Zimmer hatte. Schweiß tropfte ihm aus den zotteligen Haaren. Erst vor zwei Minuten war die wichtigste Entscheidung in ihrem Leben gewesen, ob sie den Gang in das völlig versiffte Badezimmer ihres besetzten Hauses wagen sollte. Doch nun …

»Sie kommen«, wiederholte er, seine Stimme war nur noch ein Flüstern.

»Ronnie«, sagte sie, »du machst mir Angst.«

Er starrte sie an. Beinahe schienen seine Augen sie zu erkennen. Dann sah er wieder weg, in eine Ferne, die allein ihm gehörte. Da waren die Worte wieder. Sie klangen wie das Zischen einer Schlange.

»Versteck dich.« Gleichzeitig riss er die Tür auf. Draußen regnete es, und sie zögerte. Dann gewann die Angst die Oberhand. Doch als sie über die Schwelle treten wollte, packte er sie am Arm und zerrte sie ins Haus zurück. Er umarmte sie, sein Schweiß schmeckte salzig wie Meerwasser, sein Körper bebte. Sein Mund war dicht an ihrem Ohr, sein Atem heiß.

»Sie haben mich ermordet«, sagte er. Dann, in einem plötzlichen Anfall von Raserei, gab er ihr wieder einen Stoß. Diesmal war sie draußen, die Tür knallte zu und ließ ihn allein im Haus zurück. Allein mit sich selbst. Sie stand auf dem Gartenpfad, starrte auf die Tür und versuchte zu entscheiden, ob sie klopfen sollte oder nicht.

Es käme doch auf das Gleiche heraus. Das wusste sie. Also fing sie stattdessen an zu weinen. Ihr Kopf kippte in einem seltenen Anflug von Selbstmitleid nach vorn, und sie weinte eine ganze Minute lang, bevor sie dreimal tief durchatmete, sich umdrehte und rasch den Gartenweg (oder wie man diesen Unkraut überwucherten Pfad nennen wollte) hinunter ging. Irgendwer würde sie schon aufnehmen. Irgendwer würde sie trösten, ihr die Angst nehmen und ihre Kleider trocknen.

So war es immer gewesen.

John Rebus starrte gebannt auf seinen Teller, ohne auf das Gespräch am Tisch um ihn herum zu achten, auf die Hintergrundmusik oder die flackernden Kerzen. Die Häuserpreise in Barnton interessierten ihn im Grunde nicht, auch nicht der neue Feinkostladen, der auf dem Grassmarket eröffnet werden sollte. Er hatte überhaupt keine große Lust, sich mit den anderen Gästen zu unterhalten – einer Dozentin zu seiner Rechten und einem Buchhändler zu seiner Linken –

über … nun ja, worüber auch immer sie gerade geredet hatten. Doch, es war eine perfekte Dinner-Party. Das Gespräch war genauso penetrant wie die Vorspeise, und er war froh, dass Rian ihn eingeladen hatte. Natürlich war er das. Aber je länger er auf den halben Hummer auf seinem Teller starrte, umso mehr wuchs ein Gefühl vager Verzweiflung in ihm. Was hatte er schon mit diesen Leuten gemein? Würden sie lachen, wenn er die Geschichte von dem Polizeihund und dem abgetrennten Kopf erzählte? Nein, das würden sie nicht. Sie würden höflich lächeln, dann die Köpfe über ihre Teller beugen und sich sagen, dass er eben … *anders* war als sie.

»Gemüse, John?«

Es war Rians Stimme, die ihn tadelte, dass er nicht »mitmachte«, sich nicht »unterhielt«, noch nicht mal Interesse zeigte. Lächelnd nahm er die große ovale Schüssel entgegen, wich jedoch ihrem Blick aus.

Sie war eine nette Frau. Auf ihre Art sogar recht attraktiv. Knallrotes Haar zu einem Pagenkopf geschnitten. Tiefgründige, unglaublich grüne Augen. Dünne, aber viel versprechende Lippen. O ja, er mochte sie. Sonst hätte er ihre Einladung nicht angenommen. Er fischte in der Schüssel nach einem Stück Broccoli, das nicht sofort in tausend Stücke zerfallen würde, sobald er versuchte, es auf seinen Teller zu manövrieren.

»Es schmeckt fantastisch«, sagte der Buchhändler, und Rian nahm das Kompliment lächelnd entgegen, wurde sogar leicht rot dabei. So einfach war das, John. Das war alles, was man sagen musste, um diese Frau glücklich zu machen. Doch er wusste, dass es aus seinem Mund sarkastisch klingen würde. Den Tonfall seiner Stimme konnte er nicht plötzlich ablegen wie ein Kleidungsstück. Das war ein Teil von ihm, über viele Jahre gehegt und gepflegt. Und als dann die Dozentin dem Buchhändler zustimmte, lächelte John Rebus nur und nickte. Das Lächeln war zu starr, und das Nicken dauerte ein bis zwei Sekunden zu lange, so dass ihn schon wieder alle anstarrten. Das Stück Broccoli brach über seinem Teller in zwei sauber getrennte Hälften und fiel auf die Tischdecke.

»Scheiße!«, sagte er und wusste, sobald das Wort seinen Lippen entschlüpft war, dass es nicht ganz angemessen war, nicht ganz das *richtige* Wort für den Anlass. Nun ja, was war er denn, ein Mann oder ein Wörterbuch?

»Tut mir Leid«, sagte er.

»War ja nicht deine Schuld«, sagte Rian. Guter Gott, klang ihre Stimme eisig.

Es war der perfekte Abschluss eines perfekten Wochenendes. Am Samstag war er einkaufen gegangen. Eigentlich wollte er sich einen Anzug für heute Abend kaufen. Doch dann war er vor den Preisen zurückgeschreckt und hatte stattdessen einige Bücher gekauft, von denen er eines Rian schenken wollte, nämlich *Doktor Schiwago*. Doch dann hatte er beschlossen, dass er es lieber zuerst selbst lesen wollte, und hatte stattdessen Blumen und Pralinen gekauft und prompt ihre Abneigung gegen Lilien *(hatte er überhaupt davon gewusst?)* vergessen und dass sie gerade eine Diät anfangen wollte.

Verdammt.

Und um dem Ganzen noch die Krone aufzusetzen, hatte er am Morgen eine neue Kirche ausprobiert, ein weiteres Angebot der Church of Scotland, nicht allzu weit von seiner Wohnung entfernt. Die, die er davor ausprobiert hatte, war ihm unerträglich kalt erschienen, alles drehte sich allein um Sünde und Reue, doch die neue Kirche war das deprimierende

Gegenteil gewesen, nichts als Liebe und Freude, ganz nach dem Motto: gibt es denn überhaupt etwas zu verzeihen? Also hatte er die Kirchenlieder mitgesungen und sich dann davongemacht, nachdem er dem Pfarrer an der Tür die Hand geschüttelt und versprochen hatte, wieder- zukommen.

»Noch etwas Wein, John?«

Es war der Buchhändler, der ihm die Flasche hinhielt, die er selber mitgebracht hatte. Eigentlich war es gar kein schlechter Wein, doch der Buchhändler hatte ihn so überschwänglich gelobt, dass Rebus sich verpflichtet fühlte abzulehnen. Der Mann runzelte die Stirn, doch seine Miene hellte sich sogleich wieder auf, als ihm klar wurde, dass dadurch mehr für ihn übrig blieb. Schwungvoll füllte er sein Glas.

»Cheers«, sagte er.

Am Tisch ließ man sich erneut darüber aus, wie voll es doch momentan in Edinburgh zu sein schien. Das war mal etwas, dem Rebus zustimmen konnte. Es war jetzt Ende Mai, und die Touristensaison begann allmählich. Doch das war es nicht allein. Wenn ihm vor fünf Jahren jemand erzählt hätte, dass 1989 Leute aus dem Süden Englands in den Norden ziehen würden, in die Provinz Lothian, dann hätte er laut gelacht. Jetzt war es eine Tatsache und ein geeignetes Thema für eine Dinner-Party.

Später, sehr viel später, nachdem das Paar gegangen war, half Rebus Rian beim Abwasch.

»Was ist bloß mit dir los?«, fragte sie, aber er konnte an nichts anderes denken als an den Händedruck des Pfarrers, an diesen zuversichtlichen Griff, der von dem sicheren Glauben an ein Leben nach dem Tode durchdrungen zu sein schien.

»Nichts«, sagte er. »Lass das hier bis morgen stehen.«

Rian sah sich in der Küche um und zählte die schmutzigen

Töpfe, die angenagten Hummergerippe, die fettverschmierten Gläser.

»Okay«, sagte sie. »Was hast du denn stattdessen vor?«

Er zog langsam die Augenbrauen hoch, dann senkte er sie tief über die Augen. Seine Lippen verzogen sich zu einem Grinsen, das etwas leicht Lüsternes an sich hatte. Jetzt wurde sie kokett.

»Aber Inspector«, sagte sie. »Soll das irgendein Hinweis sein?«

»Hier ist noch einer«, sagte er, zog sie an sich und vergrub sein Gesicht an ihrem Hals. Sie quiekte und hämmerte mit Fäusten auf seinen Rücken.

»Brutaler Polizeiübergriff!«, keuchte sie. »Hilfe! Polizei, Hilfe!«

»Ja, Madam?«, fragte er, fasste sie um die Taille und trug sie aus der Küche, dorthin, wo im Dunkeln das Schlafzimmer und der Rest des Wochenendes warteten.

Spät abends auf einer Baustelle am Stadtrand von Edinburgh. Hier sollte ein Bürokomplex entstehen. Ein fünf Meter hoher Zaun trennte die Baustelle von der Hauptstraße. Die Straße war ebenfalls neueren Datums und gebaut worden, um das Verkehrschaos im Bereich der Innenstadt zu verringern. Gebaut, damit die Pendler bequemer von ihren Häusern auf dem Land zu ihren Jobs in der Stadt gelangen konnten.

An diesem Abend waren keine Autos auf der Straße. Das einzige Geräusch war das langsame Tuckern einer Betonmischmaschine auf der Baustelle. Ein Mann fütterte sie mit Schaufeln voll grauem Sand und dachte an die ferne Zeit, als er selbst auf dem Bau geschuftet hatte. Harte Arbeit war das gewesen, aber ehrliche.

Zwei weitere Männer standen vor einer tiefen Grube und starrten hinein.

»Die sollte reichen«, sagte einer von ihnen.

»Ja«, stimmte der andere zu. Sie gingen zum Wagen zurück, einem älteren lilafarbenen Mercedes.

»Er muss ja allerhand Einfluss haben. Ich meine, uns den Schlüssel von dieser Baustelle zu besorgen und das alles hier vorzubereiten. Allerhand Einfluss.«

»Es ist nicht unsere Sache, Fragen zu stellen, das weißt du doch.« Der Mann, der das sagte, war der Älteste von den Dreien und der einzige Kalvinist. Er öffnete den Kofferraum des Wagens. Drinnen lag in gekrümmter Haltung ein zartgliedriger junger Mann, offenkundig tot. Seine Haut hatte eine bleigraue Färbung. Am dunkelsten war sie an den Stellen, wo die Blutergüsse waren.

»Welche Verschwendung«, sagte der Kalvinist.

»Ja«, stimmte der andere zu. Gemeinsam hoben sie die Leiche aus dem Kofferraum und trugen sie vorsichtig zu dem Loch. Mit einem leisen Geräusch landete sie auf dem Grund. Ein Bein verkeilte sich zwischen den klebrigen Lehmwänden, das Hosenbein rutschte ein Stück nach oben und gab einen nackten Knöchel frei.

»Alles klar«, sagte der Kalvinist zu dem Mann am Betonmischer. »Kipp es zu, und dann nichts wie weg hier. Ich hab einen Mordshunger.«

MONTAG

Fast ein Menschenalter lang war niemand erschienen, um diese zufälligen Besucher fortzujagen oder ihre Verwüstungen wieder auszubessern.

Was für ein Wochenanfang.

Die Wohnsiedlung, oder zumindest das, was er davon durch die vom Regen gepeitschte Windschutzscheibe sehen konnte, entwickelte sich allmählich in die Wildnis zurück, die dort vor vielen Jahren gewesen war, bevor die Bauarbeiter anrückten. Er hatte keinen Zweifel daran, dass diese Siedlung, wie so viele ihresgleichen rund um Edinburgh, in den sechziger Jahren als ideale Lösung für zukünftige Wohnungsprobleme erschienen war. Und er fragte sich, ob diejenigen, die so etwas planten, je aus Schaden klug wurden. Wenn nicht, dann könnte die »idealen« Lösungen von heute das gleiche Schicksal ereilen.

Die Grünflächen bestanden aus hohem Gras und massenhaft Unkraut, während die asphaltierten Kinderspielplätze wie Trümmergrundstücke aussahen, übersät mit Glasscherben, die nur darauf warteten, dass jemand stolperte und mit dem Knie hineinfiel oder mit der Hand hineingriff. An den meisten dieser Reihenhäuser waren die Fenster mit Brettern verrammelt, aus kaputten Abflussrohren strömte das Regenwasser auf die Erde, und die matschigen Vorgärten hatten kaputte Zäune und keine Tore. Er stellte sich vor, dass die

Gegend an einem sonnigen Tag noch deprimierender wirken würde.

Und trotzdem hatte ganz in der Nähe, nur wenige hundert Meter entfernt, ein Bauunternehmen angefangen, Eigentumswohnungen zu bauen. Die Holztafel über dem Bauplatz warb für LUXURIÖSES WOHNEN und nannte als Adresse MUIR VILLAGE. Rebus ließ sich davon nicht täuschen, aber er fragte sich, wie vielen jungen Käufern das passieren würde. Das hier war Pilmuir und würde es auch immer bleiben. Es war die Müllkippe von Edinburgh.

Das Haus, zu dem er wollte, war nicht zu übersehen. Zwei Polizeiautos und ein Krankenwagen standen bereits davor. Sie parkten neben einem ausgebrannten Ford Cortina. Doch auch ohne diesen Hinweis hätte Rebus gewusst, um welches Haus es sich handelte. Zwar hatte es, wie seine Nachbarn zu beiden Seiten, mit Brettern verrammelte Fenster, doch außerdem stand die Tür auf und gab den Blick in das dunkle Innere frei. Und an welchem Haus würde schon an einem solchen Tag die Tür sperrangelweit offen stehen, wenn da drinnen nicht die Leiche wäre und die abergläubische Furcht der Lebenden, die mit ihr zusammen eingesperrt waren?

Da er nicht so nah an der Tür parken konnte, wie er gern gewollt hätte, stieß Rebus leise fluchend die Autotür auf, warf sich seinen Regenmantel über den Kopf und raste durch den prasselnden Wolkenbruch. Irgendetwas fiel ihm aus der Tasche und landete auf dem Grasstreifen. Nur ein Notizzettel, aber er hob ihn trotzdem auf und steckte ihn im Laufen ein. Der Weg zu der offen stehenden Tür war voller Risse und durch das viele Unkraut rutschig. Beinah wäre er hingefallen, doch er erreichte heil die Türschwelle, schüttelte das Wasser von sich und wartete auf das Empfangskomitee.

Ein Constable steckte stirnrunzelnd den Kopf aus einer Tür.

»Detective Inspector Rebus«, stellte Rebus sich vor.

»Hier rein, Sir.«

»Ich komme sofort.«

Der Kopf verschwand wieder, und Rebus sah sich im Flur um. Tapetenfetzen, die von den Wänden hingen, waren die einzigen Überreste einer einstigen Wohnlichkeit. Es roch penetrant nach Moder und nach fauligem Holz. Und alles gab einem das Gefühl, dass dies eher eine Höhle war als ein Haus, eine primitive Form von Zuflucht, provisorisch und ungeliebt.

Während er tiefer in das Haus vordrang, vorbei an der kahlen Treppe, wurde es um ihn immer dunkler. Bretter waren gegen sämtliche Fensterrahmen genagelt worden und ließen kein Licht herein. Damit hatte man wohl Hausbesetzer abhalten wollen, aber Edinburghs Armee der Obdachlosen war zu groß und zu gewieft. Sie waren trotz der Hindernisse eingestiegen. Hatten es zu ihrer Höhle gemacht. Und einer von ihnen war hier gestorben.

Das Zimmer, das er betrat, war überraschend groß, hatte aber eine niedrige Decke. Zwei Constables hielten schwere gummierte Taschenlampen, um den Tatort zu beleuchten. Schatten bewegten sich über die dünnen Rigipswände. Sie erzeugten eine Wirkung wie bei einem Gemälde von Caravaggio, ein helles Zentrum, um das es immer finsterer wurde. Auf dem nackten Dielenboden waren zwei große Kerzen heruntergebrannt und so zerlaufen, dass sie wie Spiegeleier aussahen. Dazwischen lag die Leiche, die Beine zusammengepresst, die Arme ausgebreitet. Ein Kreuz ohne Nägel, von der Taille aufwärts nackt. Neben der Leiche stand ein Glas, das einst etwas so Harmloses wie Pulverkaffee enthalten hatte, in dem jetzt jedoch mehrere Einwegspritzen steckten. Kreuzigung mit Schuss, dachte Rebus mit einem schuldbewussten Lächeln.

Der Polizeiarzt, ein hageres und unglückliches Geschöpf, kniete neben dem Toten, als wolle er ihm die Letzte Ölung erteilen. Ein Fotograf stand an der gegenüberliegenden Wand und versuchte seinen Belichtungsmesser abzulesen. Rebus ging zu der Leiche und sah dem Arzt über die Schulter.

»Geben Sie mir mal die Taschenlampe«, sagte er und hielt dem am nächsten stehenden Constable fordernd die Hand hin. Dann ließ er den Lichtstrahl über den Toten gleiten, angefangen von den nackten Füßen über die Jeans und den hageren Oberkörper, bei dem sich die Rippen durch die bleiche Haut abzeichneten. Dann über Hals und Gesicht. Der Mund stand offen, die Augen waren geschlossen. Auf seiner Stirn und in den Haaren waren offenbar Spuren von getrocknetem Schweiß. Aber da ... War da nicht irgendwas Feuchtes an seinem Mund, auf den Lippen? Ein Wassertropfen fiel plötzlich aus dem Nichts in den offenen Mund. Rebus erschrak und wartete darauf, dass der Mann schlucken, sich die ausgetrockneten Lippen lecken und zum Leben erwachen würde. Nichts passierte.

»Undichte Stelle im Dach«, erklärte der Arzt, ohne von seiner Arbeit aufzublicken. Rebus leuchtete mit der Taschenlampe an die Decke und sah den feuchten Fleck, von wo der Tropfen wohl hergekommen war. Trotzdem unheimlich.

»Tut mir Leid, dass ich so lange bis hierher gebraucht habe«, sagte er und versuchte, seiner Stimme nichts anmerken zu lassen. »Also, wie lautet das Urteil?«

»Überdosis«, sagte der Arzt ausdruckslos. »Heroin.« Er hielt Rebus ein kleines Plastiktütchen hin. »Der Inhalt dieses Briefchens, wenn ich mich nicht täusche. In der rechten

Hand hat er noch ein volles.« Rebus leuchtete auf die leblose Hand, die ein kleines Päckchen mit weißem Pulver umklammert hielt.

»Na schön«, sagte er. »Ich dachte, heutzutage würden alle Heroin rauchen anstatt zu spritzen.«

Erst jetzt blickte der Arzt zu ihm auf.

»Das ist aber eine sehr naive Sicht, Inspector. Reden Sie mal mit den Leuten im Krankenhaus. Die werden Ihnen erzählen, wie viele Fixer wir in Edinburgh haben. Das sind vermutlich Hunderte. Deshalb sind wir die Aids-Hauptstadt von Großbritannien.«

»Ja, wir sind stolz auf unsere Rekorde, was? Herzkrankheiten, falsche Zähne und jetzt Aids.«

Der Arzt grinste. »Eines könnte Sie jedoch interessieren«, sagte er. »Da sind Prellungen an seinem Körper. Bei diesem Licht nicht sehr deutlich zu erkennen, aber sie sind da.«

Rebus hockte sich hin und leuchtete noch einmal über den Oberkörper. Ja, da waren blaue Flecken. Jede Menge blaue Flecken.

»Hauptsächlich an den Rippen«, fuhr der Arzt fort. »Aber auch einige im Gesicht.«

»Vielleicht ist er gefallen«, meinte Rebus.

»Vielleicht«, sagte der Arzt.

»Sir?« Es war einer der Constables. Sein Blick und seine Stimme hatten etwas Dringliches. Rebus wandte sich ihm zu.

»Ja, mein Junge?«

»Kommen Sie und sehen Sie sich das mal an.«

Rebus war nur zu froh über diesen Vorwand, sich von dem Arzt und seinem Patienten entfernen zu können. Der Constable führte ihn zur hinteren Wand, auf die er die ganze Zeit die Taschenlampe richtete. Plötzlich sah Rebus die Ursache.

Auf der Wand war eine Zeichnung. Ein fünfzackiger Stern, umgeben von zwei konzentrischen Kreisen, von denen der größere einen Durchmesser von etwa einem Meter fünfzig hatte. Die Zeichnung war gut gemacht, die Linien des Sterns gerade, die Kreise fast exakt. Die restliche Wand war kahl.

»Was halten Sie davon, Sir?«, fragte der Constable.

»Ist jedenfalls keins der üblichen Graffiti.«

»Hexerei?«

»Oder Astrologie. Eine Menge von den Drogentypen stehen auf diesem mystischen Zeug und Zauberkram. Gehört wohl dazu.«

»Die Kerzen …«

»Wir wollen keine voreiligen Schlüsse ziehen, mein Junge. Auf die Weise schaffen Sie es nie zur Kriminalpolizei. Sagen Sie mir doch mal, warum wir alle Taschenlampen haben?«

»Weil der Strom abgestellt ist.«

»Richtig. Daher die Kerzen.«

»Wenn Sie meinen, Sir.«

»Ja, das meine ich, mein Junge. Wer hat die Leiche gefunden?«

»Ich, Sir. Es kam ein Anruf von einer Frau, anonym, vermutlich auch eine von den Hausbesetzern. Die scheinen Hals über Kopf abgehauen zu sein.«

»Es war also sonst niemand hier, als Sie kamen?«

»Nein, Sir.«

»Schon irgendeine Vorstellung, wer das ist?« Rebus deutete mit der Taschenlampe auf die Leiche.

»Nein, Sir. Und die anderen Häuser sind auch alle besetzt, deshalb bezweifele ich, dass wir da irgendwas rauskriegen.«

»Ganz im Gegenteil. Wenn irgendjemand weiß, wer der Verstorbene ist, dann diese Leute. Schnappen Sie sich Ihren

Kollegen und klappern Sie ein paar Türen ab. Aber seien Sie ganz locker, damit die auf keinen Fall glauben, Sie wollten sie wieder auf die Straße setzen oder sonst was.«

»Ja, Sir.« Der Constable hielt dies offenbar für ein zweifelhaftes Unterfangen. Zum einen war er sicher, dass er reichlich Ärger kriegen würde. Zum anderen regnete es immer noch heftig.

»Ab mit Ihnen«, schalt Rebus mit sanfter Stimme. Der Constable trottete davon und sammelte unterwegs seinen Kollegen ein.

Rebus sprach den Fotografen an.

»Sie machen aber viele Fotos«, sagte er.

»Das muss ich bei diesem Licht auch, damit wenigstens ein paar etwas werden.«

»Sie waren ja ganz schön fix hier, was?«

»Befehl von Superintendent Watson. Er will Fotos von allen Zwischenfällen, bei denen Drogen im Spiel sind. Es geht um seine Kampagne.«

»Das hier ist aber ein bisschen grausig, finden Sie nicht?« Rebus kannte den neuen Chief Superintendent, war ihm bereits mehrfach begegnet. Ausgeprägtes soziales Bewusstsein und sehr engagiert. Voller guter Ideen, aber ohne das nötige Personal, sie in die Tat umzusetzen. Rebus hatte eine Idee.

»Wenn Sie schon einmal hier sind, könnten Sie auch noch ein oder zwei Fotos von dieser Wand da machen.«

»Kein Problem.«

»Danke.« Rebus wandte sich erneut an den Arzt. »Wann werden wir wissen, was in diesem vollen Päckchen ist?«

»Im Laufe des Tages, spätestens morgen Früh.«

Rebus nickte vor sich hin. Warum interessierte ihn diese Sache überhaupt? Vielleicht lag es ja an dem trüben Tag oder an der Atmosphäre in diesem Haus oder an der Art, wie die

Leiche dalag. Er wusste nur, dass er irgendetwas spürte. Und wenn es nur die Feuchtigkeit war, die er in den Knochen spürte, irgendetwas war da. Er verließ den Raum und sah sich den Rest des Hauses an.

Der wirkliche Horror war das Badezimmer.

Die Toilette musste bereits seit Wochen verstopft sein. Auf dem Fußboden lag ein Gummisauger. Also hatte wohl jemand einen halbherzigen Versuch gemacht, die Verstopfung zu beseitigen, aber ohne Erfolg. Stattdessen war das kleine verdreckte Waschbecken zum Pissoir umfunktioniert worden, während die festen Teile in der Badewanne gelandet waren, wo zahlreiche große, pechschwarze Fliegen herumkrabbelten. Das Badezimmer war außerdem zur Müllkippe geworden – Tüten voller Abfall, Holzreste ... Rebus hielt sich nicht lange dort auf und zog die Tür fest hinter sich zu. Er beneidete die städtischen Arbeiter nicht, die irgendwann würden kommen müssen, um den verdienstvollen Kampf gegen diesen ganzen Verfall aufzunehmen.

Eines der Zimmer war völlig leer, in dem anderen lag ein Schlafsack, der von dem Wasser, das durch die Decke tropfte, feucht war. Jemand hatte versucht, das Zimmer etwas persönlicher zu gestalten und Bilder an die Wand geheftet. Als Rebus näher heranging, stellte er fest, dass es sich offenbar um eine Auswahl professionell gemachter Fotografien handelte. Selbst für Rebus' ungeschultes Auge waren sie zweifellos gekonnt gemacht. Auf einigen war das Edinburgh Castle an feuchten, nebligen Tagen zu sehen. Da wirkte es besonders trostlos. Andere zeigten es bei strahlendem Sonnenschein. Es wirkte immer noch trostlos. Auf ein paar Fotos war eine Frau unbestimmten Alters. Sie posierte für die Kamera, aber sie grinste dermaßen, als würde sie die Sache nicht ernst nehmen.

Neben dem Schlafsack lag ein Müllbeutel, der halb voll mit Kleidung war, und daneben ein kleiner Stapel zerlesener Taschenbücher. Harlan Ellison, Clive Barker, Ramsey Campbell. Science-Fiction und Horror. Rebus ließ die Bücher, wo sie waren, und ging wieder die Treppe hinunter.

»Alles fertig«, sagte der Fotograf. »Ich schick Ihnen die Fotos morgen vorbei.«

»Danke.«

»Ich mache übrigens auch Porträtarbeiten. Ein nettes Familienfoto für die Großeltern? Mit den Söhnen und Töchtern? Hier, ich geb Ihnen meine Karte.«

Rebus nahm die Karte, zog seinen Regenmantel wieder an und lief zum Auto. Er mochte keine Fotos, besonders keine von sich. Und das lag nicht nur daran, dass er nicht fotogen war. Nein, da steckte mehr dahinter.

Der leise Verdacht, dass Fotos einem tatsächlich die Seele rauben könnten.

Während er durch den trägen Mittagsverkehr zur Wache zurückfuhr, dachte Rebus darüber nach, wie ein Familienfoto von seiner Frau, seiner Tochter und ihm selbst aussehen könnte. Nein, er konnte es sich beim besten Willen nicht vorstellen. Sie waren sich so fremd geworden, seit Rhona mit Samantha nach London gezogen war. Sammy schrieb zwar noch, aber immer seltener. Rebus ließ sich nämlich stets viel Zeit mit der Antwort, und das schien sie ihm übel zu nehmen. In ihrem letzten Brief hatte sie geschrieben, sie hoffe, dass er mit Gill glücklich wäre.

Er hatte nicht den Mut, ihr zu sagen, dass Gill Templer ihn bereits vor mehreren Monaten verlassen hatte. Zwar hätte es ihm nichts ausgemacht, Samantha davon zu erzählen, doch die Vorstellung, dass Rhona es erfahren würde, konnte er nicht ertragen. Schon wieder eine gescheiterte Beziehung in seinem Leben. Gill hatte sich mit einem Diskjockey von einem lokalen Radiosender eingelassen. Seine begeisterte Stimme schien Rebus jedes Mal zu hören, wenn er einen Laden oder eine Tankstelle betrat – oder wenn er am offenen Fenster eines Mietshauses vorbeiging.

Natürlich sah er Gill immer noch ein- bis zweimal in der Woche, bei Besprechungen oder sonst wo auf der Wache. Besonders wo er jetzt den gleichen Rang bekleidete wie sie.

Detective Inspector John Rebus.

Hatte ja auch lange genug gedauert. Und es war ein langwieriger, harter Fall gewesen, der ihm die Beförderung eingebracht hatte, noch dazu für ihn persönlich sehr leidvoll. Dessen war er sich sicher.

Er war sich ebenfalls sicher, dass er Rian nicht mehr wiedersehen würde. Nicht nach der Dinner-Party gestern Abend und nach seiner ziemlich erfolglosen Vorstellung im Bett. Eine *weitere* erfolglose Vorstellung. Als er neben Rian lag, war ihm aufgefallen, dass sie fast die gleichen Augen hatte wie Inspector Gill Templer. War Rian nur ein Ersatz für sie? Für so etwas war er nun wirklich zu alt.

»Wirst langsam alt, John«, murmelte er vor sich hin.

Unstrittig war, dass er allmählich Hunger bekam. Und gleich hinter der nächsten Ampel war ein Pub. Was sollte der Geiz, schließlich stand ihm eine Mittagspause zu.

In der Sutherland Bar war es ruhig. Montagmittag war einer der Tiefpunkte der Woche. Das ganze Geld war ausgegeben und man hatte nichts, worauf man sich freuen konnte. Und natürlich war das Sutherland, wie Rebus sogleich vom Barmann zu hören bekam, nicht gerade auf Mittagsgäste eingestellt.

»Keine warmen Mahlzeiten«, sagte er, »und keine Sandwiches.«

»Dann eine Pastete«, bettelt Rebus, »*irgend*was. Nur damit das Bier besser rutscht.«

»Wenn Sie was essen wollen, hier in der Gegend gibt's reichlich Imbissstuben. Dieses spezielle Pub hier verkauft zufällig nur Bier und Schnaps. Wir sind doch keine Frittenbude.«

»Wie sieht's denn mit Chips aus?«

Der Barmann beäugte ihn einen Augenblick. »Welche Sorte?«

»Käse und Zwiebel.«

»Die sind uns ausgegangen.«

»Dann einfach nur gesalzen.«

»Die sind auch alle.« Die Laune des Barmanns stieg sichtlich.

»Also«, sagte Rebus, allmählich völlig frustriert, »was in Gottes Namen *haben* Sie denn?«

»Zwei Sorten, Curry, oder mit Ei, Tomate und Speck.«

»*Ei?*« Rebus seufzte. »Na schön, geben Sie mir eine Tüte von beidem. Der Barmann beugte sich unter die Theke, um die kleinsten Tüten zu finden, die da waren, und wenn möglich bereits über das Haltbarkeitsdatum hinaus.

»Gibt's vielleicht Nüsse?« Es war die letzte verzweifelte Hoffnung. Der Barmann blickte auf.

»Trocken geröstet, Salz und Essig, mit Chiligeschmack«, sagte er.

»Von jedem eine«, sagte Rebus und machte sich auf einen frühen Tod gefasst. »Und noch ein Halfpint Eighty-Shillings.«

Er trank gerade sein zweites Bier aus, als sich die Tür der Kneipe rumpelnd öffnete und eine unverkennbare Gestalt eintrat. Noch bevor er so richtig durch die Tür war, bestellte der Mann bereits per Handzeichen einen Drink. Er sah Rebus, lächelte und setzte sich neben ihn auf einen der Barhocker.

»Hallo, John.«

»Tag, Tony.«

Inspector Anthony McCall versuchte seine riesige Körperfülle auf der winzigen Sitzfläche des Barhockers unterzubringen. Doch dann überlegte er es sich anders und stellte sich stattdessen hin, einen Schuh auf der Fußstütze und beide Ellbogen auf der frisch gewischten Theke. Er starrte Rebus hungrig an.

»Kann ich 'nen Chip haben?«

Rebus hielt ihm die Tüte hin, und er nahm eine Hand voll Chips heraus und stopfte sie sich in den Mund.

»Wo warst du denn heute Morgen?«, fragte Rebus. »Ich musste für dich einspringen.«

»Die Sache in Pilmuir? Ach, tut mir Leid, John. Hab 'nen harten Abend hinter mir. Bisschen verkatert heute Morgen.« Ein Pint trübes Bier wurde vor ihn hingestellt. »Das kuriert man am besten, indem man wieder damit anfängt, womit man aufgehört hat«, sagte er und trank. Mit vier bedächtigen Schlucken hatte er das Bier auf ein Viertel seiner ursprünglichen Menge reduziert.

»Was soll's, ich hatte gerade nichts Besseres zu tun«, sagte Rebus und nippte an seinem Bier. »Mein Gott, diese Häuser da unten sind ja in einem furchtbaren Zustand.«

McCall nickte nachdenklich. »Das war nicht immer so, John. Ich bin dort geboren.«

»Tatsächlich?«

»Um genau zu sein, ich wurde in der Siedlung geboren, die vorher dort stand. Die war angeblich so schlimm, dass man sie platt gemacht und stattdessen Pilmuir gebaut hat. Und jetzt ist das die Hölle auf Erden.«

»Merkwürdig, dass du das sagst«, sagte Rebus. »Einer der Jungs in Uniform meinte, es könnte irgendwas Okkultes im Spiel sein.« McCall blickte von seinem Bier auf. »Da war eine Zeichnung an der Wand«, erklärte Rebus. »Sah stark nach schwarzer Magie aus. Und Kerzen auf dem Fußboden.«

»Wie eine Opferung?«, schlug McCall kichernd vor. »Meine Frau ist ganz verrückt auf diese Horrorfilme. Die holt sie sich aus der Videothek. Ich glaube, sie sitzt den ganzen Tag vor der Glotze und guckt sich dieses Zeug an, wenn ich nicht da bin.«

»Vermutlich gibt es wirklich so was wie Teufelsanbetung und Hexerei. Das kann ja nicht *alles* der Fantasie der Redakteure unserer Sonntagszeitungen entsprungen sein.«

»Ich weiß, wie du das rauskriegen könntest.«

»Wie denn?«

»Bei der Universität«, sagte McCall. Rebus runzelte ungläubig die Stirn. »Das mein ich ernst. Die haben so eine Abteilung, die sich mit Geistern und so Zeug beschäftigt. Wurde mit dem Geld irgendeines toten Schriftstellers eingerichtet.« McCall schüttelte den Kopf. »Unglaublich, was die Leute alles machen.«

Rebus nickte. »Jetzt wo du es erwähnst, ich *hab* darüber gelesen. War das nicht das Geld von Arthur Koestler?«

McCall zuckte die Achseln.

»Arthur Daley ist eher mein Stil«, sagte er und leerte sein Glas.

Rebus betrachtete kritisch den Haufen Papierkram auf seinem Schreibtisch, als das Telefon klingelte.

»DI Rebus.«

»Man hat mir gesagt, ich soll mich an Sie wenden.« Die Stimme war jung, weiblich und sehr misstrauisch.

»Dann wird das wohl auch stimmen. Was kann ich für Sie tun, Miss …?«

»Tracy …« Bei der zweiten Silbe des Namens war die Stimme nur noch ein Flüstern. Beinah hatte sie sich hinreißen lassen, ihre Identität preiszugeben. »Spielt keine Rolle, wer ich bin!« Sie klang jetzt hysterisch, beruhigte sich aber genauso schnell wieder. »Ich rufe wegen diesem Squat, diesem besetzten Haus in Pilmuir an, wo man …« Die Stimme verlor sich schon wieder.

»Ach ja.« Rebus richtete sich auf und wurde hellhörig. »Waren Sie diejenige, die angerufen hat?«

»Was?«

»Um uns mitzuteilen, dass dort jemand gestorben ist.«

»Ja, das war ich. Armer Ronnie …«

»Ronnie ist der Verstorbene?« Rebus kritzelte den Namen auf die Rückseite einer Akte aus seinem Eingangskorb. Daneben schrieb er: Tracy – Anruferin.

»Ja.« Ihre Stimme brach erneut, diesmal schien sie den Tränen nahe.

»Können Sie mir Ronnies Nachnamen nennen?«

»Nein.« Sie zögerte. »Den hat er mir nicht gesagt. Ich bin mir noch nicht mal sicher, ob Ronnie sein wirklicher Name war. Wer benutzt schon seinen richtigen Namen?«

»Tracy, ich würde mich gerne mit Ihnen über Ronnie unterhalten. Wir können das am Telefon machen, aber ich würde es lieber persönlich tun. Keine Sorge, Sie sind ja nicht in Schwierigkeiten …«

»Doch, das *bin* ich. Deshalb hab ich ja angerufen. Ronnie hat es mir erzählt, wissen Sie.«

»Was erzählt, Tracy?«

»Er hat mir erzählt, er wär ermordet worden.«

Der Raum um Rebus schien plötzlich zu verschwinden. Da war nur noch diese körperlose Stimme, das Telefon und er.

»Das hat er zu Ihnen gesagt, Tracy?«

»Ja.« Jetzt weinte sie, versuchte schniefend die unsichtbaren Tränen zurückzuhalten. Rebus stellte sich ein verängstigtes junges Mädchen vor, gerade mit der Schule fertig, das irgendwo in einer Telefonzelle stand. »Ich muss mich verstecken«, sagte sie schließlich. »Ronnie hat immer wieder gesagt, ich soll mich verstecken.«

»Soll ich Sie mit dem Auto abholen? Sie müssen mir nur sagen, wo Sie sind.«

»Nein!«

»Dann sagen Sie mir, wie Ronnie getötet wurde. Sie wissen doch, wie wir ihn gefunden haben?«

»Auf dem Fußboden unterm Fenster. Da hat er gelegen.«

»Nicht ganz.«

»O doch, da lag er. Am Fenster. Zu einer kleinen Kugel zusammengerollt. Ich dachte, er würde bloß schlafen. Aber als ich ihn am Arm angefasst hab, war er ganz kalt … Ich bin Charlie suchen gegangen, aber der war fort. Da hab ich Panik gekriegt.«

»Sie sagen, Ronnie lag zusammengerollt da?« Rebus hatte angefangen, mit dem Bleistift Kreise auf die Rückseite der Akte zu zeichnen.

»Ja.«

»Und das war im Wohnzimmer?«

Sie schien verwirrt. »Was? Nein, nicht im Wohnzimmer. Er lag oben, in seinem Zimmer.«

»Ich verstehe.« Rebus zeichnete mechanisch immer weiter Kreise. Er versuchte sich vorzustellen, wie Ronnie sterbend, aber noch nicht ganz tot, die Treppe herunterkroch und im Wohnzimmer landete, nachdem Tracy geflohen war. Das könnte die Blutergüsse erklären. Aber die Kerzen … Er hatte so exakt dazwischen gelegen … »Und wann war das?«

»Sehr spät letzte Nacht. Ich weiß nicht genau wann. Ich hab Panik gekriegt. Als ich mich wieder etwas beruhigt hatte, hab ich die Polizei angerufen.«

»Wann war das ungefähr?«

Sie dachte nach. »Heute Morgen gegen sieben.«

»Tracy, würde es Ihnen was ausmachen, das noch ein paar anderen Leuten zu erzählen?«

»Warum?«

»Das sag ich Ihnen, wenn ich Sie abhole. Sagen Sie mir nur, wo Sie sind.«

Es folgte eine weitere nachdenkliche Pause. »Ich bin wieder in Pilmuir«, sagte sie schließlich. »Ich bin in eine andere Bude gezogen.«

»Na schön«, sagte Rebus, »Sie wollen wohl nicht, dass ich dorthin komme. Aber Sie müssen doch recht nahe an der Shore Road sein. Wie wär's, wenn wir uns dort treffen?«

»Also …«

»Da ist ein Pub namens The Dock Leaf«, fuhr Rebus fort, ohne ihr Zeit für irgendwelche Diskussionen zu geben. »Kennen Sie das?«

»Da bin ich schon ein paar Mal rausgeflogen.«

»Ich auch. Wir treffen uns in einer Stunde davor. Okay?«

»Okay.« Sie klang nicht gerade begeistert, und Rebus fragte sich, ob sie tatsächlich auftauchen würde. Nun, was sollte es? Sie hörte sich zwar ganz vernünftig an, aber vielleicht war sie auch eine von den Leuten, die so etwas erfanden, um auf sich aufmerksam zu machen, um ihr Leben interessanter scheinen zu lassen, als es war.

Aber wie auch immer, er hatte von Anfang an ein merkwürdiges Gefühl bei der Sache gehabt.

»Okay«, sagte sie. Dann wurde die Verbindung unterbrochen.

Die Shore Road war eine Schnellstraße, die im Norden der Stadt an der Küste entlangführte. Die Gegend war von Fabriken, Lagerhäusern und großen Baumärkten und Möbelläden geprägt. Dahinter lag ruhig und grau der Firth of Forth. An den meisten Tagen war die Küste von Fife in der Ferne zu sehen, doch heute nicht, da ein kalter Nebel tief über dem Wasser hing. Auf der anderen Seite der Straße, den Lagerhäusern gegenüber, standen Mietskasernen, die vierstöckigen Vorgänger der heutigen Betonklötze. Es gab ein paar Eckläden, wo sich die Nachbarn trafen und Informationen austauschten, und einige wenige kleine, altmodische Pubs, wo Fremde nicht lange unbemerkt blieben.

Das Dock Leaf hatte bereits eine Generation von Säufern aus der Unterschicht abgefüllt und nun die nächste entdeckt. Seine jetzige Klientel war jung, arbeitslos und wohnte zu sechst in Drei-Zimmer-Mietwohnungen entlang der Shore Road. Kleinkriminalität war hier jedoch kein Problem – man beschmutzte sein eigenes Nest nicht. Die alten Gemeinschaftswerte galten noch.

Rebus, der zu früh dran war, hatte noch Zeit für ein Halfpint in der Saloon Bar. Das Bier war billig und fade, und wenn auch niemand wusste, wer er war, so schienen doch alle zu wissen, *was* er war. Ihre Stimmen senkten sich zu einem Flüstern, und ihre Blicke waren stur von ihm abgewandt. Als er um halb drei nach draußen trat, musste er in der plötzlichen Helligkeit blinzeln.

»Sind Sie der Polizist?«

»Ganz recht, Tracy.«

Sie stand an die Fassade des Pubs gelehnt. Er schützte mit einer Hand seine Augen und versuchte, ihr Gesicht zu erkennen. Überrascht stellte er fest, dass er einer Frau zwischen zwanzig und fünfundzwanzig gegenüberstand. Ihr Alter war an ihrem Gesicht abzulesen, auch wenn ihre Aufmachung sie als ewige Rebellin auswies. Ultrakurze blondierte Haare, zwei Stecker im linken Ohr (aber keinen im rechten), gebatiktes T-Shirt, enge, ausgeblichene Jeans und rote Basketballstiefel. Sie war groß, genauso groß wie Rebus. Als seine Augen sich an das Licht gewöhnt hatten, sah er die Tränenspuren auf beiden Wangen, die alten Aknenarben. Aber es waren auch Krähenfüße um ihre Augen, ein Zeichen dafür, dass sie früher gerne gelacht hatte. Doch jetzt war kein Lachen in den olivgrünen Augen. Irgendwo hatte Tracys Leben eine falsche Wendung genommen, und Rebus hatte das Gefühl, dass sie immer noch versuchte, zu dieser Abzweigung zurückzukehren.

Als er sie das letzte Mal gesehen hatte, hatte sie gelacht, hatte sich ihr Abbild lachend auf der Wand in Ronnies Zimmer gewellt. Sie war die Frau auf den Fotos.

»Ist Tracy Ihr richtiger Name?«

»Irgendwie schon.« Sie hatten sich in Bewegung gesetzt. Tracy überquerte die Straße an einem Zebrastreifen, ohne darauf zu achten, ob Autos kamen. Rebus folgte ihr bis zu einer Mauer, wo sie stehen blieb und auf den Forth hinaus starrte. Sie schlang die Arme um sich und betrachtete den sich lichtenden Nebel.

»Es ist mein zweiter Vorname.«

Rebus stützte die Ellbogen auf die Mauer. »Wie lange haben Sie Ronnie gekannt?«

»Drei Monate. Seit ich in Pilmuir bin.«

»Wer wohnte sonst noch in dem Haus?«

Sie zuckte die Achseln. »Das wechselte ständig. Wir waren nur ein paar Wochen dort. Manchmal, wenn ich morgens runterkam, schliefen ein halbes Dutzend Fremde auf dem Fußboden. Das störte niemanden. Es war wie eine große Familie.«

»Wieso glauben Sie, dass jemand Ronnie getötet hat?«

Sie sah ihn wütend an, doch ihre Augen glänzten feucht. »Das hab ich Ihnen doch schon am Telefon erzählt. Er hat es mir *gesagt*. Er war irgendwo unterwegs gewesen und kam mit etwas Stoff zurück. Er sah allerdings gar nicht gut aus. Normalerweise, wenn er ein bisschen was von dem Zeug hat, ist er wie ein Kind an Weihnachten. Aber diesmal nicht. Er hatte Angst und verhielt sich wie ein Roboter oder so was. Er sagte mir immer wieder, ich sollte mich verstecken und dass sie hinter ihm her wären.«

»Wer?«

»Das weiß ich nicht.«

»War das, nachdem er den Stoff genommen hatte?«

»Nein, das war ja das Verrückte. Es war *vorher*. Er hatte das Päckchen in der Hand und hat mich aus dem Haus gestoßen.«

»Sie waren also nicht dabei, als er sich den Schuss gesetzt hat?«

»Um Gottes Willen. Das find ich widerlich.« Ihre Augen durchbohrten ihn förmlich. »Wissen Sie, ich bin kein Junkie. Ich meine, ich rauche ein bisschen, aber niemals … Sie wissen schon.«

»Ist Ihnen sonst noch was an Ronnie aufgefallen?«

»Zum Beispiel?«

»Nun ja, wie er zugerichtet war?«

»Sie meinen die blauen Flecken?«

»Ja.«

»So kam er oft zurück. Hat nie darüber geredet.«

»Ist wohl häufiger in Prügeleien geraten. War er jähzornig?«

»Mir gegenüber nicht.«

Rebus steckte die Hände in die Taschen. Ein kühler Wind wehte vom Wasser herüber, und er fragte sich, ob sie warm genug angezogen war. Es entging ihm nicht, dass ihre Brustwarzen sich auf ihrem T-Shirt abzeichneten.

»Wollen Sie meine Jacke?«, fragte er.

»Nur wenn Ihre Brieftasche drin ist«, sagte sie mit einem kurzen Lächeln.

Er lächelte zurück und bot ihr stattdessen eine Zigarette an, die sie auch nahm. Er selber nahm sich keine. Es waren nur noch drei von der Tagesration übrig, und der Abend lag noch vor ihm.

»Wissen Sie, wer Ronnies Dealer war?«, fragte er beiläufig, während er ihr half, die Zigarette anzuzünden. Sie schüttelte den Kopf. Hinter seiner offenen Jacke als Schutz gegen den Wind zitterte das Feuerzeug in ihrer Hand. Schließlich brannte die Zigarette, und sie zog heftig am Filter.

»Da war ich mir nie so sicher«, sagte sie. »Das war auch was, worüber er nicht redete.«

»Worüber hat er denn geredet?«

Sie dachte darüber nach und lächelte wieder. »Über nicht viel, wenn Sie so fragen. Das gefiel mir an ihm. Man hatte immer das Gefühl, dass er mehr drauf hatte, als er nach außen hin zeigte.«

»Zum Beispiel?«

Sie zuckte die Achseln. »Hätte alles Mögliche sein können oder auch nichts.«

Das war mühsamer, als Rebus erwartet hatte, und mittlerweile war ihm richtig kalt. Es wurde Zeit, die Dinge zu beschleunigen.

»Sie haben ihn also in seinem Zimmer gefunden?«

»Ja.«

»Und sonst war zu der Zeit niemand im Haus?«

»Nein. Früher am Abend waren ein paar Leute da gewesen, aber die waren alle fort. Einer war in Ronnies Zimmer gewesen, aber ich kannte ihn nicht. Und dann war da noch Charlie.«

»Sie haben ihn am Telefon erwähnt.«

»Ja. Als ich Ronnie fand, bin ich ihn suchen gegangen. Normalerweise hängt er immer irgendwo rum, in einer der anderen Buden oder er bettelt ein bisschen in der Stadt. Mein Gott, der ist vielleicht seltsam.«

»Inwiefern?«

»Haben Sie das da auf der Wand im Wohnzimmer gesehen?«

»Sie meinen den Stern?«

»Ja, das war Charlie. Er hat ihn gemalt.«

»Er steht also auf dieses okkulte Zeug?«

»Absolut verrückt drauf.«

»Und Ronnie?«

»Ronnie? Um Himmels willen, nein. Er konnte sich noch nicht mal Horrorfilme angucken. Die machten ihm Angst.«

»Aber er hatte doch diese ganzen Horrorromane in seinem Zimmer.«

»Die sind von Charlie. Er hat versucht, Ronnie dafür zu begeistern. Aber der hat davon nur noch mehr Albträume bekommen. Und das hat dazu geführt, dass er noch mehr Heroin genommen hat.«

»Wie hat er seine Sucht finanziert?« Rebus beobachtete,

wie ein kleines Schiff durch den Nebel glitt. Irgendwas fiel von dem Boot ins Wasser, aber er konnte nicht erkennen, was es war.

»Ich war nicht sein Buchhalter.«

»Wer dann?« Das Schiff beschrieb einen Bogen und fuhr dann weiter nach Westen Richtung Queensferry.

»Im Grunde will doch niemand wissen, wo das Geld herkommt. Dadurch würde man doch mitschuldig, oder etwa nicht?«

»Kommt drauf an.« Rebus zitterte.

»*Ich* habe es jedenfalls nicht wissen wollen. Wenn er versucht hätte, es mir zu sagen, hätte ich mir die Ohren zugehalten.«

»Er hat also nie einen Job gehabt?«

»Ich weiß es nicht. Er hat immer davon geredet, er wollte als Fotograf arbeiten. Das war schon sein großer Wunsch, als er die Schule verließ. Das war das Einzige, was er nicht verpfändet hat, noch nicht mal, um seinen Stoff zu bezahlen.«

Rebus verstand nicht, was sie meinte. »Was war das?«

»Seine Kamera. Sie hat ihn ein kleines Vermögen gekostet, jeder Penny von der Sozialhilfe gespart.«

Sozialhilfe, was für ein Wort. Rebus war allerdings sicher, dass in Ronnies Zimmer keine Kamera gewesen war. Also kam auch noch Raub als Vergehen hinzu.

»Tracy, ich brauche eine Aussage.«

Sie war sofort misstrauisch. »Wozu?«

»Bloß damit ich etwas in der Hand habe, damit wir Ronnies Tod überhaupt untersuchen können. Werden Sie mir dabei helfen?«

Es dauerte eine ganze Weile, bis sie nickte. Das Schiff war längst verschwunden. Nichts trieb mehr im Wasser, nichts war in seinem Kielwasser zurückgeblieben. Rebus legte eine Hand auf Tracys Schulter, aber ganz sanft.

»Danke«, sagte er. »Das Auto steht da drüben.«

Nachdem sie ihre Aussage gemacht hatte, bestand Rebus darauf, sie nach Hause zu fahren. Er ließ sie mehrere Straßen vor ihrem Ziel aussteigen, kannte aber jetzt ihre Adresse.

»Nicht dass ich schwören könnte, in den nächsten zehn Jahren noch dort zu wohnen«, hatte sie gesagt. Es spielte keine Rolle. Er hatte ihr seine Telefonnummern vom Büro und von zu Hause gegeben. Er war sicher, dass sie sich melden würde.

»Eine Sache noch«, sagte er, als sie die Autotür zuwerfen wollte. Sie beugte sich in den Wagen. »Ronnie hat immer wieder gerufen: ›Sie kommen.‹ Wen, glauben Sie, hat er damit gemeint?«

Sie zuckte die Achseln. Dann erstarrte sie, weil sie die ganze Szene wieder vor sich sah. »Er war völlig fertig, Inspector. Vielleicht meinte er die Schlangen und Spinnen.«

Ja, dachte Rebus, als sie die Tür zuwarf und er das Auto anließ. Aber vielleicht meinte er auch die Schlangen und Spinnen, die ihn mit dem Zeug versorgt hatten.

Zurück in der Great London Road Station fand er eine Nachricht, dass Chief Superintendent Watson ihn sprechen wollte. Rebus rief im Büro seines Chefs an.

»Wenn's recht ist, komm ich jetzt gleich vorbei.«

Die Sekretärin sah nach und bestätigte, dass es in Ordnung wäre.

Rebus hatte schon häufiger mit Watson zu tun gehabt, seit der Superintendent aus dem hohen Norden nach Edinburgh versetzt worden war. Er schien ganz vernünftig zu sein, wenn auch – nach Meinung einiger Leute – ein bisschen bäuerlich.

Auf der Wache kursierten bereits zahlreiche Witze wegen seiner Herkunft aus Aberdeen, und man hatte ihm den Spitznamen »Farmer« Watson verpasst.

»Kommen Sie rein, John, kommen Sie rein.«

Der Superintendent hatte sich kurz hinter seinem Schreibtisch erhoben, um Rebus mit einer vagen Handbewegung einen Stuhl anzubieten. Rebus bemerkte, dass der Schreibtisch vollkommen aufgeräumt war, die Akten ordentlich in zwei Ablagekörben gestapelt. Vor Watson lag nichts weiter als eine dicke, neu aussehende Aktenmappe und zwei frisch gespitzte Bleistifte. Neben der Aktenmappe stand ein Foto von zwei kleinen Kindern.

»Meine beiden«, erklärte Watson. »Sie sind inzwischen schon ein wenig älter, können einen aber immer noch ganz schön auf Trab halten.«

Watson war ein kräftiger Mann mit einem Brustkorb wie ein Fass. Er hatte eine rötliche Gesichtsfarbe und dünne Haare, die an den Schläfen silbrig waren. Ja, Rebus konnte sich gut vorstellen, wie er mit Galoschen und Anglerhut durch das Moor stapfte, seinen Collie treu an seiner Seite. Aber was wollte er von Rebus? War er auf der Suche nach einem menschlichen Collie?

»Sie waren heute Morgen bei diesem Drogentoten.« Es war eine reine Feststellung, deshalb machte Rebus sich nicht die Mühe zu antworten. »Eigentlich wäre Inspector McCall dran gewesen, aber er war … nun ja, wo auch immer er war.«

»Er ist ein guter Polizist, Sir.«

Watson starrte ihn an, dann lächelte er. »Es geht hier nicht um die Qualitäten von Inspector McCall. Deshalb sind Sie nicht hier. Doch dass Sie in dem Haus waren, hat mich auf eine Idee gebracht. Sie wissen vermutlich, dass ich mich für das Drogenproblem in dieser Stadt interessiere. Die Statistiken finde ich ehrlich gesagt erschreckend. So etwas kenne ich von Aberdeen nicht, abgesehen von einigen Fällen in der Ölindustrie. Doch da waren es hauptsächlich die Führungskräfte, die sie aus den Vereinigten Staaten eingeflogen haben. Die haben ihre schlechten Gewohnheiten mitgebracht. Aber hier ...« Er schlug die Aktenmappe auf und begann, einige Seiten zu überfliegen. »Hier, Inspector, das ist der Hades. Schlicht und ergreifend.«

»Ja, Sir.«

»Sind Sie ein Kirchgänger?«

»Sir?« Rebus rutschte unbehaglich auf seinem Stuhl hin und her.

»Das ist doch wohl eine klare Frage, oder? Gehen Sie in die Kirche?«

»Nicht regelmäßig, Sir. Aber manchmal schon.« Wie gestern, dachte Rebus. Und erneut hatte er das Bedürfnis zu fliehen.

»Irgendwer hat mir das erzählt. Dann sollten Sie doch wissen, wovon ich rede, wenn ich sage, dass diese Stadt allmählich zum Hades wird.« Watsons Gesicht war noch röter als sonst. »Das Krankenhaus muss Süchtige behandeln, die gerade mal elf oder zwölf sind. Ihr eigener Bruder sitzt wegen Drogenhandel im Gefängnis.« Watson blickte erneut auf, vielleicht weil er erwartete, dass Rebus beschämt aussehen würde. Aber Rebus' Augen glühten, und seine Wangen waren rot, doch nicht vor Verlegenheit.

»Bei allem Respekt, Sir«, sagte er. Seine Stimme klang ruhig, obwohl er innerlich fast geplatzt wäre. »Was hat das mit mir zu tun?«

»Das ist ganz einfach.« Watson schloss die Aktenmappe und lehnte sich zurück. »Ich bin dabei, eine neue Anti-

Drogen-Kampagne zu starten. Bewusstsein in der Öffentlichkeit schaffen und so weiter, gekoppelt mit Belohnungen für diskrete Informationen. Ich habe die Rückendeckung dafür, und – was noch wichtiger ist – ich habe das *Geld*. Eine Gruppe von Geschäftsleuten aus der Stadt ist bereit, fünfzigtausend Pfund in die Kampagne zu stecken.«

»Sehr uneigennützig, Sir.«

Watsons Gesicht verdüsterte sich. Er schob seinen Kopf nach vorn bis dicht an Rebus heran. »Das sollten Sie verdammt nochmal besser glauben«, sagte er.

»Aber ich verstehe immer noch nicht, was ich …«

»John.« Die Stimme klang jetzt einschmeichelnd. »Sie haben … Erfahrungen. Persönliche Erfahrungen. Ich möchte, dass Sie mich bei unserem Teil der Kampagne unterstützen.«

»Nein, Sir, wirklich …«

»Gut. Dann sind wir uns also einig.« Watson war bereits aufgestanden. Rebus versuchte, ebenfalls aufzustehen, doch aus seinen Beine war alle Kraft gewichen. Die Hände auf die Armlehnen gestützt, gelang es ihm, sich hochzuhieven. War das der Preis, den sie forderten? Öffentliche Buße dafür, dass er einen verkorksten Bruder hatte? Watson öffnete die Tür. »Über die Einzelheiten reden wir später. Versuchen Sie erst mal, alles abzuschließen, woran Sie gerade arbeiten, den Papierkram auf den neuesten Stand zu bringen und so weiter. Sagen Sie mir, was Sie nicht zu Ende kriegen können. Wir finden dann schon jemanden, der es Ihnen abnimmt.«

»Ja, Sir.« Rebus griff nach der ausgestreckten Hand. Sie war wie Stahl, kalt, trocken und hart.

»Auf Wiedersehen, Sir«, sagte Rebus, der jetzt im Flur stand, zu einer Tür, die sich bereits hinter ihm geschlossen hatte.

Am Abend war er immer noch benommen. Als das Fernsehen ihn anfing zu langweilen, verließ er die Wohnung, um ein bisschen herumzufahren, ohne ein bestimmtes Ziel vor Augen. In Marchmont war es ruhig, aber das war es eigentlich immer. Sein Auto stand friedlich auf dem Kopfsteinpflaster vor seinem Mietshaus. Er ließ den Motor an und fuhr los, erst ins Stadtzentrum und dann über die Brücke in die New Town. In Canonmills hielt er an einer Tankstelle, tankte auf, kaufte dazu noch eine Taschenlampe, Batterien und mehrere Schokoriegel und bezahlte mit seiner Kreditkarte.

Während er weiterfuhr, aß er die Schokoriegel und versuchte, nicht an die Zigarettenration des nächsten Tages zu denken. Er hatte das Autoradio angeschaltet. Die Sendung von Gill Templers Freund Calum McCallum begann um halb neun, und er hörte einige Minuten zu. Das reichte dann auch. Die aufgesetzt fröhliche Stimme, die Witze, die so lahm waren, dass sie einen Rollstuhl gebraucht hätten, die vorhersagbare Mischung aus alten Schallplatten und Telefongeplauder ... Rebus drehte am Senderknopf, bis er Radio Three fand. Als er die Musik von Mozart erkannte, drehte er lauter.

Natürlich hatte er von Anfang gewusst, dass er hier landen würde. Über schlecht beleuchtete und kurvige Straßen fuhr er immer tiefer in das Labyrinth. An der Haustür hatte man ein neues Vorhängeschloss angebracht, aber Rebus hatte einen nachgemachten Schlüssel in der Tasche. Er schaltete seine Taschenlampe ein und ging leise ins Wohnzimmer. Der Fußboden war leer. Es gab keinerlei Anzeichen dafür, dass hier noch vor zehn Stunden eine Leiche gelegen hatte. Das Glas mit den Spritzen und die Kerzenhalter waren ebenfalls fort. Ohne einen Blick auf die hintere Wand zu werfen, verließ Rebus das Zimmer und lief die Treppe hinauf. Er stieß die Tür zu Ronnies Zimmer auf und ging zum Fenster. Dort, so hatte Tracy gesagt, hatte sie die Leiche gefunden. Rebus hockte sich auf die Zehen gestützt hin und leuchtete mit der Taschenlampe gründlich den Boden ab. Von einer Kamera war nichts zu sehen. Gar nichts. Dieser Fall würde nicht einfach sein. Immer unter der Voraussetzung, dass es sich überhaupt um ein Verbrechen handelte.

Schließlich hatte er dafür nur Tracys Aussage.

Er verließ das Zimmer und ging zur Treppe zurück. Auf der obersten Stufe lag rechts in der Ecke etwas Glitzerndes. Rebus hob es auf und untersuchte es. Es war ein kleines Stück Metall, wie der Verschluss einer billigen Brosche. Er steckte es trotzdem ein und sah sich die Treppe noch einmal genauer an. Dabei versuchte er sich vorzustellen, wie Ronnie wieder zu sich kam und es irgendwie bis ins Erdgeschoss schaffte.

Möglich. So eben noch möglich. Aber in einer solchen Position zu sterben ...? Das war schon sehr viel unwahrscheinlicher.

Und warum sollte er das Glas mit den Spritzen mit nach unten nehmen? Rebus nickte vor sich hin, überzeugt, dass er einen Faden gefunden hatte, der ihn durch dieses Labyrinth führen könnte. Er ging wieder hinunter ins Wohnzimmer. Hier roch es wie verschimmelte Marmelade, erdig und süß zugleich. Das Erdige steril, die Süße widerlich. Er ging zu der hinteren Wand und leuchtete sie mit der Taschenlampe ab.

Es traf ihn wie ein Schlag. Blut hämmerte in seinen Schläfen. Die Kreise waren immer noch da, auch der fünfzackige Stern in ihrem Zentrum. Aber es waren noch weitere Bilder hinzugekommen, Tierkreiszeichen und andere Symbole waren in Rot zwischen die beiden Kreislinien gemalt. Er berührte die Farbe. Sie war klebrig. Er zog die Hand zurück, leuchtete ein Stück weiter die Wand hinauf und las die noch feuchte Botschaft:

HALLO RONNIE

Rebus, abergläubisch bis ins Mark, machte auf dem Absatz kehrt und floh, ohne die Tür hinter sich wieder abzuschließen. Während er mit raschen Schritten zu seinem Auto ging, den Blick nach hinten auf das Haus gewandt, stieß er mit jemandem zusammen und geriet ins Stolpern. Die andere Gestalt fiel unbeholfen hin und rappelte sich nur langsam wieder hoch. Rebus schaltete seine Taschenlampe an und fand sich einem Jungen mit funkelnden Augen gegenüber. Sein Gesicht war übel zugerichtet.

»O Gott«, flüsterte er, »was ist denn mit dir passiert?«

»Ich bin zusammengeschlagen worden«, sagte der Junge und schlurfte mit seinem offensichtlich schmerzenden Bein davon.

Rebus schaffte es irgendwie bis zum Auto, mit den Nerven völlig am Ende. Er stieg ein und verriegelte die Tür. Dann lehnte er sich zurück, schloss die Augen und atmete tief durch. Beruhige dich, John, ermahnte er sich. Beruhige dich. Kurz darauf war er sogar in der Lage, über seinen Anflug von Panik zu schmunzeln. Morgen würde er wiederkommen. Bei Tageslicht.

Für heute hatte er genug gesehen.

DIENSTAG

Aber seit jener Zeit habe ich Grund zu glauben, dass die Ursache viel tiefer in der Natur des Menschen begründet liegt, und Grund, edlere Beweggründe zu vermuten als das Prinzip des Hasses.

Der Schlaf wollte sich nur schwer einstellen, aber schließlich musste er in seinem Lieblingssessel eingedöst sein, denn erst ein Anruf um neun Uhr erweckte ihn wieder zum Leben. In seinem Schoß lag noch immer ein aufgeschlagenes Buch.

Rücken, Arme und Beine waren steif und taten ihm weh, als er auf dem Fußboden nach seinem neuen schnurlosen Telefon tastete.

»Ja?«

»Hier ist das Labor, Inspector Rebus. Sie wollten als Erster benachrichtigt werden.«

»Was haben Sie festgestellt?« Rebus ließ sich wieder in den warmen Sessel sinken und zog mit der freien Hand an seinen Augen herum, um sie bereit zu machen für die neu erwachende Welt. Dann sah er auf die Uhr und stellte fest, wie lange er geschlafen hatte.

»Also, es ist nicht gerade das reinste Heroin im Umlauf.«

Er nickte vor sich hin, zuversichtlich, dass er die nächste Frage eigentlich gar nicht zu stellen brauchte. »Wäre es tödlich für denjenigen, der es spritzt?«

Die Antwort riss ihn fast aus dem Sessel.

»Ganz und gar nicht. Es ist alles in allem betrachtet sogar recht sauber. Ein bisschen verdünnt, aber das ist nicht ungewöhnlich. Das ist sogar notwendig.«

»Aber man könnte es durchaus benutzen?«

»Ich denke, man könnte es sehr gut benutzen.«

»Ich verstehe. Vielen Dank.«

Rebus drückte die Trenntaste. Er war so sicher gewesen. So sicher ... Er griff in seine Tasche, fand die Nummer, die er suchte, und gab rasch die sieben Ziffern ein, bevor der Gedanke an den Morgenkaffee ihn davon abhalten konnte.

»Inspector Rebus. Ich möchte Doctor Enfield sprechen.« Er wartete. »Doctor? Danke gut. Und Ihnen? Fein. Hören Sie, diese Leiche gestern, dieser Drogentote in der Siedlung in Pilmuir, gibt's was Neues?« Er hörte zu. »Ja, ich bleib dran.«

Pilmuir. Was hatte Tony McCall gesagt? Es war früher sehr schön gewesen, ein Ort der Unschuld, irgend so was. Aber das waren die alten Zeiten doch immer oder? Die Erinnerung glättete die rauen Kanten, wie Rebus nur zu gut wusste.

»Hallo?«, sagte er zu dem Telefon. »Ja, das ist richtig.« Im Hintergrund raschelte Papier. Enfields Stimme klang sachlich.

»Blutergüsse auf dem Körper. Ziemlich viele. Ergebnis eines heftigen Sturzes oder irgendeiner körperlichen Auseinandersetzung. Der Magen war fast völlig leer. HIV negativ, das will schon was heißen. Was die Todesursache angeht, nun ja ...«

»Das Heroin?«, soufflierte Rebus.

»Mhm. Zu fünfundneunzig Prozent verunreinigt.«

»Tatsächlich?« Rebus horchte auf. »Womit ist es denn versetzt worden?«

»Daran arbeiten wir noch, Inspector. Aber es könnte irgendwas zwischen zermahlenem Aspirin und Rattengift sein, mit eindeutiger Betonung auf Schädlingsbekämpfung.«

»Sie sagen also, es war tödlich?«

»O ja, absolut. Wer auch immer das Zeug verkauft hat, der verkaufte Euthanasie. Wenn noch mehr davon im Umlauf ist ... das wage ich mir gar nicht vorzustellen.«

Mehr davon im Umlauf? Bei dem Gedanken wurde Rebus heiß und kalt. Wenn nun jemand durch die Gegend lief und Junkies vergiftete? Aber warum dann dieses eine Päckchen mit dem sauberen Stoff? Eins sauber und eins so versaut, wie es nur sein konnte. Das ergab keinen Sinn.

»Danke, Doctor Enfield.«

Er legte das Telefon auf die Sessellehne. Zumindest in einer Hinsicht hatte Tracy Recht gehabt. Sie *hatten* Ronnie ermordet. Wer auch immer »sie« waren. Und Ronnie hatte es gewusst, hatte es gewusst, sobald er den Stoff gespritzt hatte ... Nein, Moment mal ... Es gewusst, *bevor* er den Stoff gespritzt hatte? War das möglich? Rebus musste den Dealer finden. Musste herausfinden, warum Ronnie zum Sterben auserwählt worden war. Ja geradezu geopfert worden war ...

Es war Tony McCalls alte Heimat. Na schön, er war irgendwann von Pilmuir weggezogen, hatte dann eine erdrückende Hypothek erworben, die manche Leute ein Haus nannten. Es war sogar ein schönes Haus. Das wusste er, weil seine Frau es ihm einredete. Es ihm ständig einredete. Sie konnte nicht verstehen, warum er so selten dort war. Schließlich war es, wie sie sagte, auch sein Zuhause.

Zuhause. Für McCalls Frau war es ein Palast. »Zuhause« klang ihr zu dürftig. Und ihre beiden Kinder, ein Sohn und eine Tochter, waren so erzogen worden, dass sie auf Zehenspitzen durch das Haus schlichen, keine Krümel oder Fingerspuren hinterließen, keine Unordnung machten und nichts zerbrachen. McCall, der mit seinem Bruder Tommy eine ziemlich wüste Kindheit verbracht hatte, fand das unnatürlich. Seine Kinder waren voller Angst und gleichzeitig sehr behütet aufgewachsen – eine üble Kombination. Jetzt war Craig vierzehn, Isabel elf. Beide waren schüchtern, introvertiert, vielleicht sogar ein bisschen seltsam. McCalls Träume von einem Profi-Fußballer als Sohn und einer Schauspielerin als Tochter waren wie eine Seifenblase zerplatzt. Craig spielte viel Schach, betrieb aber keine Sportarten, bei denen man sich körperlich anstrengen musste. (Er hatte bei einem Schachturnier in der Schule eine kleine Plakette gewonnen. Danach hatte McCall versucht, das Spiel zu lernen, aber versagt.) Isabel strickte gern. Sie saßen oft in dem allzu perfekten Wohnzimmer, das ihre Mutter gestaltet hatte, und sagten kaum ein Wort. Nur das Klappern der Stricknadeln und das leise Ziehen der Schachfiguren war zu hören.

War es ein Wunder, dass er so selten zu Hause war?

Also war er hier in Pilmuir, ohne besondere Absicht, ging nur spazieren. Wollte einfach ein bisschen Luft schnappen. Von seiner ultramodernen Siedlung – lauter einzeln stehende Schuhkartons mit Volvos davor – musste er ein Stück Ödland überqueren und dann dem Verkehr auf einer belebten Hauptstraße ausweichen. Anschließend ging es am Sportplatz einer Schule vorbei und zwischen Fabrikgebäuden hindurch, bis er schließlich in Pilmuir war. Doch die Mühe lohnte sich. Er kannte diesen Ort, wusste, was für Geschöpfe er hervorbrachte.

Schließlich war er eines von ihnen.

»Hallo, Tony.«

Er wirbelte herum, weil er die Stimme nicht erkannte und

Ärger witterte. Da stand John Rebus, die Hände in den Taschen, und grinste ihn an.

»John! Mein Gott, hast du mich erschreckt.«

»Tut mir Leid. Ich bin allerdings froh, dass ich dich hier treffe.« Rebus sah sich um, als ob er nach jemandem Ausschau hielte. »Ich hab versucht, dich anzurufen, aber man hat mir gesagt, du hättest heute frei.«

»Das stimmt.«

»Was machst du dann hier?«

»Geh bloß spazieren. Wir wohnen da drüben auf der anderen Seite.« Er deutete mit dem Kopf nach Südwesten. »Ist nicht sehr weit. Außerdem ist das hier mein Revier, das darfst du nicht vergessen. Ich muss die Jungs und Mädels im Auge behalten.«

»Genau deshalb wollte ich dich sprechen.«

»Ach ja?«

Rebus war auf dem Bürgersteig weitergegangen, und McCall, der sich immer noch nicht von dem Schreck über sein plötzliches Auftauchen erholt hatte, folgte ihm.

»Ja«, sagte Rebus. »Ich wollte dich fragen, ob du eine bestimmte Person kennst, einen Freund des Toten. Der Name ist Charlie.«

»Mehr weißt du nicht? Charlie?« Rebus zuckte die Achseln. »Wie sieht er aus?«

Rebus zuckte erneut die Achseln. »Keine Ahnung, Tony. Ronnies Freundin Tracy hat mir von ihm erzählt.«

»Ronnie? Tracy?« McCalls Augenbrauen berührten sich. »Wer zum Teufel sind diese Leute?«

»Ronnie ist der Tote. Dieser Junkie, den wir in der Siedlung gefunden haben.«

Plötzlich ging McCall ein Licht auf. Er nickte bedächtig. »Du arbeitest schnell«, sagte er.

»Je schneller, desto besser. Ronnies Freundin hat mir eine interessante Geschichte erzählt.«

»Ja?«

»Sie hat gesagt, Ronnie wäre ermordet worden.« Rebus ging immer weiter, aber McCall war stehen geblieben.

»Augenblick mal!« Er holte Rebus ein. »Ermordet? Na hör mal, John, du hast den Typ gesehen.«

»Wohl wahr. Mit einer Ladung Rattengift im Blut.«

McCall stieß einen leisen Pfiff aus. »Mein Gott.«

»Ganz genau«, sagte Rebus. »Und jetzt muss ich mit Charlie reden. Er ist noch jung, hat vermutlich Angst und interessiert sich für Okkultismus.«

McCall ging in Gedanken einige Akten durch. »Ich wüsste schon ein oder zwei Stellen, wo wir es versuchen könnten«, sagte er schließlich. »Aber das ist eine harte Sache. Man hält hier nicht viel von der Polizei als Freund und Helfer.«

»Du meinst, man würde uns nicht gerade mit offenen Armen empfangen?«

»So ungefähr.«

»Dann gib mir doch einfach die Adressen und sag mir, wo ich hin muss. Schließlich ist das dein freier Tag.«

McCall wirkte gekränkt. »John, du vergisst, dass das mein Revier ist. Normalerweise wär das auch mein Fall, wenn es sich denn überhaupt um ein Verbrechen handelt.«

»Es wär dein Fall gewesen, wenn du nicht so verkatert gewesen wärst.« Sie grinsten darüber, doch Rebus fragte sich, ob es überhaupt zu einer Ermittlung gekommen wäre, wenn Tony der Verantwortliche gewesen wäre. Hätte Tony die Sache nicht einfach auf sich beruhen lassen? Sollte er, Rebus, die Sache nicht auch auf sich beruhen lassen?

»Wie dem auch sei«, sagte McCall wie aufs Stichwort, »du hast doch bestimmt was Besseres zu tun.«

Rebus schüttelte den Kopf. »Nein. Mein ganzer Mist ist sozusagen auf andere Äcker verteilt worden.«

»Redest du von Superintendent Watson?«

»Er will, dass ich bei seiner Anti-Drogen-Kampagne mitarbeite. Ausgerechnet ich.«

»Das könnte ein bisschen peinlich werden.«

»Ich weiß. Aber dieser Idiot meint, ich hätte ›persönliche Erfahrungen‹.«

»Da hat er wohl nicht so ganz Unrecht.« Rebus wollte gerade widersprechen, doch McCall ließ ihn nicht zu Wort kommen. »Dann hast du also nichts zu tun?«

»Nicht bis ich von Farmer Watson herbeizitiert werde.«

»Du verdammter Glückspilz. Nun ja, das ändert die Dinge ein wenig, aber nicht grundlegend. Du begleitest mich hier lediglich und musst mich schon ertragen. Das heißt, bis ich anfange, mich zu langweilen.«

Rebus lächelte. »Danke, Tony.« Er schaute sich um. »Also, wohin als Erstes?«

McCall wies mit dem Kopf in die Richtung, aus der sie gerade gekommen waren. Also machten sie kehrt und gingen zurück.

»Jetzt erzähl mir doch mal«, sagte Rebus, »was bei dir zu Hause so furchtbar ist, dass du an deinem freien Tag hierher kommst?«

McCall lachte. »Ist das so offensichtlich?«

»Nur für jemanden, der schon mal dort war.«

»Ach, ich weiß nicht, John. Ich scheine doch alles zu haben, was ich nie gewollt habe.«

»Und es ist immer noch nicht genug.« Das war eine einfache Feststellung.

»Ich meine, Sheila ist eine wunderbare Mutter und alles, und die Kinder machen nie Ärger, aber …«

»Der Rasen vom Nachbarn ist immer grüner«, sagte Rebus und dachte an seine eigene gescheiterte Ehe, daran, wie er immer in eine kalte Wohnung heimkehrte und die Tür mit einem hohlen Geräusch hinter ihm zufiel.

»Ich hab immer gedacht, Tommy, mein Bruder, der hätte es geschafft. Reichlich Geld, ein Haus mit Whirlpool, eine sich automatisch öffnende Garage …« McCall sah, dass Rebus grinste, und grinste selber.

»Elektrische Jalousien«, fuhr Rebus fort, »persönliches Nummernschild, Autotelefon …«

»Anteil an einer Ferienwohnung in Malaga«, sagte McCall und konnte das Lachen kaum noch unterdrücken, »Arbeitsplatten aus Marmor in der Küche.«

Es war einfach zu lächerlich. Sie prusteten laut los, während sie weitergingen und die Liste fortsetzten. Doch dann merkte Rebus, wo sie waren, hörte auf zu lachen und blieb stehen. Hier hatte er die ganze Zeit hingewollt. Er griff nach der Taschenlampe in seiner Jackentasche.

»Komm mit, Tony«, sagte er ganz ruhig. »Ich muss dir was zeigen.«

»Hier wurde er gefunden«, sagte Rebus und leuchtete mit der Taschenlampe über die kahlen Dielenbretter. »Er lag auf dem Rücken, die Beine zusammen, die Arme ausgebreitet. Ich glaube nicht, dass er zufällig in diese Position geraten ist, was meinst du?«

McCall betrachtete die Szenerie. Jetzt waren beide ganz Profis und verhielten sich fast wie Fremde. »Und die Freundin sagt, sie hat ihn oben gefunden?«

»Ja.«

»Und du glaubst ihr?«

»Warum sollte sie lügen?«

»Dafür könnte es hundert Gründe geben, John. Müsste ich das Mädchen kennen?«

»Sie ist noch nicht lange in Pilmour. Etwas älter, als man erwarten würde, fünfundzwanzig, vielleicht auch mehr.«

»Dieser Ronnie ist also bereits tot, dann wird er heruntergebracht und mit den Kerzen und allem zurechtgelegt.«

»Genau.«

»Ich beginne zu verstehen, warum du diesen Freund finden musst, der es mit dem Okkulten hat.«

»Ja. Komm her und sieh dir das mal an.« Rebus führte McCall zu der hinteren Wand, leuchtete mit der Lampe auf das Pentagramm und dann noch ein Stück höher hinauf.

»Hallo, Ronnie«, las McCall laut.

»Und das war gestern noch nicht hier.«

»Tatsächlich?« McCall klang überrascht. »Kinder, John, nichts weiter.«

»Dieses Pentagramm haben jedenfalls keine Kinder gezeichnet.«

»Nein, das stimmt.«

»Charlie hat das Pentagramm gezeichnet.«

»Richtig.« McCall steckte die Hände in die Taschen und stellte sich wieder gerade hin. »Ein Punkt für dich, Inspector. Los, gehen wir die besetzten Häuser abklappern.«

Doch die wenigen Leute, die sie antrafen, schienen nichts zu wissen, und es schien sie noch viel weniger zu kümmern. McCall versuchte, Rebus klar zu machen, dass es die falsche Tageszeit war. Fast alle Bewohner der Häuser waren jetzt in der Innenstadt, wo sie Portemonnaies aus Handtaschen klauten, bettelten, Ladendiebstähle begingen und dealten. Widerwillig stimmte Rebus ihm zu, dass sie ihre Zeit verschwendeten.

Da McCall sich das Band anhören wollte, das Rebus von seinem Gespräch mit Tracy aufgenommen hatte, fuhren sie zur Great London Road zurück. McCall hoffte, dass auf dem Band irgendein Hinweis sein könnte, der sie zu Charlie führen würde, etwas, das ihm helfen würde, den Typ einzuordnen, etwas, das Rebus übersehen hatte.

Rebus war McCall ein bis zwei Stufen voraus, als sie sich die Treppe zu der schweren Holztür hinaufschleppten, durch die man in die Wache gelangte. Ein munter aussehender Sergeant trat gerade seine Schicht am Empfang an. Er fummelte noch an seinem Hemdkragen und der Ansteckkrawatte herum. Einfach, aber clever, dachte Rebus bei sich. Einfach, aber clever. Alle uniformierten Beamten trugen Ansteckkrawatten, so dass jemand, der bei einem Angriff versuchte, den Kopf des Beamten nach vorne zu reißen, nur die Krawatte in der Hand halten würde. Ebenso hatte die Brille des Sergeant spezielle Gläser, die bei einem Treffer einfach aus der Fassung sprangen, ohne zu zerbrechen. Einfach, aber clever. Rebus hoffte, dass der Fall mit dem gekreuzigten Junkie sich als ebenso einfach erweisen würde.

Er fühlte sich jedenfalls nicht sonderlich clever.

»Hallo, Arthur«, sagte er, als er am Empfang vorbei auf die Treppe zuging. »Irgendwelche Nachrichten für mich?«

»Nun mal langsam, John. Ich bin erst seit zwei Minuten im Dienst.«

»Na schön.« Rebus schob die Hände tief in die Taschen und stieß mit den Fingern der rechten Hand auf etwas Fremdes, etwas Metallisches. Er nahm den Broschenverschluss heraus und betrachtete ihn. Dann erstarrte er.

McCall sah ihn verwundert an.

»Geh schon mal rauf«, sagte Rebus zu ihm. »Ich komm in einer Sekunde nach.«

»Wie du meinst, John.«

Rebus trat wieder an die Empfangstheke und streckte dem Sergeant seine linke Hand entgegen. »Tu mir mal einen Gefallen, Arthur. Gib mir deine Krawatte.«

»Was?«

»Du hast mich richtig verstanden.«

Mit dem Gedanken, dass er heute Abend in der Kantine was zu erzählen haben würde, zog der Sergeant an seiner Krawatte. Mit einem kurzen Schnappen des Klipps löste sie sich vom Hemd. Einfach, aber clever, dachte Rebus, als er die Krawatte zwischen Zeigefinger und Daumen hielt.

»Danke, Arthur«, sagte er.

»Keine Ursache, John«, rief der Sergeant und passte gespannt auf, als Rebus zur Treppe ging. »Keine Ursache.«

»Weißt du, was das ist, Tony?«

McCall hatte sich auf Rebus' Stuhl gesetzt, hinter Rebus' Schreibtisch. Er hatte eine Hand in einer Schublade und blickte erschrocken auf. Rebus hielt ihm die Krawatte unter die Nase. McCall nickte, dann nahm er die Hand aus der Schublade. Sie hielt eine Flasche Whisky umklammert.

»Das ist eine Krawatte«, sagte er. »Hast du Tassen?«

Rebus legte die Krawatte auf den Tisch. Dann ging er zu einem Aktenschrank und suchte unter den vielen Tassen herum, die ungeliebt und ungespült darauf standen. Schließlich schien eine seine Zustimmung zu finden, und er brachte sie zum Schreibtisch. McCall betrachtete gerade die Rückseite einer Akte, die dort lag.

»›Ronnie‹«, las er laut. »›Tracy – Anruferin.‹ Ich stelle fest, deine Aufzeichnungen sind präzise wie eh und je.«

Rebus reichte McCall die Tasse.

»Wo ist deine?«, fragte McCall und zeigte auf die Tasse.

»Mir ist nicht danach. Ehrlich gesagt, ich rühr das Zeug kaum noch an.« Rebus deutete mit dem Kopf auf die Flasche. »Die ist für Gäste.« McCall verzog die Lippen und riss die Augen weit auf. »Und außerdem«, fuhr Rebus fort, »hab ich wahnsinnige Kopfschmerzen, die volle Breitseite.« Er bemerkte einen großen Umschlag auf seinem Schreibtisch. Darauf stand: FOTOGRAFIEN – BITTE NICHT KNICKEN.

»Weißt du Tony, als ich noch Sergeant war, dauerte es Tage, bis solche Sachen ankamen. Das ist das Wunderbare daran, Inspector zu sein.« Er öffnete den Umschlag, zog einen kleinen Stapel Abzüge heraus, zwanzig mal fünfundzwanzig Zentimeter, schwarzweiß, und reichte McCall ein Foto.

»Sieh mal«, sagte Rebus, »keine Schrift an der Wand. Und das Pentagramm ist noch unvollständig. Heute war es komplett.« McCall nickte. Rebus nahm ihm das Foto ab und gab ihm ein anderes. »Der Tote.«

»Armer kleiner Kerl«, sagte McCall. »Könnte eins von unseren Kindern sein, was, John?«

»Nein«, sagte Rebus mit entschiedener Stimme. Er rollte den Umschlag zu einer Röhre und steckte ihn in seine Jackentasche.

McCall hatte die Krawatte in die Hand genommen und hielt sie Rebus fragend hin.

»Hast du jemals so eine getragen?«, fragte Rebus.

»Klar, bei meiner Hochzeit, vielleicht zu einer Beerdigung oder Taufe …«

»Ich meine genau so eine. Eine zum Anstecken. Ich erinnere mich, als ich klein war, hat mein Vater irgendwann beschlossen, dass mir ein Kilt gut stehen würde. Er hat mir die ganze Montur gekauft, einschließlich einer kleinen karierten Krawatte. Das war eine zum Anstecken.«

»Natürlich hab ich eine getragen«, sagte McCall. »Hat doch jeder. Schließlich haben wir uns alle hochgedient, oder etwa nicht?«

»Nein«, sagte Rebus. »Und jetzt heb deinen Arsch von meinem Stuhl.«

McCall suchte sich einen anderen Stuhl und zog ihn von der Wand an den Schreibtisch. Derweil setzte Rebus sich hin und nahm die Krawatte in die Hand.

»Polizeiausstattung.«

»Was?«

»Ansteckkrawatten«, sagte Rebus. »Wer sonst trägt noch so was?«

»Mein Gott, das weiß ich nicht, John.«

Rebus warf den Klipp zu McCall hinüber, der zu langsam reagierte. Er fiel auf den Boden, von wo er ihn aufhob.

»Das ist ein Ansteckklipp«, sagte er.

»Ich hab ihn bei Ronnie im Haus gefunden«, sagte Rebus. »Oben auf der Treppe.«

»Und?«

»Also ist jemandem die Ansteckkrawatte kaputtgegangen. Vielleicht als sie Ronnie die Treppe hinunterzogen. Vielleicht irgendeinem Police Constable.«

»Du glaubst, dass einer von unseren Leuten ...?«

»Nur so eine Idee«, sagte Rebus. »Natürlich könnte das Ding auch einem von den Jungs gehören, die die Leiche gefunden haben.« Er streckte eine Hand aus, und McCall gab ihm den Klipp zurück. »Vielleicht sollte ich mal mit denen reden.«

»John, was zum Teufel ...?« McCall brach mit einem erstickten Ton ab, als sei er nicht in der Lage, die Worte für die Frage zu finden, die er stellen wollte.

»Trink deinen Whisky«, sagte Rebus besorgt. »Dann

kannst du dir das Band anhören und dir überlegen, ob Tracy die Wahrheit sagt.«

»Und was machst du?«

»Ich weiß noch nicht.« Er steckte die Krawatte des Sergeants vom Empfang in die Tasche. »Vielleicht ein paar offene Fragen klären.« McCall schenkte sich gerade einen Whisky ein, als Rebus das Zimmer verließ, doch seine Abschiedsworte, die er aus dem Treppenhaus rief, waren deutlich zu hören.

»Vielleicht geh ich ja auch bloß zum Teufel!«

»Ja, ein einfaches Pentagramm.«

Der Psychologe Dr. Poole, der eigentlich gar kein Psychologe, sondern, wie er erklärt hatte, Dozent für Psychologie war – also ein erheblicher Unterschied –, betrachtete die Fotografien gründlich. Seine Unterlippe war als Zeichen seiner unerschütterlichen Gewissheit über die Oberlippe geschoben. Rebus spielte mit dem leeren Umschlag herum und starrte aus dem Bürofenster. Es war ein sonniger Tag, und einige Studenten lagen auf den Wiesen am George Square, tranken Wein aus der Flasche und verschwendeten keinerlei Gedanken an ihre Lehrbücher.

Rebus war unbehaglich zumute. In Stätten höherer Bildung, vom einfachsten College bis zu den Gefilden der University of Edinburgh, in denen er sich gerade befand, kam er sich immer reichlich dumm vor. Er hatte das Gefühl, dass jede Geste, jede Äußerung von ihm begutachtet und interpretiert wurde, um ihn als einen klugen Mann zu entlarven, der sehr viel klüger hätte sein können, wenn die Dinge anders gelaufen wären.

»Als ich noch einmal in das Haus ging«, sagte er, »hatte jemand mehrere Symbole zwischen die beiden Kreislinien gemalt. Tierkreiszeichen und so was.«

Rebus beobachtete, wie der Psychologe zum Bücherregal ging und zu blättern anfing. Es war einfach gewesen, diesen Mann zu finden. Etwas Nützliches aus ihm herauszuholen, könnte sich als schwieriger erweisen.

»Vermutlich die üblichen Arkana«, sagte Dr. Poole. Er hatte offenbar die Seite gefunden, die er gesucht hatte, und kam mit dem Buch zum Schreibtisch, um sie Rebus zu zeigen. »So was in der Art?«

»Ja, das ist es.« Rebus betrachtete die Abbildung. Das Pentagramm war zwar nicht identisch mit dem, das er gesehen hatte, doch die Unterschiede waren geringfügig. »Sagen Sie, gibt es viele Leute, die sich für Okkultismus interessieren?«

»Sie meinen hier in Edinburgh?« Poole setzte sich wieder hin und schob seine Brille nach oben. »O ja. Reichlich. Sehen Sie sich doch nur an, wie gut die ganzen Filme über den Teufel laufen.«

Rebus lächelte. »Ja, ich habe mir selbst früher gern Horrorfilme angesehen. Aber ich rede von einem *aktiven* Interesse.«

Der Dozent lächelte. »Das war mir schon klar. Sollte ein Scherz sein. Viele Leute glauben, dass es darum beim Okkultismus geht – den Satan wieder zum Leben zu erwecken. Doch glauben Sie mir, Inspector, es steckt viel mehr dahinter. Oder viel weniger, je nach dem, wie man die Sache betrachtet.«

Rebus versuchte dahinter zu kommen, was das heißen sollte. »Kennen Sie Okkultisten?«, fragte er als Nächstes.

»Ich weiß, dass es Okkultisten *gibt*, praktizierende Hexenzirkel für schwarze und weiße Magie.«

»Hier? In Edinburgh?«

Poole lächelte erneut. »O ja. Direkt hier. Es gibt sechs

aktive Hexenzirkel in und um Edinburgh.« Er hielt inne, und Rebus konnte beinah sehen, wie er nachzählte. »Vielleicht sieben. Zum Glück praktizieren die meisten weiße Magie.«

»Das bedeutet, das Okkulte für angeblich gute Zwecke einzusetzen, oder?«

»Ganz recht.«

»Und schwarze Magie …?«

Der Dozent seufzte. Plötzlich interessierte er sich sehr für die Aussicht aus seinem Fenster. In Rebus stieg eine Erinnerung hoch. Vor langer Zeit hatte er mal ein Buch mit Gemälden von H. R. Giger gekauft, Bildern von Satan, flankiert von vestalischen Huren … Er wusste nicht, warum er es gekauft hatte, aber es musste noch irgendwo in der Wohnung sein. Er erinnerte sich, dass er das Buch vor Rhona versteckt hatte …

»Es gibt einen Hexenzirkel in Edinburgh«, sagte Poole gerade. »Einen schwarzen Zirkel.«

»Sagen Sie, bringen die … bringen die auch Opfer?«

Dr. Poole zuckte die Achseln. »Bringen wir nicht alle Opfer?« Doch als er sah, dass Rebus über seinen kleinen Scherz nicht lachte, setzte er sich gerade hin und nahm eine ernstere Miene an. »Vermutlich schon, sozusagen als Zeichen. Eine Ratte, eine Maus oder ein Huhn. Vielleicht gehen sie noch nicht mal so weit. Sie könnten irgendwas Symbolisches benutzen. Ich weiß es wirklich nicht.«

Rebus tippte auf eine der Fotografien, die ausgebreitet auf dem Schreibtisch lagen. »In dem Haus, in dem wir dieses Pentagramm gefunden haben, haben wir auch einen Mann gefunden. Einen Toten, um es genauer zu sagen.« Jetzt holte er diese Fotos hervor. Dr. Poole betrachtete sie mit gerunzelter Stirn. »An einer Überdosis Heroin gestorben. Quasi aufgebahrt, die Beine zusammen, die Arme ausgebreitet. Die

Leiche lag zwischen zwei Kerzen, die völlig heruntergebrannt waren. Sagt Ihnen das irgendwas?«

Poole wirkte völlig entsetzt. »Nein«, sagte er. »Glauben Sie denn, dass Satanisten …«

»Ich glaube gar nichts, Sir. Ich versuche nur, Dinge zusammenzufügen, indem ich alle Möglichkeiten durchgehe.«

Poole dachte einen Augenblick nach. »Einer unserer Studenten *könnte* Ihnen vielleicht besser helfen als ich. Ich hatte ja keine Ahnung, dass es um einen Todesfall …«

»Ein Student?«

»Ja. Ich kenne ihn nur flüchtig. Er scheint sich sehr für Okkultismus zu interessieren, hat in diesem Trimester einen langen und kenntnisreichen Essay darüber geschrieben. Plant irgendein Projekt über Dämonismus. Er ist Student im zweiten Jahr. Da müssen sie über die Sommerferien ein Projekt machen. Ja, vielleicht kann er Ihnen eher helfen als ich.«

»Und sein Name …?«

»Sein Nachname fällt mir im Augenblick nicht ein. Er stellt sich normalerweise immer nur mit seinem Vornamen vor. Charles.«

»Charles?«

»Oder vielleicht Charlie. Ja, Charlie, das ist es.«

Der Name von Ronnies Freund. In Nacken begann es zu kribbeln.

»Ja genau, Charlie«, bestätigte Poole sich selbst und nickte. »Bisschen exzentrisch. Sie finden ihn vermutlich in einem der Gebäude der Studentenvereinigung. Ich glaube, er ist süchtig nach diesen Videospielen …«

Nein, nicht Videospiele. Flipperautomaten. Die mit dem ganzen Schnickschnack, den kleinen Tricks und Extras, mit denen ein Spiel erst richtig Spaß macht. Charlie war ganz wild auf diese Geräte. Es war eine Liebe, die deshalb besonders heftig war, weil sie ihn erst spät im Leben gepackt hatte. Schließlich war er bereits neunzehn. Das Leben floss an ihm vorbei, und er wollte alles mitnehmen, was sich ihm darbot. Flippern hatte in seiner Kindheit keine Rolle gespielt. Die hatte nur Büchern und Musik gehört. Außerdem hatte es in seinem Internat keine Flipperautomaten gegeben.

Nun, wo er endlich an der Uni und frei war, da wollte er leben. Und flippern. Und all die anderen Dinge tun, die er in den Jahren versäumt hatte, als er brav seine Hausaufgaben machte, Besinnungsaufsätze schrieb und reichlich Innenschau betrieb. Charlie wollte schneller durchs Leben laufen, als irgendwer je gelaufen war, wollte nicht ein Leben leben, sondern zwei, drei oder vier. Als die silberne Kugel den linken Flipper berührte, schoss er sie mit grimmiger Heftigkeit ins Spiel zurück. Sie blieb einen Augenblick in einem der Bonuslöcher liegen und sammelte weitere tausend Punkte. Er nahm sein Bier, trank rasch einen großen Schluck, und sofort kehrten seine Finger zu den Knöpfen zurück. Noch zehn Minuten, und er würde den Tagesrekord eingestellt haben.

»Charlie?«

Er drehte sich um, als er seinen Namen hörte. Ein dummer Fehler, sehr naiv. Sofort wandte er sich wieder dem Spiel zu, doch es war zu spät. Der Mann kam auf ihn zu. Der ernste Mann. Der Mann, der nicht lächelte.

»Ich möchte kurz mit dir reden, Charlie.«

»Okay, wie wär's mit Kohlehydraten. Das war schon immer eins meiner Lieblingsthemen.«

John Rebus' Lächeln hielt weniger als eine Sekunde.

»Sehr clever«, sagte er. »Ja, so was nennen wir eine schlagfertige Antwort.«

»Wir?«

»Kriminalpolizei Lothian. Mein Name ist Inspector Rebus.«

»Freut mich, Sie kennen zu lernen.«

»Ganz meinerseits, Charlie.«

»Nein, Sie irren sich. Ich heiße nicht Charlie. Der kommt allerdings manchmal hierher. Ich werd ihm sagen, dass Sie nach ihm gefragt haben.«

Charlie war gerade dabei, den Tagesrekord zu brechen, fünf Minuten früher als erwartet, da packte ihn Rebus an der Schulter und riss ihn herum. Da keine anderen Studenten in der Nähe waren, ließ er die Hand auf Charlies Schulter und drückte kräftig zu, während er sprach.

»Du bist ungefähr so spaßig wie ein Madensandwich, Charlie, und Geduld ist nicht gerade meine Stärke. Also musst du mir verzeihen, wenn ich gereizt oder unbeherrscht oder sonst was bin.«

»Hände weg.« Charlies Gesicht hatte einen neuen Ausdruck angenommen, allerdings keinen ängstlichen.

»Ronnie«, sagte Rebus jetzt ganz ruhig und ließ die Schulter des jungen Mannes los.

Die Farbe wich aus Charlies Gesicht. »Was ist mit ihm?«

»Er ist tot.«

»Ja.« Charlies Stimme war leise, sein Blick unruhig. »Hab ich gehört.«

Rebus nickte. »Tracy hat versucht, dich zu finden.«

»Tracy.« Er sprach den Namen voller Abscheu aus. »Die hat ja keine Ahnung, überhaupt keine Ahnung. Haben Sie mit ihr gesprochen?« Rebus nickte. »Also, diese Frau ist der totale Loser. Sie hat Ronnie nie verstanden. Sie hat's nicht mal versucht.«

Während Charlie redete, erfuhr Rebus einiges über ihn. Sein Akzent klang nach schottischer Privatschule, was die erste Überraschung für Rebus war. Er wusste nicht, was er erwartet hatte, aber das jedenfalls nicht. Charlie war außerdem kräftig gebaut, ein Ergebnis des Rugby-Unterrichts. Er hatte lockige dunkelbraune Haare, nicht zu lang, und trug die übliche studentische Sommerkluft: Turnschuhe, Jeans und T-Shirt. Das T-Shirt war schwarz und an den Ärmeln aufgerissen.

»Ronnie ist also abgetreten, na und?«, sagte Charlie gerade. »Ist doch ein gutes Alter zum Sterben. Leb schnell, stirb jung.«

»Möchtest du jung sterben, Charlie?«

»Ich?« Charlie lachte, ein schrilles Quieken, wie von einem kleinen Tier. »Verdammt, ich will hundert Jahre alt werden. Ich will niemals sterben.« Er sah Rebus an. Seine Augen funkelten. »Und Sie?«

Rebus dachte über die Frage nach, doch er war nicht bereit zu antworten. Er war dienstlich hier und nicht, um über den Todestrieb zu diskutieren. Der Dozent, Dr. Poole, hatte ihm etwas über den Todestrieb erzählt.

»Ich will wissen, was du über Ronnie weißt.«

»Soll das heißen, dass Sie mich mitnehmen, um mich zu vernehmen?«

»Wenn du willst. Wir können es hier machen, aber wenn du lieber ...«

»Nein, nein. Ich *will* auf die Polizeiwache. Los, nehmen Sie mich mit.« Dieser plötzliche Eifer ließ Charlie jünger erscheinen, als er war. Wer würde schon auf eine Polizeiwache wollen, um sich vernehmen zu lassen?

Auf dem Weg zum Parkplatz, wo Rebus' Auto stand, wollte Charlie unbedingt ein paar Schritte vor Rebus gehen, die Hände auf dem Rücken, den Kopf gesenkt. Rebus war klar, dass Charlie so tat, als trüge er Handschellen. Er spielte seine Rolle gut und lenkte reichlich Aufmerksamkeit auf sich und Rebus. Irgendwer brüllte sogar »du Schwein« in Rebus' Richtung. Doch das Wort hatte mit den Jahren jede Bedeutung verloren. Es hätte ihn mehr irritiert, wenn ihm jemand gute Fahrt gewünscht hätte.

»Kann ich ein paar davon kaufen?«, fragte Charlie, während er die Fotos von seinem Werk betrachtete, seinem Pentagramm.

Der Vernehmungsraum wirkte trostlos. Das sollte er auch. Aber Charlie hatte sich dort niedergelassen, als ob er ihn mieten wollte.

»Nein«, sagte Rebus und zündete sich eine Zigarette an. Charlie bot er keine an. »Also, warum hast du das gemalt?«

»Weil es schön ist.« Er betrachtete immer noch die Fotos. »Finden Sie nicht? So voller Bedeutung.«

»Wie lange hast du Ronnie gekannt?«

Charlie zuckte die Achseln. Zum ersten Mal blickte er zu dem Kassettenrecorder hinüber. Rebus hatte ihn gefragt, ob er etwas dagegen hätte, wenn das Gespräch aufgenommen würde. Er hatte die Achseln gezuckt. Jetzt wirkte er ein wenig nachdenklich. »Vielleicht ein Jahr«, sagte er. »Ja, ein Jahr. Ich hab ihn während der Prüfungen nach meinem ersten Jahr kennen gelernt. Damals fing ich gerade an, mich für das *wahre* Edinburgh zu interessieren.«

»Das wahre Edinburgh?«

»Ja. Nicht nur der Dudelsackpfeifer auf dem Festungswall oder die Royal Mile oder das Scott Monument.« Rebus musste an Ronnies Fotos vom Castle denken.

»Ich hab bei Ronnie an der Wand ein paar Fotos gesehen.« Charlie verzog das Gesicht.

»Ach Gott, *die*. Er hatte die Wahnidee, als Profi-Fotograf

zu arbeiten. Blöde Touristenaufnahmen für Postkarten zu machen. Das hielt jedoch nicht lange an. Wie die meisten von Ronnies Plänen.«

»Er hatte allerdings eine schöne Kamera.«

»Was? Ach so, seine Kamera. Ja, das war sein ganzer Stolz.« Charlie schlug die Beine übereinander. Rebus starrte die ganze Zeit auf die Augen des jungen Mannes, doch Charlie betrachtete konzentriert die Fotos von dem Pentagramm.

»Wie war das mit dem ›wahren Edinburgh‹, wovon du gesprochen hast?«

»Deacon Brodie«, sagte Charlie mit neu erwachendem Interesse. »Burke und Hare, selbstgerechte Sünder und so Zeug. Aber das ist ja alles für die Touristen bereinigt worden. Da hab ich mir gedacht, Moment mal, diese ganzen Elendsviertel existieren doch immer noch. Da hab ich angefangen, Touren durch die Wohnsiedlungen zu machen, Wester Hailes, Oxgangs, Craigmillar, Pilmuir. Und ich hab festgestellt, das immer noch alles da ist; die Vergangenheit wiederholt sich in der Gegenwart.«

»So hast du also angefangen, in Pilmuir herumzuhängen?«

»Ja.«

»Mit anderen Worten, du bist selbst zum Touristen geworden?« Rebus hatte solche Typen wie Charlie schon häufiger erlebt, allerdings meistens in älterer Ausführung. Der wohlhabende Geschäftsmann, der sich wegen des besonderen Kicks in die Niederungen begibt, der schäbige Etablissements zu einem billigen Vergnügen aufsucht. Er mochte diese Sorte Leute nicht.

»Ich war kein Tourist!« Charlie wurde immer wütender, zappelte wie eine Forelle nach dem Wurm am Angelhaken. »Ich war dort, weil ich dort sein wollte und weil sie mich dort haben wollten.« Seine Stimme hatte einen schmollenden Ton angenommen, »Ich gehöre dorthin.«

»Nein, das tust du nicht, mein Junge, du gehörst irgendwo in ein großes Haus zu Eltern, die sich für dein Studium interessieren.«

»Scheiße.« Charlie schob seinen Stuhl zurück, ging zu einer Wand und lehnte den Kopf dagegen. Einen Augenblick lang glaubte Rebus, er hätte vor, den Kopf dagegen zu knallen, um dann zu behaupten, er sei von der Polizei misshandelt worden. Aber offenbar brauchte er nur eine Fläche, an der er sein Gesicht kühlen konnte.

Im Vernehmungsraum war es stickig. Rebus hatte bereits seine Jacke ausgezogen. Nun krempelte er sich die Ärmel hoch und drückte dann seine Zigarette aus.

»Okay, Charlie.« Der Widerstand des jungen Mannes war jetzt gebrochen. Es wurde Zeit, ein paar Fragen zu stellen. »In der Nacht, in der das mit der Überdosis passierte, da warst du mit Ronnie in dem Haus, stimmt's?«

»Das stimmt. Zumindest eine Zeit lang.«

»Wer war noch da?«

»Tracy war da. Sie war noch da, als ich gegangen bin.«

»Sonst noch wer?«

»Irgendein Typ kam am frühen Abend vorbei. Er ist nicht lange geblieben. Ich hab ihn schon vorher ein paarmal mit Ronnie gesehen. Wenn er da war, blieben sie immer für sich.«

»Könnte das sein Dealer gewesen sein?«

»Nein. Ronnie kam immer an Stoff ran. Zumindest bis vor kurzem. Die letzten Wochen hatte er Probleme damit. Die beiden schienen allerdings ein ziemlich enges Verhältnis zu haben. Richtig eng, wenn Sie verstehen, was ich meine.«

»Erzähl weiter.«

»So eng wie Verliebte, wie Schwule.«

»Aber Tracy …?«

»Na und, aber was beweist das schon? Sie wissen doch, wie die meisten Drogenabhängigen an ihr Geld kommen.«

»Wie denn? Durch Diebstahl?«

»Genau. Diebstahl, Straßenraub, was auch immer. Und irgendwelche Geschäfte drüben am Calton Hill.«

Calton Hill, ein großes, unübersichtliches Gebiet östlich der Princes Street. Ja, Rebus wusste alles über Calton Hill und über die Autos, die einen großen Teil der Nacht da unten parkten, entlang der Regent Road. Er wusste auch über den Calton-Friedhof Bescheid, was dort vor sich ging …«

»Du behauptest also, Ronnie war ein Strichjunge?« Der Ausdruck klang lächerlich, wenn er laut ausgesprochen wurde. Das war Boulevardpresse-Stil.

»Ich sage nur, dass er häufig mit einer Menge anderer Typen dort rumgehangen ist und dass er am Ende der Nacht immer Geld hatte.« Charlie schluckte. »Geld und vielleicht ein paar blaue Flecken.«

»O Gott.« Rebus fügte diese Information dem äußerst unerfreulichen kleinen Dossier hinzu, das allmählich in seinem Kopf entstand. Wie tief wäre jemand für einen Schuss bereit zu sinken? Die Antwort war: bis auf die unterste Stufe. Und dann noch ein bisschen tiefer. Er zündete sich die nächste Zigarette an.

»Weißt du das ganz sicher?«, fragte er.

»Nein.«

»Kam Ronnie eigentlich aus Edinburgh?«

»Aus Stirling.«

»Und sein Nachname war …«

»McGrath, glaub ich.«

»Und was ist mit diesem Typ, mit dem er so vertraut war? Kennst du seinen Namen?«

»Er nannte sich Neil. Ronnie nannte ihn Neilly.«

»Neilly? Hattest du den Eindruck, dass sie sich schon länger kannten?«

»Ja, schon eine ganze Weile. So ein Spitzname ist doch ein Zeichen von Zuneigung, oder?« Rebus sah Charlie erstaunt an. »Ich studier doch nicht umsonst Psychologie, Inspector.«

»Stimmt.« Rebus prüfte, ob noch genügend unbespieltes Band in dem kleinen Kassettenrecorder war. »Kannst du mir eine Beschreibung von diesem Neil geben?«

»Groß, dürr, kurze braune Haare. Leicht pickeliges Gesicht, aber immer sauber. Trug meistens Jeans und eine Jeansjacke. Und hatte immer eine große schwarze Reisetasche dabei.«

»Hast du eine Ahnung, was darin war?«

»Ich hatte den Eindruck, das waren bloß Klamotten.«

»Okay.«

»Sonst noch was?«

»Lass uns noch mal über das Pentagramm reden. Irgendwer war im Haus und hat noch einiges hinzugefügt, nachdem diese Fotos aufgenommen wurden.«

Charlie schwieg, wirkte allerdings nicht überrascht.

»Das warst du, nicht wahr?«

Charlie nickte.

»Wie bist du reingekommen?«

»Durch das Fenster im Erdgeschoss. Zwischen diesen Brettern käme sogar ein Elefant durch. Das ist wie eine zusätzliche Tür. Viele Leute sind so ins Haus gekommen.«

»Warum bist zu zurückgegangen?«

»Es war doch noch nicht fertig. Ich wollte die Symbole hinzufügen.«

»Und die Botschaft.«

Charlie lächelte vor sich hin. »Ja, die Botschaft.«

»›Hallo, Ronnie‹«, zitierte Rebus. »Was soll das heißen?«

»Genau das, was es besagt. Sein Geist ist noch in dem Haus und seine Seele. Ich wollte nur hallo sagen. Ich hatte noch etwas Farbe übrig. Außerdem hab ich mir gedacht, damit könnte ich vielleicht jemandem einen schönen Schrecken einjagen.«

Rebus fiel ein, wie er sich selbst beim Anblick der Schrift erschrocken hatte. Er spürte, wie seine Wangen rot wurden, und er kaschierte seine Verlegenheit mit einer Frage.

»Erinnerst du dich an die Kerzen?«

Charlie nickte, wurde jedoch allmählich unruhig. Der Polizei bei ihren Ermittlungen zu helfen war also doch nicht so spaßig, wie er sich das vorgestellt hatte.

»Was ist mit deinem Projekt?«, fragte Rebus, um das Thema zu wechseln.

»Was soll damit sein?«

»Es geht um Dämonismus, oder?«

»Vielleicht. Ich hab mich noch nicht ganz entschieden.«

»Um welchen Aspekt des Dämonismus?«

»Weiß ich noch nicht. Vielleicht die populäre Mythologie. Wie alte Ängste wieder aufleben, solche Sachen.«

»Kennst du einen der Hexenzirkel in Edinburgh?«

»Ich kenne Leute, die behaupten, in einem zu sein.«

»Aber du bist noch nie bei einem gewesen?«

»Nein, leider nicht.« Charlie schien plötzlich munter zu werden. »Hören Sie, was soll das alles? Ronnie hat sich eine Überdosis verpasst. Er ist Geschichte. Wozu diese ganzen Fragen?«

»Was kannst du mir über die Kerzen erzählen?«

Charlie explodierte. »Was soll das mit den Kerzen?«

Rebus blieb ganz ruhig und atmete erst mal den Rauch aus, bevor er antwortete. »Im Wohnzimmer waren Kerzen.« Er war kurz davor, Charlie etwas zu erzählen, was dieser anscheinend nicht wusste. Während des ganzen Gesprächs hatte er gespannt auf diesen Augenblick gewartet.

»Das stimmt. Große Kerzen. Ronnie kaufte sie immer in einem Spezialgeschäft für Kerzen. Er *mochte* Kerzen. Sie gaben der Wohnung *Atmosphäre.*«

»Tracy hat Ronnie oben in seinem Zimmer gefunden. Sie glaubt, dass er schon tot war.« Rebus Stimme wurde noch leiser und völlig ausdruckslos. »Doch zwischen dem Zeitpunkt, wo sie uns anrief und bis dann ein Beamter zum Haus kam, war Ronnies Leiche nach unten geschafft worden. Er lag wie aufgebahrt zwischen zwei Kerzen, die völlig heruntergebrannt waren.«

»Von diesen Kerzen war schon nicht mehr viel übrig, als ich gegangen bin.«

»Wann bist du gegangen?«

»Kurz vor Mitternacht. Irgendwo in der Siedlung sollte angeblich eine Party sein. Ich dachte, die laden mich vielleicht ein.«

»Wie lange dürften die Kerzen noch gebrannt haben?«

»Eine Stunde oder zwei. Weiß der Himmel.«

»Wie viel Heroin hatte Ronnie da?«

»Mein Gott, das weiß ich nicht.«

»Wie viel nahm er denn normalerweise bei einem Mal?«

»Das weiß ich wirklich nicht. Ich nehm das Zeug nicht. Ich hasse diesen ganzen Kram. In der sechsten Klasse hatte ich zwei Freunde. Die sind jetzt beide in einer Privatklinik.«

»Wie schön für sie.«

»Wie gesagt, Ronnie hatte seit Tagen keinen Stoff kriegen können. Er war ziemlich fertig, kurz vorm Durchdrehen.

Dann kam er mit welchem nach Hause. Ende der Geschichte.«

»Es ist also nicht viel Stoff im Umlauf?«

»Soweit ich weiß, gibt's reichlich, aber ersparen Sie sich die Mühe, mich nach Namen zu fragen.«

»Wenn es aber doch reichlich gibt, wieso hatte Ronnie dann solche Schwierigkeiten, welchen zu kriegen?«

»Weiß der Himmel. Er wusste es selber nicht. Es war, als wollte plötzlich keiner mehr was mit ihm zu tun haben. Dann war wieder alles gut, und er bekam dieses Päckchen.«

Es wurde Zeit. Rebus entfernte einen unsichtbaren Faden von seinem Hemd.

»Er wurde ermordet«, sagte er. »Oder so gut wie.«

Charlie klappte der Mund auf. Das Blut wich aus seinem Gesicht, als wäre irgendwo ein Hahn geöffnet worden. »Was?«

»Er wurde ermordet. Sein Körper war voller Rattengift. Selbst verabreicht zwar, aber von jemandem besorgt, der vermutlich wusste, dass es tödlich war. Dann hat man sich sehr viel Mühe gegeben, seine Leiche in einer Art rituellen Position im Wohnzimmer hinzulegen. Dort, wo dein Pentagramm ist.«

»Moment mal ...«

»Wie viele Hexenzirkel gibt es in Edinburgh, Charlie?«

»Was? Sechs, sieben. Ich weiß es nicht. Hören Sie ...«

»Kennst du sie? Irgendwen von ihnen? Ich meine persönlich.«

»Mann, Sie wollen mir das doch wohl nicht anhängen!«

»Warum nicht?« Rebus drückte seine Zigarette aus.

»Weil es hirnrissig ist.«

»Für mich scheint alles zu passen.« Gib ihm den Rest,

dachte Rebus. Er ist bereits bis zum Zerspringen angespannt. »Es sei denn, du kannst mich vom Gegenteil überzeugen.«

Charlie ging entschlossen zur Tür, dann blieb er stehen.

»Geh nur«, rief Rebus, »sie ist nicht abgeschlossen. Geh ruhig raus, wenn du willst. Dann *weiß* ich wenigstens, dass du was damit zu tun hast.«

Charlie drehte sich um. Seine Augen wirkten feucht in dem diffusen Licht. Ein Sonnenstrahl drang durch die vergitterte Milchglasscheibe und verwandelte die Staubkörner in Tänzer, die sich im Zeitlupentempo bewegten. Charlie ging durch sie hindurch, als er zum Schreibtisch zurückkehrte.

»Ich hatte nichts damit zu tun, ganz ehrlich.«

»Setz dich«, sagte Rebus, jetzt ganz der freundliche Onkel. »Lass uns noch ein bisschen reden.«

Aber Charlie mochte keine Onkel. Hatte sie noch nie gemocht. Er legte seine Hände auf den Schreibtisch und beugte sich drohend zu Rebus herab. Irgendetwas hatte sich in ihm verhärtet. Er spuckte Gift und Galle, während er sprach.

»Gehn Sie zum Teufel, Rebus. Ich durchschaue Ihr Spielchen, und ich denke nicht im Traum daran mitzuspielen. Verhaften Sie mich, wenn Sie wollen, aber beleidigen Sie mich nicht mit billigen Tricks. So was hab ich bereits im ersten Trimester gelernt.«

Dann setzte er sich in Bewegung, und diesmal öffnete er die Tür und ließ sie hinter sich offen. Rebus stand vom Schreibtisch auf, schaltete den Recorder ab, nahm das Band heraus, steckte es in die Tasche und folgte ihm. Als er in die Eingangshalle trat, war Charlie fort. Er ging zur Empfangstheke. Der Dienst habende Sergeant blickte von seinen Papieren auf.

»Er ist bereits weg«, sagte er.

Rebus nickte. »Das macht nichts.«

»Er sah nicht sehr glücklich aus.«

»Würde ich denn meine Arbeit richtig machen, wenn alle, die hier rausgehen, sich vor Lachen den Bauch hielten?«

Der Sergeant grinste. »Vermutlich nicht. Also, was kann ich für Sie tun?«

»Der Drogentote in Pilmuir. Ich habe einen Namen für die Leiche. Ronnie McGrath. Stammt aus Stirling. Mal sehen, ob wir seine Eltern ausfindig machen können, was?«

Der Sergeant schrieb den Namen auf einen Block. »Sie werden sich sicher freuen zu hören, wie es ihrem Sohn in der großen Stadt geht.«

»Ja«, sagte Rebus und starrte auf die Eingangstür der Polizeiwache. »Das glaube ich auch.«

John Rebus' Wohnung war seine Burg. Sobald er durch die Tür war, zog er die Zugbrücke hoch und versuchte, an nichts mehr zu denken, die Welt um sich herum so lange wie möglich zu vergessen. Dann schenkte er sich einen Drink ein, schob eine Kassette mit Tenorsaxofon-Musik in den Recorder und holte sich ein Buch. Vor vielen Wochen hatte er in einem Anfall von Aufräumwut an einer Wand im Wohnzimmer Regale angebracht, damit er Platz für seine ständig wachsende Büchersammlung hatte. Doch irgendwie schafften es die Bücher, über den Fußboden zu kriechen und ihm unter die Füße zu geraten, so dass er sie als Trittsteine auf dem Weg in den Flur und ins Schlafzimmer benutzte.

Nun lief er gerade über diverse Bücher zum Erkerfenster, wo er die staubigen Jalousien herunterzog. Die Schlitze ließ er offen, so dass das Abendlicht in rötlichen Strahlen hereindrang und ihn an den Vernehmungsraum erinnerte …

Nein, nein, nein, so ging das nicht. Die Arbeit drohte ihn

schon wieder zu vereinnahmen. Er musste den Kopf frei kriegen und ein Buch finden, das ihn in seine kleine Welt ziehen würde, weit weg von den Anblicken und Gerüchen Edinburghs. Er trat unbeirrt auf Autoren wie Tschechow, Heller, Rimbaud und Kerouac, als er in die Küche ging, um eine Flasche Wein auszusuchen.

Unter der Arbeitsplatte in der Küche standen zwei Kartons an der Stelle, wo früher die Waschmaschine gewesen war. Rhona hatte die Waschmaschine mitgenommen, was schon ganz in Ordnung war. Er nannte den so entstandenen Raum seinen Weinkeller und bestellte ab und zu einen Karton mit verschiedenen Weinen aus dem guten kleinen Laden bei ihm um die Ecke. Er griff in einen der Kartons und zog etwas heraus, das sich Château Potensac nannte. Ja, davon hatte er schon mal eine Flasche getrunken. Der war genau richtig.

Er goss ein Drittel der Flasche in ein großes Glas, ging ins Wohnzimmer zurück und hob auf dem Weg eines der Bücher vom Boden auf. Er saß bereits in seinem Sessel, als er einen Blick auf den Einband warf: *The Naked Lunch*. Nein, schlechte Wahl. Er warf das Buch wieder hin und tastete nach einem anderen. *Dr. Jekyll und Mr. Hyde*. Na schön, das wollte er schon seit ewigen Zeiten noch einmal lesen, und es war angenehm kurz. Er trank einen Schluck Wein und ließ ihn im Mund herumgehen, bevor er ihn herunterschluckte. Dann schlug er das Buch auf.

Perfekt getimt, wie in einem Bühnenstück, klopfte es an der Tür. Rebus gab ein Geräusch von sich, das eine Mischung aus Seufzen und Knurren war. Er legte das Buch aufgeschlagen auf die Sessellehne und stand auf. Es war vermutlich Mrs. Cochrane von unten, die ihm sagen wollte, dass er mit dem Treppenhaus dran war. Sie würde das große Pappschild mit der Aufforderung: SIE SIND AN DER REIHE DIE TREPPE ZU PUTZEN dabei haben. Warum konnte sie es nicht einfach an seine Tür hängen, wie es alle anderen offensichtlich machten …?

Er versuchte, ein gutnachbarliches Lächeln aufzusetzen, als er die Tür öffnete, doch der Schauspieler in ihm hatte heute Abend frei. Deshalb hatte er einen eher leidenden Zug um den Mund, als er den Besucher auf seiner Fußmatte anstarrte.

Es war Tracy.

Sie war rot im Gesicht und hatte Tränen in den Augen, doch die Röte kam nicht vom Weinen. Sie wirkte erschöpft, das Haar schweißverklebt.

»Darf ich reinkommen?« Es war eine unüberhörbare Anspannung in ihrer Stimme. Rebus brachte es nicht über sich, Nein zu sagen. Er stieß die Tür weit auf. Sie stolperte an ihm vorbei und steuerte direkt auf das Wohnzimmer zu, als ob sie schon hundert Mal dort gewesen wäre. Rebus prüfte, ob keine neugierigen Nachbarn im Treppenhaus waren, dann schloss er die Tür. Er verspürte ein unangenehmes Kribbeln. Er mochte es nicht, wenn Leute ihn hier besuchten.

Und ganz besonders mochte er nicht, wenn die Arbeit ihn bis nach Hause verfolgte.

Als er ins Wohnzimmer kam, hatte Tracy bereits den Wein ausgetrunken und wirkte entspannter. Ihr Durst war gestillt. Rebus spürte, wie sein Unbehagen zunahm, bis es fast unerträglich war.

»Wie zum Teufel haben Sie mich gefunden?«, fragte er. Er stand in der Tür, als ob er darauf wartete, dass Tracy ging.

»War nicht einfach«, sagte sie. Ihre Stimme klang jetzt etwas ruhiger. »Sie haben mir erzählt, dass Sie in Marchmond wohnen, also bin ich hier rumgelaufen und hab nach Ihrem

Auto gesucht. Dann hab ich Ihren Namen unten an der Klingel gesehen.«

Er musste zugeben, dass sie einen guten Detective abgeben würde. Der größte Teil der Arbeit eines Detective bestand nämlich aus Lauferei.

»Man ist mir gefolgt«, sagte sie jetzt. »Ich hab Angst gekriegt.«

»Ihnen gefolgt?« Jetzt trat er neugierig ins Wohnzimmer. Das Gefühl, überfallen worden zu sein, ließ langsam nach.

»Ja, zwei Männer. Ich glaube jedenfalls, dass es zwei waren. Sie sind mir den ganzen Nachmittag gefolgt. Ich war in der Princes Street, bin einfach rumgeschlendert, und sie waren immer ein kleines Stück hinter mir. Sie müssen gewusst haben, dass ich sie sehen konnte.«

»Und dann?«

»Ich hab sie abgehängt. Bin bei Marks and Spencer rein, zum Ausgang Rose Street gerast und dann in einem Pub im Damenklo verschwunden. Da hab ich eine Stunde gewartet. Das hat's anscheinend gebracht. Dann bin ich hierher.«

»Warum haben Sie mich nicht angerufen?«

»Kein Geld. Deshalb war ich ja überhaupt in der Princes Street.«

Sie hatte sich in seinen Sessel gesetzt und ließ die Arme über die Lehnen baumeln. Er deutete mit dem Kopf auf das leere Glas.

»Möchten Sie noch was?«

»Nein danke. Eigentlich mag ich das Gesöff nicht, aber ich hatte furchtbaren Durst. Eine Tasse Tee könnt ich allerdings vertragen.«

»Tee, in Ordnung.« Gesöff hatte sie den Wein genannt! Er drehte sich um und ging in die Küche, in Gedanken halb bei dem Tee, halb bei ihrer Geschichte. In einem seiner dürftig bestückten Schränke fand er eine noch ungeöffnete Packung Teebeutel. Frische Milch hatte er nicht da, aber aus einer alten Dose ließen sich noch ein bis zwei Löffel Pulver zusammenkratzen. Jetzt Zucker ... Plötzlich kam laute Musik aus dem Wohnzimmer, das *Weiße Album*. Meine Güte, er hatte ganz vergessen, dass er dieses alte Band noch hatte. Er zog die Besteckschublade auf, um nach einem Teelöffel zu suchen, und fand mehrere Tütchen Zucker, die er irgendwann mal in der Kantine gestohlen hatte. Was für ein glücklicher Zufall. Der Kessel fing an zu kochen.

»Diese Wohnung ist ja riesig!«

Sie hatte ihn erschreckt, so wenig war er an andere Stimmen bei sich zu Hause gewöhnt. Er drehte sich um und sah, dass sie am Türrahmen lehnte, den Kopf auf die Seite gelegt.

»Finden Sie?«, sagte er, während er einen Becher ausspülte.

»Aber ja. Sehen Sie doch nur, wie hoch die Decken hier sind! In Ronnies Bude kam ich mit den Fingern fast an die Decke.« Sie stellte sich auf die Zehenspitzen, streckte einen Arm nach oben und wedelte mit der Hand. Rebus fürchtete, dass sie irgendwas genommen hatte, irgendwelche Pillen oder Pulver, während er auf der Jagd nach dem Teebeutel war. Sie schien seine Gedanken lesen zu können und lächelte.

»Ich bin bloß erleichtert«, sagte sie. »Und mir ist noch ein bisschen schwindlig vom Laufen. Und von der Angst vermutlich. Aber jetzt fühle ich mich sicher.«

»Wie sahen diese Männer aus?«

»Weiß ich nicht. Ich glaube, sie sahen ein bisschen aus wie Sie.« Sie lächelte wieder. »Einer hatte einen Schnurrbart. Er war ziemlich dick und kriegte oben dünne Haare, aber er war noch nicht alt. An den anderen kann ich mich nicht erinnern. Er hatte wahrscheinlich nichts Bemerkenswertes an sich.«

Rebus goss Wasser in den Becher und tat den Teebeutel dazu. »Milch?«

»Nein, nur Zucker, wenn Sie haben.«

Er hielt ihr eins von den Tütchen hin.

»Wunderbar.«

Im Wohnzimmer stellte er als Erstes die Stereoanlage leiser.

»Tut mir Leid«, sagte Tracy, die jetzt wieder mit untergeschlagenen Beinen in dem Sessel saß und an ihrem Tee nippte.

»Ich wollte mich immer mal erkundigen, ob meine Nachbarn die Anlage hören«, sagte Rebus, als wolle er seine Handlung entschuldigen. »Die Wände sind ziemlich dick, aber die Decke nicht.«

Sie nickte, blies in den Becher; der aufsteigende Dampf legte sich wie ein Schleier auf ihr Gesicht.

»Also«, sagte Rebus, zog seinen zusammenklappbaren Regisseurstuhl unter einem Tisch hervor und setzte sich. »Was können wir wegen dieser Männer unternehmen, die Sie verfolgt haben?«

»Weiß ich doch nicht. Sie sind der Polizist.«

»Das hört sich für mich alles wie aus einem Film an. Ich meine, *warum* sollte irgendjemand Sie verfolgen wollen?«

»Um mir Angst einzujagen?«, schlug sie vor.

»Und warum sollte man Ihnen Angst einjagen wollen?«

Sie dachte kurz darüber nach, dann zuckte sie die Achseln.

»Ich hab übrigens Charlie heute kennen gelernt«, sagte er.

»Ach ja?«

»Mögen Sie ihn?«

»Charlie?« Ihr Lachen klang schrill. »Er ist ätzend. Hängt immer rum, auch wenn ganz klar ist, dass ihn niemand dabeihaben will. Alle hassen ihn.«

»Alle?«

»Ja.«

»Hat Ronnie ihn gehasst?«

Sie zögerte. »Nein«, sagte sie schließlich. »Aber Ronnie hatte auch keine Antenne für diese Dinge.«

»Was ist mit diesem anderen Freund von Ronnie? Neil oder Neilly. Was können Sie mir über den erzählen?«

»Ist das der Typ, der letzte Nacht da war?«

»Ja.«

Sie zuckte die Achseln. »Ich hatte ihn noch nie gesehen.« Sie schien sich für das Buch auf dem Sessel zu interessieren, nahm es in die Hand und blätterte darin herum, als ob sie lesen würde.

»Und Ronnie hat Ihnen gegenüber nie einen Neil oder Neilly erwähnt?«

»Nein.« Sie wedelte mit dem Buch in Rebus' Richtung. »Aber er hat über jemanden namens Edward geredet. Schien wegen irgendwas sauer auf ihn zu sein. Hat häufiger laut diesen Namen gebrüllt, wenn er allein in seinem Zimmer war, nach einem Schuss.«

Rebus nickte bedächtig. »Edward. Vielleicht sein Dealer?«

»Ich weiß es nicht. Vielleicht. Ronnie ist manchmal ziemlich ausgeflippt, wenn er sich einen Schuss verpasst hatte. Da war er wie ein anderer Mensch. Aber er konnte auch so süß sein, so zärtlich ...« Ihre Stimme verstummte, die Augen glänzten.

Rebus sah auf seine Uhr. »Okay, was halten Sie davon, wenn ich Sie jetzt zu Ihrer – äh – Wohnung zurückfahre?

Dann können wir uns vergewissern, dass niemand das Haus beobachtet.«

»Ich weiß nicht ...« Die Angst kehrte in ihr Gesicht zurück, machte sie um Jahre jünger, verwandelte sie wieder in ein Kind, das sich vor Schatten und Geistern fürchtet.

»Ich bin doch bei Ihnen«, fügte Rebus hinzu.

»Nun ja ... Kann ich erst noch was anderes machen?«

»Was denn?«

Sie zupfte an ihren feuchten Klamotten herum. »Ein Bad nehmen.« Dann lächelte sie. »Ich weiß, dass das ein bisschen unverschämt ist, aber ich könnte wirklich eins gebrauchen, und in der Bude gibt es überhaupt kein Wasser.«

Rebus lächelte ebenfalls und nickte bedächtig. »Meine Badewanne steht zu Ihrer Verfügung«, sagte er.

Während sie im Bad war, hängte er ihre Sachen über den Heizkörper im Flur und drehte die Heizung auf. Schon bald war es in der Wohnung wie in einer Sauna. Rebus kämpfte mit den Schiebefenstern im Wohnzimmer und versuchte vergeblich, sie zu öffnen. Er machte noch mehr Tee, diesmal eine ganze Kanne, und als er sie gerade ins Wohnzimmer getragen hatte, hörte er Tracy aus dem Badezimmer rufen. Er ging in den Flur und stellte fest, dass sie den Kopf aus der Badezimmertür steckte. Sie war in Dunstschwaden eingehüllt. Haare, Gesicht und Hals glänzten.

»Keine Handtücher«, sagte sie erklärend.

»Tut mir Leid«, sagte Rebus. Er holte welche aus dem Schrank im Schlafzimmer und brachte sie ihr. Als er sie durch den Türspalt schob, war ihm das unwillkürlich peinlich.

»Danke«, rief sie.

Er hatte das *Weiße Album* durch leisen Jazz ersetzt und

saß mit seinem Tee da, als sie hereinkam. Ein großes rotes Handtuch hatte sie geschickt um ihren Körper geschlungen, ein weiteres um ihren Kopf. Er hatte sich schon oft gefragt, wieso Frauen das so gut konnten. Ihre Arme und Beine waren bleich und dünn, doch sie hatte zweifellos eine gute Figur, und die Hitze des Bades verlieh ihr einen besonderen Glanz. Er erinnerte sich an die Fotos von ihr in Ronnies Zimmer. Und dann fiel ihm die verschwundene Kamera ein.

»Hat Ronnie immer noch gerne fotografiert? Ich meine in letzter Zeit.« Die Wortwahl war leider nicht sehr subtil, und er zuckte ein wenig zusammen. Aber Tracy schien es nicht bemerkt zu haben.

»Ich glaub schon. Wissen Sie, er war ziemlich gut. Er hatte einen guten Blick. Aber er hat den Durchbruch nicht geschafft.«

»Wie hart hat er denn daran gearbeitet?«

»Verdammt hart.« Ihre Stimme klang verärgert. Vielleicht hatte Rebus zu viel berufsbedingte Skepsis mit durchklingen lassen.

»Ja, das glaube ich. Ist wohl ein Beruf, in den man nicht so leicht reinkommt.«

»Sehr wahr. Und es gab einige Leute, die wussten, wie gut Ronnie war. Sie wollten ihn nicht als Konkurrenten. Haben ihm Steine in den Weg gelegt, wann immer und wo immer sie konnten.«

»Sie meinen andere Fotografen?«

»Ja. Als Ronnie sich wirklich ins Zeug gelegt hat, bevor er anfing, alle Illusionen zu verlieren, wusste er nicht so richtig, wie man sich einen Namen macht. Also ist er zu mehreren Studios gegangen, und hat den Typen, die dort arbeiteten, ein paar von seinen Sachen gezeigt. Er hatte einige wirklich geniale Aufnahmen. Sie wissen schon, alltägliche Dinge aus ungewöhnlichen Perspektiven. Das Castle, Waverley Monument, Calton Hill.«

»Calton Hill?«

»Ja, dieses Dingsda.«

»Das Edinburgh Folly?«

»Genau das.« Das Handtuch war ein wenig von ihren Schultern gerutscht, und während Tracy dort saß, die Beine untergeschlagen, und ihren Tee trank, gab es auch noch ein gutes Stück von ihrem Oberschenkel frei. Rebus versuchte, sich auf ihr Gesicht zu konzentrieren. Das war nicht einfach. »Nun ja«, sagte sie gerade, »Man hat ihm ein paar von seinen Ideen geklaut. Ab und zu sah er ein Foto in einem dieser lokalen Käseblätter, und es war aus der gleichen Perspektive aufgenommen, die er benutzt hatte, zur gleichen Tageszeit, die gleichen Filter. Diese Schweine hatten seine Ideen abgekupfert. Er hat ihre Namen unter den Fotos erkannt. Es waren die Typen, denen er seine Mappe gezeigt hatte.«

»Wie lauteten die Namen?«

»Daran kann ich mich nicht mehr erinnern.« Sie zog an dem Handtuch herum. Es lag etwas Defensives in ihren Bewegungen. War es so schwer, sich an einen Namen zu erinnern? Sie kicherte. »Er wollte mich überreden, für ihn zu posieren.«

»Ich habe das Ergebnis gesehen.«

»Nein, nicht diese Fotos. Sie wissen schon, Nacktaufnahmen. Er hat gesagt, er könnte sie für ein Vermögen an bestimmte Magazine verkaufen. Aber das wollte ich nicht. Ich meine, das Geld wäre ja gut und schön gewesen, aber solche Magazine werden doch herumgereicht, oder etwa nicht? Ich meine, sie werden nie weggeworfen. Ich hätte immer Angst gehabt, dass mich irgendwer auf der Straße erkennt.« Sie wartete auf eine Reaktion von Rebus, und als der sich nachdenklich und leicht verwirrt zeigte, lachte sie kehlig. »Es ist also nicht so, wie die Leute immer behaupten. Man kann einen Bullen *doch* in Verlegenheit bringen.«

»Manchmal.« Rebus' Kopf glühte. Verschämt legte er eine Hand auf eine Wange. Er musste unbedingt etwas dagegen tun. »Also«, sagte er, »war Ronnies Kamera tatsächlich viel wert?«

Sie schien verblüfft über diese Wendung des Gesprächs und zog das Handtuch noch enger um sich. »Kommt drauf an. Ich meine, materieller und ideeller Wert, das ist doch nicht dasselbe, oder?«

»Nicht?«

»Nein, nein, nein.« Sie schüttelte so heftig den Kopf, dass sich das Handtuch löste. »Ich hab immer gedacht, man müsste helle sein, um zur Kriminalpolizei zu kommen. Was ich meine ist ...« Sie hob den Blick zur Decke und das Handtuch rutschte ihr vom Kopf, so dass ihr nasse Ringellocken wie Rattenschwänze in die Stirn fielen. »Nein, ach was soll's. Die Kamera hat etwa hundertfünfzig Pfund gekostet. Okay?«

»Okay.«

»Sie interessieren sich wohl für Fotografie?«

»Erst seit kurzem. Noch 'nen Tee?«

Er schenkte ihr Tee ein und tat ein ganzes Tütchen Zucker hinzu. Sie trank ihn sehr süß.

»Danke«, sagte sie und legte die Hände um den Becher. »Hören Sie.« Sie hielt ihr Gesicht in den Dampf, der von dem Tee aufstieg. »Darf ich Sie um einen Gefallen bitten?«

Jetzt kommt's, dachte Rebus. Geld. Er hatte sich bereits vorgenommen nachzusehen, ob irgendwas in der Wohnung fehlte, bevor er sie gehen ließ. »Was denn?«

Jetzt sah sie ihm direkt in die Augen. »Kann ich hier übernachten?« Die Worte schossen förmlich aus ihr heraus. »Ich schlafe auf der Couch oder auf dem Fußboden. Ist mir ganz egal. Ich will bloß nicht in dieses Haus zurück. Nicht heute Abend. Es war in letzter Zeit alles ziemlich irrsinnig, und dann diese Männer, die mich verfolgt haben …« Sie zitterte, und Rebus dachte, wenn das alles Theater war, dann musste sie eine erstklassige Schauspielschülerin sein. Er zuckte die Achseln und wollte etwas sagen. Aber stattdessen stand er auf und ging zum Fenster, um die Entscheidung hinauszuzögern.

Die orangenen Straßenlaternen waren an und beleuchteten das Pflaster, als sei es eine Hollywood-Filmkulisse. Draußen stand ein Auto, direkt gegenüber der Wohnung. Da er im zweiten Stock wohnte, konnte Rebus nicht in das Auto hineinsehen, doch das Fenster an der Fahrerseite war heruntergekurbelt und Rauch strömte heraus.

»Und?«, sagte die Stimme hinter ihm. Sie hatte jetzt jede Zuversicht verloren.

»Was?«, sagte Rebus abgelenkt.

»Kann ich?« Er drehte sich zu ihr um. »Kann ich bleiben?«, wiederholte sie.

»Klar«, sagte Rebus und ging zur Tür. »Bleib solange du willst.«

Er war bereits ein gutes Stück die gewundene Treppe hinuntergelaufen, als er merkte, dass er keine Schuhe anhatte. Er blieb stehen und überlegte. Nein, zum Teufel damit. Seine Mutter hatte ihn immer vor Frostbeulen gewarnt, aber er hatte nie welche bekommen. Jetzt war eine gute Gelegenheit festzustellen, ob er in dieser Hinsicht immer noch Glück hatte.

Als er an der Tür im ersten Stock vorbeikam, ging diese

mit lautem Gerassel auf und Mrs. Cochrane stellte sich in ihrer ganzen Breite Rebus in den Weg.

»Mrs. Cochrane«, sagte er, nachdem er den ersten Schreck überwunden hatte.

»Da.« Sie schob ihm etwas zu, und er konnte nichts anderes tun, als es annehmen. Es war ein Stück Pappe, etwa zwanzig mal dreißig Zentimeter groß. Rebus las, was darauf stand: SIE SIND AN DER REIHE DIE TREPPE ZU PUTZEN. Als er wieder aufblickte, ging Mrs. Cochranes Tür bereits zu. Er konnte hören, wie sie auf ihren Pantoffeln zurück zu ihrem Fernseher und zu ihrer Katze schlurfte. Alte Stinkerin.

Rebus nahm die Pappe mit nach unten, die Stufen fühlten sich durch die Socken empfindlich kalt an. Und die Katze roch auch nicht allzu gut, dachte er gehässig.

Die Haustür war nicht abgeschlossen. Er öffnete sie vorsichtig, damit die alten Scharniere so wenig Lärm wie möglich machten. Das Auto stand noch da. Direkt vor ihm, als er nach draußen trat. Doch der Fahrer hatte ihn bereits gesehen. Der Zigarettenstummel flog auf die Straße, und der Motor wurde gestartet. Rebus lief auf den Zehenspitzen weiter. Im gleichen Augenblick gingen die Scheinwerfer des Autos an, ihr Lichtstrahl war so hell wie ein Suchscheinwerfer in einem Gefangenenlager. Rebus blieb stehen und kniff die Augen zusammen. Das Auto fuhr los, machte einen Schwenk nach links auf die andere Straßenseite und raste die stark abschüssige Straße hinunter. Rebus starrte ihm nach und versuchte, das Nummernschild zu erkennen, doch vor seinen Augen war nur ein weißes Flimmern. Es war ein Ford Escort gewesen. Dessen war er sich sicher.

Als er noch einmal die Straße hinunterschaute, stellte er fest, dass das Auto an der Kreuzung zur Hauptstraße angehalten hatte und auf eine Lücke im Verkehr wartete. Es war weniger als hundert Meter von ihm entfernt. Rebus fasste einen Entschluss. Er war in seiner Jugend ein ganz brauchbarer Sprinter gewesen, immerhin so gut, dass die Schulmannschaft ihn einsetzte, wenn einer fehlte. Er lief jetzt mit einer trunkenen Euphorie. Dann erinnerte er sich an die Flasche Wein, die er aufgemacht hatte. Schon bei dem bloßen Gedanken bekam er Sodbrennen und verlangsamte das Tempo. Genau in dem Augenblick rutschte er auf irgendwas auf dem Bürgersteig aus, blieb stehen und sah das Auto um die Ecke biegen und davondonnern.

Egal. Der erste Blick, als er die Tür öffnete, hatte genügt. Er hatte die Polizei-Uniform gesehen. Zwar nicht das Gesicht des Fahrers, aber ganz deutlich die Uniform. Ein Polizist, ein Constable, der einen Ford Escort fuhr. Zwei junge Mädchen kamen den Bürgersteig entlang. Sie kicherten, als sie an Rebus vorbeigingen, und ihm wurde bewusst, dass er keuchend dastand, ohne Schuhe, aber mit einem Schild in der Hand, das ihn aufforderte, DIE TREPPE ZU PUTZEN. Als er nach unten blickte, sah er, worauf er ausgerutscht war.

Leise fluchend zog er die Socken aus, warf sie in die Gosse und ging barfuß zu seiner Wohnung zurück.

Detective Constable Brian Holmes trank Tee. Bei ihm war das fast so etwas wie ein Ritual Er hielt sich die Tasse vors Gesicht, pustete hinein und nippte. Erst pusten, dann nippen. Schlucken. Dann blies er seinen dunstigen Atem in die Luft. An diesem Abend war er total durchgefroren. Ihm war so kalt wie einem Penner auf einer Parkbank. Doch er hatte noch nicht mal eine Zeitung, und der Tee schmeckte scheußlich. Er stammte aus einer dieser Thermosflaschen, glühend heiß und mit Plastikgeschmack. Die Milch war auch nicht die frischeste, aber zumindest wärmte das Gebräu ein wenig, wenn auch die Wärme nicht bis in den Zehenspitzen vordrang, vorausgesetzt, dass er noch Zehen hatte.

»Irgendwas zu sehen?«, zischte er dem Mann vom Schottischen Tierschutzbund zu, der ein Fernglas vor seine Augen hielt, als wollte er seine Verlegenheit verbergen.

»Nichts«, flüsterte der Beamte. Es war ein anonymer Hinweis gewesen. Der dritte in diesem Monat, und – um fair zu sein – der erste, der ins Leere führte. Hundekämpfe waren wieder in Mode. In den letzten drei Monaten hatte man mehrere »Arenen« gefunden, kleine Erdgruben, die mit Wellblech eingezäunt waren. Die meisten Arenen schienen sich auf Schrottplätzen zu befinden, was dem Begriff »Schrottplatz« eine zusätzliche Bedeutung gab. Doch heute Abend beobachteten sie ein Stück Ödland. Ganz in der Nähe fuhren ratternd Güterzüge vorbei, die ins Zentrum der Stadt wollten, doch abgesehen davon und dem leisen Rauschen des Autoverkehrs in der Ferne war der Ort wie ausgestorben. Ja, hier gab es tatsächlich eine behelfsmäßige Grube. Sie hatten sie sich bei Tageslicht angesehen, indem sie so taten, als würden sie ihre Schäferhunde ausführen, die in Wirklichkeit Polizeihunde waren. In den Arenen benutzten sie hingegen Pitbulls. Brian Holmes hatte zwei ehemalige Kombattanten gesehen, die Augen wahnsinnig vor Angst und Schmerz. Er war nicht dageblieben, als der Tierarzt ihnen die tödliche Spritze verpasste.

»Moment mal.«

Zwei Männer, die Hände in den Taschen vergraben, gingen durch die Wildnis. Sie traten vorsichtig auf den unebenen Boden, um nicht plötzlich in einem Loch zu stehen. Anscheinend wussten sie, wo sie hinwollten, sie steuerten nämlich direkt auf die flache Grube zu. Dort schauten sie sich noch einmal um. Brian Holmes starrte direkt zu ihnen hin, doch er wusste, dass sie ihn nicht sehen konnten. Wie der Tierschutzbeamte hockte er in dichtem Farngestrüpp, hinter ihm die Mauer eines ehemaligen Gebäudes. Obwohl in der Nähe der Grube etwas Licht war, war es hier fast völlig dunkel. Deshalb konnte er wie durch einen Spionspiegel sehen, ohne gesehen zu werden.

»Jetzt haben wir euch«, sagte der Tierschutzbeamte, als die beiden Männer in die Grube sprangen.

»Warten Sie ...«, sagte Holmes, der plötzlich ein merkwürdiges Gefühl bei der Sache hatte. Die beiden Männer hatten angefangen, sich zu umarmen, und während ihre Gesichter in einem langen, intensiven Kuss verschmolzen, ließen sie sich auf den Boden sinken.

»O Gott!«, rief der Mann vom Tierschutzverein.

Holmes starrte seufzend auf den feuchten, steinharten Boden unter seinen Knien.

»Ich glaube, hier sind keine Pitbulls im Spiel«, sagte er. »Und falls doch, dann müsste die Anklage eher auf Sodomie als auf Tierquälerei lauten.«

Der Tierschutzbeamte hielt immer noch entsetzt und gebannt zugleich das Fernglas an seine Augen.

»Man hört ja so einiges«, sagte er, »aber man erwartet doch nicht ... nun ja ... Sie wissen schon.«

»Dass man so was mit eigenen Augen sieht?«, schlug Holmes vor und richtete sich langsam und unter Schmerzen auf.

Er unterhielt sich gerade mit dem wachhabenden Beamten der Nachtschicht, als die Nachricht durchgegeben wurde, Inspector Rebus wolle ihn sprechen.

»Rebus, was will der denn?« Brian Holmes sah auf seine Uhr. Es war Viertel nach zwei. Rebus war zu Hause, und er sollte ihn dort anrufen. Er benutzte das Telefon des Diensthabenden.

»Hallo?« Er kannte John Rebus natürlich und hatte schon bei mehreren Fällen mit ihm zusammengearbeitet. Aber Anrufe mitten in der Nacht – das war etwas völlig anderes.

»Sind Sie das, Brian?«

»Ja, Sir.«

»Haben Sie ein Blatt Papier? Schreiben Sie Folgendes auf. Während er mit Block und Kugelschreiber herumhantierte, glaubte Holmes am anderen Ende Musik zu hören. Etwas, das er kannte. Das *Weiße Album* der Beatles. »Fertig?«

»Ja, Sir.«

»Also, gestern wurde ein Junkie tot in Pilmuir aufgefunden, das heißt, genau genommen ist es jetzt zwei Tage her. Überdosis. Finden Sie heraus, wer die Constables waren, die ihn gefunden haben. Sagen Sie ihnen, sie sollen morgen Früh um zehn in mein Büro kommen. Haben Sie das?«

»Ja, Sir.«

»Gut. Wenn Sie die Adresse von dem Haus haben, wo die Leiche gefunden wurde, dann besorgen Sie sich die Schlüssel – wer auch immer die hat – und fahren hin. In einem der Zimmer im ersten Stock hängen an einer Wand viele Fotos. Einige sind vom Edinburgh Castle. Nehmen Sie die ab und gehen Sie damit zur Redaktion der Lokalzeitung. Die müssen Ordner voller Fotos haben. Wenn Sie Glück haben, hat da vielleicht gerade ein kleiner alter Mann Dienst, der ein Gedächtnis wie ein Elefant hat. Ich möchte, dass Sie nach Fotos suchen, die in letzter Zeit in dem Blatt veröffentlicht wurden und so aussehen, als wären sie aus der gleichen Perspektive aufgenommen worden, wie die von der Wand in dem Zimmer. Haben Sie das?«

»Ja, Sir«, sagte Holmes, der wie wild mitschrieb.

»Gut. Ich möchte wissen, wer diese Zeitungsfotos gemacht hat. Auf der Rückseite von jedem Abzug wird ein Aufkleber oder so was sein, mit Name und Adresse.«

»Sonst noch was, Sir?« Bewusst oder nicht, es klang ziemlich sarkastisch.

»Ja.« Rebus schien seine Stimme um ein Dezibel zu senken. »An der Wand hängen auch ein paar Fotos von einer jungen Frau. Ich möchte mehr über sie wissen. Sie behauptet, ihr zweiter Vorname sei Tracy. So nennt sie sich auch. Fragen Sie ein bisschen rum, zeigen Sie die Fotos jedem, von dem Sie meinen, er könnte was wissen.«

»In Ordnung, Sir. Eine Frage.«

»Schießen Sie los.«

»Warum ich? Warum jetzt? Und wozu soll das gut sein?«

»Das waren drei Fragen. Ich beantworte so viele, wie ich kann, wenn wir uns morgen Nachmittag sehen. Seien Sie um drei in meinem Büro.«

Dann war die Leitung tot. Brian Holmes starrte auf die betrunkenen Buchstabenreihen auf seinem Block. Was da in seiner eigenen Kurzschrift stand, würde Arbeit für eine Woche sein, die ihm innerhalb von wenigen Minuten aufs Auge gedrückt worden war. Der wachhabende Beamte las es über seiner Schulter mit.

»Besser du als ich«, sagte er ganz aufrichtig.

John Rebus hatte Holmes aus einer ganze Reihen von Gründen ausgewählt, aber hauptsächlich, weil Holmes nicht viel über ihn wusste. Er wollte jemanden, der effizient arbeiten würde, methodisch, ohne viel Aufhebens zu machen. Jemanden, der Rebus nicht gut genug kannte, um sich darüber zu beschweren, dass man ihn im Dunkeln ließ, ihn herumschubste. Ihn als Laufburschen und Schnüffler benutzte und die Drecksarbeit machen ließ. Rebus wusste, dass Holmes in dem Ruf stand, tüchtig zu sein und sich nur selten zu beklagen. Damit konnte man schon etwas anfangen.

Er trug das Telefon vom Flur wieder ins Wohnzimmer, stellte es ins Bücherregal und ging zur Stereoanlage, wo er erst den Kassettenrecorder und dann den Verstärker ausschaltete. Dann ging er ans Fenster und schaute auf die leere Straße. Das Licht der Lampen hatte die Farbe von rotem Leicester-Käse angenommen. Diese Assoziation erinnerte ihn an den Mitternachtssnack, den er sich vor zwei Stunden versprochen hatte, und er beschloss, sich in der Küche etwas zu essen zu machen. Tracy würde nichts wollen, da war er sich ganz sicher. Er starrte sie an, wie sie dort auf dem Sofa lag, den Kopf leicht zum Fußboden geneigt. Eine Hand lag auf ihrem Bauch, die andere hing nach unten und berührte den wollenen Teppich. Ihre Augen waren zu Schlitzen zusammengekniffen, der Mund leicht geöffnet, so dass man eine kleine Lücke zwischen ihren beiden Schneidezähnen sehen konnte. Sie hatte fest geschlafen, als er eine Decke über sie geworfen hatte, und sie schlief immer noch. Ihr Atem ging regelmäßig. Irgendetwas plagte ihn, aber er wusste nicht, was es war. Vielleicht der Hunger. Er hoffte, dass der Kühlschrank eine angenehme Überraschung für ihn bereit hätte. Doch als Erstes ging er zum Fenster und schaute noch einmal hinaus. Die Straße war absolut tot, und genauso fühlte sich auch Rebus: tot, aber tatendurstig. Er hob *Dr. Jekyll und Mr. Hyde* vom Fußboden auf und nahm das Buch mit in die Küche.

MITTWOCH

Je mehr eine Sache nach dieser verdächtigen Straße riecht, desto weniger frage ich.

Die Police Constables Harry Todd und Francis O'Rourke standen bereits vor Rebus' Büro, als er am nächsten Morgen ankam. Sie lehnten gegen die Wand und unterhielten sich lässig. Es kümmerte sie offenbar wenig, dass Rebus zwanzig Minuten zu spät kam. Er würde einen Teufel tun und sich entschuldigen. Mit Befriedigung stellte er fest, dass die beiden Constables sich gerade hinstellten und verstummten, als er oben an der Treppe ankam.

Das war ein guter Anfang.

Er öffnete die Tür, ging ins Zimmer und machte die Tür wieder zu. Sollten sie doch noch eine Weile schmoren. Jetzt hatten sie wirklich etwas, worüber sie reden konnten. Er hatte sich bei dem Sergeant am Empfang erkundigt und wusste, dass Brian Holmes nicht da war. Also zog er einen Zettel aus seiner Tasche und rief bei Holmes zu Hause an. Das Telefon klingelte und klingelte. Holmes musste unterwegs sein, seine Aufträge erledigen.

Es lief immer noch gut.

Auf seinem Schreibtisch lag Post. Er blätterte sie durch und zog nur eine Nachricht von Superintendent Watson aus dem Stapel. Es war eine Einladung zum Mittagessen. Heute. Um halb eins. Verdammt. Um drei war er mit Holmes verabredet. Es war ein Essen mit ein paar von den Geschäftsleuten, die das Geld für die Anti-Drogen-Kampagne hinblätterten. Verdammt. Und es fand in The Eyrie statt, was hieß, dass man eine Krawatte und ein sauberes Hemd tragen musste. Rebus sah an sich herunter. Das Hemd würde es tun. Aber die Krawatte nicht. Verdammt.

Die gute Laune verließ ihn schlagartig.

Es hätte ja auch nicht immer so schön weitergehen können. Tracy hatte ihn mit einem Frühstückstablett geweckt. Orangensaft, Toast mit Honig und starker Kaffee. Sie war ganz früh rausgegangen, erklärte sie, und hatte ein bisschen Geld mitgenommen, das sie auf dem Regal im Wohnzimmer gefunden hatte. Sie hoffte, er wäre nicht sauer deswegen. Ein Laden an der Ecke hatte bereits auf gehabt. Dort hatte sie eingekauft, war zurück in die Wohnung gekommen und hatte ihm Frühstück gemacht.

»Erstaunlich, dass dich der Geruch von verbranntem Toast nicht aufgeweckt hat«, hatte sie gesagt.

»Du hast den Mann vor dir, der bei *Flammendes Inferno* eingeschlafen ist«, hatte er geantwortet. Und sie hatte lauthals gelacht, während sie auf dem Bett saß und kleine Bissen von ihrem Toast knabberte, während Rebus langsam und nachdenklich kaute. Was für ein Luxus. Wie lange war es her, dass ihm jemand Frühstück ans Bett gebracht hatte? Ihn beängstigte der Gedanke …

»Herein!«, brüllte er jetzt, obwohl niemand geklopft hatte.

Tracy war klaglos gegangen. Sie fühle sich ganz gut, sagte sie. Schließlich könne sie sich nicht ewig verstecken. Er hatte sie zurück nach Pilmuir gefahren, und dann hatte er etwas Dummes getan. Er hatte ihr zehn Pfund gegeben. Das war nicht einfach Geld, wie ihm sofort klar wurde, als er es ihr gegeben hatte. Es stellte eine Verbindung zwischen ihnen her, eine Verbindung, die er nicht knüpfen sollte. Er hätte ihr den Schein am liebsten wieder aus der Hand gerissen. Doch da war sie bereits ausgestiegen und ging davon, ihr Körper zerbrechlich wie feines Porzellan, ihr Gang entschlossen und voller Energie. In manchen Augenblicken erinnerte sie ihn an seine Tochter Sammy, in anderen …

In anderen Momenten an Gill Templer, seine Exfreundin.

»Herein!«, brüllte er noch einmal. Diesmal ging die Tür einige Zentimeter auf, dann noch ein Stückchen weiter. Ein Kopf erschien im Türrahmen.

»Es hat niemand geklopft, Sir«, sagte der Kopf nervös.

»Tatsächlich nicht?«, sagte Rebus mit seiner besten Bühnenstimme. »Nun, in dem Fall sollte ich wohl stattdessen mit Ihnen beiden reden. Also, warum kommen Sie nicht endlich *rein*!«

Darauf kamen sie schlurfend durch die Tür, beide nun ein bisschen weniger keck. Rebus deutete auf die beiden Stühle vor seinem Schreibtisch. Einer von ihnen setzte sich sofort, der andere blieb in Hab-Acht-Stellung stehen.

»Ich möchte lieber stehen, Sir«, sagte er. Der andere wirkte plötzlich besorgt. Offenbar befürchtete er, gegen irgendeine protokollarische Vorschrift verstoßen zu haben.

»Wir sind doch hier nicht bei der Armee, verdammt noch mal«, sagte Rebus zu dem stehenden Mann, als sich der sitzende gerade erheben wollte. »Also setzen Sie sich hin!«

Beide setzten sich. Rebus rieb sich die Stirn, als hätte er Kopfschmerzen. In Wahrheit hatte er beinah vergessen, wer diese Constables waren und weshalb sie hier waren.

»Na schön«, sagte er. »Was glauben Sie, weshalb ich Sie heute Morgen hierher bestellt habe?« Abgedroschen, aber wirkungsvoll.

»Hat es was mit den Hexen zu tun, Sir?«

»Hexen?« Rebus sah den Constable an, der das gesagt hatte, und erinnerte sich plötzlich an den eifrigen jungen Mann, der ihm damals das Pentagramm gezeigt hatte. »Ganz recht, Hexen. Und Überdosen.«

Sie blinzelten ihn an. Er suchte verzweifelt einen Einstieg in das Verhör, wenn es denn ein Verhör werden sollte. Er hätte sich einige Gedanken darüber machen sollen, bevor er herkam.

Zumindest hätte er sich daran erinnern sollen, dass er dieses Treffen arrangiert hatte. Er sah eine Zehn-Pfund-Note vor sich, ein Lächeln, nahm den Geruch von verbranntem Toast wahr ... Er sah auf das Pentagramm auf der Krawatte des Constable.

»Wie ist Ihr Name, mein Junge?«

»Todd, Sir.«

»Todd? Wissen Sie, was das im Deutschen bedeutet, Todd?«

»Ja, Sir. Ich hab bis zum Abitur Deutsch in der Schule gehabt.«

Rebus nickte und tat so, als wäre er beeindruckt. Verdammt, er *war* beeindruckt. Heutzutage hatten sie anscheinend alle Abitur, all diese unglaublich jung aussehenden Constables. Einige waren sogar noch weiter gegangen, College, Universität. So hatte er beispielsweise den Eindruck, dass Holmes auf der Uni gewesen war. Hoffentlich hatte er sich nicht an einen Klugscheißer gewandt ...

Rebus zeigte auf die Krawatte.

»Die sieht ein bisschen ungewöhnlich aus, Todd.«

Todd blickte sofort auf seine Krawatte herunter, den Kopf so stark gebeugt, dass Rebus schon fürchtete, ihm würde das Genick brechen.

»Sir?«

»Diese Krawatte. Ist das die, die Sie immer tragen?«

»Ja, Sir.«

»Sie haben nicht zufällig in letzter Zeit eine zerbrochen?«

»Eine Krawatte zerbrochen, Sir?«

»Ich meine den Klipp«, erklärte Rebus.

»Nein, Sir.«

»Und wie ist Ihr Name, mein Junge?«, sagte Rebus rasch und wandte sich dem anderen Constable zu, der völlig entgeistert über den bisherigen Verlauf des Gesprächs war.

»O'Rourke, Sir.«

»Ein irischer Name«, bemerkte Rebus.

»Ja, Sir.«

»Und was ist mit Ihrer Krawatte, O'Rourke? Ist die neu?«

»Nein, eigentlich nicht, Sir. Ich meine, ich hab ungefähr ein halbes Dutzend von den Dingern rumliegen.«

Rebus nickte. Er nahm einen Bleistift in die Hand, betrachtete ihn prüfend und legte ihn wieder hin. Das hier war reine Zeitverschwendung.

»Ich würde gern die Berichte sehen, die Sie über das Auffinden des Toten geschrieben haben.«

»Ja, Sir«, sagten sie.

»Und in dem Haus ist Ihnen nichts Besonderes aufgefallen? Ich meine, als Sie dort ankamen? Nichts Außergewöhnliches?«

»Nur der Tote, Sir«, sagte O'Rourke.

»Und die Zeichnung an der Wand«, sagte Todd.

»Hat einer von Ihnen sich oben umgesehen?«

»Nein, Sir.«

»Die Leiche war wo, als Sie ankamen?«

»In dem Zimmer im Erdgeschoss, Sir.«

»Und Sie sind nicht nach oben gegangen?«

Todd sah zu O'Rourke. »Ich glaube, wir haben gerufen, ob jemand da oben ist. Aber raufgegangen sind wir nicht.«

Wie könnte dieser Krawattenklipp nur da oben hingekommen sein? Rebus atmete tief aus, dann räusperte er sich. »Was für einen Wagen fahren Sie, Todd?«

»Sie meinen dienstlich, Sir?«

»Nein, das mein ich natürlich nicht!« Rebus schlug mit dem Bleistift auf den Schreibtisch. »Ich meine privat.«

Todd schien jetzt noch verblüffter als vorher. »Einen Metro, Sir.«

»Farbe?«

»Weiß.«

Rebus wandte den Blick zu O'Rourke.

»Ich habe kein Auto«, gestand O'Rourke. »Ich bin Motorradfan. Zur Zeit fahre ich eine siebenhundertfünfziger Honda.«

Rebus nickte. Also keine Ford Escorts. Keiner der beiden war um Mitternacht Hals über Kopf aus seiner Straße geflüchtet.

»Tja, das war's dann wohl, denke ich.« Mit einem Lächeln entließ er die beiden, nahm den Bleistift wieder in die Hand, prüfte die Spitze und brach sie mit voller Absicht an seiner Schreibtischkante ab.

Rebus dachte an Charlie, als er vor einem kleinen altmodischen Herrenbekleidungsgeschäft in einer Seitenstraße der George Street anhielt. Er dachte an Charlie, als er sich eine Krawatte schnappte und sie bezahlte. Im Auto dachte er wieder an Charlie, als er sich die Krawatte umband, den Motor anließ und losfuhr. Da war er nun auf dem Weg zu einem Mittagessen mit einigen der reichsten Geschäftsleute der Stadt, und das Einzige, woran er denken konnte, war Charlie und daran, dass Charlie vermutlich immer noch die Wahl hatte, eines Tages so wie diese Geschäftsmänner zu werden. Er würde Examen machen, mit Hilfe der guten Beziehungen seiner Familie einen guten Job bekommen und innerhalb von ein bis zwei Jahren mühelos ins höhere Management aufsteigen. Er würde seine dekadenten Schwärmereien vergessen und selber dekadent werden, so wie es nur die Reichen und Erfolgreichen je sein können ... Wahre Dekadenz, nicht so abgedroschener Kram wie Hexerei und Dämonismus, Drogen und Gewalt. Diese Blutergüsse auf Ronnies Körper, könnten die tatsächlich von einem gewalttätigen Sex-Kunden stammen? Ein sadomasochistisches Spiel, das außer Kontrolle geraten war? Vielleicht ein Spiel mit diesem mysteriösen Edward, dessen Namen Ronnie geschrien hatte?

Oder ein Ritual, das zu weit getrieben wurde?

Hatte er den Aspekt des Satanismus zu rasch abgehakt? Sollte ein Polizist nicht für alles offen sein? Vielleicht, aber Satanismus stieß bei ihm auf völlig taube Ohren. Schließlich war er Christ. Er mochte zwar nicht oft in die Kirche gehen, da ihm das Singen von Kirchenliedern und die schlechten Predigten zuwider waren, aber das bedeutete ja nicht, dass er nicht an seinen eigenen kleinen, finsteren Gott glaubte. Jeder hatte einen Gott, der neben einem herzockelte. Und der Gott der Schotten war so Unheil verkündend, wie er nur sein konnte.

Das mittägliche Edinburgh wirkte düsterer denn je. Vielleicht spiegelte es nur seine Stimmung wider. Das Castle schien einen Schatten über die gesamte New Town zu werfen. Doch dieser Schatten fiel nicht auf The Eyrie, konnte so weit gar nicht fallen. The Eyrie war das teuerste Restaurant der Stadt und auch das exklusivste. Gerüchten zufolge war es für mittags zwölf Monate im Voraus ausgebucht, während man auf einen Tisch zum Abendessen nur etwa acht bis zehn Wochen warten musste. Das Restaurant nahm die gesamte obere Etage eines georgianischen Hotels im Herzen der New Town ein, fernab vom Gewühl der Innenstadt.

Nicht dass die Straßen hier besonders ruhig waren. Es herrschte ein ständiger Durchgangsverkehr, wobei immer genügend Autos anhielten, um das Parken zu einem Problem zu machen. Doch nicht für einen Detective. Rebus stellte sein Auto auf einer doppelten gelben Linie direkt vor dem Haupteingang des Hotels ab. Trotz der Warnungen des Portiers von wegen Politessen und Geldbußen ließ er es dort stehen und betrat das Hotel. Er befühlte seinen Magen, während der Lift ihn die vier Stockwerke nach oben trug, und stellte befriedigt fest, dass er hungrig war. Diese Geschäftsleute mochten ihn ja zu Tode langweilen, und die Aussicht, zwei Stunden mit Farmer Watson zu verbringen, war beinah unerträglich, doch er würde gut essen. Ja, er würde ausgezeichnet essen.

Und wenn man ihm bei der Weinkarte freie Hand ließ, würde er diese Knallköpfe auch noch in den Bankrott treiben.

Brian Holmes verließ die Snackbar mit einem Styroporbecher gräulich aussehenden Tees in der Hand. Während er ihn betrachtete, versuchte er sich zu erinnern, wann er das letzte Mal eine gute Tasse Tee getrunken hatte, richtigen Tee, den er selbst aufgebrüht hatte. Sein Leben schien sich nur noch um Styroporbecher und Thermosflaschen zu drehen, um langweilige Sandwiches und Schokoladenkekse. Pusten, nippen. Pusten, nippen. Schlucken.

Dafür hatte er eine akademische Karriere aufgegeben.

Das heißt, er hatte sich genau acht Monate in der akademischen Welt getummelt, als er nämlich Geschichte an der University of London studierte. Den ersten Monat lang hatte er nur Ehrfurcht vor der Stadt selbst empfunden und versucht, mit ihrer Größe klarzukommen und mit den Schwierigkeiten, tatsächlich dort zu leben, sich fortzubewegen und mit Würde zu überleben. Im zweiten und dritten Monat hatte er versucht, sich an das Universitätsleben zu gewöhnen, an neue Freunde und die ständigen Diskussionen, und sich um Anschluss an die eine oder andere Gruppe bemüht. Er hatte immer erst die Lage sondiert, bevor er irgendwo mitmachte, und festgestellt, dass alle nervös waren wie Kinder, die gerade schwimmen lernten. Im vierten und fünften Monat wurde er schließlich zum Londoner und pendelte täglich von seiner Bude in Battersea zur Universität. Plötzlich wurde sein Leben von Zahlen beherrscht, von den Fahrplänen der Züge, Busse und U-Bahnen, besonders von den Abfahrtzeiten der späten Busse und U-Bahnen, die ihn aus den endlosen Diskussionen in den Kaffeebars herausrissen und zurück in sein lautes Zimmer brachten. Die Möglichkeit, einen Zug zu verpassen, wurde allmählich zur Qual, und U-Bahn-Fahrten während der Rushhour waren die reinste Hölle. Die Monate sechs und sieben verbrachte er zurückgezogen in Battersea, lernte in seinem Zimmer und besuchte kaum Vorlesungen. Und im achten Monat, im Mai, als die Sonne ihm den Rücken wärmte, verließ er London und kehrte in den Norden zurück, zurück zu alten Freunden und einer plötzlichen Leere in seinem Leben, die durch Arbeit gefüllt werden musste.

Aber warum in Gottes Namen hatte er sich für die Polizei entschieden?

Er knüllte den mittlerweile leeren Styroporbecher zusammen und zielte auf einen nahen Abfallbehälter. Er fiel daneben. Was soll's, dachte Holmes. Dann riss er sich zusammen, ging zu dem Becher, bückte sich, hob ihn auf und warf ihn in den Müll. Du bist hier nicht in London, Brian, sagte er sich. Eine ältere Frau lächelte ihn an.

So leuchtet eine gute Tat in einer schlimmen Welt.

Eine schlimme Welt, das konnte man wohl sagen. Rebus hatte ihn da mitten hinein in einen menschlichen Schmelztiegel geworfen. Pilmuir, Hiroshima der Seele. Er konnte gar nicht schnell genug hier wegkommen. Hatte Angst, sich zu verstrahlen. Er hatte eine kleine Liste dabei, die er säuberlich von den chaotischen Notizen des Telefongesprächs letzte Nacht angefertigt hatte. Die nahm er jetzt aus der Tasche, um sie abzuhaken. Die Constables waren leicht aufzutreiben gewesen. Rebus musste inzwischen mit ihnen gesprochen haben. Dann war er zu dem Haus in Pilmuir gegangen. In seiner Innentasche steckten jetzt die Fotografien. Edinburgh Castle. Es waren wirklich gute Aufnahmen. Ungewöhnliche Perspektiven. Und das Mädchen. Sie war wohl ganz hübsch. Schwer zu schätzen, wie alt sie war, und ihr Gesicht zeigte die Spuren von einem harten Leben, doch auf ihre Art war sie ganz attraktiv. Er hatte keine Ahnung, wie er etwas über sie herausfinden sollte. Das Einzige, was er hatte, war dieser Name, Tracy. Natürlich gab es Leute, die er fragen konnte. In Edinburgh war er auf heimischem Boden, ein Riesenvorteil bei dieser Art Arbeit. Er hatte reichlich Kontakte, alte Freunde, Freunde von Freunden. Nach dem Fiasko in London hatte er die Kontakte wieder hergestellt. Alle hatten ihm gesagt, er solle nicht gehen. Und alle waren froh gewesen, ihn schon so bald wiederzusehen, nachdem sie ihn gewarnt hatten. Froh, weil sie sich damit brüsten konnten, dass sie es ihm ja gleich gesagt hätten. Das war jetzt erst fünf Jahre her ... Irgendwie kam es ihm viel länger vor.

Warum war er zur Polizei gegangen? Seine erste Wahl war Journalismus gewesen. Das ging weit zurück, bis in seine Schulzeit. Nun ja, Kindheitsträume konnten manchmal wahr werden, wenn auch nur vorübergehend. Schließlich musste er als Nächstes zur Redaktion der lokalen Tageszeitung. Mal sehen, ob er das Castle noch einmal aus so ungewöhnlichen Perspektiven fotografiert finden würde. Und wenn er Glück hatte, bekam er sogar eine anständige Tasse Tee.

Er wollte gerade weitergehen, da sah er auf der anderen Straßenseite das Schaufenster eines Immobilienmaklers. Er hatte immer angenommen, dass diese spezielle Agentur wegen ihres Namens teuer sein würde. Aber was sollte es – er war verzweifelt. Er schlängelte sich durch den völlig zum Erliegen gekommenen Verkehr und blieb vor dem Fenster von Bowyer Carew stehen. Eine Minute später drehte er sich wieder um, die Schultern noch ein wenig mehr gebeugt als vorher, und schlich auf die Brücken zu.

»Und das ist James Carew, von Bowyer Carew.«

James Carew hob sein gut gepolstertes Hinterteil einen Millimeter von seinem gut gepolsterten Stuhl, schüttelte Rebus die Hand und ließ sich wieder nieder. Während sie einander vorgestellt wurden, war sein Blick nicht von Rebus' Krawatte gewichen.

»Finlay Andrews«, fuhr Superintendent Watson fort, und Rebus schüttelte eine weitere feste Freimaurerhand. Er brauchte nicht die geheimen Druckpunkte zu kennen, um einen Freimaurer einordnen zu können. Schon das Händeschütteln an sich sagte ihm bereits alles. Er dauerte ein bisschen länger als normal, genau die Zeit, die der andere brauchte, um festzustellen, ob man selber in der Bruderschaft war oder nicht.

»Mr. Andrews kennen Sie vielleicht. Er hat einen Spielsalon in Duke Terrace. »Wie heißt der noch gleich?« Watson bemühte sich einfach zu sehr – zu sehr, Gastgeber zu sein, zu sehr mit diesen Männern auszukommen, zu sehr, als dass sich irgendwer wohl fühlen könnte.

»Er heißt einfach Finlay's«, half ihm Finlay Andrews und ließ Rebus' Hand los.

»Tommy McCall«, stellte sich der letzte Gast in der mittäglichen Runde selber vor und schüttelte Rebus kurz und lässig die Hand. Rebus setzte sich lächelnd zu ihnen an den Tisch, dankbar, dass er endlich sitzen durfte.

»Doch nicht etwa der Bruder von Tony McCall?«, fragte er beiläufig.

»Genau der.« McCall lächelte. »Sie kennen Tony also?«

»Sogar ziemlich gut«, sagte Rebus. Watson wirkte irritiert. »Inspector McCall«, erklärte Rebus, worauf Watson heftig nickte.

»Also«, sagte Carew und rutschte auf seinem Stuhl hin und her, »was möchten Sie trinken, Inspector Rebus?«

»Nicht im Dienst, Sir«, sagte Rebus und faltete seine hübsch arrangierte Serviette auseinander. Als er Carews Gesichtsausdruck bemerkte, lächelte er. »War nur ein Scherz. Ich hätte gern einen Gin Tonic.«

Alle lächelten. Ein Polizist mit Sinn für Humor, das überraschte die Leute meistens. Sie wären noch mehr überrascht gewesen, hätten sie gewusst, wie selten Rebus Witze machte. Aber er hatte das Bedürfnis mitzuspielen, »gesellig« zu sein, wie dieser unselige Ausdruck lautete.

Ein Kellner stand plötzlich neben ihm.

»Noch einen Gin Tonic, Ronald«, sagte Carew zu dem

Kellner, der sich verbeugte und verschwand. An seiner Stelle tauchte ein weiterer Kellner auf und verteilte große in Leder gebundene Speisekarten. Die dicke Stoffserviette lag schwer auf Rebus' Schoß.

»Wo wohnen Sie, Inspector?« Die Frage kam von Carew. Sein Lächeln schien mehr als nur ein Lächeln, und Rebus war auf der Hut.

»In Marchmont«, sagte er.

»Ach ja«, begeisterte sich Carew, »das war schon immer eine sehr gute Gegend. Da war in früheren Zeiten mal ein riesiges Landgut, wussten Sie das?«

»Tatsächlich?«

»Mmm. Wunderbares Viertel.«

»Was James meint«, unterbrach Tommy McCall, »ist, dass die Häuser dort ein paar Kröten wert sind.«

»Das sind sie auch«, antwortete Carew unwillig. »Sehr günstig gelegen zur Innenstadt, nahe am Meadows-Park und der Universität ...«

»James«, sagte Finlay Andrews warnend, »hör auf, über Geschäfte zu reden.«

»Hab ich das getan?« Carew schien aufrichtig überrascht. Er sah Rebus erneut mit diesem Lächeln an. »Tut mir Leid.«

»Ich würde das Lendenfilet empfehlen«, sagte Andrews. Als der Kellner wieder an ihren Tisch kam, um die Bestellung aufzunehmen, bestellte Rebus aus Trotz Seezunge.

Er versuchte, ganz locker zu sein, die anderen Gäste im Lokal nicht anzustarren, nicht die feine Struktur des Tischtuchs zu erforschen oder die ihm unbekannten Gerätschaften zu untersuchen, die Fingerschalen, die Stempel auf dem Silberbesteck. Aber andererseits war das eine einmalige Gelegenheit, oder etwa nicht? Also warum nicht starren? Er starrte, und sah etwa fünfzig wohl genährte, glückliche Gesichter, größtenteils männlich, ab und zu eine dekorative Frau, die dem Ganzen Anstand und Eleganz verlieh. Filetsteak, das schienen alle anderen zu essen. Und dazu Wein zu trinken.

»Wer möchte den Wein aussuchen?«, fragte McCall und hielt die Karte hoch. Carew sah aus, als würde er sie gerne an sich reißen, also hielt Rebus sich zurück. Wie würde das denn aussehen, wenn er nach der Karte griff und ich, ich, ich rief? Wenn er mit gierigen Augen auf die Preise starrte und sich wünschte ...

»Wenn ich darf«, sagte Finlay Andrews und nahm McCall die Weinkarte aus der Hand. Rebus betrachtete den Stempel auf seiner Gabel.

»Superintendent Watson hat Sie also überredet, bei unserer kleinen Aktion mitzumachen«, sagte McCall und sah Rebus an.

»Da brauchte er mich nicht allzu sehr zu überreden«, sagte Rebus. »Ich helfe gern, wenn ich kann.«

»Ich bin sicher, dass Ihre Erfahrungen von unschätzbarem Wert sein werden«, sagte Watson zu Rebus und strahlte ihn an. Rebus strahlte zurück, sagte aber nichts.

Glücklicherweise schien Andrews etwas von Wein zu verstehen, denn er bestellte einen anständigen 82er Bordeaux und einen frischen Chablis. Rebus wurde ein wenig munterer, als Andrews die Bestellung aufgab. Wie war noch mal der Name von diesem Spielclub? Andrews? Finlay's? Ja, das war's. Finlay's. Er hatte schon mal davon gehört, ein kleines, ruhiges Kasino. Rebus hatte bisher nie einen Grund gehabt, dorthin zu gehen, weder dienstlich noch zum Vergnügen. Was bestand schon für ein Vergnügen darin, Geld zu verlieren?

»Hast du eigentlich immer noch Ärger mit diesem Chinesen, Finlay?«, fragte McCall, während zwei Kellner eine Pfütze Suppe in die viktorianischen Teller mit den überbreiten Rändern schöpften.

»Er kommt nicht mehr rein. Die Geschäftsführung hat das Recht, jemandem den Eintritt zu verwehren und so weiter.«

McCall wandte sich lachend an Rebus.

»Finlay hatte ziemliche Probleme in seinem Laden. Wissen Sie, die Chinesen sind der Albtraum jedes Spielkasinobesitzers. Und dieser spezielle Chinese hat Finlay übers Ohr gehauen.«

»Ich hatte einen unerfahrenen Croupier«, erklärte Andrews. »Ein erfahrenes Auge, und ich meine wirklich erfahren, konnte ziemlich exakt sehen, wo die Roulettekugel landen würde, wenn man nur genau beobachtete, wie dieser Junge die Kugel warf.«

»Erstaunlich«, sagte Watson, bevor er in einen Löffel Suppe pustete.

»Eigentlich nicht«, sagte Andrews. »Ich hab das schon einige Male erlebt. Der Trick ist, solche Typen zu entdecken, bevor es ihnen gelingt, einen richtig hohen Einsatz zu machen. Aber schließlich muss man die Dinge nehmen, wie sie kommen. Bisher war es ein gutes Jahr für uns. Eine ganze Menge Geld bewegt sich nach Norden und stellt fest, dass man hier nicht viel anstellen kann. Also warum es nicht einfach verspielen?«

»Geld bewegt sich nach Norden?«Rebus war plötzlich interessiert.

»Leute, Jobs. Führungskräfte aus London mit Londoner Gehältern und Londoner Gewohnheiten. Ist Ihnen das noch nicht aufgefallen?«

»Kann ich nicht behaupten«, gestand Rebus. »Jedenfalls nicht um Pilmuir herum.«

Das wurde allseits mit Lächeln quittiert.

»Mein Immobilienbüro hat es ganz gewiss gemerkt«, sagte Carew. »Es besteht eine starke Nachfrage nach größeren Objekten. Zum Teil auch von Firmen. Unternehmen ziehen nach Norden und eröffnen Büros. Sie wissen, was ein guter Deal ist, wenn sie einen sehen, und Edinburgh ist ein guter Deal. Die Häuserpreise sind irrsinnig gestiegen, und ich sehe keinen Grund, warum sie das nicht weiter tun sollten.« Er bemerkte Rebus' Blick. »Es werden sogar neue Wohnungen in Pilmuir gebaut.«

»Finlay«, fiel ihm McCall ins Wort, »erzähl doch Inspector Rebus mal, wo die chinesischen Spieler ihr Geld aufbewahren.«

»Bitte nicht beim Essen«, sagte Watson, und als McCall kichernd auf seinen Suppenteller starrte, sah Rebus, wie Andrews dem Mann einen hasserfüllten Blick zuwarf.

Inzwischen war der Wein gekommen, honigfarben und gut gekühlt. Rebus nippte. Carew fragte Andrews gerade nach der Baugenehmigung für einen Anbau am Kasino.

»Es scheint alles klarzugehen.« Andrews versuchte, sich nicht zu selbstgefällig anzuhören. Tommy McCall lachte.

»Das kann ich mir vorstellen«, sagte er. »Glaubst du, es würde bei deinen Nachbarn auch alles so reibungslos gehen, wenn sie versuchten, einen riesigen Anbau an *ihr* Haus dranzuklatschen?«

Andrews bedachte ihn mit einem Lächeln, das so kühl war wie der Chablis. »Jeder Fall wird individuell und gewissenhaft geprüft, soweit ich das weiß, Tommy. Vielleicht weißt du es ja besser?«

»Nein, nein.« McCall hatte sein erstes Glas Wein ausgetrunken und wollte sich gerade ein zweites einschränken. »Ich bin sicher, dass das alles ganz korrekt ist.« Er sah Rebus verschwörerisch an. »Sie werden doch wohl nichts weitererzählen, John?«

»Nein.« Rebus sah zu Andrews, der gerade den letzten Löffel Suppe aß. »Beim Mittagessen sind meine Ohren immer auf Durchzug gestellt.«

Watson nickte zustimmend.

»Hallo, Finlay.« Ein großer Mann, kräftig gebaut, aber eher muskulös, stand plötzlich am Tisch. Rebus hatte noch nie einen so teuer aussehenden Anzug gesehen, wie ihn dieser Mann anhatte. Ein seidig glänzendes Blau, das mit silbrigen Streifen durchzogen war. Das Haar des Mannes war ebenfalls silbern, obwohl er dem Gesicht nach zu urteilen erst um die vierzig war. Neben ihm, das heißt beinahe an ihn geschmiegt, stand eine zierliche Orientalin, eher Mädchen als Frau. Sie war exquisit, und alle am Tisch erhoben sich ehrfürchtig von ihren Plätzen. Der Mann forderte sie mit einer energischen Bewegung seiner eleganten Hand auf, sitzen zu bleiben. Die Frau senkte die Augenlider, um sich ihr Entzücken nicht anmerken zu lassen.

»Hallo, Malcolm.« Finlay Andrews deutete auf den Mann. »Das ist Malcolm Lanyon, der Anwalt.« Die letzten beiden Worte waren überflüssig. Jeder kannte Malcolm Lanyon, den Liebling der Klatschspalten. Sein sehr auf Publicity bedachter Lebensstil rief entweder Hass oder Neid hervor. Er verkörperte einerseits all das, was am Anwaltsberuf verabscheuungswürdig war, und war andererseits so etwas wie eine wandelnde Fernseh-Miniserie. Sein Lebensstil schockierte gelegentlich die Spießer, befriedigte aber auch ein tiefes Bedürfnis bei den Lesern der Sonntagsblätter. Er war zudem, dessen war sich Rebus sicher, ein außergewöhnlich guter Anwalt. Das musste er sein, sonst bestünde sein ganzes Image nur aus Pappmaché. Das tat es aber nicht. Es war fest wie gemauerter Stein.

»Das hier«, sagte Andrews und deutete auf die Männer am Tisch, »sind die Mitglieder von diesem Ausschuss, von dem ich dir erzählt habe.«

»Ach ja.« Lanyon nickte. »Die Kampagne gegen Drogen. Eine ausgezeichnete Idee, Superintendent.«

Watson wurde bei diesem Kompliment beinah rot; wobei das Kompliment darin bestand, dass Lanyon wusste, wer Watson war.

»Finlay«, fuhr Lanyon fort, »du denkst doch an morgen Abend?«

»Steht dick in meinem Terminkalender, Malcolm.«

»Ausgezeichnet.« Lanyon ließ seinen Blick über die Anwesenden gleiten. »Ich würde mich übrigens freuen, wenn Sie alle kämen. Nur ein kleines Beisammensein bei mir zu Hause. Es gibt keinen besonderen Anlass, ich hatte bloß Lust, eine Party zu geben. Acht Uhr. Ganz leger.« Er entfernte sich bereits, einen Arm um die zerbrechliche Taille seiner Begleiterin gelegt. Rebus schnappte seine letzten Worte auf, die Adresse. Heriot Row. Eine der exklusivsten Straßen in der New Town. Das war eine neue Welt. Obwohl er nicht sicher sein konnte, dass die Einladung ernst gemeint war, war Rebus versucht, sie anzunehmen. So etwas kam vielleicht nur einmal und nie wieder.

Kurz darauf wandte sich das Gespräch endlich der Anti-Drogen-Kampagne selbst zu, und der Kellner brachte noch mehr Brot.

»Knete«, sagte der nervöse junge Mann, während er einen weiteren Band mit Zeitungen zu dem Tisch brachte, an dem

Holmes stand. »Das regt mich auf. Alle denken nur noch ans Geld. Denen geht's nur noch darum, mehr zu haben als die anderen. Typen, mit denen ich zur Schule gegangen bin, wussten schon mit vierzehn, dass sie Banker oder Steuerberater oder Betriebswirte werden wollten. Ihr Leben war vorbei, bevor es richtig angefangen hatte. Hier ist Mai.«

»Was?« Holmes verlagerte sein Gewicht von einem Bein auf das andere. Warum hatten die hier keine Stühle? Er war seit über einer Stunde hier und blätterte die Ausgaben Tag für Tag durch, eine vom Morgen und eine vom Abend. Seine Finger waren von der Druckerschwärze schon ganz schmutzig. Zu Anfang hatte noch ab und zu eine Schlagzeile oder ein Bericht über ein Fußballspiel, das er damals nicht mitbekommen hatte, sein Interesse geweckt. Doch das erlahmte recht bald, und jetzt war es nur noch reine Routinearbeit. Und was noch schlimmer war, von der ganzen Blätterei taten ihm bereits die Arme weh.

»Mai«, erklärte der junge Mann. »Das sind die Ausgaben vom Mai.«

»Ach ja, danke.«

»Sind Sie mit Juni fertig?«

»Ja, danke.«

Der junge Mann nickte, schloss die beiden Lederschlaufen an der offenen Seite der Mappe, hievte das Ganze mit beiden Armen hoch und schlurfte aus dem Zimmer. Auf ein Neues, dachte Holmes und öffnete diesen letzten Stapel alter Nachrichten und Spaltenfüller.

Rebus hatte Unrecht gehabt. Hier gab es kein altes Faktotum, dessen Gedächtnis einen Computer ersetzt hätte. Es gab noch nicht mal einen Computer. Also blieb ihm nichts anderes übrig, als Seite für Seite umzuschlagen und nach Fotos von vertrauten Orten zu suchen, die durch ungewohnte

Perspektiven ein neues Aussehen erhielten. Wozu? Selbst das wusste er noch nicht, und der Gedanke frustrierte ihn. Er würde es hoffentlich am Nachmittag erfahren, wenn er sich mit Rebus traf. Erneut war ein schlurfendes Geräusch zu hören, als der junge Mann zurückkam, diesmal mit baumelnden Armen und hängender Kinnlade.

»Und warum haben Sie es nicht so gemacht wie Ihre Freunde?«, fragte Holmes im Plauderton.

»Sie meinen, ins Bankgeschäft einsteigen?« Der junge Mann rümpfte die Nase. »Wollte halt was anderes. Ich will Journalist werden. Und irgendwo muss man ja schließlich anfangen, meinen Sie nicht?«

Das muss man in der Tat, dachte Holmes und blätterte eine weitere Seite um. Das muss man in der Tat.

»Es ist immerhin ein Anfang«, sagte McCall und stand auf. Sie knüllten ihre benutzten Servietten zusammen und warfen sie auf das Tischtuch, das stark gelitten hatte. Was einst eine makellose Fläche gewesen war, war jetzt voller Brotkrümel und Weinspritzer. An einer Stelle war ein dunkler Butterfleck, und irgendwer hatte Kaffee verschüttet. Rebus fühlte sich beduselt und vollgefressen, als er sich mühsam von seinem Stuhl erhob. Seine Zunge war pelzig von zu viel Wein und Kaffee, und dieser Cognac – o Gott! Und jetzt gingen diese Männer wieder arbeiten, oder sie behaupteten es zumindest. Rebus musste ebenfalls zurück. Hatte er nicht um drei einen Termin mit Holmes? Aber es war bereits drei Uhr durch. Egal, Holmes würde sich nicht beklagen. Konnte sich nicht beklagen, dachte Rebus selbstgefällig.

»Nicht schlecht«, sagte Carew und tätschelte seinen Bauch. Rebus war sich nicht sicher, ob er das Essen oder seine Leibesfülle meinte.

»Und wir haben eine Menge geklärt«, sagte Watson, »das sollten wir nicht vergessen.«

»Natürlich nicht«, sagte Carew. »Ein sehr fruchtbares Treffen.«

Andrews hatte darauf bestanden, die Rechnung zu bezahlen. Musste gut dreistellig sein, überschlug Rebus rasch. Andrews überprüfte jetzt die Rechnung, hakte jeden Posten ab, als ob er ihn mit der Preisliste in seinem Kopf vergleichen würde. Nicht bloß Geschäftsmann, dachte Rebus gehässig, sondern auch ein verdammt guter Schotte. Dann rief Andrews den flinken Oberkellner zu sich und erklärte ihm leise, dass für eine Bestellung zu viel berechnet worden sei. Der Oberkellner glaubte Andrews unbesehen, änderte die Rechnung auf der Stelle mit seinem Kugelschreiber und entschuldigte sich vielmals.

Das Restaurant leerte sich allmählich. Für sämtliche Gäste war die angenehme Mittagspause zu Ende. Rebus merkte, wie er plötzlich von Schuldgefühlen überwältigt wurde. Er hatte soeben seinen Anteil an etwa zweihundert Pfund verkonsumiert. Mit anderen Worten für vierzig Pfund gegessen und getrunken. Manche hatten noch teurer gespeist und verließen jetzt laut lachend den Speisesaal. Alte Geschichten, Zigarren, rote Gesichter. Sehr zu Rebus' Unbehagen legte McCall ihm einen Arm um die Schulter und deutete mit dem Kopf auf die Leute, die sich überschwänglich verabschiedeten.

»Wenn es in ganz Schottland nur noch fünfzig Tory-Wähler gäbe, John, dann wären die alle in diesem Raum.«

»Das glaub ich gerne«, sagte Rebus.

Andrews, der gerade mit dem Oberkellner fertig war, hatte sie gehört. »Ich dachte, es *gäbe* hier oben nur noch fünfzig Tory-Wähler«, sagte er.

Da war es wieder, fiel Rebus auf, dieses ruhige, selbstsichere Lächeln allerseits. Ich habe Asche statt Brot gegessen, dachte er. Asche statt Brot. Überall um ihn herum war rot glühende Zigarrenasche, und einen Augenblick lang glaubte er, ihm würde schlecht. Doch dann stolperte McCall, und Rebus musste ihn fest halten, bis er sich wieder gefangen hatte.

»Bisschen viel getrunken, Tommy?«, sagte Carew.

»Ich brauch bloß etwas frische Luft«, sagte McCall. »John, würden Sie mir bitte helfen?«

»Selbstverständlich«, sagte Rebus, froh über einen Vorwand zum raschen Aufbruch.

McCall drehte sich noch einmal zu Carew um. »Hast du deinen neuen Wagen dabei?«

Carew schüttelte den Kopf. »Den hab ich in der Garage stehen lassen.«

McCall nickte Rebus zu. »Der Angeber hat sich gerade einen Jaguar V-12 gekauft«, erklärte er. »Fast vierzigtausend, und ich meine nicht die Meilen auf dem Tacho.«

Einer der Kellner stand neben dem Aufzug.

»Schön, die Herren mal wieder gesehen zu haben«, sagte er so automatisch, wie sich die Aufzugtüren schlossen, als Rebus und McCall eingestiegen waren.

»Den muss ich irgendwann mal verhaftet haben«, sagte Rebus, »denn ich war noch nie hier, also kann er mich hier noch nie gesehen haben.«

»Das hier ist gar nichts«, sagte McCall und verzog das Gesicht. »Gar nichts. Wenn Sie ein bisschen Spaß haben wollen, sollten Sie mal abends in den Club kommen. Sagen Sie einfach, sie wären ein Freund von Finlay. Dann lässt man Sie rein. Toller Laden.«

»Vielleicht mach ich das mal«, sagte Rebus, als sich die

Aufzugtüren öffneten. »Sobald mein Smoking aus der Reinigung zurück ist.«

McCall lachte immer noch, als er aus dem Gebäude trat.

Holmes war ganz steif, als er das Gebäude durch den Personaleingang verließ. Der junge Mann hatte ihn durch ein Labyrinth von Gängen geführt und war nun bereits wieder auf dem Rückweg und pfiff vor sich hin, die Hände in den Taschen. Holmes fragte sich, ob er es tatsächlich im Journalismus zu etwas bringen würde. Doch es waren schon seltsamere Dinge passiert.

Er hatte die Fotografien gefunden, die er gesucht hatte. Sie waren in drei aufeinander folgenden Mittwochsausgaben gewesen, jeweils in der Morgenzeitung. Anhand dieser Abbildungen hatte das Bildarchiv die Originale herausgesucht, und auf dem Rücken jedes Originals klebte der gleiche rechteckige goldene Aufkleber, der besagte, dass das Foto Eigentum von Jimmy Huttons Fotostudio war. Auf den Aufklebern stand dankenswerterweise sogar eine Adresse mit Telefonnummer. Also erlaubte sich Holmes den Luxus, sich zu strecken, um seine Wirbelsäule knackend wieder in eine halbwegs normale Stellung zu bringen. Er dachte schon daran, sich ein Pint zu gönnen, aber nachdem er fast zwei Stunden über eine Arbeitsplatte gebeugt verbracht hatte, wollte er nun auf keinen Fall an eine Theke gelehnt stehen müssen, um etwas zu trinken. Außerdem war es Viertel nach drei. Dank des gut, aber langsam arbeitenden Bildarchivs war er bereits zu spät für sein Treffen – sein *erstes* Treffen – mit Inspector Rebus. Er wusste nicht, wie viel Wert Rebus auf Pünktlichkeit legte, aber er fürchtete, dass er das ziemlich eng sehen würde. Doch wenn das Ergebnis seiner bisherigen Arbeit Rebus nicht aufheitern würde, dann war er kein Mensch.

Aber dieses Gerücht eilte ihm ja bekanntermaßen voraus.

Nicht dass Holmes Gerüchten Glauben schenkte. Nun ja, jedenfalls nicht immer.

Wie sich herausstellte, erschien Rebus als Letzter von beiden zu dem verabredeten Termin. Allerdings hatte er vorher angerufen, um sich zu entschuldigen, was schon was hieß. Holmes saß vor Rebus' Schreibtisch, als er endlich hereinkam, seine auffällig bunte Krawatte abnahm und in eine Schublade warf. Erst dann wandte er sich Holmes zu, starrte ihn an, lächelte und streckte eine Hand aus, die Holmes schüttelte.

Das ist ja schon mal was, dachte Rebus, er ist auch kein Freimaurer.

»Sie heißen doch Brian mit Vornamen?«, sagte Rebus, als er sich setzte.

»Ganz recht, Sir.«

»Gut. Dann werde ich Sie Brian nennen, und Sie können mich weiter mit Sir anreden. Einverstanden?«

Holmes lächelte. »In Ordnung, Sir.«

»Fein. Haben Sie etwas herausgefunden?«

Also begann Holmes der Reihe nach zu erzählen. Während er sprach, bemerkte er, dass Rebus fast einschlief, auch wenn er sich krampfhaft bemühte, aufmerksam zuzuhören. Und er hatte unverkennbar eine Fahne. Was auch immer er zum Mittagessen getrunken hatte, es hatte ihm zu gut gemundet. Nachdem er seinen Bericht beendet hatte, wartete er, dass Rebus etwas sagte.

Rebus nickte bloß und schwieg eine ganze Weile. War er dabei, seine Gedanken zu sammeln? Holmes hatte das Bedürfnis, die Leere zu füllen.

»Worum geht es eigentlich, Sir, wenn Sie mir die Frage erlauben?«

»Selbstverständlich dürfen Sie das fragen«, sagte Rebus schließlich, beließ es aber dabei.

»Nun, Sir?«

»Ich bin mir nicht sicher, Brian. Das ist die Wahrheit. Okay, ich werde Ihnen sagen, was ich weiß – und ich betone *weiß*, denn es gibt eine ganze Menge, das ich nur *glaube*, und das ist in diesem Fall nicht ganz dasselbe.«

»Es liegt also ein Verbrechen vor?«

»Das werden Sie mir sagen, wenn Sie mir zugehört haben.« Und nun war es an Rebus, eine Art »Bericht« abzugeben, die ganze Geschichte, während er sie erzählte, in seinem Kopf noch einmal zu ordnen. Aber sie war zu bruchstückhaft, zu spekulativ. Er konnte sehen, wie Holmes mit den einzelnen Versatzstücken kämpfte und versuchte, sich ein Gesamtbild zu machen. Gab es das in dem Fall überhaupt, ein Gesamtbild?

»Sie sehen also«, resümierte Rebus, »wir haben da einen Junkie, voll gepumpt mit Gift, das er sich selbst gespritzt hat. Irgendwer hat das Gift besorgt. Blutergüsse an seinem Körper und eine mögliche Verbindung zu Hexerei. Wir haben eine verschwundene Kamera, einen Krawattenklipp, ein paar Fotos und eine Freundin, die verfolgt wird. Verstehen Sie mein Problem?«

»Zu viele Ansatzpunkte.«

»Genau.«

»Und was machen wir jetzt?«

Dieses »wir« ließ Rebus aufhorchen. Zum ersten Mal hatte er das Gefühl, dass er in dieser Sache nicht länger allein war, was auch immer ›diese Sache‹ sein mochte. Der Gedanke heiterte ihn ein wenig auf, auch wenn jetzt allmählich der Kater einsetzte, dieses unendlich langsame, dumpfe Pochen in beiden Schläfen.

»Ich werde mich mit jemandem treffen, der mir etwas über Hexenzirkel erzählen kann«, sagte er. Plötzlich war er sicher, wie die nächsten Schritte aussehen mussten. »Und Sie werden Huttons Fotostudio einen Besuch abstatten.«

»Das klingt vernünftig.«

»Das sollte es verdammt noch mal auch«, sagte Rebus. »Ich bin derjenige mit Köpfchen, Brian. Und Sie sind der mit den Schuhsohlen. Melden Sie sich später noch mal bei mir und berichten Sie, was Sie erreicht haben. Und jetzt ziehen Sie Leine.«

Rebus hatte eigentlich nicht so unfreundlich sein wollen. Doch gegen Ende hatte der jüngere Mann einen etwas zu vertraulichen, zu verschwörerischen Tonfall angenommen, so dass Rebus das Bedürfnis gehabt hatte, die Grenzen neu abzustecken. Alles nur sein Fehler, wurde ihm klar, als sich die Tür hinter Holmes schloss. Sein Fehler, weil er so geschwätzig und vertrauensselig gewesen war, alles erzählt hatte, und weil er Holmes mit dem Vornamen angeredet hatte. Daran war nur dieses verdammte Mittagessen schuld. Nennen Sie mich Finlay, nennen Sie mich James, nennen Sie mich Tommy ... Egal, es würde sich schon alles regeln. Am Anfang war alles gut gelaufen, dann weniger gut. Es konnte immer noch schlimmer kommen, was Rebus im Übrigen ganz recht war. Er mochte ein gewisses Maß an Feindseligkeit, an Konkurrenzkampf. Das waren klare Pluspunkte in seinem Job.

Rebus war also doch ein Schweinehund.

Brian Holmes verließ zornigen Schrittes die Polizeiwache, die Hände in den Taschen zu Fäusten geballt. Die Knöchel ganz rot. *Sie sind der mit den Schuhsohlen.* Das hatte ihn mit einem Schlag auf den Boden der Tatsachen zurückgebracht, als er gerade glaubte, sie würden sich so gut verstehen. Beinah wie menschliche Wesen und nicht wie Polizisten. Hättest es besser wissen müssen, Brian. Und was den Grund für diese ganze Mühe betraf … Da lohnte es sich kaum, drüber nachzudenken. Es war alles so fadenscheinig, so typisch für Rebus. Das war überhaupt keine Polizeiarbeit. Hier hatte er einen Inspector vor sich, der im Augenblick nichts Richtiges zu tun hatte und sich die Zeit vertrieb, indem er ein bisschen Philip Marlowe spielte. Dabei könnten sie doch beide ihre Zeit besser nutzen. Nun ja, Holmes zumindest. Er hatte nicht irgendeine gemütliche Anti-Drogen-Kampagne vor sich. Und dass man ausgerechnet Rebus dazu genommen hatte! Sein Bruder saß wegen Rauschgifthandel in Peterhead. War der größte Dealer in Fife gewesen. Das hätte Rebus' Karriere für immer und ewig beenden müssen, stattdessen hatte man ihn befördert. Es war schon eine schlimme Welt.

Und er musste einem Fotografen einen Besuch abstatten. Vielleicht könnte er sich bei der Gelegenheit gleich ein paar Passfotos machen lassen. Seine Sachen packen und nach Kanada, Australien oder in die Staaten fliegen. Scheiß auf seine Wohnungssuche. Scheiß auf die Polizei. Und Scheiß auf Detective Inspector Rebus mit seiner Hexenjagd.

Jetzt hatte er sich Luft gemacht.

In einer seiner chaotischen Schubladen fand Rebus ein paar Aspirin und zerkaute sie zu einem bitteren Pulver, während er die Treppe hinunterging. Böser Fehler. Das entzog seinem Mund auch noch das letzte Tröpfchen Speichel, und er konnte weder schlucken noch sprechen. Der Dienst habende Sergeant trank gerade Tee aus einem Styroporbecher. Rebus riss ihm den Becher aus der Hand und nahm einen großen Schluck von der lauwarmen Brühe. Dann verzog er das Gesicht.

»Wie viel Zucker hast du denn da rein getan, Jack?«

»Wenn ich gewusst hätte, dass du zum Tee kommst, John, hätte ich ihn genau so gemacht, wie du ihn magst.«

Der Dienst habende Sergeant hatte immer eine schlagfertige Antwort parat, und Rebus fiel nie etwas Passendes ein, mit dem er kontern konnte. Er gab den Becher zurück und ging hinaus. Er merkte geradezu, wie der Zucker in ihm klebte.

Ich rühre keinen Tropfen mehr an, dachte er, als er seinen Wagen startete. Ich schwör's bei Gott, höchstens ab und zu mal ein Glas Wein. So viel muss erlaubt sein. Aber keine Besäufnisse mehr, und ich werde nie mehr Wein und Schnaps durcheinander trinken. Okay? Also hilf mir, Gott, und befreie mich von diesem Kater. Ich hab doch nur ein Glas Cognac getrunken, vielleicht zwei Gläser Bordeaux und ein Glas Chablis. Einen Gin Tonic. Das ist doch kaum der Rede Wert, noch längst kein Fall für die Ausnüchterungszelle.

Auf den Straßen war es ruhig. Wenigstens eine Wohltat. Davon ging's ihm zwar nicht besser, aber es war immerhin etwas. Auf diese Weise war er ziemlich schnell in Pilmuir, doch dann fiel ihm ein, dass er ja nicht wusste, wo Charlie wohnte. Charlie, der Mensch, mit dem er reden musste, um an die Adresse eines Hexenzirkels heranzukommen. Eines Zirkels, der weiße Magie praktizierte. Er wollte die Hexereigeschichte noch einmal überprüfen. Außerdem wollte er Charlie noch einmal überprüfen. Aber Charlie sollte nicht wissen, dass er überprüft wurde.

Die Sache mit der Hexerei machte ihm zu schaffen. Rebus glaubte an Gut und Böse, und er glaubte, dass törichte Menschen sich vom Bösen angezogen fühlen konnten. Er wusste einiges über heidnische Religionen, hatte Bücher darüber gelesen, die dicker und ernster waren, als ihnen gut tat. Er hatte nichts dagegen, wenn Leute die Erde anbeteten oder was auch immer. Letztlich lief es alles auf das Gleiche hinaus. Aber er hatte etwas dagegen, wenn Leute das Böse als Macht anbeteten, und sogar noch *mehr* als das, als Wesen nämlich. Und besonders missfiel es ihm, wenn es die Leute nur um des »Kicks« willen taten, ohne zu wissen oder darüber nachzudenken, worauf sie sich da eigentlich einließen.

Leute wie Charlie. Ihm fiel wieder das Buch mit den Gemälden von Giger ein. Satan zwischen zwei Waagschalen, rechts und links eine nackte Frau. Die Frauen wurden von riesigen Bohrern penetriert. Satan war ein Bockskopf mit einer Maske …

Doch wo mochte Charlie jetzt sein? Er würde es herausfinden. Anhalten und fragen. An Türen klopfen. Vorsichtig mit Strafe drohen, sollten Informationen vorenthalten werden. Wenn nötig, würde er den großen bösen Polizisten spielen.

Doch dann stellte sich heraus, dass er nichts dergleichen tun musste. Er stieß nämlich auf zwei Police Constables, die vor einem der mit Brettern verrammelten Häuser herumstanden, nicht allzu weit von dem Haus entfernt, in dem Ronnie gestorben war. Einer der Constables sprach in ein Funkgerät. Der andere schrieb in ein Notizbuch. Rebus hielt sein Auto an und stieg aus. Dann fiel ihm etwas ein. Er beugte sich ins Auto zurück und zog seinen Schlüsselbund aus dem Zündschloss. In dieser Gegend konnte man nicht vorsichtig genug sein. Er schloss sogar noch die Fahrertür ab.

Einen der Constables kannte er. Es war Harry Todd, einer der beiden Männer, die Ronnie gefunden hatten. Todd nahm Haltung an, als er Rebus sah, doch Rebus machte eine wegwerfende Handbewegung, und Todd redete weiter in sein

Funkgerät. Rebus wandte sich stattdessen an den anderen Constable.

»Was ist hier los?« Der Constable hielt mit dem Schreiben inne und sah Rebus mit jenem argwöhnischen, beinah feindseligen Blick an, den uniformierte Polizisten auf einmalige Weise beherrschen. »Inspector Rebus«, erklärte Rebus. Er fragte sich, wo Todds irischer Kollege O'Rourke sein mochte.

»Oh«, sagte der Constable. »Also ...« Er steckte umständlich seinen Kugelschreiber weg. »Wir wurden wegen einer häuslichen Auseinandersetzung gerufen. Eine riesige Schreierei. Doch als wir hier ankamen, war der Mann bereits abgehauen. Die Frau ist noch drinnen. Sie hat ein blaues Auge abbekommen, weiter nichts. Sind Sie eigentlich nicht für zuständig, Sir.«

»Tatsächlich?«, sagte Rebus. »Jedenfalls danke, dass Sie mich darauf aufmerksam machen, Sonny. Ist nett, wenn einem jemand sagt, wofür man ›zuständig‹ ist und wofür nicht. Vielen Dank. Würden Sie mir jetzt freundlicherweise erlauben, das Haus zu betreten?«

Der Constable wurde knallrot. Seine Wangen hoben sich glühend von dem blutleeren Gesicht und dem Hals ab. Nein, selbst sein Hals wurde jetzt rot. Rebus genoss das. Es störte ihn noch nicht mal, dass hinter dem Constable, aber für Rebus deutlich sichtbar, Todd das Ganze mit einem hämischen Grinsen beobachtete.

»Also?«, drängte Rebus.

»Tut mir Leid, Sir.«

»Na schön«, sagte Rebus und ging auf die Haustür zu. Doch noch bevor er sie erreichte, wurde sie von innen geöffnet, und Tracy erschien, die Augen vom Weinen gerötet. Eines zierte ein tiefblaues Veilchen. Sie schien nicht überrascht,

Rebus zu sehen. Sie schien sogar erleichtert und warf sich ihm um den Hals und drückte den Kopf an seine Schulter. Die Tränen flossen aufs Neue.

Rebus, erschrocken und verlegen zugleich, erwiderte die Umarmung nur zögernd, indem er ihr mit den Händen den Rücken tätschelte und väterlich »ist ja schon gut« murmelte, wie zu einem verängstigten Kind. Er drehte den Kopf zu den Constables, die so taten, als würden sie nichts mitbekommen. Dann hielt ein Auto neben seinem, und er sah Tony McCall die Handbremse ziehen, bevor er die Fahrertür aufstieß, ausstieg und Rebus und die junge Frau bemerkte.

Rebus legte Tracy die Hände auf die Arme und schob sie ein wenig von sich, ließ sie aber nicht los. Seine Hände, ihre Arme. Sie sah ihn an und versuchte, gegen die Tränen anzukämpfen. Schließlich zog sie einen Arm weg, damit sie sich die Augen wischen konnte. Dann entspannte sie den anderen Arm, und Rebus' Hand fiel nach unten. Der Kontakt war unterbrochen. Vorläufig.

»John?« Es war McCall, der nun dicht hinter ihm stand.

»Ja, Tony?«

»Wieso ist mein Revier plötzlich dein Revier?«

»Ich kam nur zufällig vorbei«, sagte Rebus.

Im Haus war es erstaunlich sauber und aufgeräumt. Es gab zahlreiche Möbelstücke, wenn sie auch nicht zusammenpassten – zwei verschlissene Sofas, mehrere Stühle, einen Rattantisch und ein halbes Dutzend Sitzkissen, bei denen die Füllung aus den aufgeplatzten Nähten herausquoll. Doch was das Erstaunlichste war, es gab Strom.

»Ob das Elektrizitätswerk das wohl weiß«, sagte McCall, als Rebus im Erdgeschoss das Licht anschaltete.

Trotz der ganzen Einrichtung hatte das Haus etwas Provisorisches an sich. Auf dem Fußboden im Wohnzimmer waren Schlafsäcke ausgebreitet, als ob sie auf zufällig vorbeikommende Streuner warteten. Tracy setzte sich auf eins der Sofas und schlang die Hände um die Knie.

»Ist das deine Wohnung?«, fragte Rebus, obwohl er die Antwort kannte.

»Nein, Charlies.«

»Seit wann weißt du das?«

»Ich hab's erst heute rausgefunden. Er zieht ständig um. Es war nicht einfach, ihn aufzuspüren.«

»Du hast aber nicht lange dazu gebraucht.« Sie zuckte die Achseln. »Was ist passiert?«

»Ich wollte bloß mit ihm reden.«

»Über Ronnie?« McCall horchte auf, als Rebus das sagte. Er war jetzt ganz konzentriert. Er hatte verstanden, dass Rebus versuchte, ihm die Situation zu erklären, während er gleichzeitig Tracy ausfragte.

»Vielleicht blöde von mir, aber ich musste mit jemandem reden.«

»Und?«

»Wir haben uns gestritten. Er hat angefangen. Hat mir vorgeworfen, ich sei schuld an Ronnies Tod.« Sie schaute zu ihnen auf, nicht bittend, sondern nur um zu zeigen, dass sie aufrichtig war. »Das stimmt nicht. Aber Charlie hat gesagt, ich hätte mich um Ronnie kümmern müssen, ihn daran hindern, das Zeug zu nehmen, ihn aus Pilmuir fortschaffen. Aber wie hätte ich das denn tun sollen? Er hätte doch nicht auf mich gehört. Ich hab geglaubt, er wüsste, was er tut. Er ließ sich von keinem was sagen.«

»Hast du das Charlie gesagt?«

Sie lächelte. »Nein. Das ist mir erst jetzt eingefallen. So ist das doch immer, oder? Die schlauen Antworten fallen einem erst hinterher ein, wenn alles vorbei ist.«

»Das kenne ich nur zu gut«, sagte McCall.

»Also habt ihr angefangen, euch anzubrüllen.«

»Ich hab nicht damit angefangen!«, gab sie wütend zurück.

»Okay«, sagte Rebus ganz ruhig. »Charlie hat dich angeschrien, und du hast zurückgeschrien, dann hat er dich geschlagen. Ja?«

»Ja.« Sie wirkte besänftigt.

»Und vielleicht«, fuhr Rebus fort, »hast du zurückgeschlagen?«

»Was das Zeug hielt.«

»Ein Mädchen ganz nach meinem Herzen«, sagte McCall. Er lief im Zimmer umher, drehte die Kissen auf den Sofas um, schlug alte Zeitschriften auf und bückte sich, um jeden einzelnen Schlafsack abzutasten.

»Behandeln Sie mich nicht wie eine Idiotin, Sie Dreckskerl«, sagte Tracy.

McCall schaute überrascht auf. Dann lächelte er und tastete den nächsten Schlafsack ab. »Aha«, sagte er, hob den Schlafsack hoch und schüttelte ihn. Ein kleiner Plastikbeutel fiel auf den Boden. Offenkundig zufrieden hob er ihn auf. »Ein bisschen Koks«, sagte er. »Das macht ein Heim erst richtig gemütlich, was?«

»Davon weiß ich nichts«, sagte Tracy und starrte auf den Beutel.

»Wir glauben dir«, sagte Rebus. »Charlie ist also abgehauen?«

»Ja. Die Nachbarn müssen die Bullen – ich mein die Polizei – gerufen haben.« Sie blickte verlegen zur Seite.

»Man hat uns schon schlimmere Bezeichnungen an den Kopf geworfen«, sagte McCall, »was, John?«

»Allerdings. Als die Constables vor der Tür standen, ist Charlie also einfach verschwunden?«

»Ja, durch die Hintertür.«

»Wo wir schon mal hier sind«, sagte Rebus, »könnten wir eigentlich einen Blick in sein Zimmer werfen, falls so etwas existiert.«

»Gute Idee«, sagte McCall und steckte den Plastikbeutel ein. »Wo Rauch ist, ist auch Feuer.«

Charlie hatte durchaus ein Zimmer. Es enthielt einen Schlafsack, einen Schreibtisch, eine Architektenlampe und mehr Bücher, als Rebus je auf so engem Raum gesehen hatte. Sie waren an den Wänden gestapelt und bildeten wackelige Säulen vom Boden bis zur Decke. Viele stammten aus Bibliotheken und waren längst überfällig.

»Er muss den Stadtvätern ein kleines Vermögen schulden«, sagte McCall.

Es waren Bücher über Wirtschaft, Politik und Geschichte sowie wissenschaftliche und nicht ganz so wissenschaftliche Werke über Dämonismus, Teufelsanbetung und Hexerei. Es gab nur wenige Romane, und die meisten Bücher waren gründlich durchgearbeitet worden, mit vielen Unterstreichungen und Randbemerkungen in Bleistift. Auf dem Schreibtisch lag ein halb fertiger Essay, den Charlie sicher für ein Seminar an der Uni geschrieben hatte. Darin versuchte er offenbar das Magische mit der modernen Gesellschaft zu verknüpfen. Soweit Rebus es beurteilen konnte, war das zum größten Teil unsinniges Geschwafel.

»Hallo!«

Das kam von unten, von den beiden Constables, die offenbar gerade heraufkommen wollten.

»Selber hallo«, rief McCall zurück. Dann schüttete er den

Inhalt einer großen Plastiktüte aus dem Supermarkt auf den Fußboden. Kugelschreiber, Spielzeugautos, Zigarettenblättchen, ein hölzernes Ei, eine Rolle Garn, ein Walkman und ein Schweizer Armeemesser fielen heraus – und eine Kamera. McCall bückte sich, um die Kamera mit Daumen und Mittelfinger aufzuheben. Hübsches Gerät, 35-Millimeter Spiegelreflexkamera. Gutes Fabrikat. Er hielt sie Rebus hin. Der nahm sie, nachdem er zuerst ein Taschentuch hervorgezogen hatte, mit dem er sie anfassen konnte. Dann drehte sich Rebus zu Tracy um, die mit verschränkten Armen gegen den Türrahmen gelehnt stand, und sah sie fragend an. Sie antwortete mit einem Nicken.

»Ja«, sagte sie. »Das ist Ronnies Kamera.«

Die Constables waren jetzt oben an der Treppe angekommen. Rebus ließ die Kamera in die Supermarkttüte fallen, die McCall ihm hinhielt, darauf bedacht, keine Fingerabdrücke zu verwischen.

»Todd«, sagte er zu dem Constable, den er kannte, »bringen Sie diese junge Dame zur Great London Road Station.« Tracy klappte der Mund auf. »Es ist nur zu deiner eigenen Sicherheit«, sagte Rebus. »Geh mit ihnen. Wir sehen uns später, sobald ich Zeit habe.«

Sie schien immer noch etwas einwenden zu wollen. Dann überlegte sie es sich jedoch anders, nickte, drehte sich um und verließ das Zimmer. Rebus lauschte ihren Schritten, wie sie begleitet von den Constables die Treppe hinunterging. McCall suchte immer noch herum, wenn auch ohne großen Eifer. Zwei Funde, damit konnte man schon was anfangen.

»Wo Rauch ist, ist auch Feuer«, sagte er.

»Ich hab heute mit Tommy zu Mittag gegessen«, sagte Rebus.

»Mit meinem Bruder Tommy?« McCall blickte auf. Rebus nickte. »Dann hast du mir was voraus. Mich hat er seit fünfzehn Jahren nicht mehr zum Essen eingeladen.«

»Wir waren im Eyrie.« McCall stieß einen Pfiff aus. »Hatte mit Watsons Anti-Drogen-Kampagne zu tun.«

»Ach so, Tommy blättert reichlich Schotter dafür hin, was? Nein ich sollte wohl nicht so hart mit ihm sein. Er hat mir schon hin und wieder mal einen Gefallen getan.«

»Hatte 'n bisschen viel getrunken.«

McCall lachte leise. »Dann hat er sich also nicht verändert. Aber er kann es sich ja erlauben. Dieses Transportunternehmen von ihm, das läuft jetzt von alleine. Früher war er vierundzwanzig Stunden am Tag und zweiundfünfzig Wochen im Jahr dort. Heutzutage kann er sich so lange freinehmen, wie er will. Sein Steuerberater hat ihm mal empfohlen, ein ganzes *Jahr* auszusetzen. Kannst du dir das vorstellen? Aus steuerlichen Gründen. Diese Probleme müssten wir mal haben, was, John?«

»Da hast du Recht, Tony.« Rebus hielt immer noch die Supermarkttüte in der Hand. McCall deutete mit einem Nicken darauf.

»Ist der Fall damit erledigt?«

»Es macht die Sache etwas klarer«, sagte Rebus. »Ich werde die Kamera vielleicht nach Fingerabdrücken untersuchen lassen.«

»Kann ich dir gleich sagen, was du da finden wirst«, sagte McCall. »Die von dem Toten und von diesem Charlie.«

»Du hast jemanden vergessen.«

»Wen?«

»Dich, Tony. Du hast die Kamera mit den Fingern aufgehoben, erinnerst du dich?«

»Ach, tut mir Leid. Ich hab nicht nachgedacht.«

»Macht nichts.«

»Jedenfalls ist das doch schon mal was, oder? Ein Grund zum Feiern, meine ich. Ich weiß nicht, wie's mit dir aussieht, aber ich komme fast um vor Durst.«

Als sie den Raum verließen, krachte eine der Büchersäulen endgültig zusammen. Die Bücher purzelten auf den Boden wie Dominosteine, die darauf warteten, gemischt zu werden. Rebus öffnete noch einmal die Tür, um nachzusehen, was passiert war.

»Geister«, sagte McCall. »Weiter nichts. Bloß Geister.«

Es machte nicht viel her. Nicht was er erwartet hatte. Okay, da stand in einer Ecke eine Topfpflanze, an den Fenstern waren schwarze Springrollos, und es gab sogar einen Computer, der auf einem recht neu aussehenden Kunststoffschreibtisch vor sich hin staubte. Aber trotzdem war es bloß die zweite Etage eines Mietshauses, nur als Wohnung konzipiert und nicht dafür vorgesehen, professionell als Büro oder Studio benutzt zu werden. Holmes sah sich in dem Raum – dem so genannten »Chefbüro« – um, während das niedliche, gerade der Schulbank entwachsene Mädchen hinausgegangen war, um »Seine Hoheit« zu holen. So hatte sie ihn genannt. Wenn die eigenen Mitarbeiter keinen Respekt vor ihrem Boss hatten oder zumindest ein wenig Furcht, dann stimmte etwas nicht. Und als die Tür aufging und »Seine Hoheit« eintrat, war Holmes sofort klar, dass mit Jimmy Hutton etwas nicht stimmte.

Zum einen war er jenseits der fünfzig, doch was er noch an Haaren auf dem Kopf hatte, hing ihm in langen dünnen Strähnen fast bis in die Augen. Außerdem trug er Jeans, ein Fehler, den viele machen, die sich für ewig jung halten. Und er war klein. Knapp einssechzig. Jetzt begann Holmes, den Scherz der Sekretärin zu verstehen. Seine Hoheit, in der Tat.

Er wirkte ungehalten über die Störung, aber er hatte es sich immerhin verkniffen, die Kamera aus dem Kinderzimmer oder Abstellraum mitzubringen, oder was auch immer in dieser eher kleinen Wohnung als Studio diente. Er streckte eine Hand aus, und Holmes schüttelte sie.

»Detective Constable Holmes«, stellte er sich vor. Hutton nickte, nahm eine Zigarette aus dem Päckchen auf dem Schreibtisch seiner Sekretärin und zündete sie an. Die registrierte das mit offenkundigem Missfallen, während sie sich wieder hinsetzte und ihren engen Rock glatt strich. Hutton hatte Holmes noch nicht ein einziges Mal direkt angesehen. Sein Blick hatte etwas Abwesendes, als ob er mit den Gedanken ganz woanders wäre. Er trat ans Fenster, sah hinaus und legte den Kopf in den Nacken, um eine Rauchwolke an die hohe, dunkle Decke zu pusten, dann ließ er den Kopf sinken und lehnte sich gegen die Wand.

»Hol mir 'nen Kaffee, Christine.« Sein Blick kreuzte kurz den von Holmes. »Wollen Sie auch einen?« Holmes schüttelte den Kopf.

»Bestimmt nicht?«, fragte Christine freundlich, während sie erneut aufstand.

»Na gut. Danke.«

Mit einem Lächeln verließ sie den Raum, um in die Küche oder die Dunkelkammer zu gehen und Wasser aufzusetzen.

»Also«, sagte Hutton. »Was kann ich für Sie tun?«

Noch etwas war seltsam an dem Mann. Er hatte eine hohe Stimme, nicht schrill oder feminin, einfach hoch. Und leicht kratzig, als hätte er sich irgendwann in der Jugend die Stimmbänder ruiniert, und die hätten sich nie davon erholt.

»Mr. Hutton?« Holmes musste sichergehen. Hutton nickte.

»Jimmy Hutton, Berufsfotograf, zu Ihren Diensten. Sie wollen heiraten und möchten, dass ich Ihnen einen Rabatt einräume?«

»Nein, nichts dergleichen.«

»Dann eine Porträtaufnahme. Vielleicht von Ihrer Freundin? Oder von Papa und Mama?«

»Nein, ich fürchte, es ist nichts Geschäftliches. Ich bin aus dienstlichen Gründen hier.«

»Dann gibt's also für mich nichts zu verdienen?« Hutton lächelte, riskierte einen weiteren Blick auf Holmes und zog an seiner Zigarette. »Ich *könnte* ein Porträt von Ihnen machen. Ausgeprägtes Kinn, anständige Wangenknochen. Mit der richtigen Beleuchtung ...«

»Nein danke. Ich hasse es, mich fotografieren zu lassen.«

»Ich red doch nicht von Fotos.« Hutton ging jetzt um den Schreibtisch herum. »Ich rede von Kunst.«

»Deshalb bin ich ja auch hier.«

»Was?«

»Wegen Kunst. Ich war recht beeindruckt von ein paar Fotos von Ihnen, die ich in der Zeitung gesehen habe. Da hab ich mich gefragt, ob Sie mir vielleicht helfen können.«

»Ja?«

»Es geht um eine vermisste Person.« Holmes war kein großer Lügner. Ihm brannten die Ohren, wenn er eine richtig dicke Lüge erzählte. Kein großer Lügner, aber ein ganz passabler. »Ein junger Mann namens Ronnie McGrath.«

»Der Name sagt mir nichts.«

»Er wollte Fotograf werden, deshalb ist mir diese Idee gekommen.«

»Welche Idee?«

»Ob er vielleicht mal bei Ihnen war. Sie wissen schon, um

Sie um Rat zu fragen und so. Schließlich haben Sie in der Branche einen Namen.« Es war beinah zu offenkundig. Holmes konnte es förmlich spüren, war sicher, dass Hutton das Spiel jeden Augenblick durchschauen würde. Doch am Ende siegte die Eitelkeit.

»Nun ja«, sagte der Fotograf und lehnte sich gegen den Schreibtisch, die Arme verschränkt, die Beine gekreuzt, durch und durch selbstbewusst. »Wie sah er denn aus, dieser Ronnie?«

»Mittelgroß, kurze braune Haare. Machte gern Fotostudien. Sie wissen schon, was ich meine, das Castle, Calton Hill …«

»Fotografieren Sie selbst, Inspector?«

»Ich bin nur Constable.« Holmes lächelte erfreut über den Irrtum. Dann kam ihm ein Verdacht. Wenn Hutton nun das gleiche Spielchen mit *ihm* trieb und bloß an seine Eitelkeit appellierte? »Und ich hab nie viel fotografiert. Ein paar Schnappschüsse im Urlaub und so.«

»Zucker?« Christine steckte den Kopf durch die Tür und lächelte Holmes erneut an.

»Nein danke«, sagte er. »Nur Milch.«

»Gib einen Tropfen Whisky in meinen«, sagte Hutton, »sei so lieb.« Er sah augenzwinkernd zur Tür, die sich bereits wieder schloss. »Kommt mir irgendwie bekannt vor, muss ich zugeben, Ronnie … Studien vom Castle. Ja, ja. Jetzt erinnere ich mich an einen jungen Mann, der hierher kam. Verdammt nervig war der. Ich stellte gerade eine Musterkollektion zusammen, eine längerfristige Sache. Etwas, wobei man sich hundertprozentig konzentrieren muss. Er kam ständig vorbei, wollte mich sprechen und mir seine Arbeiten zeigen.« Hutton hob entschuldigend die Hände. »Ich meine, wir waren ja alle mal jung. Ich hätte ihm schon gerne geholfen, aber ich hatte einfach nicht die Zeit, jedenfalls in dem Augenblick nicht.«

»Sie haben sich seine Arbeiten also nicht angesehen?«

»Nein. Wie gesagt, keine Zeit. Nach ein paar Wochen kam er dann nicht mehr.«

»Wie lange ist das her?«

»Ein paar Monate. Drei oder vier.«

Die Sekretärin kam mit dem Kaffee herein. Holmes konnte die Whiskydünste aus Huttons Becher riechen und war angewidert und neidisch zugleich. Jedenfalls verlief das Gespräch ganz gut. Es wurde Zeit, auf ein anderes Gleis zu wechseln.

»Danke, Christine«, sagte er, und sie schien sich über diese Vertraulichkeit zu freuen. Sie selber trank nichts, setzte sich hin und nahm sich eine Zigarette. Er dachte kurz daran, ihr Feuer zu geben, doch er hielt sich zurück.

»Hören Sie«, sagte Hutton. »Ich bin Ihnen ja gerne behilflich, aber ...«

»Sie sind ein viel beschäftigter Mann.« Holmes nickte zustimmend. »Ich weiß es sehr zu schätzen, dass Sie sich überhaupt Zeit für mich genommen haben. Und wir sind eigentlich auch fertig.« Er nahm einen Schluck von dem glühend heißen Kaffee, wagte aber nicht, ihn in den Becher zurückzuspucken, sondern würgte ihn mühsam hinunter.

»Na prima«, sagte Hutton und erhob sich von der Schreibtischkante.

»Ach«, sagte Holmes. »Nur noch eines. Es ist eigentlich eher Neugier, aber könnte ich vielleicht mal einen Blick in Ihr Studio werfen? Ich war nämlich noch nie in einem richtigen Studio.«

Hutton sah Christine an, die ein Grinsen hinter ihren Fingern verbarg, indem sie so tat, als würde sie an ihrer Zigarette ziehen.

»Klar«, sagte er und musste nun selber grinsen. »Warum nicht? Kommen Sie mit.«

Der Raum war groß, doch ansonsten etwa so, wie Holmes es erwartet hatte, bis auf ein wichtiges Detail. Ein halbes Dutzend unterschiedliche Kameras standen auf einem halben Dutzend Stativen. Drei der Wände waren mit Fotos behangen, und die vierte war mit einem weißen Hintergrund bespannt, der verdächtig nach einem Betttuch aussah. Das war alles ganz normal. Vor diesem Hintergrund jedoch war die Kulisse für Huttons neuste »Musterkollektion« aufgebaut: zwei große frei stehende Raumteiler, die rosa angestrichen waren. Und davor stand ein Stuhl, gegen den mit verschränkten Armen ein gelangweilt aussehender, blonder junger Mann lehnte.

Der Mann war nackt.

»Detective Holmes, das ist Arnold«, stellte Hutton vor, »Arnold ist ein Modell. Das ist doch wohl nichts Schlimmes?«

Holmes versuchte, seinen Blick von dem Mann loszureißen. Das Blut stieg ihm ins Gesicht. Er sah zu Hutton.

»Nein, nein, natürlich nicht.«

Hutton ging zu einer Kamera und beugte sich herab, um durch den Sucher zu gucken, den er auf Arnold richtete. Allerdings nicht in Kopfhöhe.

»Der männliche Akt kann etwas ganz Exquisites sein«, sagte Hutton gerade. »Nichts lässt sich so gut fotografieren wie der menschliche Körper.« Er drückte den Auslöser, transportierte den Film weiter, drückte wieder und sah dann zu Holmes, ganz offensichtlich amüsiert über das Unbehagen des Polizisten.

»Was machen Sie denn mit den …« Holmes suchte nach einem schicklichen Wort. »Ich meine, wofür sind die?«

»Für meine Musterkollektion, wie ich bereits sagte. Um sie potenziellen zukünftigen Kunden zu zeigen.«

»Klar.« Holmes nickte, um zu zeigen, dass er verstanden hatte.

»Ich bin Künstler, verstehen Sie, nicht bloß Passbildknipser.«

»Klar«, sagte Holmes und nickte erneut.

»Das ist doch wohl nichts Gesetzwidriges?«

»Ich glaube nicht.« Er ging zu dem mit dichtem Stoff verhangenen Fenster und schielte durch eine kleine Öffnung. »Sofern es die Nachbarn nicht stört.«

Hutton lachte. Selbst über das ausdruckslose Gesicht des Modells huschte ein kurzes Grinsen.

»Die stehen Schlange«, sagte Hutton, trat ans Fenster und sah hinaus. »Deshalb musste ich die Vorhänge anbringen. Schmutzfinken waren das. Frauen *und* Männer, drängten sich alle an einem Fenster.« Er zeigte auf ein Fenster in der oberen Etage im Mietshaus gegenüber. »Da. Eines Tages hab ich sie erwischt und mit der Motorkamera ganz schnell ein paar Fotos von ihnen gemacht. Das gefiel ihnen gar nicht.« Er wandte sich vom Fenster ab. Holmes spazierte die Wände entlang, zeigte auf das eine oder andere Foto und nickte Hutton anerkennend zu. Dieser nahm die Komplimente begierig auf und fing an, neben Holmes herzugehen, um ihn auf bestimmte Perspektiven oder Kunstgriffe hinzuweisen.

»Das da ist gut«, sagte Holmes und zeigte auf ein Foto vom Edinburgh Castle, eingehüllt in Nebel. Es war fast identisch mit dem Foto, das er in der Zeitung gesehen hatte, und ähnelte deshalb auch sehr dem in Ronnies Zimmer. Hutton zuckte die Achseln.

»Das ist nichts«, sagte er und legte Holmes eine Hand auf

die Schulter. »Hier, sehen Sie sich mal ein paar von meinen Aktaufnahmen an.«

Ein Dutzend Schwarzweißfotos im Format fünfundzwanzig mal dreißig hingen zusammen in einer Ecke des Raumes an der Wand. Männer und Frauen, nicht alle von ihnen jung und schön. Aber ziemlich gut aufgenommen, vielleicht sogar künstlerisch, vermutete Holmes.

»Das sind nur die besten«, sagte Hutton.

»Die besten oder die geschmackvollsten?« Holmes versuchte, die Bemerkung nicht wertend klingen zu lassen, doch trotzdem war Huttons gute Laune dahin. Er ging zu einer großen Kommode, zog die unterste Schublade auf, nahm eine Ladung Fotos heraus und warf sie auf den Boden.

»Da, schauen Sie doch selbst«, sagte er. »Das ist keine Pornografie. Nichts Schmieriges oder Ekliges oder Obszönes. Das sind nur Körper. Körper in den verschiedensten Posen.«

Holmes blickte auf die Fotos herab, schien ihnen aber nicht viel Aufmerksamkeit zu schenken.

»Tut mir Leid«, sagte er, »wenn es sich so anhörte, als ...«

»Vergessen Sie's.« Hutton betrachtete jetzt wieder sein männliches Modell. Die Schultern des Fotografen hingen herab, und er rieb sich die Augen. »Ich bin bloß müde. Ich wollte Sie nicht anschnauzen. Bin einfach kaputt.«

Holmes starrte über Huttons Schulter zu Arnold hinüber, doch als er sah, dass er es nicht heimlich tun konnte, bückte er sich einfach, nahm sich ein Foto aus der Sammlung am Boden, richtete sich wieder auf und steckte es in seine Jacke. Arnold hatte es natürlich mitbekommen, und Holmes hatte gerade noch Zeit, ihm verschwörerisch zuzuzwinkern, bevor Hutton sich wieder zu ihm umdrehte.

»Die Leute meinen, es wär einfach, den ganzen Tag bloß Fotos zu machen«, sagte Hutton. Holmes riskierte einen Blick über die Schulter des Mannes und sah, dass Arnold tadelnd den Finger hin und her bewegte. Doch dabei lächelte er schelmisch. Er würde nichts verraten. »Aber man kann an gar nichts anderes mehr denken«, fuhr Hutton fort. »Jede wache Minute an jedem Tag, jedes Mal, wenn man etwas ansieht, jedes Mal, wenn man seine Augen benutzt. Alles, was man sieht, ist potenzielles Material.«

Holmes war jetzt an der Tür und hatte nicht vor, noch länger zu bleiben.

»Nun ja, dann lasse ich Sie wohl mal weitermachen«, sagte er.

»Oh«, sagte Hutton, als erwache er gerade aus einem Traum. »Richtig.«

»Vielen Dank für Ihre Hilfe.«

»Keine Ursache.«

»Wiedersehen, Arnold«, rief Holmes, dann zog er die Tür hinter sich zu und war verschwunden.

»Also, zurück an die Arbeit«, sagte Hutton und starrte auf die Fotos auf dem Fußboden. »Hilf mit doch mal eben mit denen da, Arnold.«

»Du bist der Boss.«

Als sie anfingen, die Fotos wieder in der Schublade zu verstauen, bemerkte Hutton: »Ganz netter Typ für einen Bullen.«

»Ja«, sagte Arnold, der nackt dastand, die Hände voller Abzüge. »Er sah jedenfalls nicht wie einer von diesen Typen im schmuddeligen Regenmantel aus.«

Doch als Hutton ihn fragte, wie er das meinte, zuckte Arnold nur die Schultern. Das war schließlich nicht seine Sache. Allerdings war es schade, dass sich dieser Polizist für

Frauen interessierte. Wieder mal ein gut aussehender Mann sinnlos vergeudet.

Holmes blieb draußen etwa eine Minute lang stehen. Aus irgendeinem Grund zitterte er, als ob irgendwo in ihm ein kleiner Motor stotterte. Er legte eine Hand an seine Brust. Ein leichtes Herzflattern, weiter nichts. Das kriegte doch jeder ab und zu, oder? Er kam sich vor, als hätte er gerade ein geringfügiges Verbrechen begangen, und vermutlich stimmte das sogar. Schließlich hatte er jemandem ohne dessen Wissen oder Zustimmung etwas weggenommen. War das nicht Diebstahl? Als Kind hatte er häufig in Läden gestohlen und das Gestohlene immer weggeworfen. Aber, das machten doch alle Kinder, oder? ... Oder etwa nicht?

Er zog sein jüngstes Beutestück aus der Tasche. Das Foto hatte sich gewellt, doch er strich es mit den Händen wieder glatt. Eine Frau, die mit einem Kinderwagen an ihm vorbeikam, warf einen Blick auf das Foto, dann eilte sie empört weiter. Es ist schon ganz in Ordnung, Madam, ich bin nämlich Polizist. Er lächelte bei dem Gedanken, dann betrachtete er erneut die Aktaufnahme. Sie war leicht aufreizend, mehr nicht. Eine junge Frau, die auf etwas lag, das wie Seide oder Satin aussah. Sie hatte Arme und Beine gespreizt und war von oben fotografiert. Ihr Mund war zu einem amateurhaften Schmollen geöffnet, die Augen zu Schlitzen zusammengekniffen. Das sollte wohl Ekstase vortäuschen. Doch das war noch nichts Außergewöhnliches. Viel interessanter hingegen war die Identität des Modells.

Denn Holmes war sicher, dass es diese Tracy war, die junge Frau, deren Foto er bereits aus dem besetzten Haus hatte. Deren Herkunft er zu ermitteln versuchte. Die Freundin des Toten. Sie hatte also nackt vor der Kamera posiert, kein bisschen schüchtern, und auch noch ihren Spaß dabei gehabt.

Was war es, das ihn immer wieder zu diesem Haus zurücktrieb? Rebus wusste es nicht genau. Er richtete seine Taschenlampe erneut auf Charlies Wandgemälde und bemühte sich, den Menschen zu verstehen, der es geschaffen hatte. Aber warum wollte er so einen Außenseiter wie Charlie überhaupt verstehen? Vielleicht wegen des quälenden Gefühls, dass er eine zentrale Rolle in dem Fall spielte.

»Was für ein Fall?«

Jetzt hatte er es tatsächlich laut ausgesprochen. Was für ein Fall? Es gab keinen »Fall«, zumindest nicht in dem Sinne, in dem irgendein Gericht das verstehen würde. Es gab Personen, menschliche Verfehlungen, Fragen ohne Antworten. Sogar Gesetzesübertretungen. Aber es gab keinen Fall. Das war das Frustrierende. Wenn es doch nur einen Fall gäbe, etwas halbwegs Strukturiertes, etwas Greifbares, an dem er sich fest halten könnte. Irgendetwas Konkretes, das er *sichtbar* hochhalten könnte: seht her, hier ist es. Doch es gab nichts dergleichen. Alles war gestaltlos wie Kerzenwachs. Aber Kerzenwachs hinterließ doch Spuren. Und nichts verschwand jemals völlig. Stattdessen veränderten die Dinge ihre Form, Substanz und Bedeutung. Ein fünfzackiger Stern innerhalb von zwei konzentrischen Kreisen hatte an sich keine Bedeutung. Für Rebus sah er bloß so aus wie der Sheriffstern aus Blech, den er als Junge gehabt hatte. Gesetzeshüter des Cowboy-Staates Texas mit Blechabzeichen und sechsschüssigem Spielzeugrevolver im Plastikholster.

Für andere war er das Böse an sich.

Er erinnerte sich daran, mit wie viel Stolz er jenes Abzeichen getragen hatte, als er dem Stern den Rücken kehrte und die Treppe hinaufging. Hier hatte der Krawattenklipp gelegen. Er ging an der Stelle vorbei in Ronnies Zimmer, trat ans Fenster und schielte durch einen Spalt zwischen den Brettern, die über die Scheibe genagelt worden waren. Das Auto stand jetzt nicht weit von seinem Auto entfernt. Das Auto, das ihm von der Wache gefolgt war. Das Auto, das er sofort als den Ford Escort erkannt hatte, der vor seiner Wohnung gewartet hatte und dann dröhnend davongerast war. Jetzt war es hier, parkte neben dem ausgebrannten Cortina. Es war hier. Sein Fahrer war hier. Das Auto war leer.

Er hörte den Dielenboden ein einziges Mal knarren, und wusste, dass der Mann hinter ihm war.

»Sie müssen sich hier aber gut auskennen«, sagte er. »Sie haben es geschafft, nicht auf die knarrenden Stufen zu treten.«

Er wandte sich vom Fenster ab und leuchtete mit seiner Taschenlampe in das Gesicht eines jungen Mannes mit kurzen dunklen Haaren. Der versuchte seine Augen vor dem Lichtstrahl zu schützen. Rebus richtete die Lampe auf den Körper des Mannes.

Er trug eine Polizeiuniform.

»Sie müssen Neil sein«, sagte Rebus ganz ruhig. »Oder ziehen Sie Neilly vor?«

Er ließ die Lampe auf den Fußboden leuchten. Das gab ausreichend Licht, um zu sehen und gesehen zu werden. Der junge Mann nickte.

»Neil ist okay. Nur meine Freunde nennen mich Neilly.«

»Und ich bin nicht Ihr Freund«, sagte Rebus und nickte bestätigend. »Aber Ronnie, der war Ihr Freund, nicht wahr?«

»Er war mehr als das, Inspector Rebus«, sagte der Constable und trat ins Zimmer. »Er war mein Bruder.«

In Ronnies Zimmer gab es nichts, wo sie sich hinsetzen konnten, doch das machte nichts. Keiner von ihnen hätte länger als ein bis zwei Sekunden still sitzen können. Sie steckten beide voller Energie. Neil musste seine Geschichte loswerden, und Rebus wollte sie unbedingt hören. Rebus machte den Platz vor dem Fenster zu seinem Territorium und ging dort unauffällig auf und ab. Ab und zu hielt er mit gesenktem Kopf inne, um Neils Worten mehr Aufmerksamkeit zu schenken. Neil blieb in der Nähe der Tür, bewegte sie an der Klinke hin und her und lauschte jedesmal auf den Moment, wo die Tür anfing zu quietschen. Dann bewegte er sie ganz langsam weiter, um das Geräusch voll auszukosten. Die Taschenlampe gab die passende Beleuchtung für die Szene ab, indem sie wilde Schatten an die Wände warf und das Profil eines jeden der beiden Männer als Silhouette zeigte, den Redner und den Zuhörer.

»Natürlich wusste ich, was mit ihm los war«, sagte Neil. »Er mag zwar älter gewesen sein als ich, aber ich kannte ihn immer besser als er mich. Ich wusste, was in ihm vorging.«

»Also wussten Sie, dass er ein Junkie war?«

»Ich wusste, dass er Drogen nahm. Damit hat er schon in der Schule angefangen. Einmal wurde er erwischt und ist fast von der Schule verwiesen worden. Doch sie haben ihn nach drei Monaten wieder aufgenommen, damit er seine Prüfungen machen konnte. Er hat sie alle bestanden. Das kann ich von mir nicht behaupten.«

Ja, dachte Rebus, Bewunderung konnte einen auf einem Auge blind machen …

»Nach den Prüfungen ist er abgehauen. Wir haben monatelang nichts von ihm gehört. Meine Eltern sind fast durchgedreht. Dann haben sie ihn völlig aus ihrem Leben verbannt, einfach abgeschrieben. Es war, als würde er nicht existieren. Ich durfte ihn zu Hause nicht mehr erwähnen.«

»Aber er hat sich mit Ihnen in Verbindung gesetzt?«

»Ja. Er hat mir über einen Freund einen Brief zukommen lassen. Ganz schön clever von ihm. Also hab ich den Brief bekommen, ohne dass meine Eltern davon erfahren haben. Er erzählte mir, dass er jetzt in Edinburgh wäre. Dass es ihm dort besser gefiele als in Stirling. Dass er einen Job hätte und eine Freundin. Das war alles, keine Adresse oder Telefonnummer.«

»Hat er oft geschrieben?«

»Ab und zu. Er hat viel gelogen. Hat gesagt, er käme erst dann nach Stirling zurück, wenn er einen Porsche und eine eigene Wohnung hätte, um es Mum und Dad zu beweisen. Dann hat er aufgehört zu schreiben. Ich hab die Schule abgeschlossen und bin zur Polizei gegangen.«

»Und sind nach Edinburgh gekommen.«

»Nicht sofort, aber irgendwann, ja.«

»Mit der Absicht, ihn zu finden?«

Neil lächelte.

»Überhaupt nicht. Ich vergaß ihn so allmählich. Hatte genug mit meinem eigenen Leben zu tun.«

»Wie ging's dann weiter?«

»Ich hab ihn eines Nachts aufgegriffen, auf meiner regulären Streife.«

»Was ist überhaupt Ihr Revier?«

»Ich bin in Musselburgh stationiert.«

»Musselburgh? Das ist ja nicht gerade ein Spaziergang von hier. Aber was meinen Sie mit ›aufgegriffen‹?«

»Nicht wirklich aufgegriffen, da er eigentlich nichts getan hatte. Er war nur absolut high, und er war zusammengeschlagen worden.«

»Hat er Ihnen erzählt, was er dort gemacht hatte?«

»Nein, das konnte ich mir aber gut vorstellen.«

»Was denn?«

»Für ein paar Schwule am Calton Hill, die auf Gewalt abfahren, den Punchingball gespielt.«

»Merkwürdig, das hat schon mal jemand erwähnt.«

»So was gibt's. Schnelles Geld für Leute, denen alles scheißegal ist.«

»Und Ronnie war alles scheißegal?«

»Nicht immer. Aber dann wieder ... Ich weiß nicht, vielleicht kannte ich ihn doch nicht so gut, wie ich glaubte.«

»Dann haben Sie angefangen, ihn zu besuchen?«

»An jenem ersten Abend musste ich ihn nach Hause bringen. Am nächsten Tag bin ich dann wieder gekommen. Er war überrascht, mich zu sehen, konnte sich nicht mal mehr daran erinnern, dass ich ihm am Abend vorher geholfen hatte.«

»Haben Sie versucht, ihn von den Drogen runterzukriegen?«

Neil schwieg. Die Tür quietschte in den Angeln.

»Am Anfang ja«, sagte er schließlich. »Aber er schien es im Griff zu haben. Ich weiß, das hört sich komisch an, nachdem ich gerade erzählt habe, in was für einem Zustand ich ihn am ersten Abend angetroffen habe. Doch letztlich war es *seine* Entscheidung, wie er mir immer wieder sagte.«

»Was hielt er davon, einen Bruder bei der Polizei zu haben?«

»Er fand das lustig. Allerdings bin ich nie in Uniform hierher gekommen.«

»Bis auf heute Abend.«

»Das stimmt. Jedenfalls hab ich ihn ein paar Mal besucht. Wir sind meistens hier in seinem Zimmer geblieben. Er wollte nicht, dass die anderen mich sehen. Hatte Angst, sie würden den Bullen riechen.«

Jetzt war es an Rebus zu lächeln. »Sie haben nicht zufällig Tracy verfolgt?«

»Wer ist Tracy?«

»Ronnies Freundin. Sie ist gestern Nacht bei mir zu Hause aufgetaucht. Ein paar Männer hatten sie verfolgt.«

Neil schüttelte den Kopf. »Das war ich nicht.«

»Aber Sie *waren* gestern Nacht vor meiner Wohnung?«

»Ja.«

»Und in der Nacht, in der Ronnie starb, waren Sie hier.« Das war hart, aber unbedingt notwendig. Neil hörte auf, mit der Türklinke herumzuspielen, und schwieg etwa zwanzig bis dreißig Sekunden lang. Dann atmete er tief durch.

»Eine Zeit lang, ja.«

»Sie haben das hier verloren.« Rebus hielt ihm den glänzenden Klipp hin, doch Neil konnte ihn bei dem schwachen Licht der Taschenlampe nicht genau erkennen. Allerdings brauchte er ihn gar nicht zu sehen, um zu wissen, was es war.

»Meinen Krawattenklipp? Ich hab mich schon gefragt, wo ich den gelassen habe. An dem Tag war mir die Krawatte abgegangen. Sie steckte in meiner Tasche.«

Rebus machte keinerlei Anstalten, ihm den Klipp zu geben, sondern steckte ihn wieder in seine Tasche. Neil nickte verstehend.

»Warum haben Sie angefangen, mich zu verfolgen?«

»Ich wollte mit Ihnen reden, aber ich fand nicht den Mut dazu.«

»Sie wollten nicht, dass Ihre Eltern von Ronnies Tod erfahren?«

»Ja. Ich dachte, Sie würden vielleicht nicht rausfinden, wer er ist, doch das haben Sie. Ich weiß nicht, wie meine Eltern darauf reagieren werden. Im schlimmsten Fall werden sie sich freuen, weil es ihnen bestätigt, dass sie schon immer Recht hatten, dass es richtig war, keinen Gedanken mehr an ihn zu verschwenden.«

»Und im günstigsten Fall?«

»Im günstigsten Fall?« Neil starrte in die Finsternis hinein und versuchte, Rebus' Blick aufzufangen. »Den gibt es nicht.«

»Vermutlich nicht«, sagte Rebus. »Aber sie müssen trotzdem benachrichtigt werden.«

»Ich weiß. Das war mir von Anfang an klar.«

»Warum haben Sie mich dann trotzdem verfolgt?«

»Weil Sie Ronnie jetzt näher sind als ich. Ich weiß nicht, warum Sie sich so sehr für ihn interessieren, aber das tun Sie. Und das interessiert mich wiederum. Ich will, dass Sie herausfinden, wer ihm das Gift verkauft hat.«

»Das habe ich auch vor, mein Junge, keine Sorge.«

»Und ich möchte Ihnen dabei helfen.«

»Das ist der erste Blödsinn, den Sie von sich gegeben haben. Gar nicht schlecht für einen Constable. Ehrlich gesagt, Neil, Sie wären das Schlimmste, was ich mir antun könnte. Ich habe alle Hilfe, die ich zurzeit brauche.«

»Von wegen zu viele Köche und so?«

»So was in der Richtung.« Rebus kam zu dem Schluss, dass die Beichte beendet war und es nicht mehr viel zu sagen gab. Er löste sich vom Fenster, ging zur Tür und blieb direkt vor Neil stehen. »Sie haben mir die Arbeit bereits schon schwerer gemacht als nötig. Sie riechen nicht nach Bulle, sondern nach Fisch. Genau gesagt nach roten Heringen. Und wissen Sie, was das bedeutet?«

»Was?«

»Sie haben mich auf eine falsche Spur geführt, mein Junge.«

Von unten kam ein Geräusch. Diese knarrenden Dielen waren besser als jeder Infrarot-Alarm. Rebus knipste die Taschenlampe aus.

»Bleiben Sie hier«, flüsterte er. Dann ging er bis zur obersten Treppenstufe. »Wer ist da?« Unter ihm tauchte ein Schatten auf. Er schaltete die Taschenlampe an und leuchtete in Tony McCalls blinzelndes Gesicht.

»Mein Gott, Tony.« Rebus begann, die Treppe hinunterzugehen. »Hast du mich erschreckt.«

»Ich wusste, dass ich dich hier finden würde«, sagte McCall. »Ich wusste es einfach.« Seine Stimme klang näselnd, und Rebus nahm an, dass McCall immer weiter getrunken hatte, seit sie sich vor etwa drei Stunden getrennt hatten. Er blieb auf der Treppe stehen, dann drehte er sich um und ging wieder hinauf.

»Wo gehst du denn nun schon wieder hin?«, rief McCall.

»Ich mach bloß die Tür zu«, sagte Rebus, schloss die Tür von Ronnies Zimmer und ließ Neil drinnen. »Wir wollen doch nicht, dass die Geister sich erkälten, oder?«

McCall kicherte, während Rebus wieder die Treppe hinunterging.

»Dachte, wir genehmigen uns einen Schluck«, sagte er. »Und nicht dieses verdammte alkoholfreie Zeug, das du heute Mittag geschlürft hast.«

»Gute Idee«, sagte Rebus und manövrierte McCall geschickt zur Haustür hinaus. »Das machen wir.« Dann schloss er die Tür hinter sich ab. Ronnies Bruder würde schon eines der vielen Schlupflöcher kennen, durch die man problemlos ins Haus kam und wieder hinaus. Schließlich schien die jeder zu kennen.

Jeder.

»Wohin?«, fragte Rebus. »Ich hoffe, du bist nicht mit dem Auto hier.«

»Hab mich von einem Streifenwagen absetzen lassen.«

»Gut. Dann nehmen wir mein Auto.«

»Wir könnten runter nach Leith fahren.«

»Nein, lieber was Zentraleres. Es gibt ein paar gute Pubs in der Regent Road.«

»Am Calton Hill?« McCall war verblüfft. »Mein Gott, John, ich könnte mir aber was Netteres vorstellen, um einen trinken zu gehen.«

»Ich nicht«, sagte Rebus. »Komm schon.«

Nell Stapleton war die Freundin von Holmes. Holmes hatte schon immer eine Vorliebe für große Frauen gehabt, was er auf seine Mutter zurückführte, die einsfünfundsiebzig gewesen war. Nell war noch fast zwei Zentimeter größer als Holmes' Mutter, trotzdem liebte er sie.

Nell war intelligenter als Holmes. Oder ihre Intelligenz lag auf unterschiedlichen Gebieten, wie er es gern darstellte. An guten Tagen konnte Nell das kryptische Kreuzworträtsel im *Guardian* in weniger als einer Viertelstunde lösen. Aber sie hatte Probleme mit dem Rechnen und konnte sich schlecht Namen merken – beides Stärken von Holmes. Die Leute fanden, dass sie ein schönes Paar wären und offenbar wunderbar zueinander passten. Sie kamen auch gut miteinander aus, da ihre Beziehung auf mehreren einfachen Regeln basierte: nicht von Heirat reden, kein Gedanke an Kinder, keinerlei Andeutung, man könnte vielleicht zusammenziehen, und auf keinen Fall den anderen betrügen.

Nell arbeitete als Bibliothekarin bei der Universität von Edinburgh, was Holmes sehr praktisch fand. So hatte er sie heute beispielsweise gebeten, ihm ein paar Bücher über Okkultismus herauszusuchen. Sie hatte sogar ein bis zwei Dissertationen ermittelt, die er in der Bibliothek lesen konnte, wenn er wollte. Außerdem hatte sie eine Liste einschlägiger Titel zusammengestellt, die sie ihm gab, als sie sich an diesem Abend im Pub trafen.

Im Bridge of Sighs war, wie in den meisten Pubs in der Innenstadt, um diese Zeit nicht viel los. Es war mitten in der Woche und der Abend war noch nicht weit genug fortgeschritten. Die Einen-Drink-nach-Feierabend-Gäste hatten bereits die Jacketts über den Arm geworfen und waren gegangen, während die zu neuem Leben erwachten Nachtschwärmer noch den Bus von ihren Wohnsiedlungen in die Innenstadt kriegen mussten. Nell und Holmes saßen an einem Ecktisch, weit genug entfernt von den Videospielgeräten, aber ein wenig zu nahe an einem der Lautsprecher der Stereoanlage. Als Holmes an die Theke ging, um für sich ein weiteres Halfpint und für Nell ein Glas Orangensaft mit Perrier zu holen, fragte er, ob man die Musik nicht leiser stellen könnte.

»Tut mir Leid, kann ich nicht. Den Gästen gefällt das.«

»Wir *sind* die Gäste«, beharrte Holmes.

»Dann müssen Sie mit dem Manager reden.«

»Okay.«

»Er ist noch nicht da.«

Holmes warf der jungen Frau hinter der Theke einen giftigen Blick zu, bevor er zu seinem Tisch zurückging. Was er dort sah, ließ ihn kurz innehalten. Nell hatte seine Aktenmappe geöffnet und betrachtete das Foto von Tracy.

»Wer ist das?«, fragte Nell und schloss die Mappe.

»Hat mit einem Fall zu tun, an dem ich gerade arbeite«, sagte er eisig. »Wer hat dir erlaubt, meine Aktenmappe zu öffnen?«

»Regel Nummer sieben, Brian, keine Geheimnisse.«

»Trotzdem ...«

»Ganz hübsch, nicht wahr?«

»Was? Ich hab sie mir wirklich noch nicht ...«

»Ich hab sie schon häufiger an der Uni gesehen.«

Jetzt war sein Interesse geweckt. »Tatsächlich?«

»Mmm. In der Cafeteria der Bibliothek. Ich kann mich deshalb an sie erinnern, weil sie älter aussah als die anderen Studenten, mit denen sie zusammen war.«

»Sie ist also Studentin?«

»Nicht unbedingt. In die Cafeteria kommt jeder rein. Nur für die Bibliothek selbst muss man einen Studentenausweis haben, aber ich kann mich nicht erinnern, sie je dort gesehen zu haben. Nur in der Cafeteria. Was hat sie denn angestellt?«

»Nichts, soweit ich weiß.«

»Weshalb hast du dann ein Nacktfoto von ihr in deiner Aktenmappe?«

»Hängt mit einem Auftrag zusammen, den ich von Inspector Rebus bekommen habe.«

»Du sammelst für ihn also unanständige Fotos?«

Jetzt lächelte sie, und er lächelte ebenfalls. Sein Lächeln erstarb, als Rebus und McCall das Pub betraten und über irgendeinen Scherz lachten, während sie zur Theke gingen. Holmes wollte nicht, dass Rebus und Nell sich begegneten. Er bemühte sich sehr, sein Polizeileben hinter sich zu lassen, wenn er sich abends mit ihr traf – abgesehen von solchen Gefälligkeiten wie die Bücherliste über Okkultismus. Außerdem wollte er Nell als Trumpfkarte in der Hinterhand behalten, damit er Rebus jederzeit eine fertige Bücherliste überreichen konnte, sollte er je so etwas brauchen.

Und jetzt sah es so aus, als würde Rebus ihm alles versauen. Und es gab noch einen weiteren Grund, weshalb er nicht wollte, dass Rebus an ihren Tisch geschlendert kam. Er hatte Angst, dass Rebus ihn »Schuhsohle« nennen würde.

Er hielt den Blick auf den Tisch gerichtet, als Rebus sich mit einer einzigen Drehung des Kopfes in der Bar umsah, und war erleichtert, als die beiden höheren Beamten mit ihren Drinks zu dem Pool-Tisch hinübergingen, wo sie sich darüber zu streiten anfingen, wer die beiden Fünfundzwanzig-Pence-Münzen für das Spiel spendieren sollte.

»Was ist los?«

Nell starrte ihn an. Dazu musste sie den Kopf fast auf den Tisch legen, weil er den Blick immer noch gesenkt hatte.

»Nichts«, sagte er. Jetzt drehte er sich ganz zu ihr um, so dass für den übrigen Raum nur die Silhouette seines Hinterkopfes zu sehen war. »Hast du Hunger?«

»Eigentlich schon.«

»Ich auch.«

»Ich dachte, du hättest schon gegessen.«

»Aber nicht genug. Komm, ich lade dich zum Inder ein.«

»Lass mich erst austrinken.« Das tat sie in drei Schlucken. Dann gingen sie zusammen hinaus, und die Tür fiel leise hinter ihnen zu.

»Kopf oder Zahl?«, fragte Rebus McCall und warf eine Münze in die Luft.

»Zahl.«

Rebus betrachtete die Münze. »Zahl. Du fängst an.«

Während McCall sein Queue anlegte und mit einem Auge das Dreieck mit den Bällen fixierte, starrte Rebus auf die Kneipentür. Ist schon okay, dachte er. Holmes war nicht im Dienst und hatte eine Frau dabei. Das gab ihm wohl das Recht, seinen Vorgesetzten zu ignorieren. Vielleicht hatte er auch nichts erreicht, und es gab nichts zu berichten. Auch in Ordnung. Doch Rebus wurde den Gedanken nicht los, dass das Ganze als Brüskierung gemeint war. Er hatte Holmes ganz schön heruntergeputzt, und jetzt schmollte er.

»Du bist dran, John«, sagte McCall, der keinen Ball eingelocht hatte.

»Klar doch, Tony«, sagte Rebus und rieb die Spitze seines Queues mit Kreide ein. »Sofort.«

McCall stellte sich neben Rebus, der sich gerade über das Queue gebeugt hatte.

»Das muss so ungefähr das einzige nicht-schwule Pub in der ganzen Straße sein«, sagte er leise.

»Weißt du, was Homophobie bedeutet, Tony?«

»Versteh mich nicht falsch, John«, sagte McCall und richtete sich auf, um zu beobachten, wie Rebus' Ball das Loch verfehlte. »Ich meine, jedem das Seine und so. Aber einige von diesen Pubs und Clubs ...«

»Du scheinst ja eine Menge darüber zu wissen.«

»Nein, eigentlich nicht. Man hört nur so einiges.«

»Von wem?«

McCall lochte einen gestreiften Ball ein, dann noch einen. »Na hör mal, John. Du kennst Edinburgh genauso gut wie ich. Jeder weiß doch über die schwule Szene hier Bescheid.«

»Wie du schon sagtest, Tony, jedem das Seine.« Plötzlich tauchte eine Stimme in Rebus' Kopf auf: *Du bist der Bruder, den ich nie hatte*. Nein, nein, bloß nicht dran denken. Diese Erinnerung hatte ihn schon zu oft gequält. McCall versiebte den nächsten Stoß, und Rebus trat wieder an den Tisch.

»Wie kommt es nur«, sagte er, während sein Stoß völlig verunglückte, »dass du so viel trinken kannst und dann immer noch so gut spielst?«

McCall lachte in sich hinein. »Alkohol ist gut gegen den Tatterich«, sagte er. »Also trink dieses Pint aus, und ich hol dir ein neues. Meine Runde.«

James Carew meinte, dass er sich ein bisschen Spaß verdient hätte. Er hatte gerade ein stattliches Haus an den Finanzdirektor einer Firma verkauft, die neu in Schottland war. Außerdem hatte ein Architektenpaar, das ursprünglich aus Schottland stammte und nun wieder aus Sevenokas in Kent hierher zurückkehrte, ein besseres Angebot als erwartet für ein Drei-Hektar-Grundstück in den Borders gemacht. Ein guter Tag. Bei weitem nicht der beste, aber trotzdem ein Grund zum Feiern.

Carew selbst besaß ein *pied à terre* in einer der schönsten georgianischen Straßen der New Town und ein Bauernhaus mit einem Stück Land auf der Insel Skye. Die Zeiten waren günstig für ihn. London verlagerte sich anscheinend nach Norden, und die Neuankömmlinge hatten die Taschen voller Geld von den Immobilien, die sie im Südosten verkauft hatten. Sie suchten größere und bessere Häuser und waren auch bereit, dafür zu zahlen.

Um halb sieben verließ er sein Büro in der George Street und kehrte in seine Wohnung zurück, die sich über zwei Etagen erstreckte. Wohnung? Diese Bezeichnung schien schon fast eine Beleidigung: fünf Schlafräume, Wohnzimmer. Esszimmer, zwei Bäder, gut ausgestattete Küche, begehbare Wandschränke, die so groß waren wie ein anständiges Apartment in Hammersmith ... Carew war am richtigen Ort, dem einzig richtigen Ort, und die Zeit war auch gerade richtig. Dieses Jahr musste man jede Chance nutzen, es war ein Jahr wie kein anderes. Er legte im Hauptschlafzimmer seinen Anzug ab, duschte und zog sich anschließend etwas Legereres an, das aber trotzdem teuer aussah. Er war zu Fuß nach Hause gegangen, doch heute Abend würde er das Auto brauchen. Es stand in einer Garage, die man über eine kleine Straße auf der Rückseite seines Hauses erreichte. Der Schlüssel hing am gewohnten Haken in der Küche. War der Jaguar ein übertriebener Luxus? Er schloss lächelnd die Wohnung hinter sich ab. Vielleicht ja. Doch die Liste seiner Laster war schon lang und würde gleich noch länger werden.

Rebus wartete mit McCall, bis das Taxi kam. Er gab dem Fahrer McCalls Adresse und beobachtete, wie der Wagen losfuhr. Verdammt, er fühlte sich selber ziemlich angeschlagen. Er ging in das Pub zurück und steuerte auf die Toilette zu. In der Bar herrschte jetzt mehr Betrieb, und die Musikbox war lauter. Das Personal hinter der Theke war von einer auf drei angewachsen, und sie mussten hart arbeiten, um mit dem Andrang fertig zu werden. Die Toilette war ein kühler, gefliester Zufluchtsort, wo der Zigarettenqualm aus der Bar kaum hineindrang. Der Kiefernnadelgeruch eines Reinigungsmittels stieg Rebus in die Nase, als er sich über eines der Waschbecken beugte. Er steckte sich zwei Finger in den Hals und drückte so lange, bis er anfing zu würgen und ein halbes Pint Bier ausspuckte, dann noch ein halbes. Er atmete tief durch und fühlte sich bereits ein wenig besser. Dann wusch er das Gesicht gründlich mit kaltem Wasser und trocknete es mit einer Hand voll Papiertücher ab.

»Alles klar?« Die Stimme klang nicht wirklich mitfühlend. Der Mann, dem sie gehörte, hatte gerade die Tür zur Herrentoilette aufgestoßen und suchte eilig nach dem nächsten Pinkelbecken.

»Noch nie besser gefühlt«, sagte Rebus.

»Dann ist's ja gut.«

Gut? Da war er sich nicht so sicher, aber zumindest war sein Kopf etwas klarer und er sah die Welt nicht mehr so verschwommen. Er glaubte nicht, dass er bei einer Alkoholkontrolle Probleme kriegen würde, und das war auch gut so, denn sein nächstes Ziel war sein Auto, das in einer dunklen Seitenstraße parkte. Er wunderte sich immer noch, wie Tony McCall, der nach einem halben Dutzend Pints ziemlich wacklig auf den Beinen war, es geschafft hatte, mit so ruhiger Hand und so ruhigem Blick Pool zu spielen. Der Mann war ein Phänomen. Er hatte Rebus sechsmal hintereinander geschlagen. Und Rebus hatte sich angestrengt. Zum Schluss hatte er sogar *richtig* gekämpft. Schließlich machte es sich nicht gut, wenn ein Mann, der kaum noch gerade stehen konnte, einen Ball nach dem anderen einlochte, alles abräumte und mit lautem Gebrüll einen Sieg nach dem anderen feierte. Das machte sich nicht gut. Und es war auch kein gutes Gefühl gewesen.

Es war elf Uhr, vielleicht noch ein bisschen früh. Er erlaubte sich eine Zigarette im parkenden Auto und lauschte bei heruntergekurbeltem Fenster auf die Geräusche der Welt um ihn herum. Die unschuldigen Geräusche des späten Abends: Verkehrslärm, laute Stimmen, Gelächter, das Klappern von Schuhen auf dem Kopfsteinpflaster. Eine Zigarette, mehr nicht. Dann ließ er den Wagen an und fuhr gemächlich die halbe Meile bis zu seinem Ziel. Der Himmel war immer noch ein wenig hell, typisch für den Sommer in Edinburgh. Er wusste, dass es weiter nördlich um diese Jahreszeit niemals richtig dunkel wurde.

Doch die Nacht konnte auf andere Weise dunkel sein.

Den Ersten entdeckte er auf dem Bürgersteig vor dem Gebäude der Scottish Assembly. Es gab keinen Grund, weshalb dieser Junge dort stehen sollte. Es war eine unwahrscheinliche Uhrzeit, um sich mit Freunden zu treffen, und die nächste Bushaltestelle war hundert Meter weiter am Waterloo Place. Der Junge stand einfach da, hatte einen Fuß gegen die Mauer hinter sich gestützt und rauchte eine Zigarette. Er beobachtete, wie Rebus langsam mit dem Auto vorbeifuhr, beugte sogar den Kopf ein wenig nach vorn, um hineinsehen zu können, als wolle er den Fahrer begutachten. Rebus glaubte, ein Lächeln zu erkennen, war sich aber nicht sicher. Nachdem er noch ein Stück gefahren war, drehte er um und kam zurück. Ein Auto hatte neben dem Jungen angehalten und ein Gespräch war im Gange. Rebus fuhr weiter. Auf seiner Straßenseite unterhielten sich zwei junge Männer vor dem Scottish Office. Etwas weiter standen drei Autos vor dem Calton-Friedhof. Rebus drehte noch eine Runde, dann parkte er in der Nähe dieser Autos und ging zu Fuß weiter.

Die Nacht war klar. Keine Wolken am Himmel. Nur ein leichter Wind wehte. Der Junge vor dem Assembly-Gebäude war in das Auto gestiegen. Jetzt stand niemand mehr dort. Rebus überquerte die Straße, stellte sich an die Mauer und wartete, was passieren würde. Beobachtete alles genau. Ein oder zwei Autos fuhren langsam an ihm vorbei. Die Fahrer drehen den Kopf, um ihn anzustarren, aber niemand hielt an. Er versuchte, sich die Nummernschilder zu merken, auch wenn er nicht genau wusste warum.

»Haben Sie Feuer, Mister?«

Er war jung, nicht älter als achtzehn oder neunzehn. Trug Jeans, Turnschuhe, ein ausgeleiertes T-Shirt und eine Jeansjacke. Die Haare waren extrem kurz, das Gesicht glatt rasiert, aber voller Aknenarben. Im linken Ohr hatte er zwei goldene Stecker.

»Danke«, sagte er, als Rebus ihm eine Streichholzschachtel hinhielt. »Was läuft denn so?«, fragte er dann mit belustigtem Blick auf Rebus, bevor er sich die Zigarette anzündete.

»Nicht viel«, sagte Rebus und steckte die Streichholzschachtel wieder ein. Der junge Mann blies den Rauch durch seine Nasenlöcher. Er schien nicht so schnell wieder gehen zu wollen. Rebus fragte sich, ob es irgendwelche Codes gab, die er benutzen sollte. Er merkte, wie er unter seinem dünnen Hemd feucht wurde, trotz der Gänsehaut.

»Na ja, hier ist aber auch nie viel los. Mögen Sie was trinken?«

»Um diese Uhrzeit? Wo denn?«

Der junge Mann deutete vage mit dem Kopf in eine Richtung. »Auf dem Calton-Friedhof. Da kriegt man immer was zu trinken.«

»Lieber nicht, aber trotzdem vielen Dank.« Rebus stellte mit Entsetzen fest, dass er rot wurde. Er hoffte, dass das beim Licht der Straßenlaternen nicht auffallen würde.

»Na schön. Dann bis demnächst mal.« Der junge Mann ging weiter.

»Ja«, sagte Rebus, »bis demnächst.«

»Und danke für das Streichholz.«

Rebus sah ihm hinterher, wie er langsam, aber zielstrebig die Straße entlangging und sich ab und zu umdrehte, wenn ein Auto auftauchte. Nach etwa hundert Metern überquerte er die Straße und ging auf der anderen Seite zurück, ohne auch nur ein einziges Mal zu Rebus zu schauen. Offenbar war er mit den Gedanken ganz woanders. Rebus kam der Junge traurig vor, einsam; ganz bestimmt war er kein Stricher. Aber auch kein Opfer.

Rebus starrte auf die solide Mauer des Calton-Friedhofs, die nur an einigen Stellen von Eisentoren unterbrochen wurde. Er war mal mit seiner Tochter dort gewesen, um ihr die Gräber der Berühmtheiten zu zeigen – David Hume, der Verleger Constable, der Maler David Allan – und die Statue von Abraham Lincoln. Sie hatte ihn nach den Männern gefragt, die raschen Schrittes und mit gesenktem Kopf den Friedhof verließen. Ein älterer Mann, zwei Teenager. Rebus hatte sich auch über sie gewundert. Aber nicht allzu sehr.

Nein, er konnte es nicht. Konnte nicht dort hineingehen. Nicht dass er Angst gehabt hätte, nein das war es nicht, nicht eine Minute lang. Er war bloß … er wusste nicht was. Doch ihm wurde wieder schwindlig, und er fühlte sich wacklig auf den Beinen. Ich muss zum Auto zurück, dachte er.

Er ging zurück zum Auto.

Er saß bereits eine Zeit lang auf dem Fahrersitz und rauchte nachdenklich die zweite Zigarette, da bemerkte er aus den Augenwinkeln eine Gestalt. Er drehte sich um und schaute zu der Stelle, an der der Junge saß; nein – nicht saß, sondern vor einer niedrigen Mauer hockte. Rebus wandte sich ab und rauchte weiter. Erst in dem Moment stand der Junge auf und ging auf das Auto zu. Er klopfte an das Beifahrerfenster. Rebus atmete tief durch, bevor er die Tür entriegelte. Ohne ein Wort zu sagen stieg der Junge ein und warf die Tür fest hinter sich zu. Dann saß er schweigend da und starrte durch die Windschutzscheibe. Rebus, dem nichts Vernünftiges einfiel, was er hätte sagen können, schwieg ebenfalls. Der Junge hielt es als Erster nicht mehr aus.

»Hiya.«

Es war die Stimme eines Mannes. Rebus wandte sich zur Seite, um den Jungen zu betrachten. Er war vielleicht sechzehn, trug eine Lederjacke und ein offenes Hemd. Zerrissene Jeans.

»Hallo«, antwortete er.

»Haste ’ne Zigarette?«

Rebus reichte ihm das Päckchen. Der Junge nahm sich eine und tauschte das Päckchen dann gegen die Streichholzschachtel. Er inhalierte kräftig, behielt den Rauch lange unten und gab kaum etwas davon wieder an die Atmosphäre ab. Nehmen ohne zu geben, dachte Rebus. Das Kredo der Straße.

»Und, was hast du denn heute Abend vor?« Die Frage hatte auch Rebus auf den Lippen gelegen, doch der Junge hatte sie ausgesprochen.

»Nur ein bisschen Zeit totschlagen«, sagte Rebus. »Ich konnte nicht schlafen.«

Der Junge lachte hämisch. »So, du konntest nicht schlafen, also bist du ein bisschen rumgefahren. Dann hattest du keine Lust mehr zu fahren und hast ganz zufällig hier angehalten. Ausgerechnet in dieser Straße. Um diese Uhrzeit. Dann bist du spazieren gegangen, hast dir die Beine vertreten und bist zurück zum Auto gekommen, stimmt's?«

»Du hast mich also beobachtet«, sagte Rebus.

»Ich *brauchte* dich nicht zu beobachten. Das hab ich alles schon gesehen.«

»Wie oft?«

»Oft genug, James.«

Die Worte waren hart, die Stimme war hart. Rebus hatte keinen Grund zu glauben, dass ihm der junge Mann etwas vormachte. Zwischen diesem und dem anderen Jungen war ein Unterschied wie Tag und Nacht.

»Mein Name ist nicht James«, sagte er.

»Natürlich ist er das. Hier heißt jeder James. Da kann man sich den Namen leichter merken, selbst wenn man sich an das Gesicht nicht erinnert.«

»Ich verstehe.«

Der Junge rauchte schweigend zu Ende, dann schnipste er die Zigarette aus dem Fenster.

»Also, was darf's denn sein?«

»Ich weiß es nicht«, sagte Rebus ehrlich. »Vielleicht eine kleine Autofahrt?«

»Scheiße!« Er zögerte, als ob er es sich anders überlegen würde. »Okay, lass uns auf den Calton Hill rauffahren. Die Aussicht aufs Wasser genießen, eh?«

»In Ordnung«, sagte Rebus und ließ den Motor an.

Sie fuhren die steile und kurvige Straße bis zum Gipfel des Hügels, wo sich das Observatorium und das Folly – eine Kopie einer Seite des griechischen Parthenons – als Silhouette vom Himmel abhoben. Sie waren nicht die Einzigen dort oben. Weitere Autos parkten unbeleuchtet in Richtung Firth of Forth und den blassen Lichtern der Küste von Fife. Rebus wollte sich die anderen Autos nicht zu genau ansehen und beschloss, in diskretem Abstand zu ihnen zu parken. Doch der Junge hatte andere Vorstellungen.

»Halt neben dem Jaguar da«, sagte er in befehlendem Tonfall. »Das ist ein klasse Auto.«

Rebus spürte, wie sein eigenes Auto die Beleidigung mit allem Stolz schluckte, den es aufbringen konnte. Die Bremsen quietschten protestierend, als er anhielt. Er schaltete die Zündung aus.

»Was jetzt?«, fragte er.

»Was immer du willst«, sagte der Junge. »Cash auf die Hand, natürlich.«

»Natürlich. Und wenn wir bloß reden?«

»Kommt drauf an, worüber du reden willst. Je schmutziger, desto mehr kostet's dich.«

»Ich habe gerade an einen Typ gedacht, den ich hier mal getroffen habe. Ist noch gar nicht so lange her. Danach hab ich ihn nicht mehr gesehen. Ich frage mich, was mit ihm wohl passiert ist.«

Plötzlich legte der Junge Rebus eine Hand in den Schritt und rieb fest und schnell gegen den Stoff. Rebus starrte eine volle Sekunde auf die Hand, bevor er sie ruhig, aber mit entschiedenem Griff, entfernte. Der Junge lehnte sich grinsend zurück.

»Wie ist sein Name, James?«

Rebus versuchte, sein Zittern zu unterdrücken. Er musste sauer aufstoßen. »Ronnie«, sagte er schließlich und räusperte sich. »Mittelgroß, dunkle Haare, ziemlich kurz. Hat viel fotografiert. Du weißt schon, so'n richtiger Fotofreak.«

Der Junge zog die Augenbrauen hoch. »Du bist selber Fotograf, was? Machst gern ein paar Schnappschüsse? Ich verstehe.« Er nickte bedächtig. Rebus bezweifelte, dass er verstand, wollte aber nicht mehr sagen, als unbedingt notwendig. Und der Jaguar war tatsächlich sehr schön. Sah ganz neu aus. Der Lack glänzte unglaublich. Da musste jemand Geld haben. Und – o Gott –, warum hatte er eine Erektion?

»Ich glaube, ich weiß jetzt, welchen Ronnie du meinst«, sagte der Junge. »Ich hab ihn auch schon länger nicht gesehen.«

»Was weißt du über ihn?«

Der Junge starrte wieder durch die Windschutzscheibe. »Tolle Aussicht von hier, was?«, sagte er. »Selbst bei Nacht. *Besonders* nachts. Erstaunlich. Tagsüber komm ich nur selten hierher. Dann sieht alles so gewöhnlich aus. Du bist ein Bulle, nicht wahr?«

Rebus sah zu ihm hinüber, doch der Junge starrte immer noch unbekümmert lächelnd durch die Scheibe.

»Hab ich mir doch gedacht«, fuhr er fort. »Von Anfang an.«

»Warum bist du dann ins Auto gestiegen?«

»Aus Neugier vermutlich. Außerdem«, und jetzt schaute er zu Rebus, »sind einige meiner besten Kunden Polizeibeamte.«

»Das geht mich nichts an.«

»Nein? Sollte es aber. Ich bin nämlich noch minderjährig.«

»Hab ich mir gedacht.«

»Na denn …« Der Junge rutschte in seinem Sitz nach unten und legte die Füße auf das Armaturenbrett. Einen Augenblick lang glaubte Rebus, er habe irgendwas vor, und richtete sich ruckartig auf. Doch der Junge lachte nur.

»Was hast du denn gedacht? Hast du gedacht, ich würde dich noch mal *anfassen*? Ja? Pech gehabt, James.«

»Also, was ist nun mit Ronnie?« Rebus wusste nicht, ob er diesen ziemlich hässlichen Jungen am liebsten in den Bauch getreten oder ihn in ein gutes, fürsorgliches Heim gesteckt hätte. Doch auf jeden Fall wusste er, dass er Antworten wollte.

»Gib mir noch 'ne Kippe.« Rebus gab ihm eine. »Danke. Warum interessierst du dich so sehr für ihn?«

»Weil er tot ist.«

»Kommt häufiger vor.«

»Er ist an einer Überdosis gestorben.«

»Das auch.«

»Das Zeug war tödlich.«

Der Junge schwieg einen Augenblick.

»Das ist in der Tat übel.«

»War hier in letzter Zeit irgendwelcher vergifteter Stoff in Umlauf?«

»Nein.« Er lächelte wieder. »Nur guter Stoff. Hast du was dabei?« Rebus schüttelte den Kopf und dachte: *Ich möchte ihn doch am liebsten in den Bauch treten.* »Schade«, sagte der Junge.

»Wie heißt du übrigens?«

»Keine Namen, James, auf gar keinen Fall.« Er streckte

ihm die Hand entgegen, die Handfläche nach oben. »Ich brauch ein bisschen Geld.«

»Ich brauch erst ein paar Antworten.«

»Dann nenn mir die Fragen. Aber zeig mir erst mal deinen guten Willen, eh?« Die Hand streckte sich ihm immer noch erwartungsvoll entgegen. Rebus fand einen zerknitterten Zehner in seiner Jacke und reichte ihn hinüber. Der Junge schien zufrieden. »Dafür kriegst du Antwort auf zwei Fragen.«

Rebus' Zorn wuchs. »Dafür krieg ich so viele Antworten, wie ich will, sonst ...«

»Fährst wohl auf Gewalt ab? Was?« Den Jungen schien das nicht sonderlich zu kümmern. Vielleicht war ihm das alles hinreichend bekannt, sagte sich Rebus.

»Läuft hier viel in puncto Gewalt?«, fragte er.

»Nicht viel.« Der Junge zögerte. »Aber immer noch zu viel.«

»Ronnie machte so was, nicht wahr?«

»Das ist deine zweite Frage«, stellte der Junge fest. »Und die Antwort lautet: ich weiß es nicht.«

»Das zählt nicht«, sagte Rebus. »Außerdem hab ich eh noch reichlich Fragen.«

»Okay, wenn das so ist ...« Der Junge langte nach dem Türgriff und machte Anstalten, sich zu verdrücken. Rebus packte ihn im Nacken und knallte ihn mit dem Kopf auf das Armaturenbrett, genau zwischen seine beiden Füße, die immer noch dort ruhten.

»Mein Gott!« Der Junge fühlte, ob er Blut an der Stirn hatte. Es war keins da. Rebus war sehr zufrieden mit sich – maximale Schockwirkung, minimal erkennbarer Schaden. »Sie können doch nicht ...«

»Ich kann alles machen, was ich will, mein Junge. Ich

kann dich sogar über die höchste Brüstung der Stadt stoßen. Und jetzt erzähl mir von Ronnie.«

»Ich kann Ihnen nichts über Ronnie erzählen.« Jetzt hatte er Tränen in den Augen. Er rieb sich die Stirn, um den Schmerz zu lindern. »Dazu hab ich ihn nicht gut genug gekannt.«

»Dann erzähl mir, *was* du weißt.«

»Okay, okay.« Er wischte sich mit dem Ärmel seiner Jacke schniefend die Nase. »Ich weiß nur, dass ein paar Freunde von mir in eine bestimmte Szene geraten sind.«

»Was für eine Szene?«

»Ich weiß nicht. Irgendwas Hartes. Sie reden nicht darüber, aber die Spuren sind nicht zu übersehen. Blutergüsse, Schnittwunden. Einer von ihnen musste eine ganze Woche ins Krankenhaus. Hat gesagt, er wär die Treppe runtergefallen. Gott, er sah aus, als wär er von 'nem Hochhaus runtergefallen.«

»Aber niemand redet darüber?«

»Es muss irgendwie reichlich Geld dahinter stecken.«

»Sonst noch was?«

»Ist vielleicht nicht so wichtig ...« Der Junge war gebrochen. Rebus hörte das an seiner Stimme. Er würde von nun an bis zum Jüngsten Tag weiterreden. Das war gut, Rebus hatte nämlich nicht allzu viele Ohren in diesem Teil der Stadt. Da könnte ein frisches Paar nicht schaden.

»Was denn?«, blaffte er. Jetzt genoss er seine Rolle.

»Fotos. Man munkelt, dass ein Interesse an Fotos besteht. Keine gestellten, sondern alles echt.«

»Pornoaufnahmen?«

»Nehm ich an. Die Gerüchte waren ein bisschen vage. Wie das halt so ist mit Gerüchten, wenn man sie über ein paar Umwege hört.«

»Wie bei der stillen Post«, sagte Rebus. Das Ganze ist wie bei einem Stille-Post-Spiel, dachte er, alles aus zweiter und dritter Hand, keine absolut sicheren Beweise.

»Was?«

»Egal. Sonst noch was?«

Der Junge schüttelte den Kopf. Rebus griff in die Tasche und fand zu seiner eigenen Überraschung einen weiteren Zehner. Dann fiel ihm ein, dass er irgendwann während seines Trinkgelages mit McCall an einem Geldautomaten gewesen war. Er reichte dem Jungen den Schein.

»Hier. Und ich gebe dir meinen Namen und meine Telefonnummer. Ich bin immer offen für Informationen, egal wie winzig sie sind. Tut mir übrigens leid mit deinem Kopf.«

Der Junge nahm das Geld. »Schon in Ordnung. Bin schon schlechter bezahlt worden.« Dann lächelte er.

»Kann ich dich ein Stück mitnehmen?«

»Bis an die Brücken vielleicht?«

»Kein Problem. Wie heißt du?«

»James.«

»Tatsächlich?« Rebus lächelte.

»Ja wirklich.« Der Junge lächelte ebenfalls. »Hören Sie, da ist noch was.«

»Weiter, James.«

»Es ist bloß ein Name, den ich häufiger gehört hab. Vielleicht hat es ja auch nichts zu bedeuten.«

»Ja?«

»Hyde.«

Rebus runzelte die Stirn. »Hide? Verstecken? Was verstecken?«

»Nein, *Hyde*. H-y-d-e.«

»Was ist mit Hyde?«

»Weiß ich nicht. Wie gesagt, es ist bloß ein Name.«

Rebus umklammerte das Lenkrad. Hyde? *Hyde*? War es das, was Ronnie Tracy hatte sagen wollen? Nicht bloß, dass sie sich verstecken sollte, sondern dass sie sich vor einem Mann namens Hyde verstecken sollte? Während er seine Gedanken zu ordnen versuchte, stellte er fest, dass er schon wieder auf den Jaguar starrte. Oder vielmehr auf das Profil des Mannes auf dem Fahrersitz. Der hatte seine Hand um den Hals eines viel jüngeren Mannes auf dem Beifahrersitz gelegt und streichelte ihn, während er dabei die ganze Zeit leise auf ihn einredete. Streicheln und reden, alles ganz unschuldig.

So war es eigentlich erstaunlich, dass James Carew von der Immobilienfirma Bowyer Carew dermaßen erschrak, als er merkte, dass er angestarrt wurde und sich Detective Inspector John Rebus gegenüber sah, als er zurückstarrte.

Rebus beobachtete das alles, während Carew mit dem Zündschlüssel herumfummelte, den neuen V12-Motor aufheulen ließ und rückwärts vom Parkplatz schoss, als wäre der Teufel persönlich hinter ihm her.

»Der hat's aber eilig«, sagte James.

»Hast du ihn schon mal gesehen?«

»Hab sein Gesicht nicht richtig erkennen können. Den Wagen hab ich jedenfalls noch nie gesehen.«

»Ist ja auch ziemlich neu, was?«, sagte Rebus und startete müde sein eigenes Auto.

In der Wohnung roch es immer noch nach Tracy. Ihr Geruch hing im Wohnzimmer und im Bad. Er sah sie vor sich, wie sie dort drüben saß, die Beine unter sich geschlagen, und ihr das Handtuch vom Kopf rutschte ... Wie sie ihm das Frühstück brachte; das schmutzige Geschirr stand noch neben seinem ungemachten Bett. Sie hatte gelacht, als sie sah, dass er auf einer Matratze auf dem Fußboden schlief. »Wie bei den Pennern«, hatte sie gesagt. Die Wohnung schien jetzt leerer, so leer wie sie ihm schon eine ganze Weile nicht mehr vorgekommen war. Außerdem hatte Rebus das Bedürfnis zu baden. Er kehrte ins Badezimmer zurück und drehte das warme Wasser auf. Er konnte immer noch James' Hand auf seinem Bein spüren ... Im Wohnzimmer starrte er eine volle Minute auf eine Flasche Whisky, doch dann kehrte er ihr den Rücken und nahm stattdessen ein leichtes Lager-Bier aus dem Kühlschrank.

Die Badewanne füllte sich nur langsam. Eine archimedische Schraube wäre wirkungsvoller gewesen. Doch das gab ihm genügend Zeit, um noch einmal auf der Wache anzurufen und zu fragen, wie sie mit Tracy zurechtkamen. Was er erfuhr, klang nicht gut. Sie wurde allmählich immer gereizter, weigerte sich zu essen und klagte über Seitenstiche. Blinddarmentzündung? Wohl eher Entzugserscheinungen. Er hatte ein ziemlich schlechtes Gewissen, dass er noch nicht bei ihr gewesen war. Doch auf ein paar Schuldgefühle mehr oder weniger kam es nicht an, also beschloss er, den Besuch bis morgen aufzuschieben. Nur für ein paar Stunden wollte er fort von allem sein, von all dem erbärmlichen Herumwühlen in anderer Leute Leben. Seine Wohnung kam ihm nicht mehr so sicher vor, war für ihn nicht mehr die Burg, die sie noch vor ein oder zwei Tagen gewesen war. Und zu der äußeren Verletztheit kam auch noch eine innere. Er fühlte sich bis in sein tiefstes Inneres beschmutzt, als ob die Stadt eine ihrer Dreckschichten abgelegt und ihm das Zeug per Zwangsernährung eingeflößt hätte.

Zum Teufel damit.

Er war also erwischt worden. Er lebte in der schönsten und zivilisiertesten Stadt Nordeuropas, und trotzdem musste er sich jeden Tag mit ihrer Schattenseite auseinander setzen, mit den Niederungen ihres Animus. *Animus?* Das war ein Wort, das er schon lange nicht mehr benutzt hatte. Er wusste nicht mal mehr, was es genau bedeutete; aber es klang genau richtig. Er nahm einen Schluck Bier aus der Flasche und behielt den Schaum im Mund wie ein Kind, das mit der Zahnpasta spielt. Diese Zeug war nur Schaum. Keine Substanz.

Alles Schaum. Das brachte ihn auf eine weitere Idee. Er würde etwas Badezusatz ins Wasser tun. Schaumbad. Wer zum Teufel hatte ihm das Zeug geschenkt? Ach ja. Gill Templer. Jetzt erinnerte er sich. Erinnerte sich auch an den Anlass. Sie hatte ihn ausgeschimpft, wenn auch ganz freundlich, weil er nie die Badewanne sauber machte. Dann hatte sie ihm das Schaumbad überreicht.

»Das reinigt dich *und* deine Badewanne«, hatte sie von der Flasche vorgelesen. »Und gibt dem Baden neuen Spaß.«

Er hatte vorgeschlagen, dass sie diese Behauptung gemeinsam überprüfen sollten, und das hatten sie getan ... Mein Gott, John, du wirst ja schon wieder ganz morbide. Bloss weil sie mit einem hohlköpfigen Diskjockey mit dem unglaublichen Namen Calum McCallum abgezogen ist. Davon ging doch die Welt nicht unter. Es fielen keine Bomben. Kein Sirenengeheul erfüllte die Luft.

Nichts als ... Ronnie, Tracy, Charlie, James und die anderen. Und jetzt Hyde. Rebus begriff allmählich, was es hieß, völlig kaputt zu sein. Er entspannte seine nackten Gliedmaßen in dem beinah kochend heißen Wasser und schloss die Augen.

DONNERSTAG

Dieses freiwillige Gefängnis ... mit seinem unergründlichen Einsiedler.

Völlig kaputt. Holmes gähnte wieder, konnte sich vor Müdigkeit kaum auf den Beinen halten. Ausnahmsweise war er vor dem Wecker wach gewesen und kehrte gerade mit einer Tasse Nescafé ins Bett zurück, als das Radio losplärrte. Furchtbar, jeden Morgen so geweckt zu werden. Wenn er noch eine halbe Stunde Zeit hätte, würde er das verdammte Ding auf Radio Three oder einen ähnlichen Sender umstellen. Nur wusste er, dass Radio Three ihn sofort wieder einschlummern lassen würde, während die Stimme von Calum McCallum und die nervigen Platten, die er zwischen Gejohle und Jingles und miesen Witzen spielte, ihn sofort senkrecht im Bett sitzen und mit den Zähnen knirschen ließen. Ein perfekter Start in den neuen Tag.

Heute Morgen hatte er diese dumme, selbstgefällige Stimme ausgetrickst. Er schaltete das Radio aus.

»Hier«, sagte er. »Kaffee. Zeit aufzustehen.«

Nell hob den Kopf ein wenig vom Kissen und blinzelte ihn an.

»Ist es schon neun?«

»Noch nicht ganz.«

Sie kuschelte sich wieder ins Kissen und stöhnte leise.

»Gut. Weck mich noch mal, wenn's so weit ist.«

»Trink deinen Kaffee«, ermahnte er sie und berührte sie an der Schulter. Ihre Schulter war verführerisch warm. Er gestattete sich ein wehmütiges Lächeln, dann drehte er sich um und verließ das Schlafzimmer. Er war bereits zehn Schritte gegangen, da drehte er sich erneut um und ging zurück. Nells Arme waren lang, gebräunt und einladend geöffnet.

Trotz des Frühstücks, das er ihr in die Zelle gebracht hatte, war Tracy stinksauer auf Rebus. Besonders, als er ihr erklärte, dass sie jederzeit gehen könnte, wenn sie es wollte, dass sie nicht unter Arrest stünde.

»Das nennt man *Schutzhaft*«, sagte er zu ihr. »Schutz vor den Männern, die dich verfolgt haben. Schutz vor Charlie.«

»Charlie …« Bei diesem Namen beruhigte sie sich ein wenig und berührte ihr blaues Auge. »Aber warum bist du denn nicht eher gekommen?«, beklagte sie sich. Rebus zuckte die Achseln.

»Viel zu tun«, sagte er.

Jetzt starrte er auf ihr Foto, während Brian Holmes auf der anderen Seite des Schreibtischs saß und vorsichtig Kaffee aus einem angeschlagenen Becher trank. Rebus wusste nicht, ob er Holmes dankbar sein oder ihn dafür hassen sollte, dass er das hier in sein Büro gebracht hatte, es einfach vor ihn auf den Schreibtisch gelegt hatte. Ohne ein Wort zu sagen. Keinen guten Morgen, kein Hallo, wie geht's. Bloß dies. Dieses Foto, diese Nacktaufnahme. Von Tracy.

Rebus hatte die ganze Zeit darauf gestarrt, während Holmes Bericht erstattete. Holmes hatte gestern hart gearbeitet, und er hatte ein Ergebnis erzielt. *Warum also hatte er Rebus in der Kneipe brüskiert?* Wenn er dieses Foto gestern Abend gesehen hätte, würde es ihm nun nicht den Morgen verderben, ihm nicht die Erinnerung an eine Nacht nehmen, in der er ausnahmsweise gut geschlafen hatte. Rebus räusperte sich.

»Haben Sie irgendwas über sie herausgekriegt?«

»Nein, Sir«, sagte Holmes. »Ich hab nur das da.« Er deutete mit dem Kopf auf das Foto, sein Blick war starr. *Ich habe dir das da gegeben. Was willst du mehr von mir?*

»Ich verstehe«, sagte Rebus mit ruhiger Stimme. Er drehte das Foto um und las das kleine Etikett auf der Rückseite. Hutton Studios. Eine Telefonnummer. »In Ordnung. Lassen Sie das bitte bei mir, Brian, ich muss noch darüber nachdenken.«

»Okay«, sagte Holmes und dachte: *er hat Brian zu mir gesagt! Er kann heute Morgen noch nicht klar denken.*

Rebus lehnte sich zurück und nippte an seinem eigenen Becher. Kaffee mit Milch und ohne Zucker. Er war enttäuscht gewesen, als Holmes seinen Kaffee genauso haben wollte. Dadurch hatten sie etwas gemein. Die gleiche Art, den Kaffee zu trinken.

»Wie läuft die Haussuche?«, fragte er beiläufig.

»Schlecht. Woher wissen Sie …?« Da fiel Holmes ein, dass die Liste der zum Verkauf angebotenen Häuser wie eine Boulevardzeitung gefaltet in seiner Jackentasche steckte. Er schlug leicht mit der Hand dagegen. Rebus nickte lächelnd.

»Ich weiß noch, wie ich meine Wohnung gekauft habe«, sagte er. »Ich habe wochenlang diese ganzen kostenlosen Zeitungen durchstöbert, bis ich was gefunden hab, was mir gefiel.«

»Gefallen?« Holmes schnaubte. »Das wäre ein zusätzlicher Vorteil. Mein Problem ist, was zu finden, das ich mir leisten kann.«

»Sieht es so schlimm aus?«

»Ist Ihnen das noch nicht aufgefallen?«, fragte Holmes leicht ungläubig. Er steckte so sehr in der Sache drin, dass er sich kaum vorstellen konnte, dass andere das nicht taten. »Die Preise steigen ins Unermessliche. In der Nähe der Innenstadt könnte ich mir vielleicht gerade mal eine Hundehütte leisten.«

»Ja, jetzt erinnere ich mich, dass mir jemand davon erzählt hat.« Rebus war nachdenklich. »Gestern beim Mittagessen. Wissen Sie, ich war mit diesen Leuten essen, die das Geld für Farmer Watsons Anti-Drogen-Kampagne zur Verfügung stellen. Einer von ihnen war James Carew.«

»Doch nicht etwa von Carew Bowyers?«

»Der Chef persönlich. Möchten Sie, dass ich mal mit ihm rede? Ob er Ihnen nicht einen Rabatt geben kann?«

Holmes lächelte. Das Eis zwischen ihnen war ein wenig gebrochen. »Das wäre super«, sagte er.«Vielleicht kann er ja einen Sommerschlussverkauf veranstalten, mit tollen Sonderangeboten.« Holmes hatte den Satz mit einem Grinsen begonnen, doch das verlor sich genauso rasch wie seine Worte. Rebus hörte nicht zu, war weit weg in Gedanken versunken.

»Ja«, sagte Rebus leise, »ich muss eh ein Wörtchen mit Carew reden.«

»Ach?«

»Wegen eines etwas heiklen Angebots.«

»Haben Sie auch vor umzuziehen?«

Rebus sah Holmes verständnislos an. »Wie dem auch sei«, sagte er. »Wir sollten wohl so eine Art Schlachtplan für heute aufstellen.«

»Ach ja.« Holmes schien sich unbehaglich zu fühlen. »Darüber wollte ich gerade mit Ihnen reden, Sir. Ich hatte heute Morgen einen Anruf. Ich arbeite seit einigen Monaten an einer Hundekampf-Sache, und jetzt steht eine Verhaftung kurz bevor.«

»Hundekämpfe?«

»Ja, Sie wissen schon. Man packt zwei Hunde in eine Grube. Lässt sie sich gegenseitig in Stücke reißen. Wettet auf den Sieger.«

»Ich dachte, das wär mit der Weltwirtschaftskrise ausgestorben.«

»Es ist in jüngster Zeit wieder aufgelebt. Und da gibt's ziemlich üble Sachen. Ich könnte Ihnen Fotos zeigen ...«

»Woher kommt dieses erneute Interesse?«

»Wer weiß? Die Leute suchen nach immer neuen Kicks, irgendwas, das weniger zahm ist als eine Wette beim Buchmacher.«

Rebus nickte jetzt, schien schon wieder in seine eigenen Gedanken versunken.

»Würden Sie sagen, dass das eine Yuppie-Sache ist, Holmes?«

Holmes zuckte die Achseln. *Es geht ihm langsam besser. Er hat aufgehört, mich mit Vornamen anzureden.*

»Ist auch egal. Sie wollen also bei der Verhaftung dabei sein?«

Holmes nickte. »Wenn das geht, Sir.«

»Natürlich geht das«, sagte Rebus. »Und wo findet das Ganze statt?«

»Ich muss noch mal genau nachsehen. Auf jeden Fall irgendwo in Fife.«

»In Fife? Meine heimischen Gefilde.«

»Tatsächlich? Das wusste ich nicht. Wie war noch mal dieses Sprichwort ...?«

»›Wenn du mit einem Fifer Suppe essen willst, brauchst du 'nen langen Löffel.‹«

Holmes lächelte. »Ja, das ist es. Es gibt auch ein ähnliches Sprichwort über den Teufel, oder?«

»Das bedeutet nur, dass wir eine enge Gemeinschaft bilden, Holmes, dass wir fest zusammenhalten. Wir haben für Dummköpfe und Fremde nicht viel übrig. Und nun ab mit Ihnen nach Fife, dann werden Sie schon sehen, was ich meine.«

»Ja, Sir. Was ist mit Ihnen? Ich meine, was werden Sie unternehmen im Hinblick auf …?« Sein Blick war wieder auf das Foto gerichtet. Rebus nahm es vom Schreibtisch und steckte es vorsichtig in die Innentasche seiner Jacke.

»Machen Sie sich um mich keine Sorgen, mein Junge. Ich hab reichlich zu tun. Allein das Bemühen, Farmer Watson nicht über den Weg zu laufen, ist Arbeit genug für einen Tag. Vielleicht schnapp ich mir auch das Auto. Schöner Tag für eine kleine Spazierfahrt.«

»Schöner Tag für eine kleine Spazierfahrt.«

Tracy gab sich alle Mühe, ihn zu ignorieren. Sie starrte aus dem Beifahrerfenster, als würde sie sich brennend für die an ihnen vorbeifliegenden Geschäfte und Kauflustigen interessieren, für die Touristen und die Kinder, die nun, wo die Sommerferien angefangen hatten, nichts mit sich anzufangen wussten.

Sie war allerdings nur zu froh gewesen, aus der Wache rauszukommen. Er hatte ihr die Autotür aufgehalten und ihr gut zugeredet, damit sie nicht einfach abhaute. Und sie war eingestiegen, wenn auch mürrisch und schweigend. Okay, sie war wütend auf ihn. Er würde darüber hinwegkommen. Und sie auch.

»Ich hab's kapiert«, sagte er. »Du bist sauer. Aber wie oft soll ich dir das denn noch erklären? Es war nur zu deiner eigenen Sicherheit, während ich ein paar Dinge überprüft habe.«

»Wo fahren wir eigentlich hin?«

»Kennst du diese Gegend hier?«

Sie schwieg. Es sollte wohl keine Unterhaltung stattfinden. Nur Fragen und Antworten – *ihre* Fragen.

»Wir fahren bloß ein bisschen rum«, sagte er. »Die Gegend musst du doch kennen. Hier wurde früher viel gedealt.«

»Damit hab ich nichts zu tun!«

Jetzt war es an Rebus zu schweigen. Er war noch nicht zu alt, um irgendwelche Spielchen zu spielen. Er bog nach links ab, dann noch mal nach links, dann nach rechts.

»Hier waren wir doch schon«, bemerkte sie. Es war ihr also aufgefallen. Kluges Mädchen. Allerdings spielte es keine Rolle. Das Einzige, was zählte, war, dass er sie ganz allmählich – linksherum, rechtsherum, dann wieder links und rechts –, ans Ziel brachte.

Er fuhr abrupt an den Straßenrand und zog die Handbremse.

»Wir sind da«, sagte er.

»Hier?« Sie starrte aus dem Seitenfenster auf das Mietshaus. Die ursprünglich rote Steinfassade war im vergangenen Jahr gereinigt worden und hatte nun etwas Knetgummiartiges an sich, knallrosa und irgendwie weich. »Hier?«, wiederholte sie. Das Wort blieb ihr fast im Hals stecken, als sie das Haus erkannte, obwohl sie sich das nicht anmerken lassen wollte.

Als sie den Blick vom Fenster abwandte, lag das Foto auf ihrem Schoß. Sie wischte es mit einem Aufschrei weg, als ob es ein Insekt wäre. Rebus hob das Foto vom Boden auf und hielt es ihr hin.

»Von dir, nehm ich an.«

»Wo zum Teufel hast du das her?«

»Willst du mir was darüber erzählen?«

Ihr Gesicht war jetzt so rot wie die Steinfassade, ihre Augenlider flatterten panisch wie bei einem Vogel. Sie fummelte hektisch an dem Sicherheitsgurt herum, wollte unbedingt aussteigen, doch Rebus hielt das Schloss fest umklammert.

»Lass mich raus!«, brüllte sie und schlug auf seine Faust. Dann stieß sie die Tür auf, doch der Wagen stand so schräg, dass die Tür sofort wieder zufiel. Außerdem gab der Sicherheitsgurt nicht genug nach. Sie war an den Sitz gefesselt.

»Ich dachte, wir statten Mr. Hutton einen Besuch ab«, sagte Rebus gerade, seine Stimme scharf wie eine Klinge. »Fragen ihn nach diesem Foto. Und danach, wie er dir ein paar Pfund gezahlt hat, damit du für ihn Modell stehst. Und wie du ihm Ronnies Fotos gebracht hast, vielleicht um noch ein paar Mäuse mehr zu kriegen oder einfach nur, um Ronnie zu ärgern. War es nicht so, Tracy? Ich möchte wetten, dass Ronnie stinksauer war, als er merkte, dass Hutton seine Ideen geklaut hatte. Er konnte es aber nicht beweisen, stimmt's? Und woher sollte er wissen, wie Hutton überhaupt daran gekommen war? Ich nehme an, du hast Charlie die Schuld zugeschoben, und deshalb seid ihr beide nicht gerade ein Herz und eine Seele. Du warst Ronnie ja eine schöne Freundin, meine Süße. Eine schöne Freundin.«

In diesem Augenblick verlor sie völlig die Fassung und versuchte nicht länger, sich aus dem Sicherheitsgurt zu befreien. Ihr Kopf sank in die Hände, und sie weinte laut und anhaltend. Inzwischen bemühte sich Rebus, ganz ruhig durchzuatmen. Er war nicht stolz auf sich, aber es hatte gesagt werden müssen. Sie musste damit aufhören, sich vor der Wahrheit zu verstecken. Natürlich war das Ganze reine

Mutmaßung, aber Rebus war sicher, dass Hutton alles bestätigen würde, wenn man ihn ein wenig unter Druck setzte. Sie hatte für Geld Modell gestanden und dabei vielleicht erwähnt, dass ihr Freund auch fotografierte. Hatte Hutton die Fotos gegeben und damit Ronnie seine winzige Chance gestohlen, seine Kreativität – und das für ein paar Pfundnoten. Wenn man seinen Freunden nicht trauen konnte, wem dann?

Er hatte sie über Nacht in der Zelle schmoren lassen, um zu sehen, ob sie durchdrehen würde. Das war sie nicht, also musste sie wohl clean sein. Aber das bedeutete nicht, dass sie nicht irgendein teures Laster hatte. Wenn nicht die Nadel, dann etwas anderes. Jeder brauchte doch irgendwas Kleines, Nettes, oder etwa nicht? Und das Geld hatte sie ja schließlich gebraucht. Also hatte sie ihren Freund übers Ohr gehauen …

»Hast du die Kamera in Charlies Bude eingeschmuggelt?«

»Nein!« Trotz allem, was geschehen war, schmerzte dieser Vorwurf anscheinend immer noch. Rebus nickte. Also hatte Charlie die Kamera gestohlen oder jemand anders hatte sie dort eingeschmuggelt. Damit er sie finden würde. Nein … nicht ganz, denn nicht *er* hatte sie gefunden, sondern McCall. Und zwar sehr einfach, genauso wie er ganz locker den Koks in dem Schlafsack gefunden hatte. Ein gute Polizistennase? Oder etwas anderes? Vielleicht eine kleine Information, eine *Insider*information? Wenn man seinen Freunden nicht trauen konnte …

»Hast du die Kamera in der Nacht gesehen, in der Ronnie starb?«

»Sie war in seinem Zimmer. Da bin ich mir ganz sicher.« Sie blinzelte, um die Tränen zurückzuhalten, und putzte sich die Nase mit dem Taschentuch, das Rebus ihr gegeben hatte. Ihre Stimme klang immer noch brüchig, als hätte sie einen kleinen Kloß im Hals, doch allmählich erholte sie sich von dem Schock, den sie beim Anblick des Fotos erlitten hatte, und von dem noch größeren Schock darüber, dass Rebus nun wusste, dass sie Ronnie betrogen hatte.

»Dieser Typ, der Ronnie besuchen kam, der war nach mir in Ronnies Zimmer.«

»Du meinst Neil?«

»Ich glaub, so hieß der.«

Zu viele Köche, dachte Rebus. Er würde wohl seine Auffassung von »Indizien« revidieren müssen. Bisher hatte er allerdings so gut wie nichts, das *nicht* auf reinen Indizien beruhte. Zugleich hatte er das Gefühl, dass die Spirale größer wurde und ihn immer weiter von dem zentralen, dem entscheidenden Punkt entfernte, dem Punkt, an dem Ronnie tot auf einem feuchten, kahlen Boden lag, umgeben von Kerzen und zweifelhaften Freunden.

»Neil war Ronnies Bruder.«

»Wirklich?« Ihre Stimme klang desinteressiert. Der eiserne Vorhang zwischen ihr und der Welt senkte sich langsam wieder. Die Matinee war vorbei.

»Ja, wirklich.« Rebus spürte eine plötzliche Kälte. Wenn es niemanden, *niemanden* außer Neil und mich interessiert, was mit Ronnie passiert ist, warum mache ich mir dann überhaupt Gedanken darüber?

»Charlie hat immer geglaubt, die hätten irgendwie eine schwule Beziehung. Ich hab Ronnie nie gefragt. Er hätte es mir vermutlich auch gar nicht gesagt.« Sie lehnte den Kopf gegen den Sitz und wirkte wieder entspannter. »O Gott.« Mit einem pfeifenden Geräusch stieß sie Luft aus. »Müssen wir denn unbedingt hier bleiben?«

Ihre Hände hoben sich langsam, als wollte sie ihren Kopf umschließen, und Rebus wollte gerade die Frage verneinen, da sah er dieselben Hände, zu kleinen Fäusten geballt, rasch nach unten sausen. Es war kein Platz, um auszuweichen, und so trafen sie ihn voll in den Unterleib. Irgendwo hinter seinen Augen blitzte es auf, und die ganze Welt bestand nur noch aus Lärm und irrsinnigem Schmerz. Er brüllte, krümmte sich vor Schmerzen und ließ den Kopf auf das Lenkrad sinken, das gleichzeitig die Hupe des Autos war. Sie plärrte ungerührt vor sich hin, während Tracy ihren Sicherheitsgurt löste, die Tür öffnete und sich locker aus dem Auto schwang. Sie rannte davon und ließ die Tür weit offen stehen. Rebus musste mit Tränen in den Augen zusehen, als wäre er in einem Swimming-Pool, beobachtete, wie sie am Rande des Beckens davonlief, während ihm das Chlor in den Augen brannte.

»Allmächtiger«, stöhnte er, immer noch über das Lenkrad gebeugt. Er würde sich wohl noch eine ganze Weile nicht rühren können.

Denk wie Tarzan, hatte sein Vater mal zu ihm gesagt, einer der wenigen Ratschläge des alten Herrn. Es war um Prügeleien gegangen, um Zweikämpfe mit den Jungs in der Schule. Vier Uhr hinter dem Fahrradschuppen, diese Geschichten. *Denk wie Tarzan. Du bist stark, der König des Dschungels, und vor allem musst du deine Eier schützen.* Und der alte Knabe hatte ein angewinkeltes Knie auf den Schritt des jungen John zubewegt ...

»Danke, Dad.« Rebus' Stimme klang jetzt fauchend. »Danke, dass du mich daran erinnerst.« Dann drehte sich ihm der Magen um.

Gegen Mittag konnte er schon fast wieder gehen, so lange er die Füße nicht zu weit vom Boden hob, und er bewegte sich, als hätte er in die Hose gemacht. Natürlich starrten die Leute ihn an, und er versuchte, speziell für sie so zu tun, als würde er hinken. Stets bereit, die Menschheit zu erfreuen.

Der Gedanke an die Treppe zu seinem Büro hinauf war unerträglich, und Autofahren erwies sich als Qual – es war ihm fast unmöglich, die Pedale zu bedienen. Also hatte er sich mit einem Taxi zur Sutherland Bar fahren lassen. Drei große Whiskys später spürte er an Stelle des Schmerzes eine schläfrige Benommenheit.

»›Als hätt ich vom Schierlingsbecher …‹«, murmelte er vor sich hin.

Er machte sich keine Sorgen um Tracy. Jeder mit einem solchen Schlag konnte ganz gut auf sich selbst aufpassen. Auf der Straße gab's vermutlich Kids, die härter waren als die Hälfte der verdammten Polizeitruppe. Nicht dass Tracy noch ein Kind gewesen wäre. Er hatte immer noch nichts über sie herausgefunden. Das wäre eigentlich Holmes' Aufgabe gewesen, aber Holmes war in Fife und jagte wilde Hunde. Nein, Tracy würde schon nichts passieren. Vermutlich war auch niemand hinter ihr her gewesen. Aber warum war sie dann in jener Nacht zu ihm gekommen? Dafür könnte es hundert Gründe geben. Schließlich war sie auf diese Weise an ein Bett, mehr als eine halbe Flasche Wein, ein heißes Bad und ein Frühstück gekommen. Nicht schlecht, und er war angeblich ein hart gesottener alter Bulle. Zu alt vielleicht. Zu sehr »Bulle« und zu wenig Polizeibeamter. Vielleicht.

Wohin als Nächstes? Die Antwort darauf kannte er bereits. Sofern es seine Beine erlaubten und er, mit Gottes Beistand, wieder fahren konnte.

Er parkte ein Stück vom Haus entfernt, um niemanden aufzuschrecken, wer auch immer da sein mochte. Dann ging er einfach zur Tür und klopfte. Während er dort stand und wartete, erinnerte er sich daran, wie Tracy diese Tür geöffnet hatte und ihm in die Arme gelaufen war, mit blauen Flecken im Gesicht und Tränen in den Augen. Er glaubte nicht, dass Charlie da sein würde. Er glaubte auch nicht, dass Tracy da sein würde. Er *wollte* nicht, dass Tracy da war.

Die Tür ging auf. Ein Junge im Teenageralter blinzelte Rebus verschlafen an. Er hatte glanzlose strähnige Haare, die ihm in die Augen fielen.

»Was is?«

»Ist Charlie da? Ich hab was mit ihm zu besprechen.«

»Nee. Hab ihn heute noch nich gesehn.«

»Okay, wenn ich einen Augenblick warte?«

»Ja.« Der Junge war bereits dabei, Rebus die Tür vor der Nase zuzumachen. Rebus drückte eine Hand gegen die Tür und steckte den Kopf ins Haus.

»Ich meinte, drinnen warten.«

Der Junge zuckte die Achseln, latschte hinein und ließ die Tür offen. Dann schlüpfte er wieder in seinen Schlafsack und zog ihn sich über den Kopf. War wohl nur auf der Durchreise und holte versäumten Schlaf nach. Rebus nahm an, dass der Junge nichts zu verlieren hatte, wenn er einfach einen Fremden hereinließ. Er überließ ihn seinem Schlaf, und nachdem er flüchtig nachgesehen hatte, ob niemand sonst unten war, ging er die steile Treppe hinauf.

Die Bücher lagen immer noch wie durcheinander gepurzelte Dominosteine da, und der Inhalt der Plastiktüte, die McCall ausgeschüttet hatte, war immer noch auf dem Boden verstreut. Rebus schenkte dem keine Beachtung, sondern ging zum Schreibtisch, setzte sich hin und ging die Papiere durch, die dort lagen. Er hatte den Lichtschalter neben der Tür von Charlies Zimmer gedrückt, und jetzt schaltete er auch noch die Schreibtischlampe an. An den Wänden hingen erstaunlicherweise keine Poster, Ansichtskarten oder Ähnliches. Es war nicht wie das typische Zimmer eines Studenten. Es strahlte etwas Neutrales aus, und das war vermutlich genau das, was Charlie beabsichtigte. Er wollte für seine Aussteigerfreunde nicht wie ein Student aussehen; und für seine studentischen Freunde wollte er nicht wie ein Aussteiger aussehen. Er wollte sich immer seiner jeweiligen Umgebung anpassen. Also, ein Chamäleon und nicht nur ein Tourist.

Rebus' Hauptinteresse galt dem Essay über das Magische, aber er sah auch den übrigen Schreibtischinhalt gründlich durch, wo er schon einmal hier war. Nichts Außergewöhnliches. Nichts, was darauf hindeutete, dass Charlie verunreinigte Drogen in Umlauf brachte. Also nahm Rebus sich den Essay, schlug ihn auf und begann zu lesen.

Nell mochte die Bibliothek am liebsten, wenn es so ruhig war wie jetzt. Während der Vorlesungszeit benutzten viele Studenten sie als Treffpunkt, als einen besseren Jugendclub. Dann war es im Lesesaal auf dem ersten Stock sehr laut. Häufig wurden Bücher einfach liegen gelassen, falsch zurückgestellt oder verschwanden ganz. Das war alles sehr frustrierend. Doch während der Sommermonate kamen nur die eifrigsten Studenten in die Bibliothek, diejenigen, die eine Magisterarbeit schreiben mussten oder etwas aufzuarbeiten hatten, aber auch die ganz wenigen, die sich wirklich für ihr Fach begeisterten und auf Sonne und Freizeit verzichteten, um hier drinnen in Ruhe zu lernen.

Mit der Zeit kannte sie ihre Gesichter, dann ihre Namen. In der fast menschenleeren Cafeteria geriet man häufiger in ein Gespräch, gab sich gegenseitig Literaturtipps. Und in der Mittagszeit konnte man in der Grünanlage sitzen oder hinter der Bibliothek in The Meadows spazieren gehen, wo ebenfalls Bücher gelesen wurden und in Gedanken versunkene Gesichter zu sehen waren.

Natürlich war der Sommer auch die Zeit für die eintönigsten Bibliotheksaufgaben. Bestandsaufnahme, Reparatur malträtierter Bücher. Arbeiten an der Systematik, Computer-Updates und so weiter. Doch die Atmosphäre entschädigte einen reichlich dafür. Alle Spuren von Hektik waren verschwunden. Es gab keine Beschwerden, dass zu wenige Exemplare von diesem oder jenem Buch da wären, das dringend von einem Kurs mit zweihundert Studenten für einen längst überfälligen Essay gebraucht wurde. Doch nach dem Sommer würden die neuen Studenten kommen, und mit Beginn jedes Studienjahrs fühlte sie sich um genau dieses Jahr älter und weiter von den Studenten entfernt. Bereits jetzt kamen sie ihr unglaublich jung vor und strahlten etwas aus, das sie nie haben würde.

Sie sah gerade die Liste der gewünschten Neuanschaffungen durch, als der Lärm losging. Die Aufsicht am Bibliothekseingang hatte jemanden aufgehalten, der versucht hatte, ohne Ausweis hereinzukommen. Normalerweise hätte der Mann an der Pforte kein Aufsehen deswegen gemacht, doch das Mädchen war so offenkundig verstört, so offenkundig keine Leserin, noch nicht mal eine Studentin. Sie stritt laut herum, während eine Studentin nur ruhig erklärt hätte, dass sie ihren Ausweis zu Haus vergessen hatte. Aber noch etwas war seltsam ... Neil runzelte konzentriert die Stirn und versuchte, das Mädchen einzuordnen. Als sie das Mädchen im Profil sah, erinnerte sie sich an das Foto in Brians Aktenmappe. Ja, es war dasselbe Mädchen. Nein, eigentlich kein Mädchen, sondern eine erwachsene, wenn auch jugendlich aussehende Frau. Die Falten um ihre Augen verrieten sie, egal wie schlank ihr Körper war und wie modisch jung ihre Klamotten. Aber warum machte sie so ein Theater? Sie war immer nur in die Cafeteria gegangen und hatte, soweit Nell wusste, bisher nie versucht, in die Bibliothek selbst zu kommen. Nells Neugier war geweckt.

Der Mann hielt Tracy am Arm fest. Sie beschimpfte ihn wütend, ihre Augen blitzten. Nell versuchte, Autorität in ihren Gang zu legen, während sie auf die beiden zuging.

»Gibt es ein Problem, Mr. Clarke?«

»Ich werd schon damit fertig, Miss.« Seine Augen straften seine Worte Lügen. Er schwitzte. Er war längst über das Rentenalter hinaus und an derartige körperliche Auseinandersetzungen nicht gewöhnt, und er wusste nicht, wie er damit umgehen sollte. Nell sprach die Frau an.

»Sie können hier nicht einfach reinplatzen. Aber wenn Sie einem der Studenten da drinnen etwas ausrichten wollen, werde ich sehen, was ich tun kann.«

Die Frau wehrte sich erneut. »Ich will bloß rein!« Jedes logische Argument prallte an ihr ab. Sie hatte nur einen Gedanken: wenn man sie daran hinderte hineinzukommen, dann *musste* sie es trotzdem irgendwie schaffen.

»Das können Sie aber nicht«, sagte Nell verärgert. Sie hätte sich nicht einmischen sollen. Sie war daran gewöhnt, mit ruhigen und vernünftigen Menschen umzugehen. Okay, ab und zu drehte mal jemand durch, weil er ein Buch nicht fand. Aber sie wurden nie ausfallend. Diese Frau starrte sie an, und ihr Blick schien absolut bösartig. Es fehlte jede Spur von menschlicher Güte darin. Nell spürte, wie sich ihr die Nackenhaare sträubten. Dann stieß die Frau einen durchdringenden Schrei aus und machte einen so gewaltigen Satz nach vorn, dass der alte Mann sie loslassen musste. Ihre Stirn knallte in Nells Gesicht. Die Bibliothekarin schien abzuheben, blieb aber wie angewurzelt stehen und kippte dann um wie ein gefällter Baum. Einen Augenblick lang sah es so aus, als würde Tracy wieder zur Vernunft kommen. Der Mann von der Pforte wollte sie sich schnappen, doch sie kreischte erneut, und er wich zurück. Dann schob sie sich an ihm vorbei durch die Bibliothekstür nach draußen und fing an zu laufen. Sie hielt den Kopf gesenkt, Arme und Beine ruderten unkoordiniert. Der Mann beobachtete sie, immer noch voller Angst, dann wandte er sich dem blutigen Gesicht der bewusstlosen Nell Stapleton zu.

Der Mann, der die Tür öffnete, war blind.

»Ja?«, fragte er aus der offenen Tür heraus. Blicklose Augen schimmerten hinter den dunkelgrünen Gläsern seiner Brille. Der Flur hinter ihm war dunkel. Wozu brauchte er auch Licht?

»Mr. Vanderhyde?«

Der Mann lächelte. »Ja?«, wiederholte er. Rebus konnte den Blick nicht von dem älteren Mann losreißen. Diese grünen Gläser erinnerten ihn an Bordeauxflaschen. Vanderhyde musste etwa fünfundsechzig sein, vielleicht sogar schon siebzig. Sein Haar war silbrig gelb, dicht und sehr gepflegt. Er trug ein Hemd mit offenem Kragen und eine braune Weste, an der aus einer Tasche eine Uhrkette hing. Und er stützte sich kaum merklich auf einen Stock mit silbernem Knauf. Aus irgendeinem Grund kam Rebus der Gedanke, dass Vanderhyde wohl in der Lage sein würde, den Stock rasch und effektiv als Waffe einzusetzen, sollte je ein unangenehmer Besucher vorbeikommen.

»Mr. Vanderhyde, ich bin Polizeibeamter.« Rebus griff nach seiner Brieftasche.

»Ersparen Sie sich die Mühe mit dem Ausweis, es sei

denn, er ist in Braille.« Vanderhydes Worte ließen Rebus mit der Hand in der Jackentasche erstarren.

»Natürlich«, murmelte er und kam sich absolut lächerlich vor. Merkwürdig, wie behinderte Menschen die besondere Gabe hatten, einem das Gefühl zu geben, dass man viel weniger konnte als sie.

»Sie sollten wohl besser reinkommen, Inspector.«

»Danke.« Rebus war bereits im Flur, bevor er es registrierte. »Woher wussten Sie ...?«

Vanderhyde schüttelte den Kopf. »Auf gut Glück geraten«, sagte er und ging voran. »Ein Schuss ins Schwarze, könnte man vielleicht sagen.« Sein Lachen klang schroff. Auch wenn er nur wenig vom Flur erkennen konnte, fragte sich Rebus, wie selbst ein Blinder eine so furchtbare Inneneinrichtung zu Stande bringen konnte. Eine ausgestopfte Eule starrte von ihrem staubigen Sockel herunter, daneben stand ein Schirmständer, der wie ein ausgehöhlter Elefantenfuß aussah. Auf einem mit Schnitzerei verzierten Tischchen lag ein Stapel ungelesener Post und ein schnurloses Telefon. Letzteres betrachtete Rebus mit besonderem Interesse.

»Die Technik hat ja so große Fortschritte gemacht, finden Sie nicht?«, sagte Vanderhyde gerade. »Von unschätzbarem Wert für diejenigen von uns, die einen ihrer Sinne verloren haben.«

»Ja«, antwortete Rebus, während Vanderhyde die Tür zu einem Zimmer öffnete, das für Rebus' Augen fast genauso dunkel war wie der Flur.

»Hier herein, Inspector,«

»Danke.« Das Zimmer war muffig und hatte den typischen Geruch von Medikamenten und alten Leuten. Mit einem großen Sofa und zwei schweren Sesseln war es bequem eingerichtet. Eine ganze Wand wurde von Büchern eingenommen, die hinter Glas standen. Einige einfallslose Aquarelle verhinderten, dass die anderen Wände kahl wirkten. Überall stand irgendwelcher Zierrat herum. Die Sachen auf dem Kaminsims fielen Rebus besonders auf. Auf der breiten Holzfläche war kein Zentimeter mehr frei, und die Stücke waren exotisch. Rebus erkannte afrikanische, karibische, asiatische und orientalische Einflüsse, hätte aber keinem einzelnen Stück ein bestimmtes Land zuordnen können.

Vanderhyde ließ sich in einen Sessel plumpsen. Rebus fiel auf, dass in dem Zimmer keine Beistelltische oder sonstige überflüssige Möbel herumstanden, gegen die der blinde Mann hätte stoßen können.

»Lauter Schnickschnack, Inspector. Plunder, den ich auf meinen Reisen als junger Mann zusammengetragen habe.«

»Zeugnis ausgedehnter Reisen.«

»Zeugnis einer wahllosen Sammelwut«, korrigierte Vanderhyde. »Möchten Sie einen Tee?«

»Nein danke, Sir.«

»Vielleicht etwas Stärkeres?«

»Danke, aber lieber nicht.« Rebus lächelte.« »Ich hatte gestern Abend ein bisschen zu viel.«

»Man hört Ihrer Stimme an, wie Sie lächeln.«

»Sie scheinen gar nicht neugierig zu sein, weshalb ich hier bin, Mr. Vanderhyde.«

»Vielleicht deshalb nicht, weil ich es *weiß*, Inspector. Oder vielleicht, weil ich endlose Geduld habe. Zeit bedeutet mir nicht so viel wie den meisten Leuten. Deshalb habe ich keine Eile, Ihre Erklärungen zu hören. Ich schaue nämlich selten auf die Uhr.« Er lächelte wieder, die Augen auf irgendeinen Punkt leicht rechts und etwas oberhalb von Rebus fixiert. Rebus schwieg, in der Hoffnung, noch mehr über den Mann zu erfahren. »Andererseits«, fuhr Vanderhyde fort, »da ich nicht mehr ausgehe und nur selten Gäste habe, und da ich meines Wissens nie gegen das Gesetz verstoßen habe, schränkt das die möglichen Gründe für Ihren Besuch ganz erheblich ein. Möchten Sie wirklich keinen Tee?«

»Lassen Sie sich nicht von mir hindern, sich selbst einen zu machen.« Rebus hatte den fast leeren Becher auf dem Fußboden neben dem Sessel des alten Mannes entdeckt. Er sah an seinem eigenen Sessel herunter. Ein weiterer Becher stand auf dem dezent gemusterten Teppich. Vorsichtig streckte er den Arm danach aus. Der Becher war unten noch leicht warm und die Stelle auf dem Teppich, wo er gestanden hatte, ebenfalls.

»Nein«, sagte Vanderhyde. »Ich habe gerade erst einen getrunken. Ebenso wie mein Gast.«

»Ihr Gast?« Rebus klang überrascht. Der alte Mann lächelte und schüttelte nachsichtig mit dem Kopf. Rebus fühlte sich ertappt, aber er wollte trotzdem weitermachen. »Haben Sie nicht gesagt, Sie hätten nicht oft Besuch?«

»Ganz so habe ich es, glaub ich, nicht gesagt. Dennoch entspricht es durchaus der Wahrheit. Heute ist die Ausnahme, die die Regel bestätigt. Zwei Besucher.«

»Darf ich fragen, wer der andere Besucher war?«

»Darf *ich* fragen, Inspector, weshalb Sie hier sind?«

Jetzt war es an Rebus, nickend vor sich hin zu lächeln. Das Blut stieg dem alten Mann in die Wangen. Rebus hatte es geschafft, ihn zu verärgern.

»Also?« Ungeduld schwang in Vanderhydes Stimme mit.

»Nun ja, Sir.« Rebus erhob sich bedächtig aus dem Sessel und begann, im Zimmer umherzugehen. »Ich bin im Essay eines Studenten über das Okkulte auf Ihren Namen gestoßen. Überrascht Sie das?«

Der alte Mann dachte darüber nach. »Es freut mich sogar

ein wenig. Schließlich habe auch ich ein Ego, dass gestreichelt werden will.«

»Aber es überrascht Sie nicht?« Vanderhyde zuckte die Achseln. »In dem Essay werden Sie im Zusammenhang mit einer in Edinburgh ansässigen Gruppe erwähnt, einer Art Hexenzirkel, der in den sechziger Jahren aktiv war.«

»›Hexenzirkel‹ ist ein ungenauer Begriff, aber das macht nichts.«

»Sie hatten also damit zu tun?«

»Die Tatsache streite ich nicht ab.«

»Nun ja, wenn wir schon von Tatsachen reden, dann muss man sagen, dass Sie eher der Guru dieser Gruppe waren. ›Guru‹ mag ein ungenauer Begriff sein.«

Vanderhyde lachte, ein krächzendes, unbehagliches Geräusch. »Touché, Inspector. Ein Punkt für Sie. Fahren Sie fort.«

»Ihre Adresse herauszufinden war nicht schwierig. Es gibt nicht allzu viele Vanderhydes im Telefonbuch.«

»Meine Verwandtschaft lebt größtenteils in London.«

»Der Grund für meinen Besuch, Mr. Vanderhyde, ist ein Mord, oder zumindest ein Fall, wo jemand an dem Ort, wo der Tote gefunden wurde, am Beweismaterial herummanipuliert hat.«

»Interessant.« Vanderhyde legte die Hände zusammen und berührte mit den Fingerspitzen die Lippen. Es fiel schwer zu glauben, dass dieser Mann blind war. Rebus' Herumgehen schien Vanderhyde allerdings nicht zur Kenntnis zu nehmen.

»Als die Leiche entdeckt wurde, lag sie mit weit ausgebreiteten Armen da, die Beine zusammen...«

»Nackt?«

»Nein, nicht ganz. Nur der Oberkörper. Zu beiden Seiten

der Leiche brannte eine Kerze, und jemand hatte auf eine Wand ein Pentagramm gemalt.«

»Sonst noch was?«

»Nein. Außer dass neben der Leiche ein Glas mit ein paar Spritzen stand.«

»Der Tod wurde durch eine Überdosis herbeigeführt?«

»Ja.«

»Hmm.« Vanderhyde erhob sich aus seinem Sessel und ging schnurstracks zum Bücherschrank. Er öffnete ihn zwar nicht, stand aber so da, als würde er die Titel lesen. »Wenn wir es mit einem Opfer zu tun haben, Inspector – ich nehme an, das ist Ihre Theorie?«

»Eine von vielen, Sir.«

»Also, *wenn* wir es mit einem Opfer zu tun haben, dann wäre die Todesart sehr ungewöhnlich. Nein, nicht nur das, von so etwas habe ich noch nie gehört. Zunächst einmal würden nur sehr wenige Satanisten überhaupt ein Menschenopfer in Betracht ziehen. Viele Psychopathen haben Morde begangen und sie hinterher als Ritual gerechtfertigt, aber das ist wieder etwas anderes. Doch in jedem Fall erfordert ein Menschenopfer – erfordert jedes Opfer – Blut. Bei manchen Riten rein symbolisch, wie das Blut und der Leib Christi. Bei anderen aber ganz real. Ein Opfer *ohne* Blut? Das wäre etwas völlig Neues. Und jemandem eine Überdosis zu verabreichen … Nein, Inspector, die plausiblere Erklärung ist ganz bestimmt, wie Sie bereits sagten, dass jemand versucht hat, eine falsche Spur zu legen, nachdem das Opfer bereits tot war.«

Vanderhyde drehte sich wieder um, und zwar so weit, dass sein Gesicht in Rebus' Richtung zeigte. Er hob die Arme, um zu signalisieren, dass er keine weiteren Erklärungen zu bieten hatte.

Rebus setzte sich wieder hin. Als er den Becher noch einmal berührte, fühlte er sich nicht mehr warm an. Die Spur war abgekühlt, hatte sich verflüchtigt, war nicht mehr da.

Er hob den Becher auf und betrachtete ihn. Ein ganz unschuldiges Ding mit einem Blumenmuster. Ein einzelner Riss lief vom Rand nach unten. Plötzlich hatte Rebus eine Eingebung und war sogleich überzeugt, dass er damit Recht hatte. Er stand wieder auf und ging zur Tür.

»Wollen Sie schon gehen?«

Er antwortete Vanderhyde nicht, sondern lief rasch zum Fuß der dunklen Eichentreppe. Auf halber Strecke machte diese eine Biegung um neunzig Grad. Von unten konnte Rebus den kleinen Treppenabsatz in der Mitte gut einsehen. Noch vor einer Sekunde war dort jemand gewesen, hatte dort lauschend gekauert. Er hatte die Gestalt mehr *gespürt* als gesehen. Er räusperte sich, eher aus Nervosität als aus Notwendigkeit.

»Komm da runter, Charlie.« Er hielt inne. Schweigen. Aber er konnte den jungen Mann immer noch spüren, gleich hinter der Treppenbiegung. »Es sein denn, du willst, dass ich raufkomme. Das willst du aber doch bestimmt nicht? Nur wir beide, da oben im Dunkeln?« Weiteres Schweigen, das nur durch das Schlurfen von Vanderhydes Pantoffeln und das Klopfen seines Spazierstocks auf dem Fußboden unterbrochen wurde. Als Rebus sich umsah, stand der alte Mann mit trotzig vorgeschobenem Kinn da. Er hatte immer noch seinen Stolz. Rebus fragte sich, ob ihm jemals etwas peinlich war.

Dann zeigte ein kurzes Knarren der Dielen an, dass Charlie auf den Treppenabsatz getreten war.

Rebus verzog das Gesicht zu einem Lächeln, das siegesbewusst und erleichtert zugleich war. Er hatte sich selbst vertraut und sich dieses Vertrauens als würdig erwiesen.

»Hallo, Charlie«, sagte er.

»Ich wollte sie nicht schlagen. Sie ist als Erste auf mich losgegangen.«

Charlies Stimme war deutlich zu hören, doch er schien auf dem Treppenabsatz angewurzelt zu sein. Er stand leicht gebeugt da, sein Gesicht war nur als Silhouette zu erkennen, seine Arme hingen an den Seiten herab. Die gebildete Stimme wirkte irgendwie körperlos, schien nicht zu dieser schattenhaften Figur zu gehören.

»Warum kommst du nicht zu uns?«

»Wollen Sie mich verhaften?«

»Wie lautet die Anklage?« Die Frage kam von Rebus. Seine Stimme klang leicht amüsiert.

»Das hättest *du* fragen sollen, Charles«, rief Vanderhyde in belehrendem Tonfall.

Rebus hatte plötzlich genug von diesen Spielchen. »Komm runter«, befahl er. »Dann trinken wir noch einen Earl Grey zusammen.«

Rebus hatte die dunkelroten Samtvorhänge im Wohnzimmer aufgezogen. Im restlichen Tageslicht wirkte der Raum weniger voll gestopft, nicht mehr so überwältigend und ganz bestimmt weniger unheimlich. Die Figürchen auf dem Kaminsims waren reiner Zierrat, nicht mehr und nicht weniger. Die Bücher im Schrank stellten sich zum größten Teil als beliebte Werke der Literatur heraus: Dickens, Hardy, Trollope. Rebus fragte sich, ob Trollope überhaupt noch gelesen wurde.

Während Charlie in der engen Küche Tee machte, saßen Vanderhyde und Rebus schweigend im Wohnzimmer und lauschten dem leisen Klappern der Tassen und dem Klirren der Löffel.

»Sie haben ein gutes Gehör«, stellte Vanderhyde schließlich fest. Rebus zuckte die Achseln. Er versuchte, sich immer noch ein Urteil über das Zimmer zu bilden. Nein, leben könnte er hier nicht, aber er konnte sich zumindest vorstellen, einen älteren Verwandten an so einem Ort zu besuchen.

»Ah, der Tee«, sagte Vanderhyde, als Charlie mit dem klappernden Tablett hereinkam. Während er das Tablett zwischen den Sesseln und dem Sofa auf den Boden stellte, suchte er Rebus' Blick. Seine Augen hatten einen flehenden Ausdruck. Rebus ging nicht darauf ein, sondern nahm mit einem kurzen Nicken seine Tasse entgegen. Er wollte gerade bemerken, wie gut Charlie sich anscheinend in seinem auserwählten Schlupfwinkel auskannte, da kam Charlie ihm zuvor. Er reichte Vanderhyde einen Becher, der nur halb voll war – eine weise Vorsichtsmaßnahme. Dann nahm er die Hand des alten Mannes und führte sie an den großen Henkel.

»So, Onkel Matthew«, sagte er.

»Danke, Charles«, sagte Vanderhyde, und wenn er hätte sehen können, wäre sein vages Lächeln wohl direkt auf Rebus gerichtet gewesen und nicht ein paar Zentimeter über der Schulter des Detective gelandet.

»Wie gemütlich«, bemerkte Rebus und atmete das trockene Aroma des Earl Grey ein.

Charlie setzte sich auf das Sofa, schlug die Beine übereinander und wirkte fast entspannt. Ja, er kannte dieses Zimmer gut, ging dort so selbstverständlich ein und aus, so wie man in eine alte bequeme Hose schlüpft. Er machte Anstalten, etwas zu sagen, doch Vanderhyde schien erst etwas klarstellen zu wollen.

»Charles hat mir alles über diese Sache erzählt, Inspector Rebus. Nun ja, das heißt, er hat mir so viel erzählt, wie ich seiner Meinung nach wissen sollte.« Charlie starrte seinen Onkel wütend an, der bloß lächelte, obwohl er seine Verärgerung offenbar genau spürte. »Ich habe Charles gesagt, er solle noch einmal mit Ihnen reden. Das scheint er aber nicht zu wollen. *Schien* er nicht zu wollen. Jetzt hat er keine andere Wahl mehr.«

»Woher wussten Sie das?«, fragte Charlie, der hier viel besser hinpasste als in irgendein hässliches besetztes Haus in Pilmuir, dachte Rebus.

»Woher wusste ich was?«, fragte Rebus.

»Wo Sie mich finden würden. Woher wussten Sie von Onkel Matthew?«

»Ach das.« Rebus zupfte unsichtbare Fäden von seiner Hose. »Aus deinem Essay. Er lag auf deinem Schreibtisch. Wie praktisch.«

»Was?«

»Einen Essay über das Okkulte zu schreiben, wenn man einen Hexer in der Familie hat.«

Vanderhyde lachte in sich hinein. »Keinen Hexer, Inspector. Niemals. Ich glaube, ich habe in meinem ganzen Leben nur einen Hexer getroffen, einen *wahren* Hexer. Und der ist tatsächlich von hier.«

»Onkel Matthew«, unterbrach Charlie. »Ich glaube nicht, dass der Inspector hören will …«

»Ganz im Gegenteil«, sagte Rebus. »Deswegen bin ich doch hier.«

»Ach so.« Charlie klang enttäuscht. »Also nicht, um mich zu verhaften?«

»Nein, allerdings hättest du eine ordentliche Ohrfeige verdient für das blaue Auge, das du Tracy verpasst hast.«

»Sie hat es verdient!« Charlies Stimme klang bockig. Er hatte die Unterlippe vorgeschoben wie ein kleines Kind.

»Du hast eine Frau geschlagen?«, fragte Vanderhyde entgeistert. Charlie sah zu ihm hin, dann schaute er wieder weg, als könnte er einem Blick nicht standhalten, der gar nicht da war – nicht da sein konnte.

»Ja«, fauchte Charlie. »Aber guck doch mal.« Er zog seinen Rollkragenpullover am Hals herunter. Zwei lange Striemen kamen zum Vorschein, das Werk spitzer Fingernägel.

»Ganz schöne Kratzer«, kommentierte Rebus für den blinden Mann. »Du hast die Kratzer, sie ein blaues Auge. Damit wärt ihr wohl quitt, sozusagen Auge um Hals.«

Vanderhyde beugte sich auf seinem Stock leicht nach vorne und lachte wieder in sich hinein.

»Sehr gut, Inspector«, sagte er. »Wirklich sehr gut. Nun …« Er führte den Becher an seine Lippen und pustete. »Was können wir für Sie tun?«

»Ich bin in Charlies Essay auf Ihren Namen gestoßen. In einer Fußnote wurden Sie als mündliche Quelle zitiert. Deshalb nahm ich an, dass Sie hier in Edinburgh wohnen und man irgendwie an Sie herankommen könnte. Außerdem gibt es nicht allzu viele …«

»… Vanderhydes im Telefonbuch«, beendete der alte Mann den Satz. »Ja, das sagten Sie bereits.«

»Aber Sie haben schon die meisten von meinen Fragen beantwortet. Das heißt, was die schwarze Magie betrifft. Ich würde jedoch gern noch ein paar Dinge mit Ihrem Neffen klären.«

»Möchten Sie, dass ich …?« Vanderhyde hatte sich schon halb erhoben. Rebus deutete ihm mit einer Handbewegung an, er könne ruhig bleiben. Dann wurde ihm bewusst, dass diese Geste sinnlos war. Doch Vanderhyde hielt bereits inne, als hätte er Rebus' Reaktion vorausgeahnt.

»Nein, Sir«, sagte Rebus, als Vanderhyde sich wieder setzte. »Es dauert nur ein paar Minuten.« Er wandte sich Charlie zu, der fast in den tiefen Polstern des Sofas versank. »Also, Charlie«, begann Rebus, »du bist bis jetzt bei mir als Dieb und wegen Beihilfe zum Mord vermerkt. Hast du irgendwas dazu zu sagen?«

Rebus beobachtete mit Vergnügen, wie das Gesicht des jungen Mannes seine bräunliche Farbe verlor und nun eher an rohen Teig erinnerte. Vanderhyde zuckte, aber ebenfalls eher amüsiert als aus Unbehagen. Charlie sah auf der Suche nach einem freundlichen Blick von einem zum anderen. Aber die Augen, die er sah, waren blind für sein Flehen.

»Ich … ich …«

»Ja?«, drängte Rebus.

»Ich hol mir noch 'nen Tee«, sagte Charlie, als ob diese sechs mageren Worte das Einzige wären, was von seinem Vokabular übrig war. Rebus lehnte sich geduldig zurück. Sollte der Kerl sich doch eine Tasse nach der anderen einschenken und noch einen Pott aufschütten. Er würde schon seine Antworten kriegen. Er würde Charlie Gerbsäure schwitzen lassen, und er würde seine Antworten kriegen.

»Ist Fife immer so trostlos?«

»Nur die malerischen Flecken. Der Rest ist gar nicht so schlecht.«

Der Beamte vom schottischen Tierschutzverband führte Brian Holmes im Dämmerlicht über ein Feld. Die ganze Gegend war völlig flach; nur ein abgestorbener Baum unterbrach die Monotonie. Es wehte ein heftiger Wind, der außerdem auch noch kalt war. Der Tierschutzbeamte hatte ihn als »aist wind« bezeichnet. Holmes nahm an, dass »aist« Ost bedeutete und dass der Mann etwas verdrehte geographische Vorstellungen hatte, da der Wind eindeutig von Westen wehte.

Das Gelände erwies sich als trügerisch. Obwohl es flach aussah, stieg es leicht an. Sie gingen einen Hang hinauf, der zwar nicht steil, aber trotzdem spürbar war. Holmes erinnerte das an einen Hügel irgendwo in Schottland, den »elektrischen Berg«, wo man auf Grund einer perspektivischen Täuschung glaubte, man stiege bergauf, während man in Wirklichkeit nach *unten* ging. Oder war es genau umgekehrt? Irgendwie glaubte er nicht, dass sein Begleiter der richtige Mann für diese Frage wäre.

Sobald sie die Anhöhe passiert hatten, konnte Holmes die dunklen Umrisse eines stillgelegten Bergwerks sehen, das durch eine Reihe Bäume von dem Feld abgeschirmt wurde. Die Minen hier in der Gegend waren alle ausgebeutet, und das schon seit den sechziger Jahren. Jetzt, da von irgendwoher Geld aufgetaucht war, hatte man begonnen, die Schlackehalden, die jahrelang geschwelt hatten, abzutragen und damit die Löcher zu füllen, die durch den Tagebau entstanden waren. Die Zechengebäude wurden abgerissen, das Gelände neu bepflanzt, als ob es in Fife nie Bergbau gegeben hätte.

Das alles war Brian Holmes bekannt. Seine Onkel waren Bergleute gewesen. Vielleicht nicht genau hier, aber trotzdem waren sie für ihn eine unerschöpfliche Quelle an Informationen und Anekdoten gewesen. Der kleine Brian hatte sich jede Einzelheit gemerkt.

»Öde«, sagte er vor sich hin, während er dem Tierschutzbeamten einen flachen Abhang hinunter bis zu den Bäumen folgte, wo etwa ein halbes Dutzend Männer beisammen standen und von einem Fuß auf den anderen traten. Als sie die beiden kommen hörten, drehten sie sich um.

Holmes stellte sich dem am ältesten aussehenden Mann in Zivil vor.

»DC Brian Holmes, Sir.«

Der Mann nickte lächelnd, dann deutete er mit dem Kopf auf einen viel jüngeren Mann. Alle, Uniformierte, Beamte in Zivil, sogar der Judas vom Tierschutzverein grinsten amüsiert über Holmes' Irrtum. Er spürte, wie ihm das Blut ins Gesicht schoss, und stand wie angewurzelt da. Der junge Mann hatte Erbarmen mit ihm und streckte die Hand aus.

»Ich bin DS Hendry, Brian. Ab und zu hab ich hier das Sagen.« Noch mehr Amüsement. Diesmal grinste Holmes mit.

»Tut mit Leid, Sir.«

»Ich fühle mich sogar geschmeichelt. Ist doch schön, sich vorzustellen, dass ich noch so jung aussehe und Harry da drüben so alt.« Er nickte dem Mann zu, den Holmes irrtümlich für den ranghöheren Beamten gehalten hatte. »Also gut, Brian. Ich erzähle Ihnen jetzt kurz, was ich eben schon diesen Jungs erzählt habe. Wir haben einen zuverlässigen Tipp, dass heute Abend hier ein Hundekampf stattfindet. Der Platz ist ziemlich abgelegen, ein halbe Meile von der Hauptstraße entfernt, das nächste Haus ist eine Meile von hier. Wirklich perfekt. Es gibt nur einen Weg von der Hauptstraße hierher, den die Lkws als Anfahrt benutzen. Über diesen Weg werden sie wohl kommen. Vermutlich drei oder vier Kleinbusse mit den Hunden und dann wer weiß wie viele Autos mit den Wettern. Sollte es zu einer Massenveranstaltung ausarten, werden wir Verstärkung anfordern. Jedenfalls geht's uns nicht so sehr um die Wetter. Wir wollen die Hundehalter erwischen. Angeblich ist Davy Brightman der Hauptdrahtzieher. Besitzt mehrere Schrottplätze in Kirkcaldy und Methil. Wir wissen, dass er einige Pitbulls hält, und wir glauben, dass er mit ihnen bei Kämpfen antritt.«

Eins der Funkgeräte begann laut zu knistern, dann war der übliche Polizeicode zu hören. DS Hendry antwortete.

»Ist ein Detective Constable Holmes bei Ihnen?«, fragte die Stimme. Hendry starrte Holmes an, als er ihm das Funkgerät reichte. Holmes konnte ihn nur entschuldigend ansehen.

»Hier DC Holmes.«

»DC Holmes, wir haben eine Nachricht für Sie.«

»Schießen Sie los«, sagte Holmes.

»Es geht um eine Miss Nell Stapleton.«

Während er im Warteraum des Krankenhauses saß und Schokolade aus dem Automaten aß, ging Rebus in Gedanken noch einmal die Ereignisse des Tages durch. Als es zu dem Zwischenfall mit Tracy im Auto kam, begann sich sein Hodensack in einem Akt von Selbstschutz in seinen Körper zu verkriechen. Es tat immer noch weh. Wie ein doppelter Hodenbruch –, nicht dass er je einen gehabt hätte.

Doch der Nachmittag war wirklich sehr interessant gewesen. Vanderhyde war interessant gewesen. Und Charlie, nun ja, Charlie hatte gesungen wie ein Vögelchen.

»Was wollen Sie denn von mir wissen?«, hatte er gesagt, als er mit einer weiteren Kanne Tee ins Wohnzimmer kam.

»Ich interessiere mich für Zeit, Charlie, für die zeitlichen Abläufe. Dein Onkel hat mir bereits erklärt, dass *ihm* Zeit nichts bedeutet. Er lässt sich nicht davon beherrschen, aber Polizisten tun das. Besonders in einem Fall wie diesem. Weißt du, ich hab da noch ein paar Probleme mit der Abfolge der Ereignisse. Das würde ich, wenn möglich, gerne klären.«

»Okay«, sagte Charlie. »Und wie kann ich Ihnen dabei helfen?«

»Du warst doch in jener Nacht bei Ronnie?«

»Ja, für eine Weile.«

»Und du bist dann gegangen, weil du zu irgendeiner Party wolltest?«

»Das stimmt.«

»Dann waren nur noch Neil und Ronnie im Haus?«

»Nein, Neil war bereits gegangen.«

»Du wusstest natürlich nicht, dass Neil Ronnies Bruder war?«

Die Überraschung in Charlies Gesicht schien echt, doch Rebus hatte ihn bereits als guten Schauspieler erlebt und ließ sich so schnell nichts vormachen, jedenfalls nicht mehr.

»Nein, das hab ich nicht gewusst. Scheiße, sein Bruder. Warum wollte er denn nicht, dass jemand von uns ihn kennen lernte?«

»Neil und ich haben den gleichen Beruf«, erklärte Rebus. Charlie schüttelte bloß lächelnd den Kopf. Vanderhyde lehnte sich nachdenklich in seinen Sessel zurück, wie ein gewissenhafter Geschworener bei einem Prozess.

»Also«, fuhr Rebus fort, »Neil sagt, er sei früh gegangen, da Ronnie nicht reden wollte.«

»Ich kann mir vorstellen warum.«

»Warum?«

»Ganz einfach. Er hatte sich doch gerade Stoff beschafft, oder? Er hatte seit ewigen Zeiten keinen Stoff gesehen, und jetzt hatte er wieder welchen.« Charlie fiel plötzlich ein, dass ja sein betagter Onkel zuhörte. Er verstummte und schaute zu dem alten Mann. Gewitzt wie immer schien Vanderhyde das zu spüren, denn er bewegte hoheitsvoll die Hand, als wollte er sagen, er sei schon so lange auf diesem Planeten, dass ihn nichts mehr schockieren könne.

»Ich glaube, du hast Recht«, sagte Rebus zu Charlie.

»Hundertprozentig. In dem leeren Haus verpasst sich Ronnie also einen Schuss. Das Zeug ist tödlich. Als Tracy reinkommt, findet sie ihn in seinem Zimmer …«

»Das behauptet *sie*«, fiel ihm Charlie ins Wort. Rebus nahm seine Skepsis nickend zur Kenntnis.

»Lass uns erst mal davon ausgehen, dass es so war. Er ist tot, oder zumindest sieht es für sie so aus. Sie gerät in Panik und läuft davon. So weit, so gut. Nun fängt die Sache an unklar zu werden, und da brauche ich deine Hilfe, Charlie. Danach bringt nämlich jemand Ronnies Leiche nach unten. Warum weiß ich nicht. Vielleicht ist das nur ein dummer Streich, oder – wie Mr. Vanderhyde so treffend bemerkte – jemand hat versucht, eine falsche Spur zu legen. Wie dem auch sei, etwa an diesem Punkt innerhalb der Chronologie taucht ein zweites Päckchen mit weißem Pulver auf. Tracy hat nur eins gesehen …«, Rebus bemerkte, dass Charlie ihn wieder unterbrechen wollte, »… das behauptet sie jedenfalls. Also, Ronnie hatte ein Päckchen und verpasste sich damit einen Schuss. Als er stirbt, gerät seine Leiche nach unten und wie von Zauberhand taucht ein weiteres Päckchen auf. In diesem neuen Päckchen ist guter Stoff, nicht das Gift, das Ronnie sich gespritzt hat. Und um die Verwirrung noch ein bisschen größer zu machen, verschwindet Ronnies Kamera und taucht später bei dir auf, Charlie, in deinem Zimmer und in deiner schwarzen Plastiktüte.«

Charlie hatte den Blick von Rebus abgewandt. Er starrte jetzt auf den Fußboden, auf seinen Becher, auf die Teekanne. Auch als er sprach, sah er Rebus nicht an.

»Ja, ich hab sie genommen.«

»Du hast die Kamera genommen?«

»Hab ich doch gerade gesagt.«

»Okay.« Rebus' Stimme war neutral. Charlies nagendes

schlechtes Gewissen könnte jeden Augenblick in offenen Zorn umschlagen. »Wann hast du sie genommen?«

»Also, ich hab nicht gerade auf die Uhr geguckt.«

»Charles!« Vanderhydes Stimme war laut. Er stieß das Wort wie einen Peitschenhieb hervor. Charlie zuckte zusammen. Voller kindlicher Furcht vor dieser imposanten Gestalt, seinem Onkel, dem Zauberer, setzte er sich unwillkürlich gerade hin.

Rebus räusperte sich. Der Geschmack des Earl Grey machte seine Zunge pelzig. »War irgendwer im Haus, als du zurückkamst?«

»Nein. Nun ja, abgesehen von Ronnie.«

»War er oben oder unten?«

»Er lag oben an der Treppe, wenn Sie es unbedingt wissen müssen. Lag da, als hätte er versucht runterzukommen. Ich dachte, er wäre völlig hinüber. Aber irgendwie sah er seltsam aus. Ich meine, wenn jemand schläft, dann ist doch trotzdem *irgendeine* Bewegung da. Aber Ronnie war … starr. Seine Haut war kalt und feucht.«

»Und er lag oben an der Treppe?«

»Ja.«

»Was hast du dann gemacht?«

»Nun ja, ich wusste, dass er tot war. Und es kam mir vor, als ob ich träumte. Das hört sich blöde an, aber es war so. Jetzt weiß ich, dass ich es einfach nicht wahrhaben wollte. Ich bin in Ronnies Zimmer gegangen.«

»Stand das Glas mit den Spritzen dort?«

»Daran kann ich mich nicht erinnern.«

»Macht nichts. Red weiter.«

»Ich wusste, wenn Tracy zurückkäme …«

»Ja?«

»Gott, das muss sich anhören, als wär ich ein Monster.«

»Was denn?«

»Also, ich wusste, wenn sie zurückkäme und sähe, dass Ronnie tot ist, dann würde sie sich alles von ihm nehmen, was sie finden könnte. Ich *wusste*, dass sie das tun würde, ich hatte es einfach im Gefühl. Also nahm ich mir etwas, von dem er sicher gewollt hätte, dass ich es bekomme.«

»Sozusagen als Erinnerungsstück?«, fragte Rebus süffisant.

»Nicht ganz«, gab Charlie zu. Rebus hatte plötzlich einen ernüchternden Gedanken: *das läuft alles viel zu glatt.* »Es war das Einzige, was Ronnie besaß, das irgendwas wert war.«

Rebus nickte. Ja, das klang schon plausibler. Nicht dass Charlie das Geld unbedingt gebraucht hätte; er konnte immer auf Onkel Matthew rechnen. Doch es war das Verbotene an dieser Tat, was ihn anmachte. Irgendwas, von dem Ronnie gewollt hätte, dass er es bekäme. Wohl kaum.

»Also hast du die Kamera geklaut?« Charlie nickte. »Und dann bist du gegangen?«

»Ich bin sofort nach Hause zurück. Irgendwer sagte, dass Tracy mich gesucht hätte. Sie wär ziemlich fertig gewesen. Also nahm ich an, dass sie das mit Ronnie bereits wusste.«

»Und sie war nicht mit der Kamera abgehauen. Stattdessen hatte sie nach dir gesucht.«

»Ja.« Charlie wirkte beinahe zerknirscht. Beinahe. Rebus fragte sich, wie das alles auf Vanderhyde wirken mochte.

»Sagt dir der Name Hyde etwas?«

»Eine Figur bei Robert Louis Stevenson.«

»Abgesehen davon.«

Charlie zuckte die Achseln.

»Oder jemand namens Edward?«

»Eine Figur bei Robert Louis Stevenson.«

»Das kapier ich nicht.«

»Tut mir leid, war ein kleiner Scherz. Edward ist der Vorname von Hyde in *Jekyll und Hyde*. Nein, ich kenne niemanden, der Edward heißt.«

»Na schön. Soll ich dir mal was erzählen, Charlie?«

»Was denn?«

Rebus sah zu Vanderhyde, der ausdruckslos dasaß. »Ich glaube übrigens, dass dein Onkel bereits weiß, was ich sagen will.«

Vanderhyde lächelte. »Kann schon sein. Korrigieren Sie mich, wenn ich Unrecht habe, Inspector Rebus, aber Sie wollten wohl sagen, wenn der Leichnam des jungen Mannes von seinem Zimmer zur Treppe bewegt wurde, dann muss man davon ausgehen, dass die Person, die den Leichnam bewegt hat, im Haus war, als Charles kam.«

Charlie fiel die Kinnlade herunter. Rebus hatte diese Reaktion noch nie im wirklichen Leben beobachtet.

»Ganz gut«, sagte er. »Ich würde sagen, du hast Glück gehabt, Charlie. Ich würde sagen, dass jemand dabei war, die Leiche die Treppe hinunterzuschaffen, als er dich kommen hörte. Dann hat er sich in einem der anderen Räume versteckt, vielleicht sogar in diesem stinkenden Badezimmer, bis du wieder fort warst. Derjenige war die ganze Zeit mit dir im Haus.«

Charlie schluckte. Dann klappte er den Mund zu. Dann ließ er den Kopf nach vorne fallen und fing an zu weinen. Nicht ganz leise, sondern so, dass sein Onkel es mitbekam. Der lächelte und nickte Rebus zufrieden zu.

Rebus aß den letzten Bissen Schokolade. Sie hatte antiseptisch geschmeckt, genauso wie der Flur draußen roch, die Krankensäle selbst und dieser Warteraum, wo sich besorgte

Gesichter in alten bunten Zeitungsbeilagen vergruben und versuchten, länger als ein bis zwei Sekunden ein scheinbares Interesse aufrechtzuerhalten. Die Tür ging auf und Holmes kam herein. Er wirkte erschöpft und besorgt. Er hatte eine vierzigminütige Autofahrt hinter sich, während der er genügend Zeit gehabt hatte, sich das Schlimmste auszumalen, und das Ergebnis stand ihm im Gesicht geschrieben. Rebus wusste, dass eine rasche Behandlung vonnöten war.

»Es geht ihr gut. Sie können zu ihr, wann immer Sie wollen. Sie behalten sie eigentlich ohne besonderen Grund über Nacht hier. Sie hat eine gebrochene Nase.

»Eine gebrochene Nase?«

»Das ist alles. Keine Gehirnerschütterung, keine Sehstörungen. Bloß eine gebrochene Nase, der Fluch vieler Möchtegernboxer.«

Einen Augenblick lang fürchtete Rebus, Holmes würde an seiner lockeren Darstellung Anstoß nehmen. Doch dann machte sich bei dem jüngeren Mann Erleichterung bemerkbar, und er lächelte. Seine Schultern entspannten sich und sein Kopf fiel ein wenig nach vorn, heilfroh, dass seine schlimmsten Befürchtungen doch nicht eingetreten waren.

»Also«, sagte Rebus, »Möchten Sie sie sehen?«

»Ja.«

»Kommen Sie, ich bring sie hin.« Er legte Holmes eine Hand auf die Schulter und bugsierte ihn wieder zur Tür hinaus.

»Aber woher wussten Sie das denn?«, fragte Holmes, während sie den Flur entlanggingen.

»Was?«

»Dass es Nell war? Das mit Nell und mir?«

»Also, Sie sind doch Detective, Brian. Denken Sie mal darüber nach.«

Rebus konnte förmlich sehen, wie Holmes sich das Hirn zermarterte. Er hoffte, dass dieser Prozess eine therapeutische Wirkung haben würde. Nach einer ganzen Weile machte Holmes plötzlich den Mund auf.

»Nell hat keine Familie, also hat sie nach mir gefragt.«

»Nun ja, sie hat *schriftlich* nach Ihnen gefragt. Wegen der gebrochenen Nase kann man nur schwer verstehen, was sie sagt.«

Holmes nickte matt. »Aber man konnte mich nicht finden, also hat man Sie gefragt, ob Sie wüssten, wo ich wäre.«

»Das ist ziemlich nah dran. Gut gemacht. Wie war's übrigens in Fife? Ich komm nur noch einmal im Jahr dorthin.« *Am 28. April*, dachte er bei sich.

»Fife? Das war ganz okay, ich musste allerdings vor der Festnahme weg. Das war schade. Ich fürchte, ich hab das Team, bei dem ich mitmachen sollte, nicht gerade beeindruckt.«

»Wer hat es geleitet?«

»Eine junger DS namens Hendry.«

Rebus nickte. »Den kenne ich. Es überrascht mich, dass sie ihn nicht kennen oder zumindest mal von ihm gehört haben.«

Holmes zuckte die Achseln. »Ich hoffe bloß, dass sie die Dreckskerle erwischen.«

Rebus war vor der Tür eines Krankensaals stehen geblieben.

»Ist es hier?«, fragte Holmes. Rebus nickte.

»Wollen Sie, dass ich mitkomme?«

Holmes starrte seinen Vorgesetzten beinah dankbar an, dann schüttelte er den Kopf.

»Nein, es geht schon. Wenn sie schläft, werd ich nicht lange bleiben. Nur noch eine Frage.«

»Ja?«

»Wer hat das getan?«

Wer das getan hatte – das war am schwierigsten zu begreifen. Während er den Flur entlangging, sah Rebus Nells geschwollenes Gesicht vor sich, wie sie sich abmühte zu sprechen, es ihr aber nicht gelang. Sie hatte mit einer Handbewegung um Papier gebeten. Er hatte sein Notizbuch aus der Tasche gezogen und ihr einen Stift gegeben. Dann hatte sie eine Zeit lang wie wild geschrieben. Er blieb stehen, holte das Notizbuch hervor und las es zum vierten oder fünften Mal an diesem Abend.

»Ich hatte gerade in der Bibliothek zu tun, als eine Frau versuchte, sich an der Aufsicht vorbei ins Gebäude zu drängen. Fragen Sie den Mann, wenn Sie das überprüfen wollen. Dann hat mir diese Frau ihren Kopf ins Gesicht geknallt. Ich hatte nur versucht zu helfen, sie zu beruhigen. Sie muss geglaubt haben, dass ich ihr was wollte. Stimmt aber nicht. Ich wollte nur helfen. Sie war die Frau von diesem Foto, der Nacktaufnahme, die Brian gestern Abend im Pub in seiner Aktenmappe hatte. Sie waren doch auch da, im gleichen Pub wie wir? Nicht einfach, sich nicht zu sehen – schließlich war das Lokal leer. Wo ist Brian? Auf der Jagd nach weiteren schlüpfrigen Bildern für Sie, Inspector?«

Rebus lächelte wieder, wie er auch in dem Moment gelächelt hatte. Sie hatte Power, diese Frau. Irgendwie gefiel sie ihm, trotz des verpflasterten Gesichts und der beiden Veilchen. Sie erinnerte ihn sehr stark an Gill.

Tracy hinterließ also eine unerfreuliche Spur des Chaos, auf der man sie verfolgen konnte. Kleines Miststück. War sie einfach ausgeflippt oder hatte sie eine echte Absicht mit ihrem Besuch in der Universitätsbibliothek verfolgt? Rebus lehnte sich gegen die Wand im Flur. Gott, was für ein Tag. Eigentlich sollte er gerade ein wenig Leerlauf haben. »Alles auf den neuesten Stand zu bringen«, bevor er sich voll und ganz der Anti-Drogen-Kampagne widmete. Eigentlich sollte er also gerade eine ruhige Kugel schieben. Wer glaubt, wird selig.

Die aufschwingende Doppeltür zum Krankensaal riss ihn aus seinen Gedanken. Er bemerkte, dass Brian Holmes im Flur stand. Holmes wirkte leicht orientierungslos, doch dann entdeckte er seinen Vorgesetzten und kam rasch auf ihn zu. Rebus war sich immer noch nicht sicher, ob Holmes für ihn eine wertvolle Unterstützung oder eher eine Belastung war. Konnte jemand beides auf einmal sein?

»Alles in Ordnung?«, fragte er besorgt.

»Ja, ich nehm's an. Sie ist wach. Das Gesicht sieht allerdings noch ziemlich schlimm aus.«

»Das sind nur Blutergüsse. Die haben gesagt, dass die Nase wieder vollständig heilen wird. Man wird nicht sehen können, dass sie mal gebrochen war.«

»Ja, das hat Nell auch gesagt.«

»Sie kann reden? Das ist gut.«

»Sie hat mir auch erzählt, wer es getan hat.« Holmes sah Rebus an, der den Blick abwandte. »Was hat das alles zu bedeuten? Was hat Nell damit zu tun?«

»Nichts, soweit ich weiß. Sie war bloß gerade am falschen Ort und so weiter. Schreiben Sie's als Zufall ab.«

»Zufall? Das ist ja leicht gesagt. Betrachten wir es als ›Zufall‹, und dann können wir die ganze Sache vergessen, meinen Sie das? Ich weiß nicht, was für ein Spielchen Sie spielen, Rebus, aber ich mache da nicht länger mit.«

Holmes drehte sich um und ging erhobenen Hauptes den Flur hinunter. Rebus hätte ihn beinah noch gewarnt, dass an dieser Seite des Gebäudes kein Ausgang war, aber Holmes war nicht auf Gefälligkeiten aus. Er brauchte etwas Zeit, eine Ruhepause. Das brauchte Rebus auch, doch zunächst musste er noch über einiges nachdenken, und dafür war die Wache der beste Ort.

Nur weil er sie ganz langsam nahm, schaffte Rebus die Stufen bis zu seinem Büro. Er saß gerade mal zehn Minuten an seinem Schreibtisch, als ihn ein Verlangen nach Tee zum Telefon greifen ließ. Dann lehnte er sich zurück und hielt sich ein Blatt Papier vor die Nase, auf dem er versucht hatte, die »Fakten« des »Falles« darzulegen. Ihn fröstelte bei dem Gedanken, dass er möglicherweise Zeit und Kraft verschwendete. Eine Jury hätte sicher große Probleme, hier überhaupt ein Verbrechen zu erkennen. Es gab keinerlei Hinweis, dass Ronnie sich den Schuss nicht selbst verpasst hatte. Andererseits *war* er eine ganze Weile nicht an Stoff herangekommen, obwohl es reichlich Drogen in der Stadt gab, und irgendwer *hatte* seine Leiche von der Stelle bewegt und ein Päckchen mit gutem Heroin dagelassen, vielleicht in der Hoffnung, dass es getestet und für sauber befunden würde. Dann hätte man den Tod auf einen Unfall zurückgeführt, auf eine simple Überdosis. Aber stattdessen hatte man das Rattengift gefunden.

Rebus starrte auf das Blatt Papier. Etliche »Vielleichts« und reine Mutmaßungen hatten sich bereits in das Bild eingeschlichen. Möglicherweise stimmte der Rahmen nicht. Dann dreh das Bild doch anders herum, John, und fang noch mal von vorne an.

Warum hatte sich jemand die Mühe gemacht, Ronnie zu töten? Schließlich hätte sich der arme Kerl früher oder später sowieso selber umgebracht. Ronnie litt unter Entzug, weil er länger nicht an Stoff herangekommen war. Dann bekam er welchen, hatte aber gewusst, dass das Zeug alles andere als sauber war. Also hatte er zweifellos auch gewusst, dass derjenige, der es ihm gegeben hatte, ihn töten wollte. Aber er hatte es trotzdem genommen ... Nein, so gesehen ergab es noch viel weniger Sinn. Noch mal von vorn.

Warum sollte jemand ein Interesse an Ronnies Tod haben? Es gab mehrere nahe liegende Antworten. Weil er etwas wusste, das er nicht wissen sollte. Weil er etwas besaß, das er nicht haben sollte. Weil er etwas nicht besaß, das er haben sollte. Welches war die richtige Antwort? Rebus wusste es nicht. Niemand schien es zu wissen. Das Ganze ergab immer noch keinen Sinn.

Es klopfte, dann wurde die Tür von einem Constable aufgestoßen, der einen Becher Tee in der Hand hielt. Der Constable war Harry Todd. Rebus erkannte ihn.

»Sie kommen ja ganz schön rum.«

»Ja, Sir«, sagte Todd und stellte den Tee auf eine Ecke des Schreibtischs, auf die wenigen Quadratzentimeter Holz, die unter dem ganzen Papierkram zu sehen waren.

»Nichts los heute Abend?«

»Das Übliche, Sir. Einige Betrunkene. Ein paar Einbrüche. Schlimmer Autounfall in der Nähe der Docks.«

Rebus nickte und griff nach dem Tee. »Kennen Sie einen Kollegen namens Neil McGrath?« Rebus führte den Becher an den Mund und starrte Todd an, der leicht rot wurde.

»Ja, Sir«, sagte er. »Den kenne ich.«

»Mm-hm.« Rebus probierte den Tee und schien den faden Geschmack nach Milch und heißem Wasser für gut zu befinden. »Er hat sie gebeten, ein Auge auf mich zu werfen, was?«

»Sir?«

»Wenn Sie ihn zufällig sehen, Todd, sagen Sie ihm, es wär alles in Ordnung.«

»Ja, Sir.« Todd wandte sich zum Gehen.

»Und noch was, Todd.«

»Ja, Sir?«

»Lassen Sie sich nicht mehr in meiner Nähe blicken, verstanden?«

»Ja, Sir.« Todd war eindeutig geknickt. An der Tür zögerte er, als hätte er plötzlich eine Idee, wie er sich bei seinem Vorgesetzten wieder einschmeicheln könnte. Lächelnd drehte er sich noch einmal zu Rebus um.

»Haben Sie von dem Knaller drüben in Fife gehört, Sir?«

»Was für ein Knaller?« Rebus klang desinteressiert.

»Das mit dem Hundekampf, Sir.« Rebus bemühte sich sehr, weiterhin gleichgültig zu wirken. »Die haben dort einen Hundekampf hoppgenommen. Raten Sie mal, wen sie verhaftet haben?«

»Malcolm Rifkind, den Außenminister?«, riet Rebus. Das versetzte Todd einen schweren Dämpfer. Das Lächeln schwand aus seinem Gesicht.

»Nein, Sir«, sagte er und wandte sich erneut zum Gehen. Rebus' Geduldsfaden war kurz.

»Also, wen dann?«, blaffte er.

»Diesen Diskjockey, Calum McCallum«, sagte Todd und machte die Tür hinter sich zu. Rebus starrte geschlagene fünf Sekunden auf die Tür, bis endlich der Groschen bei ihm fiel: Calum McCallum ... der Lover von Gill Templer!

Rebus hob den Kopf und fing an zu brüllen, eine Mischung aus Lachen und irrwitzigem Siegesgeheul. Und als er endlich aufhörte zu lachen, bemerkte er, dass die Tür wieder aufgegangen war. Jemand stand im Rahmen und beobachtete mit verblüfftem Gesicht, wie er sich aufführte.

Es war Gill Templer.

Rebus sah auf seine Uhr. Es war fast ein Uhr morgens.

»Machst du Spätschicht, Gill?«, fragte er, um seine Verlegenheit zu kaschieren.

»Ich nehme an, du hast es schon gehört«, sagte sie, ohne auf seine Frage einzugehen.

»Was gehört?«

Sie kam ins Zimmer, stieß einen Haufen Papiere von einem Stuhl auf den Fußboden und setzte sich. Sie wirkte erschöpft. Rebus starrte auf die ganzen Papiere, die sich über den Fußboden verteilten.

»Morgen früh kommen ja die Putzfrauen.«, sagte er. Dann fügte er hinzu: »Ich hab's gehört.«

»Hast du deshalb so ein Geschrei veranstaltet?«

»Ach das.« Rebus versuchte, es mit einem Achselzucken abzutun, doch er spürte, wie ihm das Blut in die Wangen stieg. »Nein«, sagte er, »das war bloß ... das war wegen was anderem ...«

»Nicht sehr überzeugend, Rebus, du Schweinehund.« Ihre Worte klangen matt. Er wollte sie aufheitern, ihr sagen, dass sie gut aussähe oder etwas Ähnliches. Aber es wäre nicht wahr gewesen, und sie hätte ihn wieder nur böse angesehen. Also ließ er es. Sie wirkte mitgenommen, zu wenig Schlaf und nichts mehr, worüber sie sich freuen konnte. Ihr Leben war gerade zusammengebrochen, zusammen mit diesem Mann irgendwo in Fife in eine Zelle gesperrt worden. Vielleicht würde man ihn fotografieren und ihm die Fingerabdrücke abnehmen, um das Ganze dann irgendwo abzuheften. Ihr Leben, Calum McCallum.

Das Leben war voller Überraschungen.

»Also, was kann ich für dich tun?«

Sie schaute zu ihm auf, betrachtete sein Gesicht, als ob sie nicht genau wüsste, wer er war oder warum sie hier war. Dann riss sie sich mit einem heftigen Zucken der Schultern zusammen.

»Es hört sich sicher blöd an, aber ich kam wirklich nur zufällig hier vorbei. Ich hab in der Kantine noch einen Kaffee getrunken und wollte dann nach Hause, da hörte ich ...« Sie schauderte erneut. Dieses Zucken, das eigentlich kein Zucken war. Rebus sah, wie total fertig sie war, und hoffte, sie würde keinen Nervenzusammenbruch bekommen. »Ich weiß über Calum Bescheid. Wie konnte er mir das antun, John? So etwas vor mir zu verheimlichen? Ich meine, worin liegt denn der Reiz zu beobachten, wie Hunde sich gegenseitig zerfetzen ...«

»Das wirst du ihn selber fragen müssen, Gill. Soll ich dir noch einen Kaffee holen?«

»Um Gottes willen. Ich werde eh kaum schlafen können. Einen Gefallen könntest du mir allerdings tun, wenn es nicht zu viel Mühe macht.«

»Sprich.«

»Würdest du mich nach Hause bringen?« Rebus nickte bereits zustimmend. »Und in die Arme nehmen.«

Rebus stand langsam auf, zog seine Jacke an, steckte Papier und Stift in die Tasche und ging zu Gill hinüber. Sie hatte sich bereits von ihrem Stuhl erhoben, und nun standen sie mitten im Raum auf Berichten, die gelesen werden mussten, Papieren, die unterzeichnet werden mussten, Festnahmestatistiken und anderem und umarmten sich fest. Sie vergrub ihr Gesicht an seiner Schulter. Er legte das Kinn auf ihren Hals und starrte auf die verschlossene Tür. Mit einer Hand massierte er Gill den Rücken, mit der anderen tätschelte er sie. Schließlich machte sie sich los, erst den Kopf, dann den Oberkörper. Die Arme hatte sie jedoch immer noch um ihn gelegt. Ihre Augen waren feucht, doch das Schlimmste war überstanden. Sie sah schon ein bisschen besser aus.

»Danke«, sagte sie.

»Das hab ich genauso gebraucht wie du«, sagte Rebus. »Komm, sehen wir zu, dass du nach Hause kommst.«

FREITAG

Die Bewohner, so schien es, waren alle recht wohlhabend und eifrig bemüht, noch bessere Geschäfte zu machen und ihre immer größeren Gewinne prahlerisch zur Schau zu stellen.

Es klopfte an seiner Wohnungstür. Ein autoritäres Klopfen mit dem alten Klopfer aus Messing, den er nie sauber machte. Rebus öffnete die Augen. Die Sonne schien in sein Wohnzimmer, der Arm des Plattenspielers lief knisternd in der Auslaufrille einer Platte. Eine weitere Nacht, die er vollständig angezogen im Sessel verbracht hatte. Die Matratze im Schlafzimmer könnte er genauso gut verkaufen. Aber würde jemand eine Matratze ohne Bettgestell kaufen?

Wieder ging es klopf, klopf, klopf. Immer noch geduldig. Immer noch darauf wartend, dass er öffnen würde. Seine Augen waren verklebt, und er steckte sein Hemd wieder in die Hose, während er vom Wohnzimmer zur Tür ging. Alles in allem fühlte er sich gar nicht so schlecht. Nicht steif, keine Verspannungen im Nacken. Wenn er sich gewaschen und rasiert hatte, könnte er sich sogar wie ein Mensch fühlen.

Er öffnete die Tür, als Holmes gerade erneut klopfen wollte.

»Brian.« Rebus klang aufrichtig erfreut.

»Morgen. Darf ich reinkommen?«

»Klar. Wie geht's Nell?«

»Ich hab heute Morgen angerufen. Sie sagen, sie hätte gut geschlafen.«

Sie steuerten auf die Küche zu, Rebus ging voran. Holmes hatte sich vorgestellt, dass die Wohnung nach Bier und Zigaretten riechen würde, eine typische Junggesellenbude. In Wirklichkeit war sie sauberer, als er erwartet hatte, und sogar halbwegs geschmackvoll eingerichtet. Überall waren Bücher. Er wäre nie auf die Idee gekommen, dass Rebus viel las. Allerdings sah ein Teil der Bücher ungelesen aus, als seien sie für ein langweiliges, verregnetes Wochenende gekauft worden. Ein Wochenende, das nie kam.

Rebus deutete vage in Richtung Wasserkessel und Küchenschrank.

»Würden Sie uns einen Kaffee machen? Ich geh nur schnell unter die Dusche.«

»Okay.« Holmes glaubte, dass seine Nachricht wohl warten könnte. Zumindest bis Rebus ganz wach war. Vergeblich suchte er nach Nescafé, stattdessen fand er in einem der Schränke ein Päckchen gemahlenen Kaffee, vakuumverpackt, der mehrere Monate über das Verfallsdatum hinaus war. Er öffnete es und gab ein paar Löffel in die Teekanne, während das Wasser kochte. Aus dem Badezimmer kam das Geräusch von fließendem Wasser, begleitet vom blechernen Klang eines Transistorradios. Stimmen. Irgendeine Talk-Show, nahm Holmes an.

Solange Rebus im Bad war, nutzte er die Chance, sich ein wenig in der Wohnung umzusehen. Das Wohnzimmer war riesig und hatte eine hohe, mit einem Sims umgebene Decke. Holmes spürte, wie er neidisch wurde. Er würde sich niemals eine solche Wohnung kaufen können. Er sah sich in der Easter Road und in Gorgie um, jeweils in der Nähe der Fußballstadien der Hibs und der Hearts. In diesen beiden Stadtteilen könnte er sich eine Wohnung leisten, sogar eine anständige Wohnung mit drei Zimmern. Aber die Zimmer würden klein sein und die Gegend schäbig. Er war kein Snob. Verdammt noch mal, er war wohl doch einer. Er wollte in der New Town wohnen, im Dean Village, hier in Marchmont, wo die Studenten in hübschen Cafés herumsaßen und philosophierten.

Er war nicht allzu vorsichtig mit der Nadel, als er den Arm von der Platte hob. Es war eine Platte von irgendeiner Jazz-Combo. Sie sah alt aus, und er suchte vergeblich nach einer Hülle. Die Geräusche aus dem Badezimmer hatten aufgehört. Leise schlich er in die Küche zurück, wo er in der Besteckschublade ein Teesieb fand. Damit konnte er den Satz von dem Kaffee auffangen, den er nun in zwei Becher goss. Rebus kam herein, in ein Badetuch gehüllt, und rieb sich den Kopf mit einem kleineren Handtuch. Er musste abnehmen oder ein bisschen was für seine Muskeln tun. Sein Oberkörper begann schlaff zu werden und war leichenblass.

Er nahm sich einen Becher und nippte.

»Mmm. Richtiger.«

»Den hab ich im Schrank gefunden. Es ist allerdings keine Milch da.«

»Macht nichts. Ist gut so. Sie sagen, Sie hätten den Kaffee im Schrank gefunden? Vielleicht machen wir ja doch noch einen Detektiv aus Ihnen. Ich zieh mir nur schnell was an.« Und schon war er wieder weg, diesmal nur für zwei Minuten. Die Sachen, in denen er zurückkam, waren sauber, aber ungebügelt. Holmes fiel auf, dass es in der Küche zwar einen Anschluss für eine Waschmaschine gab, aber keine Maschine. Rebus schien seine Gedanken lesen zu können.

»Meine Frau hat sie mitgenommen, als sie ausgezogen ist. Sie hat eine Menge mitgenommen. Deshalb sieht die Wohnung auch so kahl aus.«

»Sie sieht nicht kahl aus, sondern als wäre es Absicht.«

Rebus lächelte. »Gehn wir ins Wohnzimmer.«

Rebus deutete Holmes an, sich zu setzen, dann setzte auch er sich. Der Sessel war immer noch warm vom nächtlichen Schlaf. »Wie ich sehe, waren Sie schon hier.«

Holmes sah ihn überrascht an. Erwischt. Ihm fiel ein, dass er den Tonarm von der Platte genommen hatte.

»Ja«, sagte er.

»So was sehe ich gern«, sagte Rebus. »Ja, wir machen noch eine Detektiv aus Ihnen, Brian.«

Holmes war sich nicht sicher, ob das schmeichelhaft oder herablassend gemeint war. Er ging nicht darauf ein.

»Es gibt da etwas, das Sie möglicherweise wissen wollen«, begann er.

»Ich weiß es bereits«, sagte Rebus. »Tut mir Leid, dass ich Ihnen die Überraschung verderbe, aber ich war letzte Nacht noch ziemlich lange auf der Wache, und da hat es mir jemand erzählt.«

»Letzte Nacht?« Holmes war irritiert. »Aber man hat die Leiche doch erst heute Morgen gefunden.«

»Die Leiche? Sie meinen, er ist tot?«

»Ja. Selbstmord.«

»O Gott, die arme Gill.«

»Gill?«

»Gill Templer. Sie war mit ihm zusammen.«

»Inspector Templer?« Holmes war schockiert. »Ich dachte, sie lebt mit diesem Diskjockey zusammen.«

Nun war Rebus irritiert. »Reden wir denn nicht von dem?«

»Nein«, sagte Holmes. Die Überraschung funktionierte also doch noch. Er empfand echte Erleichterung.

»Von wem reden wir dann?«, fragte Rebus mit wachsender Beklemmung. »Wer hat Selbstmord begangen?«

»James Carew.«

»Carew?«

»Ja. Er wurde heute Morgen in seiner Wohnung gefunden. Offenbar eine Überdosis.«

»Eine Überdosis wovon?«

»Ich weiß nicht. Irgendwelche Tabletten.«

Rebus war fassungslos. Er erinnerte sich an Carews Gesichtsausdruck in jener Nacht auf dem Calton Hill.

»Verdammt«, sagte er. »Ich wollte doch mit ihm reden.«

»Ich hab mich schon gefragt ...«, sagte Holmes.

»Was?«

»Sie sind vermutlich nicht dazu gekommen, ihn zu fragen, ob er mir eine Wohnung besorgen kann?«

»Nein«, sagte Rebus. »Dazu hatte ich keine Gelegenheit.«

»War nur ein Scherz«, sagte Holmes, als er merkte, dass Rebus seine Bemerkung wörtlich genommen hatte. »War er ein Freund von Ihnen? Ich meine, ich weiß, dass Sie sich mit ihm zum Mittagessen getroffen haben, aber mir war nicht klar ...«

»Hat er einen Abschiedsbrief hinterlassen?«

»Weiß ich nicht.«

»Wer *könnte* das denn wissen?«

Holmes dachte einen Augenblick nach. »Ich glaube, Inspector McCall war am Tatort.«

»Gut, kommen Sie mit.« Rebus war bereits aufgesprungen.

»Und Ihr Kaffee?«

»Scheiß auf den Kaffee. Ich will mit Tony McCall sprechen.«

»Was war das denn für eine Sache mit Calum McCallum?«, sagte Holmes, der jetzt ebenfalls aufstand.

»Sie haben also nichts davon gehört?« Holmes schüttelte den Kopf. »Ich erzähl es Ihnen unterwegs.«

Und Rebus war bereits im Aufbruch, schnappte sich seine Jacke und nahm die Schlüssel heraus, um die Wohnungstür abzuschließen. Holmes fragte sich, was das wohl für ein Geheimnis sein mochte. Was hatte Calum McCallum getan? Gott, er hasste Leute, die sich geheimnisvoll gaben.

Rebus las den Abschiedsbrief in Carews Schlafzimmer. Er war elegant geschrieben, mit einem richtigen Federkiel, doch aus einigen Worten sprach eindeutig Angst. Zittrige Buchstaben waren durchgestrichen und neu geschrieben worden. Auch das Papier war sehr edel, dick und mit Wasserzeichen. Der V12 stand in einer Garage hinter der Haus. Die Wohnung selbst war absolut umwerfend, das reinste Museum für Art-déco-Stücke, Drucke moderner Kunst und wertvoller Erstausgaben, die hinter Glas standen.

Das ist das genaue Gegenteil von Vanderhydes Wohnung, hatte Rebus gedacht, als er durch die Zimmer ging. Dann hatte McCall ihm den Abschiedsbrief gegeben.

»Wie ich der Erste unter den Sündern bin, bin ich auch der Erste unter den Leidenden.« War das irgendein Zitat? Gewiss war das Ganze ein bisschen weitschweifig für einen Abschiedsbrief. Aber Carew hatte sicher einen Entwurf nach dem anderen angefertigt, bis er zufrieden war. Der Brief musste präzise sein, sollte ihn bei der Nachwelt ins rechte Licht rücken. »Eines Tages wirst du vielleicht erfahren, was Recht und Unrecht bei dieser Sache ist.« Nicht dass Rebus allzu sehr danach suchen musste. Er hatte beim Lesen das mulmige Gefühl, dass Carews Worte direkt an ihn gerichtet waren, dass er Dinge sagte, die nur Rebus so richtig verstehen konnte.

»Merkwürdiger Abschiedsbrief«, sagte McCall.

»Ja«, sagte Rebus.

»Du hast ihn erst kürzlich kennen gelernt, oder?«, sagte McCall. »Ich erinnere mich, dass du das erwähnt hast. Machte er da einen normalen Eindruck? Ich meine, wirkte er irgendwie deprimiert oder so?«

»Ich hab ihn danach noch mal gesehen.«

»Ach ja?«

»Vor ein paar Nächten hab ich mal auf dem Calton Hill herumgeschnüffelt. Er saß dort in seinem Wagen.«

»Ah-ha.« McCall nickte. Allmählich ergab alles ein bisschen mehr Sinn.

Rebus gab ihm den Brief zurück und ging zum Bett. Die Laken waren zerwühlt. Drei leere Tablettenfläschchen standen ordentlich aufgereiht auf dem Nachttisch. Auf dem Fußboden lag eine leere Cognacflasche.

»Der Mann ist stilvoll abgetreten«, sagte McCall und steckte den Brief in die Tasche. »Davor hatte er bereits zwei Flaschen Wein geleert.«

»Ja, ich hab sie im Wohnzimmer gesehen. Lafitte einundsechzig. Wein für einen ganz speziellen Anlass.«

»Es gibt keinen spezielleren, John.«

Beide Männer drehten sich um, als sie die Anwesenheit einer dritten Person im Raum spürten. Es war Farmer Watson, schwer atmend vom Treppensteigen.

»Das ist absolut beschissen«, sagte er. »Eine der Stützen unserer Kampagne bringt sich um, und das ausgerechnet mit einer Überdosis. Wie sieht das denn aus?«

»Beschissen, Sir«, antwortete Rebus, »wie Sie bereits sagten.«

»Ja, ja, hab ich gesagt.« Watson zeigte mit einem Finger auf Rebus. »Jetzt ist es Ihre Aufgabe, John, dafür zu sorgen, dass die Medien sich nicht genüsslich darüber hermachen – oder über uns.«

»Ja, Sir.«

Watson schaute zum Bett hinüber. »Schade um diesen verdammt anständigen Mann. Was bringt jemanden nur dazu, so etwas zu tun? Ich meine, sehen Sie sich doch bloß mal diese Wohnung an. Außerdem hat er noch ein Anwesen auf einer der Inseln. Eine eigene Firma. Teures Auto. Dinge, von denen unsereins nur träumen kann. Das gibt einem doch zu denken, nicht wahr?«

»Ja, Sir.«

»Okay.« Watson warf einen letzten Blick auf das Bett, dann schlug er Rebus auf die Schulter. »Ich verlasse mich ganz auf Sie, John.«

»Ja. Sir.«

McCall und Rebus sahen ihrem Vorgesetzten hinterher.

»Verdammt noch mal!«, flüsterte McCall. »Er hat mich nicht ein Mal angesehen. Ich hätte genauso gut nicht da sein können.«

»Da solltest du deinem Schicksal dankbar sein, Tony. Ich wünschte, ich hätte deine Fähigkeit, sich unsichtbar zu machen.«

Beide Männer lächelten. »Genug gesehen?«, fragte McCall.

»Ich dreh noch eine Runde«, sagte Rebus. »Dann nerv ich dich nicht mehr.«

»Ganz wie du meinst, John. Bloß noch eine Sache.«

»Was denn?«

»Was zum Teufel hast du mitten in der Nacht auf dem Calton Hill verloren?«

»Frag nicht«, sagte Rebus und warf ihm eine Kusshand zu, während er auf das Wohnzimmer zusteuerte.

Natürlich *würde* es der Knaller in den Lokalnachrichten sein. Da führte kein Weg dran vorbei. Die Rundfunkstationen und Zeitungen hätten sicher Mühe zu entscheiden, welche Schlagzeile stärker fetter werden sollte: Diskjockey bei illegalem Hundekampf festgenommen oder Schock über Selbstmord von Immobilienkönig. Nun ja, irgendwas in dieser Richtung. Jim Stevens hätte seinen Spaß daran gehabt, aber Jim Stevens war in London und dort angeblich mit einer Frau verheiratet, die halb so alt war wie er.

Rebus bewunderte solche gefährlichen Schritte. Für James Carew hingegen hatte er keinerlei Bewunderung übrig. In zumindest einem Punkt hatte Watson allerdings Recht: Carew hatte alles, was man sich wünschen konnte, und Rebus konnte sich nur schwer vorstellen, dass er Selbstmord begangen hatte, bloß weil er von einem Polizeibeamten auf dem Calton Hill gesehen worden war. Nein, das mochte vielleicht der Auslöser gewesen sein, aber es *musste* noch mehr dahinter stecken. Etwas, auf das es vielleicht hier in der Wohnung oder in den Geschäfträumen von Bowyer Carew auf der George Street einen Hinweis gab.

James Carew besaß eine Menge Bücher. Bereits ein erster Blick zeigte, dass es größtenteils anspruchsvolle Werke in teuren Ausgaben waren, aber sämtlich ungelesen. Ihre Rücken knackten, als sie nun zum ersten Mal von Rebus geöffnet wurden. Ganz oben rechts im Regal standen einige Titel, die ihn weitaus mehr interessierten. Bücher von Genet und Alexander Trocchi, eine Ausgabe von Forsters *Maurice* und sogar *Letzte Ausfahrt Brooklyn.* Gedichte von Walt Whitman, der Text der *Torchlight Trilogy*. Eine bunte Mischung hauptsächlich schwuler Literatur. Dagegen war ja nichts zu sagen. Doch dass diese Bücher separat ganz oben im Regal standen, ließ für Rebus erkennen, dass er es hier mit einem Mann zu tun hatte, der sich seiner selbst schämte. Dabei gab es dafür doch keinen Grund, nicht in der heutigen Zeit …

Wem wollte er das denn weismachen? Durch Aids war Homosexualität wieder etwas anrüchiger worden, und indem er aus seinen Neigungen ein Geheimnis machte, hatte Carew sich angreifbar gemacht und war dadurch leicht zu erpressen gewesen.

Ja, Erpressung. Selbstmörder waren gelegentlich Erpressungsopfer, die keinen Ausweg mehr aus ihrer Situation gesehen hatten. Vielleicht gab es ja einen Hinweis darauf, einen Brief, eine Notiz oder Ähnliches. *Irgendwas*. Bloß damit Rebus sich beweisen konnte, dass er nicht völlig paranoid war.

Dann fand er es.

In einer Schublade. Dazu noch in einer abgeschlossenen Schublade, aber Carews Schlüsselbund steckte in seiner Hose. Er war im Schlafanzug gestorben, und seine übrigen Kleidungsstücke waren nicht zusammen mit der Leiche abtransportiert worden. Rebus holte die Schlüssel aus dem Schlafzimmer und ging wieder zum Schreibtisch im Wohnzimmer. Ein prächtiger Schreibtisch, ganz bestimmt ein antikes Stück. Die Oberfläche war kaum groß genug, um ein DIN-A4-Blatt und einen Ellbogen unterzubringen. Was einst ein nützliches Möbelstück gewesen war, stand nun als Zierrat in der Wohnung eines reichen Mannes. Rebus zog die Schublade vorsichtig auf und nahm einen in Leder gebundenen Tischkalender heraus. Eine Seite pro Tag, große Seiten. Wohl kaum ein normaler Terminkalender, so wie das Ding weggeschlossen war. Eher eine Art Tagebuch. Rebus schlug es gespannt auf – und war sogleich enttäuscht. Die Seiten waren zum größten Teil unbeschrieben, nur ab und zu fanden sich ein bis zwei Zeilen in Bleistift.

Rebus fluchte.

Immer mit der Ruhe, John. Das ist besser als gar nichts. Er hielt bei einer Seite inne, auf der etwas stand. Die Bleistifteintragung war schwach, aber deutlich geschrieben. »Jerry, 16.00.« Eine simple Verabredung. Rebus blätterte zu dem Tag, an dem das Mittagessen in The Eyrie stattgefunden hatte. Die Seite war leer. Gut. Das bedeutete, dass es hier keine Termine von Geschäftsessen waren. Es waren überhaupt nur wenige Termine eingetragen. Rebus was sicher, dass Carews Kalender im Büro randvoll sein würde. Das hier war eine viel privatere Angelegenheit.

»Lindsay, 18.30.«

»Marks, 11.00.« An dem Tag war es aber früh losgegangen, und was war das für ein Name – zwei Personen, die beide Mark hießen? Oder eine Person, deren Nachname Marks war? Vielleicht sogar das Kaufhaus …? Die anderen Namen – Jerry, Lindsay – waren androgyn und anonym. Er brauchte eine Telefonnummer, einen Ort.

Er blätterte eine weitere Seite um. Und musste zweimal hinsehen, was dort geschrieben stand. Er fuhr mit dem Finger an den Buchstaben entlang.

»Hyde, 22.00.«

Hyde. Was hatte Ronnie in der Nacht, in der er starb, zu Tracy gesagt? *Versteck dich, er ist hinter mir her?* Ja, und auch James hatte ihm den Namen genannt – nicht hide, wie verstecken, sondern H-Y-D-E.

Hyde!

Rebus stieß einen Freudenschrei aus. Es gab eine Verbindung, wie schwach sie auch sein mochte. Eine Verbindung zwischen Ronnie und James Carew. Etwas, das über eine flüchtige Transaktion auf dem Calton Hill hinausging. Ein Name. Rasch blätterte er die übrigen Seiten durch. Hyde tauchte noch dreimal auf, immer am späten Abend (wenn am Calton Hill der Betrieb losging), und immer freitags. Mal der zweite Freitag im Monat, mal der dritte. Vier Eintragungen im Laufe von sechs Monaten.

»Irgendwas gefunden?« McCall beugte sich neugierig über Rebus' Schulter.

»Ja«, sagte Rebus. Dann überlegte er es sich anders. »Nein, eigentlich nicht, Tony. Bloß ein altes Tagebuch, aber der Kerl war kein großer Schreiber.«

McCall nickte und zog wieder ab. Ihn interessierte die Hi-Fi-Anlage viel mehr.

»Der Typ hatte Geschmack«, sagte McCall, während er die Anlage begutachtete. »Plattenspieler von Linn. Weißt du, wie viel so was kostet, John? Hunderte. Die sehen nach nichts aus, sind aber einfach verdammt gut.«

»Also ein bisschen so wie wir«, sagte Rebus. Er spielte mit dem Gedanken, den Terminkalender in seine Hose zu schieben. Er wusste, dass das nicht erlaubt war. Und was würde es ihm bringen? Aber wo Tony McCall ihm gerade so günstig den Rücken zuwandte ... Nein, nein, er konnte es nicht. Geräuschvoll warf er den Kalender in die Schublade zurück, schob die Schublade wieder zu und schloss sie ab. Dann gab er den Schlüssel McCall, der immer noch vor der Hi-Fi-Anlage hockte.

»Danke, John. Weißt du, das sind echt schöne Geräte.«

»Ich wusste gar nicht, dass du dich für so was interessierst.«

»Schon als Kind. Musste meine Anlage verkaufen, als wir

geheiratet haben. Zu laut.« Er richtete sich auf. »Glaubst du, dass wir hier irgendwelche Antworten finden?«

Rebus schüttelte den Kopf. »Ich glaube, er hat all seine Geheimnisse für sich bewahrt. Schließlich war er ein sehr zurückgezogen lebender Mann. Nein, ich glaube, er hat die Antworten mit ins Grab genommen.«

»Na prima. Dann ist ja alles klar, was?«

»Kristallklar, Tony«, sagte Rebus.

Was hatte der alte Mann, Vanderhyde, noch mal gesagt? Irgendwas von falschen Spuren legen. Rebus hatte das quälende Gefühl, dass es für diese vielen Rätsel eine einfache Lösung gab, so kristallklar, wie man sie sich nur wünschen konnte. Das Problem war nur, dass auch noch andere Geschichten mit dem Ganzen verwoben waren. *Vermische ich meine Metaphern? Na schön, dann vermische ich halt meine Metaphern.* Jetzt ging es einzig darum, auf den Grund dieses Sumpfes zu gelangen und die kleine Schatzkiste nach oben zu holen, die man Wahrheit nennt.

Er wusste außerdem, dass es sich um ein Problem der Zuordnung handelte. Er musste die miteinander verknüpften Geschichten in separate Stränge teilen und dann damit arbeiten. Zur Zeit machte er den Fehler, dass er versuchte, sie alle zu einem Muster zu verweben, ein Muster, das vielleicht gar nicht da war. Wenn er die Geschichten voneinander trennte, hatte er vielleicht die Chance, jede für sich zu lösen.

Ronnie hatte Selbstmord begangen. Carew ebenfalls. Dadurch bestand eine zweite Gemeinsamkeit zwischen ihnen, abgesehen von dem Namen Hyde. War das vielleicht ein Kunde von Carew? Jemand, der ein größeres Objekt erworben hatte mit dem Geld, das er durch den Handel mit harten Drogen verdient hatte? Das wäre gewiss eine Verbindung.

Hyde. Der Name könnte falsch sein. Wie viele Hydes gab es im Edinburgher Telefonbuch? Es könnte durchaus ein Deckname sein. Schließlich benutzten männliche Prostituierte selten ihren eigenen Namen. Hyde. Jekyll und Hyde. Ein weiterer Zufall: Rebus hatte an dem Abend, als Tracy zu ihm kam, das Buch von Stevenson gelesen. Vielleicht sollte er nach jemandem suchen, der Jekyll hieß. Jekyll, der ehrenwerte Doktor, von der Gesellschaft geachtet; Hyde, sein Alter Ego, klein und viehisch, ein Geschöpf der Nacht. Er erinnerte sich an die schattenhaften Gestalten, denen er auf dem Calton Hill begegnet war … Konnte die Antwort so offenkundig sein?

Er parkte auf dem einzigen freien Platz vor der Great London Road Station und stieg die vertrauten Stufen hinauf. Sie schienen mit den Jahren immer höher zu werden, und er hätte schwören können, dass es jetzt mehr waren als damals, als er hier angefangen hatte – wann war das gewesen? – vor sechs Jahren? Eigentlich gar kein so langer Zeitraum im Leben eines Menschen. Warum fühlte er sich dann so wie dieser verdammte Sisyphus?

»Hallo, Jack«, sagte er zu dem Dienst habenden Sergeanten, der ihn ohne das übliche Nicken vorbeigehen ließ. Merkwürdig, dachte Rebus. Jack war nie ein besonders fröhlicher Typ gewesen, zumindest hatte er aber immer seine Nackenmuskeln eingesetzt. Er war berühmt für seine leichte Verbeugung, in die er alles hineinlegen konnte – von Zustimmung bis hin zu einer Beleidigung.

Aber heute hatte er für Rebus nichts übrig.

Rebus beschloss, den Affront zu ignorieren, und ging die Treppe hinauf. Zwei Constables, die gerade herunterkamen, verstummten, als sie an ihm vorbeikamen. Rebus wurde rot im Gesicht, aber er ging einfach weiter, mittlerweile überzeugt, er hätte vergessen, den Reißverschluss an seiner Hose hochzuziehen. Vielleicht hatte er es auch nur irgendwie geschafft, einen Schmutzfleck auf die Nase zu kriegen. Oder so etwas Ähnliches. Er würde das in seinem Büro in aller Ruhe überprüfen.

Dort wartete Holmes auf ihn. Er saß auf Rebus' Stuhl, an Rebus' Schreibtisch und hatte mehrere Wohnungsangebote vor sich ausgebreitet. Als Rebus hereinkam, stand er auf und packte schuldbewusst seine Blätter zusammen wie ein Kind, das mit einem unanständigen Buch erwischt worden war.

»Hallo, Brian.« Rebus zog seine Jacke aus und hängte sie an die Tür. »Hören Sie, ich möchte, dass Sie mir Name und Adresse sämtlicher Einwohner von Edinburgh besorgen, die entweder Jekyll oder Hyde heißen. Ich weiß, das hört sich bescheuert an, aber tun Sie es einfach. Dann …«

»Ich glaube, Sie sollten sich besser hinsetzen, Sir«, sagte Holmes mit zitternder Stimme. Rebus starrte ihn an. Er sah die Furcht in den Augen des jungen Mannes und wusste, dass das Schlimmste eingetreten war.

Rebus stieß die Tür zum Vernehmungsraum auf. Sein Gesicht hatte mittlerweile die Farbe von eingelegten roten Beeten, und Holmes, der ihm folgte, fürchtete, dass sein Vorgesetzter jeden Augenblick einen Herzinfarkt erleiden würde. In dem Raum waren zwei Kriminalbeamte, beide in Hemdsärmeln, als hätten sie eine anstrengende Sitzung hinter sich. Sie drehten sich um, als Rebus eintrat, und derjenige von ihnen, der gesessen hatte, stand wie zum Kampf bereit auf. Auf der anderen Seite des Tisches sprang der junge Mann mit dem heimtückischen Gesicht, der Rebus unter dem Namen »James« bekannt war, kreischend auf und beförderte seinen Stuhl mit lautem Klappern auf den Steinboden.

»Halten Sie ihn mir vom Leib!«, schrie er.

»Also, John …«, begann einer der Detectives, ein gewisser Sergeant Dick. Rebus hob eine Hand, um zu zeigen, dass er nicht vorhatte, gewalttätig zu werden. Die beiden Detectives sahen sich an, nicht sicher, ob sie ihm glauben sollten. Dann sprach Rebus, den Blick auf den jungen Mann gerichtet.

»Du wirst schon noch kriegen, was du verdienst, so wahr ich hier stehe.« Rebus sprach ruhig, aber mit unverkennbarem Zorn in der Stimme. »Ich krieg dich dafür noch an den Eiern, mein Junge. Da kannst du einen drauf lassen! Das sag ich dir!«

Der junge Mann hatte inzwischen erkannt, dass die anderen Rebus zurückhalten würden. Dieser Mann spuckte nur hohle Drohungen aus. Er lächelte spöttisch.

»Yeah, klar doch«, sagte er von oben herab. Rebus wollte sich schon auf ihn stürzen, doch Holmes' Hand packte ihn fest an der Schulter und riss ihn zurück.

»Lassen Sie's sein, John«, warnte ihn der andere Detective, ein gewisser DC Cooper. »Überlassen Sie uns die Sache. Es wird nicht lange dauern.«

»Für mich immer noch zu lange«, fauchte Rebus, als Holmes ihn aus dem Raum zog und die Tür hinter ihnen zumachte. Dann stand Rebus mit gesenktem Kopf in dem düsteren Flur. Aller Zorn war verraucht. Es war wirklich kaum zu glauben …

»Inspector Rebus!«

Rebus und Holmes drehten sich beide erschrocken zu der Stimme um. Sie gehörte einer Polizistin, die ebenfalls verängstigt wirkte.

»Ja?«, brachte Rebus nach einem Schlucken hervor.

»Der Super möchte Sie in seinem Büro sprechen. Ich glaube, es ist dringend.«

»Das ist es sicher«, sagte Rebus und ging derart bedrohlich auf die Frau zu, dass sie hastig zurückwich und Richtung Eingang und Tageslicht entschwand.

»Das ist eine ganz beschissene abgekartete Sache, bei allem Respekt, Sir.«

Denk immer an die goldene Regel, John, sagte sich Rebus: fluche nie in Gegenwart eines Vorgesetzten, ohne »bei allem Respekt« hinzuzufügen. Das hatte er bei der Armee gelernt. Solange man diese Floskel hinzusetzte, konnten einen die hohen Tiere nicht wegen Insubordination drankriegen.

»John.« Watson verschränkte seine Finger und betrachtete sie, als hätte er sie noch nie gesehen. »John, wir müssen der Sache nachgehen. Das ist unsere Pflicht. *Ich* weiß, dass es Unsinn ist, und alle anderen wissen das auch, aber wir müssen *beweisen*, dass es Unsinn ist. Das ist unsere Pflicht.«

»Trotzdem, Sir ...«

Watson unterbrach ihn mit einer Handbewegung. Dann begann er wieder seine Finger umeinander zu schlingen.

»Guter Gott, Rebus, Sie sind doch bereits vom Dienst ›entbunden‹, bis unsere kleine Kampagne so richtig in Schwung kommt.«

»Ja, Sir, aber genau das will er.«

»Er?«

»Ein Mann namens Hyde. Er will, dass ich aufhöre, in dem Fall Ronnie McGrath herumzuschnüffeln. Nur darum geht es. Deshalb ist das Ganze eine abgekartete Sache.«

»Das mag schon sein. Trotzdem bleibt die Tatsache bestehen, dass gegen Sie eine Beschwerde vorgebracht wurde ...«

»Von diesem kleinen Dreckskerl da unten.«

»Er sagt, Sie hätten ihm Geld gegeben, zwanzig Pfund, glaube ich.«

»Ich hab ihm tatsächlich zwanzig Pfund gegeben, aber nicht für eine Nummer, um Himmels willen!«

»Wofür dann?«

Rebus antwortete nicht. Er gab sich geschlagen. Warum *hatte* er diesem Jungen namens James das Geld auch gegeben? Er hatte sich selber ausgetrickst. Hyde hätte es nicht besser machen können. Und jetzt war James da unten und gab den Kollegen seine sorgfältig einstudierte Geschichte zum Besten. Und man konnte sagen, was man wollte, etwas Dreck blieb immer kleben. Und oft nicht zu wenig. Ließ sich selbst mit reichlich Wasser und Seife nicht abwaschen. Dieser kleine Drecksack.

»Das spielt Hyde direkt in die Hände, Sir«, wagte Rebus einen letzten Versuch. »Wenn die Geschichte wahr wäre, warum ist er nicht bereits gestern gekommen? Warum hat er bis heute gewartet?«

Doch Watson hatte sich entschieden.

»Nein, John. Ich will Sie ein paar Tage nicht hier haben. Vielleicht sogar eine ganze Woche. Ruhen Sie sich ein bisschen aus. Machen Sie, was Sie wollen, aber halten Sie sich aus dieser Sache raus. Wir werden das schon in Ordnung bringen, keine Sorge. Wir werden seine Geschichte in so kleine Stücke zerlegen, dass er sie nicht mehr erkennen kann. Und eins dieser Stücke wird kaputtgehen, und damit die ganze Geschichte. Machen Sie sich keine Sorgen.«

Rebus starrte Watson an. Was er gesagt hatte, klang vernünftig, es war sogar ziemlich clever und subtil. Vielleicht war der Farmer doch nicht so ein Bauerntölpel. Er seufzte.

»Wie Sie meinen, Sir.«

Watson nickte lächelnd.

»Übrigens«, sagte er, »erinnern Sie sich an diesen Andrews? Er hat so einen Club namens Finlay's.«

»Wir haben mit ihm zu Mittag gegessen, Sir.«

»Genau. Er hat mir vorgeschlagen, mich um eine Mitgliedschaft zu bewerben.«

»Wie schön für Sie, Sir.«

»Offenbar beträgt die Wartezeit etwa ein Jahr – wegen all dieser reichen Engländer, die in den Norden kommen –, aber er hat gesagt, er könnte das Ganze in meinem Fall ein bisschen verkürzen. Ich hab gesagt, er soll sich die Mühe sparen. Ich trinke kaum, und spielen tu ich schon gar nicht. Trotzdem eine nette Geste. Vielleicht sollte ich ihn bitten, Sie an meiner Stelle zu berücksichtigen. Dann hätten Sie in Ihrer freien Zeit was zu tun.«

»Ja, Sir.« Rebus schien den Vorschlag zu überdenken. Alkohol und Spiele, keine schlechte Kombination. »Ja, Sir«, sagte er. »Das wäre sehr freundlich von Ihnen.«

»Dann werd ich mal sehen, was ich tun kann. Noch eine Sache.«

»Ja, Sir?«

»Haben Sie vor, heute Abend zu der Party bei Malcolm Lanyon zu gehen? Er hat uns eingeladen, als wir in The Eyrie waren, erinnern Sie sich noch?«

»Das hatte ich ganz vergessen, Sir. Wäre es ... angesagt, dass ich nicht hingehe?«

»Überhaupt nicht. Ich selber schaffe es vielleicht nicht, aber ich sehe keinen Grund, weshalb Sie nicht hingehen sollten. Aber kein Wort über ...« Watson nickte in Richtung Tür und meinte damit den Vernehmungsraum.

»Verstanden, Sir. Danke.«

»Ach ja, und noch was, John.«

»Ja, Sir?«

»Fluchen Sie nicht in meiner Gegenwart. Niemals. Mit oder ohne Respekt. Okay?«

Rebus spürte, wie er rot wurde. Nicht vor Zorn, sondern vor Verlegenheit. »Ja, Sir«, sagte er im Hinausgehen.

Holmes wartete ungeduldig in Rebus' Büro.

»Was wollte er denn?«

»Wer?« Rebus gab sich äußerst nonchalant. »Ach, Watson meinen Sie? Er wollte mir mitteilen, dass er mich für eine Mitgliedschaft im Finlay's empfohlen hat.«

»Finlay's Club?« Holmes sah ihn fragend an. Das hatte er nun überhaupt nicht erwartet.

»Ganz recht. In meinem Alter steht es mir doch wohl zu, Mitglied in einem Club in der Stadt zu sein, finden Sie nicht?«

»Ich weiß nicht.«

»Ach ja, und dann wollte er mich noch an eine Party heute Abend bei Malcolm Lanyon erinnern.«

»Dem Anwalt?«

»Genau dem.« Rebus hatte Holmes völlig aus dem Konzept gebracht, und das wusste er. »Ich hoffe, Sie waren fleißig, während ich meinen kleinen Plausch hatte.«

»Äh?«

»Hydes und Jekylls, Brian. Ich hatte Sie um Adressen gebeten.«

»Ich hab die Liste hier. Ist Gott sei Dank nicht allzu lang. Dann werde ich mir wohl die Schuhsohlen ablaufen müssen?«

Rebus war platt. »Nein, ganz und gar nicht. Sie können Ihre Zeit besser verwenden. Nein, ich glaube, diesmal sollten es meine Schuhsohlen sein.«

»Aber … bei allem Respekt, sollten Sie sich nicht aus allem raushalten?«

»Bei allem Respekt, Brian, das geht Sie einen Scheiß an.«

Von zu Hause aus versuchte Rebus Gill anzurufen, aber sie war nicht da. Wollte sich sicher aus allem raushalten. Während der Heimfahrt letzte Nacht war sie schweigsam gewesen und hatte ihn auch nicht hereingebeten. Durchaus verständlich. Außerdem wollte er die Situation nicht ausnutzen ... Weshalb versuchte er dann, sie anzurufen? Natürlich wollte er die Situation ausnutzen! Er wollte sie zurückhaben.

Er räumte im Wohnzimmer auf, spülte ein bisschen und brachte einen Müllsack voller Schmutzwäsche in den nächsten Waschsalon, um ihn dort waschen zu lassen. Die Frau, die die Sachen annahm, eine Mrs. Mackay, war ganz empört über Calum McCallum.

»Der ist doch berühmt und so. Da sollte er's eigentlich besser wissen.«

Rebus lächelte und nickte zustimmend.

Zurück in der Wohnung, setzte er sich hin und nahm sich ein Buch, obwohl er wusste, er würde sich nicht darauf konzentrieren können. Er wollte nicht, dass Hyde gewann, und wenn man ihn von dem Fall fern hielt, würde genau das passieren. Er nahm die Liste aus der Tasche. In Lothian gab es niemandem mit Nachnamen Jekyll und knapp ein Dutzend Hydes. Diese wenigen Nummern immerhin waren ihm sicher. Wenn Hyde nun eine Geheimnummer hatte? Er würde diese Möglichkeit von Brian Holmes überprüfen lassen.

Er griff zum Telefon und hatte die Nummer schon zur Hälfte gewählt, als er merkte, dass er in Gills Büro anrief. Er tippte auch noch die restlichen Zahlen ein. Was sollte es, sie würde eh nicht da sein.

»Hallo?«

Es war Gill Templers Stimme, so unerschütterlich wie immer. Aber dieser Trick war am Telefon leicht hinzukriegen. Wie alle alten Tricks.

»Hier ist John.«

»Ach hallo. Danke fürs Mitnehmen gestern.«

»Wie geht's dir?«

»Mir geht's gut, ganz ehrlich. Ich fühl mich bloß ein bisschen … ich weiß nicht, verwirrt trifft es irgendwie nicht so ganz. Ich fühle mich hereingelegt. Besser kann ich es nicht erklären.«

»Wirst du ihn besuchen?«

»Was? In Fife? Nein, ich glaube nicht. Nicht, weil ich es nicht ertragen könnte, *ihm* gegenüberzutreten. Ich *will* ihn sogar sehen. Es ist nur die scheußliche Vorstellung, in die Wache zu gehen, wo jeder weiß, wer ich bin und warum ich da bin.«

»Ich geh mit dir, Gill, wenn du willst.«

»Danke, John. Vielleicht in ein oder zwei Tagen. Aber jetzt noch nicht.«

»Natürlich.« Er merkte, dass er den Hörer so fest umklammert hielt, dass ihm die Finger wehtaten. Gott, diese ganze Geschichte schmerzte ihn jedes Mal aufs Neue. Ob Gill eine Ahnung hatte, wie seine Gefühle in dieser Sekunde aussahen? Er wusste, er hätte sie nicht in Worte fassen können. Die Worte dafür waren noch nicht geprägt worden. Er fühlte sich ihr so nah und doch so fern. Wie ein Schuljunge, der seine erste Freundin verloren hat.

»Danke für den Anruf, John. Hat mich gefreut. Aber ich sollte jetzt wohl besser …«

»Ja klar, selbstverständlich. Du hast ja meine Nummer, Gill. Pass auf dich auf.«

»Wiedersehen, J…«

Er hatte die Verbindung bereits unterbrochen. Bedräng sie nicht, John, ermahnte er sich. Damit hast du sie das erste Mal verloren. Setz nichts voraus. Das mag sie nicht. Lass ihr genügend Spielraum. Vielleicht war es überhaupt ein Fehler gewesen, sie anzurufen. Verdammt und zugenäht.

Bei allem Respekt.

Dieser kleine Heimtücker namens James. Dieser kleine Drecksack. Er würde ihm den Kopf abreißen, wenn er ihn erwischte. Er fragte sich, wie viel Hyde dem Jungen wohl gezahlt hatte. Ganz bestimmt sehr viel mehr als zwei Zehner.

Das Telefon klingelte.

»Rebus.«

»John? Hier ist noch mal Gill. Ich hab es gerade erfahren. Warum hast du mir nichts davon gesagt?«

»Von was?« Er stellte sich gleichgültig, obwohl er wusste, dass sie ihn sofort durchschauen würde.

»Von der Beschwerde gegen dich.«

»Ach das. Na komm schon, Gill, du weißt doch, dass so etwas ab und zu vorkommt.«

»Ja, aber warum hast du nichts *gesagt*? Warum hast du mich immer weiter plappern lassen?«

»Du hast doch gar nicht geplappert.«

»Verdammt!« Sie schien den Tränen nahe. »Warum versuchst du immer wieder, Dinge in dieser Weise vor mir zu verbergen? Was ist nur mit dir los?«

Rebus wollte ihr gerade eine Erklärung geben, da wurde die Verbindung unterbrochen. Er starrte dümmlich auf den Hörer und fragte sich, *warum* er es ihr eigentlich nicht gesagt hatte. Weil sie genug eigene Sorgen hatte? Weil es ihm peinlich war? Weil er von einer verletzlichen Frau kein Mitleid gewollt hatte? Gründe gab es genug.

Oder etwa nicht?

Natürlich gab es die. Bloß schien keiner davon sein schlechtes Gewissen beruhigen zu können. *Warum versuchst du immer wieder, Dinge vor mir zu verbergen?* Da war es wieder, dieses Wort: verbergen – verstecken – hide. Als Verb eine Handlung, als Substantiv ein Ort. Und eine Person. Gesichtslos, aber Rebus kannte ihn allmählich immer besser. Sein Widersacher war gerissen, daran gab es keinen Zweifel. Doch der Kerl sollte nur ja nicht darauf hoffen, dass sich alles immer so einfach erledigen lassen würde wie bei Ronnie and Carew. Oder auf die Tour, die er jetzt bei Rebus versuchte.

Das Telefon klingelte wieder.

»Rebus.«

»Hier ist Superintendent Watson. Ich bin froh, dass ich Sie zu Hause erwische.«

Weil, fügte Rebus im Stillen hinzu, das bedeutet, dass ich nicht unterwegs bin und dir Ärger mache.

»Ja, Sir. Irgendwelche Probleme?«

»Ganz im Gegenteil. Sie vernehmen immer noch diesen männlichen Prostituierten. Sollte jetzt nicht mehr lange dauern. Aber der Grund, weshalb ich anrufe, Sir. Ich hab mit dem Kasino gesprochen.«

»Kasino, Watson?«

»Sie wissen schon, Finlay's.«

»Ach ja.«

»Und man hat mir gesagt, Sie wären dort jederzeit willkommen, wann immer Ihnen danach ist. Sie brauchen nur Finlay Andrews Namen zu erwähnen, und schon sind Sie drin.«

»In Ordnung, Sir. Nun ja, dann vielen Dank.«

»Gern geschehen, John. Schade, dass wir im Augenblick auf Sie verzichten müssen, bei dieser Selbstmordgeschichte und diesem ganzen Ärger. Die Presse hat sich darauf gestürzt und schnüffelt nach Dreck in allen Ecken. Was für ein Job.«

»Ja, Sir.«

»McCall muss sich nun mit Ihren Fragen herumschlagen. Ich hoffe bloß, er kommt nicht ins Fernsehen. Ist ja nicht gerade fotogen, was?«

Watsons Stimme ließ anklingen, als wäre Rebus daran schuld, und Rebus wollte sich gerade entschuldigen, da legte der Superintendent am anderen Ende eine Hand auf die Sprechmuschel und wechselte ein paar Worte mit einer anderen Person. Und als er sich wieder meldete, tat er das nur, um sich hastig zu verabschieden.

»Offenbar eine Pressekonferenz«, sagte er. Und das war's.

Rebus starrte eine volle Minute auf den Hörer. Wenn noch mehr Anrufe kommen sollten, dann sollten sie gefälligst jetzt kommen. Aber nichts geschah. Er warf das Telefon auf den Fußboden, wo es mit lautem Krachen aufschlug. Insgeheim hoffte er, dass er es eines Tages kaputtkriegen würde und wieder ein altmodisches Telefon mit Schnur benutzen könnte. Aber das verdammte Ding war anscheinend stabiler, als es aussah.

Er schlug gerade das Buch auf, da ertönte der Türklopfer. Tap, tap, tap. Also ein dienstlicher Besuch und nicht Mrs. Cochrane, die wissen wollte, warum er immer noch nicht die Treppe geputzt hatte.

Es war Brian Holmes.

»Kann ich reinkommen?«

»Ich denke schon.« Rebus war nicht gerade begeistert. Aber er ließ die Tür offen, damit der junge Detective ihm ins Wohnzimmer folgen konnte, wenn er wollte. Er wollte, und folgte Rebus, wobei er sich betont fröhlich gab.

»Ich hab mir gerade eine Wohnung in der Nähe von Tollcross angesehen, und da dachte ich ...«

»Sparen Sie sich die Entschuldigungen, Brian. Sie wollen

kontrollieren, was ich mache. Setzen Sie sich und erzählen Sie, was während meiner Abwesenheit passiert ist.« Rebus sah auf die Uhr, während Holmes sich setzte. »Einer Abwesenheit – für das Protokoll – von nicht ganz zwei Stunden.«

»Tja, ich hab mir Sorgen gemacht, das ist alles.«

Rebus starrte ihn an. Natürlich, direkt und immer gleich auf das Wesentliche kommend. Vielleicht konnte er ja doch noch etwas von Holmes lernen.

»Es ist also nicht auf Anweisung vom Farmer?«

»Überhaupt nicht. Außerdem hab ich mir tatsächlich eine Wohnung angesehen.«

»Wie war sie?«

»Unbeschreiblich scheußlich. Kochplatte im Wohnzimmer, Dusche in einem winzigen Schrank. Kein Bad, keine Küche.«

»Wie viel wollten die dafür haben? Nein, sagen Sie es mir lieber nicht. Es würde mich nur deprimieren.«

»Ich fand es in der Tat deprimierend.«

»Sie können immer noch ein Angebot für diese Wohnung hier machen, wenn die mich wegen Verführung eines Minderjährigen einbuchten.«

Holmes blickte auf, sah, dass Rebus lächelte, und grinste erleichtert.

»Die Geschichte von dem Typ bricht bereits an allen Ecken auseinander.«

»Haben Sie je daran gezweifelt?«

»Natürlich nicht. Jedenfalls hab ich gedacht, das hier könnte Sie aufheitern.« Holmes schwenkte einen großen braunen Umschlag, der diskret in seinem Cordjackett gesteckt hatte. Rebus hatte dieses Cordjackett noch nie gesehen und nahm an, dass das die Wohnungskauf-Uniform des Detective Constable war.

»Was ist das?«, fragte Rebus und nahm den Umschlag entgegen.

»Fotos. Von der Razzia letzte Nacht. Dachte, das könnte Sie interessieren.«

Rebus öffnete den Umschlag und nahm einen Stapel fünfundzwanzig mal dreißig Zentimeter großer Schwarzweißfotos heraus. Sie zeigten die mehr oder weniger verschwommenen Umrisse von Männern, die durch Ödland hasteten. Das wenige Licht, das vorhanden war, hatte einen grellen Halogen-Stich.. Aus riesigen schwarzen Schatten stachen einige kalkweiße Gesichter hervor, denen Überraschung und Schock deutlich anzusehen war.

»Wo haben Sie die her?«

»Dieser DS Hendry hat sie mir geschickt mit einem kurzen Schreiben, dass ihm das mit Nell leid täte. Er dachte, die Fotos würden mich ein wenig aufheitern.«

»Ich hab Ihnen doch gesagt, er ist ein anständiger Kerl. Haben Sie eine Ahnung, wer von diesen Idioten der DJ ist?«

Holmes sprang auf und hockte sich neben Rebus, der ein Foto in der Hand gezückt hatte.

»Moment mal«, sagte Holmes, »es gibt eine bessere Aufnahme von ihm.« Er blätterte den Stapel durch, bis er das Bild gefunden hatte, das er suchte. »Hier. Der da. Das ist McCallum.«

Rebus betrachtete den verschwommenen Abzug. Der Ausdruck von Angst, der sich so deutlich auf dem unscharfen Gesicht zeigte, hätte von einem Kind gemalt sein können. Weit aufgerissene Augen und ein Mund, der zu einem O verzogen war. Die Haltung seiner Arme deutete Unentschlossenheit an. Sollte er noch rasch fliehen oder sich endgültig ergeben?

Rebus lächelte so breit, dass sich Falten um seine Augen bildeten.

»Sind Sie sicher, dass er es ist?«

»Einer unserer Uniformierten hat ihn erkannt. Er sagt, er hätte sich von McCallum mal ein Autogramm geben lassen.«

»Ich bin beeindruckt. Ich fürchte, er wird nicht mehr allzu viele unterschreiben. Wo sitzt er?«

»Alle, die sie verhaftet haben, sind ins Gefängnis von Dunfermline gebracht worden.«

»Wie schön für sie. Übrigens, hat man auch die Anführer geschnappt?«

»Samt und sonders. Einschließlich Brightman. Er war der Boss.«

»Davy Brightman? Der Schrotthändler?«

»Genau der.«

»Gegen den hab ich in der Schule ein paarmal Fußball gespielt. Er war linker Verteidiger in seiner Mannschaft und ich Außenstürmer in unserer. Bei einem Spiel hat er mich mal bös mit dem Stollen erwischt.«

»Rache ist süß«, sagte Holmes.

»Das ist sie, Brian.« Rebus betrachtete das Foto erneut. »Das ist sie.«

»Ein paar von den Wettern sind übrigens anscheinend abgehauen, aber sie sind alle auf dem Film. Die Kamera lügt nie, was, Sir?«

Rebus begann, die übrigen Bilder durchzusehen. »Ein mächtiges Instrument, so eine Kamera«, sagte er. Plötzlich veränderte sich sein Gesichtsausdruck.

»Sir? Alles in Ordnung?«

Rebus' Stimme war nur noch ein Flüstern. »Ich hatte gerade eine Erleuchtung, Brian. Eine ... wie nennt man das noch? Epiphanie, oder?«

»Keine Ahnung, Sir.« Holmes war überzeugt, dass bei seinem Chef irgendetwas durchgeknallt war.

»Epiphanie, ja. Jetzt *weiß* ich, worum es bei dieser ganzen Sache geht, Brian. Ich bin mir ganz sicher. Dieser Dreckskerl vom Calton Hill hat irgendwas von Fotos erzählt, von irgendwelchen Fotos, für die sich alle interessierten. Das waren *Ronnies* Fotos.«

»Was? Die in seinem Zimmer?«

»Nein, nicht die.«

»Dann die in Huttons Studio?«

»Nicht ganz. Nein, ich weiß nicht genau, *wo* diese Fotos sind, die ich meine, aber ich kann es mir verdammt gut vorstellen. »Hide« kann auch Versteck heißen. Brian, kommen Sie mit.«

»Wohin?« Holmes beobachtete, wie Rebus aufsprang und zur Tür ging. Er fing an, die Fotos zusammenzupacken, die Rebus einfach hatte fallen lassen.

»Lassen Sie die liegen«, befahl Rebus und zog seine Jacke über.

»Aber wo zum Teufel gehen wir hin?«

»Sie haben Ihre Frage bereits selbst beantwortet«, sagte Rebus und drehte sich grinsend zu Holmes um. »Genau dort gehen wir hin.«

»Aber *wohin* denn?«

»Zum Teufel natürlich. Kommen Sie mit.«

Es wurde langsam kalt. Die Sonne hatte sich mehr oder weniger verausgabt und zog sich aus dem tagtäglichen Wettstreit zurück. Die Wolken waren schweinchenrosa. Zwei letzte kräftige Sonnenstrahlen leuchteten auf Pilmuir, Lichtkegel wie aus einer riesigen Taschenlampe. Und sie hatten sich genau dieses eine Gebäude herausgepickt. Die anderen

Häuser in der Straße ließen sie links liegen. Rebus atmete tief durch. Er musste zugeben, dass es ein erstaunlicher Anblick war.

»Wie der Stall von Bethlehem«, sagte Holmes.

»Ein verdammt merkwürdiger Stall«, erwiderte Rebus. »Gott muss einen seltsamen Sinn für Humor haben, wenn er so was für witzig hält.«

»Sie haben doch gesagt, wir würden zum Teufel gehen.«

»Ich hab aber nicht erwartet, dass Cecil B. DeMille Regie führen würde. Was geht da vor?«

Im blendenden Licht dieses letzten Aufbäumens der Sonne war kaum zu erkennen, dass direkt vor Ronnies Haus ein Lieferwagen und ein Müllcontainer standen.

»Von der Stadt?«, vermutete Holmes. »Die renovieren da vermutlich.«

»Warum das denn, um Himmels willen?«

»Es gibt reichlich Leute, die Wohnungen suchen«, antwortete Holmes. Rebus hörte nicht zu. Als das Auto hielt, war er bereits draußen und ging rasch auf den Container zu, der schon reichlich mit Müll aus dem Haus gefüllt war. Von drinnen war lautes Hämmern zu hören. Hinten im Lieferwagen saß ein Arbeiter und nippte an einem Plastikbecher, in der anderen Hand hielt er eine Thermosflasche.

»Wer ist hier verantwortlich?«, wollte Rebus wissen.

Der Arbeiter pustete in seinen Becher und trank erst einen weiteren Schluck, bevor er antwortete. »Ich, nehm ich an.« Sein Blick war misstrauisch. Er konnte Autorität eine Meile gegen den Wind riechen. »Diese Teepause steht mir zu.«

»Kein Problem. Was geht hier vor?«

»Wer will das wissen?«

»Die Kriminalpolizei.«

Er starrte Rebus durchdringend an, der noch durchdringender zurückstarrte, und wusste sofort, wie er sich zu verhalten hatte. »Man hat uns gesagt, wir sollen hier renovieren. Das Haus bewohnbar machen.«

»In wessen Auftrag?«

»Das weiß ich nicht. Von irgendwem. Wir schnappen uns einfach den Auftragswisch und tun unsere Arbeit.«

»Na schön.« Rebus hatte dem Mann bereits den Rücken gekehrt und ging auf die Haustür zu. Holmes folgte ihm, nachdem er dem Vorarbeiter entschuldigend zugelächelt hatte. Im Wohnzimmer tünchten zwei Arbeiter in Overalls und mit dicken roten Gummihandschuhen die Wände. Charlies Pentagramm war bereits überstrichen. Durch die trocknende Farbschicht hindurch waren die Umrisse gerade noch zu erkennen. Die Männer sahen sich zu Rebus um, dann drehten sie sich wieder zur Wand.

»Beim nächsten Anstrich ist das ganz weg«, sagte einer von ihnen. »Keine Sorge.«

Rebus starrte den Mann an, dann marschierte er an Holmes vorbei aus dem Zimmer. Er stieg die Treppe hinauf und steuerte auf Ronnies Zimmer zu. Dort packte ein weiterer Arbeiter, viel jünger als die beiden unten, Ronnies wenige Habseligkeiten in einen großen schwarzen Plastiksack. Als Rebus das Zimmer betrat, erwischte er den jungen Mann dabei, wie er gerade eins der Taschenbücher vorne in seinen Overall schob. Der Junge erstarrte.

Rebus zeigte auf das Buch.

»Es gibt einen Angehörigen, mein Junge. Tu das in den Sack zu den anderen Sachen.«

Etwas in Rebus' Tonfall veranlasste den Teenager zu gehorchen.

»Sonst noch was Interessantes gefunden?«, fragte Rebus

und bewegte sich, die Hände in den Taschen, auf den jungen Mann zu.

»Nichts«, sagte der Junge schuldbewusst.

»Insbesondere«, fuhr Rebus fort, als hätte der Teenager nichts gesagt, »Fotos. Vielleicht nur einige wenige, vielleicht ein ganzer Stapel. Hmm?«

»Nein. Absolut nicht.«

»Bist du sicher?«

»Ganz sicher.«

»Na schön. Geh runter zum Wagen und hol ein Brecheisen oder so was. Ich will, dass diese Dielen rausgerissen werden.«

»Äh?«

»Du hast mich schon verstanden, mein Junge. Los jetzt.«

Holmes stand nur da und beobachtete das Ganze mit stiller Bewunderung. Rebus schien an Statur gewonnen zu haben, schien breiter und größer geworden zu sein. Holmes durchschaute den Trick nicht so ganz. Vielleicht war es ja eine optische Täuschung, weil er die Hände in den Taschen hatte und die Ellbogen nach außen spreizte. Was auch immer es war, es funktionierte. Der junge Arbeiter stolperte aus der Tür und hastete die Treppe hinunter.

»Sind Sie sicher, dass sie dort sein werden?«, fragte Holmes leise. Er bemühte sich, in neutralem Tonfall zu sprechen, um sich bloß nicht zu skeptisch anzuhören. Aber Rebus war gegen jegliche Zweifel immun. Für ihn war es, als hätte er die Fotos bereits in der Hand.

»Ich bin mir ganz sicher, Brian. Ich kann sie förmlich *riechen.*«

»Meinen Sie nicht, dass das nur das Badezimmer ist?«

Rebus drehte sich um und sah ihn an, als hätte er ihn noch nie gesehen. »Da könnten Sie Recht haben, Brian. Gar nicht schlecht.«

Holmes folgte Rebus zum Badezimmer. Als Rebus die Tür auftrat, wurden beide Männer von dem furchtbaren Gestank förmlich überwältigt. Von krampfartigem Würgen gepackt, standen sie vornübergebeugt da. Rebus nahm ein Taschentuch, hielt es vor sein Gesicht, griff nach der Klinke und zog die Tür wieder zu.

»Das Bad hatte ich ganz vergessen«, sagte er. »Warten Sie hier.«

Kurz darauf kam er mit dem Vorarbeiter, einer Plastiktonne, einer Schaufel und drei kleinen weißen Schutzmasken zurück, von denen er eine Holmes gab. Die primitive Pappkappe wurde von einem Gummi gehalten. Holmes atmete tief durch und setzte die Maske auf. Er wollte gerade sagen, dass der Gestank immer noch zu riechen war, als Rebus erneut die Tür mit dem Fuß aufstieß und, während der Vorarbeiter eine starke Taschenlampe in das Badezimmer hielt, über die Schwelle trat.

Rebus zog die Mülltonne an den Rand der Badewanne und bedeutete dem Vorarbeiter, er solle mit der Lampe in die Wanne leuchten. Holmes fiel fast rückwärts aus dem Zimmer. Eine fette Ratte, die sich gerade an dem ekligen Inhalt der Wanne gütlich tat, quiekte laut. Mit glühend roten Augen starrte sie in den Lichtstrahl. Rebus ließ die Schaufel nach unten sausen und teilte das Tier in zwei Hälften. Holmes schoss aus dem Zimmer, schob die Maske hoch und lehnte sich würgend gegen die feuchte Wand. Verzweifelt schnappte er nach Luft, doch der Gestank war so überwältigend, dass die Übelkeit in immer kürzeren Abständen wiederkehrte.

Drinnen im Bad tauschten Rebus und der Vorarbeiter ein Lächeln, das die Augen über ihren Gesichtsmasken mit Fältchen überzog. Sie hatten in ihrem Leben schon Schlimmeres gesehen – viel Schlimmeres. Aber natürlich waren beide nicht so kindisch, dass sie die Sache hätten in die Länge ziehen wollen, also machten sie sich an die Arbeit. Der Vorarbeiter hielt die Lampe, während Rebus den Inhalt der Wanne langsam in die Mülltonne schaufelte. Die Fäkalienmasse lief dickflüssig von der Schaufel und spritzte Rebus auf Hemd und Hose. Er ignorierte es, ignorierte alles bis auf die vorliegende Aufgabe. Er hatte schmutzigere Jobs bei der Armee erledigt und noch viel schmutzigere während seiner gescheiterten Ausbildung beim SAS. Dagegen war das hier eine Routinesache. Und zumindest hatte diese Arbeit einen Sinn, und ein Ende war auch abzusehen.

Das hoffte er zumindest.

Inzwischen rieb sich Holmes mit dem Handrücken die feuchten Augen. Durch die offene Tür konnte er die Fortschritte beobachten. Im Schein der Lampe tanzten unheimliche Schatten über Wände und Decke, während eine Silhouette geräuschvoll Scheiße in eine Tonne schaufelte. Es war wie eine Szene aus einem neuzeitlichen *Inferno*, es fehlten nur die Teufel, die die zur Hölle verdammten Arbeiter antrieben. Doch diese Männer hier sahen zwar nicht gerade glücklich aus bei ihrer Arbeit, aber zumindest ... nun ja, *professionell* war der Ausdruck, der einem in den Sinn kam. Lieber Gott, er wollte doch nichts weiter als eine Wohnung, die er sein eigen nennen konnte, ab und zu einen Urlaub und ein anständiges Auto. Und Nell natürlich. Nun ja, vielleicht konnte er daraus für sie irgendwann mal eine lustige Geschichte machen.

Aber im Augenblick war ihm absolut nicht nach lächeln zu Mute.

Dann hörte er ein lautes Lachen und drehte sich um. Es dauerte eine Weile, bis ihm klar wurde, dass es aus dem Badezimmer kam, dass es John Rebus' Lachen war und dass John Rebus gerade eine Hand in den widerlichen Dreck tauchte und mit den Fingern irgendetwas wieder daraus hervorzog. Die Gummihandschuhe, die Rebus bis zu den Ellbogen schützten, nahm Holmes gar nicht wahr. Er drehte sich einfach um und ging auf wackeligen Beinen die Treppe hinunter.

»Jetzt hab ich dich!«, rief Rebus.

»Draußen gibt's einen Wasserschlauch«, sagte der Vorarbeiter.

»Gehen Sie schon vor«, sagte Rebus und schüttelte einen Teil der Klumpen von dem Päckchen. »Hurtig voran, Macduff.«

»Mein Name ist MacBeth«, rief der Vorarbeiter zurück, während er auf die Treppe zusteuerte.

In der kühlen, frischen Luft spritzten sie das Päckchen ab, das sie gegen die Vorderwand des Hauses gestellt hatten. Rebus sah es sich aus der Nähe an. Ein roter Plastikbeutel, wie eine Tragetasche aus einem Plattenladen, war um ein Stück Stoff gewickelt, ein T-Shirt oder etwas Ähnliches. Das Ganze war mit mindestens einer kompletten Rolle Tesafilm umwickelt und zusätzlich mit einer Kordel verschnürt, die in der Mitte fest verknotet war.

»Warst ein cleverer kleiner Bursche, Ronnie«, sagte Rebus zu sich selbst, als er das Päckchen aufhob. »Cleverer, als die je vermutet hätten.«

Am Lieferwagen ließ er die Gummihandschuhe fallen und schüttelte dem Vorarbeiter die Hand. Sie tauschten die Namen ihrer Stammkneipen aus und verabredeten, sich irgendwann mal abends auf einen netten kleinen Drink zu treffen. Dann ging er zum Auto. Holmes folgte ihm verlegen. Während der gesamten Rückfahrt zu Rebus' Wohnung wagte

Holmes nicht einmal vorzuschlagen, ob sie nicht das Fenster öffnen und etwas frische Luft hereinlassen könnten.

Rebus war wie ein Kind am Geburtstagsmorgen, das gerade sein Geschenk bekommen hat. Er drückte das Päckchen an sich und machte dadurch sein Hemd noch dreckiger. Aber er schien es nicht öffnen zu wollen.

Jetzt, da er es besaß, konnte er auf die Enthüllung warten. Doch sie würde kommen, und das war das Einzige, was zählte.

Als sie in der Wohnung ankamen, änderte sich Rebus' Stimmung jedoch erneut. Er stürzte sofort in die Küche, um eine Schere zu holen. Holmes entschuldigte sich und ging ins Bad, wo er sich Hände, Arme und Gesicht gründlich schrubbte. Seine Kopfhaut juckte, und am liebsten wäre er unter die Dusche gestiegen und ein bis zwei Stunden darunter stehen geblieben.

Als er aus dem Badezimmer kam, hörte er ein Geräusch aus der Küche. Es war das genaue Gegenteil von dem Lachen, das er vorhin gehört hatte, ein verzweifeltes Jammern. Rasch ging er in die Küche und sah Rebus dort stehen, den Kopf gesenkt, die Hände auf die Arbeitsplatte gestützt, als suche er dort Halt. Das Päckchen lag geöffnet vor ihm.

»John? Was ist los?«

Rebus' Stimme war leise und klang plötzlich sehr müde. »Das sind bloß Bilder von einem dämlichen Boxkampf. Weiter nichts. Bloß beschissene Sportfotos.«

Holmes kam ganz langsam näher, weil er fürchtete, dass Rebus völlig durchdrehen würde, wenn er jetzt Lärm machte oder eine hastige Bewegung.

»Vielleicht«, schlug er vor und schaute über Rebus' gebeugte Schulter, »vielleicht ist da jemand in der Menge. Im

Publikum. Dieser Hyde könnte einer von den Zuschauern sein.«

»Die Zuschauer sind bloß eine verschwommene Masse. Sehen Sie doch selbst.«

Holmes betrachtete die Bilder. Es waren ungefähr zwölf Fotos. Zwei Federgewichtler droschen erbarmungslos aufeinander ein. Es war nicht gerade hohe Boxkunst, aber es war auch nichts Ungewöhnliches an dem Kampf.

»Vielleicht ist das Hydes Boxclub.«

»Vielleicht«, sagte Rebus, den das Ganze kaum noch interessierte. Er war so sicher gewesen, dass er die Fotos finden würde, und so sicher, dass sie sich als der letzte, entscheidende Stein zu diesem Puzzle erweisen würden. Warum waren sie sonst so sorgfältig versteckt gewesen, so clever? Und so gut geschützt. Dafür musste es doch einen Grund geben.

»Vielleicht«, sagte Holmes, der wieder lästig wurde, »vielleicht übersehen wir irgendwas. Der Stoff, in den die Fotos eingewickelt waren, die Plastiktüte ...?«

»Seien Sie doch nicht so verdammt stur, Holmes!« Rebus schlug mit einer Hand auf die Arbeitsplatte, beruhigte sich aber sofort wieder. »Entschuldigung. Tut mir Leid.«

»Schon gut«, sagte Holmes kühl. »Ich mach uns einen Kaffee. Und dann sollten wir uns die Fotos mal genauer ansehen, meinen Sie nicht?«

»Ja«, sagte Rebus und richtete sich auf. »Gute Idee.« Er steuerte auf die Tür zu. »Ich geh mich jetzt duschen.« Er drehte sich um und lächelte Holmes zu. »Ich muss ja zum Himmel stinken.«

»Ein sehr ländlicher Geruch, Sir«, sagte Holmes und lächelte ebenfalls. Beide lachten über die Anspielung auf Farmer Watson. Dann ging Rebus duschen, und Holmes kochte Kaffee, neidisch auf die Geräusche aus dem Badezimmer. Er sah sich noch einmal die Fotos an. Ziemlich gründlich diesmal, in der Hoffnung, etwas zu finden, womit er Rebus beeindrucken konnte, um ihn ein wenig aufzuheitern.

Die Boxer waren jung und vom Ring aus fotografiert worden oder jedenfalls aus nächster Nähe. Doch der Fotograf – Ronnie McGrath vermutlich – hatte keinen Blitz benutzt, sondern sich einzig auf die Lampen über dem verräucherten Ring verlassen. Deshalb waren weder die Boxer noch die Zuschauer klar zu erkennen. Ihre Gesichter waren grobkörnig, die Umrisse der Kämpfer durch die Bewegung verschwommen. Warum hatte der Fotograf keinen Blitz benutzt?

Auf einem Foto war die rechte Seite schwarz, als wäre etwas vor die Linse geraten. Was? Ein vorbeigehender Zuschauer? Die Jacke von irgendwem?

Plötzlich war es Holmes sonnenklar. Die Jacke des *Fotografen* war vor die Linse geraten, und das deshalb, weil die Fotos heimlich aufgenommen worden waren, unter einer Jacke verborgen. Das würde auch die schlechte Qualität der Fotos erklären und die oft schiefe Perspektive. Also *musste* es einen Grund für die Existenz der Fotos geben, und sie waren tatsächlich der Anhaltspunkt, nach dem Rebus gesucht hatte. Jetzt mussten sie diesen Anhaltspunkt nur noch entschlüsseln.

Das Rauschen der Dusche wurde leiser und hörte dann ganz auf. Wenige Sekunden später kam Rebus nur mit einem Handtuch bekleidet aus dem Bad. Er hielt es in der Taille fest, während er ins Schlafzimmer ging, um sich anzuziehen. Er stand gerade auf einem Bein und wollte in eine Hose schlüpfen, als Holmes hereinplatzte. Triumphierend schwenkte er die Fotos.

»Ich glaub, ich hab's!«, rief er. Rebus blickte erstaunt auf und zog die Hose an.

»Ja«, sagte er. »Ich glaub, mir ist es jetzt auch klar. Ich hatte gerade unter der Dusche eine Eingebung.«

»Ach.«

»Also, holen Sie den Kaffee«, sagte Rebus. »Wir setzen uns ins Wohnzimmer und dann sehen wir mal, ob wir die gleiche Idee hatten. Okay?«

»Ja«, sagte Holmes und fragte sich wieder mal, warum er ausgerechnet zur Polizei gegangen war, wo es doch so viele weitaus befriedigendere Berufe gab.

Als er mit zwei Bechern Kaffee ins Wohnzimmer kam, ging Rebus gerade auf und ab, das Telefon zwischen Ohr und Schulter geklemmt.

»In Ordnung«, sagte er. »Ich warte. Nein, nein. Ich möchte nicht zurückrufen. Ich hab gesagt, ich *warte*. Danke.«

Er nahm den Kaffee von Holmes entgegen und verdrehte die Augen, um seine Fassungslosigkeit über die Dummheit der Person am anderen Ende der Leitung zu bekunden.

»Wer ist das?«, fragte Holmes nur mit Mundbewegungen.

»Die Stadtverwaltung«, sagte Rebus laut. »Andrew hat mir einen Namen und eine Durchwahl gegeben.«

»Wer ist Andrew?«

»Andrew MacBeth, der Vorarbeiter. Ich will rauskriegen, wer den Auftrag für die Renovierungsarbeiten in dem Haus erteilt hat. Merkwürdiger Zufall, finden Sie nicht? Dass die genau dann anfangen zu renovieren, wenn wir uns da ein bisschen umsehen wollen.« Er sprach wieder ins Telefon. »Ja? Das ist richtig. Ach, ich verstehe.« Er sah Holmes an, doch sein Blick verriet nichts. »Wie kann denn so was passieren?« Er hörte erneut zu. »Ja, ich verstehe. O ja, ganz Ihrer Meinung, es scheint nur ein bisschen merkwürdig. Aber diese Dinge kommen halt vor. Die liebe Computerisierung. Trotzdem danke für Ihre Hilfe.«

Mit einem Knopfdruck unterbrach er die Verbindung. »Sie haben vermutlich das Wesentliche mitgekriegt.«

»Sie haben keinen Beleg, wer die Renovierungsarbeiten in Auftrag gegeben hat?«

»So in etwa, Brian. Es sind schon alle Unterlagen da, es fehlt nur so eine Kleinigkeit wie die Unterschrift. Sie können das nicht verstehen.«

»Nichts Handschriftliches, aus dem man was entnehmen könnte?«

»Der Auftragszettel, den Andrew mir gezeigt hat, war getippt.«

»Also, was meinen Sie?«

»Dass Mr. Hyde anscheinend überall Freunde hat. Auf jeden Fall bei der Stadt, aber vermutlich auch bei der Polizei. Ganz zu schweigen von diversen weniger seriösen Institutionen.«

»Und was nun?«

»Die Fotos. Was haben wir sonst in der Hand?«

Sie betrachteten jedes Bild ganz genau, ließen sich dabei Zeit, wiesen sich gegenseitig auf diesen oder jenen verschwommenen Fleck, dieses oder jenes Detail hin und testeten ihre Ideen aneinander aus. Es war ein mühsames Geschäft. Und die ganze Zeit murmelte Rebus etwas über Ronnie McGraths letzte Worte an Tracy vor sich hin, dass sie von Anfang an der Schlüssel zu allem gewesen waren. Sie konnten in dreifacher Weise verstanden werden: tauch unter, hüte dich vor einem Mann namens Hyde, und ich hab was versteckt. So clever. So komplex. Beinah schon *zu* clever für Ronnie. Vielleicht war er sich der verschiedenen Bedeutungen gar nicht bewusst gewesen …

Nach anderthalb Stunden warf Rebus das letzte Foto auf den Fußboden. Holmes lag halb auf dem Sofa und rieb sich mit einer Hand die Stirn, während er in der anderen eins von den Fotos hielt. Seine Augen verweigerten ihm allmählich den Dienst.

»Es bringt nichts, Brian. Absolut nichts. Ich kann mir auf diese ganze Sache keinen Reim machen. Sie?«

»Eigentlich auch nicht«, gab Holmes zu. »Doch ich vermute, dass Hyde diese Bilder unbedingt haben wollte – will.«

»Was heißt das?«

»Das heißt, er weiß, dass sie existieren, aber er weiß nicht, wie schlecht sie sind. Er glaubt, da ist etwas drauf, das in Wirklichkeit gar nicht drauf ist.«

»Ja, aber was? Da fällt mir was ein, Ronnie hatte in der Nacht, in der er starb, Blutergüsse am Körper.«

»Nicht weiter überraschend, wenn man bedenkt, dass ihn jemand die Treppe heruntergeschleift hat.«

»Nein, da ist er bereits tot gewesen. Das war vorher passiert. Seinem Bruder ist es aufgefallen. Tracy ist es aufgefallen, aber niemand hat ihn je danach gefragt. Irgendwer hat mir was von gewalttätigem Sex erzählt.« Er zeigte auf die verstreuten Fotos. »Vielleicht hat er das damit gemeint.«

»Einen Boxkampf?«

»Ja, illegale Boxkämpfe, wo zwei Jungs, die kräftemäßig nicht zusammenpassen, erbarmungslos aufeinander eindreschen.«

»Wozu?«

Rebus starrte auf die Wand, als suche er dort das Wort, das ihm fehlte. Dann wandte er sich wieder Holmes zu.

»Aus dem gleichen Grund, weshalb Männer Hundekämpfe veranstalten. Wegen des Kicks.«

»Das klingt unglaublich.«

»Vielleicht *ist* es unglaublich. Aber so wie mein Gehirn im Augenblick funktioniert, könnte ich sogar glauben, dass man grüne Männchen auf dem Mars entdeckt hat.« Er streckte sich. »Wie spät ist es?«

»Gleich acht. Wollten Sie nicht zu dieser Party bei Malcolm Lanyon?«

»O Gott!« Rebus sprang auf. »Ich komme zu spät. Das hatte ich ganz vergessen.«

»Dann lass ich Sie jetzt allein, damit Sie sich fertig machen können. Wir können in dieser Sache im Moment doch nicht viel tun.« Holmes deutete auf die Fotos. »Außerdem sollte ich Nell besuchen.«

»Ja, ja, ab mit Ihnen, Brian.« Rebus zögerte. »Und danke.«

Holmes zuckte lächelnd die Achseln.

»Eins noch«, begann Rebus.

»Ja?«

»Ich habe kein sauberes Jackett. Könnten Sie mir Ihres leihen?«

Das Jackett saß nicht gerade toll, die Ärmel waren ein wenig zu lang, und um den Brustkorb war es zu eng, aber so ganz daneben war's auch nicht. Rebus versuchte so zu tun, als kümmerte ihn das nicht, als er vor Malcolm Lanyons Haustür stand. Die Tür wurde von der umwerfend aussehenden Orientalin geöffnet, die mit Lanyon auch in The Eyrie gewesen war. Sie trug ein tief ausgeschnittenes schwarzes Kleid, das knapp an ihre Oberschenkel reichte. Sie lächelte Rebus an, als würde sie ihn erkennen, oder tat zumindest so.

»Kommen Sie rein.«

»Ich hoffe, ich bin nicht zu spät.«

»Überhaupt nicht. Malcolms Partys laufen nicht nach der Uhr. Die Leute kommen und gehen, wie es Ihnen gefällt.« Ihre Stimme hatte einen kühlen, aber nicht unangenehmen Beiklang. Rebus blickte an ihr vorbei und stellte erleichtert fest, dass zwar einige männliche Gäste Anzüge trugen, andere hingegen Sportjacketts. Lanyons persönliche Assistentin – Rebus fragte sich gerade *wie* persönlich – führte ihn ins Esszimmer, wo ein Barmann hinter einem Tisch voller Flaschen und Gläser stand.

Es klingelte erneut. Ihre Finger berührten Rebus an der Schulter. »Wenn Sie mich bitte entschuldigen«, sagte sie.

»Selbstverständlich«, sagte Rebus und ging zu dem Barmann. »Ein Gin Tonic«, sagte er. Dann drehte er sich wieder um, um hinter ihr her zu sehen, während sie durch den breiten Flur zur Tür ging.

»Hallo, John.« Jetzt schlug eine viel kräftigere Hand auf Rebus' Schulter. Sie gehörte Tommy McCall.

»Hallo, Tommy.« Rebus nahm seinen Drink von dem Barmann entgegen, und McCall reichte sein leeres Glas hinüber, um es wieder füllen zu lassen.

»Schön, dass Sie kommen konnten. Natürlich geht's heute Abend nicht ganz so ausgelassen zu wie sonst. Alle sind ein bisschen bedrückt.«

»Bedrückt?« Das stimmte, die Gespräche um sie herum waren gedämpft. Dann bemerkte Rebus ein paar schwarze Krawatten.

»Ich bin bloß gekommen, weil ich glaube, James hätte es so gewollt.«

»Natürlich«, sagte Rebus nickend. Den Selbstmord von James Carew hatte er schon wieder völlig vergessen. Mein Gott, dabei war das erst heute Morgen passiert! Es kam ihm wie eine Ewigkeit vor. Und all diese Leute hier waren

Carews Freunde oder Bekannte gewesen. Rebus' Nasenspitze zuckte.

»Hat er in letzter Zeit irgendwie deprimiert gewirkt?«, fragte er.

»Eigentlich nicht. Er hatte sich doch gerade dieses Auto gekauft. Wohl kaum ein Zeichen von Depression!«

»Vermutlich nicht. Haben Sie ihn gut gekannt?«

»Ich glaube, keiner von uns hat ihn besonders gut gekannt. Er war ein ziemlicher Einzelgänger. Und natürlich hielt er sich häufig außerhalb der Stadt auf, teils geschäftlich, teils auf seinem Landsitz.«

»Er war nicht verheiratet, oder?«

Tommy McCall starrte ihn an, dann trank er einen großen Schluck Whisky. »Nein«, sagte er, »Ich glaube nicht, dass er je verheiratet war. In gewisser Weise ist das ein Segen.«

»Ja, ich verstehe, was Sie meinen», sagte Rebus, der spürte, wie sich der Gin allmählich bemerkbar machte. »Aber ich versteh immer noch nicht, warum er es getan hat.«

»Es sind doch immer die Stillen, nicht wahr? Das hat Malcolm erst vor ein paar Minuten gesagt.«

Rebus schaute sich um. »Ich hab unseren Gastgeber noch gar nicht gesehen.«

»Ich glaube, er ist im Wohnzimmer. Soll ich einen Rundgang mit Ihnen machen?«

»Ja, warum nicht?«

»Es lohnt sich.« McCall blickte Rebus an. »Sollen wir oben im Billardraum oder unten am Swimming-Pool anfangen?«

Rebus lachte und schüttelte sein leeres Glas. »Ich glaube, als Erstes gehen wir noch mal an die Bar, meinen Sie nicht?«

Das Haus war fantastisch, es gab kein anderes Wort dafür. Rebus dachte kurz an den armen Brian Holmes und lächelte. Wir sind schon ein schönes Gespann, Junge. Die Gäste waren auch nett. Einige kannte er von Ansehen, einige dem Namen nach, ein paar vom Hörensagen und viele vom Namen des Unternehmens her, das sie leiteten. Doch vom Gastgeber war nichts zu sehen, obwohl jeder behauptete, »früher am Abend« mit ihm gesprochen zu haben.

Später dann, als Tommy McCall allmählich laut und betrunken wurde, entschloss sich Rebus, der auch nicht mehr ganz sicher auf den Beinen war, zu einem weiteren Rundgang durch das Haus. Diesmal jedoch allein. Im ersten Stock gab es eine Bibliothek, in die sie beim ersten Mal nur einen flüchtigen Blick geworfen hatten. Doch da drinnen stand ein Schreibtisch, den Rebus sich unbedingt genauer ansehen wollte. Auf dem Treppenabsatz blickte er um sich, doch alle schienen unten zu sein. Einige wenige Gäste hatten sogar Badesachen angezogen und tummelten sich an oder in dem sechs Meter langen Pool im Untergeschoss.

Er drückte die schwere Messingklinke herunter und huschte in die schwach beleuchtete Bibliothek. Drinnen roch es nach altem Leder, ein Geruch, der Rebus in längst vergangene Jahrzehnte zurückversetzte – in die zwanziger oder vielleicht in die dreißiger Jahre. Auf dem Schreibtisch stand eine Lampe, deren Licht auf einige Papiere fiel. Rebus war schon am Schreibtisch, bevor es ihm auffiel: die Lampe war bei seinem ersten Besuch nicht an gewesen. Er drehte sich um und sah Lanyon, der auf der anderen Seite des Raumes gegen die Wand gelehnt stand, die Arme verschränkt und grinsend.

»Inspector«, sagte er. Seine Stimme war genauso gediegen wie sein maßgeschneiderter Anzug. »Was für ein interessantes Jackett Sie tragen. Saiko hat mir gesagt, dass Sie hier sind.«

Lanyon kam langsam auf ihn zu und streckte eine Hand aus. Rebus nahm sie und erwiderte den kräftigen Druck.

»Ich hoffe, ich bin nicht …«, begann er. »Ich meine, es war nett von Ihnen …«

»Du lieber Gott, keine Ursache. Kommt der Superintendent auch?«

Rebus zuckte die Schultern und spürte, wie das Jackett im Rücken spannte.

»Nein. Nun ja, egal. Ich sehe, dass Sie wie ich ein Bücherliebhaber sind.« Lanyon betrachtete die Bücherregale. »Das ist mein Lieblingsraum im ganzen Haus. Ich weiß gar nicht, warum ich überhaupt Partys gebe. Es wird wohl von mir erwartet, und deshalb mache ich es eben. Außerdem ist es natürlich interessant, die diversen Permutationen zu beobachten. Wer mit wem redet, wessen Hand zufällig gerade wessen Arm ein wenig zu zärtlich drückt. Diese Art Dinge.«

»Von hier aus werden Sie nicht viel davon mitbekommen«, sagte Rebus.

»Aber Saiko erzählt es mir. Sie ist wunderbar in diesen Dingen. Sie kriegt alles mit, egal, wie vorsichtig die Leute sind. Sie hat mir zum Beispiel von Ihrem Jackett erzählt. Beige, hat sie gesagt, aus Cord, passt weder zum Rest Ihrer Kleidung noch sitzt es richtig. Also ist es geliehen, hab ich Recht?«

Rebus applaudierte im Stillen. »Bravo«, sagte er. »Das ist es wohl, was Sie zu so einem guten Anwalt macht.«

»Nein, jahrelanges Studium hat mich zu einem guten Anwalt gemacht. Aber um ein *bekannter* Anwalt zu sein, dazu braucht man nur ein paar einfache Partytricks. Wie den, den ich Ihnen gerade gezeigt habe.«

Lanyon ging an Rebus vorbei. Am Schreibtisch blieb er stehen und sah die Papiere durch.

»Wollten Sie hier irgendwas Besonderes sehen?«

»Nein«, sagte Rebus, »nur den Raum.«

Lanyon schaute ihn lächelnd an. Er schien ihm nicht ganz zu glauben. »Es gibt viel interessantere Räume hier im Haus. Aber die halte ich verschlossen.«

»Ach?«

»Es braucht doch beispielsweise nicht *jeder* zu wissen, was für Bilder man besitzt.«

»Ja, ich verstehe.«

Lanyon setzte sich jetzt an den Schreibtisch und schob sich eine Brille mit Halbgläsern auf die Nase. Er schien sich plötzlich sehr für die Papiere vor ihm zu interessieren.

»Ich bin James Carews Nachlassverwalter«, sagte er. »Ich war gerade dabei zu klären, wer von seinem Testament profitiert.«

»Eine furchtbare Sache.«

Lanyon schien ihn nicht zu verstehen. Dann nickte er. »Ja. Tragisch.«

»Sie haben ihm wohl ziemlich nahe gestanden?«

Lanyon lächelte erneut, so als ob er wüsste, dass diese Frage bereits mehreren Leuten auf der Party gestellt worden war. »Ich kannte ihn recht gut«, sagte er schließlich.

»Wussten Sie, dass er homosexuell war?«

Rebus hatte auf eine Reaktion gehofft. Es kam keine, und er verfluchte sich, dass er seinen Trumpf so früh ausgespielt hatte.

»Natürlich«, sagte Lanyon mit gleich bleibend ruhiger Stimme. Er sah Rebus an. »Soweit ich weiß, ist das kein Verbrechen.«

»Das kommt ganz darauf an, Sir, wie Sie wissen sollten.«

»Was meinen Sie damit?«

»Als Anwalt müssen Sie doch wissen, dass es immer noch gewisse Gesetze gibt ...«

»Ja, ja, natürlich. Aber Sie wollen doch hoffentlich nicht unterstellen, dass James in irgendwelche schmutzigen Sachen verwickelt war.«

»Was glauben *Sie*, weshalb er sich umgebracht hat, Mr. Lanyon? Ich hätte gern Ihre Meinung als Jurist gehört.«

»Er war ein Freund von mir. Da spielen juristische Erwägungen keine Rolle.« Lanyon starrte auf die schweren Vorhänge vor seinem Schreibtisch. »Ich weiß nicht, warum er Selbstmord begangen hat. Vielleicht werden wir es nie erfahren.«

»Darauf würde ich nicht wetten, Sir«, sagte Rebus, während er auf die Tür zuging. Dort legte er die Hand auf die Klinke und blieb stehen. »Es würde mich interessieren, wer nun tatsächlich von dem Vermögen profitieren wird – natürlich erst, wenn Sie alles durchgearbeitet haben.«

Lanyon schwieg. Rebus öffnete die Tür, machte sie wieder hinter sich zu und blieb einen Augenblick auf dem Treppenabsatz stehen, um tief durchzuatmen. Keine schlechte Vorstellung, dachte er bei sich. Zumindest hatte er sich damit einen Drink verdient. Und diesmal würde er – im Stillen – einen Toast zum Gedenken an James Carew aussprechen.

Kindermädchen zu spielen war nicht gerade seine Lieblingsbeschäftigung, aber er hatte die ganze Zeit gewusst, dass es dazu kommen würde.

Tommy McCall sang hinten im Auto eine Rugby-Hymne, während Rebus hastig Saiko, die im Eingang stand, zum Abschied zuwinkte. Sie rang sich sogar ein Lächeln ab. Nun ja, schließlich tat er ihr sogar einen Gefallen, indem er einen lärmenden Betrunkenen unauffällig von dem Anwesen entfernte.

»Bin ich verhaftet, John?«, brüllte McCall mitten zwischen seiner Singerei.

»Nein! Jetzt halt um Himmels willen die Klappe!«

Rebus stieg ins Auto und ließ den Motor an. Er blickte ein letztes Mal zurück und sah, dass Lanyon sich zu Saiko in den Eingang gestellt hatte. Sie schien ihn über das Vorgefallene zu informieren, und er quittierte es mit einem Nicken. Es war das erste Mal, dass Rebus ihn seit ihrer Begegnung in der Bibliothek sah. Er löste die Handbremse, setzte rückwärts aus der Parklücke und fuhr los.

»Hier links, dann die nächste rechts.«

Tommy McCall hatte zu viel getrunken, aber sein Orientierungssinn funktionierte anscheinend noch. Trotzdem hatte Rebus ein komisches Gefühl ...

»Die Straße 'runter, und dann ist es das letzte Haus, direkt auf der Ecke.«

»Aber da wohnst du doch gar nicht«, wandte Rebus ein.

»Sehr richtig, Inspector. Da wohnt mein Bruder. Ich dachte, wir gehen auf einen Schlummertrunk bei ihm vorbei.«

»Mein Gott, Tommy, du kannst doch nicht einfach ...«

»Unsinn. Er wird sich freuen, uns zu sehen.«

Als Rebus vor dem Haus anhielt, stellte er mit einem Blick aus dem Seitenfenster erleichtert fest, dass in Tony McCalls Wohnzimmer noch Licht brannte. Plötzlich schoss Tommys Hand an ihm vorbei auf die Hupe, und ein lautes Plärren schallte durch die stille Nacht. Rebus stieß die Hand weg, und Tommy fiel wieder in seinen Sitz zurück, doch er hatte bereits genug angerichtet. Die Gardine bewegte sich im Wohnzimmer der McCalls, und einen Augenblick später ging an einer Seite des Hauses eine Tür auf. Tony McCall kam heraus und blickte nervös hinter sich. Rebus kurbelte das Fenster herunter.

»John?« Tony McCall klang besorgt. »Was ist los?«

Doch bevor Rebus eine Erklärung abgeben konnte, war Tommy bereits aus dem Auto gestiegen und umarmte seinen Bruder.

»Es ist meine Schuld, Tony. Alles nur meine Schuld. Ich wollte dich einfach sehen, weiter nichts. Sei mir bitte nicht böse.«

Tony McCall hatte die Situation rasch erfasst und sah zu Rebus, als ob er sagen wollte: *du kannst nichts dafür.* Dann wandte er sich seinem Bruder zu.

»Das ist sehr freundlich von dir, Tommy. Lange nicht gesehen. Du solltest besser reinkommen.«

Tommy McCall drehte sich zu Rebus um. »Siehst du? Ich hab dir doch gesagt, dass wir bei Tony willkommen sein würden. Bei Tony ist man immer willkommen.«

»Du solltest auch besser reinkommen, John«, sagte Tony.

Rebus nickte unglücklich.

Tony führte sie durch den Flur ins Wohnzimmer. Der Teppich war dick und gab unter den Füßen nach, die Möbel sahen aus wie aus *Schöner Wohnen.* Rebus hatte Angst, sich zu setzen, um nur ja keine Delle in eins der aufgeplusterten Kissen zu machen. Tommy hingegen ließ sich sofort in einen Sessel fallen.

»Wo sind denn die Kleinen?«, fragte er.

»Im Bett«, antwortete Tony leise.

»Ach, dann weck sie auf. Sag ihnen, ihr Onkel Tommy ist hier.«

Tony ignorierte das. »Ich setz den Kessel auf«, sagte er.

Tommys Augen fielen bereits zu, seine Arme hingen schlaff zu beiden Seiten des Sessels herunter. Während Tony in der Küche war, betrachtete Rebus das Zimmer genauer. Überall stand Zierrat herum, auf dem Kaminsims, auf allen verfügbaren Flächen der großen Schrankwand und als Arrangement auf dem Couchtisch. Es waren kleine Gipsfiguren, schimmernde Glaskreationen und Feriensouvenirs. Auf Rücken- und Seitenlehnen von Sesseln und Sofa lagen Schoner. Der ganze Raum wirkte überladen und ungemütlich. Es schien beinah unmöglich, sich dort zu entspannen. Er begriff allmählich, weshalb Tony McCall an seinem freien Tag in Pilmuir herumgelaufen war.

Eine Frau steckte den Kopf durch die Tür. Ihre Lippen waren dünn und gerade, die Augen wachsam, aber finster. Sie starrte auf den schlafend daliegenden Tommy McCall, dann entdeckte sie Rebus und deutete ein Lächeln an. Die Tür ging ein Stück weiter auf, und man konnte sehen, dass sie einen Bademantel trug. Sie ihn hielt mit einer Hand fest am Hals zusammen, als sie anfing zu sprechen.

»Ich bin Sheila. Tonys Frau.«

»Ja, hallo, John Rebus.« Rebus machte Anstalten aufzustehen, doch eine nervös flatternde Hand ließ ihn sich wieder hinsetzen.

»Ach ja«, sagte sie. »Tony hat schon häufiger von Ihnen erzählt. Sie arbeiten zusammen, nicht wahr?«

»Das stimmt.«

»Ja.« Sie war unkonzentriert und wandte den Blick wieder Tommy McCall zu. Ihre Stimme wurde plötzlich völlig tonlos. »Sehen Sie sich ihn doch an. Den erfolgreichen Bruder. Eigene Firma, großes Haus. Sehen Sie ihn sich doch nur an.« Sie schien eine Rede über soziale Ungerechtigkeit loslassen zu wollen, als sie von ihrem Mann unterbrochen wurde, der sich gerade mit einem Tablett in der Hand an ihr vorbeiquetschte.

»Du hättest doch nicht extra aufstehen müssen, Schatz«, sagte er.

»Bei diesem lauten Gehupe konnte doch kein Mensch mehr weiterschlafen.« Ihr Blick fiel auf das Tablett. »Du hast den Zucker vergessen«, sagte sie kritisierend.

»Ich nehm keinen Zucker«, sagte Rebus. Tony schenkte Tee aus der Kanne in zwei Tassen.

»Erst die Milch, Tony, dann den Tee«, sagte sie, ohne auf Rebus' Bemerkung einzugehen.

»Das ist vollkommen egal, Sheila«, sagte Tony. Er reichte Rebus eine Tasse.

»Danke.«

Sie stand noch ein bis zwei Sekunden da und beobachtete die beiden Männer, dann fuhr sie mit einer Hand an ihrem Morgenrock herunter.

»Okay«, sagte sie. »Dann gute Nacht.«

»Gute Nacht«, erwiderte Rebus.

»Sieh zu, dass es nicht zu spät wird, Tony.«

»Mach ich, Sheila.«

Sie lauschten, wie sie die Treppe zum Schlafzimmer hinaufging, und nippten dabei an ihrem Tee. Dann atmete Tony McCall hörbar aus.

»Tut mir Leid«, sagte er.

»Was denn?«, sagte Rebus. »Wenn zwei Betrunkene mitten in der Nacht bei *mir* hereingeplatzt wären, was meinst du, was die von mir zu hören gekriegt hätten! Ich finde, sie ist erstaunlich ruhig geblieben.«

»Sheila ist immer erstaunlich ruhig. Zumindest nach außen hin.«

Rebus deutete mit dem Kopf auf Tommy. »Was machen wir mit ihm?«

»Er kann da ruhig liegen bleiben und seinen Rausch ausschlafen.«

»Bist du sicher? Ich kann ihn nach Hause fahren, wenn du …«

»Nein, nein, um Gottes willen, er ist mein Bruder. Ein Sessel für die Nacht ist doch wohl das Mindeste, was ich für ihn tun kann.« Tony schaute zu Tommy herüber. »Sieh ihn dir an. Du würdest kaum glauben, was für einen Unsinn wir als Kinder getrieben haben. Wir haben die ganze Nachbarschaft in Angst und Schrecken versetzt. An den Haustüren geklingelt, Feuer gelegt, Leuten mit dem Fußball die Scheibe eingeschmissen. Wir waren ganz schön wüst, kann ich dir sagen. Jetzt sehe ich ihn nur noch, wenn er in diesem Zustand ist.«

»Soll das heißen, er hat diese Nummer schon mal abgezogen?«

»Ein paar Mal. Kommt mit dem Taxi angefahren und pennt im Sessel ein. Am nächsten Morgen weiß er dann nicht mehr, wie er hergekommen ist. Er frühstückt, steckt den Kindern ein paar Pfund zu und ist wieder weg. Er ruft niemals an oder kommt ganz normal zu Besuch. Und eines Nachts hören wir draußen wieder ein Taxi brummen, und da ist er.«

»Das war mir nicht klar.«

»Ach, ich weiß auch nicht, warum ich dir das erzähle, John. Ist schließlich nicht dein Problem.«

»Es macht mir nichts aus, mir das anzuhören.«

Aber Tony McCall schien nicht weiter darüber reden zu wollen. »Wie gefällt dir das Zimmer?«, fragte er stattdessen.

»Es ist sehr hübsch«, log Rebus. »Man merkt, dass da viel Mühe drin steckt.«

»Das stimmt.« McCall klang nicht überzeugt. »Und viel Geld. Siehst du die Glasfigürchen da? Du kannst dir nicht vorstellen, wie viel ein einziges von denen kosten kann.«

»Tatsächlich?«

McCall betrachtete den Raum, als wäre *er* der Gast. »Willkommen bei mir daheim«, sagte er schließlich. »Ich glaub, ich würde lieber in einer der Zellen auf der Wache wohnen.« Er stand auf, ging zu Tommys Sessel hinüber und hockte sich vor seinen Bruder, der ein Auge offen hatte. Es wirkte vom Schlaf ganz glasig. »Du Scheißkerl«, flüsterte Tony McCall. »Du verdammter Scheißkerl.« Und dann senkte er den Kopf, damit man seine Tränen nicht sehen konnte.

Es wurde bereits hell, als Rebus die vier Meilen zurück nach Marchmont fuhr. Er hielt an einer Bäckerei an, die vierundzwanzig Stunden geöffnet hatte, und kaufte warme Brötchen und kalte Milch. Das war die Zeit, wo er die Stadt am liebsten mochte, die wohltuend friedliche Atmosphäre eines frühen Morgens. Er fragte sich, warum die Leute nicht einfach zufrieden mit ihrem Schicksal sein konnten. *Ich hab alles, was ich nie gewollt habe, und es reicht trotzdem nicht.* Er selbst wollte jetzt nur noch schlafen, und diesmal im Bett und nicht im Sessel. Vor seinen Augen lief immer wieder die gleiche Szene ab: Tommy McCall, völlig weggetreten, das Kinn voller Speichel, und Tony McCall, wie er vor ihm hockte und sein Körper bebte, überwältigt von Gefühlen. Ein Bruder war etwas Furchtbares. Ein Leben lang ist er dein Konkurrent, und trotzdem kannst du ihn nicht hassen, ohne dich selbst zu hassen. Und er sah noch andere Bilder vor sich: Malcolm Lanyon in seinem Arbeitszimmer, Saiko, wie sie in der Tür stand, James Carew tot in seinem Bett, Nell Stapletons übel zugerichtetes Gesicht, Ronnie McGraths zerschundener Körper, den alten Vanderhyde mit seinen blicklosen Augen, die Angst in den Augen von Calum McCallum, Tracy mit ihren kleinen Fäusten …

Wie ich der Erste unter den Sündern bin, bin ich auch der Erste unter den Leidenden.

Carew hatte diese Zeile irgendwo geklaut … aber von wo? Wen interessiert das denn schon, John? Es könnte nur ein weiterer verdammter Strang in dieser Geschichte sein, und davon gab es bereits viel zu viele, die zu einem undurchdringlichen Wirrwarr verknüpft waren. Sieh zu, dass du nach Hause kommst, schlaf, vergiss.

Eines war jedenfalls sicher: er würde wüste Träume haben.

SAMSTAG

Wenn Sie es aber vorziehen sollten, eine andere Wahl zu treffen, dann werden Ihnen in diesem Zimmer und im nämlichen Augenblick ein neues Wissensgebiet und neue Wege zu Ruhm und Macht eröffnet werden.

Doch dann träumte er überhaupt nicht. Und als er aufwachte, war Wochenende, die Sonne schien und sein Telefon klingelte.

»Hallo?«

»John? Hier ist Gill.«

»Oh, hallo Gill. Wie geht's dir?«

»Mir geht's gut. Und dir?«

»Hervorragend.« Das war nicht gelogen. Er hatte so gut geschlafen wie seit Wochen nicht mehr und war kein bisschen verkatert.

»Tut mir Leid, dass ich so früh anrufe. Irgendwelche Fortschritte mit der Verleumdungssache?«

»Welche Verleumdungssache?«

»Die Sachen, die dieser Junge über dich erzählt.«

»Ach das. Nein, ich hab noch nichts weiter gehört.« Er dachte an Mittagessen, an ein Picknick, eine Fahrt aufs Land. »Bist du in Edinburgh?«, fragte er.

»Nein. In Fife.«

»In Fife? Was machst du denn da?«

»Calum ist hier, das weißt du doch.«

»Natürlich weiß ich das, aber ich dachte, du wolltest erst mal nichts mit ihm zu tun haben.«

»Er wollte mich sehen. Deshalb rufe ich im Übrigen an.«

»Ach?« Rebus runzelte neugierig die Stirn.

»Calum will mit dir reden.«

»Mit *mir*? Warum?«

»Das wird er dir vermutlich selber sagen. Er hat mich nur gebeten, es dir auszurichten.«

Rebus dachte einen Augenblick nach. »Möchtest du denn, dass ich mit ihm rede?«

»Ist mir eigentlich ziemlich egal. Ich hab ihm gesagt, ich würde die Nachricht weitergeben. Und dass das der letzte Gefallen wäre, den er von mir erwarten könnte.« Ihre Stimme war kühl und glatt wie ein Schieferdach im Regen. Rebus spürte, wie er selbst dieses Dach herunterrutschte, wie er sie zufrieden stellen wollte, ihr helfen wollte. »Ach ja«, fügte sie hinzu, »er hat mir gesagt, wenn du dich skeptisch anhören solltest, soll ich dir sagen, es hätte mit Hyde's zu tun.«

»Hydes?« Rebus richtete sich ruckartig auf.

»H-y-d-e Apostroph s.«

»Hyde's was?«

Sie lachte. »Ich weiß es nicht, John. Aber es klingt so, als ob es *dir* irgendwas sagen sollte.«

»Das tut es, Gill. Bist du in Dunfermline?«

»Ich rufe vom Diensthabenden aus an.«

»Okay, ich bin in einer Stunde da.«

»In Ordnung, John.« Sie klang ganz gelassen. »Bis dann.«

Er unterbrach die Verbindung, zog seine Jacke an und verließ die Wohnung. Bis Tollcross herrschte viel Verkehr, ebenso auf der Lothian Road und bei dem Schlenker über die

Princes Street zur Queensferry Road. Seit der Privatisierung der öffentlichen Verkehrsmittel war der Busverkehr in der Innenstadt ein einziges Trauerspiel: Doppeldecker, einstöckige Busse und sogar Minibusse – alle wetteiferten um Kunden. Eingekeilt zwischen zwei dunkelroten LRT-Bussen und zwei grünen einstöckigen Bussen, verlor Rebus auch noch das letzte bisschen Geduld. Er drückte mit einer Hand die Hupe, scherte aus und raste an dem ganzen Stau vorbei. Ein Motorradkurier, der sich zwischen zwei Fahrzeugschlangen durchquetschte, musste heftig ausweichen, um einen Unfall zu vermeiden, und stieß gegen einen Saab. Rebus wusste, er hätte anhalten sollen. Aber er fuhr einfach weiter.

Wenn er doch nur eins von diesen Blaulichtern mit Magnetfuß gehabt hätte, wie sie die Leute von den Sondereinheiten auf ihr Autodach setzten, wenn sie zu spät zum Essen oder zu einer Verabredung kommen würden. Aber er hatte nur seine Scheinwerfer – Fernlicht eingeschaltet – und die Hupe. Als er den Stau hinter sich hatte, nahm er die Hand von der Hupe, schaltete das Licht aus und ordnete sich wieder in den fließenden Verkehr auf der allmählich breiter werdenden Straße ein.

Trotz einer Verzögerung am gefürchteten Barnton-Kreisverkehr war er recht schnell an der Forth Road Bridge, bezahlte die Maut und fuhr hinüber, aber er ließ sich Zeit, weil er wie immer die Aussicht genießen wollte. Die Marinewerft von Rosyth lag unter ihm auf der linken Seite. Viele seiner Schulfreunde (wobei »viel« relativ war; er hatte nie viele Freunde gehabt) hatten in Rosyth problemlos Jobs gefunden und waren vermutlich immer noch dort. Das schien so ungefähr der einzige Ort in Fife zu sein, wo es noch Arbeit gab. Die Bergwerke hatten in schöner Regelmäßigkeit schließen müssen. Irgendwo an der Küste, in der anderen Richtung, gruben Männer noch unter dem Forth und schaufelten immer unrentablere Kohle heraus …

Hyde! Calum McCallum wusste etwas über Hyde! Und er wusste auch, dass Rebus das interessierte. Also musste es sich herumgesprochen haben. Sein Fuß trat das Gaspedal weiter durch. McCallum würde natürlich einen Handel mit ihm abschließen wollen. Die Anklage ganz fallen lassen oder zumindest irgendwie harmlos umfrisieren. Na gut, er würde ihm die Sonne, den Mond und die Sterne versprechen.

Damit er es endlich wusste. Wusste, wer Hyde war, wusste, wo Hyde war. Damit er endlich wusste …

Die Hauptwache der Polizei von Dunfermline war leicht zu finden, da sie ganz in der Nähe eines Kreisverkehrs am Stadtrand lag. Gill war ebenfalls leicht zu finden. Sie saß nämlich in ihrem Auto auf dem großen Parkplatz vor der Wache. Rebus parkte gleich neben ihr, stieg aus seinem Auto aus und an der Beifahrerseite ihres Wagens ein.

»Morgen«, sagte er.

»Hallo, John.«

»Alles in Ordnung?« Das war bei näherem Hinsehen wahrscheinlich die dümmste Frage, die er je gestellt hatte. Ihr Gesicht war blass und eingefallen, und ihr Kopf schien zwischen den Schultern zu versinken, während ihre Hände auf dem Lenkrad lagen und die Fingerspitzen leise auf dem Armaturenbrett trommelten.

»Mir geht's gut«, sagte sie, und beide lächelten über die Lüge. »Ich hab dem Diensthabenden Bescheid gesagt, dass du kommst.«

»Soll ich deinem Freund irgendwas ausrichten?«

Ihre Stimme klang fest. »Nein.«

»Okay.«

Rebus stieß die Autotür auf, aber er schloss sie ganz sanft, als er ging, hinüber zum Eingang der Wache.

Seit über einer Stunde war sie durch die Flure des Krankenhauses geirrt. Es war gerade Besuchszeit, deshalb störte es niemanden sonderlich, wenn sie den ein oder anderen Krankensaal betrat, an Betten vorbeiging, ab und zu den alten, kranken Männern und Frauen zulächelte, die mit einsamen Augen zu ihr heraufstarrten. Sie beobachtete, wie Familien zu entscheiden versuchten, wer als Nächstes an Opas Bett sitzen sollte, weil immer nur zwei Personen gleichzeitig zugelassen waren. Sie suchte nach einer bestimmten Frau, obwohl sie sich nicht sicher war, ob sie sie wiedererkennen würde. Den einzigen Anhaltspunkt, den sie hatte, war die Tatsache, dass die Bibliothekarin eine gebrochene Nase hatte.

Vielleicht hatte man sie gar nicht dabehalten. Vielleicht war sie bereits wieder zu Hause bei ihrem Mann oder Freund oder was auch immer. Vielleicht sollte Tracy lieber warten und noch einmal in die Bibliothek gehen. Nur dass man dort nun besonders auf sie Acht geben würde. Der Mann an der Aufsicht würde sie erkennen. Die Bibliothekarin würde sie erkennen.

Aber würde *sie* die Bibliothekarin erkennen?

Eine Glocke ertönte und machte ihr unmissverständlich klar, dass die Besuchszeit zu Ende ging. Sie eilte zum nächsten Krankensaal und fragte sich: wenn nun die Bibliothekarin in einem Privatzimmer liegt? Oder in einem anderen Krankenhaus? Oder …

Nein! Da war sie! Tracy blieb abrupt stehen, machte eine Kehrtwendung und ging auf die andere Seite des Krankensaals. Besucher verabschiedeten sich von den Patienten und wünschten ihnen gute Besserung. Alle wirkten erleichtert, sowohl die Besucher als auch die Besuchten. Sie mischte sich unter die Leute, die Stühle zurück auf einen Stapel stellten und Mäntel, Schals und Handschuhe anzogen. Dann zögerte sie und schaute noch einmal zum Bett der Bibliothekarin. Auf beiden Seiten standen mehrere Blumensträuße, und der einzige Besucher, ein Mann, beugte sich gerade über die Bibliothekarin, um ihr einen langen Kuss auf die Stirn zu geben. Die Bibliothekarin drückte dem Mann die Hand, und ... Und der Mann kam Tracy bekannt vor. Sie hatte ihn schon mal gesehen ... Auf der Polizeiwache! Er war ein Freund von Rebus, und er war Polizist! Sie erinnerte sich jetzt, dass er nach ihr gesehen hatte, als sie in der Zelle festgehalten worden war.

O Gott, sie hatte die Frau eines Polizisten angegriffen!

Plötzlich war sie sich ganz unsicher. Warum war sie überhaupt gekommen? Konnte sie die Sache jetzt noch durchziehen? Zusammen mit einer Familie verließ sie den Krankensaal, dann lehnte sie sich draußen im Flur gegen die Wand. Konnte sie? Ja, wenn sie die Nerven behielt. Ja, sie konnte es.

Sie tat so, als betrachtete sie einen Getränkeautomaten, als Holmes durch die Pendeltür des Krankensaals kam und sich langsam über den Flur von ihr entfernte. Sie wartete volle zwei Minuten, zählte bis hundertzwanzig. Er kam nicht zurück. Er hatte nichts vergessen. Tracy wandte sich von dem Getränkeautomaten ab und ging auf die Pendeltür zu.

Für sie fing die Besuchszeit gerade erst an.

Sie war noch nicht weit gekommen, als eine junge Krankenschwester sie anhielt.

»Die Besuchszeit ist vorbei«, sagte die Schwester.

Tracy versuchte zu lächeln, versuchte, normal auszusehen. Das war schwierig, doch lügen war einfach.

»Ich hab meine Uhr verloren. Ich glaube, ich hab sie bei meiner Schwester am Bett liegen lassen.« Sie deutete mit dem Kopf in Nells Richtung. Nell, die das Gespräch mitbekam, hatte sich zu ihr umgedreht. Sie riss die Augen weit auf, als sie Tracy erkannte.

»Aber beeilen Sie sich bitte«, sagte die Schwester im Weitergehen. Tracy lächelte die Schwester an und sah ihr nach, als sie durch die Pendeltür ging. Jetzt waren nur noch die Patienten in ihren Betten da, eine plötzliche Stille, und sie. Sie ging auf Nells Bett zu.

»Hallo«, sagte sie. Sie schaute auf das Krankenblatt, das am Ende des eisernen Bettgestells befestigt war. »Nell Stapleton«, las sie.

»Was wollen Sie?« Nells Augen zeigten keine Angst. Ihre Stimme war schwach, weil sie hinten aus dem Rachen kam und nicht von ihrer Nase unterstützt wurde.

»Ich wollte Ihnen was sagen«, sagte Tracy. Sie kam ganz dicht an Nell heran und hockte sich auf den Boden, so dass man sie von der Tür des Krankensaals aus kaum sehen konnte. Sie hoffte, dass es so aussähe, als würde sie nach ihrer Uhr suchen. »Ja?«

Tracy lächelte, weil sie Nells merkwürdige Stimme amüsant fand. Sie klang wie eine Marionette in einer Kindersendung. Doch das Lächeln verging ihr rasch und sie wurde rot, weil ihr wieder einfiel, dass sie nur deswegen hier war, weil es *ihre* Schuld war, dass diese Frau hier lag. Die Pflaster über der Nase, die Blutergüsse unter den Augen, das war alles ihr Werk.

»Ich bin gekommen, um zu sagen, dass es mir Leid tut. Das ist eigentlich alles. Bloß dass es mir Leid tut.«

Nells Blick war starr.

»Und«, fuhr Tracy fort, »nun ja … nichts.«

»Erzählen Sie's mir«, sagte Nell, aber das Sprechen war viel zu anstrengend für sie. Sie hatte die meiste Zeit geredet, als Brian Holmes da war, und ihr Mund war trocken. Sie drehte sich um und griff nach dem Krug mit Wasser auf dem Schränkchen neben dem Bett.

»Lassen Sie mich das machen.« Tracy goss Wasser in einen Plastikbecher und gab ihn Nell, die in kleinen Schlucken trank, um ihren Mund zu befeuchten. »Schöne Blumen«, sagte Tracy.

»Von meinem Freund«, sagte Nell zwischen zwei Schlucken.

»Ja, ich hab gesehen, wie er gegangen ist. Er ist Polizist, nicht wahr? Ich weiß das, weil ich eine Bekannte von Inspector Rebus bin.«

»Ja, ich weiß.«

»Das wissen Sie?« Tracy schien schockiert. »Dann wissen Sie also, wer ich bin?«

»Ich weiß, dass Sie Tracy heißen, wenn Sie das meinen.«

Tracy biss sich auf die Unterlippe. Ihr Gesicht wurde wieder rot.

»Das spielt doch keine Rolle, oder?«, sagte Nell.

»Nein.« Tracy versuchte, locker zu klingen. »Es spielt keine Rolle.«

»Ich wollte Sie fragen …«

»Ja?« Tracy schien erpicht darauf, das Thema zu wechseln.

»Was wollten Sie eigentlich in der Bibliothek?«

Die Frage gefiel Tracy nicht besonders. Sie dachte kurz nach, zuckte die Achseln und sagte: »Ich wollte nach Ronnies Fotos suchen.«

»Ronnies Fotos?« Nell horchte auf. Das wenige, was Brian während der Besuchszeit gesagt hatte, hatte sich auf die

Fortschritte im Fall Ronnie McGrath bezogen, insbesondere auf die Entdeckung einiger Fotos im Haus des toten Jungen. Wovon redete Tracy da?

»Ja«, sagte sie. »Ronnie hat sie in der Bibliothek versteckt.«

»Was waren das denn für Fotos? Ich meine, warum musste er sie verstecken?«

Tracy zuckte die Achseln. »Er hat mir nur erzählt, das wär seine Lebensversicherungspolice. Genau das hat er gesagt, ›Lebensversicherungspolice‹.«

»Und wo genau hat er sie versteckt?«

»Auf dem fünften Stock, hat er gesagt. In einer gebundenen Ausgabe von etwas, das sich *Edinburgh Magazine* nennt. Ich glaub, das ist eine Zeitschrift.«

»Das stimmt«, sagte Nell lächelnd. »Das ist eine Zeitschrift.«

Nells Anruf hatte Brian Holmes in beste Laune versetzt. Doch zunächst war er völlig schockiert gewesen und hatte mit ihr geschimpft, weil sie aufgestanden war.

»Ich liege doch im Bett«, sagte sie. Ihre Stimme wurde vor Aufregung ganz undeutlich. »Sie haben mir das Münztelefon ans Bett gebracht. Jetzt hör zu …«

Dreißig Minuten später wurde er in einen Gang auf dem fünften Stock der Edinburgh University Library geführt. Die Bibliotheksangestellte prüfte die komplizierten Dezimalzahlen, die an jedem Regal standen, bis sie fand, was sie suchte, und ihn zu einer dunklen Reihe großer gebundener Bände führte. Am Ende des Ganges saß ein Student an einem Schreibtisch und starrte, an einem Bleistift kauend, desinteressiert zu Holmes. Holmes lächelte dem Studenten freundlich zu, doch der sah regelrecht durch ihn hindurch.

»Hier ist es«, sagte die Bibliothekarin. »*Edinburgh Review* und *New Edinburgh Review*. ›New‹ heißt es, wie Sie sehen, ab 1969. Die älteren Ausgaben bewahren wir natürlich in einem besonders gesicherten Raum auf. Wenn Sie von diesen Jahrgängen welche wollen, dauert es ein bisschen …«

»Nein, die hier reichen. Das ist genau das, was ich brauche. Vielen Dank.«

Die Bibliothekarin nahm seinen Dank mit einer leichten Verbeugung entgegen. »Sie denken doch daran, Nell von uns allen viele Grüße zu bestellen?«, sagte sie.

»Ich werde nachher mit ihr telefonieren. Ich vergess es nicht.«

Mit einer weiteren Verbeugung wandte sich die Bibliothekarin ab und ging ans andere Ende der Regalreihe. Dort blieb sie stehen und drückte einen Schalter. Neonröhren leuchteten flackernd über Holmes auf. Er lächelte ihr dankbar zu, aber sie war bereits fort. Mit raschen Schritten bewegte sie sich auf ihren quietschenden Gummiabsätzen Richtung Lift.

Holmes betrachtete die Rücken der gebundenen Bände. Die Sammlung war nicht vollständig, was bedeutete, dass einige Jahrgänge ausgeliehen waren. Ein unsinniger Ort, um etwas zu verstecken. Er nahm den Band von 1971-72, hielt ihn mit dem Zeigefinger der rechten und der linken Hand am Rücken hoch und schüttelte ihn. Es fielen keine Zettel und keine Fotos heraus. Er stellte den Band zurück ins Regal und nahm den nächsten, schüttelte ihn und stellte ihn wieder zurück.

Der Student an dem Schreibtisch sah nicht mehr durch Holmes hindurch. Er sah ihn *an*, und zwar so, als hielte er Holmes für verrückt. Ein weiterer Band gab nichts her, dann noch einer. Holmes begann schon das Schlimmste zu befürchten. Er hatte gehofft, etwas zu finden, womit er Rebus überraschen konnte, etwas, wodurch sich alle offenen Fragen klären würden. Er hatte versucht, den Inspector zu erreichen, doch Rebus war nirgends zu finden gewesen. Er war verschwunden.

Die Fotos machten mehr Krach, als er erwartet hatte, als sie zwischen den Seiten herausrutschten. Es knallte richtig, als sie mit ihren glänzenden Kanten auf dem gebohnerten Fußboden auftrafen. Er bückte sich und begann, sie aufzusammeln, während der Student fasziniert zusah. Das, was er von den auf dem Boden verstreuten Bildern erkennen konnte, reichte, um Holmes' Hochstimmung einen Dämpfer zu versetzen. Es waren Abzüge von den Boxkampffotos, nichts weiter. Keine neuen Bilder, keine Enthüllungen, keine Überraschungen.

Verflucht sei Ronnie McGrath, weil er ihn wieder hatte hoffen lassen. Die Fotos waren eine »schöne« Lebensversicherung. Für ein Leben, das bereits verwirkt war.

Er wartete auf den Aufzug, aber der steckte irgendwo fest. Also nahm er die Treppe, die sich steil nach unten wand, und landete im Erdgeschoss, jedoch in einem Teil der Bibliothek, den er noch nicht kannte. Es war ein enger Flur, in dem auf beiden Seiten alte und kaputte Bücher an den Wänden aufgestapelt waren. Als er ihn vorsichtig passierte, spürte er eine plötzliche Kälte, die er nicht einordnen konnte. Dann stieß er eine Tür auf und befand sich in der großen Eingangshalle. Die Bibliothekarin, die ihn herumgeführt hatte, saß wieder an ihrem Schreibtisch. Als sie ihn sah, begann sie heftig zu winken. Er eilte gehorsam zu ihr. Sie nahm ein Telefon ab und drückte einen Knopf.

»Ein Anruf für Sie«, sagte sie und streckte sich über den Schreibtisch, um ihm den Hörer zu reichen.

»Hallo?« Er war verblüfft; wer zum Teufel wusste denn, dass er hier war?

»Brian, wo haben Sie denn um Himmels willen gesteckt?« Es war natürlich Rebus. »Ich hab Sie überall gesucht. Ich bin im Krankenhaus.«

Holmes stockte das Herz. »Nell?«, sagte er so theatralisch, dass der Kopf der Bibliothekarin hochschoss.

»Was?«, knurrte Rebus. »Nein, nein, Nell geht's gut. Sie hat mir bloß gesagt, wo ich Sie erreichen kann. Ich rufe aus dem Krankenhaus an, und das kostet mich ein Vermögen.« Wie zur Bestätigung ertönte ein Tut-tut-tut, gefolgt von dem Klappern der Münzen, die durch den Einwurfschlitz geschoben wurden. Die Verbindung war wieder hergestellt.

»Mit Nell ist alles okay«, sagte Brian zu der Bibliothekarin. Sie nickte erleichtert und wandte sich wieder ihrer Arbeit zu.

»Natürlich ist alles okay mit ihr«, sagte Rebus, der die Worte mitbekommen hatte. »Jetzt hören Sie zu. Ich möchte, dass Sie ein paar Dinge für mich erledigen. Haben Sie Papier und Stift?«

Brian fand beides auf dem Schreibtisch. Er musste lächeln, weil er sich an das erste Telefongespräch erinnerte, das er je mit John Rebus geführt hatte. Es ähnelte diesem so sehr: ›ein paar Dinge zu erledigen‹. Meine Güte, wie viel war seitdem geschehen …

»Haben Sie das?«

Holmes erschrak. »Tut mir Leid, Sir«, sagte er. »Ich war mit den Gedanken ganz woanders. Könnten Sie das bitte wiederholen?«

Ein deutlich hörbares Geräusch, eine Mischung aus Verärgerung und Ungeduld, kam aus dem Hörer. Dann begann Rebus von vorn, und diesmal hörte Brian Holmes jedes Wort.

Tracy hätte nicht sagen können, warum sie Nell Stapleton besucht oder warum sie ihr das alles erzählt hatte. Sie spürte eine Art Verbindung zwischen ihnen, nicht nur wegen dem, was sie getan hatte. Nell Stapleton hatte etwas an sich, etwas Kluges und Gütiges, etwas, das Tracy in ihrem bisherigen Leben gefehlt hatte. Vielleicht fiel es ihr deshalb so schwer, das Krankenhaus zu verlassen. Sie war durch die Flure gelaufen, hatte in einem Café gegenüber vom Hauptgebäude zwei Tassen Kaffee getrunken, war durch die Notaufnahme spaziert, durch die Röntgenabteilung, selbst durch irgendeine Spezialabteilung für Diabetiker. Schließlich hatte sie sich doch auf den Weg gemacht, war aber nur bis zur städtischen Kunsthochschule gekommen. Dort hatte sie kehrtgemacht und war die zweihundert Schritte zurück zum Krankenhaus gegangen.

Sie wollte gerade durch das Tor an der Seite gehen, als die Männer sie schnappten.

»Hey!«

»Würden Sie bitte mit uns kommen, Miss.«

Sie hörten sich an wie Leute vom Sicherheitsdienst oder sogar wie Polizisten, deshalb leistete sie keinen Widerstand. Vielleicht wollte der Freund von Nell Stapleton sie sehen und ihr eine ordentliche Abreibung verpassen. Es war ihr egal. Sie führten sie zum Eingang des Krankenhauses, deshalb wehrte sie sich nicht. Bis es zu spät war.

Im letzten Augenblick blieben die beiden Männer abrupt stehen, drehten Tracy um und stießen sie hinten in einen Krankenwagen.

»Hey! Was soll das?« Die Türen fielen bereits zu, und sie war allein in dem heißen, düsteren Innenraum. Sie hämmerte gegen die Türen, doch das Fahrzeug setzte sich schon in Bewegung. Durch den Ruck beim Anfahren wurde sie gegen die Türen geschleudert, dann wieder auf den Boden. Als sie sich ein wenig erholt hatte, sah sie, dass es sich um einen alten Krankenwagen handelte, der nicht mehr für seinen ursprünglichen Zweck benutzt wurde. Die Innenausstattung war entfernt worden, so dass das Fahrzeug jetzt nur noch ein ganz normaler Kleinbus war. Die Fenster waren mit Brettern verrammelt, und eine Metallplatte trennte Tracy vom Fahrer. Mit zusammengebissenen Zähnen kroch sie bis zu dieser Platte und begann, mit den Fäusten dagegen zu schlagen. Irgendwann schrie sie laut auf, als ihr klar geworden war, dass die beiden Männer, die sie eben am Tor geschnappt hatten, dieselben waren, die ihr an jenem Tag auf der Princes Street gefolgt waren, an dem Tag, an dem sich sie zu John Rebus geflüchtet hatte. »O Gott«, murmelte sie, »o Gott, o Gott.«

Sie hatten sie am Ende doch gefunden.

Der Abend war schwül, die Straßen für einen Samstag ruhig.

Rebus klingelte an der Tür und wartete. Währenddessen schaute er nach links und rechts. Eine Doppelreihe wunderschöner georgianischer Häuser, deren steinerne Fassaden Zeit und Autoabgase allerdings dunkel gefärbt hatten. In vielen der Häuser waren jetzt Büros der schottischen Anwaltsvereinigung, Kanzleien von Wirtschaftsprüfern oder Niederlassungen von irgendwelchen Geldinstituten. Aber einige wenige – äußerst wenige – dienten immer noch ein paar Reichen und Fleißigen als angenehmer und gut ausgestatteter Wohnsitz. Rebus war schon einmal in dieser Straße gewesen, vor langer Zeit, als er gerade bei der Kriminalpolizei angefangen hatte. Damals hatte er wegen dem Tod eines jungen Mädchens ermittelt. Er konnte sich kaum noch an den Fall erinnern. Außerdem war er jetzt viel zu sehr damit beschäftigt, sich für den bevorstehenden Abend in die richtige Stimmung zu versetzen.

Er zupfte an der schwarzen Fliege an seinem Hals. Die ganze Kostümierung, Smokingjacke, Hemd, Fliege und Lackschuhe, hatte er sich am Nachmittag in einem Laden auf der George Street geliehen. Er war sich wie ein Idiot vorgekommen. Doch als er sich im Badezimmerspiegel betrachtet hatte, hatte er zugeben müssen, dass er tatsächlich smart aussah. Jedenfalls würde er so in einem Etablissement wie Finlay's auf der Duke Terrace nicht allzu sehr auffallen.

Die Tür wurde von einer strahlenden jungen Frau geöffnet. Sie war elegant gekleidet und begrüßte ihn, als würde sie sich wundern, warum er nicht öfter kam.

»Guten Abend«, sagte sie. »Kommen Sie doch bitte herein.«

Das tat er gerne. Die Eingangshalle war sehr dezent. Cremefarbene Wände, hochfloriger Teppichboden, einige Stühle, die von Charles Rennie Mackintosh hätten entworfen sein können. Sie hatten hohe Lehnen und sahen äußerst unbequem aus.

»Wie ich sehe, gefallen Ihnen unsere Stühle«, sagte die Frau.

»Ja«, antwortete Rebus und erwiderte ihr Lächeln. »Mein Name ist übrigens Rebus. John Rebus.«

»Ah ja. Finlay hat mir gesagt, Sie würden erwartet. Da das Ihr erster Besuch hier ist, möchten Sie, dass ich mit Ihnen einen kurzen Rundgang mache?«

»Das ist sehr freundlich.«

»Aber zuerst bekommen Sie was zu trinken, und der erste Drink geht immer aufs Haus.«

Rebus versuchte, nicht allzu neugierig zu wirken, aber er

konnte nicht anders. Schließlich war er durch und durch Polizist und hatte seine Berufsehre. Also stellte er seiner Begleiterin, deren Name Paulette war, einige Fragen zu diesem und jenem Teil des Spielclubs. Ihm wurde gezeigt, wo die Keller lagen (»Finlay hat ihren Inhalt für eine Viertelmillion versichern lassen«), die Küche (»unser Koch ist sein Gewicht in Beluga wert«) und die Gästezimmer (»die Richter sind die schlimmsten, ein oder zwei enden immer hier, weil sie zu betrunken sind, um nach Hause zu gehen«). Die Keller und die Küche waren im Untergeschoss, im Erdgeschoss befanden sich eine ruhige Bar und ein kleines Restaurant mit Garderobe und Toiletten sowie ein Büro. Vorbei an einer Sammlung schottischer Gemälde aus dem 18. und 19. Jahrhundert von Künstlern wie Jacob More und David Allan, führte eine mit Teppich ausgelegte Treppe hinauf in den ersten Stock, wo der eigentliche Spielbereich lag: Roulette, Blackjack, einige weitere Tische für Kartenspiele und ein Tisch zum Würfeln. Die Spieler waren Geschäftsleute, die Einsätze hielten sich im Rahmen, keine hohen Gewinne und keine hohen Verluste. Sie hatten ihre Chips ganz nahe bei sich liegen.

Paulette zeigte auf zwei geschlossene Räume.

»Privaträume, für Privatspiele.«

»Was denn?«

»Hauptsächlich Poker. Die professionelleren Spieler buchen ungefähr einmal im Monat einen Raum. Manchmal spielen sie die ganze Nacht hindurch.«

»Genau wie im Film.«

»Ja.« Sie lachte. »Genau wie im Film.«

Die zweite Etage bestand aus den drei Gästezimmern, die ebenfalls abgeschlossen waren, sowie Finlay Andrews' privater Suite.

»Die ist natürlich nicht zugänglich«, sagte Paulette.

»Natürlich nicht«, pflichtete Rebus ihr bei, als sie wieder die Treppe hinuntergingen.

Das war also Finlay's Club. An diesem Abend war nicht viel los. Er hatte nur zwei oder drei Gesichter gesehen, die er erkannt hatte: einen Anwalt, der so tat, als kenne er ihn nicht, obwohl sie im Gericht mal aneinander geraten waren, einen Fernsehansager, dessen tiefe Bräune unecht wirkte, und Farmer Watson.

»Hallo, John.« Obwohl Watson sich in einen Anzug mit Frackhemd gequetscht hatte, sah er trotzdem aus wie ein Polizist ohne Uniform. Er war in der Bar, als Paulette und Rebus zurückkamen. Er hatte die Hand um ein Glas Orangensaft gelegt und versuchte, entspannt auszusehen, doch er wirkte absolut fehl am Platze.

»Sir.« Rebus hatte keinen Augenblick geglaubt, dass Watson trotz seiner Drohung tatsächlich hier auftauchen würde. Er stellte ihm Paulette vor, die sich entschuldigte, dass sie ihn nicht an der Tür begrüßt hatte.

Watson tat ihre Entschuldigung mit einer Handbewegung ab und präsentierte sein Glas. »Man hat sich schon um mich gekümmert«, sagte er. Sie setzten sich an einen freien Tisch. Die Stühle waren bequem und gut gepolstert und Rebus spürte, wie er sich entspannte. Watson hingegen schaute sich nervös um.

»Ist Finlay nicht da?«, fragte er.

»Er muss hier irgendwo sein«, sagte Paulette. »Finlay läuft immer irgendwo herum.«

Merkwürdig, dachte Rebus, dass sie ihm auf ihrem Rundgang nicht begegnet waren.

»Wie ist der Club denn so, John?«, fragte Watson.

»Eindrucksvoll«, antwortete Rebus und nahm Paulettes Lächeln entgegen wie ein eifriger Schüler ein Lob von seinem

Lehrer. »Sehr eindrucksvoll. Er ist größer, als man glaubt. Warten Sie mal ab, bis Sie das Obergeschoss sehen.«

»Und dann gibt's ja noch diesen Anbau«, sagte Watson.

»Ach ja, den hatte ich ganz vergessen.« Rebus sah zu Paulette.

»Ja, richtig«, sagte sie. »Wir bauen hinten am Gebäude an.«

»Bauen?«, sagte Watson. »Ich dachte, das wäre ein Fait accompli?«

»O nein.« Sie lächelte wieder. »Finlay ist sehr eigen. Der Fußboden war nicht ganz in Ordnung, also hat er ihn wieder rausreißen lassen. Die Arbeiter mussten wieder von vorne anfangen. Jetzt warten wir auf eine Ladung Marmor aus Italien.«

»Das muss ja ein paar Pfund kosten«, sagte Watson und nickte vor sich hin.

Rebus dachte über den Anbau nach. Irgendwo im hinteren Teil des Erdgeschosses, vorbei an Toiletten, Garderobe, Büros und begehbaren Einbauschränken, musste es eine weitere Tür geben, die ursprünglich in den Garten geführt hatte, jetzt aber vielleicht der Durchgang zum Anbau war.

»Noch einen Drink, John?« Watson war bereits aufgestanden und deutete auf Rebus' leeres Glas.

»Gin mit frisch gepresstem Orangensaft bitte«, sagte er und reichte ihm das Glas.

»Und für Sie, Paulette?«

»Nein danke.« Sie stand von ihrem Stuhl auf. »Ich muss noch arbeiten. Jetzt, wo Sie sich ein bisschen auskennen, sollte ich mich lieber wieder um die Gäste an der Tür kümmern. Wenn Sie oben spielen wollen, können Sie sich im Büro Chips besorgen. Bei einigen Spielen wird auch Bargeld angenommen, bei den interessantesten allerdings nicht.«

Ein weiteres Lächeln, dann ein Knistern von Seide und ein kurzes Aufblitzen schwarzer Reizwäsche und sie war entschwunden. Watson bemerkte, wie Rebus hinter ihr her sah.

»Immer gemach, Inspector«, sagte er und lachte in sich hinein, während er zur Bar ging. Dort erklärte ihm der Barmann, dass er nur zu winken brauche, wenn er etwas zu trinken haben wolle. Die Bestellung würde bei den Herren am Tisch aufgenommen und ihnen umgehend gebracht.

»Was für ein Leben, was, John?«

»Ja, Sir. Was gibt's Neues auf dem Revier?«

»Sie meinen den kleinen Stricher, der die Beschwerde eingereicht hat? Er ist abgehauen. Verschwunden. Hat uns eine falsche Adresse angegeben, das Übliche.«

»Also bin ich vom Fleischerhaken?«

»So in etwa.« Rebus wollte protestieren. »Warten Sie noch ein paar Tage ab, John, mehr verlange ich nicht von Ihnen. Bis ein bisschen Gras über die Sache gewachsen ist.«

»Es wird also darüber geredet?«

»Ein paar von den Jungs haben sich darüber lustig gemacht. Ich glaube, das kann man ihnen nicht verdenken. In ein bis zwei Tagen gibt's was anderes, worüber sie ihre Witze reißen können, und die ganze Sache wird vergessen sein.«

»Es *gibt* nichts zu vergessen!«

»Ich weiß, ich weiß. Es war nur ein Komplott, um Sie aus dem Verkehr zu ziehen, und hinter allem steckt der geheimnisvolle Mr. Hyde.«

Rebus starrte Watson an, die Lippen fest zusammengekniffen. Am liebsten hätte er den ganzen Laden zusammengeschrien. Stattdessen atmete er tief durch und schnappte sich den Drink, sobald der Kellner das Tablett auf den Tisch gestellt hatte. Er hatte bereits zwei große Schlucke genommen, als der Kellner ihn informierte, dass er den Orangensaft des anderen Herrn trinke. Sein eigener Gin Orange stand noch auf dem Tablett. Rebus wurde rot, während Watson, schon wieder lachend, eine Fünf-Pfund-Note auf den Tisch legte. Der Kellner hüstelte verlegen.

»Ihre Drinks machen zusammen sechs Pfund fünfzig, Sir«, erklärte er Watson.

»Du meine Güte!« Watson kramte in seiner Tasche nach Kleingeld, fand eine zerknitterte Pfundnote und ein paar Münzen und legte sie auf das Tablett.

»Danke, Sir.« Der Kellner nahm das Tablett und wandte sich ab, noch bevor Watson fragen konnte, ob er noch etwas zurückbekäme. Er sah Rebus an, der nun seinerseits lächelte.

»Also«, sagte Watson. »Ich meine sechs Pfund fünfzig! Davon müssen manche Familien eine ganze Woche leben.«

»Was für ein Leben«, hielt Rebus dem Superintendent seine Worte von eben entgegen.

»Ja, gut gesagt, John. Ich hätte schon fast vergessen, dass es andere Dinge im Leben gibt als die eigene Bequemlichkeit. Sagen Sie mal, in welche Kirche gehen Sie eigentlich?«

»Na so was. Ihr seid wohl gekommen, um uns alle einzubuchten?« Beide Männer drehten sich beim Klang dieser neuen Stimme um. Es war Tommy McCall. Rebus sah auf seine Uhr. Acht Uhr dreißig. Tommy sah aus, als wäre er auf dem Weg zum Club bereits in ein paar Pubs gewesen. Er ließ sich schwer auf den Stuhl fallen, auf dem Paulette gesessen hatte.

»Was trinkt ihr?« Er schnipste mit den Fingern und der Kellner kam mit gerunzelter Stirn langsam auf den Tisch zu.

»Sir?«

Tommy blickte zu ihm auf. »Hallo, Simon. Noch mal das Gleiche für die Gendarmerie und für mich das Übliche.«

Rebus beobachtete, wie der Kellner auf McCalls Worte reagierte. Ganz recht, mein Junge, dachte Rebus bei sich, wir sind von der Polizei. Warum jagt dir das denn so einen Schrecken ein? Der Kellner wandte sich ab, als ob er Rebus' Gedanken lesen könnte, und ging mit steifen Schritten zur Bar zurück.

»Was führt euch beide denn hierher?« McCall zündete sich eine Zigarette an. Er war offenkundig froh, Gesellschaft gefunden zu haben, und bereit, die ganze Nacht durchzumachen.

»Es war Johns Idee«, sagte Watson. »Er wollte gern hierher, also hab ich das mit Finlay geregelt. Dann hab ich mir überlegt, dass ich eigentlich auch mitkommen könnte.«

»Sehr gut.« McCall schaute sich um. »Heute Abend ist allerdings nicht viel los, bis jetzt jedenfalls noch nicht. Normalerweise wimmelt es hier nur so von Leuten, die Sie sofort erkennen würden, Namen, die einem so vertraut sind wie der eigene. Heute Abend ist es ziemlich lahm.«

Er hatte eine Runde Zigaretten angeboten, und Rebus hatte eine genommen, zündete sie nun an und nahm dankbar einen tiefen Zug, den er sofort bereute, da Nikotin und Alkohol in seinem Körper im gleichen Augenblick eine unheilige Allianz eingingen. Er musste rasch und konzentriert nachdenken. Erst Watson und jetzt McCall – er hatte keinen von beiden eingeplant.

»Übrigens, John«, sagte Tommy McCall, »danke, dass du mich gestern Abend mitgenommen hast.« Seine Stimme hatte einen leicht verschwörerischen Unterton, den allerdings nur Rebus mitbekam. »Sorry, wenn ich dir irgendwelche Umstände gemacht habe.«

»Kein Problem, Tommy. Hast du gut geschlafen?«

»Ich hab nie Probleme mit dem Schlafen.«

»Ich auch nicht«, mischte sich Farmer Watson ein. »Der Vorteil eines guten Gewissens, was?«

Tommy wandte sich zu Watson. »Schade, dass Sie nicht zu Malcolm Lanyons Party kommen konnten. Wir hatten viel Spaß dort, nicht wahr, John?«

Tommy lächelte Rebus an, der zurücklächelte. Eine Gruppe am Nebentisch lachte über einen Witz. Die Männer rauchten dicke Zigarren, die Frauen ließen ihre Armbänder klimpern. McCall beugte sich zu ihnen hinüber, weil er wohl gern mitgelacht hätte, doch seine geröteten Augen und sein schiefes Lächeln fanden bei den Leuten wenig Anklang.

»Schon ordentlich getankt heute Abend, Tommy?«, fragte Rebus. Als er seinen Namen hörte, wandte sich McCall wieder Rebus und Watson zu.

»Das eine oder andere«, sagte er. »Zwei von meinen Lkws haben nicht pünktlich geliefert, die Fahrer waren besoffen oder so. Dadurch hab ich zwei große Aufträge verloren. Musste meine Sorgen ertränken.«

»Das tut mir Leid«, sagte Watson aufrichtig. Rebus nickte zustimmend, aber McCall schüttelte theatralisch den Kopf.

»Nicht so schlimm«, sagte er. »Ich hab sowieso vor, den Betrieb zu verkaufen, mich zur Ruhe zu setzen, solange ich noch jung bin. Barbados, Spanien, wer weiß. Eine kleine Villa kaufen.« Seine Augen verengten sich, seine Stimme wurde zu einem Flüstern. »Und ratet mal, wer Interesse hat, die Firma zu kaufen? Da kommt ihr nie drauf. Finlay.«

»Finlay Andrews?«

»Ganz genau.« McCall lehnte sich zurück, zog an seiner Zigarette und blinzelte in den Rauch. »Finlay Andrews.« Er beugte sich wieder vertraulich vor. »Er hat seine Finger in so manchen Läden drin. Nicht nur dieser Schuppen hier. Dazu den einen oder anderen Aufsichtsratsposten und jede Menge Aktien, das kann ich euch flüstern.«

»Ihre Drinks.« Die Stimme des Kellners hatte jetzt mehr als nur einen leicht missbilligenden Tonfall. Er schien gar nicht gehen zu wollen, selbst als McCall eine Zehn-Pfund-Note auf das Tablett warf und ihn fortwinkte.

»Ja«, fuhr McCall fort, nachdem der Kellner sich doch noch zurückgezogen hatte. »Die Finger in vielen Läden. Alles ganz korrekt natürlich. Es wäre höllisch schwer, das Gegenteil zu beweisen.«

»Und er will deine Firma kaufen?«, fragte Rebus.

McCall zuckte die Achseln. »Er hat mir einen guten Preis genannt. Keinen fantastischen Preis, aber ich werde nicht verhungern.«

»Ihr Wechselgeld, Sir.« Es war schon wieder der Kellner. Seine Stimme war eisig. Er hielt McCall, der ihn entgeistert anstarrte, das Tablett hin.

»Ich wollte nichts zurück«, erklärte er. »Das war als Trinkgeld gedacht. Aber«, er zwinkerte Rebus und Watson zu und nahm die Münzen vom Tablett, »wenn Sie es nicht wollen, junger Mann, dann nehm ich's halt wieder.«

»Danke, Sir.«

Rebus genoss den Auftritt. Der Kellner signalisierte McCall auf jede erdenkliche Art Gefahr, aber McCall war zu betrunken oder zu naiv, um es zu merken. Gleichzeitig war sich Rebus der Komplikationen bewusst, die sich daraus ergeben konnten, dass Superintendent Watson und Tommy McCall an dem Abend im Finlay's waren, an dem der Laden hochgehen sollte.

Plötzlich ertönte Lärm aus der Eingangshalle, laute Stimmen, die eher ausgelassen als wütend klangen. Auch Paulettes Stimme war zu hören, erst bittend, dann energisch. Rebus sah wieder auf seine Uhr. Acht Uhr fünfzig. Genau pünktlich.

»Was ist da los?« Alle in der Bar schauten interessiert auf. Einige waren sogar aufgestanden, um nachzusehen. Der Barmann drückte einen Knopf an der Wand neben den Spiegeln, dann eilte er in die Eingangshalle. Rebus folgte ihm. Unmittelbar im Eingang diskutierte Paulette mit mehreren Männern, die zwar Anzüge anhatten, aber die sahen schon ziemlich abgetragen aus. Einer erklärte ihr, sie könnte ihn nicht wegschicken, da er eine Krawatte anhätte. Ein anderer sagte, sie wären extra an diesem Abend in die Stadt gekommen und hätten von jemandem in einer Bar von dem Club erfahren.

»Philip war sein Name. Wir sollten sagen, Philip hätte gesagt, es wär okay, dann kämen wir rein.«

»Es tut mir Leid, meine Herren, aber dies ist ein *Privat*club.« Der Barmann hatte sich jetzt eingemischt, aber seine Anwesenheit war unerwünscht.

»Wir reden mit der Dame hier, Kumpel, okay? Wir wollen doch nur einen Drink und vielleicht ein kleines Spielchen machen, da ist doch nichts dabei!«

Rebus beobachtete, wie zwei weitere »Kellner«, harte junge Typen mit kantigen Gesichtern, rasch die Treppe vom ersten Stock herunterkamen.

»Sehen Sie doch mal ...«

»Nur ein kleines Spielchen ...«

»Extra an diesem Abend in die Stadt ...«

»Tut mir Leid ...«

»Lass mein Jackett los, Kumpel ...«

»Hey! ...«

Neil McGrath landete den ersten Schlag und erwischte einen von den schweren Jungs mit einer Rechten voll im Magen, worauf der Mann sich heftig krümmte. Immer mehr

Leute kamen in den Flur, ließen Bar und Restaurant praktisch unbeaufsichtigt. Rebus, der immer noch die Schlägerei beobachtete, bewegte sich langsam rückwärts durch die Menge, vorbei an der Tür zur Bar, am Restaurant und auf die Garderobe, die Toiletten, die Bürotür und die Tür dahinter zu.

»Tony! Bist du das?« Das musste ja passieren. Tommy McCall hatte seinen Bruder Tony als einen der angeblich betrunkenen Eindringlinge erkannt. Tony, dadurch abgelenkt, erhielt einen Schlag ins Gesicht, der ihn rückwärts gegen die Wand warf. »Was fällt dir ein, meinen Bruder zu schlagen!« Im Nu war Tommy auch dabei und mischte an vorderster Front mit. Die Constables Neil McGrath und Harry Todd waren gesunde und sportliche junge Männer, sie hielten sich wacker. Doch als sie Superintendent Watson sahen, erstarrten sie automatisch, obwohl er gar nicht wissen konnte, wer sie waren. Jeder von ihnen bekam einen üblen Schlag verpasst, was ihnen schmerzlich klar machte, dass hier nicht gespaßt wurde. Sie vergaßen Watson und hauten um sich, was das Zeug hielt.

Rebus bemerkte, dass einer aus der Gruppe sich bei der Prügelei ein wenig zurückhielt, nicht richtig mitmachte. Er blieb außerdem in der Nähe der Tür und war anscheinend bereit, sofort zu fliehen, wenn nötig. Und er sah immer wieder zur anderen Seite des Flurs, wo Rebus stand. Rebus winkte ihm zu. Detective Constable Holmes winkte nicht zurück. Dann drehte sich Rebus um und stand vor der Tür am Ende des Flurs, der Tür zum Anbau des Clubs. Er schloss die Augen, nahm all seinen Mut zusammen, ballte die rechte Hand zur Faust und schlug sich damit ins Gesicht. Nicht mit voller Wucht, dafür sorgte schon irgendein Selbsterhaltungstrieb, aber fest genug. Er fragte sich, wie Leute es fertig brachten, sich die Pulsadern aufzuschneiden. Dann öffnete er die tränenden Augen und befühlte seine Nase. An seiner Oberlippe war Blut, das aus beiden Nasenlöchern tropfte. Er ließ es tropfen und hämmerte gegen die Tür.

Nichts. Er hämmerte noch einmal. Der Lärm von der Prügelei hatte inzwischen einen Höhepunkt erreicht. *Na, komm schon, komm schon.* Er nahm ein Taschentuch heraus und hielt es unter seine Nase. Leuchtend rote Tropfen fielen darauf. Die Tür war von innen nicht abgeschlossen. Sie öffnete sich ein kleines Stück und ein Paar Augen starrten Rebus an.

»Was gibt's?«

Rebus trat ein wenig zurück, damit der Mann den Aufruhr am Eingang sehen konnte. Die Augen wurden vor Erstaunen ganz groß, dann starrte der Mann wieder auf Rebus' blutiges Gesicht, bevor er die Tür weiter aufmachte. Der Mann war kräftig, noch recht jung, hatte aber für sein Alter unnatürlich dünne Haare. Als ob er diesen Mangel ausgleichen wollte, hatte er einen riesigen Schnurrbart. Rebus erinnerte sich an Tracys Beschreibung von einem der Männer, die ihr an dem Abend gefolgt waren, als sie zu seiner Wohnung kam. Auf diesen Mann könnte die Beschreibung passen.

»Wir brauchen Sie da draußen«, sagte Rebus. »Kommen Sie mit.«

Der Mann zögerte, dachte nach. Rebus fürchtete schon, er würde die Tür wieder schließen, und stellte sich darauf ein, sie mit voller Wucht einzutreten. Doch der Mann riss die Tür auf, trat heraus und ging an Rebus vorbei. Rebus gab ihm einen Klaps auf den muskulösen Rücken.

Der Weg war frei. Rebus ging durch die Tür, tastete nach dem Schlüssel und schloss hinter sich ab. Oben und unten waren Riegel. Er schob den oberen über die Tür. Lass niemanden rein, dachte er, und niemanden raus. Erst dann sah er sich um. Er stand oben auf einer schmalen Betontreppe, ohne Teppich. Vielleicht hatte Paulette ja die Wahrheit gesagt. Vielleicht war der Anbau noch gar nicht fertig. Diese Treppe sah allerdings nicht so aus, als ob sie als Teil von Finlay's Club gedacht wäre. Sie war viel zu schmal, fast wie eine Geheimtreppe. Langsam ging Rebus nach unten. Die Absätze seiner geliehenen Schuhe klapperten viel zu laut auf den Stufen.

Rebus zählte zwanzig Stufen und nahm an, dass er jetzt bereits unterhalb des Erdgeschosses sein musste, etwa in Höhe der Keller oder sogar noch ein bisschen tiefer. Vielleicht hatte Finlay Andrews ja doch vor den Bauvorschriften kapitulieren müssen. Und da er nicht nach oben bauen durfte, hatte er eben nach *unten* gebaut. Die Tür am Fuße der Treppe sah ziemlich solide aus. Ebenfalls rein auf Zweckmäßigkeit ausgerichtet, nichts Dekoratives. Man würde schon einen Vorschlaghammer benötigen, um diese Tür einzuschlagen. Rebus probierte es stattdessen mit dem Türknauf. Er drehte sich, und die Tür ging auf.

Absolute Dunkelheit. Rebus tastete sich durch die Tür und versuchte, mit Hilfe des wenigen Lichts, das oben von der Treppe schimmerte, irgendetwas zu erkennen. Es gab aber nichts zu erkennen. Anscheinend war er in einer Art Lagerraum. Einem großen leeren Raum. Dann ging das Licht an, vier Reihen Neonröhren hoch oben an der Decke. Obwohl sie nicht sehr stark waren, sorgten sie für eine ausreichende Beleuchtung. Mitten im Raum stand ein kleiner Boxring, umgeben von ein paar Dutzend Stühlen mit steifen Lehnen. *Hier* war es also. Der Diskjockey hatte Recht gehabt.

Calum McCallum brauchte alle Freunde, die er kriegen

konnte. Daher hatte er Rebus von den Gerüchten erzählt, die er gehört hatte, Gerüchte über einen kleinen Club innerhalb eines Clubs, wo die ganz abgekochten unter den Reichen in der Stadt »interessante Wetten« setzen konnten. Ein bisschen was anderes als das Übliche, hatte McCallum gesagt. Beispielsweise auf zwei Strichjungen zu wetten, Junkies, die man großzügig dafür bezahlte, dass sie sich gegenseitig windelweich schlugen und hinterher nicht darüber redeten. Die man mit Geld und Drogen bezahlte. An beiden war kein Mangel, seit diese vergnügungssüchtigen Neureichen in den Norden gezogen waren.

Hyde's Club. Benannt nach Robert Louis Stevensons Schurken Edward Hyde, der dunklen Seite der menschlichen Seele. Die Figur des Mr. Hyde basierte auf Deacon Brodie, einem Einwohner der Stadt, der tagsüber Geschäftsmann und nachts Räuber gewesen war. Rebus konnte in dem großen Raum Schuldgefühle, Angst und Sensationsgier riechen. Erkalteter Zigarrenrauch, verschütteter Whisky, vergossener Schweiß. Doch es gab da immer noch eine Frage, die beantwortet werden musste. War Ronnie dafür bezahlt worden, die Reichen und Einflussreichen zu fotografieren – ohne dass sie das merkten natürlich? Oder hatte er auf eigene Faust gehandelt, war als Punchingball hierher bestellt worden, aber geschickt genug gewesen, eine versteckte Kamera mitzubringen? Die Antwort war vielleicht gar nicht wichtig. Entscheidend war, dass der Besitzer des Clubs, der Mann, der mit diesen niederen Instinkten spielte, Ronnie umgebracht hatte. Er hatte dafür gesorgt, dass er keinen Stoff mehr bekam, und ihm dann Rattengift gegeben. Er hatte einen seiner Helfershelfer zu dem besetzten Haus geschickt, damit der dafür sorgte, dass es wie ein simpler Fall von Überdosis aussah. Deshalb hatten sie den erstklassigen Stoff bei Ronnie gelassen. Und um eine falsche Spur zu legen, hatten sie die Leiche nach unten gebracht und die Kerzen aufgestellt. Hielten dieses Szenario für besonders schockierend. Nur hatten sie im Kerzenlicht das Pentagramm an der Wand gar nicht gesehen, also hatte es nichts weiter bedeutet, dass sie die Leiche auf diese besondere Art drapiert hatten.

Rebus hatte von Anfang an den Fehler gemacht, zu viel in die Situation hineinzulesen. Er selbst hatte das Bild verwischt, indem er Verbindungen sah, wo keine waren, ein Komplott und eine Verschwörung vermutet, die nicht existierten. Das wahre Komplott war viel größer, ein Heuhaufen gegen eine Nadel.

»Finlay Andrews!« Die Worte hallten von den Wänden wider und verklangen ungehört im Raum. Rebus zog sich hinauf in den Boxring und betrachtete von dort die Stühle. Er konnte die glänzenden und selbstgefälligen Gesichter der Zuschauer fast sehen. Der mit Segeltuch bespannte Boden des Rings war mit braunen Flecken gesprenkelt – getrocknetes Blut. Das hier war natürlich längst nicht alles. Schließlich gab es ja noch die »Gästezimmer« und die verschlossenen Türen, hinter denen »Privatspiele« gespielt wurden. Ja, er konnte sich das ganze Sodom vorstellen, das – nach James Carews privatem Terminkalender zu urteilen – jeden dritten Freitag im Monat hier stattfand. Junge Männer wurden vom Calton Hill geholt, um die Kunden zu bedienen. Auf einem Tisch, im Bett, wo auch immer. Und Ronnie hatte das möglicherweise alles fotografiert. Aber Andrews hatte herausgefunden, dass Ronnie einige Fotos als eine Art Lebensversicherung irgendwo versteckt hatte. Er konnte natürlich nicht wissen, dass sie als Erpressungsmittel oder als Beweismaterial praktisch wertlos waren. Er wusste nur, dass sie existierten.

Rebus kletterte aus dem Ring und ging an den Stuhlreihen vorbei. An der Rückwand der Halle, mehr oder weniger im Dunkeln, waren zwei Türen. Er lauschte erst an der einen, dann an der anderen. Keinerlei Geräusche, trotzdem war er sich sicher ... Er wollte gerade die linke Tür öffnen, doch irgendetwas, ein Instinkt vielleicht, veranlasste ihn, die rechte Tür zu wählen. Er zögerte kurz, dann drehte er den Knauf und drückte gegen die Tür.

Gleich neben der Tür war ein Lichtschalter. Rebus betätigte ihn, und zwei zierliche Lampen zu beiden Seiten eines Betts gingen an. Das Bett stand an einer Seitenwand. Sonst war nicht viel in dem Zimmer, abgesehen von zwei großen Spiegeln, einer an der Wand gegenüber dem Bett und einer über dem Bett. Als Rebus darauf zuging, fiel die Tür klickend hinter ihm ins Schloss. Ihm war zuweilen von seinen Vorgesetzten vorgeworfen worden, er hätte eine zu lebhafte Fantasie. Doch in diesem Augenblick schaltete er seine Fantasie völlig aus. Halt dich an die Tatsachen, John. An das Bett und an die Spiegel. Die Tür klickte erneut. Mit einem Satz war er dort und zerrte an dem Knauf, doch der bewegte sich nicht. Die Tür war fest verschlossen.

»Scheiße!« Er ging einen Schritt zurück und trat mit dem Absatz seines Schuhs unten gegen die Tür. Die Tür zitterte, aber sie hielt. Sein Schuh jedoch nicht, der Absatz flog davon. Na toll, damit war seine Kaution für die geliehenen Sachen futsch. Jetzt mal ganz ruhig, denk nach. Jemand hatte die Tür abgeschlossen. Also musste noch irgendjemand hier unten sein, und der einzige Ort, wo dieser jemand sich versteckt haben könnte, war das andere Zimmer, das Zimmer neben diesem hier. Er wandte sich wieder um und betrachtete den Spiegel gegenüber dem Bett.

»Andrews!«, brüllte er den Spiegel an. »Andrews!«

Die Stimme wurde durch die Wand gedämpft, klang fern, aber trotzdem klar.

»Hallo, Inspector Rebus. Schön, Sie zu sehen.«

Rebus hätte fast gelächelt, aber er beherrschte seine Miene.

»Ich wünschte, ich könnte das Gleiche sagen.« Er starrte in den Spiegel und stellte sich vor, wie Andrews direkt dahinter stand und ihn beobachtete. »Eine hübsche Idee«, sagte er im Plauderton. Er brauchte Zeit, um seine Kraft und seine Gedanken zu sammeln. »In einem Raum ficken die Leute, während alle anderen kostenlos durch einen Spionspiegel zusehen können.«

»Kostenlos zusehen?« Die Stimme schien näher zu kommen. »Nein, nicht kostenlos, Inspector. Alles hat seinen Preis.«

»Ich nehme an, die Kamera haben Sie auch da drüben aufgebaut, stimmt's?«

»Fotografiert und vorgeführt. Vorgeführt ist unter den gegebenen Umständen wohl ganz passend, finden Sie nicht?«

»Erpressung.« Es war eine Feststellung, weiter nichts.

»Lediglich Gefälligkeiten, die meist ohne weitere Fragen erteilt werden. Aber ein Foto kann ein nützliches Instrument sein, wenn Gefälligkeiten verweigert werden.«

»Deshalb hat James Carew Selbstmord begangen?«

»O nein. Das war eigentlich Ihr Werk, Inspector. James hat mir erzählt, dass Sie ihn erkannt hätten. Er fürchtete, Sie könnten durch ihn dem Hyde's auf die Spur kommen.«

»Haben Sie ihn umgebracht?«

»*Wir* haben ihn umgebracht, John. Was sehr schade ist. Ich mochte James. Er war ein guter Freund.«

»Sie haben anscheinend eine Menge Freunde.«

Jetzt war Lachen zu hören. Doch die Stimme war ruhig,

fast schon elegisch. »Ja, es dürfte denen wohl einige Mühe bereiten, einen Richter zu finden, der die Verhandlung gegen mich führt, oder einen Anwalt, der mich anklagt, oder fünfzehn gute und aufrechte Männer als Geschworene. Alle waren sie im Hyde's. Jeder Einzelne von ihnen. Auf der Suche nach einem Spiel mit etwas mehr Kick. Mehr als das, was da oben abläuft. Ich hab die Idee von einem Freund in London. Er führt dort ein ähnliches Etablissement, vielleicht nicht ganz so extrem wie das Hyde's. Es gibt eine Menge neues Geld in Edinburgh, John. Geld für jeden. Hätten Sie gerne Geld? Würden Sie Ihrem Leben nicht gern etwas mehr Kick geben? Erzählen Sie mir jetzt nicht, Sie wären glücklich in Ihrer kleinen Wohnung, mit Ihrer Musik, Ihren Büchern und Ihren Weinflaschen.« Rebus machte ein überraschtes Gesicht. »Ja, ich weiß einiges über Sie, John. Information ist *mein* besonderer Kick.« Andrews Stimme wurde leiser. »Sie könnten Mitglied werden, wenn Sie wollen. Ich könnte mir durchaus vorstellen, dass Sie das wollen. Eine Mitgliedschaft hat immerhin ihre Vorzüge.«

Rebus lehnte den Kopf gegen den Spiegel. Seine Stimme war fast nur noch ein Flüstern.

»Ihre Gebühren sind mir zu hoch.«

»Wie bitte?« Andrews' Stimme schien näher denn je, sein Atem war fast zu hören. Rebus Stimme war immer noch leise.

»Ich sagte, Ihre Gebühren sind mir zu hoch.«

Plötzlich holte er mit einem Arm aus, ballte die Hand zur Faust und schlug durch den Spiegel hindurch, der in tausend Stücke zersprang. Ein weiterer Trick aus seiner SAS-Ausbildung. Schlag nicht *gegen* etwas, sondern schlag immer *hindurch*, selbst wenn es eine Mauer aus Stein ist. Glassplitter flogen um ihn herum, gruben sich auf der Suche nach nackter Haut in den Ärmel seines Jacketts. Seine Faust öffnete sich und wurde zur Klaue. Gleich hinter dem Spiegel erwischte er Andrews am Hals, packte fest zu und zerrte den Mann nach vorn. Andrews schrie. Er hatte Glas im Gesicht, Splitter steckten ihm im Haar, in den Lippen, ließen seine Augen tränen. Mit zusammengebissenen Zähnen zog Rebus ihn dicht zu sich heran.

»Ich sagte«, fauchte er, »Ihre Gebühren sind mir zu hoch.« Dann ballte er die unverletzte Hand zur Faust, versetzte Andrews einen Schlag aufs Kinn und ließ ihn los. Andrews fiel bewusstlos zurück ins Zimmer.

Rebus zog den kaputten Schuh aus und schlug damit die Glasscherben ab, die noch im Rahmen des Spiegels steckten. Dann kletterte er vorsichtig ins Nebenzimmer, ging zur Tür und öffnete sie.

Er sah Tracy sofort. Sie stand orientierungslos mitten im Boxring, die Arme hingen schlaff an den Seiten herab.

»Tracy?«, sagte er.

»Kann sein, dass sie Sie nicht hört, Inspector Rebus. Heroin kann nämlich diese Wirkung haben.«

Rebus sah Malcolm Lanyon aus dem Dunkeln treten. Hinter ihm waren zwei weitere Männer. Einer war groß und hatte eine gute Figur für einen Mann reiferen Alters. Er hatte dicke schwarze Augenbrauen und einen dichten Schnurrbart, der silbrig durchsetzt war, und tief liegende Augen. Sein Gesicht war durch und durch finster. Noch nie hatte Rebus einen so calvinistisch aussehenden Mann gesehen. Der andere Mann war stämmiger und sah weniger wie ein selbstgerechter Sünder aus. Er hatte lockiges, aber schütteres Haar, sein grobschlächtiges Gesicht war voller Narben, das Gesicht eines Arbeiters. Er grinste anzüglich.

Rebus blickte wieder zu Tracy herüber. Ihre Pupillen waren wie Stecknadelköpfe. Er ging zum Ring, kletterte hinein und drückte sie an sich. Ihr Körper war völlig willenlos, das Haar feucht vor Schweiß. Sie hätte eine lebensgroße Stoffpuppe sein können, so wenig Kraft war in ihr. Doch als Rebus ihr Gesicht so hielt, dass sie ihn ansehen musste, schimmerten ihre Augen, und er spürte, wie ihr Körper zuckte.

»*Mein* besonderer Kick«, sagte Lanyon gerade. »Scheint, als hätte ich's nötig gehabt.« Er blickte hinüber zu dem Zimmer, in dem Andrews bewusstlos lag. »Finlay hat gesagt, er würde allein mit Ihnen fertig. Nachdem ich Sie gestern Abend erlebt habe, kamen mir Zweifel.« Er gab einem der Männer ein Handzeichen. »Sieh mal nach, wie's Finlay geht.« Der Mann verschwand. Rebus gefiel, wie sich die Situation entwickelte.

»Hätten Sie was dagegen, in mein Büro zu kommen, um sich zu unterhalten?«, fragte er.

Lanyon dachte darüber nach. Er sah zwar, dass Rebus ein starker Mann war, aber auch, dass er alle Hände voll mit dem Mädchen zu tun hatte. Außerdem hatte Lanyon natürlich seine Männer, während Rebus allein war. Er ging zum Ring, packte eins der Seile und zog sich nach oben. Als er nun Rebus gegenüberstand, sah er die Schnitte an dessen Arm und Hand.

»Übel«, sagte er. »Wenn Sie das nicht behandeln lassen …«

»Könnte ich verbluten?«

»Genau.«

Rebus sah auf das Segeltuch am Boden, wo sein Blut frische Flecken neben den namenlosen anderen bildete. »Wie viele von ihnen sind im Ring gestorben?«, fragte er.

»Das weiß ich wirklich nicht. Nicht viele. Wir sind keine Tiere, Inspector Rebus. Es mag gelegentlich mal einen …

Unfall gegeben haben. Ich war selten im Hyde's. Ich habe lediglich neue Mitglieder eingeführt.«

»Und wann werden Sie zum Richter ernannt?«

Lanyon lächelte. »Das wird noch eine Weile dauern. Aber irgendwann *wird* es passieren. Ich war mal in London in einem ähnlichen Club wie dem Hyde's. Da hab ich übrigens Saiko kennen gelernt.« Rebus bekam große Augen. »O ja«, sagte Lanyon. »Sie ist eine sehr vielseitige junge Frau.«

»Ich nehme an, das Hyde's hat Ihnen und Andrews überall in Edinburgh Carte blanche gegeben?«

»Es hat bei der einen oder anderen Baugenehmigung geholfen, bei manchen Prozessen für den richtigen Ausgang gesorgt. Solche Dinge.«

»Und was passiert jetzt, wo ich über alles Bescheid weiß?«

»Nun ja, da brauchen Sie sich keine Sorgen zu machen. Finlay und ich sehen für Sie eine langfristige Zukunft in der Entwicklung Edinburghs zu einer großen Industrie- und Handelsstadt.« Der Bodyguard unten am Ring lachte laut.

»Wie meinen Sie das?«, fragte Rebus. Er konnte spüren, wie sich Tracys Körper anspannte und wieder Kraft bekam. Wie lange das anhalten würde, wusste er allerdings nicht.

»Ich meine«, sagte Lanyon, »dass man Sie in Beton konservieren könnte, als Stütze einer der neuen Umgehungsstraßen.«

»So was haben Sie wohl auch schon mal gemacht?« Die Frage war rein rhetorisch; das Lachen des Gorillas hatte sie bereits beantwortet.

»Ein oder zweimal. Wenn etwas aus dem Weg geräumt werden musste.«

Rebus sah, wie Tracys Hände sich langsam zu Fäusten ballten. Dann kam der Bodyguard zurück, der nach Andrews gesehen hatte.

»Mr. Lanyon!«, rief er. »Ich glaube, Mr. Andrews geht es sehr schlecht!«

In dem Moment, als Lanyon sich von ihnen wegdrehte, riss sich Tracy mit einem furchtbaren Schrei von Rebus los, holte kurz mit den Fäusten aus und verpasste Lanyon einen gewaltigen Schlag zwischen die Beine. Als er zu Boden ging, fiel er eigentlich nicht, sondern sank mit einem gurgelnden Geräusch in sich zusammen, während Tracy durch die große Wucht des Schlags ins Stolpern geriet und auf den Segeltuchboden fiel.

Rebus verlor ebenfalls keine Zeit. Er packte Lanyon und riss ihn hoch. Mit einer Hand drehte er ihm einen Arm auf den Rücken, während er mit der anderen Hand Lanyons Kehle umschloss. Die beiden Gorillas näherten sich dem Ring, doch als Rebus seine Finger noch etwas tiefer in Lanyons Hals grub, zögerten sie. Einen Augenblick war die Lage unentschieden, dann schoss einer von ihnen auf die Treppe zu. Sekundenbruchteile später folgte ihm sein Partner. Rebus atmete heftig. Er ließ Lanyon los und sah zu, wie er zu Boden sank. Dann stellte sich Rebus mitten in den Ring, zählte wie ein Schiedsrichter leise bis zehn und streckte einen Arm hoch in die Luft.

Oben hatten sich die Dinge einigermaßen beruhigt. Die Mitarbeiter mussten sich zwar ein wenig renovieren, aber sie taten es erhobenen Hauptes, da sie sich wacker geschlagen hatten. Die Betrunkenen – Holmes, McCall, McGrath und Todd – waren hinauskomplimentiert worden, und Paulette glättete die Wogen, indem sie allen kostenlose Getränke anbot. Als sie Rebus durch die Tür von Hyde's kommen sah, erstarrte sie einen Augenblick. Dann verwandelte sie sich wieder in die perfekte Gastgeberin, auch wenn ihre Stimme etwas weniger herzlich war als vorher und ihr Lächeln falsch.

»Ah, John.« Es war Superintendent Watson, der immer noch sein Glas in der Hand hielt. »Was war das denn für ein Gerangel? Und wohin sind Sie verschwunden?«

»Ist Tommy McCall noch da, Sir?«

»Der muss irgendwo sein. Hat was von kostenlosen Getränken gehört und ist Richtung Bar losspaziert. Was haben Sie mit Ihrer Hand gemacht?«

Rebus sah nach unten und stellte fest, dass seine Hand immer noch an mehreren Stellen blutete.

»Sieben Jahre Unglück«, sagte er. »Haben Sie eine Minute Zeit, Sir? Ich möchte Ihnen gern was zeigen. Aber erst muss ich einen Krankenwagen rufen.«

»Aber warum denn um Himmels willen? Der Aufruhr ist doch vorbei, oder?«

Rebus sah seinen Vorgesetzten an. »Darauf würde ich nicht wetten, Sir«, sagte er. »Noch nicht mal, wenn die Chips aufs Haus gingen.«

Rebus trottete müde nach Hause, nicht weil er körperlich erschöpft war, sondern weil er sich innerlich beschmutzt fühlte. Er schaffte kaum die Treppe. Auf der ersten Etage blieb er minutenlang – wie es ihm schien – vor Mrs. Cochranes Tür stehen. Er versuchte, nicht über das Hyde's nachzudenken, darüber, was es bedeutete, was es gewesen war, welche Bedürfnisse es erfüllt hatte. Aber auch wenn er nicht bewusst daran dachte, flogen Bruchstücke davon in seinem Kopf herum, kleine Scherben blanken Horrors.

Mrs. Cochranes Katzen wollten raus. Er konnte sie auf der anderen Seite der Tür hören. Eine Katzentür wäre die Lösung gewesen, aber Mrs. Cochrane hielt nichts davon.

Das wäre, als würde man die Tür für jeden Fremden offen lassen, hatte sie gesagt. Da könnte ja jedes Katzenvieh einfach reinspazieren.

Wie wahr. Irgendwie fand Rebus die nötige Kraft, um die restlichen Stufen hinaufzusteigen. Er schloss seine Tür auf und machte sie hinter sich wieder zu. Sein Refugium. In der Küche kaute er an einem alten Brötchen herum, während er darauf wartete, dass das Wasser kochte.

Watson hatte sich seine Geschichte mit wachsendem Unbehagen und immer größerer Fassungslosigkeit angehört. Er hatte sich laut gefragt, wie viele wichtige Leute in die Sache verwickelt sein mochten. Doch das konnten nur Andrews und Lanyon beantworten. Man hatte einige Videofilme sowie eine eindrucksvolle Fotosammlung gefunden. Watsons Lippen waren ganz blutleer geworden, obwohl viele der Gesichter Rebus nichts sagten. Aber manche schon. Andrews hatte in Bezug auf die Richter und Anwälte Recht gehabt. Zum Glück waren keine Polizisten auf den Fotos. Bis auf einen.

Rebus hatte einen Mord aufklären wollen und war stattdessen auf ein Vipernnest gestoßen. Er war sich nicht sicher, wie viel davon ans Licht kommen würde. Zu viele hätten ihren guten Ruf zu verlieren. Der Glaube der Öffentlichkeit an die Grundsätze und Institutionen der Stadt, ja des ganzen Landes, würde erschüttert. Wie lange würde es dauern, die Scherben von *diesem* zerbrochenen Spiegel aufzusammeln? Rebus befühlte sein verbundenes Handgelenk. Wie lange, bis die Wunden verheilt waren?

Er ging mit seinem Tee ins Wohnzimmer. Tony McCall saß wartend im Sessel.

»Hallo, Tony«, sagte Rebus.

»Hallo, John.«

»Danke für deine Hilfe vorhin.«

»Wozu sind denn Freunde da?«

Als ihn Rebus vor der Aktion um Hilfe gebeten hatte, war Tony McCall zusammengebrochen.

»Ich weiß alles darüber, John«, hatte er gestanden. »Tommy hat mich einmal mitgenommen. Es war entsetzlich. Ich bin auch nicht lange geblieben. Aber vielleicht gibt es Fotos von mir ... Ich weiß es nicht ... Vielleicht gibt es welche.«

Rebus hatte nicht weiter zu fragen brauchen. Es war alles aus McCall herausgesprudelt, wie Bier aus einem Hahn: die unerquickliche Situation zu Hause, ein bisschen Spaß haben wollen, dann mit niemandem darüber reden können, weil er nicht wusste, wer es bereits wusste. Selbst da hielt er es noch für das Beste, nur ja nicht an der Sache zu rühren. Rebus hatte sich für die Warnung bedankt.

»Ich zieh das trotzdem durch«, hatte er gesagt. »Mit oder ohne deine Hilfe. Ganz wie du willst.«

Tony McCall hatte sich bereit erklärt zu helfen.

Rebus setzte sich hin, stellte den Tee auf den Fußboden und zog das Foto aus der Tasche, das er aus dem Hyde's hatte mitgehen lassen. Er warf es McCall zu. McCall nahm es und starrte mit angstvollen Augen darauf.

»Andrews war übrigens hinter Tommys Speditionsfirma her«, sagte Rebus. »Er hätte sie auch bekommen, und das zu einem Schleuderpreis.«

»Dieser miese Dreckskerl«, sagte McCall, während er das Foto systematisch in immer kleinere Stücke riss.

»Warum hast du es getan, Tony?«

»Hab ich dir doch schon gesagt, John. Tommy hat mich mitgenommen. Nur ein bisschen Spaß ...«

»Nein, nicht das. Warum bist du in das besetzte Haus eingebrochen und hast Ronnie diesen Stoff untergeschoben?«

»Ich?« McCalls Augen waren noch größer geworden, aber sie blickten immer noch mehr angstvoll als überrascht. Es war alles reine Vermutung, doch Rebus wusste, dass er richtig geraten hatte.

»Na komm schon, Tony. Glaubst du etwa, Finlay Andrews hält irgendwelche Namen geheim? Er geht unter, und er hat keinen Grund, irgendjemanden ungeschoren davonkommen zu lassen.«

McCall dachte darüber nach. Er ließ die Schnipsel des Fotos in den Aschenbecher flattern und zündete sie mit einem Streichholz an. Erst als sie zu schwarzer Asche zerfallen waren, schien er zufrieden zu sein.

»Andrews brauchte jemanden, der ihm einen Gefallen tat. Bei ihm ging es immer um ›Gefälligkeiten‹. Ich glaube, er hat zu oft den *Paten* gesehen. Pilmuir war meine Streife, mein Revier. Wir hatten uns über Tommy kennen gelernt, also dachte er, er könnte mich darum bitten.«

»Und du hast es bereitwillig getan.«

»Nun ja, er hatte immerhin das Foto.«

»Da muss doch mehr dahinter stecken.«

»Also ...« McCall zögerte erneut und zerdrückte die Asche mit dem Zeigefinger im Aschenbecher. Jetzt war nur noch eine feine Staubschicht übrig. »Ja, zum Teufel, ich hatte nichts dagegen, es zu machen. Der Kerl war schließlich ein Junkie, ein Stück Müll. Und er war bereits tot. Ich brauchte nichts weiter zu tun, als ein kleines Päckchen neben ihn zu legen, das war alles.«

»Hast du denn nie gefragt warum?«

»Stell keine Fragen, hieß es.« Er lächelte. »Finlay bot mir eine Mitgliedschaft an, verstehst du? Eine Mitgliedschaft im Hyde's. Ich wusste, was das bedeutete. Ich würde mich zwischen den ganzen Mister Wichtigs tummeln. Ich hab sogar schon angefangen, von beruflicher Karriere zu träumen, was ich seit langem nicht mehr getan hatte. Wir wollen doch mal ehrlich sein, John, wir sind doch bloß kleine Fische in einem kleinen Teich.«

»Und Hyde hat dir die Chance angeboten, mit den Haien zu spielen?«

McCall lächelte traurig. »Ich nehm an, das war's wohl.«

Rebus seufzte. »Tony, Tony, Tony. Womit hätte das denn geendet?«

»Vermutlich damit, dass du mich mit ›Sir‹ hättest anreden müssen«, antwortete McCall, dessen Stimme allmählich wieder fester wurde. »Stattdessen wird es so sein, dass ich durch den Prozess auf die Titelseite der Revolverblätter komme. Nicht gerade die Art von Ruhm, von der ich geträumt hab.«

Er stand auf.

»Also dann bis vor Gericht«, sagte er und ließ John Rebus mit seinem geschmacklosen Tee und seinen Gedanken allein.

Rebus schlief unruhig und war früh wach. Er duschte, jedoch ohne die übliche musikalische Begleitung. Er rief im Krankenhaus an und erfuhr, dass es Tracy gut ginge und dass man Finlay Andrews bei nur sehr geringem Blutverlust wieder zusammengeflickt hätte. Dann fuhr er zur Great London Road, wo Malcolm Lanyon zur Vernehmung festgehalten wurde.

Rebus war offiziell immer noch eine Unperson, und DS Dick und DC Cooper sollten das Verhör führen. Aber Rebus wollte in der Nähe sein. Er kannte die Antwort auf all ihre Fragen und wusste, zu welchen Tricks Lanyon fähig war. Er wollte nicht, dass der Schweinehund wegen eines Formfehlers ungeschoren davonkam.

Zuerst aber ging er in die Kantine, kaufte sich ein Brötchen mit Speck, und als er Dick und Cooper dort an einem Tisch sitzen sah, setzte er sich zu ihnen.

»Hallo, John«, sagte Dick und starrte auf den Boden seines schmutzigen Kaffeebechers.

»Ihr seid aber frühe Vögel«, bemerkte Rebus. »Könnt es wohl kaum erwarten.«

»Farmer Watson will die ganze Chose so bald wie möglich vom Tisch haben, am besten noch eher.«

»Kann ich mir gut vorstellen. Hört mal, ich werde den ganzen Tag da sein, wenn ihr mich für irgendwas braucht.«

»Danke, John«, sagte Dick mit einer Stimme, die Rebus klar machte, dass sein Angebot so willkommen war wie Zahnschmerzen.

»Nun ja ...«, begann Rebus, verkniff sich aber die Bemerkung und fing stattdessen an zu essen. Dick und Cooper schienen wegen des erzwungenen frühen Aufstehens noch nicht ganz wach zu sein. Jedenfalls waren sie keine besonders lebhaften Tischgefährten. Rebus beendete rasch sein Frühstück und stand auf.

»Habt ihr was dagegen, wenn ich kurz einen Blick auf ihn werfe?«

»Ganz und gar nicht«, sagte Dick. »Wir sind in fünf Minuten da.«

Als er die Eingangshalle im Erdgeschoss durchquerte, wäre Rebus beinah mit Brian Holmes zusammengestoßen.

»Heute sind aber viele frühe Vögel hinter dem Wurm her«, sagte Rebus. Holmes sah ihn verständnislos und verschlafen an. »Egal. Ich möchte schnell mal einen Blick auf Lanyon-alias-Hyde werfen. Haben Sie Lust, auch ein bisschen Voyeur zu spielen?«

Holmes antwortete nicht. Stattdessen verfiel er in Gleichschritt mit Rebus.

»Lanyon könnte dieses Image sogar gefallen«, sagte Rebus. Holmes sah ihn noch verständnisloser an. Rebus seufzte. »Egal.«

»Tut mir Leid, Sir. Ist gestern Abend ein bisschen spät geworden.«

»Ach so. Vielen Dank übrigens.«

»Ich bin fast gestorben, als ich sah, wie der verdammte Farmer uns anstarrte, er in seinem Begräbnisanzug und wir als angebliche Besoffene aus Dundee.«

Sie tauschten ein wissendes Lächeln aus. Okay, der Plan war ziemlich schwach gewesen. Rebus hatte ihn während der fünfzigminütigen Rückfahrt von Calum McCallums Zelle in Fife entwickelt. Aber er hatte funktioniert. Sie hatten ein Ergebnis.

»Ja«, sagte Rebus. »Ich fand auch, dass Sie gestern Abend ein bisschen nervös aussahen.«

»Wie meinen Sie das?«

»Nun ja, Sie haben doch einen auf italienische Armee gemacht, oder? Vorwärts, es geht zurück! Oder so ähnlich.«

Holmes blieb abrupt stehen und klappte den Mund auf. »Ist das der Dank dafür? Wir haben gestern Abend für Sie unsere Karriere aufs Spiel gesetzt, wir alle vier. Sie haben mich als Ihren Laufburschen benutzt – such dies, check das –, als verdammtes Stück Schuhsohle, und die Hälfte der Aufträge war noch nicht mal offiziell. Sie sind schuld, dass meine Freundin fast umgebracht wurde …«

»Einen Augenblick mal …«

»… und das alles nur, um Ihre Neugier zu befriedigen. Okay, jetzt sind die Bösen hinter Gittern, und das ist gut, aber sehen Sie doch mal das Resultat. Es ist Ihr Erfolg, wir anderen haben nichts davon bis auf ein paar blaue Flecken und keine verdammten Sohlen mehr unter den Schuhen!«

Rebus starrte beinah zerknirscht auf den Boden. Die Luft entwich seinen Nasenlöchern so laut wie bei einem spanischen Stier.

»Das hab ich doch glatt vergessen«, sagte er schließlich. »Ich wollte heute Morgen diesen verdammten Anzug zurückbringen. Die Schuhe sind im Eimer. Als Sie von Schuhsohlen sprachen, ist es mir wieder eingefallen.«

Dann ging er weiter den Flur entlang auf die Zellen zu und ließ Holmes sprachlos stehen.

An einer der Zellen hing eine Tafel, auf der in Kreide Lanyons Name stand. Rebus ging zu der Stahltür und schob das Rollgitter zur Seite. Irgendwie erinnerte ihn das an die Gitter vor den Türen von Prohibitionsclubs. Ein heimliches Klopfzeichen, und das Gitter öffnete sich. Er sah in die Zelle, erschrak und tastete nach der Alarmglocke neben der Tür. Als Holmes die Sirene hörte, vergaß er, dass er eigentlich sauer und gekränkt war, und lief los. Unterdessen zerrte Rebus mit den Fingernägeln an der Kante der verschlossenen Tür.

»Wir müssen hier rein!«

»Sie ist abgeschlossen, Sir.« Holmes bekam es mit der Angst; sein Vorgesetzter wirkte völlig wahnsinnig. »Da kommt jemand.«

Ein uniformierter Sergeant kam schwerfällig angetrabt, die Schlüssel klimperten an einer Kette.

»Schnell!«

Das Schloss bewegte sich, und Rebus riss die Tür auf. Drinnen lag Malcolm Lanyon in sich zusammengesunken auf dem Fußboden, den Kopf gegen das Bett gelehnt. Seine Füße waren nach außen gedreht wie bei einer Puppe. Eine Hand lag auf dem Boden. Eine dünne Nylonschnur, so was wie Angelschnur, war um die Knöchel der Finger gewickelt, die ganz dunkel waren. Die Schnur lag in einer Schlaufe um

Lanyons Hals und hatte sich so tief in das Fleisch eingegraben, dass man sie kaum noch sehen konnte. Lanyons Augen waren entsetzlich hervorgequollen, seine geschwollene Zunge hing obszön aus seinem blutunterlaufenen Gesicht. Es war wie eine letzte makabere Geste, und Rebus, dem es so vorkam, als zeige die Zunge auf ihn, fasste das als persönliche Beleidigung auf.

Er wusste, dass es viel zu spät war, doch der Sergeant löste die Schnur und legte die Leiche flach auf den Boden. Holmes lehnte den Kopf gegen die kalte Metalltür und kniff die Augen zusammen, um den Vorgang in der Zelle nicht mitansehen zu müssen.

»Er muss sie irgendwo am Körper versteckt gehabt haben«, sagte der Sergeant als Entschuldigung für diese ungeheure Schlamperei und sah auf die Schnur, die er jetzt in der Hand hielt. »Mein Gott, was für eine Art abzutreten.«

Rebus dachte: Er hat mich betrogen, er hat mich betrogen. Ich hätte niemals den Mut gehabt, das zu tun, mich langsam zu erwürgen ... Das würde ich niemals fertig bringen, irgendetwas in mir würde mich daran hindern ...

»Wer war hier drinnen, seit er hergebracht wurde?«

Der Sergeant starrte Rebus verständnislos an.

»Die üblichen, nehm ich an. Er musste gestern Abend ein paar Fragen beantworten, nachdem Sie ihn hergebracht hatten.«

»Ja, aber *danach*?«

»Nun ja, er hat was gegessen, nachdem Sie gegangen sind. Das ist so ungefähr alles.«

»Verdammter Scheißkerl«, knurrte Rebus, verließ mit großen Schritten die Zelle und ging über den Flur zurück. Holmes, dessen Gesicht weiß und feucht war, war einige Schritte hinter ihm, holte aber langsam auf.

»Sie werden die Sache begraben, Brian«, sagte Rebus mit vor Wut zitternder Stimme. »Sie werden alles begraben, das weiß ich, und es wird noch nicht mal ein Kreuz geben, das die Stelle markiert, gar nichts. Ein Junkie ist aus eigenem Verschulden gestorben. Ein Immobilienmakler hat Selbstmord begangen. Und nun bringt sich ein Anwalt in einer Polizeizelle um. Es besteht keine Verbindung dazwischen, es wurde kein Verbrechen begangen.«

»Aber was ist mit Andrews?«

»Was glauben Sie, wo wir hingehen?«

Sie kamen gerade rechtzeitig im Krankenhaus an, um zu erleben, wie effektiv das Personal in einem Notfall handelte. Rebus eilte durch den Saal und schob alle beiseite, die ihn aufhalten wollten. Finlay Andrews lag mit entblößter Brust im Bett und bekam Sauerstoff zugeführt, während die Herzüberwachungsanlage angeschlossen wurde. Ein Arzt hielt in jeder Hand eine Elektrode, dann drückte er sie langsam auf Andrews' Brust. Einen Augenblick später ging ein Ruck durch den Körper. Doch der Monitor zeigte nichts an. Mehr Sauerstoff, mehr Volt ... Rebus wandte sich ab. Er hatte das Drehbuch gesehen; er wusste, wie der Film enden würde.

»Und?«, sagte Holmes.

»Herzinfarkt.« Rebus Stimme war ausdruckslos. Er bewegte sich Richtung Ausgang. »Wir wollen es auf jeden Fall so nennen, denn das wird auch auf dem Totenschein stehen.«

»Also, was nun?« Holmes hielt mit ihm Schritt. Er fühlte sich ebenfalls betrogen. Rebus dachte über die Frage nach.

»Wahrscheinlich werden die Fotos verschwinden. Zumindest die wichtigen. Und wer ist noch übrig, um auszusagen? Über was auszusagen?«

»Sie haben an alles gedacht.«

»Außer an eines, Brian. *Ich* weiß, wer sie sind.«

Holmes blieb stehen. »Spielt das irgendeine Rolle?«, rief er dem Rücken nach, der sich langsam entfernte. Doch Rebus ging einfach weiter.

Es gab einen Skandal, aber nur einen kleinen, der bald vergessen war. In den abgeschotteten Räumen der eleganten georgianischen Häuser ging schon bald wieder das Licht an, eine großartige Auferstehung des alten Geistes. Über den Tod von Finlay Andrews und von Malcolm Lanyon wurde berichtet, und die Journalisten versuchten so viel Dreck wie möglich aufzuwirbeln. Ja, Finlay Andrews hatte einen Club geführt, der sich nicht ganz im Rahmen der Legalität bewegte, und ja, Malcolm Lanyon hatte Selbstmord begangen, als die Behörden anfingen, sein kleines Imperium genauer unter die Lupe zu nehmen. Nein, es waren keine Einzelheiten bekannt, um was es sich bei diesen »Aktivitäten« gehandelt haben könnte.

Der Selbstmord des Immobilienmaklers James Carew stand in keinerlei Verbindung zu Mr. Lanyons Selbstmord, obwohl es stimmte, dass die beiden Männer befreundet waren. Was Mr. Lanyons Verbindung zu Finlay Andrews und seinen Club betraf, nun ja, das würde man wohl nie erfahren. Und es war nichts weiter als ein trauriger Zufall, dass Mr. Lanyon zu Mr. Carews Testamentsvollstrecker ernannt worden war. Aber es gab ja schließlich noch andere Anwälte, oder nicht?

Und so endete das Ganze. Die Geschichte verlief im Sande, die Gerüchte hielten sich etwas länger. Rebus freute sich, als Tracy ihm erzählte, Nell Stapleton hätte ihr einen Job in einer Cafeteria in der Nähe der Universitätsbibliothek besorgt. Eines Abends jedoch, er war einige Zeit in der Rutherford Bar gewesen, beschloss Rebus, sich auf dem Heimweg noch ein indisches Essen zu besorgen. In dem Restaurant sah er Tracy, Holmes und Nell Stapleton an einem Ecktisch sitzen und gut gelaunt ihre Mahlzeit verspeisen. Er drehte sich um und ging ohne etwas zu bestellen hinaus.

In seiner Wohnung setzte er sich an den Küchentisch und verfasste zum zigsten Mal einen Entwurf für sein Kündigungsschreiben. Doch irgendwie schafften es die Worte nicht, seine Gefühle angemessen herüberzubringen. Er knüllte das Blatt zusammen und warf es in den Abfalleimer. Die Szene im Restaurant hatte ihn daran erinnert, wie viel Hyde's in menschlicher Hinsicht gekostet hatte und wie wenig Gerechtigkeit widerfahren war. Es klopfte an der Wohnungstür. Mit hoffnungsvollem Herzen öffnete er. Gill Templer stand da. Sie lächelte.

In der Nacht schlich er sich ins Wohnzimmer und schaltete die Schreibtischlampe an. Sie warf ihr Licht schuldbewusst wie die Taschenlampe eines Constables auf den kleinen Aktenschrank neben der Stereoanlage. Der Schlüssel war unter einer Ecke des Teppichs versteckt, als Versteck so sicher wie die Matratze für eine Großmutter. Er öffnete den Schrank, nahm einen schmalen Aktenordner heraus und trug ihn zu seinem Sessel, dem Sessel, der so viele Monate lang sein Bett gewesen war. Dort setzte er sich gelassen hin und dachte an den Tag in James Carews Wohnung. Damals war er in Versuchung gewesen, James Carews privaten Terminkalender mitzunehmen und zu behalten. Aber er hatte der Versuchung widerstanden. Anders als in der Nacht im Hyde's. Dort hatte er, als er einen Augenblick allein in Andrews' Büro war, das Foto von Tony McCall geklaut. Tony McCall, ein Freund und Kollege, mit dem er heutzutage nichts mehr gemein hatte. Außer vielleicht ein Schuldgefühl.

Er öffnete die Akte und nahm die Fotos heraus, die er zusammen mit dem Foto von McCall mitgenommen hatte. Vier Fotos, willkürlich eingesteckt. Er betrachtete die Gesichter erneut, wie er es in den meisten Nächten tat, in denen er Probleme hatte einzuschlafen. Gesichter, die er kannte. Gesichter, die zu Namen gehörten, und Namen, mit denen man Händeschütteln und Stimmen verband. Wichtige Leute. Einflussreiche Leute. Er dachte oft darüber nach. Eigentlich hatte er seit jener Nacht in Hyde's Club über kaum etwas anderes nachgedacht. Er zog einen Papierkorb aus Metall unter dem Schreibtisch hervor und warf die Fotos hinein. Dann zündete er ein Streichholz an und hielt es über den Korb, wie er es schon so viele Male getan hatte.